# 燕赵脊望

刘国强 著

作家出版社

1987 年 12 月 27 日，化学药剂厂一期工程试投产一次成功祝捷大会

1987 年建成后的 15 万吨／年炼油装置

1995 年 5 月 3 日，一期技改开工动员大会

2014 年 9 月 24 日，华北石化千万吨炼油扩能升级改造项目建设动员大会隆重举行

1997 年 4 月，华北石油管理局第一炼油厂二期技改聚丙烯工程开工大会

千万吨建设光影

500万吨常减压装置夜景

2016年8月20日，华北石化千万吨蜡油加氢装置反应器吊装

2016年9月24日，华北石化千万吨渣油加氢装置反应器吊装

中国石油华北石化公司

# 序

## 石化英雄群雕

李炳银

因为生态环境退化和其他复杂的原因，蓝天在北京和许多地方不时被雾霾侵蚀。保卫北京的蓝天，不仅是北京人的事情，而且已经成为国家的大事，牵动着全国人民的神经。

其实，在离北京最近的雄安腹地，华北石化人，已经为此奋斗了整整30年。他们炼制的国标六号清洁油品，保供北京，并给北京新机场建成专线管道输送航空煤油。此举将为北京空气洁净发挥非常积极的作用。刘国强的长篇报告文学《燕赵脊梁》，就给人们生动地讲述了这个过程中许多精彩故事，描绘了一群鲜活的石化英雄群雕。

刘国强的报告文学，一直追逐着建设者们最新的足迹，报告着最可爱的一线奋斗者的悲壮故事，所以他的作品都非常具有时代现实社会生活气息，令人关注。他的长篇报告文学《罗布泊新歌》《祖国至上》就是很好的证明。荣登2018年中国报告文学排行榜，荣获中国传记文学大奖，多家年度选本选载、多家纸媒转载。

这部《燕赵脊梁》，刘国强又将笔触深入到石油石化行业，并以他独特的结构章法和个性思考，讲述鲜为人知的故事、塑造出一系列炼化企业的人物形象，令人惊喜。作品开篇宏大，很有气势。把笔触延伸到石油的过去，再写石油石化的现在和未来，将视点设在人类的制高点，辐射全球，左右和影响每一个国家，继而深入到炼化企业以及家家户户……

作家对石油石化有着独特的认知："如果说，草儿是牛羊的粮食，庄稼是人类的粮食，车轮是道路的粮食，智慧是文化的粮食，武器是战争的粮食，大自然是生命的粮食，那么，石油，则是全世界人类大争夺、大发展、大竞技、大秀场的粮食。"

在此前提下，能将黑乎乎的液体变成神通广大的成品油，引介华北石化和它的建设者们隆重登场！

现任华北石化党委书记兼总经理张栋杰是个"老石油"，从采油到炼油，从钻研技术到管理工厂，他以极大的热情和令人敬佩的职业奉献精神，给人留下深刻的印象及走心入骨的感悟。张栋杰多次在关键时刻被组织委以重任，甘当"救火队长"，扶大厦之将倾，挽狂澜于既倒。中国正是有一大批这样的饱含激情、国家至上的勇士，终生传承铁人王进喜为甩掉中国贫油的帽子而冒死奋斗的精神，才能逢山开道，遇水架桥，扳倒一个又一个"不可能"，创造一个又一个奇迹。

华北石化的发展史，从某种意义说，就是中国改革开放后石油石化企业从无到有、从小到大、从弱到强的缩影。

1986年，华北石化建厂（当时叫化学药剂厂）时年炼油能力才15万吨。多次在被取缔的边缘"苦苦挣扎"，越过一道道绝望的大坎，接近过"安乐死"，经历过"植物人"，至2018年，居然跻身年炼油能力千万吨的大厂行列！奇迹的背后，是许多曲折艰难的攀登，是很多勇敢的担当奉献，是无数的血汗和智慧创造。作品呈现给读者的是一个伟大时代中英雄交响的乐章。

众所周知，石油是当代人类生产、生存、生活和发展依存度最高的资源。石油产品已经进入我们的生活全程。人类所有高科技产品——天上飞的，地上跑的，海里游的，灶台用的，身上穿的，以及全球瞩目的军工民用，都离不开石油石化产品。因此，围绕于此的多元竞争也非常激烈。地处任丘的华北石化，在没有任何优势的前提下逆水行舟，披荆斩棘，一次又一次改写历史、冲浪新高。作家写出时代大潮背景下的建设者们的英武雄姿，表达了"成事在人"的朴素的唯物主义思想，彰显了拼搏才能成功的精神境界。

创业时代的筹建技术负责人伊锡珠，首任厂长"大嗓门"乔明凯，继任厂长"外行成专家"、一心为公的祖国民，党委书记"把党务工作做到车间"的金龙欣，"借调"时期就拼命攻克难关的"书呆子"型技术专家孟凡泽等，都因为他们非凡的作为和个性的才智表现，给人留下深刻的印象。

华北石化，是一个雄壮的团队，在"大起大落"的千万吨项目建设中，表现抢眼、各怀绝技的"平民英杰"随处可见，让我们感受到这是一个特别能战斗的团队，一个百折不挠、百败不屈的团队，一个不达目标不罢休的团队！

"前方"战斗激烈、烽火连天，"后方"的保障供给也是重头戏，为国家利益将祖宅、祖坟夷为平地的老百姓，在艰难拆迁工作中尽心尽力的吕松槐，同样令人热泪纷纷……

我重点提及这些人物，要引出《燕赵脊梁》着力"刻画人物、塑造形象"的话题。这是本部作品值得称道的地方。许多作品，故事淹没了人物、事件掩盖了人物，刘国强把彰显人物放在首位的主导意识难能可贵。此作人物众多，作家以文字当画笔，尽力找出同行业、同工种、同专业人物的"不同点"，从而将其个性突出出来，深入心灵内质，鲜活地表达"这一个"，通过这些可圈可点的人物来推进情节，挖掘深层人性，表达出令人"心有所思"的工作亮点和敬业精神。

尤其值得一提的是作品的前半部，采用小说的结构来设置长篇报告文学的结构，用"双线叙述"的结构推进故事发展，令人耳目一新。这一创举，丰富了当代中国报告文学的体裁样式，改变了石油题材，乃至工业建设题材文学作品一成不变的结构形式，十分具有创新价值。形式也是内容，正是采取这样的框架设计，增大了作品容量，增强了可读性，增宽了作品维度。这种"双镜头"切换的方式，在"提神"的同时也避免了作品的沉闷。

刘国强没有就事论事，而是尽力挖掘建设者们的精神内涵，所有的故事和人物都承载着思想，扩大了内容外延，引人深思。是见树木又见森林，见人物又见心灵的文学表达。

作家对语言有着特殊的敬畏和虔诚，若夜空繁星点点，似绿树繁花绽放，让人眼前一亮，眼见"疑无路"，又逢"杏花村"。"一滴泪，看尽彼岸花开""你是一座桥，两头都是路""乡愁是条穿越时空的线，这端是游子，那端是故乡""驾驭能力是一条河，每一滴水都有浪漫气质""水流找寻下坡加速，种芽靠昂首前进"等等，类似的金句遍布全篇，若平湖跳浪的优美语言，提升了文章审美，也为思想和人物扩容。

我读过许多描写石油石化题材的报告文学作品，但《燕赵脊梁》是这些作品中的优秀之作，从语言到人物刻画，从谋篇到结构，都非常精巧，是一部思想上乘、人物丰满、笔墨鲜活、担纲时代重任的作品，不辜负这个日新月异的伟大时代，不辜负一群石油石化英雄。

2019 年 4 月 8 日

（作者系中国报告文学学会常务副会长，中国作家协会报告文学专委会副主任，全国报告文学理论研究会会长，文学评论家）

# 目录

# 引 子

如果说，草儿是牛羊的粮食，庄稼是人类的粮食，车轮是道路的粮食，智慧是文化的粮食，武器是战争的粮食，大自然是生命的粮食，那么，石油，则是全世界人类大争夺、大发展、大竞技、大秀场的粮食。

公元 1848 年，俄国工程师谢苗诺夫在巴库东北方的黑海阿普歇伦半岛比比和埃巴德两地边境处开凿了第一口现代油井。

美国人则宣布，世界上第一口石油井由美国人凿出。1859 年 8 月 29 日，美国人埃德温·德雷克，在美国宾夕法尼亚州泰物斯维尔小镇打出了一口深 21.69 米油井。

英国著名学者李约瑟，在他的专著《中国科学技术史》一书中写道："今天在勘探油田时所用的这种钻控井或凿洞的技术，肯定是中国人的发明"，并且说，这种古代深井钻井技术，于 11 世纪前后传入西方，甚至公元 1900 年以前，世界上所有的深井基本上都是采用中国人创造的方法打成的。

中国历史上最早的油井，见于元明时代。《元一统志》明确记载："延长县南迎河有凿开石油一井，其油井燃，兼治六畜疥癣，岁纳一百一十斤。又延川县西北八十里永平村有一井，岁办四百斤，入（延安）路之延丰库。"《元一统志》这本史籍成书于公元 1286 年到公元 1303 年之间。由此我们可以推断，远在元朝或明朝，中国人已经开凿出油井了。

屈指而算，我们真要为我们的祖先而自豪。俄国工程师开采的油井至今才170 多年，美国在泰物斯维尔小镇打出的第一口油井迄今才 160 年，而中国早在700 多年前，已经捷足先登。

我在此叙述这些，并非要强调到底谁开采了第一口油井，而是要突出科技的可持续性应用和升级发展。跑马圈地固然重要，可我们还要深入思考，你圈的地要做什么？你能做什么？正如我们发明了火药和指南针，结果，西方强盗用我们发明的火药制成火枪，用我们发明的指南针找准方向，率坚船利炮越过浩瀚的大洋，犯我疆土，侵我国家，夺我主权，掠我财富，辱我人民。

昨天总也会成为明天，而明天，却不一定都会成为今天。

我们为祖先自豪的同时，要认真思索和规划一下，我们今天和明天的作为，是否继承和光大了祖先的荣光？

历史车轮滚滚向前，当代世界，这些埋藏在地层深处千年万年亿年的寂寞浆液，突然呼啸而出，一跃而成为人类的抢手货。从"乌金"一词诞生那天起，人们就望眼欲穿地寻找它，伸长手臂占有它，不惜代价抢夺它，挖空心思应用它。

首次发现它的人始料不及，石油远远超出它的生活应用和人类文明的建设应用。一个世纪以来，世界上的野心家和政客们，都拿石油当"撬棍"左右世界。这一汪汪看上去很不起眼的液体，肤色一点都不靓丽的黑家伙，竟成为撬动地球的杠杆。

从表面看石油是黑色的金子，其实，它是大地的血液！

这把双刃剑一方面以颠覆式的力量，推进了人类文明车轮的提速前进，另一方面，也在利益的诱导下毁坏人类文明、碾碎无数条无辜的生命。

因为争夺石油，引燃了第二次世界大战，导致伤亡人数过亿。

早在19世纪80年代，英国皇家海军就把舰队从烧煤改成了烧油，"新秀"石油便"一跃而起"，拉开了"争当世界能源老大"的序幕！

1914年第一次世界大战前，在年轻的海军大臣温斯顿·丘吉尔的推动下，英国海军舰队全部从烧煤改成了烧油。

彼时，在世界主要强国中，除了英国和美国拥有充足的石油，苏联人因为发现了巴库油田实现了石油自给，其他世界强国都严重缺油。没有巴库油田就没有苏联的工业化，英法曾制定了计划突袭巴库油田以遏制苏联。希特勒疯狂进攻苏联的重要目标，也是巴库油田。

"二战"爆发后，交战的轴心国和盟国石油需求量激增，军用耗油高达3亿吨，立刻陷于油荒中。德国96%的石油依赖罗马尼亚，德国的两个盟友也被逼疯，意大利参战一年后石油储备枯竭，导致工厂停工，很多飞机和军舰无法参战。疯狂的日本人更加激进，由于美国掐断了日本的石油供应链，只好南下抢夺印度尼西亚的石油，直接引发太平洋战争。

希特勒曾沮丧地说："如果我无法得到迈科普和格罗兹尼的石油，我就不得不结束这场战争。"

在过去 100 年里，英美一切行动的核心，便是控制石油和天然气能源。因为在当代，任何国家如果没有了石油，必然面临经济灾难。美国控制了石油，也就控制了潜在的经济对手。

因为石油，全世界的目光都盯紧了中东地区。

上帝钟爱中东，为这片神奇的大地埋藏了那么多的石油。上帝也坑了中东，这里因此而一次次遭受毁灭性打击，历次中东战争，都因石油而起。这片大地被撕得一条一条，这里的人民一次又一次遭受涂炭。

波斯湾地区占据了全球石油储量的 2/3，它的每一次波动，都会触及全世界最敏感的神经。一次又一次海湾战争由此而揭开战幕。为了控制波斯湾的石油，伊拉克与美国结盟；为了将石油开采权收归国有，伊朗与西方国家进行了长期抗争。

1980 年 9 月 22 日，伊朗和伊拉克这两个被称为"浮在石油上的国家"正式开战。

这场历时 8 年的争夺战，不仅让两个原本依靠石油富得流油的国家财政赤贫，人民遭难，也让支撑两国经济的石油资源遭受巨大损失。两伊战争导致全球石油价格暴涨，第二次石油危机随之爆发。而这次石油危机的爆发，像多米诺骨牌一样，又引发了规模巨大、持续多年的经济危机……

我不再提萨达姆，不再说卡扎菲，也不再说中东第一石油大国沙特阿拉伯，而今打开电视，便看到叙利亚千疮百孔的城市废墟，蜿蜒在沙漠地带的难民犹如长蛇阵。惊恐儿童的大眼睛，钻进废墟缝隙避难的老人，饿得只剩下一条条肋骨的母亲，以及遍地尸体，这一切的诱因，都是石油！

我们有理由埋怨叙利亚总统巴萨尔，这位外科医生也许是手术台上救死扶伤的高手，执掌国家命运确实不怎么样。但，我们别忘了，巴萨尔只是大国间争夺石油擂台上的摆设，这个摆设下台，再上一个，还是摆设。同样的原因，因石油而一次次遭受战火洗礼的中东国家，只要石油资源依然丰厚，则永无宁日。

美国总统特朗普在墨西哥边境设置了隔离墙，以此阻止难民进入美国境内。世人无不气愤，你们的弹片还在上游的石油富集地无度地泛滥野蛮，草菅正义，杀戮生命，毁坏家园，逼得中东的老百姓无家可归、背井离乡，为什么还要赶尽杀绝？

一摁石油按钮，世界经济突飞猛进。再一摁石油按钮，昌盛繁荣又一头跌进谷底！

强调"美国利益",崇尚单边主义的美国主政者,之所以称霸世界一手遮天,全仗石油撑腰。

美国前国务卿亨利·基辛格说:"谁控制了石油,谁就控制了所有国家;谁控制了粮食,谁就控制了人类;谁掌握了货币发行权,谁就掌握了世界。"

其实他只说了一半,另一半则是,当今世界,人类已经被石油所控制。换个角度说,石油已经成为人类高度依附的物质鸦片。

再说,基辛格所说的石油、粮食和货币,实际上是一回事。因为,当代粮食大举增产要依靠化肥,而90%以上的化肥生产来源于石油,人称"石油农业"。美国人正是掌控了全球的大部分石油资源,用美元绑架了石油,让美元独霸全球,你源源不断地给我丰厚物资,我源源不断地印刷票子,才顺利实现了经济掠夺,到处伸手,拔全世界的羊毛……

石油啊石油,你是美丽的天使,也是翻脸不认人的魔鬼!

自从1776年,瓦特制造出第一台蒸汽机,石油已占据了机器动力的有利地形,在幕后"候场"。

1885年德国人卡尔·本茨发明了汽车,在幕后恭候许久的石油终于登场,谋得"跑龙套"的角色。

1908年,自从第一辆革命性的汽车问世,石油突然从备份的"B角"位置跃升一号主演,此后大红大紫,独霸百年舞台,拥有众多"粉丝",成为人们长期关注、力捧的明星。

石油高高挺起胸膛,挑起重要战略资源的担子。近代化学的发展和现代工业的进步,石油之手已伸到人类社会的各个角落。作为发动机的原料,它成为小汽车、卡车、火车、飞机、轮船、军舰、潜艇、发电机组"心脏起搏"的生命血液。

石油还是个博学的多面手,人称"百业之母"。除了一般人熟知的各种汽油、柴油、航空煤油、润滑油等成品油外,它还是化工产品重要的基础原料,目前约有5000多种化工产品的原料来自石油及天然气,特别是有机化工中的8种基本原料有7种来自石油,而乙烯,则是与钢铁、水泥并称的工业化三大基础材料之一。

石油安于"行业"宁静,还是现代农业支柱原料。化肥、农药、农机等都对石油有很高的依赖度。作为现代人类衣食住行的"伴侣",我们时时刻刻都离不开石油产品。纺织品、塑料产品、现代医药(如西药的抗生素等)、环保产品等等的"父辈"，都是石油。

石油还能低身俯首生活，和我们零距离相处。早上起来，我用塑料管吸食牛奶，撕开薄膜包装，拿出面包、倒出小咸菜。打开真空包装袋，拎出松软的保鲜牛肉。上午开车出去看画展，下午在电脑前创作。我幡然醒悟，那么多我着迷的东西，我啪啪敲击的键盘，我周边的电脑、音箱、电视、冰箱、饮水机、书柜、背包、健身器械、手机，怎么到处都有石油的影子？

石油已经无所不在！

人类依赖石油，比吸毒还上瘾！

犹如月圆则亏一样，突然间，石油的高大形象断崖式腰斩（不计战争和掠夺），有关大气污染的闲言碎语频频从机动车排气管里汹涌而出……

刹那间，治理机动车排污和大气污染成为"爆冷"的热点话题，频频端上联合国和世界各国最高级别的会议，人们争论得面红耳赤，人们辩论得口干舌燥，有人甚至爆发肢体冲突，还是掰不开紧紧抱在一起的一对矛盾——是要经济大发展，还是要碧水蓝天……

政治家激昂地演说，理论家剖皮割骨地分析，环保人摸底调查，顺延排气管的"瓜藤"向上摸，摸到了石油炼制厂。

我知道，大气污染不能都怪石油炼制厂，但，跟着"起哄"的一大堆分母里肯定有它的身影。

那么，既然当代人离不开石油，它已经无处不在，怎样掰开这对紧紧抱在一起的"欢喜冤家"？

中国石油天然气股份有限公司华北石化分公司，在总经理兼党委书记张栋杰的带领下，从淹在中国大大小小200多家炼油工厂里一跃而起，摘取多项桂冠。

发展才是硬道理。

2013年11月22日，中石油总部一纸调令，将张栋杰从大西北庆阳石化调到冀中平原华北石化紧急"灭火"。面对千疮百孔、连年亏损的华北石化，张栋杰率领他的团队逆势而上，完成了由年产500万吨炼油能力至1000万吨跨越式前进。为了扩大产品辐射，寻求新的增长途径，张栋杰一鼓作气，借中石油锦州至郑州输油管线，新建198公里天津至任丘原油管线，在"锦郑大干线"插建52.4公里成品油管线，新建156公里任丘至北京新机场航空煤油管线，引进非洲、中东和俄罗斯原油，并开辟向北京新机场销售航空煤油的新渠道。

如果说，华北石化原来的装置是一只矮小的雏凤，把又扩建的装置合起来，便长成翩翩起舞的大凤，那么，新开辟的三条输油管线，则是三条地龙，把这些装置跟管线合起来，便是龙凤呈祥！

为了节能减排，提升科技水平，中国曾两次大规模地削减小炼油厂。如果华北石化踏步不动，被人家从地图上抹去，是迟早的事。现在，丑小鸭变成白天鹅，华北石化从数百个小炼油厂堆里一下威风凛凛地跃居国内二十几家千万吨大炼油厂行列。

我这样叙述似乎有些跑题，到底怎样解决环境保护与生产发展"掰不开"的矛盾呢？

张栋杰又打出一张"蓝天碧水"的大牌，提出"重视环保，怎么做都不过分"，宁肯花大本钱，也要壮士断腕，将环境保护放在首位，给首都北京提供最好的清洁油品，为改变京津冀环境带个好头！

张栋杰刚来时，这里雾霾遮蔽了太阳，遮蔽了建筑物，也遮蔽了鲜艳的衣着和花草。"握手看不到脸，亲嘴看不见眼"，满大街的行人都要戴"噘嘴"口罩。张栋杰登上高高的炼油塔，俯视在雾霾中时隐时现的装置，暗暗下着决心：华北石化位于京津冀要地，离首都这么近，花多大的血本，也要驱尘逐霾，请回碧水蓝天！

所有的工作都要用"环保"的标准"一线穿"，用高于国际标准的标尺严格衡量工厂装置设备的每一个零件，每一个死角，不跑一滴油，不飞一粒尘。在千万吨项目扩建中，华北石化既升级改造老设备，又投入数亿元巨资建设了世界上最高标准的环保设备，原高高的火炬塔"冒火"数十年熄灭了，现在，连一丝气儿都没有。国家环保部和河北省环保厅，对此实施 24 小时实时监控……

在华北石化公司装置林立的庞大厂区，我像漫步在优美的园林里。我张大鼻孔使劲吸，没有丝毫的油味儿。我戴着白色安全帽跑了很远，跑得腿都软了，还是没闻到油味儿。

这一跑，我又有新的惊喜！一个石油炼制企业，整天跟原油打交道，数万数百万数千万计的粗粗细细的管道里，24 小时都有油在流，都有锈渣穿肠过，这还没算上数万数千万计的阀门和法兰，哪个松动了、开口子了，都会跑出油污，挤出油味来，冒出气味来。这样的地方，怎么如此洁净，怎么会是一个花园式工厂呢？

凡是有空地的地方，都栽种了树木和花花草草。

陪同我的青年工人汪博告诉我："这都是我们张总一手设计的。哪里栽什么树，种什么花，撒什么草籽，高的矮的，爬藤的，结果的，都有全盘计划。"

"在美化厂区环境方面，张总说，"汪博指了指一片开阔的水域，"能水化的不绿化，能绿化的不硬化。"

我差点惊叫出来！我眼前一片衔地接天的汪洋，蓝天倒映，白云朵朵，池南边还有一对长脖高腿的白鸟夫妻，东边还有一对野麻鸭。绿头花脖公麻鸭像在玩特技，在阔大的水面上超低空飞起、落下，再飞起，再落下。身体弹在最低点时，用翅膀尖拍打几下水面，揪起几朵水花，飞高。再拍打几下水面，又揪起几朵水花，飞高。我很纳闷儿，难道，它在写狂草书法吗？

我忽然明白了，它是在向女友炫技。气温天天都在下降，就要南飞了，跟着这样的老公旅行，还有什么不放心的？

这片水域，就是已在一串封闭水塔过滤提纯后的净水。

这池水已经达到城镇污水一级 A 排放标准。怕惊扰了那两对鸟情侣，我们没有靠前。

我来时已至晚秋，工厂花园里的绿浪已经大举退潮，只有少数值班的绿叶坚守职责，站好最后一班岗。高高的白杨树不断地向我丢微型黄手绢，这里哗啦啦丢几片，那里再哗啦啦丢几片，很美很美。最数一串串的山里红客气，弯了腰向我们行鞠躬大礼。石榴们个个都是人来疯，毫不顾及面子，咧开大嘴露出长短不齐的牙齿挑逗我们……

各种花花草草我见了太多太多，却从没这样兴奋。它们居然与高高的炼塔和密集的管线朝夕相伴、交朋友，既水乳交融、顾盼呼应，又各守职责、各呈风采。

我想，花儿的美是不一样的，有的用眼睛看，有的要用心看。

低头看看花儿，再抬头仰望高高的由炼塔和装置组成的森林，我感慨万千：世界上最整齐的花开在花园，最生动的花开在原野，最勾魂的花开在心里，最规矩务实的花——则是开在我眼前密集管线里的石油花。

第一章

# 从结束的地方开始

2016 年 12 月 23 日，华北石化公司满载着"京 VI"标准油品的"东风"号专列彩车呼啸而来，引起很多路人驻足观赏，深绿色的火车头前悬挂着红色标牌，上写："热烈庆祝华北石化首列京 VI 汽油出厂"，列车左右侧各有一行红底白字："热烈庆祝华北石化首列京 VI 汽油销往北京市场。"

这列火车徐徐开进北京，拉开了中国生产京 VI 汽柴油的序幕，华北石化成为全国首家为北京供应京 VI 油品的炼化企业。这一年，华北石化从连年亏损中"一跃而起"，实现利税超过百亿元！

燃油京标是地方标准，而国标是国家标准。由于北京环保要求极高，所以京标油的标准在全国也是最高的，同批次标准中京标油品指标也要严于国标。同时，每次油品提标均是北京先于全国实施新机动车排放标准，之后才在全国推行同批次国标标准。

2017 年 10 月 8 号，一条消息引起中国百万石油人的"同频共振"，也引起全球同行的强烈关注，中央电视台在《朝闻天下》节目昭告天下："根据今年初环保部确定的北京天津等 2＋26 个城市，9 月底全部供应国 VI 标准汽柴油的要求，中国石油提前完成了清洁油品升级任务，华北石化公司供油范围覆盖北京河北山东浙江等 11 个省市，自 6 月以来，已累计销售国 VI 标准汽柴油 132 万吨。"

这意味着，华北石化为打响首都北京蓝天白云保卫战，驱逐华北地区的环境污染，领跑全国同行业向高标号优质清洁汽柴油进发，吹响了嘹亮的进军号！

从专业上说，与当时国内现行的国 V 标准相比，国 VI 进一步严控了汽油中的烯烃、芳烃、苯、蒸气压等主要环保指标，其中烯烃、芳烃的含量限值可以说是断崖式降低，将有效降低油品燃烧过程中污染气体的排放。通俗点说就是大幅提升环保水平，大幅减少尾气污染。

国务院常务会议和国家七部委在 2015 年 4 月 28 日联合公布方案，要求加快清洁油品生产与供应。

京津冀地区尾气污染日益严重，雾霾多而密集地超低空飞行，2018 年 1 月 1 日起在全国范围内实施硫含量不大于 10ppm（相当于国 V 标准）质量标准。华北石化率先进行科技探索，率先在全国带了个好头。时至今日，因为没有在全国普及，价格上仍然执行国 V 油标准，华北石化超前实施的国 VI 油品要付出可观的经济代价。但，为了保卫首都地区的蓝天，华北石化甘愿责无旁贷地奉献！

在全国炼油产能过剩，关乎生死存亡的竞争日趋激烈，冀东原油稀缺的背景下，中石油集团公司为消除老化石油管道的安全隐患，忍痛割爱，将秦皇岛至北京线、任丘至北京线的石油管道双双停用，吃了快 30 年的上游食物被"掐脖子"，那么，"无米之炊"之后，作为以炼油为主业的企业，华北石化到了生死存亡的紧要关头！

况且，彼时的形势异常严峻。

华北石化是全国炼油企业唯一建在县级地区的单位。因为地处京津冀的核心区域，自豪了数十年的"区位优势"，打起轰轰烈烈的环保战争，优势一下子成了岌岌可危的劣势！伴随炼化企业科学化管理和提升规模效益的推进，国家已经多批次削减小炼化企业，第一批砍掉了年产 50 万吨炼化企业，第二批砍掉了年产 100 万吨炼化企业，第三批砍掉了年产 300 万吨炼化企业，那么，伴随企业升规模、降成本速度的加快，第四批，也许该向年产 500 万吨的炼化企业下刀了吧？

2017 年 4 月 1 日，北京中南海又有"大动作"，中共中央、国务院向全世界公布一个振奋人心的消息，地球上将出现一个改变中国经济格局、影响世界经济区位的新名称，"雄安新区"高调亮相！

然而，这个"利好"消息，无疑会推动京津冀一体化发展，但对于华北石化来说，却是压力倍增。新确立的雄安新区边界距离华北石化的直线距离只有 8 公里，安全环保要求更加严厉。

安全环保压力比雾霾还重，安全监督部门、环保执法人员频频登门检查，所有 45 米以上烟囱、污水外排口都安装了在线监测设施，国家环保部工作人员坐在办公室里就可以看到企业的排放情况。

众所周知，过去以"世界的一半钢铁在中国，中国一半的钢铁在河北"为自豪的赞美之词，在环境保护形势威胁着每一个生命的巨大压力下，已经不在经验介绍材料上提及，更不敢在媒体上露面，这些当年出尽风头、在 GDP 大舞台中连任主角的词汇，轰隆一声断崖式"坍塌"，成为"人人喊打"的驱逐对象。"环保"这条勒颈绳天天甩，甩的频次和"条数"日益密集，已经勒死很多污染型企业，现在，已经瞄准了华北石化……

九死一生时，华北石化接连打出三张"大牌"，"三条管道定乾坤"，修建了天津至任丘的"津华原油管道"、与"锦郑长成品油管道"相连的任丘到保定支线、任丘至北京大兴国际机场的"任京航煤管道"，奇迹般地撬开已经死死关闭的原油断供的大门，史无前例地改变原油"供应源"，放眼世界，向海而行，将俄罗斯原油、中东原油、美洲原油统统"揽入怀中"；不惜巨资投入和颠覆式的科技"大提速"，生产装置近乎"零污染"，"冒火"几十年的"高火炬"彻底熄灭，河北省环保厅和国家环保部 24 小时实时监测；已经下马的千万吨项目起死回生，担心被取缔、矮人一头的华北石化一下挺直腰杆，一跃成为中国炼化企业的"领军人"……

华北石化连续 4 年跃居河北省第一纳税大户。

发生这些难以置信的"颠覆式"变化，起源于 2013 年 11 月 22 日深夜。这个普通而又非凡的夜晚，全国劳动模范张栋杰告别了他打拼 10 年的中石油旗下的陇原明星炼厂庆阳石化，孤身一人来到华北石化……

## 1. 重若泰山的"一张纸"

在同体积的金属中，锇的分量最重；在人类发展中，思想的分量最重；在生命中，氧气的分量最重。

彼时，2013 年 11 月 14 号，对于位居甘肃省庆阳市的庆阳石化总经理张栋杰来说，最重的分量莫过于"一张纸"！

如果中石油总部发来一纸调令怎么办？

不！还哪有什么"如果"啊，这是肯定的！

张栋杰判断，那张子弹一样飞来的"调令"一定会瞄准自己。

事情起因于一个看上去跟张栋杰没有任何关系的突发事件。从得知华北石化原总经理突然出事的那一刻起，张栋杰就心烦意乱、寝食不安。

那是刻骨铭心的一天，也是改写华北石化历史，扭转张栋杰的人生走向，改变全家人生活的一天。

11 月 8 号晚上，张栋杰刚从北京出差回到甘肃庆阳石化。

11月9号早上刚上班，他习惯地打开电脑浏览网页，看看中石油这几天有什么新政策和新闻，张栋杰深深为远在冀中平原的同行而高兴，媒体报道，河北省省委书记等领导视察华北石化，并深入调研，在大量取缔钢铁、水泥、玻璃等污染行业的大环境下，华北石化一定又迎来新的发展机遇。

5分钟后，公司总会计师何瑛进来，"张总，出事了。"

"出什么事了？"

"华北石化公司总经理进去了！"

"不可能！"张栋杰指着电脑荧屏，"我刚才看网上新闻了，河北省委书记昨天还去华北石化视察了呢。"

何瑛再次"肯定"后，张栋杰说："你去问问清楚。"

何瑛出去不大工夫，又返回来，"张总，我打电话问北京总部了，千真万确。"

"完了。"这个消息令张栋杰大惊失色，他一屁股瘫在椅子上，立刻陷入了深思。

何瑛惊异张栋杰的表情，却又不知道华北石化与张栋杰有什么千丝万缕的联系，也不好多问，便退了出去。

张栋杰熟悉中石油的"底细"，就像熟悉自己多次复习过的一道题。

时间上，张栋杰从长庆石油学校毕业后，就一直在中石油系统工作，太熟悉这个行业了。

空间上，当了这么多年领导，全国各地中石油系统的所有"一把手"都是他的同事和朋友，每个人的年龄、专长和能力特点，彼此都很熟悉。

张栋杰把全国各地中石油系统的"一把手"在脑袋里过一遍筛子，"完了！完了完了！"他敏捷地预感到，华北石化"塌下去的大坑"，要派他去"跳"！张栋杰越想越坐不住，他站起来，如指挥若定的将军那样走到地图前，揣摸着："前线吃紧，我方就要顶不住了，必派援军！"

"派谁去呢？"张栋杰的手在地图上这里点一下，那里指一下，然后又回到庆阳石化，喃喃地说："除了我，还能派谁呢？"

张栋杰悲哀地预感到，自己将再一次当上"消防员"。不，不是消防员，应该是"救火队长"！

调令和离别往往都是大伏笔。

在中石油所属炼化企业的"一把手"领导里，"所有的棋子都挪过了"，只有"西部三张"按兵不动。克拉玛依石化的张有林，长庆石化的张喜文和庆阳石化的张栋杰。张有林是搞稠油加工的专家，他也是中国唯一一个特色炼厂的掌门人，不可能动他。长庆石化的张喜文离退休还不到一年，不可能调他去华北石化任职。热血突然奔腾起来，张栋杰浑身灼热、脸发烧，他预感到"谜底"已经揭开，自己肯定逃不掉了……

真的不想去啊！

张栋杰很烦躁，如果这样，原计划全部打乱了！这么多年来，他一直在外地工作奔波忙碌，总算把家人安顿在古城西安了，现在，父母在西安，弟弟妹妹在西安，老婆也在西安，自己退休后，也打算在西安安度晚年。

张栋杰也曾否定过自己的预测，中石油总部也许会安排别人去华北石化，现在既没有接到通知，更没有接到调令，凭什么乱了阵脚？

11月10号，张栋杰从庆阳石化回到西安，先看看父亲母亲，再与妻子团聚。

张栋杰是个"书虫"，哪怕有半个小时时间，他也要钻进书里"咬几口"。可在西安的两天，他一拿起书就"声画分离"，书里的文字"晃动"起来，一会儿变成何瑛的脸，告诉他"华北石化出事了"，一会儿又变成"红字头"的调令，让他去华北石化公司任职……

11月12号下午，闻知和自己搭班子的庆阳石化党委书记刘至祥的父亲患脑血栓住院，张栋杰赶忙去医院探望。

12号傍晚，医院的两位领导和几位朋友邀请张栋杰一块吃个饭，心烦意乱的张栋杰以"自己有事"为由推辞了。

刚出医院大门，手机响了。中石油人事部干部二处副处长打来电话通知，请张栋杰14号下午4点到北京中石油总部，有要事。

张栋杰高高提起的心"唰"地掉了下来，"最怕的事情，终于来了！""怕什么来什么，不想干什么，偏让我干什么，唉，听天由命吧！"

11月14号上午，事实证明，张栋杰"预测准确"。

11月21号下午3点，中石油总部领导一行专程从北京赶到庆阳石化，宣布庆阳石化新的领导班子，张栋杰离开庆阳石化另有任用。

21号晚上，张栋杰乘飞机从西安起飞，夜间0点半到达北京机场。

汽车灯光不断切割夜色，从北京驶向华北石化。

张栋杰乘坐华北石化来接他的车，刚上车便问身边的姜主任："汇报材料准备好了吗？"

"准备好了。"华北石化办公室主任姜志国回答。

上午，北京中石油总部领导要来华北石化宣布新任总经理任命，会后要听取工作汇报，张栋杰有个讲话。来之前，张栋杰给办公室打了电话，请他们准备个简短的汇报材料。

我采访时，已经是 5 年后。但当时张栋杰说出的这句话，不光姜志国很吃惊，华北石化司机林联杰更加吃惊："还没着地呢，就谈上工作了。这么多年，我还没见过这么敬业的领导。"

车到华北石化公寓，已经是 22 号凌晨 3 点钟。

张栋杰丝毫没有睡意，用冷水洗了把脸，拧亮台灯，修改汇报材料。

才华是刀刃，辛苦是磨刀石，再锋利的刀刃，若日久不磨，也会生锈。

张栋杰最大的爱好是广泛涉猎各类图书，活学活用，用以指导工作，激活旧素材，萌发新思想，理顺新思路，敲定新举措。从 16 岁当民办教员起，他就是有名的文科"才子"。学校里所有的总结材料、汇报材料、经验交流材料，都出自"才子"之手。在企业工作数十年，哪怕身居"够级"的领导位置，任何材料他都亲力亲为，从不麻烦秘书。今天，若不是头一次讲话，他对华北石化的情况一无所知，也不会向办公室主任要材料的。

22 日上午 9 点，中石油党组领导宣布了人事调整任命，张栋杰任华北石化公司总经理兼党委副书记。

顺利的时光来之不易，不顺利的日子往往成双结对。

2013 年 11 月 8 号，华北石化"出事"，在张栋杰 22 号来华北石化"空当"的这几天，华北石化乱成了一锅粥。

为职工建住宅小区是好事，但，好事办糟了！建前早就向大家公布，成本价格每平方米 2500 元以下，后变成 2700 元，又增加到 3000 元……

此后一再消解承诺，房子持续涨价，大家怨声载道地交了 8 次钱，住宅小区还差缺口资金一个多亿，最后一次让职工交钱，大家不答应了！

有人来报："'石化新村'又闹起来了！"

分房的职工闹，好多半截子工程没完工，职工们都入住了，没通自来水，没通电，11 月的任丘，已经寒风萧瑟，滴水成冰，这里居然没有暖气！

高层楼房顶漏水，外墙漏水，电梯经常停。几位七八十岁的老头老太蹲在楼下唉声叹气，"电梯坐不了，十七八层谁上得动啊？"

职工们闹起来：

"说好了一平方米两千多块，今天交钱，明天交钱，交了 8 次钱还让我们交，这钱都弄哪儿去了？"

"我们交钱了，为什么关我们的单元门？"

"都快过年了，没有电，没有水，连暖气都不给，像话吗？"

开发商来要钱，承包商来要钱，设计院来要钱，供应商来要钱，施工队也来闹，一共 100 多家单位，都来要钱！

"我们干了好几年，凭什么不给工钱？"

"快过大年了，农民工天天催我们要钱，银行催着还钱，包工头天天上家里闹，谁扛得了？"

"不给钱我们就不让你们住！"

有的施工队很干脆，"哗啦啦"锁上大门，雇几个彪形大汉看着，不让进人。有人更狠，"咔嚓"一声锁上单元门。职工们下班进不了屋，屋里的老人出不去，门里门外各说其理、嗷嗷叫、跳脚骂……

高层楼顶上站个包工头，"年过不去了，再不给钱，我就从这里一头跳下去！"好多人围观。

有人打 110 报警。

公司员工集资建"石化新村"始于 2005 年 12 月 14 日，为了改善员工住房条件，华北石化公司提出建设石化新村商品房住宅小区。

同年 12 月 15 日成立"职工互助建房委员会"。

同年 12 月 19 日，组织员工意向申购报名，有申购意向的每户交纳 2000 元土地竞买押金，开始竞买建设用地。

石化新村建设初衷为解决员工住房困难，无可厚非。但由于建设时间长达 8 年（2005－2013），职工们意见很大。矛盾不断积累，欠外债一个多亿，激烈的交锋终于在 2013 年交房前集中狂猛爆发……

按说，张栋杰可以不管，前任留下的祸患，与他无关。再说，他来接管工厂，又不是来接管"集资建房"。

原领导班子成员都在，张栋杰有理由甩袖子不管，最多向集团公司打个报告，把这个乱摊子推出去。

张栋杰听说石化新村又闹起来，便急匆匆地赶过来。施工队不理他，职工们也不理他。理由就一条，问题积累了这么多年都解决不了，他一个"新来的"，两手空空，怎么解决？

张栋杰对乱哄哄的人群说："我叫张栋杰，前几天才就任华北石化总经理。我郑重地告诉大家，我们新官要理旧账。请大家放心，第一，解决大家的问题就是我们工作，我不能眼看这乱摊子不管；第二，以后不再收入住职工的一分钱；第三，我们是央企。央企要承担社会责任，我们不能因为这些事情，影响央企的形象。"

迎着群众的议论声，张栋杰又说："现在离2014年春节没几天了，我们一定尽快解决问题，请放心，我保证让大家过一个安宁祥和的春节。"

当晚，张栋杰紧急召集会议，一条一条理顺，讨论如何解决。

短暂的调研后，向来沉稳的张栋杰焦急了，"石化新村"的窟窿比起华北石化的"大窟窿"，真是小巫见大巫，不值一提。工厂连年亏损，2009年经济效益居然在中石油旗下26家炼化企业中倒数第一，亏损42.9亿。累计亏损近百亿。

张栋杰宽宽的额头中间拧个"川"字，当年接手庆阳石化的情景又在眼前浮现……

## 2. 从"坑里"起步

2004年4月2号，甘肃庆阳石化公司院子里挤了几百人，他们群情激愤，举拳头，呼口号，累了"静坐"，休息好了又"欢腾"起来。"

大家喊累了，干脆把高音喇叭架在院里，工人们轮流上去大喊大叫，斥责现任领导班子——

打起"打倒贪官，惩治腐败"的巨型横幅。

"你们个个有问题，没一个好东西！"

"贪官们滚出去！"

"我们要涨工资！"

"我们要住房！"

…………

每一张脸都扭曲着，每一双眼睛都喷射着火焰，每一句话都是一个小型炸弹。那么，几百几千人的愤怒聚合起来，山呼海啸，地动山摇……

大吵大闹的队伍还在扩大。工人们下夜班不回家，也参加了声讨。一些"气不忿"的工人家属和退休职工，也参与进来。

有的家属告诉丈夫："老公，饿了你也不兴回家，我给你送饭来！"

起先，工人们轮班闹，工厂还能正常生产，下班或休息的人来大院闹。早就失去民心的公司领导出来管，反而投薪救火，居然"点燃"了更大的愤怒！领导们有的缩头缩尾，有的干脆躲起来，局面完全失控。工人们越闹越凶，一连闹了20多天，眼见愤怒就要升级，有人提出："再不解决问题，咱把装置都停了！"

这还得了？

炼油厂一旦停了装置，就意味着停产，这是大罢工啊！

这消息从中国大西北，越过高原、山脉与沙漠，越过茫茫大戈壁与红柳包，越过奔腾的河流与平原，惊动了北京中石油总部……

张栋杰怎么也想不到，从北京撒来的"大网"，在辽阔的中国大地，在众多中石油企业众多干部中，一下"捞"上他来！

彼时的张栋杰跟从庆阳石化到华北石化一样，真的不想离开当时的单位。上文我已经讲了，张栋杰计划在庆阳干到退休，回到西安与亲人团聚。在长庆油田，张栋杰任总经理助理。张栋杰形容当时的工作："在长庆任总经理助理的8个月，是我这辈子唯一休闲的时光。"

这之前，张栋杰在长庆采油二厂工作几十年，那可是风雨雷霆、闪电狂舞撕破天空的日子，也是激情飞荡、光芒四射的日子，有过带领上千人跟盗油分子战斗的宏大场面，也有过率先进行企业改革，经验被"全国推广"的辉煌，还有过走遍荒凉遥远的黄土高原，一会儿小鸟一样飞上塬顶，一会儿又野狼一样扎进深谷，亲近每一个农民看井人的日子啊！

夜间，张栋杰看见那一闪一闪的小星星就激动，那是一架架油井啊！每个油井相距几公里、十几公里甚至几十公里。太荒凉了，看井人好几个月见不到一个人，哪怕见到一只小动物，也视同亲人。那些孤零零的油井架，这里一个，那里一个，就像走丢的孩子……守井人苦啊，夏天热得光膀子，冬天冷得"当团长"。吃水要走很远很远才能找到山泉，常年吃不到蔬菜。

张栋杰做了统一规划，在若干个地方就地就近建了若干个"中心"，"中心"内有菜地，有宿舍，有食堂，有游玩休闲的场所，守井人过上了群居生活，一下过上天堂一样的日子……

张栋杰倡导的"早期超前注水"采油工艺震惊了同行，日产量数十倍翻涨！张栋杰会写、口才好、干起工作不要命，从在长庆石油学校当上班长起，这辈子就没当过老白丁！他当采油厂厂长，麾下有1万多人！在甘肃省、在陇东地区，许多人不认识张栋杰，但一提威风八面的"陇东王"，却无人不晓无人不知。

2003 年，张栋杰任长庆油田总经理助理 8 个月，这辈子他头一次结束两地生活。工作没有硬指标，烦恼事有前边一排领导挡着，他甚至计划，从现在起，"我要多读书，好好研究一下采油理论。""这么多年远离父母、妻子、女儿，这下，我要尽尽责任了。"他哪里知道，这时，在北京中石油总部的会议室里，高层们在所属企业领导干部名单中寻来找去，最后异口同声地调实了焦距，将镜头光圈锁定了张栋杰……

2004 年 4 月 24 日上午，张栋杰匆匆忙忙从古城西安赶到他曾经生活并战斗过 26 年的甘肃庆阳。

张栋杰说："庆阳石化公司是搞炼油的，而我是搞采油的，对炼油这行一窍不通，专业也不对口，让我这个白帽子去当总经理，这怎么行呢？"

"世界上的事情哪有那么绝对的事？"中石油领导不同意张栋杰的观点："不懂可以学嘛。再说，又不是让你去炼油，而是让你去管理企业。"

多年之后，张栋杰感慨道："我 3 天就能培养一个会采油的，可 5 年，也培养不出一个会炼油的。"

2004 年 4 月 25 日，张栋杰走马上任。

张栋杰下到工厂"一兜底"，惊出一身冷汗。全厂近 2000 名职工，几乎都在上班。可不是仨一伙俩一串地闲聊，就是出双入对四处逛，只有个别人老老实实工作。厂容厂貌更糟糕，整个炼化工厂就是一床多年没拆洗的大棉被，这里油一块，那里堆满了灰，破得大窟窿小眼子，脏得已经看不出"布"的原色。

生产问题更吓人，炼油厂没有钱买原油，拿什么炼？

"吓人的"地方"比星星都多"。债权高达 8000 多万元，欠公司钱的债务人多达 700 多人，但无钱买"原料"。在环县开家活性炭厂，每生产 1 吨亏损 1 万多元，居然还在开！厂办酒店才开业一年多，亏损 396 万元。

工厂已经是空壳子，欠税费 6000 多万，长期付息资金高达 54300 万元，短期付息资金高达 43600 万元，总负债资金额达 97920 万元，资产负债率高达 108%！"庆阳石化已经不是甘肃人的工厂，也不是庆阳人的工厂，而是银行的工厂！"

张栋杰深入调研后，发现庆阳石化的问题根深蒂固。这里"与农村为邻，与农民为伍，与窑洞为伴"，这是一个有着小农经济、斤斤计较、小恩小惠的氛围的群体。这里人们长期形成的价值观，看问题的角度，解决问题的方法，决定了行为，也影响和左右着企业文化……

管理就别提了，哪还有什么管理？

炼化企业是高危行业，集高温高压、易燃易爆、有毒有害于一身，稍有不慎，哪怕衣服产生静电的一点火花，就会导致厂毁人亡，张栋杰又吓出一身冷汗，在原油卸车地，竟然有一堆一堆的烟头！

胆子大于体重啊！

张栋杰找来一个纸壳箱子，一颗一颗捡烟头，忙碌了大半天，居然捡了一箱子烟头！

张栋杰十分气愤，他一定要顺藤摸瓜，下猛药治重疴！

人命关天的事都没人在意，还在意什么？

张栋杰肺都快气炸了，找来销售处的处长，狠狠训斥后，罚款 500 元！这次罚款惊骇了所有人，往常罚款五六块钱，被罚的人还与车间主任"理论理论（甚至再要回来）"，张栋杰一出手就罚了 500 块钱！

张栋杰再"一兜底"，另一个"天大的问题"浮出水面，庆阳石化竟然是"后娘养的"！现在还不是中石油这个大家庭的正式成员，而是归在中石油股份公司"托管"。就像编外临时工，许多待遇没有纳入编制计划，人家给待遇算恩惠，不给待遇算正常。

比如分配投资这样"天大的事"，竟然没有纳入中石油总部的计划，从地方划转到中国石油，三年时间没有投资过一分钱，撑一顿饿一顿，朝不保夕。

这怎么行？

按部就班不会出错，但很难出彩。

张栋杰决定首先解决这个持续多年的头等问题。他一次一次跑北京，这位四十多岁的汉子一个一个找年轻的处长，跟人家说小话，类似翻找没有存档的"散页"旧档案，文齐武不齐，出现许多"历史错位"。张栋杰咬定青山不放松，执着努力，一定要让这个"弃儿"认祖归宗……

像蚯蚓那样坚持线性真理，摸着黑在大地皮肤下面打洞。

2005 年 3 月，中石油总部最终"拍板"，庆阳石油化工厂的全部资产和全体人员，整体划转到中国石油天然气股份有限公司旗下，正式更名为"中国石油天然气股份有限公司庆阳石化分公司"。

工人们兴奋啊，终于结束了"流浪日子"，正式成为中石油大家庭的成员，不再"托而不管"，不再长年漂泊，不再朝不保夕，一下恢复了公主身份，丑小鸭变成了白天鹅！

此后，张栋杰带领班子和职工快马加鞭，提出"三步走"的战略目标，全面推进"六大战略管理"和"二次创业"，"管好炼好150万吨，谋好建好300万吨，打造强势庆阳石化"。

年炼油300万吨的目标提出来后，一块石头"砰"地砸进水潭，惊浪朵朵。只有张栋杰信心满满："我们一定要实现这个目标！"

"这家伙可真能吹。"有人背后给张栋杰起个外号叫"张大炮"……

"我坚持要建年炼油能力300万吨，为了我们庆阳小炼厂的前景考虑。这个规模，在我们中石油炼厂也是最小的。2006年关了黑龙江林源的300万吨炼厂，2009年又关了吉林前郭的250万吨炼厂。"

庆阳是革命老区，国家非常重视，地方经济发展需要炼厂。长庆油田在庆阳境内年产400万吨原油，庆阳石化年炼油能力才150万吨，不匹配。

计划不付诸实践，只能算空想；道理不指导行动，不过是空谈。成功需要想象力，但你的天地终归要靠双手拼出来。挑战失败，别怕跌倒，身经千锤百炼，才能所向披靡。

谁都清楚，异地建厂不同于当年在"空白地"上任意涂抹，征地、动迁原居民、土建、购设备、安装置等，项项"牵一发而动全身"……

难题一大堆，"张大炮"能做到吗？

## 3．"以身许国，何事不敢为？"

人生的路要自己一步一步走，对于追求梦想的人来说，从一开始就脚踏实地，反而是最近的道路。

2014年春节近在眼前，街边小摊红彤彤一片，鞭炮、贴画、对联已经上市。街上熙熙攘攘，人们在忙着办年货。

为了过个安宁祥和的春节，张栋杰紧急筹措部分资金给欠款单位，又与他们协商了分期分批还款的计划。总算解决了石化新村家属房的供暖等数个"紧急"问题，暂时平息这场久拖不决的纠纷。

春节刚过，中石油集团公司审计组进驻华北石化，对公司的生产经营管理等方方面面、上上下下进行了详细审计。审计报告披露石化新村问题相当严重：

第一，建设资金缺口较大，合同款支付存在违约风险。该项目初步设计概算未将征地费、设计费、建管费等相关费用考虑在内。小区建设中各种原因投资增加约 1.11 亿元，同时增加了公摊费用。截至审计日，未结算合同尾款、预计未完工程款预计 1.0619 亿元，目前资金缺口较大，施工单位催促结算工程款，合同款支付存在违约风险。

第二，低价处置公建楼，未取得预期效益。2013 年 5 月，经时任公司总经理决定，将公建楼分别抵押给石化新村的合作建房单位和一个体老板，抵押协议明确回购期限为 1 年。协议签署后，时任公司总经理提出不可能再回购了，用补充协议直接抵押。同年 7 月又签订了补充协议，约定将抵押物性质和权属进行变更。其中，B1 公建楼测算成本 3220 万元，抵押出售金额 2836.65 万元；B2 公建楼测算成本 2665 万元，抵押出售价格 2715 万元。但是至审计日仅收到个体老板交款 1000 万元。

……

审计报告捧在手上，张栋杰感到有千钧的分量。安居才能乐业，这个老祖宗传了千年的道理张栋杰咂摸了几十年，也实践了几十年。从长庆油田采油二厂到庆阳石化，张栋杰组织了几次职工住宅建设，盖了几千套房子，住房在职工群众中的重要地位他岂能不清楚？特别是当前的华北石化，原主要领导被逮捕，检察院的调查紧锣密鼓，不断有干部被专案组叫去谈话，调取各种材料，许多干部人心惶惶、无心工作；刚刚入住的石化新村问题多多，干群关系紧张到一触即发，成为安全生产的重大隐患。

怎么办？这么多问题让人感到老虎吃天，无处下口。

到哪里找答案？张栋杰最爱看毛泽东主席的《矛盾论》《实践论》，有的章节甚至能背诵下来。"不能把过程中所有的矛盾平均看待，必须把它们区别为主要的和次要的两类，着重于捉住主要的矛盾""但是在各种矛盾之中，不论是主要的或次要的，矛盾着的两个方面，又是否可以平均看待呢？也是不可以的。无论什么矛盾，矛盾的诸方面，其发展是不平衡的。有时候似乎势均力敌，然而这只是暂时的和相对的情形，基本的形态则是不平衡。""矛盾着的两方面中，必有一方面是主要的，他方面是次要的。其主要的方面，即所谓矛盾起主导作用的方面。事物的性质，主要地是由取得支配地位的矛盾的主要方面所规定的。"

张栋杰与大庆油田同龄。当年大庆石油会战之初，面临着人力不足、资金不足、设备缺乏、材料缺乏、生产设施不配套、气候严寒、生活条件差、队伍技术素质不高、缺乏勘探开发大油田的实际经验等矛盾和困难。会战工委认真分析形势任务，及时作出了《关于学习毛泽东同志所著〈矛盾论〉和〈实践论〉的决定》，开展了以社会主义教育为主要内容的形势任务教育。会战职工深刻地认识到，这困难、那困难，国家缺油是最大的困难；这矛盾、那矛盾，国家建设等油用是最主要的矛盾。会战旗帜鲜明地将"两论"作为思想武器和行动指南，用辩证唯物主义观点去分析、研究、解决开发建设中的一系列问题。仅用 3 年就高速度、高水平拿下大油田，累计生产原油 1166.2 万吨，甩掉了国家贫油的帽子。同样，解决石化新村的问题必须抓住主要矛盾和矛盾的主要方面！

视野决定高度。石化新村这个烫手的山芋中哪个是主要矛盾？哪个又是矛盾的主要方面？小区到底亏损多少，亏在哪里？各种猜疑满天飞是主要矛盾；小区建设中什么都用最好的导致各种超预算，变更决策导致工期延误、结算中应核减未核减费用、非合同内结算费用偏高、变更后结算费用偏高等所导致的成本虚高达到 1100 多万元，原总经理又将两栋公建楼低价抵押出去，用什么来弥补巨额亏空，这也是主要矛盾。解决了主要矛盾，其他次要矛盾就会迎刃而解。

思路决定出路。思路笃定，张栋杰把审计处副处长杨玉辉叫到办公室，安排道："玉辉，破解石化新村问题，必须把账先算清，这是前提条件。你去在中石油入围的审计师事务所中找一家工程项目审计实力最强的，把石化新村好好审计一遍，为党委下一步决策打好基础。"

细节决定成败。2014 年 11 月 25 日，天职（北京）国际工程项目有限公司进驻石化新村，利用一个月的时间对石化新村建设工程进行了全面审计，对项目前期决策管理、招投标管理、合同管理、造价控制管理、财务管理等方面的内容实施了全面、系统的审计，对项目总造价、主要分类建筑造价进行了测算。审计发现了 10 个方面 52 个问题，并提出了 5 个方面的审计建议。

2014 年 12 月 25 日，张栋杰主持召开公司党政联席会议，听取了审计处关于石化新村审计结果的汇报，与会领导认真讨论一致认定：本次审计工作专业、认真，具有权威性，应该充分尊重和认可，决定本次审计结果和报告为最终审计。审计结果拨开迷雾、豁然开朗。普通住宅部分（含高层住宅、储藏间、车库）完全成本与销售收入持平，员工群众可以大放宽心；公建楼和小区大门完全成本 8148 万元，就是说小区的全部亏空都在这里，只有靠出售公建楼才能弥补。

说了就办，定了就干！这是张栋杰的性格，也是张栋杰的风格。收回抵押出去的两栋公建楼成为摆在张栋杰面前的重大难题。张栋杰主持召开总经理办公会，对石化新村工程建设的后期工作进行了部署，明确指出，必须努力收回已经抵押出去的 B1 和 B2 公建楼，确保工程建设后期工作全面完成。大政方针已定，有关同志积极研究制定工作方案、克服困难不急不馁、努力与对方公司和个人沟通协商谈判。张栋杰单独听取汇报 6 次并出面找任丘市委、市政府领导协调、沟通、洽谈，有理有力有节，在支付了抵押本金、利息及对方装修费用等 1054.52 万元的情况下，终于实现了两栋公建楼的成功收回。企管法规处处长黄建强在电话里兴奋地报告："张总，两个解除抵押合同都已签订了！"一瞬间，张栋杰几个月来悬着的心终于落了下来，石化新村欠的工程款、材料款必须要还，拖欠农民工工资和供应商的钱于心不忍、于理不通，有了收回的两栋公建楼才有了还款的基础啊！

一波未平一波又起。负责土地工作的刘志一找张栋杰汇报说，新泰公司说石化新村占了他们 2.14 亩土地，要求华北石化给付 200 万元。原来石化新村小区在 2007 年征用开发用地时，任丘市国土局将新泰公司 2003 年已经征用的 2.14 亩土地划给了石化新村小区。这个问题在石化新村小区开工建设之前就已经发现，双方就进行过交涉，也向任丘市国土局作了反映，但这个土地重叠问题一直没有得到解决，而重叠部分已由石化新村小区开发使用了。经过反复谈判，2014 年 8 月，双方同意华北石化公司对重叠的土地按照当时的实际地价和同期银行利息支付 101.25 万元，华北石化取得了 2.14 亩土地的所有权，妥善解决了与新泰公司的土地纠纷。

翻过了一道山前面还有一道坎。华北石化在 2007 年建设石化新村时所征土地全部是住宅用地。建成后的 B1 公建楼（分南、北两栋）和 B2 公建楼属于商业性质，但所坐落的土地是住宅性质，建筑物与土地性质不匹配，无法办理房产证。张栋杰又出面找任丘市主管领导，找国土局局长、规划局局长，终于在 2015 年 10 月 13 日任丘市国土资源局与华北石化签订土地使用权出让合同，华北石化补交土地出让金 222.99 万元，将公建楼所坐落的三块住宅用地变更为商业服务设施用地。与此同时，华北石化也完成了石化新村两块住宅土地的土地证办理。拿着三个土地证红本本，看着石化新村商业用地勘界图上坐落在小区东侧画着阴影的三个商业地块，张栋杰露出了难得的微笑。

石化新村没有一分钱，施工单位又催得急。华北石化公司借款 5000 万元，支付了大部分工程款；对于剩下的 3000 多万元欠款，张栋杰安排行政事务部与每一个单位详细对接，制定还款计划。公建楼出租给任丘市人大作为临时办公用房，出租给银行、超市作为营业场所收入一些租金，出售了部分地下车位，有一点收入马上还施工单位一点，积极主动的做法取得了施工单位的理解和谅解。

张栋杰知道石化新村的"麻烦事"刚刚开头，要有跑马拉松的准备！他更知道，这只是"副业"，现在，他要尽快进入角色忙"主业"……

且不提华北石化 2013 年亏损 4.16 亿、累计亏损 100 多个亿的大窟窿，这不是三天两天就能堵上的。眼前乱糟糟无序的状态，令张栋杰大吃一惊。这情形，跟 10 年前他接手庆阳石化的乱摊子似曾相识。

厂门口就很吓人，破棚子、破房子、加油站、农民接待室，人员混杂、工种混杂、身上带的劳动工具混杂，这太危险了！在高度防范"安全一票否决"的炼化工厂，怎么可以这样？

工厂大门口有两个墩子，不远有个大棚。地上的水泥砖破破烂烂，雨后汪着积水。

因为停车的事干群关系很紧张。厂里规定，私家车进厂区，科级以上领导让停，普通职工不让停。

张栋杰当即表态："今后院里停车一视同仁，谁的车先进来谁停，停满了拉倒！"

职工们进进出出，衣着五花八门随便穿，很多年轻女职工赶时髦招摇而过，红衣裳、超短裙、戴着大墨镜。

厂区乱糟糟的，设备装置没人管，安放乱七八糟。机器旁边这里一摊油，那里一摊油，味道刺鼻。

张栋杰实在"看不懂"，怎么还有穿便服上班的？内操室内，怎么还有穿时装上岗的？

还有他更加"看不懂"的，在上班岗位上，工人们可以轮班睡大觉。比如上 4 点班连 0 点班，把人分成两伙，各睡 4 个小时。周围都是高温高压易燃易爆的装置，怎么敢在这样的危险环境里睡觉？

众所周知，人在睡眠的状态下反应迟钝，在遍地埋伏着险情的炼化企业，一旦出现突发事故，人还没等反应过来，就上西天了！

张栋杰在职工大会上打个比方，张飞怕睡着后不安全，练就了睁眼睡觉的本领。可就这样有着特殊本领的奇人，还是在睁眼睡觉时被人杀了！

我们是普通人，敢明铺夜盖地在危险的区域睡觉，谁敢保证不出问题？不出事故便罢，出了就是大事故！

"人，在睡眠状态下的防护能力与'死人'没有区别。"

"全厂到处是床，臭不可闻，这叫什么工厂？"

张栋杰愤怒了！

这只是"皮毛"。皮毛下面的问题更加触目惊心。

上班的一千多人，主要突出一个"看"字。内操主要在看，盯着荧屏看，看出问题了，通知一下外操了事。外操干没干，谁干的，干得怎么样，没人管。

外操在厂区巡检，哪里漏油了，哪里设备坏了，给内操打个电话了事。维修的来不来，来得及时不及时，修没修，修好了没有，跟外操没有关系。因为，他们不干不会出错，不出错就不扣钱。干就可能错，错了就要扣钱。上至头头，下至普通工人，看住自己的工资总额，以"不被扣钱"为"最高标准"，还取了一个名字叫"负激励"。

张栋杰觉得"太奇怪"了！这是什么管理理念和方法？干部员工的最高标准就是不被处罚。实际上，这是企业管理的最低标准，同理，华北石化把企业管理的最低标准，当作最高标准来执行！

基本的顺序，基本的政策，应该多干多得，干得越好收入越多。这里，竟然"反向"了！

这牵涉到我上面提出的问题，大家都在"看"。为什么这样干，根子就在企业管理的"负激励"机制。许多师傅们，能不干就不干，不干就不被扣钱。这明显是管理架构设置出了问题，也是逻辑上的大混乱！

这种"负激励"机制导致了"都在看"。比如技术人员，年初就确定了工资总额，别出问题，"看住"这些钱为"最高原则"。否则在安全、环保、技术指标等方面哪儿出问题哪儿扣钱。

"负激励"的另一个特点是：多干多错，少干少错，不干不错。

"信息化"本是好东西，华北石化走在中石油企业的前列。问题是，信息化水平达不到企业管理要求，理解上有偏差。比如考勤系统，有工人只在正门打卡机上按了指纹，工厂有十多个门，还可能从别的门出去。有的工人在网上买了硅胶指纹，自己有事，找关系好的代刷。有人提出这个漏洞，负责考勤管理的说："我们只认系统不认人。"

领导干部和管理人员普遍不去现场，重要的是坐在电脑前盯着流程，"信息化管理"，变成大量时间在应付报表、上传、造假。或者，整天盯着电脑"东算西算"，反复算，只要自己分管的工作不出错就行。工作中的问题不是"解决"的，而是"算"出来的。

中石油专家每年来厂两次检查工作，发现问题及时解决，会大力促进企业管理的改进和提升。由于这种"负激励"的存在，来了就扣钱，形成"人人躲问题"的局面。三联合曾发现三个问题，扣3000块钱。结果，一个推一个，竟然找不出责任人是谁。因为发现问题就找责任人，就扣钱。变成谁都不承担责任。问题出了，每个人都相互推脱，先择清自己。我不管责任是谁的，先把自己择出去。

工艺管理安了摄像头，主要功能是安全运行监测。摄像头本应该对准装置和机器，华北石化却对准工人，对准内操工，对准外操工。有个内操工人，说话时靠着桌子十来分钟，被扣了钱。这位工人不服气，"我只说了几句话，又没影响工作，凭什么扣我钱？""即使我们不是工厂的主人，可也不是监狱里的犯人啊！"

这里没有像庆阳石化那样聚众大闹，但从人们的精神面貌上，表情上，张栋杰觉察到，这里有深水下涌动的暗流，这暗流已经咬啮着大坝根部多年了，还在不松口地咬，一口一口又一口……

我们不能让落叶返回枝头，不能让雨水回到云，也不能让秧苗回到种壳。但，我们可以将弯路取直，把脏水过滤干净，将病魔患驱逐出境……

张栋杰"出拳"了！

他接连召开了3个会议，打了一套组合拳，人称"三会定乾坤"。

首倡"五个不变"，认清"五个形势"，"咬住质量效益不放松"。

2014年1月26日，在华北石化公司八届四次职代会暨2014年工作会议上，刚刚履新的总经理张栋杰语惊四座，甩出6个"问题炸弹"，剥皮现骨地揭开危机真相："秦京输油管道即将停用，如果津华线不能在秦京线停用前建成，公司将减少200万吨原油供给并面临关门停产的窘境；经济技术、节能降耗指标在炼化板块排名后5位亟待解决……"

张栋杰反其道而行之，重点强调"五个要变"……

一个人、一个企业最大的忧患是没有忧患意识，最大的问题是对问题缺乏警觉。

尤其在思想观念方面，张栋杰重槌击响鼓："2005年公司升格为副局级单位，2012年升格为正局级单位。机构升格了，可不少干部职工的思想认识水平、理论修养水平、法制政策水平、分析判断能力、经营管理能力、技能业务等没有随之升格，远远不能适应发展要求。还有，地方政府领导频繁来访，兄弟单位学习信息化的人络绎不绝，这阵势蒙蔽了不少人的双眼，沾沾自喜，失去了开拓创新动力，对上级单位检查出的问题，欠缺从源头上整改问题的决心……"

张栋杰的报告赢得阵阵掌声。但掌声只是开在树上的俏丽花蕾，能不能结出丰硕的果实，还要经历风雨雷电的严酷考验。

仿若孤军作战，张栋杰把自己当成"顶针"，甘愿把疼痛留给自己也要以麻脸之身对抗尖利。

自信和有效的行动才是真正的优雅。如果做一双翅膀，就用飞舞诠释生命的内涵；如果是一滴雨，就倾尽全力滋润大地。

张栋杰接续了数十年不变的独身生活，出门进工厂，回来进公寓。一个小房间，既是他的卧室，又是办公室和接待室，24小时不离工厂。比狠狠剔除糟粕更难的，是要建立切实可行的新秩序。白天劳体，盯着工厂的每一套装置、每一个角落深入调研；晚上劳心，闷在公寓里奋笔疾书。每天睡眠三四个小时，制定了十几个改革方案，大刀阔斧，对摇摇欲坠的老理念、老规矩、老办法，进行了脱胎换骨的颠覆性变革……

连环组合拳拳拳砸在要害——

第一拳，改革一切不适应生产力发展的生产关系；

第二拳，改造一切不利于责任主体作为的管理方式；

第三拳，改变一切不适应质量效益可持续发展的管控方法。

如果说这几拳还只是理论"套路"，那么，紧接着就以迅雷不及掩耳之势，"圈定"了拳头的具体落点——

落点一：公司所有管理架构都要进行重新调整；

落点二：所有人员岗位都要经过竞聘产生；

落点三：所有干部员工的收入结构和收入水平，都要调整。

给平等者以平等，给不平等者以不平等，建立新的平等秩序，而不是将平等拉齐。

"咔嚓！轰隆隆隆——"，犹如一道道惊雷在天穹滚过，整个工厂"炸锅"了，几千双眼睛都在瞪，几千只嘴都在说，几千副肢体都在比比画画……

因为，这是"一网打尽"，涉及每一套装置、每一个岗位、每一个人！

千头万绪，事无巨细，既要锁定宏观的发展战略，又要锁定微观的每一根细细的管线、每一滴油！

张栋杰要把这神圣的一滴油高高地捧奉起来，让她装进大太阳，让她放射太阳的光芒。他要告诉每一个人，正如高大的人体是由最小的细胞所组成一样，这一滴油，就是我们华北石化的细胞，也是我们的灵魂。微小的细胞好坏能决定身体优劣，一滴油也能决定我们华北石化的肌体健康和前程。我们必须联手奋斗，让每一滴油都成精品！

那么，我们从现在开始"动手术"，从每一个人开始！

张栋杰撤了所有对准工人的摄像头，改为对准机器。工人们挺高兴，这下自由多了。紧接着，一条条绳索般的改革办法，"勒疼"了工人们——撤了厂区内所有的床，规定上班不许睡觉。

工人们强力"反弹"，床撤了，我们上班睡觉十多年了，怎么突然不让了？这么多年都没事，新领导为什么"生事"？

上班睡觉多好啊，工作休息两不误，下班回家干什么都不影响。突然不让睡了，谁受得了？

"前任领导要我们的钱，张栋杰要我们的命啊！"

每句话里都是一块结石。要么击碎，要么取出，要么任其"长大"伤害身体。

张栋杰非常清楚，很多人都站在一边并不是什么好事。就像一群人都站在船的一边，船肯定会翻。

不要试图取悦所有人，现在做不到，未来也做不到。

张栋杰反击道："在我们炼化企业，只有睡觉才能死人，人在睡眠状态下的防护能力与死人没有区别，让工人睡觉才是不要命，大家打听一下，全世界炼化企业的工人，哪有在岗位上睡觉的？"

怎么可以把随便当成自由？自由不是让你想做什么就做什么，自由是教你不想做什么，就可以不做什么。

类似的"反常规"比比皆是，散漫惯了，现在突然"紧起来"，工人们先是感觉"撑不住"，继而工作量增大"不适应"，而后责任对位"不舒服"、"工资减少"（没有完成工作指标）有意见……

刹那间，议论和谣言如旋风刮过，烟尘四起……

中石油领导好心相劝："慢慢来，别弄崩了！"

几十位老领导、老朋友、老同学给张栋杰打电话，"这地方不好弄啊，这是中国石油的南大门，敏感地区，凡事要小心。""步子别太大，急了不行。""饭要一口一口吃，事要一件一件做，急了要出问题的。"

那段日子，张栋杰的手机成了"热线"，关心、问候和劝慰不绝如缕。

一些好朋友提心吊胆地跑过来，劝导张栋杰，华北石化太复杂，问题由来已久，"千万急不得"……

他心宽似漏斗，任何流言都过而不留。

为了慎重起见，张栋杰将这些好心人的话一一在脑子里过筛子，用"排除法"认真检索遴选、"捞干的"，最后发现，"筛子里"留下来的，还是自己深思熟虑的东西，"这就好办了！"张栋杰啪地一拍桌子："现在最紧迫的事情，不是争论，也不是计划，而是实施！时间不等人，要快！"

我们每个人在努力的过程中都会有迷茫的时刻，不知道要走多少步才能达到目标，即使已经走了一千步一万步，仍然可能会失败。但成功往往就在下一个拐角，如果太早放弃，你永远不知道自己能走多远，能达到怎样的高度。

根深不怕风摇动，树正何愁月影斜。张栋杰胸有成竹，不仅仅在于他读了几人高的书，也不仅仅在于他现在已经年过五旬、"走了太多的桥"，积累了丰厚的经验，还不仅仅在于他当领导时间太久，有精准对位的管理经验，更不仅仅在于他十年前从"炼油白帽子"变成专家，将庆阳石化乱摊子提升为全国同行业的"新星"，而是在于他将"以人为本"深化为"挖掘人性、顺应人性、引导人性、提升人性"，一方面，他能将不同的人分门别类，"一一对位"，开出因人而异的配方；另一方面，他自己以身作则，决不谋半点私利——每每想起这一点，面对诸多困难和众说纷纭的忠告与提示，张栋杰就莫名激动，他挺直腰杆，心底便涌起岳飞的豪放诗句："以身许国，何事不敢为？"开弓没有回头箭！

也许理想还没有达成，也许生活尚不如意，但千万别放弃。请记住，你渴望的美好生活只是迟到，绝不会缺席。

## 4. 惊动中南海

没有伞的孩子，必须努力奔跑。

当张栋杰带领庆阳石化谋划旧厂搬迁、策划筹建新厂大业时，发生了一件惊动中央高层的大事，长庆油田背着庆阳石化搞了一项"秘密工程"，长庆油田总部已经搬迁到西安，决定不远千里，把长庆油田开采出来的原油，通过新建的运输管道输入咸阳……

这项已经获得中国石油天然气股份有限公司批准的项目，将把产于陇东（庆阳）的原油大量输入陕西咸阳，原油生产面临两个威胁，一个是损害了当地经济，另一个威胁更加可怕，庆阳这片承受巨大的开采牺牲的土地，将在付出巨大牺牲的前提下面临管道输送属地所带来的环境污染……

如果成为事实，庆阳石化将面临无油可炼。这简直是掐脖子、割断生命线哪！庆阳石化职工们闻听此事，仰天长叹，哀鸿遍地，张栋杰主政后，庆阳石化刚刚见到曙光，而今又黑云压城……

管道在庆阳市境内 100 多公里，沿途影响农村 20 多万人饮水，穿越地多为农田重点保护区，比起这些，庆阳石化算什么？

老百姓上街疾呼，拉起条幅抗议："保护环境，刻不容缓！""石油流向四方，废墟留给庆阳；百姓无辜受害，殃及子孙后代！"

张栋杰吃不好睡不着，辗转反侧想办法，最多时一夜抽光三盒烟。用什么办法"翻盘"？怎样找到撬动地球的支点？他一时还想不出。

张栋杰相信：成功的大门是虚掩的，只要你勇敢地在叩，成功就会热情地来迎接你。

张栋杰也非常清楚当时的难度，凭庆阳石化一己之力，不可能"搬动这座大山"。

张栋杰如一条金线，将重要的"环节"穿在一起，动员不同的"支点"同时发力，该卸力的卸力，该分解的分解，该排爆的排爆。

庆阳环保局局长赵明紧急起草一份报告传送国家环境保护局。直言庆阳至咸阳输油管道工程在肖金地段与拟建的长西高速公路交叉，这种交叉、穿越，造成区域环境敏感度高，增大环境危险，请国家环保局重新审核该项目。

报告"坦陈的危险"，引起环评专家们的高度重视，并左右了评估结果："《庆阳－咸阳输油管道工程环境影响报告书》存在标准使用、工程污染源分析、大气污染预测选用不够准确，水土保持内容的深度不够，厂界非甲烷总烃、厂界噪声达标分析缺项，危险废物处置方案不当等诸多问题，不足以说明该项目环境可行性。因此，不同意修建这条管道。"

长庆油田闻知大惊失色，当即在 2005 年 10 月"回了一拳"，向庆阳市委发出通知，要求庆阳市委对此工程给予"配合"。

这个"通知"把引爆点推向高位，长庆油田从庆阳大地上采油起家，1998 年搬往西安连个招呼都不打，采油期间破坏那么多良田不赔偿也就罢了，为什么这样快就"弃旧主"讨好"新人"？

专家们愤怒了！联名写信上访。

老百姓愤怒了！他们扯出了大幅标语："保护环境，刻不容缓！""石油流向四方，废墟留给庆阳；百姓无辜受害，殃及子孙后代！"

老红军愤怒了！曾任过庆阳地区地委书记的云尚秀，专门给温家宝总理写信，含泪控诉这个"败家工程"。

2006年元旦，温家宝总理接信第5天就在云尚秀的信上作了批示："在合理开发石油资源的同时，要高度重视庆阳地区的环境保护和可持续发展问题。请发改委、能源办、环保局、甘肃省政府（发改委牵头）调查研究提出措施。"

温家宝的批示层层下传，国务院、甘肃省委、庆阳市及云尚秀。

2006年1月4号，186名庆阳市政协委员联名提交议案，予以阻击；

1月8号，甘肃省第十届人民代表大会常务委员会发布第35号公告，发布了《甘肃省石油勘探开发生态环境保护条例》，予以阻击；

1月14号，10位政协委员联合签名，予以阻击；

1月15号，26名甘肃省人大代表提交了《关于加强陇东油区污染治理和环境保护的议案》，予以阻击；

2月15号，由中央、国务院各部委及省政府15人组成联合调研组；

3月16号，中国石油集团公司与甘肃省政府签署了《关于庆阳地区经济发展与陇区油区整体开发的座谈会纪要》，双方确定了"谁都离不开谁"的科学理念，达成"互利双赢、共同发展"共识。

庆阳石化的300万吨项目，也在"纪要"中"复活"。

然而，当时庆阳石化窝在一个叫"韩家湾"的小山沟里，要请批、规划、选址、买地、居民搬迁、建设，谈何容易？

人们这才"突然"醒悟：张栋杰不是"张大炮"，而是有能力把雄心壮志变成现实。

2006年11月18日，庆阳石油化工厂300万吨项目在庆阳市西峰区的董志镇正式奠基。

征地的祖坟搬迁，农民夜间栽树、盖房、突击装修房子，把土砖换成瓷砖，两间房用胶合板隔成三间房，原本一套，连夜用三合板又搭建出一套房，变戏法一样，"狮子大开口"套补偿……

地已经买下，农民不让庆阳石化在红线以内扎围墙，以影响农作物生长为借口，非得给他们留出二三米的距离，甚至有过分的让留出 5 米的距离。国家规定的距离是 1.5 米啊！这个围墙涉及 4 个村，四五公里长，这样干，等于庆阳石化掏钱买的地，又还给他们……

吃了太多亏，历尽艰辛总算有了眉目，原韩家湾老百姓却不让庆阳石化搬走！明里是老百姓在闹，背后有政府撑腰，原因就一条，周围好多人靠厂子卖生活用品活着，厂子一搬，这些人的经济血脉就干了！

张栋杰急坏了，刚起头就乱成这样，以后怎么办？

张栋杰多次找庆阳市市长，终于达成一致，市政府出头解决耕地被冲刷问题、每年向庆阳县划拨 1000 万元，庆阳石化出资给予韩家湾经济补偿。

工程动工了，新的问题又接踵而来，领导说情把工程给有背景的公司，用谁的料，请谁来设计，价格、监管等麻烦一大堆。张栋杰果断决策，把所有项目都拿到台面上来，公开向社会招标，公开、公正、公平，决不搞地下交易，要求就一个：向历史负责，对得起庆阳石化的两千名职工！

五加二，白加黑，"百日大会战"，为了抢工期，张栋杰带领干部职工拼命干，也要求施工单位晴天 24 小时工作。张栋杰召开誓师大会，要求职工们"抢晴天，战雨天""定节点，明目标""定任务，严奖惩""定措施，强保障""狠下一条心，瘦掉几斤肉，蜕掉几层皮，扑下身子向既定目标发起全面总攻！"

2010 年 9 月 30 日，300 万吨新厂全厂流程打通，整体联运成功，主要装置运转正常，各类设施完好无损，替补设备迅速到位，新的炼油厂朝气蓬勃，英姿勃发……

庆阳石化 300 万吨工程奇迹般地实现"五个之最"：中国石油炼化项目可研设计时间最短，安评环评组织最优，项目备案立项最快，土地征用批复衔接最紧，所有工作协调最好。

庆阳石化的管理令人欣喜，小小庆阳石化，加工原油的吨油利润，连续多年在中国同类数百家炼油厂位列第一，人称突然升起的一颗"新星"。

张栋杰更加高兴的是，几度春秋，几番风雨，多少失落和期盼"过山车"一样降落又升起，人们的整体精神面貌发生悄然变化。干部们以身作则，挺起责任脊梁，敢管；工人们以厂为家，把上班当日子过，力争上游。

我不想多说张栋杰怎样钻研业务，怎样挖空心思地制定管理措施，怎样协调地方政府各部门以及上级职能部门错综复杂的关系，怎样追寻科学创新和技术创新，怎样把一盘散沙的企业改变成团结向上、以厂为家的"铁营盘"，我甚至无暇讲述他刚接手乱摊子时精彩的、被人传颂至今的"三会定乾坤"，我只特别强调一条：他每天工作十几个小时，忙时工作十六七个小时，他宿舍的灯光与晨光"交接班"，已成"常态"……

张栋杰正是长年累月钻透一个又一个夜晚，这才"外行"变"内行"，内行成专家。

当黄土高原升起一颗耀眼的炼化新星，张栋杰还计划把庆阳石化升级到600万吨，同行们敬佩，搭档们钦佩，工人们爱戴的张栋杰，却要突然告别他亲手打造、摸爬滚打战斗了10年的庆阳石化，所有人都震惊了！

工人们急坏了，他们一次又一次聚集起来，提出"留下张总！""我们需要他！""庆阳石化需要他！""换别人去不行吗？"

当得知这已经不可能，华北石化出事了，更加需要他，工人们便退而求其次，自发地组织起来，要为敬爱亲爱的张总做点什么。可是，又能做什么呢？这么多年，工人们太了解张栋杰了，不能请他喝酒，不能给他送礼，又不能说太多话耽误他的时间，工人们难坏了！可是，他们必须要表达，谁都清楚，没有张总就没有庆阳石化的今天，也没有大家的乐业安居……

"张总为我们操多少心哪！"一件件，一幕幕就在眼前……这天，张栋杰问工人们的工服为什么不一天一换，多脏啊？大家的回答令他难过："不是我们不换工服，而是没有工服可换啊！厂里几年才发一套，可我们每天都要穿，换了就没穿的了！"

工厂三个月发一条毛巾，五个月一袋洗衣粉，要知道，在炼油企业，这可是天天要大量消耗的东西啊！比这更惨的是，一些职工连"劳保"都没有！

"必须从这些小事做起，"张栋杰说，"对于企业，这是小事。可对工人来说，这却是影响他们工作情绪和生活质量的大事。"

张栋杰操心职工们的生活状况。一次偶然发现工厂小区里的厕所是没有水冲的"旱厕"，又脏又臭，下雨时门口进不去，要垫上石头跳来跳去，他立刻给解决了。

闻知韩家湾的水含硫含碱，腐蚀性强，工厂长期用拖拉机去马岭拉水，厂里每天定时在中午和晚上放两个小时的水，每到放水时刻，大家要提着塑料桶排长队，职工家里连水管都没有。在长庆油田打了近30年井的采油专家张栋杰开始研究地质，分析工厂所在地的地质构造，很快打出一眼井，化验数据显示，水质很好！很快，工人家里都安上自来水管。

工人家里首次换了窑洞的新门、安了新窗；工人家首次安装了暖气，结束了烧煤又脏又累还不安全的历史；工人们家里首次安上有线电视；职工小区绿化美化，住房全部粉刷一新，家家安上防盗门；所有的破窑洞，都翻新装修……

建职工住宅和幼儿园，张栋杰操心完房子结构、造型、居室设计，还一次又一次跑到工地现场办公，职工宿舍的插座不能安在中间，要挪到靠边的地方；暖气管道设计不能拐弯太多，以防影响散热；幼儿园的地砖一定要铺防滑的，楼梯要买最结实的，孩子的安全最重要……

工人们眼见张栋杰熬瘦了，熬老了，头发快掉光了，身体瘦了一圈，糖尿病、高血压、心脏病都找上来，整天一把一把吃药，一天睡不上三四个小时，还在东奔西跑，多心疼啊……

工人们最清楚，张栋杰家住西安，他一人整天忙在庆阳石化，10 年啊，招待所那个小小的房间，才是他的家啊！

工人们知道挽留不住张栋杰，愁啊！他们聚在一起，你一句我一句，你讲一段，我再讲一段，句句段段讲的都是张总，动情处热泪涟涟……

有人没心思干别的，干脆到小饭馆借酒浇愁。你起一杯，祝福张总身体健康；我起一杯，祝福张总全家幸福；他再起一杯，祝福张总工作顺利、一生平安、永远幸福……

每一声都是祝福，每一句都是真诚，每一个话题，都是挽留，每一杯酒，都是浓浓的感情！

这是世界上最普通的酒会，普通的人，普通的酒菜，普通的饭馆。这是世界上最高档次的酒会，人们自发地组织起来，情真意切，热泪盈眶，为一个不在现场的人真诚祝福……

2013 年 11 月 21 号下午，中石油领导宣布张栋杰正式离开庆阳石化，尽管大家早就知道了，还是觉得"特别突然"……

告别短会上，张栋杰看到搭档多年的同事舍不得离开他，一次又一次擦眼泪，硬汉张栋杰实在控制不住，哽咽着与大家握手相别……

一出会议室，张栋杰惊呆了！院子里满满都是人，上千工人们聚在一起。退休职工们来了，休班的工人们来了，还有那么多年轻人，他们拉着长长的红布条幅："张总，我爱你！""庆阳的功臣，我们最敬重的人！""张总，您辛苦了！""庆化人不舍得您，庆化人永远感谢您！""感谢张栋杰总经理！"

很多人精心制作了只有在欢迎明星时才见的红色时尚标牌,一个心形的标牌上写:"张总,常回来看看!"另一个标牌写:"张总,您多保重!"另一个扇形标牌上写:"张总,祝您万事如意,身体健康!"……

许多人在挥手,许多人在流泪,许多人转过头去,肩膀在颤抖……

张栋杰怕控制不住感情,匆匆跟大家道别。

车至高速路口,张栋杰再次震惊!

知道信儿晚的工人们来了,家庭妇女们来了,退休职工们来了,市政府退休的老干部们来了,男男女女老老少少,数百名职工和家属在这里等候,他们要面对面跟张栋杰告别。那么多横幅,那么多精制的欢送标牌,那么多字眼亲切的欢送语,那么多熟悉和似曾相识的面孔……

多数人默默不语,脸上洋溢着浓稠的眷恋。他们高高举起写着"热烈送别"字样的标牌,"张总,祝您一路顺利!""好人一生平安!""我们永远爱您"……

曾经发动职工向张栋杰闹福利待遇的朱喜添来了,他来到张栋杰身边,深鞠一躬:"我要当面向您说一声,对不起!"

当年朱喜添曾说过很有哲理的话:"干坏事的人,我们找不到毛病,因为他们偷着干,我们也看不见。办好事的人,能找到毛病,因为,我们看得清清楚楚!"

原办公室主任李志荣,曾经带头组织人找张栋杰"闹事",此时他热泪盈盈地左手拉着欢送张栋杰的大条幅,右手拉着张栋杰的手使劲摇啊摇……

一位被罚款、降职,又奋力工作"升职"的工人来了,话没出口泪水就扑簌簌奔涌而出:"张总,我……真的舍不得您走……"

那些张栋杰给解决很多困难的老实人,一句话都说不出来,却用火热而留恋的眼神看着张栋杰,用泪水,用表达不出来的心语,默默地与他们敬重的人告别……

张栋杰的汽车开出去上百米,回头一看,黑压压的人群还没有散去,仿佛刚刚到来……

# 5. 开弓没有回头箭

在新的时光里过着老日子。在老去的路上,揣着一颗清新的心。

在华北石化，如果说张栋杰刚刚启动的改革"大动作"捅了个大马蜂窝，顿时漫天漫地"翅膀飞"，那么，他连续砸下的几记重锤，则是投下来的核弹，"轰炸"了整个厂区，引发一波又一波"余震"……

"开弓没有回头箭！一个单位的痼疾积重难返，就不能手软。重症顽疾必须下猛药！响鼓还要重槌敲，只有干下去，没有回头路！"

张栋杰没有将这话说出口，而是一锤一锤砸在行动上。

头一锤，砸在管理架构、组织方式上。改变"上下错位"的局面，重新设计整合基层单位，上级有多少处室，华北石化就有多少个部门相对应。处室和部门要大幅度精简，职责职能一点都不能差。上级有的职责，华北石化要有，一一对应。上级没有的，华北石化也要有。简政精兵活不减，按劳取酬比贡献。

第二锤更狠，直接砸在干部制度和人事制度上。在全厂范围内实施全员竞聘，择优上岗。相关部门、基层单位的一把手，由公司聘任，从副职在内的中层管理人员、一般管理人员、专业技术人员再到操作服务人员"四个梯队"，进行真刀真枪的聘任制。

所有人员的工作岗位全部经过竞聘上岗，组织全员竞聘会346场，3288人次，实现"干部能上能下，人员能进能出"，机关处室和基层单位分别由16个、13个，减少到10个，中层管理人员由207人，削减至99人。

每一场竞聘都是难攻的山头，一个岗位多人竞争，竞聘者在台上发表"施政演说"，台下人仔细倾听，一条条一项项对位梳理，由"评委"逐项打分，决出高下。这一次，你可能在台下当"评委"，下一次，就可能轮到自己"被评"。竞聘前，你可能是一位"资深"的干部，竞聘后，你可能降为普通工人。人人都有机会"上位"，人人都可能降职降级。岗位少于竞争人数，有人竞聘9次失利，工资连降多级，一年少收入10余万元。

一位科级干部自身条件很有优势，头一次竞聘中层干部失利，他十分不服气。正牌大学毕业十多年，发表过技术论文，怎么会竞聘不上？他组织材料再次竞聘再次失利……这个岗位没了，再竞聘专业不同的另一个岗位，又要重新组织"战略战术"。他连续竞聘6次，终于得偿所愿……

另一位处级干部，从副处级到正科级，从副科级到普通科员，各个层级的岗位竞聘会参加了十多场，仍未竞聘上一个心仪的岗位，最后在基层的普通工人竞聘会上才谋得了一个岗位……

激活了一潭死水，人人有压力，人人有希望。有人断崖式坠落，有人跳跃式飞升。谁上谁下能力说了算，能不能干长久业绩说了算。

第三锤砸在分配制度上，直接关乎每个人的"钱袋子"。废除"负激励"的模式，建立绩效管理、工资挂钩的"正向激励"机制，用"贡献"这把尺子量到底，"收入能高能低"。

事实表明，过去的"铁饭碗"里装了稀粥，现在的"玻璃饭碗"装了干饭。没人在意用什么装饭，而在意装了什么饭。

第四锤，砸在废除"谁主管谁尽责，谁监督谁负责"的理念上。正是这个理念导致执行中特权思想突出，管理流程不畅，看见问题没人管，"出了问题"人人推。改为直线责任上"谁的属地谁负责"，属地管理上"谁监督谁负责"，这样条块交叉管理的方式，使双轨运行流畅起来。"监督者履行监督责任提前交隐患免责，不履行监督职责出了问题负全责"。

在"正常工作流程"上，上道工序尽责，下道工序监督负责；下道工序接过来，出了问题，下道工序负全责；有隐患可以不接，有分歧找仲裁。

在"隐患整改流程"上，出了问题全由监督方负责，即承担属地责任；出问题之前发现隐患，提交流程并认可后免责；一级找一级，追根溯源查找责任；隐患停留在哪一步，哪一步负全责。

原来的"负激励"出了问题推诿扯皮，要找责任人，人人担心扣钱。"正激励"则激活了沉睡多年的"奖励"机制，现场技术人员发现了问题，主动提出合理建议，或及时解决了问题，都会得到奖励。

过去实行"四班两倒"，白班上 8 个小时，夜班上 16 个小时。担心上这么长时间顶不住，便两拨人轮流在外操室睡觉。外操室为抗爆结构，混凝土墙壁，没有门窗。脱衣睡觉，一旦出了事故，跑都跑不出去。人力资源上，这一半人起不到作用。

张栋杰从倒班制上下刀，把原"四班两倒"改为"五班三倒"，把原来每个班分成两组轮流睡觉的人抽调出来，盘活用工存量，向重要的岗位倾斜。

"先开渠，再放水"。为方便工人上班，一改过去以骑摩托车、三轮车、开私家车、打出租车的乱象，公司买了通勤车，昼夜接送。

考勤打卡也有了新气象。原来公司十几个大门，只留下 4 个。原来从这个门打卡后，又从那个门跑掉的漏洞被堵死。现在岗位人员配置少，一个萝卜一个坑，缺一个人，班长都不干。哪个岗位漏人，必须扣钱。往常年休的事不算什么，现在不行。班里有一个人年休，再有人年休就不会被批准，因为人手不够。

这种当年很棘手的事情，现在无须公司操心。

"以一万的努力，防止万一的发生"还不够，将所有设备都设连锁保护，实现了高度自动化，高度保护性，高度智能化。

张栋杰将"零起步""砍三刀""四清理""压五费"的举措"一竿子插到底"，各个击破，有效推动了生产优化。

公司级对处室级，处室对基层单位（运行部），把这三档指标细化了。各处室保公司的指标，下属运行单位保处室的指标，处室再向班组下指标，班组向人下指标。"从上到下一级一级管理，从下到上一级对一级负责"。

人人都在兴奋中拼搏，业绩目标"坐着完成"，预算目标"站着完成"，奋斗目标"跳脚完成"。

"素质好的人不监督可能变坏，素质差的人受监督也能变好"。"谁主管谁负责，谁的属地谁负责"，拆掉了处室与处室之间、工区与工区之间、班组与班组之间、员工与员工之间的"心理墙""无形墙"，使过程监督、权力监督、全员监督成为现实，人人成为工作流程的一环，实现了对所有员工的全方位监督和约束，铲除了以权谋私、操纵权力、暗箱操作的土壤，好人越来越好，坏人浪子回头，营造和提升了人际生态和企业文化生态，形成廉政、勤政、敬业、奉公的良好风气，密切了干群关系，实现了零信访零举报。

企业管理可能有戏剧情节，但生产增效绝不是"编剧本"。张栋杰上任就立下"一二三四五"发展战略的军令状：一年打基础，二年增效益，三年大变样，四年上台阶，五年创辉煌。

在"战略思想"方面，张栋杰主张"仁、和、诚、厚"理念，突出质量效益；

在"战略目标"方面，张栋杰提出"经过5到10年的努力，把华北石化打造成'国际先进，国内一流'的实力炼厂、效益炼厂、精品炼厂、文化炼厂、和谐炼厂"；

在"战略理念"方面，张栋杰设计了"企业宗旨、企业精神、企业管理"等12个方面的"新创意"……

不知情的人，以为这些改革举措"很新鲜"，听着"心里没底"。对于张栋杰来说，这已经是老生常谈。

1983年11月，原本苍凉的中国大西北暖尽寒来，朝气蓬勃的张栋杰却"搅热"了这方古老的土地。

声势浩大的全国性企业整顿拉开序幕，怎么改？心里没底。谁来改？手中没人。长庆油田第二采油厂领导班子一商量，将这副重担放在一个嫩肩膀上——让青年干部张栋杰挑起来！

将机关生产技术员张栋杰调到企业整顿办公室，专门从事企业整顿和改革。

张栋杰一头扎进材料堆里，先是吃透上级文件精神，再理顺采油厂管理办法，根据自己工作后知晓的实情，开始了一场史无先例的改革。

新的一天，不必为昨日担忧，更无须忧虑未来，做好今天最关键。

张栋杰建议，名称要改要理顺，由"指挥部"改为"某某厂"。政委改成党委书记，师团营连单位，改为分厂、大队、小队等。

张栋杰把采油厂 5000 多人，30 多个科级单位，七八十个小队，全部纳入管理体系，制订了上百个制度，画出几百个流程图，迈向科学管理和现代化管理标准体系。又制定了考核标准、考核细则。考核标准细化成十几个大部分，数百条办法。再将行政、地面工作、工种制定成不同的标准，进行"个性化考核"。

为了将整顿办法落实到位，1984 年 4 月，又提拔张栋杰为生产调度室副主任、企业整顿办公室副主任。主任只是挂名，副主任张栋杰全权主持企业整顿工作。张栋杰年轻力盛，几乎天天在三个县地盘内的采油厂跑，回来再制订办法、修改材料，晚上 0 点以前从来没睡过觉，全力抓好企业改革。

不能统一人的思想，但可以统一人的目标。团结在一个共同的目标下，要比团结在一个人周围容易得多。

如果我们想要更多的玫瑰花，就必须种植更多的玫瑰树。

1995 年，伴随全社会市场经济的步步深入，长庆油田党委又委任张栋杰以重任，继续策划和主抓油田的深化改革，将企业管理推向市场化。

这又是一个挑战，没有现成的经验，也没有可借鉴的资料，当时 3 个采油大队相距很远，张栋杰"白手起家"，又推出采油企业首开先河的改革方案。

当时每个采油大队都在"办社会"，都有采油队，修井作业队，生活服务系统，比如学校、托儿所、锅炉、通信、小车班。

你来时，大地只是一页稿子；你来后，稿子上写满了字。

张栋杰首开先例，进行大胆改革。他发明了将 3 个大队 6 个采油队成立了"采油作业区"。将 3 个大队的修井作业队集中起来，合并成"修井公司"；把 3 个大队的后勤系统，学校、托儿所、幼儿园、食堂、物业管理，成立一个"生活公司"；把 3 个大队的机关合在一起，实行统一指挥，统一管理，成立"机关事业部"；把 3 个大队各十多个部门，共 30 多个部门，编成"三部一室"（经理办公室、生产运行部、技术管理部、经营管理部）……

　　大队间相隔几十公里，中间隔四五个乡镇，作业区将这么大的作业面统一专业化管理，集中优势资源实行"市场化"运作催生出蓬勃力量。过去一家核算，效率低，也调动不起积极性。市场化后变化喜人，发挥了各自的优越性。比如修井公司，独立核算，自负盈亏，给谁干谁掏钱。社会化服务也一样，谁用物业谁掏钱，谁看病谁掏钱，有利于开源，有利于节流；有利于创新，有利于赢利。

　　要作为思想家去行动，还要作为实践家去思想。

　　这世上没有毫无道理的横空出世，世间的美好，不过是耐住寂寞向难而行，坚定不移而已。

　　张栋杰果决实施干部竞聘上岗，能者上庸者下，人员能进能出，工资能多能少，以效益和能力实行浮动管理。

　　几十年过去，许多事情都在变。这种科学有效的企业管理方法，还有延续。

　　2014年，张栋杰履新总经理的第二年，华北石化就以摧枯拉朽之势接连收复失地，扭亏为盈。而后好戏连台，连续4年摘取河北省纳税桂冠。

　　2018年，搁置近10年的千万吨项目，奇迹般地起死回生，并完成了"大碰头"，顺利试车成功！当年不敢想的目标近在眼前，年纳税百亿不是梦！华北石化昂首挺胸，跷足远眺，又迎来一个茂盛的"丰收季"！

第二章

# 劈浪逆行

拿石油当经济杠杆一撬，一些地球人笑逐颜开；又一撬，一些地球人如丧考妣……

又黑又丑藏在地下羞于见人的石油，就是这样以神奇的魔力左右世界。

我在电脑前敲出如下文字时，你死我活的石油战争史已长达百年。地球人已经感受到石油的魔力，强大吸力比黄河壶口大漩涡还凶猛，不管你喜欢不喜欢，不管你愿意不愿意，一个不争的事实摆在面前：哪个国家也离不开石油。这个经济鸦片无数次地让地球人兴奋，也无数次让地球人跌进毁灭性的灾难。只是，所有人上了瘾，想戒都戒不掉。

被野心家们玩于掌心的石油，忽而燃起熊熊大火，将 GDP 指标推上高天，忽而又狠狠按下，按到比矮还矮，将这个可怜的黑色液体"贬"至比点点滴滴还要渺小。

1987 年，第三次石油危机爆发，源头却起于遥远的西半球。乔治·布什一手导演了这场悲情戏。这个雄心勃勃的美国副总统要上位总统，"既然我们可以提价，那么，当对我们有利时，为什么不能降价呢？"心怀不轨的美国人赶赴中东，用甜言蜜语说服了沙特阿拉伯，倾尽全力，向已经萧条的世界石油市场源源不断地注入"液体黑金"，几个月前还是26美元/桶，到1986年春天已经跌破10美元。

这导致国际石油市场的大混乱，对世界经济和金融体系产生猛烈冲击。在中东，阿拉伯国家的石油权力几乎完全丧失，西方国家在国际权力争夺战中重新获得主动权。

在东半球，中国原油产量跃居世界第 6 位，自给有余，部分创汇。1986 年11 月 5 号，中国公布了一个震惊世界的消息，稠油开采新技术取得重大进展，并转为工业化生产。

在中国华北任丘，那个普通得跟平素没有两样的一天，突然埋下一粒小小的石油炼化种子，年加工量只有 15 万吨。

白羽化雪，春秋代序。30 年后，这株幼苗已长成年产量千万吨的参天大树。

## 6. 光荣属于我们 80 年代的新一辈

1986 年秋天，任丘秋色正浓。离此不远，便是举世闻名的白洋淀。那里有过抗击日寇的"雁翎队"，也出过在西瓜摊前戏弄胖翻译官的"小嘎子"。连天接地的芦花盛放，远眺"落霞与孤鹜齐飞，秋水共长天一色"；近观芦苇巷道四通八达，绿柳秋荷争相斗美……

我要讲述的故事离此地很近，就在任丘市东，然而，"风光"却有天壤之别。

这里净是白花花、东一块西一块、黑乎乎秃疮似的盐碱地，有长得比拳头大不了多少的甘蓝菜；这里一小撮、那里一小伙的荒草，像被打残与队伍失去联络的伤号，孤苦伶仃。而少数"高个儿"野蒿，像从大块黑云幕布里挤出来的星星，很少很少。因为，更多的地方，则是"秃疮"。偶尔汪水的泡子也太丑，似空洞失神的瞳孔，个个"烂眼边儿"……

生态好的地方，植物开花如开会一样秩序井然。这里的植物乱得像开批斗会……

这是一片休克的土地，到处死气沉沉。

至少，这是一片"局部坏死"的土地，近乎苟延残喘，那种丑陋让人浮想联翩，大部分肌体似乎患了静脉曲张、血管堵塞、局部神经短路、肺囊肿、心律不齐、重度脑血栓、肾坏死、骨质疏松……

这种综合征最要命，用药互相制约，恐怕透析、换肾、骨髓移植都无济于事。

顽强的生命仍以自己的方式鲜活地存在，鸟儿一蹦一蹦，在给大地把脉。

踩在枯叶上，发出翻书页的声音。

青蛙在水洼间纵跳，腿长得像一把折叠的剪刀。

姑娘们依旧兴致勃勃。

突然，一片花儿正艳的"黄菊花"点燃了人们的兴奋！真是不可思议，在这儿，在盐碱滩，还有一大片黄菊花……

几个刚从石油学校分来的姑娘高兴坏了，她们像旷野无拘无束恣肆绽放的花朵，静悄悄地开着。突然一阵劲风吹来，花儿们立刻狂舞起来！

一位姑娘指着"黄菊花",双臂蝴蝶那样展开,跑了起来。姑娘们一下被她所感染,青春的脚步卷起一阵风尘,她们狂喜地朝"黄菊花"疯跑!仿佛黄菊花映现了自己的花样年华,仿佛起搏了闷在饱满身体里的激情,仿佛唱响赞美新生活的歌曲!

如果把岁月翻回到80年代,我也会像她们那样"轻易"被点燃。因为,那是一个理想花儿遍地开的年代,干工作"一个心眼"的年代,大家向往单纯、追求单纯的年代,一个拿奉献当"生活常态"的年代……

姑娘们怎么不兴奋?采些野菊花回来,插在帐篷的花瓶里,多好啊!

跑了几步,最前边那位"瓜子脸"姑娘突然停下,张开双臂拦住身边的几个姐妹,高胸脯一鼓一鼓,呼呼喘,"在这荒滩里能找到一大片菊花,咱们要庆祝庆祝哩!"整张面孔先开成花儿,高高地举起右手,兴奋地打拍子起头:"年轻的朋友们……预备——唱!"姐妹们一齐唱了起来:

> 年轻的朋友们今天来相会,
> 荡起小船儿暖风轻轻吹,
> 花儿香,鸟儿鸣,春光惹人醉,
> 欢歌笑语绕着彩云飞。
> 啊,亲爱的朋友们,
> 美妙的春光属于谁?
> 属于我,属于你,
> 属于我们八十年代的新一辈!
> …………

"瓜子脸"倒退着走,光顾唱了,突然被什么东西绊一下,一屁股坐在地上。被身体压倒的草,像笑过了头直不起腰。她站起来又绊一下,倒在地上。她索性不起来了,躺在地上接着唱:

> 再过二十年
> 我们重相会
> 伟大的
> 祖国该有多么美!

　　天也新
　　地也新
　　春光更明媚

　　看"瓜子脸"这个样子，姐妹们都笑岔气了，"扑腾"一声，"扑腾"又一声，她们索性都坐在地上唱了起来——

　　城市乡村处处增光辉。
　　啊，亲爱的朋友们，
　　创造这奇迹要靠谁？
　　要靠我，要靠你，
　　要靠我们八十年代的新一辈！
　　…………
　　但愿到那时我们再相会，
　　举杯赞英雄，光荣属于谁，
　　为祖国，为"四化"，流过多少汗？
　　回首往事心中可有愧？
　　啊，亲爱的朋友们，
　　愿我们自豪地举起杯，
　　挺胸膛，笑扬眉，
　　光荣属于八十年代的新一辈！
　　…………

　　姑娘们一个拉一个手站起来，边走边唱，近前一看傻眼了，这哪是黄菊花呀，分明是一大片向日葵！
　　一位农民告诉她们，这里的盐碱地没营养，种什么都长不好。别看向日葵这样小这么可怜，也是早早就种上，就像长不大的"小侏儒"。
　　"瓜子脸"叫王兰，为华北石化建厂时的第一批入厂女工。她和那个时代的姑娘们一样，平素"面矮"、话不多。但，在和女工们一起疯玩的时候，却绽放了激昂，焕发了活力。
　　菊花没采到，她们一点都不沮丧，反而找到"新的兴奋点"——爱情花。一位细高挑儿姑娘逼问王兰，眼睛亮得像灯泡："赶快招供，你跟那个那个……是不是在那个地方……那个了？"

"哎呀妈呀！""瓜子脸"王兰的脸"腾"地红了，近前一步，"死丫头，瞎说什么啊？看我不……撕烂你的嘴……"

王兰雷声大雨点稀，说要"撕烂"人家嘴，自己却硬不起来，高举的手停在空中，自己先低下头……

姑娘们哪里肯饶她，偏要问她跟"那谁"亲嘴没有。王兰不认账，不知谁说了声"上刑！"姑娘们早有默契，五六只手一齐伸过来，胳肢王兰的"痒痒肉"。咯咯咯咯……荒野上空响起一片清脆的笑声。王兰痒得受不了，告饶说"服了服了，我招……"

姑娘们松开手，"瓜子脸"的招供并不过瘾："我……我收到他一张字条……"

"什么叫字条啊？"一位胖姑娘加重语气强调道，"那叫'情、书！'……"

2018年9月19号，我在华北石化见到了当年写情书的小伙，他叫吴洪明。现为质检计量部工程师。


80年代的爱情很讲究"纯度"，不奔车和房子，也少有一心向富的攀比，爱情就是爱情本身，少有那么多的附加条件，少有条件代替爱情，更少有牵强附会的"绑架"。但问题也不是没有，比如，因为彼此双方太含蓄，也很闷。

过了好几天，王兰也没回复吴洪明。工作同从前一样，上食堂打饭也同从前一样，王兰没有拉开距离、躲着吴洪明，可也没有特别近的地方，仿佛从未发生过写字条的事。

唉！我本将心向明月，奈何明月照沟渠。

这天，吴洪明实在忍不住，摸准休班的王兰一人在宿舍，便登门问她："看了信，怎么想的？"

王兰没有吭声。

吴洪明急得火烧火燎，心却有点凉。王兰没有表态，可不是好兆头。很显然，人家另有所想。

王兰不回答行与不行，却给吴洪明倒杯热水，仿佛忘了吴洪明的问话，说起工作上的事。吴洪明也不好追问，他们就这样热情地讨论工作，不提爱情。

中午，王兰温和地提议："咱俩到食堂一块打饭。"

打回饭两人又在宿舍一起就餐，王兰兴致不错，跟他有说有笑，吴洪明高高提吊的心这才落了地，心想，他和王兰的事"成了"。

30多年来，吴洪明和王兰一直在华北石化质检计量部工作，他们的宝贝儿子吴晨曦2014年大学毕业后，也义无反顾地加盟他从小就热爱的华北石化，在三联合运行部工作。这个才参加工作没几年的小伙儿非常能干，已然成为了老师傅们争相抢着传授技能的"香饽饽"，偌大的重整装置，从外操到内操，从巡检到盯盘，小吴哪项工作都能干，而且都干得漂亮……

青春是一场大雨，即使感冒，也渴望回头再淋一场。

翻过30多本日历，我们才依稀看到"风采"的源头——

1986年9月12号，沉寂了千年万年的大盐碱滩，突然热闹起来：鞭炮齐鸣、锣鼓喧天，一面面彩旗迎风飘舞！

也许是千年万年亿年，这片大荒原头一次这么热闹，华北石油管理局的领导来了，沧州行政公署的领导来了，5月份才由县跨进"市"（县级市）门槛的任丘市领导们都来了，他们个个喜形于色，要在占地500亩的土地上，举行隆重的奠基仪式。

离那片"拳头大"的甘蓝菜地不远，荒原上隆起一个大土堆，把土堆整理平了，铺上跳板，四周用炕席围起来，便是"主席台"。主席台上方的红色大横幅上写："华北油田化学药剂厂工程开工典礼"。

此日，即年加工原油15万吨小小石油化工厂下种之日。要记住这个日子，它是前人心血的结晶。俗话说：不怕孩子小，就怕没孩子。我前面已经提到这粒种子冲破重重压力，茁壮成长为年加工原油千万吨级别的大型石油化工厂了。

## 7. 轰动世界的"10亿吨大油田"

有时候真实比小说更加荒诞，因为虚构是在一定的逻辑下进行的，而现实往往毫无逻辑可言。

华北石化人总有一种危机感，从15万吨做起，一路打拼，越过一道一道高坡大坎，当跻身年炼油能力达到500万吨行列，同行惊异地夸他们是后起之秀，连创奇迹，华北石化人却仍然觉得"矮人一头。"

华北石化的500万吨规模，仅仅是刚刚从被关停的险境里逃出来而已。仍是中国石化企业的"尾巴"。

我在前边曾经提到，黑龙江、吉林、陕西等多家300万吨以下的炼厂相继被关，那么，现在的"尾巴"，能逃离下一次关停整顿吗？

从世界和全国角度去看，关闭小炼厂是大势所趋。炼油厂是讲规模效应和规模效益的，规模大，才能降低能耗。安装管线、工艺、流程、装置都是一样的。只是管线的粗细不同，管线越大，单位面积的消耗、投资就越小。规模效应，是现代企业的必由之路。

前有虎，后有狼，发展才是硬道理。不发展就被淘汰，大家就没饭吃了。一旦工厂被淘汰，厂里的技术人员还好办，大部分工人就失业了！

华北石化的"当家人"无数次想过同一个问题，前辈们辛辛苦苦打下的家业，决不能在我们手里断送了！

如果企业关停并转，负面影响并非华北石化本身。

全国的"中字头"石化企业，都设在市级以上的"大地方"，只有华北石化在县级城市。这么多年来，因为华北石化和华北油田的经济拉动，任丘市一直傲居全国"百强县"。围绕华北石化这颗"恒星"，下游有很多"卫星"企业……

华北石化若有"闪失"，这里的经济高地会断崖式坍塌、跌进谷底……

2005年底，班子成员下了决心，力推华北石化规模再次冲高，由500万吨/年扩大到1000万吨/年！

会后，华北石化公司副总经理"急先锋"张景涛，带着得力干将李胜昌、刘宗余、齐建勋、罗祖军等人疾驰北京中石油总部，找到部门主管领导，兴冲冲地汇报、讲述扩大生产规模的想法。

主管领导兜头泼来一盆冷水："你们上500万吨是理想，现在理想实现了。还要上千万吨？那是梦想！"

张景涛连忙解释"为什么要上千万吨"，见人家根本没细听，便交上关于上千万吨项目的报告，礼貌地跟人家告别。

张景涛告别刚才的部门领导，一头又钻进别的处室，这屋游说完了，再进另一个屋游说，反正张景涛大学毕业就在中石油干，熟悉很多人。

后几个人没有"泼冷水"，但没有一个人支持。

当时的外部条件很不利：附近的炼油厂很多。沧州有3家炼厂，北京燕山石化，石家庄石化，天津石化，大港石化，加上多个地方炼厂，不占区位优势。另外，华北石化从建厂起，一直在不断地扩建……

另一方面，遭受了世界大环境冲击。

2005年以来，世界原油价格断崖式大跌，由147美元/桶，跌到20多美元/桶，柴油销售不出去，生产厂区的油罐全满了，"憋"得厂领导嗷嗷叫，所有销售人员嗓子都喊哑了，天天联络销售成品油。长长的火车专列都装满了成品油，卖得特别吃力。如果油罐都满了，就要停装置停产的……

整个中石油、中石化亏得一塌糊涂，华北石化也在其中。

华北石化厂内也有了杂音："成品油都这样了，还要扩产，这不是胡闹吗？"

"好日子不好好过，瞎折腾！"

张景涛说："要相信，市场不会总这样。就是因为亏损，我们才要上千万吨。不然，市场好起来，我们就失去难得的战略机遇了。"

中石油总部风声四起："这样的市场，华北石化怎么能扩产呢？"

张景涛把人马带回来，却没有死心，还在呼吁上"千万吨"……

国际原油价格"抽风"一样，探底后突然强势上扬，从20多美元一路狂涨，30美元、50美元、90美元、100美元……

原油已经140美元/桶，成品油还在运行80美元/桶的体系下的价格……

地方企业和私企早纷纷停产，"国字号"央企却要挺直腰杆，挑起经济杠杆的担子，任财务负数每天都在快速增长，却仍在生产……

华北石化年最高亏损达到48亿……

这样的危急形势，谁还顾得上千万吨？

2018年12月5号上午，我在网络上随手一搜，吓了一大跳，时间的厚灰尘并没有掩埋当年的热闹，好多已经"过时"的很有煽动力的新闻，仍"一堆一堆"放在那里。我知道，这些新闻虽若活灵活现的"蜡像"那样逼真，却"没了生命体征"。但，在当年，天上掉下来的机会，以迅雷不及掩耳之势到来——

2007年5月3号，新华社记者兴奋地报道：《在渤海湾滩海地区发现储量规模达10亿吨的大油田——冀东南堡油田》。

5月4日，中石油发布公告的第二天，香港资本市场反应强烈。中石油股价当日飙升14%，创造了上市以来单日最大涨幅；市值立刻增加2200亿港元，一举超过往日遥遥领先的汇丰控股，成为"港股王"。

5月6日，《现代快报》报道：《渤海湾油田储量不止10亿吨》；

同日，《羊城晚报》报道："国务院总理温家宝到冀东视察时说：'发现这个整装优质大油田，我兴奋得睡不着觉！'"

　　该报又说："有专家揣测，冀东油田10亿吨的储量，很可能只是一个目前已经能够确定的数字，随勘探工作的继续，总储量会不断上升。"

　　同一天，上百家媒体同时争先恐后地报道——

　　冀东南堡发现10亿吨储量油田，可供开采100年，为中国经济模式转型赢得时间。

　　5月8日，"央视国际"报道：

　　　　河北冀东南堡油田可开采年限超50年，油品优良易于开采。

　　　　前几天我们报道了有关中国在渤海发现了10亿吨大油田的消息，昨天负责该油田勘探开发的中国石油天然气公司称这个油田可开发至少在50年以上。

　　　　河北的冀东南堡油田，就是这个10亿吨储量的大油田，油田分布在沿海滩涂和海面。部分区域和河北省建设中的唐山曹妃甸开发区重合。

　　　　负责该油田的勘探开发的中石油表示，油田油品优良，地质构造易于开采。

　　　　中石油计划，从2008年起，该油田每年增产100万吨，到2012年达到1000万吨。公司专家称，第一次布网后石油开采率会达到40%，保守估计，油田至少能开采50年以上。

　　　　冀东南堡石油勘探历时20年，是中国沿海地区发现的最大油田。其储量相当于中国大庆油田的六分之一强。

　　　　中石油称长远看不排除在附近建设炼油厂的可能。油田身处曹妃甸工业区，会利用港口等区位优势。油田位于沿海滩涂，民众拆迁工作不大。

　　这一激动人心的消息，在这个黄金周期间成为全国关注的焦点和热点！

　　5月8日，《河北日报》发了长篇报道，面对国内几十家新闻媒体记者心中的疑问，"这一连串的问题，在5月7日，中国石油天然气集团公司举行的新闻发布会上，一一揭开了谜底。"

　　中国石油天然气股份公司副总裁、集团公司资深开发专家胡文瑞对"南堡油田能开发多少年？""为何藏在深闺40年？""10亿吨储量是怎样确定的？""10

亿吨储量能开采多少年？"等一一作了回应，记者们个个笑逐颜开，接受并相信这个振奋人心的消息。

提及 10 亿吨储量的科学依据，胡文瑞充满了自信："近年来我们进行了先导性开发试验，2006 年南堡油田先导试验区第一口试验水平井投产，日产油 505 吨，随后日产油 700 吨、1000 吨的试验井也相继投产，每一口井的开采控制面积在 2000 平方米范围内，而据此得出的整体含量是非常科学的。

"在整个勘探过程中，冀东南堡油田共发现 4 个含油构造，三级油气地质量（当量）102 亿吨。其中，探明储量 4.0507 亿吨，控制储量 2.9834 亿吨，预测储量 2.0217 亿吨，天然气（溶解气）地质储量 1401 亿立方米（折算油当量 1.1163 亿吨）——这标志着石油勘探专家们寻找多年的'金娃娃'已经到手。"

还有更具魅力的"两大""三高""四好"——

储量规模大：10 亿吨，油层厚度大：80 至 100 米；

单井产量高：100 至 500 吨，储量丰度高：500 万吨 / 平方千米，落实程度高：2 万平方千米 / 口；

油层物性好：孔隙度 25% 至 32%、渗透率 300 至 1500 毫米达西；油品质量好：密度 0.82 至 0.84 克 / 立方厘米（属轻质油），粘度 5.28 至 10.38mPa·s（50 摄氏度）试采效果好：稳定产量 100 至 500 吨；勘探效益好：发现成本较低。

中石油专家正面"答疑"，人们所有疑问都烟消云散。

国内外上千家媒体，从地球不同的地方，从新闻的各个角度，继续轰炸：

5 月 5 日，北方网选取一个新角度报道：《10 亿吨油田勾起老兵 40 年前回忆，战友你们在哪儿？》

5 月 5 日，就连向来板着面孔的《人民日报》也调整了视点：《10 亿吨大油田让当地人自豪》。

《法制日报》的切入角度也很"吸睛"：《曹妃甸提供 10 万个岗位，南堡人收起渔网进油田》。

《中国新闻网》登载了挖空心思的标题：《冀东南堡油田：找到"金娃娃"背后的动人故事》。

正面新闻"大轰炸"还在增加"当量"——

《黑龙江日报》:《中国发现 10 亿吨大油田预计可开采 100 年》。

《中国日报》的标题更大胆:《中石油冀东南堡油田储量未来有望突破 20 亿吨!》。

中国的港澳台、欧洲英法、中东沙特、岛国菲律宾、枫叶之国加拿大、西半球的美国,纷纷热情地报道这一"轰动性"新闻……

"外圈"热成这样,"里圈"的华北石化公司的"掌门人们"热得"坐不住了"。

华北石化离冀东原油区直线距离 300 多华里,要途经唐山、北京和廊坊,走原有的秦京线(秦皇岛至北京)和任京线(任丘至北京)输油管道,即可解决问题,太方便了!

"我再去北京!"张景涛在班子会上激动万分:"好机会摆在眼前,这时候不上千万吨,还待何时?"


## 8．"打起背包就出发"


1985 年元旦,华北任丘下了场大雪,捂严了房屋,捂严了原野,也捂严了油井,漫天漫地一片洁白。华北石油管理局下的红头文件,穿越白雪弥漫的天空,来到当事人面前:吴昌礼、耿立仁、伊锡珠和顾平四人,组成未来的炼油厂领导班子,筹建炼油厂。此项具有开拓意义的工作由吴昌礼牵头。

同年 8 月盛夏,任丘特别热,一连多日不下雨,风一吹,"沙漏地"的庄稼叶哗啦哗啦响,扔一根火柴都能着。炼厂的筹备工作也跟天气一样热,却"干打雷不下雨",一步一坎。为了加强力量,做更加艰苦的"打冲锋"准备,发扬共产党人攻城拔寨、"能啃硬骨头"的精神,从油建一公司调来李庆元,继承"支部建在连上"的光荣传统,让党务工作撑起一方天。

1986 年的如火盛夏,耿立仁正为筹备华北油田炼油厂而东奔西走,又一个红头文件,让他前往内蒙古的二连公司,主抓呼和浩特炼油厂的筹建工作。华北油田炼油厂的班子"少了头雁"怎么行?紧急将在油建二公司当一把手的乔明凯调来,在筹备组挑大梁。

2018 年 10 月 11 日上午,我拜访了年过八旬的原化学药剂厂副厂长伊锡珠先生。他中等偏下的个头,红光满面,说话瓮声瓮气。若不是早有预知,我会把他当成习武之人。

伊锡珠为当年建设炼厂筹备组的技术专家，早在1958年，他就以优异的成绩毕业于天津石油学校石油炼制专业。现在看，这所"中专"类石油学校学历相当低，彼时，巍然屹立于地球东方，在世界高高挺起胸膛的新中国，只有三所石油院校，另两所分别为北京石油学院（本科）和抚顺石油学校（中专）。至上世纪60年代后，中国石油院校才遍地开花。

生活的色彩，不是注定的一成不变。你将它涂成灰白，它就反馈给你淡漠；你将它涂成火红，它就赠予你热烈。真正点亮生命的不是明天的景色，而是美好的希望。

英气勃发的伊锡珠与我的老家辽宁感情深厚，毕业后他一个猛子扎到东北，怀揣一心为祖国建设奉献青春的豪迈志向，"哪里需要哪里去"，先分配到大连石油七厂，刚刚在业务上"独立门户"，又被调到抚顺石油三厂。伊锡珠是当时少有的大学生，怀着报效祖国的雄心壮志，苦钻业务，能"独当一面"时，一纸调令，将他由天寒地冻、白雪飘飞的北国辽宁，调到炎热如火、四季花开的广东茂名。

伊锡珠在辽宁大连石油七厂工作两年，青春热血再度激昂澎湃，石油系统的一个"平民英雄"横空出世！

"铁人"王进喜的事迹轰动整个中国，他在钻井架边火线入党，率队从甘肃玉门到黑龙江大庆，带领工人们用"人拉肩扛"的重体力劳动，用"盆端桶提"的办法运水保开钻。当黑墨汁般的石油"井喷"眼见要毁了油井，王进喜头一个"扑通"一声跳进泥浆池，用身体搅拌泥浆压井喷。立刻，"扑通""扑通"声响成一片……

请大家记住工人们跳下去压井喷的时间——1960年3月。

3月的中国东北千里冰封万里雪飘，风卷"冒烟雪"嗷嗷叫，马冻掉了耳朵，猪冻掉了尾巴，老鼠不敢出洞，连女人出门都要穿棉大衣戴上狗皮帽子……

同年4月11日，大庆战地指挥部发出号召，向"铁人"王进喜学习；

同年4月29日，战地指挥部再次发出"向铁人王进喜学习"的号召……

"铁人精神"迅速传遍祖国大地……

那是个英雄辈出的时代。"学习铁人"的热潮如火如荼——

1963年3月5号，毛主席亲笔题词：向雷锋同志学习。又一个"平民英雄"感动了中国人民，祖国处处"比学赶帮超"，你追我赶大奉献，伊锡珠和全国亿万青年一样，个个如弦上之箭，"到祖国最需要的地方去"，"铁人精神"的力量正澎湃，还在身体里燃烧，又热血沸腾地读雷锋的先进事迹，背诵雷锋日记，在"岗位上学习雷锋"。伊锡珠的工厂诞生了捷报：茂名石化一期顺利投产！亲手建设的炼厂生产出成品油来，多么自豪啊！青年工人们跳啊唱啊，一群人把伊锡珠高高地抛起、接住，再抛起、再接住……

欢乐还在熊熊燃烧，这天，伊锡珠却在装置上忙碌，有人通知他赶紧去机关办公室，"厂长找你谈话"。工人们猜了又猜，厂长可能奖励他，也可能给他提职，"猜输了掏钱请客"，"押宝"喝酒，结果谁都"没押正"。

厂长说："那边十万火急，打电话催多少次了，你赶紧出发，明天就走。"厂长说的"那边"，就是地图最上边的东北。

伊锡珠手头的工作都没来得及交，再次打起背包，于1963年4月5日再次跨越祖国大地，重返东北，到黑龙江大庆油田，参加大庆石化总厂会战。在大庆历经15年艰苦卓绝的奋战，令一片荒野碱滩上树立起了数十套炼油化工生产装置。他参加了其中美称"五朵金花"的铂重整、四型催化裂化、渣油加氢裂化、延迟焦化和新型常减压，这五套核心炼油装置的建设管理和试运投产全过程。参与了化纤厂的丙烯腈、聚丙烯腈、腈纶抽丝等装置的建设、投产。作为总厂"开工领导小组"成员，积累了一定的石油化工生产管理技能。1976年10月调入华北油田，在基建处抓油建工作。

我不惜笔墨重彩"勾画"伊锡珠，原因就一个，1984年年底，最初筹建华北油田化学药剂厂时，因为"特殊需要"，伊锡珠被从大庆调到华北筹建新的炼厂。伊锡珠早已不是"毛头小伙子"，而已经是石油炼制专业理论与实践都相当优秀的"业务尖子"。毫无疑问，关于炼厂筹建的最初设计等方案，都落在"挑业务大梁"的伊锡珠的肩上。

向石油部打建炼油厂报告和"向领导汇报清楚"的任务，非伊锡珠莫属。

1984年12月19日，老天似乎在考验伊锡珠，冷风呼啸，大雪飘飞，十几米远都看不清人。

伊锡珠和计划处的谭忠义、设计院的李恒密，一头钻进212吉普车，赶往北京石油部。

大朵大朵的雪花扑打着挡风窗，模糊了视线。厚雪碾成冰，轮胎空转打滑，车子像个肺气肿患者，大口大口哮喘，栽栽歪歪艰难前行。下坡更危险，轻轻一点刹车车子立马"掉腚"，多少次，前轮在几人深的壕沟边缓缓停下……

老天似乎在故意开玩笑，心越急，车速越慢。

从任丘到北京才150公里，他们走了4个多钟头。到京后连饭都来不及吃，赶紧向石油部计划局进行汇报。怀揣领导沉甸甸的指示赶紧返程，当天下午，他们又一头扎进漫天大雪里，返回任丘……

这里要改，跑一次。那里要改，再跑一次。有时一天跑两次北京，有时两天跑三趟……

伊锡珠告诉我，已经记不清跑北京多少次，"我和顾平就跑了20多次！"

石油部领导一听要建15万吨的炼油厂，脑袋摇得像拨浪鼓："哪有这么小的炼厂？"

"小炼厂"生不逢时。当时国家在经济建设方面出台了一系列重大方针政策，特别在压缩基本建设、禁止重复建设和大而全工程上，下发了多个令行禁止的文件。

客观上，任丘周围已有几家炼油厂：北面有燕山石化，南面有石家庄炼化，东面有天津石化、沧州大化和沧州炼油厂，西面还有保定小炼化。

结论：不宜再建设什么石化炼厂。

但，华北石油管理局确有困难。

早在1988年，石油工业部改组为两个总公司，即后来的中国石油天然气总公司和中国石油化工总公司。

本是同根生，相煎已太急。原石油部20多个大中型炼厂，全划归在中国石化名下，油田归中国石油。问题来了，成品油价格持续上涨，原油价格却几十年不变。导致中石油总公司长期"政策性亏损"。

石油部亲生的两个孩子境遇不同，中石化"受宠"，中石油"受气"。

中石油在社会上也"受气"，采油厂的人出门，没人爱理。炼油厂的人只要"一露头"，就有人笑脸相迎。原因就一个，人家手里有液化气，有汽柴油。

相反，中国石油这边，哪怕用一滴汽柴油都要"高价购进"。更难的是，常常因"购油指标少"而"断供"……

没有伞的挨着有伞的人走，靠得再近也躲不过雨，反淋得更湿。

华北石油管理局决定：上马一个小型炼化厂，年产15万吨。目的就一个，化解本局自用成品油和燃料油、燃气捉襟见肘的矛盾。

事情很不顺利。中石油总公司计划局提出意见："我们的工作主要是搞油田开发，不是搞化工。我们也不擅长化工。"

"你们的工艺方案流程长，投资大，劳民伤财不值得。不如拿原油换取化学药剂省事又省力。"

"你们的想法纯粹是纸上谈兵，不切合实际！"

好的人品是一个人最宝贵的财富，它构成了人的地位和身份，它是一个人真正的最高学历，是每一个人的黄金招牌。

"老实人"伊锡珠据理力争："我们虽然不才，但知道以气体分馏将催化裂化气体中的丙烯分离，用氨氧化生产丙烯腈，再利用溶液法将丙烯腈聚合烯腈。丙烯腈的衍生物即可做泥浆处理剂或堵水剂。或将丙烯腈纺丝可得人造羊毛（腈纶），腈纶的下脚料也可用于搞泥浆处理。我在大庆石化总厂开工领导小组亲自搞过三年这项工作。生产丙烯腈、聚丙烯腈在国外已经是成熟工艺，没有什么难处！如果说一次性建成投资大，我们可以分期建设，先建油头（炼油部分），再建化尾（化工产品），有何不可？"

伊锡珠的一番话，震惊了在场领导。

谁也没想到，这个平素笑呵呵、说话很文静的人，突然"一跃而起"，说起专业来有板有眼、头头是道，肚里有真东西。

但，一个手艺好的"瓦匠"，怎么能决策工程干与不干的权力？

另一个问题也摆在面前，下属所言正确无疑是把双刃剑。错了，虽然当场偃旗息鼓，还有"缓棋"的可能。对了，当场"撅"人家面子，让领导下不来台，后果更加可怕……

彼时，便遭遇后者……

按说，只要尽力了，行与不行也没什么大不了的。如果赶上利益至上的时代，没人再会为这件事鼓舞与欢呼。油田"政策性亏损"又不亏个人的钱，何必逆水行舟？

但，华北石化的"先行者们"都是些"犟眼子"，"说了算，定了办"，不达目的不罢休。他们决定绝地反击，组织更强阵容，再次奔赴北京总公司，发起更加强悍的攻势！

优秀的人并非与生俱来带着光环，他们只是在任何工作哪怕是小事上，都对自己严格要求，不因舒适而散漫放纵，不因辛苦而放弃追求。雕塑自己的过程，必定伴随着疼痛与辛苦，可那一锤一凿的自我敲打，终究能打开另一扇窗，迎来人生清晨的曙光。

# 第三章

# 多少次？快撞上
# 巨石才张翅而避

**河北省环境保护厅**

证 明

华北石化分公司：

"华北石化分公司炼油质量升级与安全环保技术改造工程"符合环保部2015年第27号公告的规定，该项目建成投产后应向河北省环境保护厅组织项目竣工环境保护验收。

特此证明。

河北省环境保护厅

2015年11月6日

---

**中国石油天然气股份有限公司炼油与化工分公司文件**

油炼化〔2016〕50号

**关于华北石化分公司炼油质量升级与安全环保技术改造项目工程建设开工报告的批复**

华北石化分公司：

你单位《华北石化分公司关于炼油质量升级与安全环保技术改造工程开工的请示》（华北石化〔2016〕27号）收悉。经研究，批复如下：

华北石化分公司炼油质量升级与安全环保技术改造工程已基本具备《中国石油天然气股份有限公司炼油化工建设项目开工报告管理办法》规定的工程建设开工条件，同意按你单位上报的工期开工建设两强相遇勇者胜。当一方耗尽技能与体能，另一方肯定也一样。筋疲力尽后，获胜方最后的绝招便是强大的精神。

持续摩擦从木头怀里掏出火，用雕刀去掉多余的部分让塑像从石头里走出来，只要有百折不挠的打拼精神，便能创造奇迹。

尽管人们经历各异，性格不同，学识不一，工作方法有别，所遇困难也多种多样，但这些平民英雄们有个共同的特点，那就是冲破所有阻力，用敲碎的困难为自己铺路，勇往直前！

人生舞台的大幕随时都可以拉开，关键是你愿意表演还是躲避？

## 9.“一句话折腾一年！”

人生最清晰的脚印，往往印在最泥泞的路上。如果你想拥有从未有过的东西，那你必须去走从未走过的路。

2006年9月，在北京中石油总部，华北石化上千万吨项目的事，已经有了转机。原来，中石油集团上次班子会上，领导们聚集一堂，将华北石化上产千万吨的事“上了会”，会议决定：同意华北石化先做项目的“前期工作”。

水流能至大海，是因为水能巧妙地避开所有障碍，不断地找到适合前行的路径。我们在人生路上也难免会遇到困难，拐个弯，绕一绕，也许就会柳暗花明。

其实，张景涛非常清楚。现在，只要同意“动手”就行。经费不够，再做详细方案呗。

我们无法决定明天是晴是雨，无法决定此刻的坚持能换来什么。但我们能决定今天有没有准备好雨伞，以及是否足够努力。压住胡思乱想，力行脚踏实地，成功就会越来越近。

成功不可能是急功近利的模仿，梦想更不可能是人云亦云的跟随。真正能够有所成就的人，都有着对自我的清晰认知、对目标的独立选择，然后相信滴水穿石、久久为功，在踏踏实实的坚持中摆脱了平庸，追逐与众不同。

现在，我们来认识一下张景涛这位"老石油"。

1962 年 9 月 6 日，张景涛出生于河北省深州市，10 岁前，他一直生活在农村。因为父亲是位老革命，解放前加入共产党并参加工作，时任公社党委书记，母亲是县党校教员，张景涛既视野开阔，也有特别能吃苦的韧性。少儿时代，他就是拔草、喂猪、养鸡、养兔子的好手。上小学四年级，小景涛就给生产队拔麦子，手上的水泡磨破了，疼得要命，用布条缠上，照样坚持干。

为了挣班费，寒冷的冬天，张景涛与同学们一起上护城河边割芦苇。护城河最宽处有 200 多米的冰面，老远就能看到高高的芦苇垛"自动"在冰面上"滑行"，近了才看到，张景涛在后边推呢！……

七月如火，不动一身汗。别看张景涛是班里岁数最小的学生，他却有股子不服输的劲，推着独轮车给建筑公司搬运石头和红砖。路坑坑包包的，独轮车不好掌控平衡，小个子张景涛一车装 50 块红砖，趔趔趄趄栽栽歪歪，他硬是咬牙坚持。"哗啦"一下车翻了，红砖撒一地，捡起砖再推……

14 岁上高中，张景涛又是班里的"老小"。学校号召学生"学工"，性格内向的"老小"张景涛却是班里最能干的学生。在机械厂干铸造，翻砂的活又脏又累，铸型、搬铁块子、浇铁水，粉尘四起，满身灰泥，鼻子、眼睛、嘴，全是黑的。岁数大的同学偷懒，干"面子活"，老师不在跟前就"扯闲篇"，老师一来干活如"猛虎下山"，张景涛却记着父亲的话："忠厚做人，认真做事"……

张景涛对待学习像"翻砂"劳动一样踏实，决不投机取巧。遭遇太难的数学题，宁愿憋得满脑袋汗，急得掉眼泪，也决不抄答案，一定要独立完成。

张景涛特别喜欢文科，最爱读《中国通史》（5 册本，范文澜著）、《唐史演义》这类书。喜欢看传记，读了《华盛顿传》《巴顿传》《朱元璋传》《刘秀传》等一大批传记。《成语故事》磁铁一样吸引他，他记住了每个成语的来龙去脉……

1978 年考大学，张景涛早早打好报考文科的主意，母亲执意让他报考理科，张景涛尊重母亲的意见，这才成为"铁杆"石油人……

1982 年 6 月，张景涛怀揣毕业证书跨出华东石油学院的大门来到华北油田，当时差 3 个月 20 岁。

早在 1985 年，化学药剂厂筹建时就向张景涛抛出过橄榄枝，张景涛说："才 15 万吨的小厂，我不去。"张景涛大学期间，在上海高桥石化工厂实习过，从此他瞄上了气派的大厂。

命运却跟张景涛开了个大玩笑，他向往的石家庄炼油厂没去上，张景涛终归"逃不掉"小厂的手心，因为女朋友对化学药剂厂情有独钟，1989 年 7 月，张景涛从华北油田采油三厂调到华北石化，从高工、副总工、总工程师，到 2005 年，任副总经理、安全总监。

身上有"执着"基因，又是"老石油"，扩建千万吨的重担，理所当然地落在张景涛的肩上。


走出中石油总部，张景涛的双腿像上足了发条越走越快，搭档们几乎跟不上他。是的，难怪他这样兴奋，这个项目上马，意味着华北石化将从"小字辈"里一跃而出，跻身到千万吨炼厂的队伍！

号称千万吨项目"急先锋"的张景涛一马当先，牵头组织一伙"硬手"，全力投入扩建千万吨项目的前期调研工作。

建设千万吨的首要一条，从前所有的装置都要"利旧"，之前的 500 万吨不能废弃一套装置，要把所有的设施都用上，杜绝造成国家财产的浪费。更重要的是，利用旧设备不能"凑合用"，而是要达到与新装置性能技术同等水平。

再上 500 万吨，与原来的 500 万吨不是简单的 1+1 的规模扩张，而是要走内涵式的发展道路，要让技术等级上新台阶，产品质量上层次，环保标准上档次。

扩建千万吨一步一坎，一个坎比一个坎大。

原油来源"好办"，河北省不想肥水外流，继推出"冀油冀炼"的思路，省政府又规划了三个石化化工基地。一是石家庄，二是曹妃甸，三是任丘。任丘千万吨级炼油项目赢得先机。

最振奋人心的便是解决了原油来源难题，冀东油田勘探出"10 亿吨"储量的大油田，就在华北石化"眼皮底下"！

确定了炼什么油，才能根据原油品质，确定工艺路线，量身定制生产装置。这就像"私人定制"一样，为甲定制的服装，给乙穿上就不合适。毫无疑问，大家瞄准了冀东原油。

始终保有前行的能力，这样方可在抵达未来时，看到一树繁花。

张景涛和伙伴们没白没黑地战斗，忽遭"当头一棒"——没有那么多资源，冀东油田的年产量预计 1000 万吨，实际年产量仅仅 150 万吨，而且含水量非常高。

热烈的期盼从高天一头栽落谷底，千万吨摇摇欲坠……

所有人都目瞪口呆，所有人又都得接受这个现实！

巧妇难为无米之炊，没有原油可炼，还上什么千万吨？

中石油总部虽然给了"路条"，但条件变了，这也只算投石问路。

现在"路没了"，也不用再"投石"了。

摔倒了抓一把土，这个跤就没白摔。

华北石化的"老石油"们仍然不死心，张景涛说："我们也不可能一棵树吊死啊，曹妃甸的油没了，我们再找别的油源。"

张景涛的话不是没有依据——

当时西北的长庆油田上产，年油气当量达到 5000 万吨，中石油领导鼎力支持，建议华北石化用长庆原油。

张景涛立刻组织专家写报告，分析长庆原油的各类各项指标，"拆开了"仔细研究、化验，"一对一"量身定做，制定新的工艺路线，千万吨项目改用长庆原油。

2008 年 11 月 28 日，时任河北省省长胡春华给中石油总经理打电话，询问项目进展情况。

中石油总经理实话实说，由于冀东原油上产跟不上，长庆油田上产很快，中石油决定建设长庆—呼炼—华北石化管道，给华北石化供应长庆原油。项目由河北省备案改为由国家发改委核准。

事不宜迟，当天下午 3 点，时任河北省常务副省长付志方出现在北京中石油总部办公楼三层会议室。

付志方表示河北省全力支持华北石化，请中石油也跟河北省一样，大力推动这个项目。

中石油总经理当即表态："我们对华北石化项目有三句话，一是下决心干；二是原来定的事情不会变；从今天开始，不接到我的电话就不会变化；三是不管上面批不批，正式进入到启动阶段。现在的关键问题，除油源供应路线要商量外，主要是下游化工产品要好好谋划，只有谋划好要搞好什么下游企业，我们才能通过生产供应什么产品。这个项目肯定得报批，因为涉及跨省管线，但批不批由国家发改委自己核去。我们最后有一句话，现在要抓紧征地搬迁，明年初把场地平整好，围墙围起来，目前各种材料价格事实正便宜，要抓住这个好机会。"

"当家人"总算表态，大家长长呼出一口气，总算迈过去一道大坎。

油源问题果然起死回生！集团公司同意用长庆油作为项目油源。

中石油总部很快批复了报告，原油从长庆输到呼和浩特，再从呼和浩特输到任丘，简称"长呼任"管线。

但是，牵头此项目的张景涛的兴奋很快被冲淡，另一个高不可攀的大坎拦住去路：京津冀地区环境污染很严重，雾霾天越来越多，国家环保部下了"死令"：不管新老企业，"环境影响评价"（简称"环评"）不合格，将"一票否决"！

又是一场久攻不下的堡垒！

当时，任丘已经被国家环保部"盯上了"，污染排放量是任丘环境治理的"大头"。二氧化硫对当地的危害很大，它飞升到大气层后产生酸雨，破坏大自然，造成植被大面积死亡。监测大气的二氧化硫高不高，分采暖季和非采暖季，如果今年采暖季没监测上，就要等到漫长的来年采暖季！

任丘市政府把所有的造纸厂全关了，却留下支柱产业石油化工。

最引人注目的是"两把火炬"，24小时着着。

华北石化雷厉风行，投入巨资上了全国第一家"烟气在线监测系统"，24小时实时在线监测，哪怕排放一丝烟，河北省环保厅和国家环保部的监测屏幕上，都看得清清楚楚。

两把火炬消灭了，可不等于其他污染就没了！

更重要的是，按照最严的"环评"要求，如果上千万吨项目，将"新账老账一起翻，老账新账一起算"。

简言之，千万吨项目能不能上，一个关键的标志便是：环境影响评价合不合格。

在国家严格控制炼油厂一类企业时，京津冀的许多企业被大刀阔斧地取缔，华北石化要上千万吨，无异于"逆风而行"！

四川石化"环评"做了23次，居然没有通过！这可不是简单的数字罗列，每一次"环评"都要耗资四五百万，那可是纯粹的真金白银哪！

我吃惊"环评"居然这样难，我更吃惊那些超出我想象的复杂。

光地下水一项，就化验了5万个样本！

这里是京津冀核心区域，专家论证标准严格，大气排放，污水排放，固体物排放，比别的地方标准都严格得多。险些，还给华北石化"吃小灶"，专门加上了"盐"的检测指标，必须把水里的盐减下来。

数据太多了，采集气象数据要看风向、风速等。一项指标要采集春夏秋冬四季的数据，每个季节都要"定位"的早午晚及夜间数据，检测有多少风对城市产生影响。要有严格的气象数据，华北石化在线监测数据，地下水数据。地下水数据分类很细，渗浅层地下水要求在30米至100米之间，深层地下水要达到300米左右。

任丘市政府组织区域"环评"编制地下水的评价。方圆400平方公里，在周边20公里乘20公里的范围内，都要进行环评检测。

还要监测企业的"历史"，过去是否污染了地下水？水里有没有石油污染物？为了加快速度，迅速组织人力一个月打了460眼井！

光打井就十几个井队，摸清厂区周边地下水的走向，浅的地下水，深层的地下水，吉林长春水文所做评价，沧州水文四队，做地下水勘探。任丘市政府协调各乡镇配合。仅钻探、打井，就历时两个多月，地下水评价整整半年多。

这么多井，我们不论谁来设计井的布局，我们不论谁来勘探井的位置，也不计打井中遇到多少地质难题，仅就一口井表层、井中和井底都要采样化验，要花费多少工夫？

要监测地下水的流向，各村饮水井，农田灌溉井，都要监测取样。同样是一眼井，要分清楚表面水、中间水和井底水。检验水数据也跟测风一样，雨季有什么指标？旱季什么指标？一年四季不同时段，都要有监测数据。

炼油厂要有安全的环保距离。这个距离有多个标准。要有职业卫生防护距离，也要有安全防护距离。距离医院、学校、居民多远？都有具体的规定。最严格的距离，要保持1公里。那么，华北石化就按最严格的距离。当时还有个"稳评"问卷，亦即"社会稳定调查问卷"。哪怕调查的老百姓中有1%的人不同意，项目就不能上！

外排污水更是大问题。

排水去向在哪儿？专家说："不管你排不排，都要严格审查。排1公斤污水也是排！"

排多大的量？排污指标多少？往哪儿排？

对河渠有没有影响？任文干渠（原名白马河）原为排灌区，灌溉庄稼。炼油厂的水有盐和油污，不准许进渠。如果找不到新的排放去向，项目"枪毙"！

科技信息部副主任刘宗余承担千万吨的选址工作，涉及任丘本地水利、环保、文物、军事、发改委等许多部门。最早选择在任文干渠北侧，牛村南面的区域。另一个选址在京九铁路东侧，已经进行实际勘察，经过勘察，认为这个位置与 500 万吨老厂区分割距离远，不适合相当规划，专家说这个区域的优点是远离城区人口密集区，拆迁很少。最后还是否了。

厂址确定后，要一个部门一个部门跑，项项都要符合人家的规划要求。足足跑了半年多，才有眉目。

在专家评审前，张景涛组织许多专家进了 7 次自我环评，结果令人吃惊：7 次环评，都以"否定"告终！

一旦别扭起来，如同主场打客场。

环评尚在艰难地进行，几乎"一步一棒"，另一个拦路虎突然出现——

国家制定了西部大开发计划，新上了宁夏、陕西、呼和浩特几个大炼油项目，陕西省出台了"陕油不出陕"的政策。严格控制长庆油田的石油不允许出陕西省。中石油总部协调告吹——没有油可炼，华北石化的千万吨项目怎么上马？

## 10. 遭遇"仰手活"

坐拥云起处，心容大江流。每个人生下来都是原创，不要让自己活成了盗版。正因原创的正版难，才有机会领略难度决定高度。

"仰手活"不好干，这是瓦匠们挂在嘴边儿的话。

我不明其意，便请教。

"很简单呀，"一位老瓦工指了指地面，又指了指天棚说，"同样是平面，抹地面多省劲儿？要是仰手抹天棚，就费劲了。"

我豁然开朗。

现在，"难产"的化学药剂厂，就碰上了"仰手活"。

华北油田管理局主管局长咸雪峰亲自带队，已经退居二线、对华北油田上炼油厂非常支持的总公司原计划司司长任向文，原基建司司长刘少男，也强力加盟"进京请愿"的队伍。这二位既是总公司威望很高的老领导，又是炼油和建设方面的"业务通"，更是刚刚离开岗位的"余温尚在"的人物……

这次汇报内容更加周密，专业性强，预算精准，必要性和可行性严谨……听了这番几乎无懈可击的汇报，参会的总公司"五虎上将"们深受震动，给予高度赞扬……

咸雪峰乘机展开攻势："别的油田都有炼油厂，为何我们华北油田上个炼油厂就这么难？"咸雪峰表情丰富，摊开双手，"各位，我们现在用点油求爷爷告奶奶的，实在是太难了啊，我做梦都想上一个炼油厂！"

任向文老司长趁机"求情"："我们总公司每年都要给江南地方小工厂几十万吨原油，换取人家一些油田化学药剂，有时还要受人家制约，为何我们自己不搞？我看应该建这个厂，厂名就叫'华北油田化学药剂厂'。"

刘少男老司长也十分给力："我赞成任司长的意见，请各位给予支持，抓紧建设这个厂。"

每个人、每个单位都有不容易的时候，但正是这些不容易铺好了通往成功的路。虽然可能会遭遇挫折，虽然距离成功还很远，但每天为了目标多付出一点，多坚持一下，结果就很可能会给你惊喜。

精诚所至，金石为开。伊锡珠和搭档们带着材料跑了无数次，这一次总算有了眉目，总公司同意建个自给自足的炼油厂。

总公司（85）油计字第538号红头文件批复：准确名称为"华北石油管理局油田化学药剂厂。"

1985年8月7日，炼厂筹备小组的顾平，赶紧到李天相副部长的办公室取回这个朝思暮想的红头文件，筹建处的同志们乐得跳脚欢呼，主管局长咸雪峰乐得啪啪啪直鼓掌，当即请客，大家吃一顿羊肉泡馍。

项目确定了，伊锡珠更加忙。去北京和洛阳找设计院，又找了别的设计院，哪个院都没设计过这么小的炼厂！

伊锡珠用电话到处求援，找遍了所有的老同学、老同事，大家都没见过这么小的炼油厂。伊锡珠又到沧州、保定、大港考察，也失望而归。见到大港炼油厂老总郑玉虎，令伊锡珠喜出望外，他原是伊锡珠在茂名石油公司工作时，同处室同宿舍的老战友！

伊锡珠提出来意，郑玉虎虽面露难色，还是背着设计院，交给伊锡珠一套精装的初步设计文件。

伊锡珠如获至宝，连夜将文件复制下来。

这还远远不够。

催化裂化为二次加工装置，这套图纸有"龙头装置"常减压和系统配套装置，缺少油品储运罐区，以及供电、供水、供风、水处理、油品化验等。

伊锡珠火速赶往北京设计院。

人家回答：他们从未搞过小于年产 50 万吨的炼油设计。

伊锡珠又跑了多个地方，最后在洛阳油田设计院，"挖来"一套小型常减压装置的设计图纸。

喜出望外的是，洛阳石化设计院，正在给青海花土沟设计一座年产 15 万吨的小型炼油厂，生产装置为年产 15 万吨常压蒸馏，6 万吨同轴式催化裂化。

炼厂所有需要的系统配套工程相当齐全，连厂道路、办公楼、围墙、大门以致厕所都应有尽有，伊锡珠兴奋极了，这简直是量身定做的"杰作"！

再加上已经攥在手里的"催化装置"图纸，"上联"对上了"下联"，一首改变华北炼化企业结构格局的"新诗篇"高调亮相……

中石油总部批复文件下达后，又在征地上卡住了！

河北省政府对华北油田所属的任丘、大港、冀东、廊坊、管道局等单位的用地实施严格管控。凡 500 亩以上的征地，必须经过省长办公会议研究决定。

光有一堆图纸，没有地方建厂，岂不纸上谈兵？

当时征地形势已经"冻结"。

事不宜迟，王涛部长立刻召集在冀的各单位领导，在华北油田开了紧急会议，会后火速赶往石家庄拜访省委省政府，恳请予以支持。

然而，河北省政府的意见却是：同意扩建保定炼油厂。

这个"厚此薄彼"的意见几乎将"化学药剂厂"的征地工作推向绝境。

"筹建组"的人个个如热锅上的蚂蚁"乱了阵脚"，只好"有病乱投医"。

咸雪峰立即召开智囊团会议商讨对策，闻知管理局节能计量处的林泽峰同志，清华大学毕业后曾在石家庄一家工厂与常务副省长叶连松同厂工作，咸雪峰马上请林泽峰来帮忙。当即，由咸雪峰带队，率李振华、乔明凯、林泽峰、施福山和伊锡珠，火速前往石家庄。

省政府领导审批之前，还要翻过省属城乡环保局和土地局两道坎。

咸雪峰等人说得嗓子都冒烟了，土地局一句话就"顶"回来了："500 亩以上的征地，要省上同意，我们无权审批。"

各路人马纷纷铩羽而归，事情毫无起色。另一个负面消息接踵而至：土地局局长"黑脸"，这道坎"很不好过"。

大家再次出击，兵分两路。

由林泽峰到省政府拜访副省长叶连松，请他高抬贵手。另一路去"啃"土地局这块硬骨头。结局很快揭晓：叶连松外出不在家，土地局的工作"原地踏步"。

再次攻关，李振华处长力荐：老处长李甸清与土地局很熟悉，请他出面。

李甸清和李振华、施福山、伊锡珠再去土地局，对方问："能否合并到保定炼油厂'带料加工'？"

答："保定不能生产油田化学药剂。"

又问："能否少占地，比如400亩，或者再少些？"

又答："按照国家安全防火法规，500亩地已经很少了。"

这次攻关唯一的收获：土地局没有彻底"封口"。

肯低头，就不会撞门，肯让步，就不会退步。

大家回来后，将焦点放在：减少多少地人家能批？挤出哪块地可行？

摊开全厂平面图，像屠夫提着刀琢磨砍哪块肉一样，将20多项占地项目设计逐一"瘦身"，连几处很小的"边角地头"都算上，发现洛阳设计院的设计实在太严谨、太科学、太高明了，竟然找不出一块大而完整的空间可以切割！

即便把小车队砍掉，也才不到二亩地！

然而，这也不该砍哪！

彼时，谁也不知道桌面下的"插曲"，在任丘"起包"了。市里某位领导欲"挤走"化学药剂厂，推荐到雄县去。石油管理局领导闻讯当即与沧州专员闫国君、王春祥、李汝梅等对接，将这个"包"压平了。

夜去夜又来，晨走晨又回。争议的大漩涡翻来又转去，大家头都晕了，最后决定赌一把：化整为零，分期征地。将以后必用的28亩部分罐区占地"砍掉"，只征470亩，"躲过"省上批复这道关口。沧州有批复占地50亩的权限，暂时砍掉的28亩，"伺机"在沧州解决。

1986年的日历眼见翻一多半了，大家衣带渐宽、望断秋水，锐角成钝角，姗姗来迟的征地批复文件"犹抱琵琶半遮面"，终于来了！

很快，另28亩土地补征也如愿以偿。


## 11. 彼波未平此波起

生活总是让我们遍体鳞伤，但到后来，那些受伤的地方一定会变成我们最强壮的地方。

受领导班子的委托，张景涛安排另一伙战友，已经做了深入调研，按长庆原油设计工艺路线，依此构建、实施一系列的附属事项……

我查阅了"第一次炼油质量升级项目基础设计审查会设计文件发放清单"，扫一眼，我的脑袋立刻"大了"，参加单位十几个，参加专家数十人，170多个单项，共有8卷本成册的材料，每卷本少的七八个分册，多则十几个分册，仅这些装订的卷本，就能将四五个一人高的立式书柜装满，现在，长庆原油没了，这些工作全废了！而变更别的原油，这些工作又要"从零做起"！

太措手不及了！

张景涛怎样的心情与状态，我已经无法用语言描述。那么，请允许我用文字给张景涛勾个"速写"：高挑个，双眼皮，直鼻，明星脸，运动员身材，身体健硕，可惜这个"帅哥"形象已经属于过往——2008年突然查出高血压和糖尿病，黑黑的头发染了"白霜"……

当年的中国，抛去喝酒不说，成堆成堆的快节奏工作打破了生活规律，睡不好、吃不好，熬到后半夜已经是常态……

尽管如此，张景涛仍然对过去不后悔，对现在有信心，对未来满是希望。

记住该记住的，忘记该忘记的。改变能改变的，接受不能改变的。

摆在张景涛眼前的路就两条，一条是组织同志们重新寻找新油源，将已经做过的设计及附属工作推倒重来；另一条就是放弃千万吨项目。后者比挖心挖肺都疼，不在考虑之内，那么，发挥石油人"没有条件创造条件也要上"的拼搏精神，挺胸昂首，继续迎着困难大步前行，便是唯一的选择。

背上困难，背上刚刚患上的疾病，张景涛和同志们再次上路。

重新制作可研报告。

生活不可能像你想象的那么好，但也不会像你想象的那么糟。人的脆弱和坚强都超乎自己的想象。国内原油不行，国外原油行不行？中石油1993年迈出"走出去"战略的第一步，再到2011年高质量、高水平建成海外"大庆"，权益产量突破5000万吨，"走出去"10余年，中国石油海外油气合作经历探索发展、基础发展、快速发展和规模发展四个阶段，在国际化经营中取得了令人鼓舞的成果，国际业务实现从无到有、从小到大、从弱到强，目前形成五大油气合作区、四大油气通道、三大油气运营中心的战略布局，同时工程技术、工程建设、装备制造等业务也纷纷"走出去"，在海外创业史上留下了坚实的足迹。

科技信息部刘宗余会同该部总工程师齐建勋，组织多家设计院，在已经批准的可研性报告上，按国外进口原油又做了"修改版"。调整了指标要求，重新设计参数，依循一个原料有多种质量指标的规则，做了难以想象的"海量"工作，上报中石油总部。

中石油总部否定了这个可研报告。

可研报告是按照进口低硫油设计的，这不行。低硫油进价高，效益很差。广西石化已经"投石问路"，华北石化不能重走这条老路。要求改为"高硫油"设计。

张景涛极为沮丧，他和同志们白白拼了这么多天！

如果我的世界不能成为你的世界，那么我愿将你的世界变成我的世界。

现在最关键的是鼓舞士气，准备再一次冲锋，或者若干次冲锋，而不是怨天尤人，更不可以减损干劲……

世界上什么都可以失去，不可以失去希望；世界上什么都可以失去，不可以失去信心。

"按总部的要求办！"张景涛一边督促，一边一头扎进屋子里，率领大家没白没黑地"赶工期"。

原油性质、原油结构、总投资估算、调整原油后工艺路线的变更调整，新建装置规模变化、调整进口原油后原料及产品结构汇总、总投资估算、原油离岸价格确定、原材料价格、产品出厂价格等，都要精准落实。

为了节省文字，我从这株遮天蔽日的可研报告"大树中"，摘出"几片叶子"——

方案一，进口低硫油，全厂混合原油硫含量实际由0.25m%增加到0.494m%，需增加硫磺装置规模，增加催化烟气脱硫设施，加工进口油需增加原油储罐等，相应投资增加约6亿元，全厂总加工流程基本不变；各装置规模变化不大；汽柴油质量仍可达到国Ⅳ标准，轻质油收率、综合商品率略有变化。

方案二，进口高硫油，全厂总加工流程优化调整；各装置规模变化如下：

1、采用分输分炼，即：现有2#常减压装置加工华北和冀东混合原油，新建的1#常减压装置加工进口高硫原油。两套减压装置生产的减压蜡油混合进蜡油加氢裂化装置。两套减压装置生产的减压渣油混合后进渣油加氢装置，脱硫后的渣油进催化裂化装置加工。全厂流程不需做大的调整。

2、硫磺装置规模扩大。本可研规划为两套2.5万吨的硫磺装置，先期建设一套。加工进口原油后总的硫磺规模将达到15万吨。

3、两套催化装置需增加烟气脱硫设施。可研规划为3#催化裂化烟气脱硫，加工高硫油后，原料硫含量增加，超过"环评"要求的1740吨指标。

4、建设一套90万吨/年催化汽油加氢脱硫。原可研汽柴油质量全部国Ⅳ标准。本方案产品调和看，由于催化汽油的S含量增加，产品质量仍按全部国Ⅳ标准设计，需建设催化汽油脱硫装置。

5、催化原料预处理设计条件需要调整。考虑华北石化现有两套催化裂化装置处理能力已经固定，由于巴士拉原油硫含量、残碳、金属含量高，催化原料预处理装置催化剂级配、空速、操作条件、产品分布以及处理量均发生一定的变化，催化原料预处理装置承受更大的压力，需要调整。


下面，还有3张比宋代大画家张择端《清明上河图》还要复杂的"工笔画"，内容众多、流程繁复、图例密集的可研报告，原油全厂总流程图、进口原油方案一案全厂总流程图和进口原油方案二案全厂总流程图。

一个人如果有足够的意志力，就能超越他所处的环境。

问题是，超出掌控的环境纵深还在延伸。

改成高硫油设计后，"环评"也要重做！原因很简单，环境保护部批准我们做的是"低硫油环评"，现在改为进口油"高硫油"，这属于重大变更，原来做的"环评"报告是不行的！

我在前边讲过，"环评"太复杂了，做了七八年还没有做完。因为改用高硫油设计"牵一发而动全身"，要求整个环评"重做一遍"——听了这个消息，大家都崩溃了！不说时间来不及，也不说过程该有多么复杂，即使与当年最初做环评时相比，环评体系新设规范各项指标、参数及汽油质量标准都有巨大变化……

张景涛的火"呼"起来，听到这个消息，晚饭都没心思吃，连夜驱车直奔北京——明天早上，他要在第一时间"堵"到领导。

第二天刚上班，张景涛找总部有关领导商量汇报，被当即回绝。

张景涛委托主管科技的领导绕圈"说情"，仍然收获了"不行"二字。几位领导没有同意，张景涛又抱着很渺茫的但又不死心的希望找了多位领导，仍然没有起死回生……

当时中国治理大气污染压力很大，治理力度空前。当时老百姓对雾霾有个顺口溜："中国雾霾的重灾区在河北，河北的重灾区在中原。"另一句顺口溜便是："世界钢铁看中国，中国钢铁看河北。"

但，刚一打响"蓝天保卫战"，河北省就下了大力气压缩产能，压缩钢铁厂，压缩水泥厂，压缩玻璃厂……

在此前提下，降低高标准环评的口子，谁也不敢开。

原油的问题还没有彻底解决，"环评"还没有全部收口，又扯出"重新环评"的麻烦，张景涛心力交瘁、身力不支，但他仍然鼓励同志们："天无绝人之路，别着急，我们再想办法。"

张景涛清楚，另一个"隐形困难"也很大。从海外进口原油，没有管道。原秦皇岛到北京的"秦京线"输油管道，任丘到北京的"任京线"输油管道，因为年久老化严重，原在野外的管道因城市扩建而成为市区，安全隐患很大，专家们建议废弃。这两条管道可以从冀东油田曹妃甸，坐船到天津，再输到华北石化。现在，因为冀东油田产量很小，修输油管道的事已经"彻底没戏"……

张景涛也清楚，虽然上级给了"路条"，却离"批复"二字还有十万八千里。困难重重，华北石化又执意要上，人家才让你"试水"。如果自己呛水"淹死"，等得到"批复"吗？

张景涛还清楚，比起目前的困难，华北石化已经无能为力。低硫油变成高硫油，属于重大变更，而重大变更，按照环保部的要求，必须重新做环评。

张景涛更清楚，难度不仅于此。原油变更和市场不好，"环评"低硫油向高硫油变更，炼厂周边的大面积居民拆迁，这"三座大山"死死压在头上……

华北石化的职工也议论纷纷，千万吨项目阻力这么大，净是些我们自己解决不了的事，谁也说不准，我们瞪大眼睛期待的千万吨项目，到底能走到哪一步？项目一波三折，上马下马，人们都习以为常见怪不怪了，还有希望吗？

# 第四章

# 咬定青山不放松

坚持做一件事情，不一定因为这样做会立竿见影，而是证明这样做是对的。即使身处困顿，也不忘抬头看看柳梢的月，檐角的星。

华北石化人从建厂奠基培上第一锨泥土开始，人换了一茬又一茬，装置无数次更新换代，技术不断地扩张和升级，这种打拼的韧性和传统却从未改变。

他们相信，最长的路也有尽头，最黑暗的夜晚也会迎接清晨。

他们相信，人生一世，总有些片断当时看着无关紧要，而事实上却牵动了大局。

## 12. 年轻的朋友来相会

柳絮体媚无骨，梅花影瘦有神。

中石油总公司批准建设"化学药剂厂"的消息一传开，沉寂了千年万年的任丘大荒原很快就沸腾起来！

如果说，1986 年 9 月 12 号工地上的奠基剪彩，是华北石油人第一次唤醒了任丘大荒原，那么，"忽如一夜春风来，千树万树梨花开"，刹那间这里便是欢腾的海洋，大建设的洪流哗哗翻涌，日夜奔腾！

"化学药剂厂"工地简直就是个巨大的磁石，转瞬便吸引了数千人参加建设，一时间，话分南腔北调，食有东甜西酸，人共高矮胖瘦，全汇集而来！

他们从天府之国四川来；

他们从大漠孤烟直的玉门来；

他们从一年四季鲜花盛开的茂名来；

他们从寒气逼人的大庆来；

他们从准噶尔盆地边缘的克拉玛依来；

他们从九朝古都洛阳来；

他们从"豹子头"林冲的家乡沧州来……

"我是革命一块砖，东西南北任党搬！"

白天，工人们挥汗如雨，哪里需要哪里到。夜间，一大片一大片帐篷在月光下悄然盛开，繁星点点，像"倒过来的"天穹！

没有人计较吃什么，填饱肚子就行；没有人在意睡在坚硬的木板甚至稻草上，不耽误打呼噜就行；没有人管水少不能刷牙，能咬紧任务指标就行……

人不会苦一辈子，但总会苦一阵子。许多人为了逃避一阵子苦，却苦了一辈子。

我和华北石化前辈们一起"回翻"那段"热情扑面"的激情岁月，仿佛也被点燃了，恨自己不是炼油厂建设的一员——

1986 年，在城市，中国已经掀起"挣钱热"，许多公务员扑腾腾"下海"；在科技界，迅速刮起一股"有偿服务风"，干不干、干多少，"钱说了算"；在农村，争当"万元户"蔚然成风，最流行的观念便是：一切"向钱看"……

在桃园结义的故里，在华佗传说的诞生地，在古老而又年轻的任丘，工人们人人心中都怀揣未被污染的圣洁，都在忘我地战斗，还在为完成多少土方，多少立方米，多少延长米，多少装置坑而日夜打拼……

吞下了委屈，喂大的格局。

许多年之后，提起当年的情景，亲历者仍然壮怀激烈：这些尽管与个人腰包无关，但，与祖国建设有关，与闪光的理想有关，与活得是否有价值有关……

工地上战旗飘飘，彩旗飞舞，共产党员突击队刚报战绩，共青团员突击队又创新高！很多建设单位，白天的任务指标已经超额完成，夜间又悄悄行动，为明天的指标"打埋伏"……

每个小组都是"尖刀班"，班班都要冲在前列；每个局部工地都是比武的擂台，上台的都是猛士！

在一块一块盐碱滩和秃疮化脓似的小水泡子的大荒原，在有着数千年种庄稼历史的燕赵大地，人们看到一个史无前例的热闹景象——

大地上突然出现一条通向工厂新址的大道，宽阔而平坦。

这是油田公用事业处用班后业余时间"奉献"的产品。为抢在开工前修好这条路，该处多次组织处机关干部和基层单位的职工到修路工地义务劳动，前提是，"工作不能耽误，路要按时修好。"修路面 63000 多平方米，砌排水沟 4000 多平方米，修排水沟 300 多延长米，涵洞盖了 40 多个……

许多技术人员进驻工地现场。原本"被毁容"的破旧小板房，因挂上"工地设计小组"的牌子，立刻提升了品位，神秘而气派。这些原本在实验室里穿白大褂的设计员"高知"们，现在俨然已是地地道道的"脑瓜快"的民工，忽而设计方案，忽而改进方案，忽而又在工地"一路小跑"，检查工程质量，"钉是钉铆是铆，哪个环节都不准都不行"。

设备供应处的同志忙得"脚不沾地"，总指挥们还是嫌慢。他们恨不能借双腿跑，恨不能长出翅膀飞起来！其实他们成竹在胸，早就提前安排在北京、上海、天津、沈阳等地的采购人员，想方设法订货，加大催交、催运各类物资……

为了加快进程，石油管理局梁树奎副局长亲自挂帅，牵头组织管理局和供应处等单位，成立了工地现场领导机构，各管一条线，层层负责，"谁也不兴误事！"

乔明凯和伊锡珠任副指挥，施工单位的李凤林任现场指挥。

当你足够优秀时，自然会吸引同样优秀甚至更优秀的人。沙子是废物，水泥也是废物，但它们混在一起是混凝土，就是精品。

伊锡珠至今记得当年的紧张工作："我们将全部工作都拆开了，分为四个战役。每个战役分为二至三个阶段。每个战役、每个阶段都有不同的重要任务。然后将各个时期的工程进度，按计划运行，画出'线路图'。实行日运行、月检查、季评比。表彰先进，促进下游。形成你追我赶的态势，在工地的全过程中贯彻'三控制、一协调'的方针。即：严格控制工程质量，紧紧控制工程费用，一天一会一协调，解决困难'事不过夜'。人人气顺劲足，处处工作争先，上下团结一致，左右密切配合。工程进展迅速，施工质量全优。只用一年时间，工程全面竣工。"

不要对抗人生的不确定因素，把心安顿在当下。

伊锡珠向我讲述，当时的口号是："走上步，看下步，加速，加速，再加速！"

还嫌拍节不够快，为了方便"挂牌指挥""靠前督办"，梁树奎索性把"化学药剂厂筹建处"从局机关迁到了油公司家属区附近的一个"四合院"……

油建二公司二大队是一支能打硬仗的"铁军"，只要一声令下，就没有拿不下的山头！这支以解放军为班底的威武之师，"敢上九天揽月，敢下五洋捉鳖"，他们刚在霸县岔北联合站凯旋，又迎着凛冽的寒风挥师任丘，用帆布搭起简易工棚，便拉开"大会战"的序幕……

有大格局的棋手，往往有着先予后取的度量、统筹全局的高度、运筹帷幄而决胜千里的方略。

我在前边说过，任丘工地像个巨大的磁铁，吸引了四面八方的各路豪杰，从"雄鸡形版图"的各个地方向这里汇集，千余名异地英雄，同2000多名华北油田的职工们"大会合"，掀起了一次又一次"大会战"……

提及火热的往昔，当年的见证者们仍然无比激动——

辽阔的荒原成了大会场，上千人齐刷刷席地而坐。他们四周，插遍了红黄色彩旗。工地上的标语叫人热血沸腾：

"学习铁人王进喜，从我做起！"

"坚决打胜百日大会战！"

"我们石油工人，刀山敢上，火海敢闯！"

"有条件要上，没有条件创造条件也要上！"

"不获全胜，决不收兵！"

…………

所有梦想藏于心，岁月从不败美人。

1986年12月份就要"翻篇"，激昂的元旦献词尚未见报，火爆的春节在小商小贩的叫喊声中步步逼近，基础建设工程传来捷报，在建的药剂厂一期工程顺利完成！

1987年3月底，二期工程如期完工！

同年6月底，"第三战役"圆满告捷！

火爆的建设场面格外生动，每一只手都是一朵跳跃的浪花，数千数万朵浪花一齐跳跃，便是波澜壮阔的汪洋巨涛！

在建设中早就"瞄着"按期投产，为了这激昂时刻的早日到来，必须抢工期进度！

1987年初，石油管理局从甘肃玉门、河北沧州、黑龙江大庆等炼厂调来技术骨干和操作工，让他们提前"预热"、早日进入角色……

"哗啦"一下来这么多人，吃住都成问题。

一位高挑个儿大学生背着行李没地方放，他没有抱怨，更没有甩身走开，而是独自嘿嘿嘿笑几声，突然唱了起来：

年轻的朋友们，
今天来相会。

与"高挑个儿"有同样际遇的青年们接着唱：

荡起小船儿，
暖风轻轻吹……

很快，《年轻的朋友来相会》这首歌，成了这些来自五湖四海、素不相识年轻人的媒介，大家你瞅瞅我，我瞅瞅你，索性都不说话，而是高声唱了起来……

啊，亲爱的朋友们，
创造这奇迹要靠谁？

仿佛彩排过一样，大家个个都笑成一朵花，相互配合着，拍节准确，强弱得当。更加令人惊喜的是，唱到如下几句时，数十人用食指指指别人，再指指自己——

要靠我，要靠你……
要靠我们八十年代的新一辈！

加入歌唱的人越来越多，这里成了大合唱现场，大家意气风发，斗志昂扬，用歌声唱出热情，唱出力量，也唱出每个人心中的理想……

最后一句，竟"唱出花来了"，人们自发地来个"三部轮唱"——

前一伙唱的"要靠我们……"刚落下，二声部重唱："要靠我们……"，最后三个声部放声齐唱："八十年代的新一辈……"

复杂的事情简单做，你就是专家；简单的事情复杂做，你就是行家；重复的事情认真做，你就是赢家。

谁都不挑，现搭的简易工棚，附近的小旅店，甚至投亲靠友，五花八门的居住化整为零，"攻城拔寨"再集零成整……

来自油田 30 多个单位的职工，与外部调入的 1100 多名化学药剂厂的职工会合，汇成"大建设"的洪流，"奔腾不息"……

旅途在前进的时候总有拐弯的地方，面对痛苦，无须躲避；不避生活百态，坦然面对。

太多双手茧子破了、长好，再破了、再长好，没人理会；

有人胳膊、腿上贴了多处"创可贴"，轻伤不下火线；

数十名青年工人把装修婚房和婚期推了再推；

许多人把家里来的急信和电报藏了起来；

十几位工人父母去世"不在跟前"……

只要你愿意走，路的尽头依然是路。

## 13."地方友军"出战

你若不想做，总会找到借口；你若想做，总会找到方法。

"蓝天保卫战"如火如荼，大幅度压缩产能、治理大气污染成了重头戏，小炼钢厂、水泥厂、塑料厂、玻璃厂等污染企业大举取缔，导致河北省的 GDP 断崖式下滑。

河北省委省政府把重振工业雄风的切入点，放在大力发展石化企业，带动下流产业链上。

"地方友军"重装上阵。

任丘市委市政府相当重视华北石化上千万吨，专门成立了领导小组，市委书记姜东胜任组长，市长赵学明任副组长，副市长钟国强 2008 年任副组长兼办公室主任。钟国强手下有 24 名局长，分别对应不同的上级主管部门，将任务分开跑千万吨项目，再将"试卷"交给钟国强汇总。

河北省委省政府喊出"冀油冀炼"的口号，千万吨项目没有列入国家计划。走"技改"的路，由河北省批准就行。

钟国强率领的"地方友军"效率很高，配合华北石化公司只用一年左右的时间就把在省里千万吨繁杂的手续跑完了。

"这么大的项目，你们河北省批不合适。"中石油领导怕担责任，有些后悔，"上这样的项目国家有明文规定，谁也不能触碰政策红线。你们得上报，国家批了，我们再上。"

钟国强带人跑国家发改委，新的问题出现了，产业司司长和主管处长意见一致："凡国家项目都有规划，你们这项目没有规划，没法批。"

"怎么能批？"钟国强问。

"除非能列入十二五规划。"司长回答。

2008年，国家十二五"十大产业报告规划"里，其中有石化产业。钟国强得到消息，赶紧打了报告，驱车北京去国家发改委。河北省主要领导与发改委负责人事先有过沟通，人家没有出难题，中石油却收紧了政策。

河北省领导又找中石油总经理："在河北省的中石油职工那么多，在河北省的厅级子公司就有8个，还有14万员工。我们河北省可是没少出力啊！"

时逢中石油的能源由北方向南方输送，要建"锦郑线"，其中一部分管线必走河北省。

"这好办啊，"省委书记说，"你们什么时候把千万吨批了，我们什么时候同意你们建'锦郑线'。"

第二天，在北京中石油总部三楼会议室，河北省"一把手"又跟中石油"一把手"对对联。

中石油"一把手"拿出上联：从一个大本子里拿出十几张A4纸，写满了需要河北省解决的问题。

河北省"一把手"当即答复："你们刚才提出的问题，我照单全收。"说着，他开始对下联，只拿出一张A4纸，"我就一张纸，三件事。第一，就是千万吨项目，第二，关于PX项目，第三，关于增加天然气供应。"

这次"对对联"，对千万吨项目有着历史性推动。

客观上，中石油在上千万吨项目上"迟疑"，与河北省持续多年的经济"主旋律"不无关系。河北省"钢铁独大"，石化产业一直是弱项。现在突然掉转航向，重新排兵布阵，要让石化产业打"主力"，做得起来吗？地方政府与央企合作，往往开头"什么都答应"，干起来后，地方需要配套的地方，很少有到位的。仅举一例，华北石化千万吨上产后，电的问题怎么解决？一个县级市建个电厂，全国都没有。如果没有配套的电厂，增容量太大，很难解决，同时也增大产业成本。

即便河北省"一把手"答应了，谁敢保证国家能批下来？

需要地方配套的岂止只是电？

我在前文数次提及过，华北石化上千万吨，厂区周边的安全距离要为一公里，周边居民必须搬迁。近邻东八村和西八村，都是有着600多年历史沉淀的古村落，迁得了吗？而东八、西八两个村周边的"零散住户"更多，居民比两个村加起来还要多。这些居民村委会管不着，社区管不着，任何单位都管不着，完全是"野蛮"生长状态，迁得动吗？

任丘离首都太近，为了保卫首都的蓝天白云，这里的"环评"标准太高（我调查采访中得知，这里的环境保护标准，高于世界上任何国家和地区），这，又是一块难啃的骨头！

出乎想象的是，河北省的动作大而迅速。将华北石化上产千万吨，列进河北省委省政府"十二五国民经济发展规划"的"首席"位置。

河北省委省政府下了大决心，为了保卫京津冀地区环境，毫不手软地取缔高污染的企业，重点发展石化产业，力争打造"世界级石化基地"。

正是这个规划的内容完备和显赫的地位，受到国家发改委的重视上报国务院，被国务院列入"沿海石油化工规划"之中，为千万吨项目的"发展后劲"，埋下精彩的伏笔。

气势雄浑的"大力发展石化产业下游企业"交响曲刚一唱响，任丘市一马当先，成为交响曲的一支主旋律，决定划出区域，建立"石化产业基地"，推动全国百强县任丘经济层楼更上。

这无疑是两针"兴奋剂"，一针扎在华北石化身上，一针扎在自己身上。"基地"是石化产品的下游产业链，把大踏步提速前进的重点"圈定"在华北石化。换言之，只有"上游"的华北石化的千万吨项目上产，才有"下游"的产业链。

任丘市委市政府紧随其后，把千万吨项目列为任丘市经济发展的"一号工程"，举全市之力，突出"一号工程"。

沧州市政府和任丘市政府两级政府喊出同一个口号："举全市之力，推动千万吨建设！"

任丘市委书记姜东胜亲自挂帅，担任"任丘市石化基地建设总指挥"，市长赵学明带头冲锋陷阵，"沙场秋点兵"，各"四梁八柱"都是精兵强将，下设的办公室成员中，几乎"囊括"了全市所属职能单位和部门的"一把手"……

涉及能源消耗、防止大气污染，国家发改委出台了"关于热电炼化一体化"的规定。石化企业消耗能量相当大，500万吨年消耗40万吨标准煤，千万吨则翻倍。因为区域性消耗有明确限制，任丘市报请河北省发改委批复后，决定为华北石化配套供热，建个热电厂。

任丘市市长赵学明带队，与副市长钟国强和华北石化副总经理张景涛同去北京，请求能源局予以支持。

"这是不可能的！"能源局领导当即表态，"一个县级市就建个热电厂，哪有这个先例？全国2800多个县，那要建多少个热电厂？"

赵学明说："我们任丘跟别的县不同啊。比如，我们的地理位置极为特殊，紧邻京津冀，常住人口70多万，也是沧州地区人口最大的县；比如，我们是全国百强县，位列第47位，也是河北省经济最强的县；比如，我们河北省委省政府已经把千万吨项目列入十二五规划……"

在最低的境域，活出最高的境界。

出彩的人生不是顺流而下，而是逆浪而上。

如果大家都不同意，势必影响中石油总部的决策。河北省领导意识到"导向的重要"，也频频出手。

我手头有一张公函。公函最上边有"河北省发展和改革委员会"名头，正文写——


中石油天然气集团公司：

　　受张云川书记、胡春华代省长委托，我省付志方常务副省长率省发改委沈小平主任、沧州市市长拟于11月28日下午，就华北石化分公司炼油项目有关事宜，拜会贵公司总经理，请予安排为盼。

联系人：樊书旗

二〇〇八年十一月二十七日


圆公章上面的弧形字落款为：河北省发展和改革委员会。

后来我才知道，河北省为协调华北石化的项目，类似这样的省厅级公函就有120多个！

每个公函背后，不都是"一大堆事情"？

张景涛汇报了千万吨项目的有利条件，又实话实说："现在看，500万吨以下的炼厂，生存空间越来越小。国家近年一直在'抓大放小'，300万吨项目取缔，下一步很可能砍掉500万吨。如果华北石化没了，影响的不仅仅是炼厂，还导致任丘甚至整个沧州地区的经济衰落……"

跑了多次，又有国家发改委支持，能源局这才"松口"……

河北省建投投资 30 亿，在任丘市建了热电厂。

任丘市配套建了污水处理厂将全市生活污水回收过来，过滤加工成中水，再供应给华北石化，形成一个体系完备、既节能又环保的循环经济链……

然而，谁都没想到，华北石化千万吨一下"休克"了 10 年！

在这 10 年里，已经建成的热电厂怎么办？

"恒星"不转了，围绕它生存的那么多"卫星"怎么办？

波折太多太多，不知穿透多少没有星光的黑夜，也不知有多少在一件事上反反复复"拉锯"的案例，更不知有多少像张景涛那样的汉子，青丝成白发，身体熬成空壳，终于迎来千万吨项目奠基剪彩的日子！

宽阔之后，就不会受险隘主义的捆绑；自由之后，就不会受形式主义的限制。

历史将铭记这个激动人心的时刻——

公元 2009 年 12 月 31 日上午，再跨一步就是新年元旦，在中国，在任丘，在华北石化工厂，河北省沧州和任丘市的主要领导和中石油主要领导悉数参加，在没有乐队，没有歌舞，没有欢呼声的时刻，静悄悄地举行一个对未来具有"时间地标"影响的大事，华北石化千万吨奠基正式剪彩！

好几天没见太阳了。这天早晨，阳光明丽，白云朵朵飘。一群喜鹊围着装置飞来飞去，似乎在唱着最新版的流行歌谣。

剪彩之前，在华北石油宾馆，河北省代省长陈全国同中石油集团"一把手"进行了友好交流与沟通，双方就华北石化产品技术升级和安全环保等热点问题，达成一致。

剪彩仪式上，河北省常务副省长付志方讲道："中国石油华北石化炼油质量升级与安全环保技术工程的奠基，对河北省来说，是一件大事、喜事。当前，河北省加快产业结构调整和优化升级，构建新的产业体系，华北石化炼油质量升级与安全环保技术改造工程，是河北省委、省政府优化产业布局的一项战略举措，也是河北省与中国石油加强战略合作协议的实际步骤。这一项目的实施，将对河北省增加新的经济增长点发挥重要作用。希望中国石油一如既往地关心支持河北省经济的发展，与河北人民共同创造美好的未来。"

付志方同时要求河北省各级地方政府，要不断深化河北省与中国石油良好合作，增强服务意识，全力支持中国石油在河北省的发展。要克服遇到的各种困难，为项目建设创造良好的外部环境。同时希望华北石化公司坚持高标准，高质量，高水平，在确保安全质量的前提下，加快工程进度，创建一流工程，使这一项目早日投产。

中国石油天然气集团公司副总经理在讲话中说："今天奠基的华北石化公司炼油项目是河北省第一个大型炼油项目，也是中国石油'十一五'炼化业务布局调整的重大战略性工程，更是深入落实国家京津冀、环渤海经济开发战略的重要举措，是中石油和河北省优势互补、互利双赢、联手发展、和谐共建的又一丰硕成果。对中国石油充分利用国内外原油资源、实现产品质量升级、更好地履行保障国内成品油市场供应的责任，对于充分发挥河北区位优势、推进大型沿海工业建设宏伟蓝图的实现、建设富裕文明的新河北，都具有十分重要的意义。全体工程建设者要围绕'国内领先、世界一流'的定位，认真落实科学发展观，努力把炼油质量升级项目建设成为技术先进、质量可靠的优质工程，产品高效、指标领先的效益工程，生产安全、环保清洁的绿色工程，造福地方、回报社会的和谐工程，为促进河北经济社会发展，为保障国家能源安全和构建社会主义和谐社会做出新的更大的贡献。"

最激动人心的时刻到了，在全场参会代表的雷鸣般的热烈掌声中，河北省代省长陈全国和中国石油天然气集团公司"一把手"，共同按下象征华北石化公司炼油质量升级与安全环保技术改造工程项目正式启动的触摸球。

历史记住了这些来宾：省直部门领导、沧州市市委书记郭华、人大主任石锡贵、政协主席匡洪治、任丘市市委书记刘金辉、任丘市市长赵学明以及沧州其他县市领导。中石油各部门领导、华北油田公司总经理苏俊、党委书记黄刚、华北石化公司党委书记艾南以及项目设计评价单位、建设管理单位、其他参建单位领导代表也出席了奠基仪式。

为了这一刻，多少人梦寐以求！

熬瘦一圈的张景涛和搭档们格外兴奋，跑前跑后忙碌着。

工人们远远看着，指指点点，高兴得合不拢嘴。

休班的工人和退休的工人奔走相告，把这一迟迟到来的好消息告诉每一个亲近的人。他们知道，这个奠基剪彩，与他们的人生息息相关。

"走，跟我上饭馆喝一通，"高级工程师杨向党刚下夜班，右手掌像旗帜那样向身边的工人们一摇，"我请客！"

大家知道，从今天起，华北石化的又一个春天，来了！

谁也没有料到，"正剧开幕之时，也是落幕之际。"

## 14."乔厂长上任记"

对于强者而言，碰到的每一件小事都是一个机会。

在热火朝天的繁忙工地上，有一位英俊的中年男人最抢眼，他简直是个"大弹簧"，忽而在这里"弹一下"，忽而又在那里"弹一下"，似乎永远都不累，"整个工地都是他！"

女工们怕他，又想多看他几眼。这位男子个头一米七五，略方的脸形，大眼睛，"通天"鼻梁，身材不胖不瘦，肩宽腰细。因为他走路快，黑黑的长发随风而飘，非常潇洒，很有"明星"范儿，好几个人说"似乎在银幕上见过他"。

这便是新调来的化学药剂厂"筹建班底"新负责人、未来的厂长乔明凯。

很快，心仪他和怕他的人都找到规律了，根本不用找他，乔厂长"先声夺人"，"听"就是了。

乔明凯走到哪儿喊到哪儿，人送外号"大嗓门"。

有那么几天，人们忽然听不到乔明凯"大喊大叫"了，"这可不正常"，人们突然觉得身边"少了什么东西"，很不适应。

仔细一看，人们才发现，原来乔明凯的嗓子喊哑了。他发力说话时，头一句像"公鸭嗓""沙啦沙啦"的，气流足，声音小，听不太清。第二句还不如头一句，"咝啦咝啦"，几乎光剩气流了，整句话被"呼哧哧"淹没，憋得脸通红，这才急了，他从衣兜里掏出一盒烟，抽出一支，拿出打火机，刚要打火，又悄悄将这两样东西送回衣兜，小声说："再挺挺吧。"

乔明凯烟瘾太大，每天少时抽一包半，多时抽三包。

调化学药剂厂前，乔明凯向领导表态："我部分戒烟。"

"什么叫部分戒烟？"

"进厂就不抽，"乔明凯解释道，"出了工厂再抽。"

我前边已经多次说过，炼油厂厂区易燃易爆，别说抽烟，防范不好"衣服静电"，都可能引起厂毁人亡。

而乔明凯恰好是"大烟鬼"，忌烟比忌饭都难。

对他来说，高兴了抽烟，生气了抽烟，累了抽烟，闲了抽烟，兴奋了抽烟，待人接物抽烟，讨论开会抽烟，深入思考抽烟，睡不着觉抽烟，饭前抽烟，饭后抽烟，睡前抽烟，醒后抽烟……

世界上所有的理由，都是抽烟的理由。

现在，虽然炼油厂还没有建成，乔明凯就要做好"控烟"准备，否则炼厂开工生产，"下陡坡才减速"，就来不及了。

与众不同的经历，造就与众不同的未来。想要越过高墙，你就先把帽子扔过去。

乔明凯刚从油建二公司"一把手"的位置上调来，一改过去到处"打游击"找油打钻井的方式，由动而静，在新建的炼厂"重新开局"。

面对从无到有的"扩大版"的工地，一切从头干起，别人觉得问题一大堆"很难干"，乔明凯却觉得"活儿小了"。

28 岁时，乔明凯就是正处级，任石油部燃料化学第五建筑公司经理，手下管7000 多人。那时，工厂"办社会"，职工家属、医疗卫生、学校、幼儿园、附属厂子……他都要管。谁都知道，山东人乔明凯特别能干，"大嗓门"整天喊来喊去，人们都很尊敬他。原因就一条，乔明凯没有私心，有办法，能力强，真替老百姓办事。人们喜欢他的性格，说话从不拐弯，直来直去……

不要生气要争气，不要看破要突破，不要嫉妒要欣赏，不要决心要行动。

1990 年北京举办第 11 届亚运会前夕，乔明凯的"大嗓门"受到北京市副市长张百发的高度评价。亚运会前，国家决定从华北油田向北京输送天然气，修一条"北输线"输油管道，这个重任落到乔明凯的肩上。这条管线的"速度与质量"，让当年的"少帅"再一次声名鹊起……

"冤家路窄"，乔明凯的"大嗓门"格外"偏爱"老部下们，经常在工地跟油建二公司的干部喊来喊去，还在大会小会上"挑刺儿"，点名批评，今天这里进度慢了，明天那里质量差，一个施工队长面子上实在挂不住，亲自找乔明凯"求情"："乔厂长，今后对一些小问题能不能别在会上点名，好歹你也是我们的老领导，给我留点面子，私下里吱一声，我改还不行嘛！"

"你们明明知道我来自二建，"乔明凯指着施工队长的鼻尖，"不给我长脸，还有脸来找我？记住，怕丢人就把活给我干漂亮了！"

话音落下，乔明凯又把底儿托出来："你小子听好了，我这样对你不客气，说明你小子还有救，我要是不理你，你就完蛋了。"

喜欢花的人是要去摘花的，而爱花的人则去给花浇水。

在工地，人们热情地称他"乔厂长"。

当时，著名作家蒋子龙的短篇小说《乔厂长上任记》轰动全国、余热未消，小说主人公乔厂长的大刀阔斧改革的形象非常受人推崇，乔明凯似乎刚从小说中"下来"，也被称"乔厂长"。

你若成长，事事可成长，不是世界选择了你，而是你选择了世界。

遇到"能讲的"，乔明凯便打"理论牌"。乔明凯在我家乡的辽宁省抚顺石油学校炼油专业毕业，我在前边说过，当时这是全国三所石油院校之一。

十年前你是谁，一年前你是谁，已经不重要。重要的是，你现在是谁，以及你明天会成为谁。

乔明凯"最拿手的"理论，便是学习毛主席著作。那些短的毛主席语录，他"张口就来"。毛泽东诗词背得滚瓜烂熟。五卷本的毛泽东选集，乔明凯通读了十几遍。既是通读著作，又是枕边书。无论走到哪儿，他都要四处找，见了毛主席像章就买，装了整整5个小纸壳箱……

"弹簧"一样的乔明凯整天在工地"弹来弹去"，无所不在。活急了还"打个通宵"，整个工地像打了强心剂，激情高昂，干劲冲天，快马加鞭……

你能信任多少人，就有多少人信任你。你能让多少人成功，就有多少人帮助你成功。

短短一年瞬间而逝，飘走的是浮云，留下的是高高挺起胸膛的新建筑。

在沧桑而古老的任丘大地，在太阳下频频闪亮的钢管，携挽着气派的大油罐以威武挺拔之姿，向天而立……

速度太快了，化学药剂厂用了洛阳设计院给花土沟的图纸，花土沟方面还没有动手，任丘已经把所有的装置立了起来！

在"庆祝油田化学药剂厂及试运投产誓师大会"上，中石油总公司基建局单永福、何振鹏、蔡淑志等领导悉数光临，兴奋地赞扬了建设者们的风采和功劳，授予新生的炼油厂"部级企业全优工程"的荣誉称号。

天生我材必有用，除非你怀的才不足以显山露水，否则一片浅滩不足以掩盖一座大山的崛起。

## 15. 推倒"环评大山"如蚂蚁撼大树

再不完美的行动，也胜过被动地等待。五步、十步都是进步，顿悟、渐悟都是领悟。只要你开始出发，就已经赢过了还睡在起点的人。

我在前边说过，"原油来源、环评和炼厂周边居民拆迁"三座沉重的大山，一直压在华北石化的肩上。

我也讲述过，华北石化与地方政府协同作战，从未间断地打拼……

岁月如梭，时光飞逝。

谁也不知道，暗中发生了怎样的化学变化和物理变化，喜剧的天平，一点一点向悲剧倾斜……

每个人都有迷茫的时候，感觉未来不知通向哪里。既然不能预测未来，不如把时间投入到正在做的事情，小步慢行也向高。若干年后再看，那些放纵自己迷茫的人依旧迷茫，而你早已变成了更好的自己。

2013年的日历眼见快翻光了，"三座大山"依旧没有推倒。

中石油总部再三研究、论证，论证、研究，"主上派"和"主下派"双方，由争论得面红耳赤、各撑半部江山，到形成"一边倒"的局势，"主上派"多米诺骨牌哗啦啦倒下，乖乖举了白旗……

当中石油总部正式宣布华北石化"暂停千万吨项目"的消息，华北石化厂区哀鸿遍地，一片绝望……

谁都清楚，这"暂停"二字，就是"死刑"的代名词。

张景涛告诉我："当时中石油总部重新调整了全国所属企业的炼油发展规划，华北石化的千万吨项目，已不在考虑之内。"

悲伤啊！

翻回昨天看，这么多人曾经欣喜若狂的千万吨项目，拼尽全力为之奋斗为之流汗的数千个日日夜夜，现在已经化为乌有；仔细聚焦今天，"三座大山"都是半截子工程，大家都已力竭，推不动了；跷起脚尖看未来，国家"抓大放小"的政策如火如荼，环境保护"一票否决"，千万吨项目流产，现在的华北石化最好的结局便是日渐枯萎地"安乐死"——最坏的结局便是，很快被上规模上清洁的京津冀地区挤出圈外，"咔嚓"一下，砍了……

他们还不知道，在北京中南海已经酝酿成形一个伟大的决策，很快就会向全世界公布，中国河北要建立雄安新区。

雄安新区横空出世，将以世界上最高起点、最高标准建设这个现代化的特区，也会剑指直线距离只有8公里的华北石化……

但，高标准的环保要求，等于又给华北石化套上个"紧箍咒"。

世界就是这样奇怪，好消息总是形单影只，坏消息往往成双结对。

2013 年 11 月 22 日上午 10 时 25 分，位于青岛市黄岛区秦皇岛路与斋堂岛街交叉口处的东黄输油管道原油泄漏，现场发生惊天动地的大爆炸，导致 62 人遇难、136 人受伤，直接经济损失 75172 万元人民币。

这事故震惊了世界，又狠狠打了华北石化一记重拳！

我在前边说过，中石油总部早就担忧，中石油大庆至北京等多条输油管道，数十年运营，现在环境已经发生"颠覆"性变化，原来输油管道埋在荒郊野外，经过几十年的城市扩容，一些管道上面已是工厂、学校、幼儿园、繁华街道，一些管道已经在城市中心穿过……

青岛"11·22"大爆炸事件后，中石油总部当即决策，所有穿过市区或人群密集地的旧管道一律停用、废弃……

华北石化遭受当头一棒，"秦京线"（秦皇岛至北京）和"任京线"（任丘至北京）两条管线全部停用！

这无异于双重打击，别说千万吨了，冀东油田的原油怎么进来？成品油怎么输出去？

2013 年 11 月 22 日对于华北石化来说，"一半是火焰，一半是海水"。

上午 10 点半左右，如果把青岛原油管道"大爆炸"，比作将千万吨项目下马、丢失输油管道的华北石化"拉下马"，那么，晚上 10 点半，张栋杰从陕西西安起飞降落在北京机场，坐汽车去华北石化"报到"，则又把落马的华北石化重新"扶上马"……

我这样的形容似有"夸张"之嫌，不知情者一定以为我在"编故事"，那么，我在此郑重申明，此作为报告文学，文中所有人物和故事都是真实的。这既是报告文学的文体所需，也是作家的良知所在、原则所需。

毛泽东主席的一句话，已经被太多的事实验证："正确的路线确定之后，干部就是决定的因素。"

一句西方谚语说得更直接："一头狮子率领的一群羊，能打败一头羊率领的一群狮子。"

我在文章开头部分讲述了一部分张栋杰的故事，在华北石化陷于危难之际，他被当作"消防员"匆忙赶来救火，当时哪有"正确的路线"？

好了，我不在过往的理念和认识上纠缠。现在，我从 2013 年 11 月 22 号这个极其特殊日子开始，接着往下讲。

张栋杰跟张景涛说："千万吨项目不能就这么死了，要想办法救活。"

"困难太大，"张景涛说，"原油进口没有输油管道，变更环评不可能，那就判死刑了。"

有时候阻碍我们前进的，并不是别人的轻视，而是自己丢掉的信心。消除恐惧的最佳方法，就是再做曾令你恐惧的事情，终有一天，你会发现，它们不再是你的软肋。

张栋杰得知东八村和西八村搬迁的事不仅没停，任丘市委市政府力度还相当大，几乎举全市之力正在艰难地推进，"要看到优势，我们不是在单兵作战。马上组织开个班子会，我们把这些优势都集中起来，好好理一理，每一件事都拿出办法来，然后分头行动。我相信，天无绝人之路，我们不能坐着等死，要提振精神，找到突破口，寻求新生路。"

全面"环评"重新做，时间肯定来不及。我在前边讲述过，1万多口井，井表层水、井中间水、井底水都要重新取样检测，那要多少时间？地下暗河水检测，大气层检测，土质污染检测等等等等，怎么会来得及？比如检测取暖期的空气质量，如果今年的取暖期过了，就要等待来年另一个取暖期，谁等得起？

财力就不用说了，耗资巨大！

原油虽然变更了，但此版设计的环保措施加强了，增加了环保装置，虽然炼油量增加了，但达到环保排放不增加的目标。目标只有一个，验收时承认已经做的优化"环评"报告就行，哪里有差距哪里再改，千万别重做"环评"。

张景涛即刻组织人力，在原有"环评"报告的基础上，做了一版"优化版。"把原来按低硫油设计方案中的炼油"装置"部分，做了合理改动。

事情难尽人意。中石油的一些人认为（在上报环保部之前，必先过中石油内部的审查关）："必须按照环保部的要求做，不可以用原来的环评报告，必须重新做环评。"

如果栽了跟头就倒地不起，碰了钉子就逃之夭夭，立下再多志愿也只是白费时间。让努力成为习惯，把挫折看作鞭策。绝境面前不要放弃，再硬着头皮闯一次，再咬紧牙关拼一回，

12月底，已经听到元旦的呼吸声。张栋杰和几位华北石化负责环评的同志来到北京，找个小旅社，理顺原"环评"报告需要调整的部分，先"诊断"，再"开方"，开始漫长的局部调整和"修修补补"。

我这样说，读者很可能误以为只是按惯例平平常常的"修改报告"，我必须提醒一下，我在前边说过，仅"打井"检测的报告数量，就达到5万份！那么，

我再说另一个数字，刘宗余负责基础设计协调联络工作，事毕要把环评材料运回华北石化，运输那天，堆满一个房间的材料，整整装了两汽车！

我再强调一下，这两汽车不只是巨量纸的概念，那上边的文字、图形、字母和数字的背后，都是由具体的反复运算和太多次实地考察、采样、化验分析而得出来的！"冰山的一角"就这么多，更何况隐藏其下的整个冰山！

这次，虽然只拿了一部分材料到北京，也够麻烦的了。

也许老天在考验这几位干将，也许要给新任总经理张栋杰一个"下马威"，已经多少年"变暖"的北京天气，那些日子特别冷。居然下了一场大雪，此后几天，不断地飘清雪，冷风像一条条细鞭子，东抽一下，西抽一下。大家出门对付一口吃的，也佝腰缩脖的。一拐过楼角，等待偷袭多时的一股风"嗷"的一声叫，突然跳脚扑来，乘风而来的雪花手疾眼快，"嗖"地钻进衣领里……

小旅馆的暖气半死不活，每个人的哈气都看得清清楚楚。大家顾不得这些，忘了今夕何年，不知岁月几庚，只知道闷头扎进奔腾的"逻辑波涛"中起起伏伏，时而逆流而搏，时而顺流而漂，时而被抛上浪尖，时而又被甩进浪谷。光驾驭"逻辑"还不够，细节的"小浪朵"也很厉害，别看它们体积小，却非常活跃，能像炸弹那样四外炸开，能像翅膀那样变化姿势，也能像战斗机瞄准目标俯冲那样异常凶猛、措手不及！

可千万别小瞧这些"小浪朵"，它已经绑在"逻辑"战车，成为逻辑的一部分，它们出了问题，整个"逻辑"战车就会"倾覆"。这跟千里之堤毁于蚁穴相像，忽视不得。就个体生命而言，如果呛一口浪朵，就足以致命……

张栋杰他们，就是在这样险象环生的"环境"下，以小搏大，以弱对强，以寡击多，开始了他们并不被人看好的"最后一搏"……

大家清楚，千万吨项目已经被判死刑，能不能争取改判"缓刑"，赢得"活下来"机遇，在此一举……

虽然眼下千万吨项目身上压了"三座大山"，环评只是其中的一座。困难时刻要有耐性，相持阶段要有韧性，爬坡上坎儿要有爆发力，前来"救火"的总经理张栋杰举重若轻，在泰山压顶般的困难面前鼓励大家："饭要一口一口吃，活要一项一项干，困难要一个一个战胜，'三座大山'要一个一个推，现在，我们从推'环评大山'开始"……

第五章

# 背着沉重的负累前行

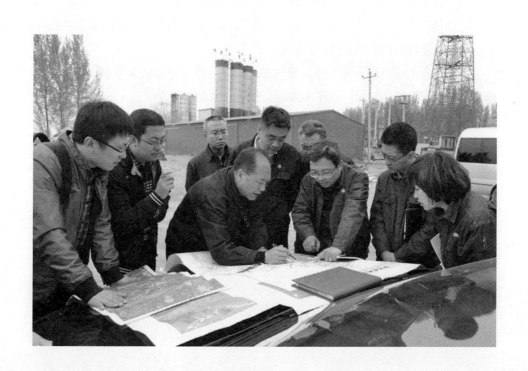

我的高中老师曾说过一句话："别人行你也行，别人不行你也不行，到什么时候，你都不行。"

为了话中隐含的"行"字，我打拼了数十年至今仍在路上。

在华北石化，为此而打拼的朋友不计其数。

我欣赏他们的远见，他们从河流里看到道路，从浪涛里看到道路，从绝壁上看到道路，从云朵里看到道路……

为了这些"看到"，他们会陷入世俗的泥潭里苦苦挣扎、时沉时浮，他们背着沉重负累前行……

为了找到道路，我们以及前人和后人，都在苦苦追求。

道路是我们生命的一部分，也是我们的血肉。我们的身体时常因为道路而疼痛，我们的梦想与快乐的上游便是道路。

道路使我们感到谦卑和惶惑，我们必须选择其中一条。就像抽签一样，我们面对的是均等的机会，而一旦作出决定，就不可能再有悔改。


## 16．"华山论剑"谁主沉浮？

生活就像一只储钱罐，你投入的每一分努力都会累积下来，在未来的某一天，令你惊喜无比。

1987 年 12 月 6 日，化学药剂厂一期工程，年处理能力 15 万吨常减压装置顺利投产，当第一罐油品正式亮相，工人们欢腾如潮，蹦啊跳啊唱啊，不知哪个年轻人从休息室拿来铝饭盒敲起来，瞬间数百名工人手持饭盒、洗脸盆叮叮当当地敲了起来！有人别出心裁，把帽子抛向高空，顿时，上百个帽子在天空中飞起、落下，落下又飞起……

同月 27 号，7 万吨催化裂化装置胜利投产，一次性试车成功！

乔明凯和伊锡珠目睹了那一喜悦时刻，两个人你瞅瞅我，我瞅瞅你，"嘿"的一声，你擂我一拳，我擂你一拳，两个人像不认识那样相互看着，笑得合不拢嘴。突然，两人张开双臂，紧紧拥抱在一起……

旁边的党委书记李庆元，也激动地凑过来，三个人紧紧相拥！

这不是拥抱，这是三个男人的"定心丸"哪！

多少谣言，在这一刻灰飞烟灭！多少猜疑，在这一刻烟消云散！多少委屈，在这一刻喜极而泣……

副厂长伊锡珠，一次次从早上 5 点，忙到东方日出，累得浑身像被抽去骨头，走路脚后跟都发软。

李庆元一次又一次组织党员突击队，率先垂范，先把自己"组织"进去，哪里有硬仗哪里去，加快、加快、再加快，多次改写工期。

乔明凯大半年跑坏了 5 双鞋，一次次喊哑了嗓子……

速度就是这样"抢"出来的，与同类工程相比，建厂时间缩短了 200 多天。

别担心现实总比梦想遥远，别计较收成不如付出丰盈。你对待当下的态度，会决定你未来的高度。

1988 年 1 月 15 日，刚刚跨进新年门槛半个月，已经加工原油 17266 吨，生产汽油 2738 吨、柴油 1901 吨、渣油 10964 吨。

1988 年 1 月 18 日下午，油建二公司工人俱乐部欢歌如潮，院内彩旗飘飘，锣鼓喧天，室内座无虚席，掌声雷动——化学药剂厂一期工程试投产一次成功祝捷大会隆重召开，石油部、华北石油管理局、河北省支油办、沧州地区、任丘市委市政府等领导前来祝贺，献上最美好的赞语，奉上最真挚的祝福……

这是任丘开天辟地的头一个炼油厂，不，这也是冀中平原油田自办的第一家炼油厂！涂掉"拳头大"的甘蓝菜地，抹掉"侏儒"向日葵地，勾掉秃疮般的盐碱地和水泡子，银光闪烁的"龙之队"炼塔高高昂首，整齐地排列四周的厂房、罐群，似孔雀开屏……

在冀中大地，在白洋淀边，这座小炼厂填补区域空白，掀开华北工业的新篇章，成为改写华北平原工业史的新地标。

与此同时，也出现一个"怪现象"，在多数人好评如潮、举大拇指赞扬的时候，厂长乔明凯脸上现出快速建厂时的焦急表情，"大嗓门"又开始嗷嗷叫，在厂班子会上嗷嗷叫，在饭桌上嗷嗷叫，甚至，在石油管理局领导面前嗷嗷叫……

乔明凯为油田和炼油的不均衡而焦急。

如果把产原油和炼成品油比作两条腿，现在的华北油田却是一条腿粗一条腿细。这样"肢体配置"，走路怎么会不瘸呢？

而今，油田这条"粗腿"因为"虚胖"，在市场经济激流中，"上场就败"。中石化和石油部，1988年改组为中国石油天然气总公司，熟悉情况的人感慨："石油企业变成了高位截瘫病人，只有上半身，没有下半身。"

事出有因，1983年7月，中国石油化工总公司挂牌后，在领导、规划上强化"统筹"二字，统一管理原分属石油部、化工部和纺织工业部以及地方管理的石油、化工和化纤企业，将"上游"和"下游"砍开，一分为二。

另外，由于原油指令价格过低，导致石油企业越增产越亏损，即人们常说的"政策性亏损"。炼油企业却赚得盆满钵满，肥得流油。

我们在公路铁路两旁经常看到那些红色黄色的"磕头机"，殊不知，这些机械昼夜不停都在工作，亏损额也随之增加。但，这是国家调节中国石油经济的杠杆，石油企业必须为国家担担子，亏也得挺着，谁都不能擅自停产。

那么，怎么解决石油这只腿越粗亏损额越大的问题？

人们不约而同地想到同一个办法，把"炼油"这只"细腿"加粗。

想方设法建设自己的炼厂，便是石油企业扭亏为盈的必由之路。

以刚建的化学药剂厂为例。当年起名时之所以回避了"炼油厂"字样，以解决华北油田的"自用油"为由，既是现实，也是"变通"办法。否则，这个工厂就建不成。

直到1998年，国家调整了"上游"和"下游"各自为战的局面，让中石油、中石化以长城和黄河为界，按地域再次重组，中石油才名正言顺地有了更多管辖的炼油厂。

好了，现在是1988年，距石油、石化两大总公司重组还有10年，中石油想要拥有更多的炼厂还遥不可及，便打起刚建的化学药剂厂的主意。

这个主意的"首创人"便是乔明凯。

乔明凯是视野开阔的地地道道的石油人，曾经在全国许多地方开采油田。这个"石油通"的胃口很大，嫌15万吨炼油厂太小，"大嗓门"又喊了起来："要扩建……"

"大嗓门"乔明凯的提议已经引起重视，扩建的议题终于摆上华北油田管理局领导的案头，即将付诸调研，一纸调令，乔明凯奔赴华北油田内蒙呼和浩特炼油厂，负责该厂筹建百万吨炼油厂，李庆元也同时调离化学药剂厂。

没有不能在一起的两个人，只有靠不住的两颗心。

1989 年 5 月 2 日，祖国民接任化学药剂厂厂长，金龙欣任党委书记，全新的班底，全新的管理，为年轻的炼厂注入新的动力，掀开新的篇章。

"上规模！上化工！上技术！"

"三个上"山呼海啸，像突然炸响的三声惊雷！

祖国民不像乔明凯那样"大嗓门"，人未到先声夺人。祖国民既有知识分子的文静含蓄，也有石油一线工人的豪气。他说话语速适中，面容和善，甚至"不笑不说话"。但，每一句话都如水有源、树有根、事有来路。

人们至今记得他：中等个头，走路快、说话快、行动快。"一阵风"，他来了。"一阵风"，他又来了！

人生如同登山，在你到达山顶前，前方的路有多么艰险，我们无从知晓，但我们拥有一颗热血沸腾、勇于尝试的心，一份不怕失败、不惧艰险的勇气。当你踏着一路泥泞走上山顶，看到不曾见过的景色，便会感慨这一路走来的值得。

祖国民曾经是天津大学的高材生，并非学的石油专业。但，他在职工大会上开诚布公地说："组织让我当这个厂长，我二话不说。不过，请各位放心，别看我现在是'白帽子'，很快我就会成为专家。"

学习是一种长跑，它不属于某个时间段，而属于整个人生。

29 年后，我来华北石化采访，祖国民当年的搭档异口同声："祖厂长真了不起，整天在装置里钻研，几年后，他是真正的炼油专家，说起炼油专业一套一套的，'什么都难不倒他'。"

"祖厂长太了不起了，零起步，装置上的事没他弄不懂的！"

党委书记金龙欣看上去很"不起眼"，一米六四的小矮个，瘦脸，瘦身材，瘦胳膊瘦腿。可是，只要他一开口说话，听的人便刮目相看，声音脆，语速流利，知识面广，"落点"准确。仿佛他的小脑袋里有个词典，"张口就蹦词儿"。又仿佛，金龙欣是位出色的狙击手，已经在暗处卧稳、瞄好，扳击一勾，便弹无虚发。

"小秤砣压千斤"的民谚，是否"暗指"金龙欣呢？

我这样形容金龙欣只有一个初衷，这是一位反应机敏，集会说、能写、肯拼于一身的人才。

祖国民和金龙欣二人的合作相当默契，如自行车的两个脚蹬，表面看上下方向相反，实际一直同向同力，加速前进……

但是，怎样烧起"三上"这把火，这二人充其量就是"燃点"，那么，允不允许点火，有没有足够的"燃料"，则由"上边"定。

早在"大嗓门"乔明凯"闹扩建"时，石油管理局领导也再三犹豫：彼时的形势是，石油工业进入新的历史发展时期，全国原油产量持续稳定在1亿吨以上，还在逐年上产。各个油田你追我赶，瞄向新的目标。大庆油田要在年产5000万吨的基础上再稳产10年，胜利油田要在1990年建成第二个大庆，辽河油田要在1990年争当"油老三"。只有闻名于世的华北油田，连续10年稳产1000万吨以上，忽然连年"滑坡"，由"油老三"下滑到"油老五"……

华北油田人展开了大讨论："我们的出路在哪里？"

有人喊出"自己产油自己炼"的口号。

在承上启下的关键节点，祖国民从乔明凯手里接过化学药剂厂的"扩建牌"，上下奔走，日夜呼号……

石油管理局经过专家反复论证，同意了祖国民的扩建方案——但困难重重，犹如晚霞收起最后一束光芒时钻进夜幕，黎明前还隔着厚厚的夜……

"小型技改"令人兴奋，将化学药剂厂的原油加工能力提高到22万吨，催化由年产7万吨提高到年产9万吨，许多人大唱"满足歌"时，祖国民又"起高调"，喊出年加工原油100万吨的口号！

口号只是声音传播，真正"算数"要靠白纸黑字的"红头文件"。

我不想多说祖国民跑了多少单位和部门，我也不赘言文件上要盖多少公章，更不说祖国民坐着212吉普车，跑坏了十多个轮胎的细节，我却不能不翻开发黄的历史旧卷，展现当年奋斗者们"敢教日月换新天"的风采……

1995年五一劳动节这天，百万吨扩建工程破土动工！

祖国民算了又算，将至少需要20个月的浩大工程，"设计"在16个月内完成。

我前边多次提到过的油建二公司，再担重任。1500多名建设者，多数来自这个"特别能战斗"的队伍。

在声势浩大的动员大会上，他们树起一面面"班组竞赛"的大旗；在"嗷嗷叫"的誓师大会上，他们高声朗诵"建设者誓言"和"挑战书"，与时间赛跑，保证工程质量，按期交工……

祖国民、金龙欣跟乔明凯一样，把"指挥部"安在工地现场，与战友们同甘苦，共患难，昼夜战斗在一起……

化学药剂厂工地上，再一次人声鼎沸，战旗飘飘！

然而，事情并非那样简单。翌年初秋，白洋淀上空雁歌阵阵，冀中沃野丰收在望。化学药剂厂百万吨技改战歌唱至尾声，全厂职工早已将疲倦置之度外，即将为工程贺喜时，总公司专家组在中交检查时狠狠泼了冷水："施工尾项问题很多。如果在今年10月底前达不到中交条件，年底就不可能投产。"

最冷的一盆水也最昂贵："与其在冰天雪地里艰苦作业、仓促投产，不如来年四五月春暖花开后稳稳当当开工。这样，既可避免恶劣天气对投产的意外影响，职工也少遭罪，工期也在常规的时间之内。"

祖国民持相反意见。

当时市场成品油价格飙升，柴油每吨高居2650元，汽油2500元，平均超出常规价格三四百元。如果投产，将日挣净利近百万元。如果来年施工，将白白流失5个月的宝贵时间，这意味着，上亿元的利润付诸东流！

这笔账摆在管理局领导们的桌面上，所有班子成员都支持祖国民。

副局长刘海胜牵头，成立了祖国民等3人组成的"药剂厂技改工程收尾工作领导小组"，在寒冷的北风里，在飘飞的雪花里，在清澈的月光下，吹响"大总攻"的号角，大会战誓师大会上，职工们的口号山呼海啸："大干20天保中交！"

施工单位拼了，按天设计工作量怎么行？要按"小时"来计算！

吃饭时间也要拼，改到食堂吃饭为送到工地就餐！

白天拼得"不到位"，那就夜间拼！当天的任务"短尺"，必须用黑夜"延长"！

党务行政官员争先恐后地上"前线"，大家一起拼！

祖国民身体特别好，昼夜和工人们一起奋战在工地，脏活累活抢着干。一次"抬大件"觉得吃力，一用劲觉得心口发热，咳嗽几声，喷吐在地上的竟是红色液体！

"祖厂长累吐血啦！"一位工人惊叫起来。

"别吵吵。"祖国民制止道。

在北京刚手术没几天，祖国民又重返生产第一线……

党委书记金龙欣主动挑起建设小装置生产的担子，每天早上上班前，他提前赶到调度室，解决所有"急活"，确保小装置平稳运行……

为保证试运行前不出问题，厂领导全员出动，块状组合，线状协同……

寒霜染白胡须和眉毛，哈气在衣领上结冰，头顶却呼呼冒着热气；

手冻裂了，一道道血口子旧的未去新的又来；

脚上的冻疮又痒又痛……

工程在"铁人们"的顽强战斗中快速挺进——

1996年10月20日，CO锅炉1号炉一次点火成功。这是一个振奋人心的喜讯，标志技改工程的水、电、气、风四大配套系统全部投用；

11月9日，百万吨联合装置开工试运，这个重要节点宣告：全局瞩目的"九五"重点工程由建设阶段转入生产阶段；

11月26日，采油二厂、采油一厂联合技改工程首批原油，在扩建的原油复线里欢快地歌唱，流入痴情恭候的油罐区；

11月28日，现代化的供水系统微机的自控系统投运，首次实现无人值守；

12月6日，技改工程常压装置顺利开工；

12月10日，生产出合格的化工轻油和柴油，全套装置经过热紧无漏点……

1996年12月13日，一场极其少见的大雾给新竣工的化学药剂厂披上一层神秘的面纱。

高高的塔架如窈窕身材的芭蕾舞者，腰身缠绕了多层轻纱，妖娆妩媚。

丰腴的油罐若隐若现，像一群因没有减肥而害羞的胖姑娘。

早上8点，几辆大客车开进化学药剂厂，200多人亲眼目睹这个奇迹，人们不约而同地赞叹——

"太神奇了，这么快就建成了！"

"真气派！那么多密集的管线，每条管线都是印钞机啊！"

"看到成品油罐没？"一只手指向罐区，"一个油罐就是一个储蓄所啊！"

祖国民意气风发，向各位来宾介绍道："1997年，我们计划加工原油100万吨，销售收入18亿元，吨油利润40元；1998年可加工原油150万吨，吨油利润将提高200元，已经成为油田新经济增长点……"

12月22日，重油催化裂化装置正式喷油投产，全套流程顺利打通，宣告技改工程全面试生产成功，标志化学药剂厂以现代化的英姿，跻身全国百万吨炼油企业行列。

两年后，国家下发《关于清理整顿小炼油厂和规范原油流通秩序的意见》（国办发〔1999〕38号）文件，"意见"说："截至1998年底，我国共有各类炼油厂220个，其中年产加工能力100万吨以下的炼油厂166个。"

遵照"意见"规定，在全国范围内开展一次史无前例的"大清洗"，有数十家小炼油厂被取缔。

犹如刚刚跑出隐埋炸弹的"危险区域"，一声地动山摇的爆炸"咣"地从身后响起，刹那间火光冲天、黑烟滚滚——

化学药剂厂惊险地逃过一劫。

## 17. 按下葫芦起来瓢

人生像天气，可预料，但往往出乎意料。嘭的一声，日子突然降到低音区。

"灭火队长"张栋杰要面临的不只是"三座大山"，千万吨项目下马阴云笼罩全厂，导致厂子前景暗淡，工人情绪低落，一些人在着手"找后路"。张栋杰必须尽快理顺情绪，尽快理顺错位的生产关系，尽快纠正"负激励"造成的不良后果，尽快整顿持续了十多年的工人上班睡觉的危险习惯，尽快解决"石化新村""一再鼓包"的棘手问题，尽快安抚、解决90多家施工单位"一齐闹"的乱象……

究竟还有多少个"尽快"，张栋杰也说不清楚。因为，已知的东西浩如烟海，未知的东西随时"浮出水面"……

行至水穷路自横，坐看云起天亦高。路旁有路，心内有心，凭的是眼界与心胸。

水来土掩，兵来将挡。"救火队长"张栋杰没有别的办法，唯一的选择便是：哪里起火哪里去，一块一块扑，一场一场灭……

1984年10月，活力四射的张栋杰才25岁便被委以重任，当上长庆油田最大、原油产量最高的采油大队副大队长，主抓生产。采油大队下设13个小队，麾下1000多人。该大队只有大队长、党总支书记和副大队长三位领导。

在国家财产遭遇侵犯的时候张栋杰挺身而出，亲自指挥了"三大战役"，阻止了地方农民到国有油田"抢油"的闹剧……

1992年7月20号下午，只听"咚"的一声响，油池里炸起黑浪，眼见一个采油女工在油池里呼救、挣扎，要不是现场有男采油工跳进去施救，采油女工肯定丧命……

闹事的一大群农民非常猖獗，要强行进入长庆油田的采油区打油井，现场的女工阻止，农民大喊大叫，猛地出手，将女工推进油池……

这太危险了！黑浆炸起，忙乱呼救时喝上一口，就能呛死！

彼时，地方和长庆油田因为争夺采油权，剑拔弩张。

盗油农民更为疯狂，在输油管道上安上人字形的卡子，卡子上装个阀门，再用一根细钢钎在阀门上打个洞，偷油时打开阀门，偷后再关上阀门，用土盖住，外表看不出来。

更有甚者，几家农民联合起来挖地道，最长的地道五六百米。他们在油井旁边，把卡子、阀门装在油井管道上，再在管道上接上皮管子，神不知鬼不觉地将油管引到自家的地洞里。偷油时只要轻轻将阀门打开，便"不尽原油滚滚来"……

他们进行了分工，有专门站岗的，专门打眼的，专门放油的，专门收购的，专门销售的。一袋油能卖100多元，偷油已形成产业链……

输油管线已经千疮百孔，一条油管竟然被打眼数百个。采油二厂有2000多口油井，被打眼数万个！

即便抓住盗油的，进小号蹲几天，出来再重操旧业……

张栋杰担任副大队长的头一件事，就是组织队伍打击盗油。长庆油田的油井打到哪里，哪里就是反偷油的战场……

更加疯狂的便是眼前的情景，当地农民"组织起来"，侵犯长庆油田的采油区，自己打井开采！

彼时在当地抢采石油已形成"小气候"，"靠山吃山"么。连当地政府也"见怪不怪"。

当地的树、石头是黑的，连绵羊和麻雀也是黑的。家家户户烧油做饭、取暖，致富全靠石油……

女工差点没命，赶紧报告警察，警察理都不理。张栋杰火了："我们行动起来，必须保卫国家财产和职工生命安全，坚决打胜油田保卫战！"

大家都没有做的，正是你要做的。

张栋杰主动请缨担任"反盗油"总指挥，组织各大队上千人，作"战前动员"，把浩浩荡荡的队伍拉到庆阳县政府，扯条幅，呼口号，愤怒地抗议、声讨……

7月23号，几乎全油田的人都到县政府静坐、抗议，要求将肇事农民绳之以法。长庆油田的干部们前去送水、送馒头，支持采油工人。

甘肃省公安厅领导派人调查，没有处理肇事农民，却声称要抓油田"闹事"

挑头的人！把矛头对准张栋杰。

张栋杰毫无惧色，主动"找上门"据理力争，公安局终于拘捕了将女工推下油池的农民。

树叶有两面。对天的那面光滑，对地的那面粗糙。一旦落到地上，很可能就粗面朝下。

1994年9月26日，当地政府纵容地方个体采油队到长庆油田采油区打油井，多轮劝阻、洽谈无济于事，张栋杰再次"出手"，组织50多辆汽车、1000多人，进驻环县县政府抗议。

地方组织当地混混砸了油田的车辆，打伤七八人。

油田工人们抬上伤号，把县政府围得水泄不通，抗议非法采油，抗议野蛮行径，抗议政府不作为……上千人喊口号震天动地，吓得县长不敢露面……

这是国家利益和私利的对抗！

胆识决定成功，野心决定规模。张栋杰带人将"进犯者"的井架拆掉，油罐拉走，将油田的油罐安放好，把井架支上，收复了失地。

1996年7月，因为私人开采者有"省级背景"，公安警察暗中、明里支持（居然组织数十辆警车围堵张栋杰带领的车队），决不退出已经开采10年的油井，"夺油战"打得更加激烈。双方对峙了半个多月，张栋杰一边组织和对方依法洽谈，一边和战友们轰隆隆推倒了围墙，"驱逐"对方的油罐，将写有"中石油"字样的油罐换上——再次收复年入千万的油井失地，夺回国家利益。

如果你看到前边的阴影，别怕，那是因为你背后有阳光。

我讲述关于维护油田国家利益的"三大战役"故事，表面似乎与华北石化正在推翻的"三座大山"无关，实际有着密切的内在联系——

因为，这几个战役都是硬仗，他们的总指挥，都是同一个人。

2014年新年伊始，张栋杰和张景涛力推"优化环评"的思路，报给河北省环保厅，得到认可。

这无疑是天大的好消息！

依此方案做完环评，就不用"重做"环评报告了！但还有最关键的一关，就是国家环保部的审批难度非常大。

"友军"也一直在协助战斗。

现雄安新区党工委副书记、管委会常务副主任，中国雄安集团有限公司党委书记兼董事长田金昌，时任河北省沧州市副市长、任丘市市委书记。

2013年7月25日上午，田金昌来任丘报到，接任市委书记。上午召开了任丘市委四大班子会议，下午即刻走访华北石化公司。

田金昌详细了解了千万吨项目进程中的棘手问题，需要任丘市委市政府协助的，当即提出解决思路。千万吨建设要"举全市之力"，为了提升协调和管理规格，提高重视程度，田金昌首倡"企地对接会"，在每年春节后上班的第一天，任丘市委市政府主要领导率职能部门负责人来华北石化公司，针对千万吨建设需要地方党委和政府解决的问题，当即讨论，当即拿出举措，当即拍板，再形成会议纪要，明确责任部门。哪个部门和负责人工作不到位，要严厉督办严肃问责。

这个制度一直延续至今，成为每年企地联手解决问题最"出彩"的"头条文章"。

我查了"千万吨项目日志"，田金昌在任丘任市委书记只有两年零四个月，主持任丘市委市政府领导和负责人参加的专题会议，居然有20多次！这还不算深入现场，针对某一专项问题所组织的小型调研、对接会和现场会。

2014年1月27日，农历腊月二十七，在华北石化公司的会议室里，田金昌借题发挥道："我今天的感受，首先来自张总新挂到墙上的这幅画。我认为，这幅画和我们当前的工作和环境有很深的联系，就是担心当中有喜悦、压力当中有劲松、困难当中有希望。仔细看，这幅画画的是'朝辞白帝彩云间，千里江陵一日还。两岸猿声啼不住，轻舟已过万重山。'从画里可以看到，一是有山有水有飞翔。山很厚重、水有激流，高山流水，同时又有白鹤飞翔。鹤是吉祥、长寿的标志，意境很优美。二是有云有雾有太阳。就像刚才张总讲的，中石油也好，华北石化公司也好，历经了今年这些问题，虽然现在还有一些雾霾没有散尽，但太阳已经出来了。三是有红有绿有生机。画面里有万紫千红、花红柳绿，充满了生机。四是有人有船有希望。人在船上走、船在江中行，朝着目标、朝着希望前行。"

田金昌以诗情画意的"赏画"开头绝非闲笔，随后"笔锋一转"切入千万吨项目，理顺了思路后，他激昂地说："我们应该看到，'最大的动力'已经像喷薄而出的太阳冲破云层！在严峻的经济压力形势下，中石油压减投资、大砍项目，22个项目大多砍掉，仅留下的两个项目一个在云南，另一个在我们任丘。我们迎着巨大困难逆势而上，已经初见成效。现在，在历史的关键节点，我们只有一条路可走，那就是铁人王进喜的铮铮誓言：有条件要上，没有条件创造条件也要上！

"大石化的发展，得到了历届省、沧州市领导的关心和支持，任丘市历届领导班子也付出了不懈的努力，克服了重重困难和障碍，才走到今天，确实非常不容易。千万吨炼油项目是沧州市、任丘市的产业龙头，甚至在河北省都举足轻重，我们一定会为这个项目搞好服务。今天，整个任丘的发展，必须要同这个千万吨级、现代化、国际一流的石化基地配起套来，包括我们整个城市的环境要配起套来，我们党员干部、广大市民的服务理念和服务意识要配起套来，各方面的基础设施要配起套来。这也需要石化公司在推进千万吨炼油项目的同时，不仅关注产业的发展，还要关注任丘的整个城市建设，整个服务水平的配套，需要我们怎么配套服务，需要什么样的设施，什么样的环境，包括养老、什么样的医疗设施，等等，全部都要配起套来，我们任丘市委市政府一定会全力搞好服务。"

我去任丘采访，提起田金昌当年的工作，司机师傅感慨道："田书记在任丘工作时间不长，才两年多一点，老百姓至今还怀念他。任丘市的道路、环境整治和7个公园，就是他在任时建设的。老百姓闻知田书记要离开任丘，曾自发地组织起来，想方设法要'留住'田书记。"

田金昌不仅在大事要事上运筹帷幄，还特别在意"细节决定成败"。田金昌明确表态："在服务上，钟国强和刘荣义就不用说了，需要我跟新华市长跑什么，我们就跑什么，招之即来、来之能战。"

为了衔接更加紧密，田金昌对现任丘市政协主席、时任任丘市委办公室主任的冯好乾说："只要是华北石化千万吨项目的事，我们就要第一时间办理。作为任丘市委办公室主任，你要担起责任来，第一时间办好。"田金昌又指了指张栋杰："请放心，从现在起，好乾不仅是我的办公室主任，也是你的办公室主任。"

"从那一刻起，"冯好乾强调道，"凡是华北石化千万吨的事，我听了就'立刻办'。用最快的速度协调各部门负责人，该办的马上办，有问题的快速解决，做到工作对接无缝隙。"

这天，任丘市市委书记田金昌、市长张新华与张景涛一行在北京"会师"，一起来到环保部。

环保部环评司的领导不在，一位工作人员说："你们先回去吧。"

"我们不回去，就在这里等。"张景涛说。

"愿意等就等吧。"工作人员回答。

下午，环评司二处的一位女同志回来，问明情况后，说："你们把材料先放这儿，我们研究研究。"

她还表示，这事情不那么简单，她还要咨询咨询评估中心专家们的意见。

几个人听了，心里特别没底。这意味着，人家"还是要重做环评"。

越想越紧张，几个人内心火烧火燎的，他们赶紧联系环评评估中心，向主持工作的书记梁鹏汇报。

结果令他们更加紧张："你这是重大变更！你们看看环评法，原料变更就是重大变更，重大变更就要重新环评。"

"什么叫重大变更？"张景涛实在憋不住了，"我举个最简单的例子，我生产硫酸，用硫磺烧一下就行了。哪一天，我突然觉得硫磺贵，不赚钱，我就开始用硫磺矿，这属于原料变更。我们的情况不同啊，原来用的是原油，现在用的还是原油，没有变啊！"

理由说得再充足，还是要等待人家来决策。

每一个等待的日子都诚惶诚恐、坐立不安，太折磨人了，恨不能"翻过这几页"，直接跳到"结果"。

结果终于来了！

环保部环评中心出具的意见：专家们有争论，分歧很大。一部分人坚持"原油变更就是重大变更"，环保部法规司认为有变化，这样做有问题。

另一部分人认为，增强了环保措施，装置换了，扩大规模后产量增长，污染指标并没有扩大，可以的。

张景涛更是与中石油技术专家于景琦一起"守"在北京，找环保部有关处长汇报。

情况更加扑朔迷离，如果修改环评，要组织专家开会、论证，环评司再评审。然后经部务会开会研究，如果确定不了或争议大，还不一定要走多少程序。

在华北石化几近绝望时，总算有了好消息，环保部同意张景涛牵头上报的方案，不必再重新环评。大家欢呼雀跃，长长出了一口气。

张景涛把这一好消息，上报中石油总部。

中石油提出另一个问题，扩千万吨项目是好事。可是，不能盲目扩大上产，产品的市场在哪儿？没有确定市场销路，产出的成品油卖给谁？

市场经济，那种"拍脑门"建厂的时代一去不复返了。早在中石油总部给华北石化开"路条"的时候，市场形势很好。拖了这么长时间，市场发生了翻天覆地的变化，已今非昔比。

千万吨项目啊，怎么这么不顺？

一个偶然的机会，张景涛闻知中央决定在大兴建设一个新机场，张栋杰似乎预感到这是一个千载难逢的好机会，如果拿下这一大块市场，千万吨扩产后还愁销路吗？

详细了解了北京机场的相关信息，张栋杰更加兴奋：

北京新机场定位为大型国际枢纽，是落实首都城市战略定位、完善首都功能布局、推动京津冀协同发展的国家重大项目，也是国家实施"一带一路"战略的重要窗口。

北京新机场地理位置优越，在北京市大兴区礼贤镇、榆垡镇及廊坊市广阳区，与天安门的直线距离46千米，距首都机场67千米，距天津滨海机场85千米，距廊坊市中心26千米，距保定市中心86千米。

北京新机场及其配套工程将在2019年6月30日竣工验收，2019年9月30日投入运营。

2019年建成的部分为新机场一期，即：新机场北航站楼，满足年吞吐量4500万人次的需求，一期完成后二期将同步开建，于2025年达到7200万人次的吞吐量。长期看，该机场距离市区更远，未来一定是主营国际航班，因此，远期吞吐量将超越首都机场。

然而，除了关于北京建设新机场的信息，其他一无所有。从哪里介入，哪个单位主管，一无所知。

张栋杰专门召开了班子会议，责成张景涛牵头，调动所有能调动的力量，快速调查核实，找到主管单位，力争让华北石化输油管道修过去，成为新机场航空煤油的供油主体。

想法与现实就像两列不在同一轨道的火车，都在飞跑，却总也不能相遇。

撒开网找朋友帮忙，多次有"会车"的机遇，都"岔开"了。时间飞速而过，"门"都摸不着。几次找到中国航空油料集团有限公司的人，却又说不上话。有一位朋友能说上话，却带回来一个不容乐观的消息，听说"中航油"自己要给北京新机场建输油管道，肥水不流外人田。

这个消息无疑是致命的，有人打了退堂鼓。

信念是储备品，人们在破晓时带它上路，但愿落日前足够使用。

张栋杰给大家鼓劲："不到最后的时候，不能轻言放弃。"

自己选择的路，跪着也要把它走完。

"急先锋"张景涛去找中航油华北公司的一位中层领导，人家说："中航油我们管不了。新机场刚开工，关于供航空煤油的事，现在没说是什么运行模式。等有消息，我会及时告诉你。"

## 18. "打江山容易坐江山难"

如果你希望能化身成蝶，那你就得忍受在蛹里挣扎的痛苦过程，这样才能展翅高飞。

年炼油能力100万吨，当年的化学药剂厂幼童已长成朝气蓬勃的少年。

那么，怎样让这少年健康成长，少走或不走弯路，祖国民和金龙欣决定大打"管理牌"。

"打江山容易坐江山难"，同样也适用于管理企业。建立良好的工作秩序，树立好风气，打造一支风清气正、奋发向上的好队伍，同样也是"经济增长点"，更是蓄势再发的企业后劲。

向来"嘴快腿快行动快"的祖国民"一反常态"，没有刀口向外，而是刀口"向内"，先从自己下刀。

这第一刀，拉向厂领导班子成员，立了"四个一样"规矩。果断取缔了接送领导上下班的小车，同职工们一样乘坐公交车；不设包间、不开小灶，同职工一样在食堂排队就餐；不拿高额奖金，与职工们一样按完成任务指标的考核分数计奖；不搞特殊化，分配生活用品时与职工一样按人头计算。

第二刀"换个位置"，仍然拉向领导干部。"切口"为"四个一"：党政领导班子成员每月参加一次义务劳动，每人承包一个车间，每人在基层车间有一名联络员，每月安排一天"厂长或书记接待群众日"，发现矛盾或问题"第一时间"及时解决。

然而，一些群众并不买账。

祖国民和金龙欣在车站等公交车，有人故意大声说："公司领导净整些没用的，有小车不坐跟我们挤公交车。"

"正经事不管，净干些旁门左道。"

祖国民和金龙欣早有默契，职工们无论说什么，都不计较，更不反驳，摸清真实底细再说。

把脾气拿出来，那叫本能；把脾气压下去，那叫本事。

在让大家提意见时，他们发现了"很吓人"的问题，有的工人敢公开在岗位上吸烟，有的工人更不像话，暗中操纵一些人，还放出话来："谁要是不听我的，我就停了装置……"

厂领导班子成员早就定下规矩，人人戒烟，彻底消除隐患。却不知居然有职工敢在岗位上吸烟！

这两个问题都是"隐形炸弹"，前者万一出事十分恐怖，后者有"罢工停产"倾向同样十分恐怖，必须提前"灭火"！

厂领导带领科长们，24小时带班，天天在车间转，昼夜与工人们在一起，促膝交心，了解事情真相。

在炼油厂吸烟太危险了，随时能将国家财产和工友生命毁于一旦！大家非常气愤，干脆重疾下猛药，定下"死规定"：发现谁在岗位上吸烟，抓住一个开除一个！

事情比想象得还要严重。

我在前边说过，职工们分别从多个地方来此，个别人以"原单位"为班底，拉帮结伙，兴风作浪。

擅自在岗位上吸烟的人太多，法不责众，既不能不开除，也不能都开除，问题很棘手。有外号叫"王中王""老母鸡""老母牛"的"小混混"，在社会上"很有号"，谁都不敢惹。当时公安局做了摸底调查一下，华北油田有24个"混混"，化学药剂厂就有12个！

"混混"们在工厂说一不二，张口就骂，动手就打。车间主任杨立峰，因为管理严格些被打；车间党支部书记李杰被打；车间主任白云虹被打……

党委书记金龙欣决定分两步走，这头一步，先向管理局班子汇报，取得领导支持，切断"混混"们"找后台"的退路。

第二步，分解、疏散、瓦解"混混"们的力量。一个一个找他们谈话，如果能找到新的单位，厂里立刻放人，而且网开一面，档案里不写触犯了纪律，不留污点。如果找不到接收单位，厂里只能开除。好几个"混混"设法调离，削弱了负面力量。

这第三步，把剩下的"混混"张榜公布：停止工作，做出书面深刻检查。

第四步，确立"一个人可以改变一个单位"的理念，"破格提拔"敢管、能力强的人。张维邦从普通科员，一下提为车间主任，重用原营级、连级部队转业干部，发挥军事化管理的优势。李晓柱、杨景达、张汝彬等强势出马，很快就扭转了风气。"到一个单位，就要树立正气。出现问题及时解决，不许矛盾上交。"金龙欣要求他们，"你们有问题可以随时找我，你不找我，出了问题你负责。"

原钻井队的冯春祥制服调皮捣蛋的有一套，哪个单位"鼓包"就派他去"平事"，再"鼓包"再去平，把"毛毛刺"都剃光……

"负面"问题解决了，还要重用懂业务、会做思想政治工作的优秀同志。把生产部干部杨立峰提拔为党委副书记，因为，他熟悉业务和岗位定员、知晓谁适合做什么……

另一方面，祖国民和金龙欣合力解决"人的问题"，化学药剂厂"只出不进，卡死入口"，需要的人才，哪怕进一个人，也要开党委会集体研究，堵住"后门"。包括上级领导"派人"也要顶，谁也不许"开口子"……

不同频，再好的表达都是噪音。

我在前边说过，祖国民与金龙欣"像两个自行车脚蹬"那样默契，"心合面不合"。

实际上，他们二人也是"临时配对"。金龙欣来之前，石油管理局党委副书记李玉超找他谈话："先别交代工作，明天就去化学药剂厂报到，炼厂班子全换，原书记厂长都调走，你跟祖国民搭班子，不许你带一兵一卒。"

好长时间，金龙欣才知道另一个"秘密"，祖国民来化学药剂厂前，也被要求"不带一兵一卒。"

"勒紧"管理这条线非常重要，但，着眼企业发展大计的"开源"同样重要，而且更加"显赫"。

"干当前，想长远"，让炼油厂创造更丰厚的效益，一直是祖国民和金龙欣的梦想。为了这个梦想，他们"天天算账"，天天琢磨"书写新篇"。

"化学药剂厂的领导永远不满足，"刘海胜副局长说，"他们的想法和节拍很快，催着我们主管领导必须加快步子。"

许多人企求着生活的完美结局，殊不知美根本不在结局，而在于追求的过程。

究竟拍节有多快，忙到什么程度，走了哪些程序，用了多少办法，爬了多少道坡，摔了多少次跤，故事太多，我已经不方便用文字表达，请看如下工程：

1990 年 8 月 15 日，中国石油天然气总公司重点工程 2500 吨聚丙烯工程破土动工；

1992 年 6 月投产一次成功，单釜达到设计能力，单釜转化率达到设计要求，8 项质量指标达到国际标准。该工程的建成投产为开展油气综合利用、开发下游产品做出了重要贡献，当年生产聚丙烯 743 吨；

1990 年 6 月，常减压改造完成，加工原油能力由 15 万吨 / 年增加到 20 万吨 / 年；

1991 年 7 月，催化装置改造工程完工，处理量由 7 万吨 / 年提高到 9 万吨 / 年；

1996 年，建成 100 万吨 / 年常压装置，80 万吨 / 年催化装置；

1999 年 3 月 1 日开工建设，将 100 万吨 / 年常压装置改造为 300 万吨 / 年常减压工程及其配套系统，7 月 10 日投入使用。

1990 年，厂长祖国民和副厂长伊锡珠"迷"上了"聚丙烯"装置。如果化学药剂上了这套装置，和原有装置合起来，双翼齐飞，那将是一个了不起的飞跃！

"设备要上，还要有顶尖的专业人才，"干了大半辈子炼油专业的伊锡珠非常清楚，"光有好马不行，还要有好骑手！"

人才有时卷在画轴里，打开了才能看见。

也许是上苍的恩泽，这天，一位中等个、长方脸盘、一头乌黑的头发向右"一边分"，又黑又长的"长寿眉"，稍稍有点驼背的中年男子，走进伊锡珠的办公室。

"你……怎么来了？"伊锡珠差点跳了起来，一把抱住来人，嘘寒问暖。

来人的"长寿眉"太有特点了，伊锡珠走南闯北，从没见过这么长的眉毛！别说跟自己是当年的同事，就是生人，只要看一眼这眉毛，一辈子也不会忘掉。年青人背后偷偷叫他"长眉大侠"。还有人颇具远见地预测说："你老了，可以吃特型演员的饭，演'白眉大侠'。"

来人叫孟凡泽，是个有名的"书呆子"。专业就不用说了，五花八门的问题，问啥他会啥，几乎谁也难不倒他。

孟凡泽是个地地道道的"书虫"。班上看书，下班了看书，睡觉前看书，早上醒来看书，就连蹲厕所、上食堂吃饭，他也拿本书看。一次他懒得出去，让同事带两根油条回来。他在办公桌前边看书边吃饭，人们"轰"地笑起来，原来他光顾盯书上的文字，拿过油条就咬，油条没吃到口，却把包着塑料皮的油条抻得很长、很长……

这天中午，他在施工现场席地而坐，边看书边吃饭，突然"扑扑扑"吐了起来，原来，他把旁边的土块子当"馒头"狠狠咬了一口……

还有一次，孟凡泽抹了一脸蓝颜色，他吃饭时把小葱"蘸了"钢笔水！另一回则相反，他抽钢笔水，捏了几下胶皮笔囊也吸不上水，仔细一看，他把钢笔插进了饭后留在办公桌上的"大酱瓶"……

有人叫他"书呆子"，有人干脆叫他"陈景润"。

在生活上，孟凡泽跟陈景润一样"弱智"，连孩子都知道的"简单事"，他却一问三不知。办事也"凿死坑"，一就是一，二就是二，不会"变通"。

有些人在身边很久很久，形象却一直模糊。有些人只见过一面，便终生不忘！

"印象太深了！"伊锡珠连忙给孟凡泽倒开水，泡茶，热情地招待这位多年不见的老同事。

当年，他们同在黑龙江大庆石化总厂工作。伊锡珠在炼油厂装置中穿来穿去，孟凡泽在石化总厂设计室编制锦绣蓝图。

二人怀古瞻今，好不快活。

让伊锡珠喜出望外的是，这一次，孟凡泽不是闲串门，而是带着满腹学问"投奔化学药剂厂来了"！

"太好了！"伊锡珠毫不掩饰地说，"我们刚上了聚丙烯项目，正缺人手呢！"

原来，孟凡泽早已离开大庆，调到中石油所属的华东勘察设计院，单位在青岛胶州。孟凡泽开诚布公地说，他不爱在设计院干，纸上谈兵，想要干点实事。听说任丘炼厂上聚丙烯了，特地来看看。

"看什么呀！"伊锡珠如获至宝，当即把他领到厂长祖国民的办公室。

祖国民正求贤若渴，听伊锡珠说这是很有名的聚丙烯专家，"大金娃娃"主动送上门来，当即表态道："只要你们设计院放，我们就接收你。"

过后祖国民一查资料，乐坏了，报上早就登了孟凡泽，手头还有三四个专利，尤其在塔盘方面，在国内大名鼎鼎！

华北油田管理局干部处负责人一看孟凡泽的材料两眼放光，"这是人才呀，赶紧调！"

每朵高高跃起的浪花，都源自低处的苦苦挣扎。

孟凡泽1965年从北京工业大学基本有机合成专业毕业，毅然放弃在首都北京的工作，风风火火地参加了激情的大庆石油大会战；1978年作为中方副主谈参加了全国重点工程：大庆30万吨/年乙烯工程为期两年的引进谈判；他把脱乙烯塔再沸器上的定位管阻汽进排水技术，成功移植于聚丙烯气体分馏装置丁烷塔，奇迹般地创造了用一根钢管代替一个凝水罐，受到石油部专家的高度评价；他1982年成功试制的中国第一个旋流式喷头，替代了美国专利技术，每用一次可节约费用4万美元；1987年调到石油部华东勘察设计院后，研制出了常压塔旋流式系列喷头，获得国家专利……

祖国民赶紧跟华东勘察设计院张金院长商量调入孟凡泽，张院长说："现在设计院哪，人又多又少。工资表上人多，能设计出好作品的不多。"

说来说去，就是不愿意放人。

## 19. 过山车一样前进

世界上只有一样东西是任何人都不能抢走的，那就是智慧。

中航油不同意华北石化建北京新机场的输油管道，原因在于担心华北石化会抢他们的市场，中航油想"肥水不流外人田"。但，他们内部也有纷争，一是首都新机场为国家重点工程，习近平总书记特别关注的项目，如果有突发情况，出现油源断供问题谁来负责？另外，华北石化的规模在全国石化企业虽然不是最大的，却是最有影响力的。在全国率先推出国IV、国V号汽柴油，据说国VI号汽柴油也即将上市。另外，从区位优势上，华北石化得天独厚。输油管道从工厂直接通到机场，这无疑是最有保障的。

有消息说，中航油领导们犹豫不决。

华北石化得此消息，便加快了行动步伐。

张景涛找到中航油有关领导协商决定，双线并进，中航油自己建设一条输油管道，华北石化可以修建另一条输油管道作为"备用油源"。

从中航油角度，这个动议两全其美。既能救急保供油，又确定了主辅关系，不影响自己的生意。但华北石化觉得很为难，如果这样没有任何制约地修建输油管道，不知道一年能出售多少油，甚至不知道这条辅助油源是不是永远"备而不用"？经济风险很大。

张栋杰和大家共同努力，请河北省发改委主任帮忙，请河北省能源局局长刘亚洪帮忙，请沧州市市长王大虎帮忙，又与中航油联系协调开会六七次，总算有了回话：中航油领导同意华北石化修建通往北京新机场的输油管道。

关键时刻，河北省发展与改革委员会领导扭转了局势，副主任兼能源局局长刘亚洪明确表示：不同意华北石化输油管线只是"辅助油源"，应是保供北京新机场的两个油源之一。

能源局能源节约和装备处副处长樊书旗最了解情况，他曾与华北石化张景涛多次跑北京，在一起策划，在一起研究怎样"过坎"，在一起讨论"下一步"和"再下一步"，"'之一'怎么行？我们不能眼看着华北石化被人牵着鼻子走，要让他们牢牢抓住主动权，挺起腰杆合作。"

总经理张栋杰提出新方案：不分主辅，华北石化和中航油两个油源一块保供北京新机场。北京新机场每年用多少油？华北石化可以不关心。但，每年购买华北石化多少油？这可是个大问题。

华北石化进一步明确了合作细节：第一，中航油同意购买华北石化的航煤，要签销售协议，有"年供需意向书"，标明供油数量与价格。第二，双方开会洽谈此事，要有会议纪要。

事情明确而简单，但操作起来却一波三折。

怎能不急？能不能拿下给北京新机场供油项目，是华北石化千万吨命运生与死的"关键一票"！

一条管线涉及的材料、产品品级、厂家、线路走位、技术环节相当复杂，会没开上，专家没有研究意见，领导没定盘子，下边的人怎么规划？

为了加快推进速度，华北石化将合作"意向书"起草后，交给中航油公司。中航油公司领导和专家审阅后认为没有问题，华北石化再将意向书上报中石油总部。华北石化只是中石油旗下的二级单位，签署意向书将由中石油和中航油两家总公司级别的单位签署。

我在河北省发改委查到该文件，中国石油天然气股份有限公司签署的时间为：2015年10月12日。

中国航空油料集团公司签署的时间则为：2015年11月9日。

中间这近一个月时间，即是华北石化"急红眼"的日子。

"华北石化航空煤油供需意向书"有很多细节。其中重要条款如下——

采购价格：按照双方年度供油协议约定价格执行。

供油时间：本意向书暂定为2019年6月达到航煤供应条件，具体时间根据供需双方实际情况共同约定。

供油数量：供方下属华北石化分公司，产能为每年170万吨，实际供油数量根据供方供应能力和需方的每年需求情况每年进行确认。在首都二机场2019年及以后年度实际需求量不低于预测量（200 万吨）情况下，需方最低采购数量不少于产能的 70%；年度实际需求量达到（或超过）300 万吨的情况下，需方保证年采购量 170 万吨。

供应方式：使用华北石化—北京第二机场航煤管道进行管道运输。管输费收取标准双方另行约定，需求方承诺优先使用该管道。

产品质量：执行国家相关标准。

这份销售意向书对华北石化更加重要，先将销售意向书上报中石油总部，中石油凭此召开党组会议，研究投资盘子，决定是否上这条输油管线。

张景涛和任丘市主管市长火速赶往北京，在中航油公司大门口等人家，急盼销售意向书。

另一边，中石油总部党组会如期召开，催促递交销售意向书。会议议题"马上到华北石化"了，华北石化总经理张栋杰回答："我们副总张景涛已经去中航油总部等候，估计很快就能拿到销售意向书的。"

谁知，这个"很快"很长很长……

时至今日，谁也搞不清楚，那天中航油开没开班子会，更不知道销售意向书上没上会……

张景涛在北京等了两天，2015 年 11 月 10 日，终于拿到了意向书。

又过了一周，华北石化与中航油沟通：华北石化要召开向北京新机场供油项目启动会议，具体商研一些细节问题，邀请中航油参加。

会议拟定星期二下午举办。

华北石化一切准备就绪。

星期一上午，张景涛给中航油负责人打了电话，问询有否变化。对方果断地回答："没问题，我准时参会。"

北京距任丘只有两个小时的车程，来去方便。

星期一下午临近下班，中航油负责人给张景涛打来电话："很抱歉，明天国资委来我们单位考核领导班子，不让请假，开会我去不了了。"

星期二下午，张景涛又给中航油负责人打电话，对方回答："不行。我还是去不了。我们公司班子成员有变化，领导分工要调整。这期间什么事也定不了。"

谁也想不到，关键时刻，会出现这等事情。急也白急。新班子上任后，对此事什么意见？都是未知数。

可以说，华北石化的千万吨项目，已经绑在中航油这条船上！现在，这条船漂泊在茫茫的大海上，时沉时浮……

有时候，一天像一小时、一秒那样短，有时候，一小时比一年都长！

终于在 2016 年 1 月 26 日，河北省发展与改革委员会，中国航空油料集团公司，中国石油华北石化公司，就"华北石化到北京新机场航煤管道工程项目"召开了对接会。河北省改革与发展委员会副主任、省能源局局长刘亚洪，能源局能源节约和装备处处长杨建科，副处长樊书旗，任丘市市长张新华，副市长王吉堂等，中国航空煤油集团副总经理龚丰等 7 人，中石油集团公司规划计划部油气储运项目处副处长刘爱国，华北石化总经理张栋杰等 7 人，达成了"三方会谈纪要"。

对项目建设原则、建设界面、合作方式、总体设计和项目的进度要求达成一致。北京段的 1.5 公里，由中航油承建；河北段的 128 公里，由华北石化承建。

总算水落石出，又拿下一个"马拉松"比赛，华北石化的建设者们该长长舒出一口气，庆祝这个来之不易的胜利。

谁也想不到，打开东门的同时，却关上了南门。

2017 年 4 月 1 号晚，张栋杰被央视的一条新闻所"震惊"——新闻公布了党中央国务院的最新决策：马上成立雄安新区！

将河北省雄县、容城、安新 3 县及周边部分区域划为"雄安新区"，雄安新区规划建设以特定区域为起步区先行开发，起步区面积约 100 平方公里，中期发展区面积约 200 平方公里，远期控制区面积约 2000 平方公里。

"这是以习近平同志为核心的党中央作出的一项重大的历史性战略选择，是继深圳经济特区和上海浦东新区之后又一具有全国意义的新区，是千年大计、国家大事。对于集中疏解北京非首都功能，探索人口经济密集地区优化开发新模式，调整优化京津冀城市布局和空间结构，培育创新驱动发展新引擎，具有重大现实意义和深远历史意义。"

张栋杰敏感地意识到，即将要建设的航煤管道，很可能穿越雄安新区！

情况紧急，张栋杰赶紧连夜去查看，航煤管道穿越雄安新区 27.5 公里，"这下麻烦，管道肯定建不成了！"

张栋杰对着地图仔细琢磨，雄县的地图为鸡蛋形，管线正好从"鸡蛋"中间穿过，这怎么行？

雄安新区要"世界眼光，国际标准，高点定位，千年大计"！这可是习近平总书记亲口说的！

"还没开工，就出了个大问题！"

第二天，张栋杰紧急把设计人员和施工人员都叫到现场，公司领导班子成员和相关部门悉数参加，召开现场办公会，张栋杰提出："输油管线穿过雄安新区肯定不行，我们要重新设计，马上改线路！"

张栋杰的话，字字如石击水，炸起"千重波"——

"快一年时间才把手续办下来，改线？连手续都办不下来！这一条线20多道手续，太难办了！"

"手续已经办完了，咱们合理合法，就这样，干吧！"

"别管那个，雄安新区建设是个特大工程，兴许几年也建不到管线穿过的地方，咱干咱的。"

"千万吨项目这样紧，时间来不及，手续办不下来，影响了项目，谁来负这个责？"

…………

大家七嘴八舌，意见却相当一致，有合法手续攥在手里，线路不能改。

大家所言不无道理。不能穿越雄安新区，要躲过公路、铁路、村镇、城市，少穿越河流，不能穿越环境保护区、军事通信线路，这些都躲过去，太难了！

张栋杰明确表态："不管多难，也要改线路！往小了说，现在不改，新区建起来让我们拆掉，我们能顶得住吗？到那时，时间耽误了，钱损失了，后悔还来得及吗？更加重要的是，如果管线建起来影响雄安新区建设，影响国家大计，那是绝对不可以的。我们是央企，央企的首要使命，就是国家利益至上！"

技术人员选了两条线路，还是不行。县、乡镇和村，都不同意。

张栋杰让副总经理宋运通负责：15天之内，必须拿出改线方案。

改线路真的很难，手续跑了几百次！从开始的121公里，无数次改来改去，最终敲定156公里，投资增加了两个亿。

当新设计的方案报给河北省发改委，经办领导对宋运通说："你们这个张总太有远见了，现在不改线路，这个项目肯定下马！"

河北省能源局局长刘亚洪高高竖起大拇指："你们张总反应太快了！不然，建成了也白建。"

第六章

# 两强相遇勇者胜

认准的事就勇往直前，不要因为那些"如果"，影响了你的果断。

下面的三个故事令人深思——

单枪匹马、单打独斗能创造奇迹；外部千般干扰阻拦，仍能跨越障碍第一个挺胸"冲线"；内部革新派与保守派你死我活地"掐架"，最终还是实现了革故鼎新……

不同的人做着不同的事，遇到不同的险阻，想着不同的办法，打出不同的组合拳，却都能化险为夷、昂首前行……

为什么做得这样好？

其中一条理由简单得不能再简单：人老是低头捡便宜，就会驼背；往上看，就会长高。

## 20."书呆子"攻关记

枯叶回到枝头，金属回到矿石，雨水回到云朵，的确不是常人所能理解。对于科研而言，常人不理解就对了。

化学药剂厂和华东勘察设计院两家打了几次"拉锯战"，华东勘察院勉强同意把孟凡泽"借调"过来，并有附加条件：现在设计院活少，要求化学药剂厂给他们点活干。

1991年春节，任丘十分热闹，人们乐乐呵呵地办年货，单位大门上挂了火红的大红灯笼，孟凡泽从"报到"那天起，"书虫子"便一头扎进厚厚的图纸堆……

人只要不失去方向，就不会失去自己！人生重要的不是所站的位置，而是所朝的方向。

逢 2500 吨聚丙烯工程建设时期，孟凡泽白天忙工程，晚上伏案设计，每天都工作十四五个小时。他的住所既是办公室，也是卧室，还是食堂。沙发上，茶几上，床上，都是书。桌上和墙上都是设计图。眼睛还盯着图纸，伸手抓过馒头就啃。"咔嚓"一声硌了牙，这才知道，刚才把钢笔帽填进嘴里……

困了躺在沙发"迷糊"一小会儿，醒了再干。大家都知道，孟凡泽的窗子彻夜亮着。彼时全世界聚丙烯如火如荼，谁的速度快，谁就是"印钞"高手。

化学药剂厂又把聚丙烯产能增加 5000 吨，孟凡泽的工作量也同比翻番。国内外的石化技术"跳跃式"发展，要把厂里新上的设备转化成生产力，300 多个技术问题"挤在一起"，或者"梗阻"，或者迅速找到症结，开闸泄洪……

世界上有两件东西能震撼人们的心灵：一件是我们心中崇高的道德标准；另一件是我们头上发射着理想光芒的灿烂星空。

孟凡泽拼了，仅仅半年时间，带领同事们修改、完善了 24 项工艺，攻克了全部 300 多个问题，补充、完善和设计图纸 1000 多张。

在灰烬里翻找星火，概率虽小却并非不可能。

1992 年初，聚丙烯工程投产方案横空出世！

在专家肯定、中石油领导赞扬声中，孟凡泽又一头扎进他的小屋，不知有汉，无论魏晋，将白天黑夜都浓缩进图纸里……

大流源于小溪，粗木来自幼芽，矮草构织大原。

只有少数人才清楚，为确保投产不出"粘料"，孟凡泽尽可能收集国内外其他炼化厂的教训案例，类比分析，深入研究，比抓特务都难，终于"揪出"在操作环节对聚合原料中微量杂质有微小"失控"这一关键问题，再经过错综复杂的技术环节，优先工艺参数，把所有"规避办法"列入操作规程，完善了"操作指南"。

1992 年 6 月 30 日，是化学药剂厂又一个载入史册的日子，数百双眼睛紧紧盯着聚合釜出料口，心跳过速，人们既兴奋又紧张，期盼如愿以偿，担心出现意外……

头天晚上，孟凡泽在车间盯了一夜。陪他在车间忙一夜的，还有祖国民和伊锡珠。

期盼的时刻终于到来，当洁白的粉状聚丙烯清泉般喷涌而出，华北油田第一套石油化工装置生产了第一代石油化工产品，顿时，掌声、欢呼声、呐喊声响成一片!

令行家震惊的是，首釜产出合格品在国内开了先例，打破了此类装置产出"粘料"的历史，创造了国内同类装置投产的顶尖水平!

这时，人们才想起来，孟凡泽立了大功啊，应该向他道贺庆祝!

石油管理局新调来的一位领导，问哪位是孟凡泽?

祖国民赶紧找，却找不到。

局领导走出人群，问一位穿灰色半袖、头发又乱又长、很不起眼的工人，蹲在地上用焊条头画着什么图的人，看没看到孟凡泽?

祖国民跑过来指着在地上画图的人说："他就是孟凡泽。"

局领导万般吃惊，他怎么也想不到，眼前这位貌不惊人、像老农民似的人，就是大名鼎鼎的孟凡泽!

孟凡泽不抽烟不喝酒，什么都不玩，什么热闹都不凑。他不修边幅，佝腰缩背，整天除了看书、画图、思考，没有任何爱好……

孟凡泽的公子孟斌告诉我，"父亲退休后，用'半截美'汽车，从他办公室拉回家一车书。退休了，父亲还是整天看书。"

或许，每一本专业书都是一粒种子，多种下种子，大地才能丰收。每一本书都是杠杆，帮他撬动一个又一个困难。这些书里有别人体会不到的乐趣，蕴涵了世界上所有的"快乐"。

聚丙烯产品"高调"亮相，"这样的重量级特殊人才怎么还'借调'呢?"局领导催促道，"赶紧调过来!"

厂组织、人事两次派人去胶州，商调未果。华东勘察设计院也非常重视孟凡泽，尽管他一年多没有上班，单位仍然评他为先进工作者，"光荣榜"醒目地贴上他的大照片。

只因孟凡泽的"向心力"一直在华北石化"做产品"，设计院的"一头热"根本不起作用，这才放行。

1993年5月，孟凡泽抹去"借调"二字，正式加盟化学药剂厂!

许多人向往制高点首都，向往有洁净环境的海边，孟凡泽只盯紧"建设"二字，扬专业所长，却离开多数人梦寐以求的地方，举家搬迁到县级任丘，到华北化学药剂厂落户安家。

当"临时工"都那样出彩，调入后他再度发力!

智者不一定每天都有新故事，而是不断让旧故事发出新芽。

孟凡泽迅速把首釜产合格品这页"翻过去","视点"向上,紧紧"盯牢"采用"N 型催化剂"进行丙烯聚合的新工艺!如果说,已经成功的首釜聚丙烯相当于登顶泰山,那么,丙烯聚合工艺便是登上空气稀薄、险象环生的喜马拉雅山主峰!更通俗点说,化学药剂厂只是炼油的"反串"聚丙烯,这项技术"职业杀手"中石化尚处于"研究阶段",也是国际个别同行刚刚问鼎的顶尖技术!

石化专家们说,目前的液相间歇本体(小本体)聚丙烯装置,只能生产低档产品,以此为原料只能用于简单的日用品注塑。

权威专家"有定论"这座大山几乎挡住了"所有人",但,不包括孟凡泽。

孟凡泽当即勾紧扳击,瞄准"定论"目标。

夜更加薄了。仿佛每页图纸都长牙了,几口就啃透了黑夜。

墨水更不抗用了,刚刚换了一瓶,怎么又空了?

时间仿佛也偷工减料,中午饭刚吃完,怎么就到晚饭时间了?

人们很少看到孟凡泽。只有大家从食堂出来的时候,才能看到他匆匆地来。孟凡泽总是最后一个到食堂吃饭。

唉?怎么还戴上眼镜了?

"哦,我忘了摘了,"孟凡泽不好意思地咧咧嘴,"忘了摘了。"

孟凡泽平时不戴眼镜,只有画图时才戴。太忙了,便"忘了摘"。

没空剃的头发乱糟糟的,本来是"右偏分",现在有时"左分",有时"中分",有时又"乱分"。衣服领子一高一短,袖口一长一短,原来袖子只挽起一只。有一次,人们提醒他衣襟一高一低,原来是纽扣"扣串了"……

熟悉的人都知道,碰上低头迎面走来的孟凡泽,你要错开他,以防相撞。他在办公室,"新构思"在草纸上。他出屋了,新构思很可能变成一块橡皮,"擦去"迎面走来的人……

孟凡泽比从前更邋遢了,腰更佝偻了。个头也一下子矮了不少。那少见的"长寿眉"也不知被高高撑着书顶了、挤了,还是伏案睡觉压了,左眉向上挑,右眉向下垂。只有那双眼睛,锃亮锃亮。早上起来常常左脚光着、右脚穿一只袜子,第二天,很可能左脚穿袜子、右脚光着,总有一只找不到。干脆不找了,唉,穿袜子真麻烦,光脚不就得了?

这是一个人的战斗。

虽然有团队,有助手,但攀爬喜马拉雅主峰太难太难,把胜利的旗子插上去太难太难——所有的人都掉队了,宝,只押在他一人身上……

最怕的事情还是发生了。孟凡泽怎么努力，还是没有躲过"暴聚"和"粘料"的"沼泽地"。他们东躲西绕，能想的招术都用上了，还是走不出家家都走不出去的"沼泽"。陷进沼泽的不仅仅是投入，也不仅仅是"跑偏"的科学数字，还有时间！

时间是最好的药，能治愈多种疾病。时间也是最坏的恶魔，能落井下石。

孟凡泽的团队在"沼泽"里折腾了近半年时间，遭遇聚丙烯产品市场疲软，当年耀武扬威招摇过市的"皇帝女儿"，一下"沦落街头"无人理，即使大幅度降价都没人要！

库存积压，压死的不光是钱，还有信心。刹那间，各种"气泡"从"沼泽地"里冒了出来：

"人家大厂都干不了，咱这小厂就别瞎折腾了！"

"没那弯弯肚子，就别吃那镰刀头！"

孟凡泽一句话都不说。原本嘴就笨，现在能说什么呢？

孟凡泽用手说话。用手跟原料说话，用手跟"配比"说话，用手跟不断变化的参数说话，用手跟一道又一道工序说话……

孟凡泽用眼睛说话，跟加料对话，跟升温对话，跟聚合对话，跟闪蒸对话，跟置换对话，跟去活对话，跟出料对话，跟化验单对话……

这样深层次的"心语"一开头，一个周期十多个小时不能间断，断了就前功尽弃。孟凡泽昼夜跟班，足足盯了五六个周期后，终于曙光初现：从汪洋的大片大片的沼泽地里，将比针还细小的"闪蒸去活"从乱泥里"捞"了出来！就是这个环节导致"分子量不稳"！事情有了转机，并没有走出辽远浩荡的"沼泽地"！孟凡泽"揪出"化验方面的诸多问题，更正了"参数"再试，"沼泽地"瞬间不见，眼前豁然开朗，一条平坦的大道直通远方……

真正厉害的人往往不动声色，蝉鸣一夏，蛰伏了好几个四季，昙花一现，却等待了整个白昼。

新型高效催化剂出手不凡，雪白耀眼的高档聚丙烯郑重亮相！

《中国石化报》隆重推出《新型聚丙烯粉料问世》重量级文章，"一个新投产的聚丙烯装置，居然创出了令人难以置信的'奇迹'，专家赞叹，业界震惊！"

河北省科委组织了国内顶尖专家鉴定后得出结论：新产品主要指标优于国内同类产品，有的指标超过了从国外引进的连续法聚丙烯产品。

这产品给市场打了兴奋剂，往日无人问津的"灰姑娘"，旋即成了"皇帝的女儿"，经销的"媒婆"踏破了门槛，仿佛所有厂家都来"求婚"，装置昼夜不停，产品仍然供不应求……

北京一家企业以该产品为原料试制成功单向拉伸糖果包装膜，甩开依靠进口高价原料的负担，填补一项中国空白。

台商中国上海同发公司董事长陈先生对该产品爱不释手，亲书感谢信，亲送铜匾致谢。

一花引来万花开，小小的任丘掀起一股"新聚丙烯"热，四面八方的客户争相购买，雪片般的订单从江苏、上海、辽宁等数十个省市飞来……

1995年上半年，高档聚丙烯产品荣膺1994年年度河北省科技新产品，同年7月再冲新高，将"国家级新产品"奖牌收入囊中。

孟凡泽的背更驼、身材更矮了，但在化学药剂厂工友的心中，他却是一个顶天立地的巨人……

时间的涂改剂往往不认真假，见字就改。

我采访的时候，一些青年工人居然没听说过他们的前辈标杆孟凡泽。

上一代不会倾吐，下一代无心体会。孟斌对我说："说起父亲的故事，都没人相信，年轻人更不会理解，社会上怎么还有这样的人？父亲从北京工业大学毕业后，主动申请到黑龙江大庆去工作，又冷又累，条件那么差。父亲的大学同学几乎都留在首都。后来父亲又到青岛胶州的华东勘察设计院工作，离海近，生活环境也相当好，可父亲又非要到任丘来，说是'要干实事'。"

我已经听懂，孟凡泽的个人和家庭生活条件的确"越来越差"，可他对专业的贡献，对祖国的贡献却"越来越好"。奉献情怀入骨的孟凡泽的选择，让人很难理解。但我想，就像河不理解山峰为什么"挡道"，山不理解瀑布为什么"跳崖"，鸟儿不理解水儿为什么向低处去？世界一直延循内在的美学驱动默默运行，当喧嚣和浮华悄然沉寂，总归会"水落石出"，去除轻浮和伪饰，留下真金。

我们每个人都会走入误区，都会误读一些人和事。但，当我们逐渐成长，认识能力和明辨能力也会水涨船高。曾经推崇的东西被淘汰，过往误解的东西却成为建树的对象——

这，已经足够。

## 21. 起死回生

别担心现实离梦想遥远，别计较收成不如付出丰盈。你对待当下的态度，会决定你未来的高度。

打胜这场供应北京新机场航空煤油一仗，等于给华北石化千万吨项目加了分。但"众说纷纭"仍雾霾一样弥漫不散。仍然有人在议论：任丘不是沿海、不是沿江，没有任何优势，批千万吨项目能不难？

"都什么时候了，还说这个？"张栋杰反驳道，"2009 年 12 月 31 日，不是搞过一次千万吨奠基仪式吗？那时候的任丘就是现在的任丘，那时候的华北石化就是现在的华北石化，那时候能行，现在也能行！"

早在 2014 年，张栋杰刚就任华北石化公司总经理不久，就抓住中石油建设"锦郑线"管道的机会，从这条主管线上接出"小支线"52.4 公里，直接到华北石化。又建一条 189 公里天津至任丘的输油管线，解决进口原油的输入问题。刚刚又有了任丘至北京的航煤管线，从输油进入到成品油输出，华北石化已经夯实了牢牢的根基，这就是后来人们赞扬的"三线定乾坤"！

秣马厉兵这么久，现在，到向千万吨项目发起"总攻"的时刻了！

2016 年 9 月，中石油总部领导班子换了，重启千万吨或许又遇新难题。张栋杰数次跑河北省委省政府"搬救兵"，请主要领导出马，尽快协调北京方面，尽快重启千万吨项目！

物极必反，向死而生。低迷触底这么多年，也该反弹建仓了！在千万吨项目垮塌的这些年，难题比春天的芽苞多，比枝头的绿叶多，比寒冬的北风强劲，可仍有那么多坚持咬牙战斗的人！

预订装置设备的技术人员，在全国各地奔波；任丘市委市政府的同志，从 2008 年起就做着搬迁工作，至今一直没有停止；我查看了"任丘石化基地工作大记事"，开头一篇为 2004 年 8 月 12 日起，末尾一篇至 2014 年 11 月 18 日止，历时整整 10 年，我从 2014 年起数了数，才 3 年时间，光纪要居然有 81 条之多！平均每年开了 23 次会议！我实在没有耐心全部数完，那么，总计 10 年 3 个月，上至省委书记、省长，下至市县级局长，至少开了 230 多次重要官员会议！

我数了数文件纪要，其中省级领导专门为千万吨而来，或跑北京的，就有 40 多次。

正如我前边所说，省委书记说"举全省之力"，沧州市和任丘市（县级市）分别说"举全市之力"，谁都没食言。

这还不算，华北石化临近的东八村、西八村，以及比这两个村合起来人口还要多的"周边散户"的拆迁工作，整整拆迁了10年！

我在前边提起过，任丘市副市长钟国强，成了千万吨"专干"，带领24名局长，跑坏了4辆车；常务副市长王吉堂在副市长的位置上干了8年，一直在负责东八、西八村和周边散户的搬迁工作……

我随手列举这些，原因就一条，"铺垫"得差不多了，这个闷了10年的"火疖子"，该出头了！

张栋杰一再找河北省委书记和省长，领导们感动了！

省委书记和省长联合给中石油总公司写了一封要求重启千万吨项目的信，这封信站位高、格局大、定位准、理由充足、时间紧迫、情真意切……

多年之后，我采访几位当事人。大家都很感慨。尽管人在变，省领导们换了一茬又一茬；事情也在变，当年唯 GDP 至上，变成环保至上；企业变化更大，当年的大牌已经倒地、从地球上消失，当年的"小不点"却"一飞冲天"……但，美好的东西却一直被岁月保鲜，历久弥新，绽放着浓郁的芳菲……

写好信，当天晚上，省长在信上郑重地签上名，省委书记连夜赶往北京……

省领导如此重视，张栋杰更要快马加鞭。

第二天，张栋杰立刻同任丘市委市政府领导沟通，马上在华北石化召开"紧急会议"，把启动千万吨的复杂工作梳理清楚，请市委市政府协同助力，要精准对位，"线线有人抓，事事有人管"，迅速激活所有休克的部分，以摧城拔寨、攻打堡垒的拼搏精神，力推千万吨启动，打开新局面！

同时，还有另一个关键环节，迅速拿到"环评"批件。

我在前边讲过，环评是个"大坎"，要想过这个坎太难太难了！过这道关，不仅需要聪明才智，最难的却是下"笨功夫"，如我前边所说的，工程量之一的万口井检测就需5万份材料，这，仅仅是"一小部分"！

"环评材料拉了两汽车"，也只是"冰山的一角"。因为，这些材料犹如树上结的果，每个果实都结在枝上，枝边上有树叶，树叶下有树干，树干下有树根，树根下有须根，须根下有营养——我已经说不清楚了，因为这关乎生命学、植物学、土壤学、水质学、营养学……

我能说清楚的是：没有如上繁复的生命流程和丰厚的营养供给，果子就结不出来……

精诚所至，金石为开。

机遇终于来了，国家环保部下发了文件，将环保验收权力下放，华北石化千万吨项目环保验收由河北省环保厅办理。

我在前文曾用大篇幅文字说过，张栋杰为此去北京强力攻关，张景涛会同政府要员和同事跑了无数次北京，环保专家们意见分歧很大，争论很激烈，各自守则，互不相让。尤其一些专家咬死了强调："必须按照环保部的要求做，不可以用原来的环评报告，必须重新做环评。"

现在，耀眼的朝晖光芒撕破比牛皮纸还结实的厚霾，喷射而出！

时机到了，还等什么？！

张栋杰像卧伏战壕太久的猛士，突然听到冲锋号嘹亮地响起，"呼"地一下，纵身跃出战壕……

2015年11月3号星期五，张栋杰的手机都打热了，给手下"四梁八柱"分好工，又给河北省委发改委、环保厅和能源局的相关领导打电话，协调了"一大圈"，计划下午"立刻行动"，请任丘市"四大班子"主要领导下午到华北石化开会，合力商洽关于"环评"工作的具体出击细节。

张栋杰清楚，关键时候非田金昌不行。他给田金昌的秘书打电话，问询秘书田金昌书记在哪里，华北石化开个紧急会议，请田书记参加。秘书告诉张栋杰，田书记走前声称"家里有点事儿"，回老家沧州了。秘书很为难，不好意思通知田书记。张栋杰说："不用你通知，我找他。"

"陇东王"张栋杰性格豪爽，以洁身自好建设自己，以重情厚义善待他人，到哪儿都交一批好朋友，一不留神便"呼风唤雨"。他原本与时任任丘市委书记的田金昌素不相识，来华北石化后，因为工作"交集"太多，这两个"工作狂"渐渐厚了私交、互为欣赏、惺惺相惜、无话不谈，很快结成不亚于"亲兄弟"的深厚友谊。彼此工作上的事，"打个电话就好使"。

"金昌啊，我计划下午在我们公司开个会，请你把任丘的四大班子领导都请过来……"

"我家里有点事，能不能下周再开？"

"不行！"张栋杰口气坚定地说，"明天都不行，现在就得办！"

"现在已经11点40分了，"田金昌看看手表道，"我现在过不去，到任丘也得午后。好，我现在马上安排通知任丘的四大班子，下午1点到华北石化开会。"

张栋杰非常感动，自己还没说什么事，田金昌就答应了。

张栋杰也想到了，田金昌一定理解自己，如果不是公事，如果不是急事重要的事，也不会这样"逼他"……

老天似乎故意捣乱，大雾弥漫，高速公路已经封了。

田金昌让司机走国道。汽车一头钻进大雾里，却开不快，能见度太低了，十几米外什么都看不见。

不到两个小时，田金昌赶到任丘。

张栋杰当时怎么也想不到，田金昌书记是在沧州市的一家医院里接的电话。当时田金昌正守候在医院的手术室门口，答应下午回任丘参会。

几分钟后，医护人员将脸色煞白、无精打采的田夫人从手术室推了出来，田金昌疼爱地上前看了看，轻声安慰几句，便急匆匆地赶往华北石化……

会后大家分头行动，向启动千万吨项目发起"总攻"……

事情十万火急，中石油要开会"定盘子"，千万吨项目能不能过关，其中三件事要将结果上报中石油。这三项差一个，千万吨项目将半途夭折！

这可都是难办的事啊，第一，河北省政府要出具会议纪要，以示河北省对千万吨项目的高度重视；第二，要有省环保厅出具的"承诺书"，证明环保测评合格没有任何问题；第三，口头说中航油同意购买华北石化的成品油不行，空口无凭不算数，要中航油出具"买油协议"。

田金昌说："事情紧急，别分你我，别分彼此，现在我们分头行动，全力以赴去跑。"

田金昌派副市长张锦增会同环保局长，去跑省环保厅。

张栋杰嘱咐张景涛："景涛，你就在北京盯着，办不好就别回来。"

"听见了吧？"田金昌也对身边的常务副市长王吉堂说，"张总说了，你办不好，批文拿不到手，不兴回来。"

两天后，王吉堂副市长打电话给田金昌，已经等两天了，一点结果都没有。田金昌道："你必须做到，见到人，办成事，拿到文。"

现任丘市委书记、时任任丘市长张新华毕业于河北农业大学，26岁就显露才华工作出色，接连将"老资格们"望其项背的多个省部级大奖揽入囊中，拿奖拿到手软，破格评为高级农艺师。

张新华曾援疆三年开辟工业发展，抓建了10万吨氢烃项目，成为当地可圈可点的优质项目。

"哪个也没有千万吨项目难办，项目太大了，牵扯面太广！"张新华感慨道，"但，这是任丘的第二个里程碑，第二次腾飞！如同头一次的石油大会战，令人振奋，我们必须抓住这个历史机遇！"

大高个、大块头张新华发挥"体能专长"，整天在外头跑项目，把陌生的门跑熟，把陌生的面孔跑熟，把陌生的专业跑熟。多少次，一周内往返北京、石家庄5次。汽车跑了多少公里记不住了，一年居然换了3次轮胎！为赶上领导上班，起早跑。进京怕早上堵车便夜行车，头天晚上找个离办事单位"就近"的小旅馆住下。电梯人多要等候就走步行梯，一步跨两个台阶。北京的一个大机关，他居然跑了60多次。这些绝不是简单的数字统计，每一次都横着几道坎，每道坎里都有"难言之隐"啊！每见一个职权主管，"张大个子"都笑脸相迎，弯下腰，说话和声细雨。先毕恭毕敬地递上一支烟，过滤嘴朝前，再"啪"地打着打火机，给人家点上。一位年轻的矮个处长，得知眼前这位和气敬业的"大高个"居然是市长，感动得当即要"回礼"、给张新华点烟，张新华边谢绝边用玩笑话说正事："给我点烟就免了，您把我们的项目'点着'就行了。"

"环评"的环节太多，主管部门像楼梯的台阶一样密集，哪个台阶都是坎儿。张新华已经习惯了，每道台阶都要一两道难题，"题题都要解"。问题是，主管项目的"上级"太多了，哪个"上级"都有一大排台阶……

张新华还要把众多职能部门调动起来，发挥大家的力量。如果说，千万吨项目是主峰，那么，四周有太多的"群峰"。张新华清楚，市委书记田金昌统帅全局，他市长就要负责排兵布阵，一马当先，攻下所有山头！

张新华在拆迁办，张新华在开征地现场会，张新华在乡下解决输油管道占地纠纷，张新华在火车编组站，张新华在化解搬迁居民结群上访矛盾……

难啃的骨头一个接一个，畏难情绪一波一波袭来。

张新华在大会上一针见血地指出："有人为了孩子上学挖空心思。户口落在新疆，上学在河北衡水，考试在天津，这要跑多少个部门？协调多少关系？突破多少关卡？有这样的劲头，什么项目跑不成？"

张新华身先士卒，拿自己当个"大兵"跑项目，各职能部门的"一把手"也争当"大兵"，每个山头都有专人攻打，群策群力，攻下"群山"是迟早的事。

少走了弯路，也就错过了风景。无论如何，感谢经历。无论多难，前进是唯一的选择。

层层报批，层层过关，层层"沉底又浮起"，眼见"山穷水尽疑无路"，一份又一份关系到华北石化千万吨项目生死存亡的文件，盖着鲜红的公章，翻越千山万水，在一次次休克、几近断送性命的呛水、挣扎里又一次次"浮出水面"，终于"柳暗花明又一村"——向死而生，触底这么多年，也该反弹建仓了！

在千万吨项目停滞的这些年，难题比春天的芽苞多，比夏天的绿叶多，比冬天的北风强劲，可仍有那么多咬牙战斗的人！

华北石化千万吨项目，终于起死回生！

读者看到这里，心情一定很爽，项目休克了这么久，终于活了！

但，这只是"刚刚开头"。

犹如将士们群情激愤地请求作战，经过层层申报，上级认同了作战方案，同意调兵遣将、攻打山头，那么现在，冲锋号刚刚吹响……

## 22. "争议"和"对撞"

鱼的根扎在水里，翅膀的根扎在天空，生命的根扎在氧气，企业发展的根则扎在观念。

市场经济犹如在汪洋大海里劈波前进，尽管航向是固定的，"航线"却因恶劣天气的改变而改变。每一次改变都是一次历险。未知像暗礁一样守株待兔，躲过左边的，很可能碰到右边的。商场竞争日趋激烈，许多当年响当当的企业，早已不见踪迹。新欢转瞬成旧人，昨天上午还笑得异常灿烂，下午已经休克，挂牌摘牌节奏越来越快。据统计，中国的集团公司平均寿命只有7至8年，中小企业的平均寿命更短，只有2.9年。中国的企业，每天有12000家倒闭，每一分钟就有近10家企业关门。在风雨飘摇中诞生的化学药剂厂，却一步一个脚窝稳步前行，由少年成长为洒脱的青年。

每一步成长都可谓惊心动魄。

1997年，又是一个关乎企业生死存亡的决策，上还是不上铂重整装置引起巨大的强烈争议。

有一种很小的金属颗粒叫铂，生产高辛烷值汽油的装置必须用铂做催化剂进行重整反应，简称叫"铂重整"。反对派说："铂重整，就是白重整！"

"见好就收吧，现在已经不错了，还折腾啥？"

厂长祖国民主张上，"我打听不少专家，看了不少资料，也做过小型调查。只有上了铂重整装置，才能提高汽油质量。从未来炼油企业前途看，我们现在的装置肯定不行。"

"主上派"伊锡珠支持道："不仅要上，还要上大的，15 万吨的不行，至少要上 30 万吨以上的！原来加添加剂生产 80 号汽油，上了铂重整，不加添加剂就能生产 90 号汽油。"

伊锡珠已调到石油管理局机关当处长，但，请他来研究化学药剂厂项目，他从来没拿自己当外人。他又提高了声音说："将来对环保的要求会更高，对汽油质量要求也会更高，不上怎么行？"

两派对阵激烈交锋，各不服输。

伊锡珠请教了中石化副总工程师张德义，张总非常支持伊锡珠。

还是争论不休，伊锡珠变个方法，建议班子核心人物去广东、浙江沿海大炼油厂走一趟，开了眼界。

"眼见为实"，"主上派"终于占了上风。

人生如同登山，在你到达山顶前，前方的路有多么艰险，我们无从知晓，但我们拥有一颗热血沸腾、勇于尝试的心，一份不怕失败、不惧艰险的勇气。当你踏着一路泥泞走上山顶，看到不曾见过的景色，便会感慨这一路走来的值得。

心中有目标，脚下有力量，把一个个挫折都跨过去，我们就能离成功越来越近。

1999 年，另一个问题摆在眼前，在上与不上"大聚丙烯"设备上，人们再次争论起来。

原来生产聚丙烯都是一个罐一个罐间断式生产。规模小，产量低，干扰因素多，要想保证聚丙烯质量难度很大。打个比方，这种生产就像崩爆米花，一锅一锅崩。国外的先进设备却是流水线，能不停机器地昼夜连续生产。上口连续进料，下口连续出产品，速度快质量好。生产雪花一样的聚丙烯粉末，"人见人爱"。

"大聚丙烯"的核心不在"大"字，而在于"精"字。这样的设备能产"细粮"，电视机、冰箱、彩电、汽车、火车、飞机等现代流行的物品，都需要这样的"细粮"。

班子成员讨论了多次，两派各执己见。

有怎样的格局，就会有怎样的结局。在熟悉的环境久了，会对习惯的人和事感觉舒适，变得不愿改变。

大浪淘沙，不进则退。社会以人们难以想象的速度飞快前行，每一天都有人前行，有人掉队，有人发展，有人休克。如果安于现状，当危机来临时只会仓皇失措。你对自己越纵容，生活对你越残酷。

祖国民力压"反对派"，主张"一定要上"！

另一个问题又横在眼前：是买日本产的造粒机，还是引进德国的造粒机？聚丙烯生产出来粉末后，造粒机的造粒环节非常关键，既关乎产品质量价格，更关乎下游产品的需求。

"挑便宜的买，能省就省吧。"

"不能算表皮账，算就要算细账。"伊锡珠说。

伊锡珠主张购进德国的设备。

彼时伊锡珠已经退休，返聘在化学药剂厂工作，但他向来把工厂的事当成自己家的事，决不放过一个细节。

别像乱飞的鸟儿一样，失去方向。不要到那个时候才想起辜负了山和水的怀抱，辜负了大地敞开的美学。

伊锡珠见意见始终有分歧，上次上不上铂装置的情景又在眼前闪现，他决定用"上次的药方"试试，"先出去看看，回来再定。"

伊锡珠带队，大家先去北京看了日本设备，又去上海看了德国设备，终于摸到了实底：中石化北京燕山石化公司用的日本设备，总坏，每年都要检修，影响生产。在上海金山石化公司，人们看到了德国的设备的风采，四五年不用检修。工人们介绍说，即便不小心有铁钉、螺丝类进了机器，造粒机能将其碾成粉末！

祖国民和伊锡珠一道去中石油总部请示："表面上看，德国的设备贵了些，可长远看，一点都不贵。寿命长，质量好，不仅延长生产周期，还节省检修费用。四五年下来，用节省的钱又能买一套新设备。"

只有不断学习不断改变自己，你才能站上更高的位置看待生活。

1999年4月，白洋淀鸥鸟飞翔，任丘市春花妩媚，化学药剂厂引进了意大利泰克尼蒙特公司的双环管连续生产专利技术。当时，这个专利技术全世界只有4套装置配备，一套意大利自用，一套在加拿大，化学药剂厂引进的，是"全球第四套、亚洲第一套"先进技术。6万吨/年聚丙烯项目落地生根，立刻，"炼油和化工"双翼展翅……

这套设备投产后，又掀起一股"抢购潮"，全国各地的客户纷纷登门订货，先款后货，产品供不应求。居然力压专业生产聚丙烯等化工产品的中石化，风靡全国……

化学药剂厂没有停下脚步，仍在快马加鞭，先后完成了 300 万吨/年常减压装置及其配套系统改造工程、100 万吨/年重油催化裂化装置迁建及配套项目。

动手慢一秒，就可能与机会失之交臂；汗水少一分，也许就与梦想的实现擦身而过。眼前的不利，可能是 5 年、10 年前的懈怠造成的，而今天的付出，将会成为对未来最好的馈赠。

化学药剂厂在逆境中发展壮大，赢得同行赞誉，也赢得社会的广泛关注——

1999 年更名为"华北石油管理局第一炼油厂"，2000 年 1 月，更名为"中国石油华北油田公司第一炼油厂"，2000 年 8 月全部资产、人员整体划转中油股份公司，更名为"中国石油天然气股份有限公司华北石化分公司"。

不管名称怎么改，遇到多少难题，归属有何变化，华北石化人始终秉承大庆精神，秉承奋发向上的传统，秉承科技创新的理念，逢山开道，遇水架桥，在一次次生死考验中求得发展，在市场经济的险涛巨浪里找到生机……

生活的天空不可能永远清澈透明，有风雨也是常事。但只要向阳而生，保持内心的天空始终晴朗，便可不惧怕路途上的风雨。

所有的成功都有迹可循，在别人看不见的地方严于律己，精进自己，时间自然会给你回报。

当时间大踏步地迎来 2006 年 10 月 28 日凌晨两点，又一个值得载入史册的时刻"翩翩起舞"，华北石化公司 500 万吨技改扩建工程的"龙头装置"500 万吨/年常减压装置一次投产成功，标志着华北石化公司以现代化企业的恢弘气势，跨入中国石油 500 万吨炼化企业的行列！

500 万吨工程建设可谓"风雷激荡"！

华北石化扩张速度太快，设计建设 500 万吨碰上阻力。中石油总部内部有分歧。华北石化班子又是信心百倍，一再争取，总部便先投 5 亿元"投石问路"。正常要 20 亿资金的项目只有 5 个亿，干还是不干？

"只要我们干好了，领导能不支持吗？""乐观派"的语言导向，既是自我安慰，更是群体激励。可是，推进项目来不得半点精神乐观！

"怎么省钱怎么干，"现华北石化副总经理，时任一联合主任的周世岩说，"勒紧腰带，没有条件创造条件也要上！"

"从设计到采购设备，挑最便宜的。"毕业于大庆石油学院的高材生周世岩负责催化装置改造，本着"人少少花钱"的原则，前期组织扩建小组，就找几个人。但，另一个原则更加重要，人少活不能差！

事情并非想象的那样简单，头一稿设计图纸拿出来，缺乏系统性，达不到施工要求，周世岩一看，根本不能用！

"自己动手干！"一联合主任周世岩哗啦啦把图纸从办公桌上推一边去，找来自己平常积累的参考资料，闷头设计起来。从化学药剂厂15万吨开始，周世岩就是人见人夸的技术员。他善于动脑，边干边思索，积累了丰厚的经验。

学习历练了这么多年，工厂培养自己这么多年，现在，打冲锋的时刻到了！

从此，他不知道太阳什么时候出来，不关注黑夜何时降临，不在意到半夜才想起来一天忘了吃饭，一个通宵连一个通宵，一摞纸光了再换一摞纸，周世岩右手食指让笔杆磨出"起鼓"的老茧，眼睛熬塌坑了，衣带渐宽，终于在那个朝霞照射窗棂的早晨，完成了设计！

按惯例，请设计院设计要花数千万。请少数几个专家设计，也要花几十万。周世岩自己动手，这些"都免了"！

同行专家评审这套设计，给予很高的评价，多个地方节略、简化了繁琐环节，省钱、省料、易于安装、方便检修。赞扬设计者绝非"本本主义"，而是"实战经验"丰富的专家。当知晓实情，他们几乎不敢相信，这套精彩的设计，居然出自一个车间主任之手！

一个人没有梦想，就好像童年没有童话一样，会失去斑斓的色彩。为梦想而努力会让你的每一天都充满希望，而希望，便是通向成功的唯一路牌。

两个多月后，周世岩和伙伴们将自己设计的催化装置安装上，一次性试产成功！

在上连续重整装置时，可以首选现成的国外工艺包，也可以选择国内最大设计院的国产技术，周世岩再一次向困难挑战，自己摸索着干！

没时间理会负面议论，顾不上有多少人在背后翻白眼，也不在乎掉了多少斤体重、熬出多少根白发，周世岩再次打通有大山阻隔的困难隧道，迎来耀眼的曙光——

仅此一项，节省投资3到5个亿！

"这伙人舍身忘我地工作，"对上500万吨项目心存疑虑的"反对派"深受震动，"咱再不支持，说不过去啊！"

扩建 500 万吨项目不仅仅是增量的叠加，还是考验人们意志品质的战场！

项目已至冲刺时刻，一伙施工队突然"毁约"，撂挑子不干了！

催化装置 2 号再生器顶部的 126 个孔眼需要扩大。专业施工队已经答应干这活，一上手，由于材质特殊，原本坚硬的合金钢钻头上去就"崩"了一个，接连崩坏三个钻头，施工队扔下"干不了"三个字，甩袖子走了。

厂领导急得团团转，眼见项目要开工了，不能在这个环节上耽误事啊！厂长去找"办法多"的调度长于建忠，商量他无论如何要"想出办法"。于建忠上现场看了看，随手捡起一个用过的焊条根画几下，使劲拍了拍胸脯："交给我吧，48 小时完活！"

再生器的材质"很硬"，于建忠表态"更硬"。

他与调度室的 10 名小伙子钻井再生器，发现里边的钢材非常坚硬，一大锤砸下去，震得手发麻、耳朵嗡嗡响，只在衬里上留下一个小坑点。他们放好凿子，用铁锤一下一下敲打，"弹脑壳"一样。

"还得用大锤！"

话音落下，于建忠带头砸了起来。

彼时，世上的路有千条万条，在凿再生器扩大孔的时刻，只剩下一条路，那就是不惜磨坏手、震坏耳朵，用血肉之躯对抗坚硬的钢铁……

手震肿了，耳朵震麻木了，胳膊震疼了，谁也不歇息，继续战斗！

不知道什么时候日落，也不知道什么时候天亮，饿了就咸菜吞几口馒头，渴了咕嘟嘟喝几口矿泉水，昼夜不停，他们心里只有一个念头，必须完成任务！拼尽全力抢时间别影响下道工序……

37 个小时后，于建忠和小伙子们终于敲凿完 126 个孔眼，一个个累得站都站不稳……

时任调度长（后为副总经理）的于建忠是公认的"爱厂、建厂、兴厂"的楷模。他 1986 年从玉门炼油厂调到任丘参加化学药剂厂建设、开工，历任催化车间主任、副调度长、调度长，无论寒暑，不管天气怎样，每天早上 7 点之前到厂，什么时候下班则"看情况"。对他来说，抢大锤凿孔简直是"小儿科"，出生入死的危险关头，总能看见他的身影。河北省劳动模范对他来说当之无愧！

一次暴雨成灾，厂区一片汪洋，在装置区眼见被水淹的危急时刻，于建忠第一个跳进齐腰深的污水里清理涵洞。由于污物堵塞，装置区的污水排不出去，水面渐渐上涨，于建忠"扑通"一声跳进 4 米多深的含油污水里，凭一口气在污水里找到并打开挡板，排除了险情。

一次 DCS 室南管网液化气外泄，现场白雾蒸腾，随时都可能引起爆炸，于建忠第一个冲上去，在刺鼻的气味中关掉了阀门……

生活的舞台上，处处都有精彩。我们不必羡慕他人的位置，只需演好自己的角色。没有蓝天的深邃，可以有白云的飘逸；没有大海的壮阔，可以有小溪的优雅。只要怀揣希望，逐梦前行，你就是自己的人生主角。

有些貌似健康的人早已败絮其中，而一些外表残疾的人却是真正的健康者。

从小就患小儿麻痹的齐建勋，因右腿软细走路跛脚，出行非常不便。就是这样一位不时被人笑话的残疾人，在 500 万吨建设中拼搏当先，以出色的智慧和坚韧挺拔的科技力量，很快成为领军人物。

在 500 万吨扩建项目的初始设计中，连续重整装置的工艺包至关重要，它的进度与质量，决定着整个项目的设计进度。公司领导大胆决定自己开发这个工艺包，并让齐建勋任攻关小组组长。

齐建勋非常清楚，重视与责任能激励人的干劲，却与科技水准毫无关系。真正撑起科技高度的是来不得半点虚伪的专业实力。这位当年三次高分考取大学却因残疾第三次才被录取的农村学子知道，当一切虚荣和赞扬的泡沫破裂后，留下来的才是这个世界真正需要的东西。

齐建勋把成摞成摞的外文书籍堆在案头，和团队成员一起研究国外同类炼厂最先进的技术，又调研国内炼厂的各自特点，反复类比，持续升华，以当时最佳技术标高为参照，精心设计自己的作品。

2005 年 6 月初，任丘鲜花正艳，草木茂盛，齐建勋却得了重感冒，接连打点滴仍高烧不退。在病床上，他仍在坚持计算、勾图。这时西安召开"加氢膜分离技术交流"会，唯一的参会名额指定给齐建勋。按说，他有充足的理由辞谢。

"爬也要爬去！"齐建勋拔下输液的针头，只身前往。

一路咬牙坚持，到旅馆后他一头扑在床上，再也不想起来。浑身冷得打战，脸色煞白，豆大汗珠滚滚下，连去医院的力气都没有。齐建勋打起精神，到旅馆附近的小诊所打了退烧针，匆忙赶往学习交流的会场报到。

在西安 3 天，他天天打针吃药坚持学习，收获很大。

闻知同屋居住的室友就是洛阳炼油厂连续重整装置的，齐建勋立刻精神起来，边擦汗边与这位室友长谈，记下每一个技术要点。

回到华北石化，齐建勋向领导请求去洛阳考察。

到洛阳炼厂，洛阳同行对齐建勋刮目相看：这位腿脚有残疾的年轻人，口口声声称自己是来学习的，却对一些技术流程有着自己独到的见解，提出的一些精深问题和质疑，对方竟无言以对！

华北石化500万吨建成之后，洛阳同行赞不绝口：齐建勋去洛阳取经回来，提取的技术精要，简化了180万吨柴油加氢设计方案中的装置流程，省掉了许多设备，优化了功能，节省了大笔资金。

围绕500万吨项目施工进度和节省资金，齐建勋创建了新的管理方案，仅此一项，节省投资上千万元。

想要卓尔不群，就要有技惊四座的资本；想要一呼百应，就要有海纳百川的心胸。忍受不了磨炼与挫折，承受不住忽视和平淡，就难以达到你所期望的标高。人生，原本就应该在阳光下灿烂，在风雨中奔跑。

就在500万吨/年规模上产不久，国务院再次下达"整顿炼油厂"文件，严格清理300万吨以下的炼油企业，全国十多家炼油企业永远"歇业"，化学药剂厂再次逃过一劫。

# 第七章

# 将难题一饮而尽

世界上最可怕的就是，比你优秀的人，起得比你早，干得比你多。

许多人应该反思，虽然官位不小，却像眉毛一样，高高在上又没什么用。

威望不是你的官职有多高，而是你深入下层的底盘沉得有多低。

顶层设计的花开在上头，根却扎在下边。

"刷存在感"不在你多跑几个场、混个脸熟，也不在于你虚张声势拉了多大的架子，而在于解决了多少问题、办了多少实事。

要让"处处留痕"从汇报材料和报表上走下来，回到出发的地方，和底层群众肩并肩手拉手。

一个要管理别人的人，最有效的办法是首先管理好自己。

## 23. "一个人只会当领导，价值就失去了"

行动才是最好的语言。

2004 年腊月，任丘最冷的季节，现副总经理、原一联合车间主任周世岩和工友们也"遭遇寒冷"，围在催化装置前"团团转"，却无处下手！

眼见要过年，装置出了大毛病，这年还怎么过！

装置出了问题，下料管不畅，催化剂流动不起来，眼见装置开不下去了！

换热器内漏，怎么也找不到毛病！

密闭在设备里边，外边什么都看不出来。眼见催化剂从烟囱跑了，每一缕烟云都是百元大票——每小时跑掉 40 吨左右催化剂，1 吨催化剂 2 万多元啊！

技术要求，催化剂必须维持在一定数量之内，跑了必须补！眼见财富从烟囱里飞出去，太心疼了！

装置开不下去了！

可停了装置，就是停工停产啊！

如果找不出毛病，眼睁睁地看着损失。如果停产，处于"中枢"位置炼油厂出现梗阻麻烦就大了！上游，华北油田按计划供应原油，原油没出去怎么行？下游，市场需要汽柴油供应不上，整个石油产业链在中间环节断了！

没几天就是大年三十了，厂领导出面也找不来专家。火热的过年气氛，从噼啪噼啪的鞭炮中来，从办年货的街上来，从新贴的红对联中来，最要紧的是，官方"春节放假通知"下达后，一下"引爆了"远方的游子，他们从世界各地奔向故乡，奔向亲人……

各个单位都放假了，那些平素没日没夜忙碌的专家们已经回家……

周世岩"卡"在中间进不得也退不得。进，大额钞票从烟囱飞出来，经济损失很大。退，停工后损失更大！

左撇子偏偏碰上右手活，很别扭。但，没人关注活是哪只手干的，人家只看你干好了没有。

世上道路千万条，周世岩眼前只有一条"出路"，和工友们吃住在工厂，24小时昼夜轮班盯紧装置，赶紧找出症结！

周世岩昼夜守在车间，琢磨化验催化剂筛分成分，看催化剂的颗粒大小，研究直径为多少。密集的操作参数、分析数据、化验数据，反复算，又在机器前反复对照，还是交不上"答卷"……

在劳动现场，周世岩是个奔放的普通劳动者。他从来不拿自己当官，经常在"第一现场"跟工人们一道忙碌。多少次抢险，周世岩都冲在最前面。

深入思考，他的内在思维相当缜密。

"有他在现场，我们心里更踏实。"这轻轻的一句话比秤砣分量还重，也是对这位"业务通"的由衷赞叹。

我头一次见他，就领略了举重若轻、深水无波。

面容和蔼的周世岩很有特色：细线条的眼缝，细线条的眉毛，细线条的嘴唇，流淌出细线条的声……

我们交谈了整整一下午，他始终微笑着用静湖荡微波的声音，两眼眯成一条细缝，娓娓道来……

一切都浑然天成，没有丝毫的做作和伪饰。我对他的精准表述有些吃惊，如同线条准确地穿过小小的针孔，刚刚好；如同撑杆跳运动员高高跃起，背跃式贴杆而过，横杆微微颤动，却没有掉落；如同踩着咔咔响的裂冰前行，后脚刚一踏岸，咔嚓一声，冰塌了！

周世岩的"细"很有"来头"。

1990年，他跨出大庆石油学院的门槛，便迈进渤海石油学院门槛。同样在大学位置却变了，由听课学生变成讲课先生。施教5载，扛起沉甸甸的理论，又到华北石化实践大熔炉里冶炼，一丝一丝选，一片一片挑，从最基础的技术员做起，一步一步迈上车间副主任、主任、管理副处长、处长、公司副总……

我由衷地感怀，周世岩这一系列"细线条"根根有宗，指向准确……

千呼万唤不出来，跑催化剂的原因很多。可能是催化剂本身的原因，可能是操作的原因，也可能是设备故障的原因。仅就设备故障而言，又有很多原因，有可能是喷嘴的原因，有可能是内取热的原因，有可能是外取热的原因，还有可能是悬风分离器的原因，仅设备原因就有几十种。在操作层面，也有多项原因。

周世岩和专家一起分析，先排除催化剂原因，再排除操作原因，再找设备原因……

如果选错了方向，停止就是进步。

周世岩深入分析，认为症结在内取热管泄漏。

这只是个范围宽泛的"大概"。内取热40根管，各自在相当大的范围内值守，哪个漏了？

还有更大的难度，管线分布在"巨无霸"装置上，杂而长，根根管"九曲十八弯"，不知从哪儿下手。另外，内热管全被外皮包着，位置不同，方向不一；"最凉的管"300多度，最热的管700多度，管线的内温400多度，怎么找啊？

人们看压力表，犹如"上火刑"，浑身热汗淋漓。

"现在不好说哪根内热管坏了，"周世岩分析道，"只能一根一根排查。"

这可太难了！

周世岩现场指挥：一根管一根管试验，检测哪根管泄漏。把管线两边的阀门关死，让压力降下来。中间加压力表，正常压力30多公斤。两头封死了，如果管线泄漏，压力一憋，就会被发现。

在包封内干活，温度高达三四百度，一不留神会被烫伤。另一个难度是，管线几乎都在"夹角"处，不得施展……

看不到事情的因果，说明走得还不够远。

腊月二十八，后天就是大年三十了，周世岩和工友们大汗淋漓，一直在检测管线。

10 根过去了，没有查到毛病！

20 根过去了，还是没有查到毛病！

30 根、35 根过去了，仍然没有查到毛病！

现场的人万般焦急，厂外的也跟着着急！当班的领导来了，没有当班的领导因此而焦虑也赶了过来，眼见要过年了，在举国欢庆、万家团圆的美好时刻，难道装置真的要停工停产吗？

周世岩刚从查验"胡同"里钻出来，头上、衣领和后背呼呼冒热气，一位老师傅想缓和一下眼前的紧张气氛，故意跟他开句玩笑："哟，像刚从水里捞出来的似的，这哪像个当官的样哟！"

周世岩会意地笑了笑："连祖厂长都不拿自己当官，我算什么官呀。"

已经查到第 38 根管线了，干活的个个紧绷着面孔分外紧张，就剩下两根管了，如果再查不出漏点，可怎么办呢？

周世岩也想缓解一下现场情绪，慢声慢语地回答老师傅："'一个人光会当领导，价值就失去了。'有个笑话这样讲，一家企业搞招聘，跟应聘的对话道：你是干什么的？我是当医生的。行，我们这里需要医生，你留下吧。又来个人，你原来是做什么的？当教师。行，我们正好需要老师，你来吧。另一个人来应聘，你原来是做什么的？我当局长。招聘的人回答：对不起，我们这里不需要局长。"

除了老师傅，几乎没有人笑。因为，已经查过 39 根管线，就剩下最后一根了，还是没有查到毛病！

科研和发明者，都是过着多数人丧失掉的生活，将大部分人抛弃的边角料拿起来，当成宝贝。

只剩下最后一根内取热管，每个人心里都憋了一肚子话，可谁也不出声，生怕出声就破坏了运气。干活的人默契地配合着，大气都不敢出。旁边的人默默地看着，把已经跳到嗓眼的话又咽了下去。

所有的脑袋都随着查验人员的手而移动着、移动着，生怕漏掉一个细节。所有的胸脯都起伏着，已经憋闷得快要爆炸！

第 40 根——最后一根管在西南角最上边，人们把管两头的阀门关了，催化剂泄漏依旧。

人们把管中间安上阀门，催化剂泄漏依旧。

时间一秒一秒地跳过，所有人的眼角都拧出皱纹，而目光，已经分散。绝望袭上心头，人们不敢看了……

　　奇迹出现了，当周世岩关上热取阀门，催化剂不跑了！

　　"不跑催化剂了！不跑了！"

　　"真的不跑了！"

　　"快看，烟囱里没有催化剂了！"

　　嘿！一只只拳头当空飞舞，你打我一拳，我打你一拳。

　　响亮的欢笑声沸腾、奔涌着……

　　湿漉漉的身体紧紧拥抱！

　　一大圈流汗滴液的胳膊伸出来，大家搂成一个圆圈跳啊跳……

　　周世岩赶紧给急红眼睛的领导打电话报喜——

　　厂长闻讯声音格外激动："太好了！这回咱能安安稳稳过大年啦！"


　　千万吨建设开工前，主力战将周世岩要亲自准备方案，亲自把关，亲自组织实施。我在前边说过，千万吨有老区和新区，设计院对老区情况不了解，设计图纸多个地方对错了接口。有的走柴油的管线接到了汽油接口上，走汽油的管线接到了轻油接口上，这些都要逐一理顺，接口错了要出大乱子。要一条管线一条管线核对，二三百公里都要捋清。

　　难度不仅仅潜伏在复杂上，甚或还要"提着脑袋在现场干活"！

　　这天，走到厂大门口的周世岩，突然发现装置上喷射出冲天大火！

　　外聘的施工人员拼命往厂外跑，周世岩却拼命往厂里跑！

　　我看过一个视频，一家石化工厂突发事故，在一个装置边突然"砰"地冒起一股火，氢气火速快而猛，大火两秒钟就冲高几十米，同时周围噼里啪啦落下一些残片。知道实情后我万般吃惊，这些残片，就是当班工人的身体碎片……

　　这一切，前后仅仅两三秒钟！

　　现在，周世岩面临的情形跟视频中的事故类似。

　　周世岩知道工程的进度，那是加氢裂化装置在试压，用此检验管线漏不漏。试压压力为每平方米 160 公斤。这个压力到底有多大呢？打个比方，我们民用的压力锅压力足时放气，蒸汽咻咻咻响，喷得很高，还不到 1 个压。我们使用的自来水才 3 公斤的压力。

　　160 公斤压力的氢气突然被点燃，大火蹿上高天十几米高，声音比蒸汽火车头怒吼鸣叫、拉笛要响十几倍，近处什么也听不到。浓郁的雾气迅速弥漫，共同营造了恐怖氛围，如世界末日！

现场被浓雾气笼罩，什么也看不见。令人畏惧的是，不知道哪里在燃烧，不知道什么原因，更不知道会点燃什么，还有多少危险的燃点将被引爆！

我在前文多次说过，石化装置到处都是休眠的炸弹！

一旦发生次生灾害，后果不堪设想！

二三十名当班工人焦急地候在外围，消防车开近了，用水雾降温时，周世岩靠了上去。消防员朱卫民拉了周世岩一把："干什么？"

"我看看去！"

"别上！"

周世岩心里也没底，不知道能不能处理险患，但他还是坚定地说："没事，我必须上去看看。"

装置梯上全是水，非常滑。周世岩冒着震耳欲聋的恐怖声响，扶着满是湿水的铁栏杆，勇敢地向事故发生地靠近。透过烟雾，周世岩发现了泄漏点，呼地蹿上去，把两边的阀门关上。

瞬间，世界安静下来……

事后调查得知，施工人员在拧阀门螺丝时发生脱扣，高压氢气高速喷出并瞬间与泄漏处管壁摩擦出静电，导致氢气点燃，"砰"地一下，阀门盖瞬间崩上天！

当事工人当即四下逃散……

两位工人正在塔上干活，亲眼目睹这魂飞魄散的一刻，当即吓傻了。从塔上下来，他们立刻辞职："捡条命啊，给多少钱也不干了！"

多少次，周世岩半夜被电话叫醒，第一时间赶往出事装置救险！多少次，在险情突然发生，人们拼命向外逃命时，周世岩却勇敢地向里冲……

我问过周世岩："出事装置一定有当班工人，你是公司领导，非要自己冲上去吗？"

"抢险要靠自觉，谁知道怎么办谁就向前冲。"周世岩的表情十分坚毅，"在最紧急的关头，我必须要冲上去！那是送命的事，不能指挥别人上！"

## 24. 细节决定成败

"少了领导没有推动力，不做具体事心里不踏实。"

像农民热爱田野，像文人热爱书卷，像战士热爱疆场，对周世岩来说，华北石化的"钢铁森林"，就是他的田野、书卷和疆场！

无论寒暑，不管风霜雨雪，他每天都到装置上去"转转"。宛若绿叶眷恋枝头，蜂儿眷恋花朵，苍鹰眷恋天空。

听听现场的声音，闻闻现场的味道，体察体察与以往有什么不同，有享受有欣赏有兴奋也有"升级版"思考。

装置像人一样，病了要治，健康者需保健，不舒服了要调理。正是有周世岩这样的"保健医生"，它们才能以最好的竞技状态坚守岗位。

"我爱这个专业，爱石油化工这个行业，爱华北石化，是华北石化给我提供了奋斗的舞台。"

周世岩喜欢跟工人们在一起探讨问题，"已知"的问题要举一反三，杜绝错误重演，筑高预防堤坝。"未知"的问题要打"提前量"，防备临阵措手不及。

有好心人劝周世岩："你天天在现场转，遇见问题就要决策。时间长、问题碰到的多，难免有失误。你要不在现场，就不用担责任了。当领导了，要学会保护自己，出了问题你保护他们，你出了问题谁保护你？"

"那不行，"平素总好眯眼微笑的周世岩在原则问题上决不退步，"做领导的有事不定，把责任推给下边，那怎么行？下边面窄，抗不了这样挤压。遇到问题我必须担当，一些问题我也担当得起。真的出了重大问题，我也认了！"

即便不计潜心教书研究理论5年，周世岩以10年为一个单元，头一个单元围着装置转，第二个单元围着管理转，不仅熟悉每一个岗位，每一套装置，而且喜欢"深掘细挖"，抠现场深井，抠理论深井，抠细部深井。当领导不能只抓宏观，而是将宏观照应下的微观"研究透"，让集合的微观呈现和支撑宏观。

专业细节上出了问题，周世岩有时不找主任，而是找具体岗位的人，谁管这个事就和谁讨论。具体人具体事如果当事人说错了，周世岩当场纠正。如果主任说不明白，周世岩反而不好意思当面纠错。周世岩内心有个原则，一切从工作出发，"对事不对人"。即使好几位中层干部都在，周世岩也当场拍板，缩减程序提高效率，决不绕来绕去。

"就他能耐？"针对刺耳的杂音，周世岩置之不理。因为，他瞄准了"决策准，干事快，效率高"。

平素周世岩低调平和，因为他理解："所有人都有实现自己抱负的意愿，要考虑为他人留出足够的时间和空间。"

但是，在工作这个原则问题上，他分毫不让。"技术问题很精准，一就是一，二就是二，来不得半点虚假。"

在困难面前，周世岩向来坚忍不拔。"不管多难，总有解决的办法。""多好的装置，运行时间长也会出问题。零部件数亿数十亿计，出问题很正常。这么多年，就是有问题定方案、定措施，解决了这个再解决那个，循环往复。"

诸如复杂的催化装置和重整装置等，没有三年五年的潜心钻研，只能了解"皮毛"。而所有问题的出现，几乎都在"细节"。

土豆是亮在土地里的繁星，发在内参上，看到的人不多。

2018年10月12日中午，德国进口的加氢裂化原料泵突然不转了。几只大手攥紧泵用力转，泵纹丝不动。周世岩过去观察一会儿迅速给出诊断：过滤网有问题。当场的工人互相看看，多数人不理解周世岩的判断。

周世岩当场拆了过滤网，发现网上有个0.5厘米的小洞，洞上挂了脏物。

"很小的一点点问题，会带来很大的麻烦。"

设备机理复杂，既要谙熟五脏六腑，还要知晓每一个细部。假若发现不了这个问题，这个几百万元的泵只能外委修理。现场没法维修，国内唯大连、苏州有维修厂，一去一回折腾个往返，至少要一个月时间。

微观细节十分考究，宏观协调也不容忽视。

2012年后，炼油企业由买方市场下滑至卖方市场，成品油由"抢着要"，跌至"产品过剩"、卖不出去。

"上游"所有的油罐全满了，连向来空出的油罐"脖颈"都装了油，已经堵到"嗓子眼"了，都快憋死了，"下游"的"堵塞"还紧紧地关着——再有四五个小时找不到出口，装置马上就要停了！

"上身"日产1万吨，"下身"却没有出口！

负责销售的同为中石油旗下公司，周世岩抓着电话不放："赶快来拉油，眼见要停产了！"

"实在解决不了，没有空车啊！"

"个个罐满，眼见要冒了！还有6个小时就被迫停产了！"

销售公司一句"请等等"又过去1个小时，周世岩再次督促："所有油罐都装到没一点地方，怕出危险，我们安排专人在罐顶上看守，正常情况下只装85%，现在全装满了，马上顶不住了！"

销售公司终于来了好消息：总算有一列空车从石家庄开了过来！

周世岩问："火车到哪儿了？"

"到晋州了。"

装置里的成品油越积越多，周世岩又问："火车到哪儿了？"

"到衡水了。"

"怎么才到衡水？"周世岩急得满脸淌汗。

电话刚放下，厂区的电话立刻进来："周总，火车进来没？"

"没泥，才到衡水。"

"这边……"

零星有汽车油罐车装一点，根本不解决问题！

还有两个小时就要停产，火烧眉毛了！

周世岩又问火车进程，销售公司说"刚到饶阳"。

周世岩恨不能自己跑过去，把火车一把"拉"到华北石化！

厂区的电话又急促地响起，周世岩安慰道："这回快了，已到肃宁。肃宁到这儿只有几十公里，过了河间西，就到任丘了。"

今天来 1 个车皮，能装 2500 吨。还是"火上房"的感觉，担心装置停产，担心油罐外溢。装置停产一次要损失几千万，油罐装不下又兜不住底，太难啊！如果今天来 3 个车皮，能缓解、疏通差不多。一天来 4 个车皮，这才舒服。问题是"天天不准"，周世岩就天天坐立不安。

让责任穿过时间，像一匹快马穿过村庄。

协调了销售公司，还要向中石油总公司求援。

周世岩给中石油生产经营部打报告，张栋杰总经理在报告上签署："十万火急！"

中石油总部领导亲自出面协调："赶紧给华北石化调车皮，这边挺不住了！"

今天总算解决了"肠梗阻"，明天很快就到来。紧迫情形跟昨天和前天一模一样，周世岩又开始周而复始的"催车皮"工作。

车罐装上了并没有彻底解决问题，油没人要，火车没有去向，只能在铁路上趴着。这便是人们常说的"以车代罐"。

炎热的盛夏，地表温 40 多度，非常危险。罐区主任带人上罐顶守着，还是不放心。一列火车 45 节油罐，2000 多吨成品油卧在站台，太吓人了！烈日暴晒，一串子油罐铁皮外表高温达到六七十度。罐里的油气持续蒸发，火车上空飘浮着一层雾状的气体！如果有一个火星，就会引起大爆炸……

华北石化专门在编组站铺设了消防管线，备好消防措施。每隔 1 小时就要往油罐上浇水降温。

每天晚上下班，周世岩都会担心同一个问题：明天会怎么样呢？

## 25. 配角当"主帅"用

每干完一项工作，杨立峰就卸掉一块负担。就像大地突然脱去庄稼，大海脱去舰船，试卷脱去一道道难题！

党委副书记杨立峰，像我前边讲述的党委书记金龙欣一样，把党务工作与生产建设水乳交融，成为冲锋在前的一员大将。

早在500万吨技改扩建工程拉开帷幕，他就昼夜奋战在一线，担心半夜收工回家耽误第二天工作，办公室的长条沙发，便成了单人床。

"关于质量和进度，我再强调一下，"杨立峰的大嗓门比老厂长乔明凯也小不了多少，瓮声瓮气的声音，能瞬间摇动耳窝里的每一根听毛："施工前必须先审图纸，把施工图纸上的错、漏、碰、缺等所有问题都抠出来。施工队施工的时候，质检人员必须对主要工序实施24小时盯守，必须加大工序检查验收力度，决不能有丝毫马虎。差的地方，一定要整改好，对整改情况要及时通报。对整改后期，生产处要提前介入验收环节……"

我在前文写过杨立峰，他原来是生产干部，有专业，懂技术，为人正派，敢说敢当，爱管事，有魄力。

闻知有辆车没办证就进了工地，杨立峰火了："谁在门岗值班？胆子也太大了！不是早就规定了吗？没办'临时入厂证'的不兴进来？"

杨立峰当即开个"现场会"，"安全的事谁也不兴大意。500万吨施工点遍布厂区，整个施工现场每天有4000多人在施工，每天进出车辆达200车次以上，这要是出了安全问题，那还了得？"

杨立峰熟悉所有的生产流程，一星毛病也逃不过他的眼睛。他的管理办法就像一个细齿木梳，一遍一遍梳，横着梳，逆着梳，侧着梳，反复梳，谁也别想蒙混过关。

工人们佩服杨立峰，不光因为他懂业务，而是带头往前冲，没一点官架，和工人们一样摸爬滚打。有他在的地方，就能创造奇迹。

**奇迹一**：4天＝45天。改造一联合车间的配电间，要把45个旧配电柜拆掉后换54个新的，施工方拿出方案：需要45天。这已经"提速"了，往常需要三四个月。

"不行，太慢了！"杨立峰说，"我们自己干！"

杨立峰非常清楚，配电室一拆，锅炉房就要停。连锁麻烦是，锅炉房停就得停产。工厂停产，每天要损失多少效益？

　　杨立峰带领 30 多名施工人员一起白天"趁亮干"，晚上"趁凉快干"，早上"趁早干"，只用了 4 天半时间，就建成了新配电间，立刻恢复生产。

　　**奇迹二：当月施工当月投产。**新中控楼是全厂的"神经中枢"，大家盼得眼睛发绿，2005 年 12 月底动工后，便开始"踏步走"。别的工程相继报捷，"中枢神经"却瘫痪了，到 2006 年红叶飘飞的季节，框架刚刚起来。杨立峰急得不行，这位交响乐的总指挥"不登场"，别的"乐手"登场了又有什么用呢？

　　"抢进度！"杨立峰带上施工队伍和管理人员"抢攻"一个月，中控楼在金色的 10 月以完美的英姿迎接它的主人们……

　　**奇迹三：环保达标一天都不能晚。**催化烟气脱硫工程是 2014 年国家环保部考核中国石油的项目，如果不能按时完成，华北石化面临关门停业的危险。

　　项目于 2014 年 4 月启动，杨立峰任总指挥，立下军令状，保证按时完工。他吊了个集装箱到现场，里面有床、有桌椅，办公睡觉都在里面，硬是连续 8 个月没回家，工人们说杨立峰是真正的"铁人"。

　　12 月 13 日至 18 日，二催化、三催化两套烟气脱硫顺利投产，项目实现了"当年决策、当年规划、当年设计、当年建设、当年投用"的目标。

　　该项目使华北石化二氧化硫排放浓度降到 $100mg/m^3$ 以下，二氧化硫、颗粒物排放每年减少近 1200 吨和 300 吨，为缓解京津冀地区大气污染压力提供了有力保障。

第八章

# 挽狂澜于既倒

南晓钟以二十多个厚厚的工作笔记本聚沙成塔，筑高了"防洪堤坝"，同时也拥有了"监控雷达"。将过往的政绩和"前科"记录在案，装置突然发病，他可能抽出某把尺子量一量，也可能甩开大网纠错，还可能依托这些集腋成裘的知识，用"排除法"一件一件通过安检，找到病症。我举此例旨在强调，没有这样的"慢积累"，就没有能力迅速开出对症药方，快速解决设备的"突发病症"……

孙玉虎的"救场"恰恰相反，用最快的速度解决了"慢问题"……

刘文礼奇迹般地解开一大串难题疙瘩，圆满完成接外籍油轮进港和卸油任务……

## 26. 二十多本"本草纲目"

2007年10月，河北任丘秋光壮丽，枫叶灿烂，稻田一片金黄，华北石化也迎来又一个喜庆时刻，全国第一台大型换热器在华北石化面世！

这是量身定做的国产设备，英姿飒爽，气势威猛，现公司副总经理、时任三联合工区主任南晓钟喜欢得不得了，远处端详近处看，伸手摸摸部件，用手指当当当弹几下机身，听听材质传导出的清丽声音。

这是国内首台同类设备，造价800万元。如果买进口设备，要2400万元。

这套连续重整装置，为华北石化全新的领域，跟以往的装置有很大的不同，机器装备特别复杂，技术要求很高。

结构太复杂了，这是一个"多兵种"组合的部队。压缩机10台，炉子8台，增压机5台，氮气压缩机5台，以及太多的静设备罐、塔等等。

站在这个大家伙面前，南晓钟心情激昂而复杂，"兵种多"力量大，合力攻取堡垒，这无疑是巨大的优势。但，也有隐隐的担心，哪怕有一个兵种"掉队"，也会干扰甚至打乱整个"集团军"的作战计划……

"头一仗"就出现了问题！

装置刚开工，设备就出现异常，换热器内漏！

这是当时中石油炼化企业重整装置里最大的换热器设备，面积达5700平方米！张嘴吞天无处下口，毛病出在哪儿？

油产品为"化学反应"的产物，经过塔的分馏实现，生产出成品油。换热器内漏，导致产品受污染，影响产品达不到质量要求，这是"天大"的事！

南晓钟和同事们立刻"撒大网"搜索目标，然后缩小"诊治范围"，再精准对症下药……

已经在专业上"打主力"的南晓钟"身手"不错，1991年跨出中国石油大学的门槛，一大步就迈进华北石化。实习、调度、技术员、100万吨扩建"总图组"组长、四联合车间副主任、三联合工区主任等，一步一个脚印，专业技术很扎实。做过标准化管理，参与管理加氢装置和重整装置，有过管理变压吸附装置的经验，做过"扁平化"管理。曾经管理过十多套装置：两套柴油加氢装置，两套重整装置，苯抽提、溶剂再生、脱二烯烃、硫磺回收、污水汽提、重汽油加氢装置……

这些装置分三大块岗位：重整管理岗位、加氢管理岗位和硫磺装置管理岗位。

工作千头万绪，只有一点不变：每天都面临出现问题和解决问题。

我强调这些，"焦点"就一个，南晓钟经验丰富，技术和现场双轮驱动，实践和管理双翼齐飞，有能力解决"突发问题"。

但，他还是在换热器"泄漏"问题上"卡壳"了。

当所有的"常规"检测失灵，立即迅速扩大进攻范围，把众多"非常规"领域也纳入到射程之内，瞄准可能发生问题的单部件，一次又一次瞄准、发射，再瞄准，再发射，终于命中目标——在两种物料交换时，通过隔板隔开让物料"各行其道"。因为焊板有缝隙，导致两股物料互串，污染了产品。

通过与生产厂商分析、研讨，确定为设计制造缺陷造成的泄漏。通过一系列改进、优化，赔偿更换了新的换热器板束，解决了换热器泄漏的隐患。为公司挽回了一定的损失。

中国是农业国家，工业历史远远短于欧洲。那些国产设备普遍是"资历浅"

的小字辈，在外国老牌资深设备面前，总是没有"登场"机会。支持"中国造"产品，不仅是回绝老外价格上"狮子大开口"的需要，也是支持民族工业的需要。

但，也为此交了学费。

因为整套装置拒绝了国外工艺包，中国国产工艺包首次在连续重整装置中占有一席之地。

存在风险的工艺包"设计缺陷"也混迹登场，"辛烷值低"便是"伴生产品"。

隐藏的缺陷病毒一样悄悄扩散，因为催化剂漏剂引起连锁后果，反应器在运行中出现阶段性差压上升。从反应器下料管涌入反应器扇形筒，造成反应器差压不断上升，将导致影响压缩机运行。

压缩机运行做功会克服差压，但差压过大，完全超出压缩机的承受能力，11月中旬，压缩机终于坚持不住，突然"休克"！

装置停工在这个季节风险很大，水系统冬天停了，设备保暖成了大问题！如果锅炉管线冻裂，锅炉"休克"，整个装置就得停工，将会造成巨大损失！

只有让压缩机"活过来"，迅速恢复工作，才能规避上述风险。

眼下最要紧的是，要立刻做出正确诊断，毛病到底在哪儿？

要快！

仿佛南晓钟是装置的一个部件，形影不离，昼夜不舍，

从漏剂根源入手，不对！

从反应器中心筒入手，不对！

从反应器瓜皮板入手，也不对！

排查扩大到中心筒底座，还是不对！

聘请了设备专家，找设计院的设计工程师，再请兄弟单位的重整专家，大家甚至在一起"会诊"，集思广益，各展绝技，怎么也找不到漏点！

既然找不到毛病，那就恢复生产吧。

南晓钟和搭档们恢复了装置，把扇形筒内物清理干净，设备又照常运行。

正常运行了两个月左右，反应器差压又开始缓慢增长。

南晓钟密切关注参数变化，关注哪怕细微的参数变化，仍查不出漏剂原因。

眼见到压差升温到压缩机不能忍受，又请来很多专家"会诊"，依旧排查不出症结所在……

"我们何不换个思路？"

我观察过南晓钟的特点，面相宽阔大方。阔额头阔脸阔眼，阔嘴巴。卧鼻肥而壮，加上个"阔"字也不为过。我好生奇怪，这位面相"阔达"的壮汉，却掩藏着茂盛的"严谨"。比如，他写的钢笔字小而工整，字的个头高矮相同，胖瘦一致，仿佛是列着整齐队形的团体操表演队。仔细观察，这些娟秀的字迹面相相似，好似多胞胎兄弟姐妹。

与他面相的"阔"相反，他那间窄小的办公室邻墙放一张细窄条的"学生桌"，桌上放着灰颜色的细窄条"练字布"，旁边放着正楷字帖。我从前用过这种印有红色米字格细线的"练字布"，毛笔蘸了清水写上去，"布"一湿，显现出黑黑的"墨字"，省墨省纸又干净，效果上酷似毛笔字。

我这样描述南晓钟的生活"点滴"，意在强调南晓钟表面的"阔"中，蕴含着精致与严谨。比如，他用近乎"蝇头小楷"的字写工作日记，16开本大厚笔记，他居然记了20多本！

我翻了翻内容，简直是治愈设备毛病的"本草纲目"啊！

参加工作至今，只要你提起淹没在岁月深层的任何一件事，他随手一翻，就能找到"出处"……

华北石化一路破浪前行，机器设备越来越大，但他清楚，世界上"所有的巨无霸"，都由"微小的细胞"构成……

南晓钟没有走组织查找换热器"硬件毛病"的老路，而是将"准星"对准了一直没有进入"靶心"的工艺包。

隐藏已久的"狐狸尾巴"终于露了出来，为了规避国外专有设计知识产权风险，设计人员改动了原有设计，导致出现"硬伤"。

圈定了侦察范围，南晓钟与重整装置专家程振平又步步深入，究竟改动了哪里？

他们进一步缩小了范围，怀疑法兰连接"有可能漏"，因为密封遮挡，什么也看不见。程振平拿了好几种图纸，在现场"一对一"检测、核对，用"反向思索"的方法"切诊"，终于确诊了病情：上部料斗下料管与反应器下料管中间的法兰连接处，为漏点部位。

大家共同决策，开出"方子"——采用热态500多度高温膨胀变形的加固设施，治愈了病患。

# 27．"抢办"我当先

只有那些躺在坑里从不仰望高空的人，才不会再掉进坑里。

由于难以描述的复杂原因，千万吨项目搁置太久，许多环节"脱节"、滞后，当年卡住的手续仍在"踏步"，要办下来；已经办好的手续却过期失效，还要重新办理。面对"不是你想做什么做什么，而是别无选择地收拾眼前的乱摊子"的现状，张栋杰果断做出"边干边补办手续调整细节"的决策。

这些内容多若繁星。在此，我随意举个例子——

河北省发展和改革委员会关于同意中国石油华北石化公司
炼油质量升级与安全环保技术改造工程延期的复函
冀发改函〔2016〕40号

任丘市发展改革局：

你局《关于延长中国石油华北石化公司炼油质量升级与安全环保技术改造工程核准文件期限的请示》（任发改〔2015〕156号）收悉。经研究，现函复如下：

中国石油华北石化公司炼油质量升级下安全环保技术改造工程由我委于2011年以冀发改工业〔2009〕1553号核准，并于2013年以〔2013〕720号函同意项目延期至2015年12月。在实施过程中，由于该项目工艺复杂，关键工艺设备订货周期长，项目在原核准文件有效期限内不能完成全部建设任务。为支持项目建设，经研究，同意该项目建设期延长至2018年12月，其他建设内容不变。

河北省发展和改革委员会
2016年2月4日

类似这样的文件和纪要，我手头的资料足足3尺多厚。

读者朋友对此可能不以为然，不就"补办一下手续"么？纵使我略去很多一步一坎波澜起伏的"补办"过程不表，其实，谁也不能小觑"办手续"。我们每个人，从出生开始，一直都在"办手续"。顺向的叫"办"，因为错时而逆向的叫"补办"。"办"和"补办"这三个字，足以打发我们生命的全程。

在华北石化千万吨项目建设中，"办"和"补办"都不足以解决问题，而是形成一个独特的企业文化要素，必须突出"抢"字。天天"抢工期"，还要"抢办手续"。

责任已深吸入肺，想吐都吐不出来。

规划计划处处长孙玉虎接到这个任务，脑袋"嗡"地一下，时间太紧了，这几乎是个不可能完成的任务！

这天是 2017 年 4 月 20 号，距离 5 月 7 号仅仅 17 天！去了星期天占四天，再刨去"五一小长假"，满打满算，还剩下八九天时间！

这个复杂的文件申报和审批流程，惯常要一个半月左右。现在，要在八九天之内完成全部申报和审批程序，怎么可能？

难道各级领导都是你的部下？难道你能对各个上级领导部门都颐指气使？难道所有参与审批和审查的领导和部门都不出差、都在办公室等着，都"看了文件就批"？

这还不计，审查审批这个文件，还要召开多个部门专题会议和领导合议审查会议。

华北石化公司的火车编组站依托华北油田的火车线，位于距离华北石化厂区 9 公里处。这也是公司另一个生命线，汽油柴油的储运场和外销站。

随着城市版图的扩容，原在郊野的地下管线，已经被新建的楼房和街区占压，上面居然成了人群蜂拥、夜晚灯火辉煌的"食品一条街"！人们在"休眠炸弹"上面"频繁欢聚"，竟浑然不知……

仿佛这危险的炸弹已经摆在面前，张栋杰果断决策："抓紧工作，取得任丘市委市政府的支持，把整个储运场，搬到任丘市东侧。"

我在前边讲过，震惊全国的 2013 年青岛"11·22"地下油管大爆炸事故，跟眼前的情景多么相像！

因为华北石化的地下输油管线在先，城市扩建在后，任丘市政府也积极支持将储运场搬迁到任丘市东北部，现在华北石化厂区的东侧，任丘热电厂的南部，可以依托现有热电厂路线，也为任丘市解决巨大隐患。

华北公司与铁路部门签署协议，在协议规定的时间内完成储运场前期工作。但是，因为华北石化的"千万吨"建设项目半死不活，跌进谷底"休克"不醒，不确定因素太多，此项目虽经几次论证，专家也都认可应该搬迁，但中石油总部可研批复手续一直没有完成，项目搁浅。

现在，千万吨项目起死回生，搬迁和建设储运场的事便提上日程。但，新的问题冒了出来：还有 17 天，与铁路签署的协议就到期了！

我刚才讲了，除了休息日，办公时间仅剩下八九天！

这个协议来之不易，当年公司几个部门的同志们连续工作了近两年时间，才完成法律法规、近 20 个各行政审批单位的业务要求批文流程！

如果重新签署协议，那么多"流程"都要重走一遍，完成新的可靠性调研，才能合法合规。

现在，摆在面前的路有两条，第一条，按照铁路局的要求，拿出"一系列批件"；第二条，重新做项目的可行性研究报告。

我在上面说了，当年办了"近两年"的时间，现在要"马上办"，可能吗？尤其是逼进上述"第二条"的小胡同，无疑死路一条！那么，要在八九天之内完成"第一条"，可能吗？

总经理张栋杰向孙玉虎下了死命令："马上去办理，必须在 5 月 7 号前办理完全部审批手续。"张栋杰知道此事的难度，狠狠吸了口烟，将烟蒂用力摁在烟灰缸里，大半截烟都摁碎了，"怎么办，找谁，用什么办法，需要哪个领导支持你说话，包括我。我就一个要求，必须把这步死棋走活了！"

黑夜是黑的吗？你要等她睁开眼再下结论。孙玉虎清楚，此事只有一个题解，无论多难，前进是唯一的选择。

"肠梗阻"危机已经迫在眉睫：千万吨项目建设突飞猛进，公司扩容产量将翻倍增加，储运场没了，火车编组运行不了，那还了得？

人不一定要有很高的智慧，但必须把所有的优点都发挥出来。

可行性报告因千万吨项目搁浅而搁浅，需要火速请专家修改内容，同事们分别找到华油设计院和铁路华西设计院，两个设计院专家当即修改后，专家们又提出一个问题：还要有政府出具的"关于土地费用方面的承诺函"。

孙玉虎清楚，起步和全程都要挺胸"冲刺"，便是唯一的"捷径"。

他赶紧安排专人同步找到任丘市政府土地部门，"非常时刻"，地方政府对当地纳税大户华北石化"高看一眼"，表示要合力排除安放在城市地下的最大隐患，全力支持。主管领导和土地部门迅速行动，当即签批、办理了土地函，补充到可行性报告中。

2017 年 4 月 20 号，孙玉虎正在石家庄参加华北石化千万吨项目推进会，同时，孙玉虎安排两个设计院将改完的可研报告连夜送到北京。

在同一时刻，孙玉虎在石家庄散会后连夜坐车赶往北京。

人生如棋，它不用你去开局，因为它已经摆好了残局在等着你，最难的时候藏着最大的失望，也藏着最大的成功。

你下的决心足够坚定，劣势也会变成优势。

从面相和外形上看，孙玉虎似乎与"虎"毫不相干，小个儿，瘦，身板单薄。瓜子形瘦脸白白净净，配上细框眼镜，洋溢着浓浓的书生气。即便不是书呆子，也有手不能提、肩不能担之嫌。只有熟悉他的人才知道，孙玉虎貌似瘦弱的体态里，藏着锐利和阳刚。思维敏捷，作风异常硬朗，干起工作来"虎虎生风"，越挫越勇，不达目的不罢休。像个不知疲倦的斗士，杀场出兵拼命冲，一个俯冲，扑空，再一个俯冲，再扑空——俯冲越来越快，直到扑到"猎物"……

我看到少见的局部肖像：孙玉虎的鸦翅黑眉一飞一飞，不是插进双鬓，而是直接腾空而起……

在同一个时刻，孙玉虎打了提前量，迅速向下一步骤进发，赶紧向中石油总部规划计划部汇报，得知情况这么紧急，规划计划部的同志说："那你可要抓紧，下星期二，规划计划部主管副总经理出差，如果你报晚了，就耽误了。"

孙玉虎更加焦急，咨询中心现在还没有眉目呢！

按照规定，中石油总部咨询中心要出具咨询报告。

4月21号为星期五。厚厚的报告人家要看，虽然前期已经进行了沟通，但还要开会讨论、审定，打印出来后，还要领导审定、签字。

一天时间肯定不够！

这步耽搁了势必影响后边的程序，中间又隔着两天双休日，孙玉虎心急如焚，赶紧请求领导支援！

张栋杰给咨询中心副主任蒋凡发了手机短信："时间太紧，按正常程序办理肯定来不及了，请予以支持。"

蒋凡回复："请放心，我们周六周日加班办理。"

咨询中心的刘文利副处长主动揽过差事："别着急，"他安慰孙玉虎，"放心吧，我加两天班完成这项工作。"

厚厚的两大本报告够长的，更难的是，还要修改会议中讨论的内容。这里加一段，那里勾掉几个字，如同在山峦起伏地貌诡异的原野探路而行，不知哪里潜伏了什么，情形复杂。

孙玉虎连声道谢，万般感动。

快！4月24号（星期一），孙玉虎早早来到咨询中心，刘文利把咨询中心领导利用中午休息时间审定后的咨询报告打印出来，盖上公章，送到规划计划部。

规划计划部知道此文紧急，当即召开专题会议。

会议室门外，孙玉虎焦急地等待着。腕上的手表格外沉重，压得他胳膊都酸了。时针的跳跃声格外大，似乎能震坏耳朵。精神过于紧张，他一两分钟就抬抬腕，或者将手表贴在耳朵上，他怀疑表停了、不走了，时间仿佛静止了。他怀疑表针不准了，走得过于快，怎么转眼就快3点了？

其实，孙玉虎已经熟悉这种"跑文件"的生活。除了中石油总部的销售、计划、生产、规划、资本运营等诸多部门，他们对政府打交道的地方很多很多。发改委、国土资源、供电、交通、能源、统计、建筑等单位，都经常"跑"。但这一次极为特殊，太急了！

还好，规划计划部没出一点难题，会议以孙玉虎期盼的结果完美收官。

规划计划部炼化项目处高级主管韩百琨连夜起草呈批文件、连夜上报，规划计划部副总经理连夜签批。

4月25号（星期二），规划计划部早早打印出文件，规划计划部总经理杨华一上班就签批完，孙玉虎找到中国石油股份有限公司副总裁徐富贵的秘书杨瓅，杨秘书闻知此事这么急，随嘴说了句"怎么不早来？"又下意识地向孙玉虎笑了笑，丢下一句"马上办"三个字，便一路小跑前往领导办公室。

徐富贵接到文件火速阅读，当即签批。

快！上午9点，孙玉虎拿了批复再去找集团公司副总经理段良伟时，秘书熊杰告诉他"领导正在开会，需要稍等"。

站在会议室外，孙玉虎再次心潮难平。他不敢离开半步，因为每一分钟都充满悬念，生怕一离开会议就结束。如果会开完了，孙玉虎没有在第一时间堵到段良伟副总，领导去了别处，就麻烦了！

每一秒都有锯齿，一锯一锯拉着孙玉虎。

半个小时过去，会议在开。

一个小时过去，会议还在开。

两个小时过去，会议仍在开。

已经到11点半了，会议还没有结束。

孙玉虎甚至有点"恍惚"，是不是趁他上洗手间时，会议结束了呢。他靠近会议室紧闭的门听了听，会议确实在开。但他心里仍然没底，如果在他去厕所的工夫，段总出去了呢？

孙玉虎正犹豫，要不要再去问问他人。还差十来分钟就 12 点了，会议室的门突然打开，熊杰秘书马上将呈批件呈报副总经理段良伟。

段良伟的目光刀一样快，把所有文字从头"割"到尾，马上签批了。

孙玉虎看了看手表，时针已经指向 12 点。

快！孙玉虎拿了批文赶紧去找集团公司总经理章建华的秘书苗雁辉。苗秘书告诉他："这事现在办不了，章总正在中央党校学习。"

孙玉虎声音都变了，赶紧说了文件有多么多么"紧急"，看着孙玉虎充满期待的眼神，脸上写满了焦急，苗秘书告诉他：领导白天时间很紧，党校的制度很严，不允许请假。只有晚上，领导才有时间签批一些急件。

已经快 1 点了，苗秘书自己开车，亲自将文件送到中央党校。

当晚，章建华总经理签批了文件，苗秘书连夜送回了批文。

4 月 26 号（星期三），批文又回到集团公司规划计划部。有了章建华总经理的批示，才能走正式的电子公文流程。

按照章建华总经理的签批意见，需要起草批复文件。规划计划部上午开会，高级主管韩百琨知道事情紧急，请了假将文件拟好，再以正式电子公文的方式，在网上传阅、会签。炼化项目处签字后，其他三个处的领导也要会签。恰巧一位处长不在单位，韩百琨给这位处长打了电话，强调会签文件"特别紧急"，处长专程赶回来，签了文件。

4 月 27 日（星期四），文件转到质量安全环保部会签"卡壳了"——主管副总经理吴苏江出差在外，会签不了！

快！孙玉虎赶紧将情况向公司汇报，张景涛给吴苏江副总经理发短信，特事特办，请求他尽快签批。吴苏江知道事情紧急，特地电话联系周爱国副总经理代为签批。

孙玉虎心里没底。虽然同为副总经理，但因各有分工，各负其责，按惯例看，是不能"代签"的。代签有越俎代庖之嫌，一旦出了问题算谁的？

事情并非如孙玉虎所想，因为顾全大局，有"补位"风范，周爱国毫不犹豫地代签了。

过了这关又遇新坎儿，一位处长在外开会，孙玉虎立刻给同事、主管环保工作的安全副总监王锁勤打电话协调此事，这位处长专程开车回来，会签了文件。

电子文件汇总完了，已经到了下班时间，中国石油集团公司办公厅要核对文稿。孙玉虎赶紧找到同年毕业在总部工作的好友邵江华，邵江华马上找到办公厅的朋友，一位怀孕的女同志坚持加班工作，将文件校核完成并向办公厅领导进行了汇报。

另一个信息让孙玉虎把心高高提吊起来：章建华总经理5月2号出差调研，5月7号才能回来。7号，正是铁路局协议"到期"的敏感日子，如果4月28号星期五批办不了，将前功尽弃！

喜悦像掉到沙发下面的一粒纽扣——你专心找，怎么也找不到，等你淡忘了，它自己就滚出来了。

4月28日（星期五）一早，孙玉虎一夜没睡好，早饭也没心思吃，早早来到中石油集团办公厅。办公厅领导一上班就将文件审核完，秘书将文件呈报集团公司总经理章建华，章总旋即签批。

下午，办公厅正式印刷文件。下午4点左右，因为主管人员开会去了，眼见大功告成的文件，又"卡住了"！

快！孙玉虎再次请韩百琨协调，韩百琨直接将文件从内网发到华北石化公司，华北石化的同志将有红头文件和有公章的文件立刻打印出来。

正常要一个月才能办下来的文件，孙玉虎一周就办理完毕。

人可能无法挑选条件，却能优化自己。从审美学上说，优化的感染力很有可能扩大优化。要善于随时随地储存优化能量，就像在银行存款，存得越多，时间越长，红利就越大。

## 28. 遭逢天津"8·12"大爆炸

仿佛串场人物突然担纲主角，一时还不能适应。

2015年8月10日，是华北石化公司又一个填补历史空白的日子，第一船从西非购买的原油，在辽阔的大海上穿越好望角、加勒比海，在海上漂泊了30多天，即将到达天津港。

8月12日下午14时，这艘300多米长的"普泽号"外籍货轮，满载13万吨原油，在悠扬的汽笛声中停靠天津港。

这无疑是开先河的一船原油，也是打通供货"关节"的一船油。这个路子打通了，华北石化将实现英姿勃发的华丽转身，一举摆脱炼油装置"无米可炊"的困难。

知道船要靠岸的消息，早已在天津等候的华北石化公司原油科科长刘文礼和两位同事兴奋地办理通关手续，交关税，迫不及待地准备登上外轮，查舱验货。

要办的手续非常繁复，刘文礼打了好多电话，手机的4块备用电池全没电了，眼见夕阳像烧红的大锅盖，涂红了低空，涂红了波涛，即将沉海时，总算办完手续。

回到驻处，刘文礼和伙伴们开个激情热烈的短会，任务分摊到手，每个人都像饥饿者拿到刚出烤箱的熟地瓜，迫不及待要咬上一口，又怕烫。

他们早早入睡，把充足的精力压进身体枪膛，明天起早出发，兴高采烈地接收华北石化史无先例的第一船外国原油。

8月13号早晨，刘文礼一开手机，立刻接到公司副总经理金彦江的电话，问询接油的事安排得怎么样，刘文礼回答："请放心，一切正常，没问题。"

手机嘟嘟嘟响个不停，怎么这么多问候短信啊？仔细一看，全是向他报平安的问候。原来，刘文礼和同事住的地方，离天津十多公里，他们并不知道，昨晚——8月12号22时52分许，天津市滨海新区天津港7号卡子门瑞海国际物流公司危险品仓库起火爆炸，失踪、死亡上百人！

第二天上午，外轮停靠天津码头，刘文礼和同伴们带齐手续来到天津港口准备登船验货，突然接到港口通知：所有锚地船，一律撤到外海。所有在港口的人员，都要无条件遣散。

问题是，这艘"普泽号"外籍货轮已经提交了卸货申请，停靠码头已经开始按时计费。如果不卸货，停泊期间每天要支付船方6万美元卸货滞期费用。损失的还不只是钱。船方提出，他们的运货依计划进行，下个贸易期还要到别国装货。在天津港如果差一步会步步差，若打乱人家的整个运输部署，赔人家滞船费，还失去信用。

刘文礼的火"腾"地上蹿，出师不利啊！头一船货还没上手，就出这么大个麻烦！

天津港空气中弥漫着刺鼻的气味，同去的司机王师傅有哮喘病，当即呛得直咳嗽，刘文礼让他先回去。

港口方说：滨海新区的爆炸现场正在扑救，大火还在烧，次生爆炸很有可能发生，责令大家必须听从指挥，赶紧撤离港口。

眼前是另一番景象，那些没办理停泊手续的大船，一个个沮丧地离开天津港，向外海驶去。

望着远去的轮船，刘文礼浮想联翩……

2012 年，根据冀东原油年设计产量 1000 万吨的优势条件，华北石化决定上千万吨炼油项目。不想，冀东油田年产量仅达 150 多万吨。冀东地区原油能源短缺，大庆输油管道由于沿途城市扩建，当年修建在郊区的原油运输管道，不少地方已经掩埋在城市中心区域或商业街、群楼下边，这些随时可能被抓钩机、挖掘机和城市商贩、饭店、工厂、学校等危险因素引爆的"定时炸弹"，加之这条管道已经运行了 38 年、严重老化，随时威胁着沿线人民的生命财产安全。

2015 年 9 月，中石油总部以壮士断腕的勇气，果断停止了这条原油运输管线。

这意味着，华北石化又一条原油源断供了！

张栋杰总经理审时度势，在大庆原油管线停运之前，果断决策打开新的原油供应渠道，从外国进口原油。并于 2015 年 6 月 15 日，建成了由天津港口直通华北石化的 189 公里的原油运输管线。

到天津港接运和管理这条海外进口原油"生命线"的重任，便落在了刘文礼的肩上。公司为此专门设立了"华北石化原油科"，对外叫"原油管理部"，刘文礼任科长，定员四人，全部都是中共党员。很明显，领导对这个公司第一个驻外机构"高看一眼"，派出精兵强将，希望他们逢山开道，遇水架桥，不折不扣地完成工作任务。

刘文礼深知肩上的担子不轻，与几位同事确立了工作方向：一切以公司利益为重，敢拼，敢闯，敢创新，必须稳妥有效地在人生地不熟的天津迅速打开局面，必须优质出色地完成工作任务。

不想，马到未成功，这头一步棋，就"别了马腿"。

眼见船一艘艘离开，一些单位宁可拿滞期费，也将船放到大海上漂着。什么时候这里不漂烟灰、没有刺鼻味道了再回来。有的船开往曹妃甸、烟台、青岛等港口避难。

刘文礼也接到公司副总经理金彦江的电话："既然都让走，原油也卸不了，你们就回来吧。"

"不能回，"刘文礼请示，并果断地下令，"我和陶磊、韩晔留下，党员干部们留下，工人们回去，司机留与不留，自愿。"

这情景感动了司机尹福唯，他主动要求留下。这位转业兵汉子主动"报号"："我也是中共党员。"

没有什么能够打败一个永不言弃的人，只要方向足够明确，信念足够坚定，全世界都会为你让路！

经过交涉和恳请，港口同意：已经办理好进港手续的轮船，可以留下卸货。

刘文礼和同伴早就急不可待，立刻上船验货。一上甲板，便见空气中飘着蓝色的烟雾，海面上飘着密集的絮状物，味道刺鼻。戴上防雾霾口罩，口罩很快便结满蜘蛛形状的灰尘。港口人的表情有些紧张："滨海新区的爆炸灾害仍在扑救，又死了不少人。"

14 号上午 11 点开始卸油。船太大油太多，监督工作十分艰巨，要用泵将油从船打到我们的罐上，还要检查船上的油仓，是否抽得干净。

卸货过程中，大家特别紧张，不知什么时候又被叫停。一进入码头，手机必须关闭，与外办失去联系，发生意外情况，只有自己决策、解决。

每个人都知道要尽力而为，但却很少有人能把一件事做到精益求精。潜下心来，把每一件手头的事做到完美，你会有不一样的收获。

17 时 42 分，晚霞恣肆挥舞，把一条条"飞天女"水袖抛过来，光芒辉映甲板。刘文礼和伙伴们虽然筋乏骨酸，心里却霞辉弥漫，终于全部卸完这船原油！他们迅速用设备逐舱查验，十多个舱都要一一检验，凌晨 1 点 30 分，港口灯倦光乏，大海也累了、困了，幽黑的海面涛息浪止，库方、码头、船方和收货四方核验无误。连续奋战了 4 个昼夜，困倦排山倒海而来，几个人一下子瘫了，回宿舍后衣服都没脱，倒头便睡。

有了第一次"投石问路"，以后的路就好走了。不想，还是原来的石，却投出不同一条路。刘文礼和伙伴们一次次陷入新的危机泥沼，难以自救。

如果说头一船货一波三折，那么，第二船货则一步一棒。

"8·12"爆炸事故持续发酵，消防员牺牲超过百人，国家领导人郑重批示严肃问责，天津港口和海关多人被捕，第二条载着华北石化公司购买的 10 万吨俄罗斯原油的油轮，经海参崴，于 2017 年 10 月 3 号，缓缓向天津港驶来。

国庆节为法定假日，中石油财务系统处于终止交易阶段，不能向海关付保证金，同时也导致货代一方不能按时正常提交审批手续。海关方面，说了算的头头都抓起来了，没人管事，值班的不让油轮靠港。

刘文礼的电话都打爆了，总算有接洽的朋友帮忙，这条船才准予进港。

因为朋友给力，卸货也开了绿灯，允许边卸货边办手续。

刘文礼赶紧向人家说小话，千恩万谢，抓紧卸货。

大家正兴致勃勃地有序地劳动，突然来了两个戴大盖帽的海关稽查人员："这条船冻结，停止卸货！"

原因很简单，上级有指示，必须先办完卸货手续再卸货。以前先卸货后办手续算是"默认"，现在不允许这样，属于违章作业。更确切的理由便是，货是华北石化的不假，但船和船员都是外籍，必须先办手续。

时逢国庆节放假，海关没有当家的领导，问谁谁不管，只好等上班了再说。

刘文礼向公司领导汇报了情况，度日如年地等到10月8号，以为补办了手续便云开月朗，不想，"一大团雾霾"找上来，天津港口翻脸了：你占我的泊位不卸货，你得把船拖出去！

刘文礼一听"火"呼地上来，当即牙疼、血压窜高，好话说了一车皮，天津港仍然让他"把船拖走"。

小科长刘文礼顾不了其他，大着胆子找港口处长、局长，当这些都无济于事，刘文礼立即向公司汇报。公司领导相当重视，请求中国石油总部领导予以协调，10月12日下午，中石油集团公司副总经理沈殿成、股份公司副总裁黄维和两位领导专程来天津协调，事情仍旧原地踏步。中石油领导又找到天津市领导：此事十万火急，华北石化已经没原料了，再不让卸工厂就得停工了！

副总经理金彦江和运销处长白云虹、生产处长周世岩，专程从锦州赶往天津，同天津港务集团领导会晤，推进卸货进程。

天津海关总算开了绿灯。

刘文礼长长呼出一口气，饭都顾不上吃，立刻组织人员抓紧卸货。

屋漏偏逢连阴雨。刘文礼正组织人全力卸货，天津交通委员会和天津海关同时叫停：经查，由于卸货所租用的管道公司汇鑫油库的经营资质时间到期，不许卸船。

再次经历艰难的马拉松式协调，10月14日凌晨1点开始卸货，刘文礼和同事们连续作战，至18日凌晨1点卸完。

# 第九章

# 迁徙与协作

　　迁徙，是人类最难舍难分的情感。因为这不是短暂地离开，而是再也不回来了的永久别离。这不同于少数人离开家调走或出嫁。这些人想家了，还可以随时随地回来。迁徙的分量甚至重于背井离乡，因为，一旦这些远在他乡的人被沉重的乡愁坠疼了骨，坠疼了心，牙一咬，心一横，天大的事放下，回老家去！即使不回来，还有一个地方可以怀念——如同自己寄放在某处的宝贝，看见看不见，都有个念想。

　　而被动的迁徙，像强行把没熟的青瓜从秧上拧下来，强行拆分痴情的爱侣，强行撕开愈合的伤口，要多疼有多疼！

　　比这更痛苦的，则是强行迁徙后，又把祖祖辈辈繁衍生息的家园拆毁，从地图上彻底抹掉！

　　更加揪心的是，父老乡亲们把世代生活的家园拆除了，还要把祖坟也迁走，人们像浮萍一样没了根，像屋墙坍塌一样没了依靠，像灵魂出窍一样失魂落魄啊！

　　没有了故园，游子们鸟一样飞回来，在哪儿落脚？

　　没有了祖坟，后人们上哪儿祭祖？

　　人类不同于万物的重要特质，就是恋亲情，念乡情，讲友情，重感情。彼时，没有任何精神准备，父老乡亲们个个"目瞪口呆"：他们依托了几辈子的故园地标和心灵地标，一下子全没了！

　　是的，家园可以异地新建。可异地新建的家园跟老家园的氛围、气味儿、感觉，都不一样啊！

　　祖坟可以迁徙，可迁徙后的祖坟一切都变了啊！

　　在中国，人们讲究祖坟的风水，讲究朝向，讲究环境，讲究位置。这是祖祖辈辈数百年数千年留下来的传统，也是民俗文化。祖坟的"向口"朝哪个方向，对哪个位置，左右是什么地形，前方是什么地形，有什么，都十分重要。我们在意阳宅要建在福地，可阴宅也一样要建在福地啊！民间一直在流传，坟茔地风水好，祖先们会福祐子孙哩！

现在，村民们只有一个选择，把祖坟迁了，在另一个地方建集体公墓。日子过得顺顺利利，却要扒毁祖坟，将各家的祖坟全挪到一个地方，所有的民俗风俗都一笔勾销，心里不踏实啊！

600多年了，乡亲们世世代代生活在这里，人亲土亲水亲景也亲，做梦都不想搬家，却又必须搬！

600多年了，乡亲们头一次面临同一个问题，家园和祖坟都没了，心提吊得老高老高，不落底啊！

然而，公元2008年，河北省任丘市东八村和西八村的乡亲们，又必须面对同一个揪心揪肺的现实：因为华北石化千万吨国家项目工程扩建征地，他们必须迁徙故园和祖坟，异地重建……

## 29."六百年乡愁"挥之不去

驱马傍江行，乡愁步步生。

2018年10月24日上午，一双旅游鞋在废墟上移来移去。左鞋底踩在一块水泥碎块上当当当磕几下，告诉我这里原住户乡亲的姓名。右鞋尖又伸进被霜打死的藤蔓上，让藤蔓在空中悠荡几下，枯叶哗啦啦响，似有所语。

这双脚走到一墩榆树跟前，轻轻踢了踢大拇指粗的树干："这是老李家房后的老榆树，主树干砍了，就剩这几棵根部发出来的树枝。一到春天，老榆树结了厚厚的榆树钱，可好看啦！"

我抬头看看天空，仿佛有漫天的榆树钱遮天蔽日，阳光涂亮一大串一大串黄莹莹的榆钱，好看极了。

这双脚踏进长着半人深蒿草的坑里，老人一下矮了。斜光正劲，老人的脸一半埋在暗里。逆光像个高手画家，用细光线条，把老人瘦瘦的脸外形勾勒出来，像张艺术片。伴随一阵哗啦啦的响声，那双鞋从坑里升上来，站在一截圆断木边。

这双脚针一样这里缝一趟，那里缝一趟，仿佛要将破碎的东八村拼在一起，再一针一针缝好……

东八村在的时候，这双脚就是公平的印章，这里盖一下，那里盖一下，对的，用印章敲定。错的，用印章辟邪。

这双脚，一直踩在东八村的遗址上。

这双脚的主人叫徐老洒，在东八村，他当了47年村支书。

徐老洒今年77岁，矮个，略瘦，面容慈祥。我特别留意他那双眼睛，总是半睁半闭，笑眯眯的。我知道，这是数十年历练而成的"硬功夫"。风大了防吹，天冷了防冻，日头毒了防晒，起尘了防眯，观察事物聚焦，看得清看得远。人善天有情，这位年近八旬的老人，耳不背，眼不花，走路身轻如燕。上上下下几十道台阶如履平地，稳，快，步步如钉。他记忆力超好，讲起二三十年前的事若在眼前，不仅能讲出故事，还活灵活现地道出细节！我见到他时，他刚游完宝岛海南，或许游兴未尽，返程后没有回任丘，而是直接登北京八达岭长城……

徐老洒信奉一个理，工作不是用嘴说出来的，而是用脚踩出来的。这双大脚，尺一样量遍了东八村的角角落落。徐老洒像个教书先生，把47年载时光全"投进去"，每一条街，都是一篇文章；每一户，都是一段话；每个人，都是一个鲜活的文字。他立志要拔出字典里的草，挑出心灵里的杂质，把全村的"病句""病词""错字"都挑出来，书写东八村最新最美的文章。

村支书徐老洒的这双脚踏石留痕，东八村才一跃而起，成为中国186万个行政村中的佼佼者。

在彩色照片上，我领略了八村小学风采。荣膺任丘市花园式学校，正门右侧悬挂个醒目的牌子："沧州市标准化小学"。

国家教委副主任何东昌、王明达，中央顾问委员会委员李昌，全国多位省、市、自治区的领导、教育同行、外国友人，都曾来八村小学视察、考察、参观和学习。任丘市教育局也大张旗鼓地表彰，送来"功德碑"。

1986年，东八村村支书徐老洒雄心勃勃，他东拼西凑筹款，村里投了10万元巨资，立志建成"全省最好的学校"。

2018年10月24日上午，站在已经从地图抹掉的东八村原址，徐老洒感慨万千，向我捧奉了当年的初心："我当年这样想，我们这代不行了，别叫下一代不行，一定要搞好教育！"

建学校前，徐老洒带领村干部，转遍河北省最好的学校，哪里的房好，哪里的窗户好，哪里的门好，哪里的围墙漂亮，哪里的教学用具好，"把优点全带回来，用在咱的校舍上。"

"光壳子漂亮不行。"徐老洒多次深潜，在老师堆里摸底调查，把东大坞中学的尖子教师孙长征"挖"过来，挑起东八村小学校长的重担。徐老洒亲自主抓学校教学质量，扩大考评范围，在东大坞9个村范围内，若班级平均分成绩排在末位，教师辞退。若成绩排在第一位，大队奖励500元——在上世纪80年代，这可是需仰视的天文数字啊！

东八村气派的村委会大门楼，两边各有一尊雄壮的石狮"守卫"。村东广场开阔整洁，可供村民自娱自乐，也能唱大戏。刘金铎家老宅院内的四五百岁的老槐树，两搂粗的大树干古拙奇美，若天笔书写的大"之"字，树干上枝条茂密，绿叶繁荣。每当春天到来，槐花香飘满整个村子，沁人心脾。

徐老洒指着眼前的废墟告诉我，东八村和西八村共有6条油漆路，油漆路下，村里花了200多万铺设80厘米粗的排水管道，整个排水系统四通八达，全走地下。全村实现了环境美化和道路硬化，南北小街全部砖砸地面。

村里的福利很好，村民用电不花钱，吃水不花钱，浇地不花钱，用收割机也不花钱，这些费用全由村里承担。

还有，村民们新建的高档房和浸润着祖先寄托的古宅，彰显当代繁荣，也安放浓浓的乡愁，伴随"迁徙"二字而化为乌有……

为了记住乡愁，村支书徐老洒组织人编写了一本《东八村村志》。这也是任丘市第三本村志。

现在，我摘录少许——

东八村环境优美，国槐、洋槐、柳树、榆树、椿树、杜梨、柏树、泡桐等环抱村庄。有猫头鹰、啄木鸟、野鸭、野鸡、乌鸦、喜鹊、画眉、布谷鸟、姑顶数十种鸟类。刀螂、知了、蝈蝈、蜜蜂、蝴蝶数十种，鱼类十多种。

东八村还是长寿村，2014年，90岁以上老人十多位，80岁以上老人30多位。

清初时期，东八村有九座寺庙。著名的东八村水塔，状若埃菲尔铁塔下半部，巍峨壮观。

东八村还曾有过一支兴盛一时的剧团，用京剧和河北梆子的艺术形式表演，共有65人次演出过《武家坡》《吊金龟》《打渔杀家》等22部经典剧目。

东八村的文艺宣传队、扭大秧歌队、街舞队、大鼓队、武术队、抖竹队等异常活跃。1968年，东八村曾编排了河北梆子《红色联络站》《一袋高粱种》。1974年，东八村排演的《渡口》，曾在东大坞、小门、孙家坞、议论堡、堤东一带广受好评。

东八村孩子们的游戏相当发达，打沙包、跳皮筋、打画片、玩拨浪鼓、得跶、得拐、投老鸹窝、跳房子、贴画片、砸钢锔儿、丢手绢、踢毽子、脱泥钱、搭花篮等。

东八村的年节非常热闹，仅春节就有腊八、祭灶日、扫尘日、贴对联、守岁、放爆竹、拜年、破五、闹元宵、填仓节、龙抬头……

东八村的婚丧习俗很有特色，其中婚俗当天就有这些礼节：1. 四筛礼，2. 厨子礼，3. 包饺子礼，4. 宽心面礼，5. 六个茶碗礼，6. 一块石头礼，7. 十箸九箸礼，8. 对葱对艾礼，9. 五色粮食礼，10. 七只葫芦八只鸡礼。

东八村人杰地灵，"明清任丘八大家"中，刘氏和舒氏的后人移居八村。刘氏第七世先祖刘元霖（1577—1615），明万历七年中举人，万历八年中进士，他为官清正，从政节俭，官至工部尚书。

舒氏第九代先祖舒成龙（1700—1771），户部营田司、兵部车架司效力，曾任多县知县。清乾隆八年（1743年）出任荆门知州，乾隆二十九年（1764年）奉命赴山西以道员用，政绩突出，深受士、兵、民、商拥护。

东八村英雄辈出，有遭受日军酷刑宁死不招的"红色堡垒户徐全"，有"见义勇为英雄孙海强、王国占"，有"孝子刘门墩"，有"好人大哥刘老秋""助教模范石宝玉"……

八村人民风淳厚，吃苦耐劳，潜心钻研，出了很多能人能手。我数了数，仅瓦工能手、打坯能手、木工能手、修电器能手以及厨师能手、电工能手、车工能手、钳工能手等，就有百余人。

东八村有64人参军，想象一下，这64名军人若身着戎装威武列队，该是怎样的壮观场面！而138人考上大学，则是小小东八村的骄傲，也是伟大祖国的骄傲！

…………

乡愁深深地融在肉里，嵌进骨缝里，生生抠挖、割断、拔出来，怎能不疼？虽然已经签署了搬迁协议，许多乡亲还是不愿意搬，拖一天算一天。家一搬，老房子便没了，再也找不到了。

最常见的景象便是，老人们房前屋后转悠，一遍又一遍地转悠。这里摸摸，那里摸摸，一抬袖头，偷偷地抹眼泪。大门框是红松的、刚换上的铝合金新窗、刚砌好的院墙，使了几代人的弯木犁杖，一直舍不得卖的老黄牛……

从不照相的老人们指挥小辈们"多照几张"，"别拉下了，把整个家都拍了，拍全了。"

扒房子的前一天，许多人把远嫁在外的姑娘、工作在外的孩子全叫回来，最后一次在老房子前照个全家福。

进城后不养家畜了，挑好的喂它们，"让它们改改馋，我们上楼的日子，却是和它们永别的日子！"

狗要送人了，多备些粮食，给它带上。

搬家那天，不少老人们哭得一塌糊涂，他们不愿意上楼，喜欢住有院落的老房子。老人们说："我们在这里吃窝头、喝棒子粥，已经很满意了，俺不愿意搬啊！"老人们又说："谁也不能挡着上国家项目，实在没有办法，必须得搬啊！"

我在照片上见过刘金铎院里的那棵四五百岁的老槐树，两个人对搂都搂不住，春天槐花绽放，满村子香哟！与其说是"村树"，不如说是"乡树""市树"。徐老洒告诉我，在河北省，没见过这么大的树。刘金铎告诉我："我爷爷说，'我爷爷的爷爷小的时候，这棵树就这么大，两个人对搂搂不住。'"

我在前边说过，这棵树的树干为"之"字形，真是太奇特了，成精了吧？

刘家搬迁，最不放心的就是这棵树。他们一直在寻找最适合的地方，将这树挪过去。东八村的房子全拆了，只有这棵老槐树孤零零地站立。刘家人担心这树被人挖了，在老槐树的四周挖了深沟，家人昼夜看守。村里大力支持刘家，每月出300块钱工资看守这树。这棵古槐已不只是刘家的宝贝，也是全村的宝贝。这期间，他们还一次又次跑市林业局，希望能给这树发个证。市林业局告诉他们，发证的事要省林业局批准。可是，还是把树看丢了！

盗者一直暗中盯着刘家人。他们趁刘家人生病住院，顾不上夜间值守，乘隙盗挖了古树！

2018年10月24日上午，在村支书徐老洒的带领下，我与舒亚卿在东八村的废墟上找了半天，也没有找到古槐的一星遗迹。

东八村的半部遗址（另半部已成厂区），像被洗劫过又废弃的荒野，被过人高的蒿草和密密的植物藤蔓遮掩，到处都是枯枝败叶和七高八低的废砖破瓦……

　　第二天，古槐的主人刘金铎告诉我，有人黑夜盗挖了古槐，用大型挖掘机抠的。刘金铎当即报案，林业局和派出所都很重视。

　　"一直没有破案？"我问。

　　"说没破也破了，说破了也没破。"刘金铎说。

　　我正纳闷儿，刘金铎说，这是本村人盗挖的，他已经知道是谁。这人闻知政府要抓他，当即就犯了心脏病。刘金铎心一软撤了案："算了，不再追究了，放过他吧。"

　　乡愁无处不在。它不只是一个村子，一个院落，一片热土。它还可能是一片天空，一朵云，一个农具，一只会打鸣的大公鸡……

　　乡愁呈现在地面，它的根在地下。

　　有人刚刚去世，家人不愿意挪坟。要把遗体从坟里抠出来，挪到新建的集体公墓。挖出来一看，尸骨还没有腐烂！

　　晚辈们拿米尺量了一次又一次，怎么也"量不明白"。老坟方圆3米多，公墓的坟坑才1.7米多一点儿，高个子怎么也放不进去呀！一幕感人的场景出现了，全家人跪在遗体前，集体叩拜、道歉、祈祷、请求宽恕，然后把遗体砍短、折弯，安放在新买的窄短的棺椁里，再葬进公墓……

　　2018年10月24日下午，我们开汽车在华北石化厂区里转了转，徐老洒指着现三联合运行部的催化装置告诉我们，这里就是原来的东八村东西走向的大马路，当时是村与华北石化炼油厂的交界路，路两边全是房子。这里特别热闹，很多人从事"倒油票"生意。

　　"这里，"徐老洒指着30万平方米的一大片原油罐区，"原来是70亩梨树果园，秋天挂果很漂亮。春天梨花一开，又香又漂亮，满路、满村、满院子都是梨花，连周边的大地，都梨花处处飘！"

　　"这里，"徐老洒向前一指，"距离火炬塔200米，就是大队部。"

　　"村子一共6趟街。这里是第一条街，这趟街共计100多户村民。紧挨村东边公路的第一家，叫孙志龙。他们家5间房，6口人。"

　　"第二家叫杨章栓，他家4口人，住4间大瓦房。"

　　"第三家叫徐振坡，6口人，也是4间大瓦房。徐振坡常年做油品生意，日子过得很滋润。"

…………

原东八村位于河北省任丘市中部、任丘经济开发区内，北靠任文干渠，东接东环路，西距国道 800 米，交通便利。村南 300 米处邻中国石油华北石化公司。2014 年，全村总人口 1853 人。

据 1993 年版首轮《任丘市志》载，八村始建于明代。明永乐初 1403 年，八村村民从山西省洪洞县移民至此。1961 年 4 月，八村分为两个行政村"东八村"和"西八村"。现存任丘市文广新局文物所的两块明嘉靖年间"寿官碑"上，刻有"八村"村名，印证了八村历史已经 600 多岁。

"都翻过去喽！"

2014 年 9 月 24 日，伴随最后一道围墙的轰然坍塌，美丽昌盛的东八村被夷为平地，在地球上永远消失了！

现在的原东八村，一半趴在地上，任蒿草、野藤和一片一片的我不认识的植物恣肆疯长，一半"跳进"华北石化的围墙里浴火重生，长成高大威猛、精神抖擞的炼油装置……

## 30. 开战前夜

拔出乡愁的根很难很疼，这根已深扎 600 多年！拔出私利的根更难，这根，也许比百年千年还深！

华北石化的"千万吨项目"一步一坎，比唐僧西天取经都难，为了上热电厂，市里向省和国家部委跑项目，从 2005 年跑到 2013 年，整整跑了 8 年！

最难啃的硬骨头，还是东八村、西八村和周边散户居民的搬迁。国家有关部门制定了"硬件"要求，距离炼油厂围墙 1 公里之内，不能有居民。而东八村、西八村和周边散户，距离华北炼厂最近的 300 米，最远的 800 米。

必须严格遵守国家规定的"安全距离"。这是"红线"，谁都不能触碰。

千万吨项目难题太多太多，要一项一项跑。华北石化"跑不动了"，任丘市上，任丘市"跑不动了"，沧州市上，沧州市"跑不动了"，河北省省委省政府的领导们上。

2008 年 11 月 28 日上午，河北省省长胡春华给中国石油总经理打电话，询问华北石化千万吨项目进展情况。

同日下午3点，现山东省政协主席、时任河北省常务副省长付志方率队赴京，在中石油办公楼三层会议室，就华北石化千万吨项目进行专题会谈。中石油总经理提了三条意见，最后一条："现在要抓紧征地搬迁，明年初把场地平整好，围墙砌起来，目前各种材料价格正便宜，要抓住这个好机会。"

不拆迁，项目开不了工。即使开工了，也不能验收。

"安全距离"没商量。

任丘市委市政府已经行动。

2008年8月，任丘市委召开了常委（扩大）会议，吸收相关部门的领导参加，在几轮大幅度潮起潮涌的激烈争议和热烈辩论声中，最后拍板："保项目，没退路！"从即日开始，由市委书记刘金辉挂帅，成立了"华北石化千万吨项目总指挥部"，市委书记刘金辉任政委，市长赵学明任指挥长，成员有常务副书记及锡路，常务副市长王吉堂，纪委书记王少杰，市委常委宣传部长郭丽华。指挥部下设办公室，主任由任丘市开发区主任兼书记刘荣义担纲。

会议下了"死命令"：从明天开始，所有指挥部成员分头行动，要带领干部们下到老百姓中去，一趟街一趟街地调查，一家一户地摸情况，不留死角，不落一户，不少一人，把问题全部"捞上来"！

这段激情燃烧的岁月，转眼已过去10年。

10年时间是漫长的，在这10年里，许多当年的孩子已长成壮年，许多当年健壮的老人已经作古。当年的草儿枯荣了10次，一些草籽已乘着理想飞向远方，在新的家园娶妻生子，建立群族，繁衍生息。沧海桑田，退耕还林，世界上不知有多少事情颠覆和毁灭，也不知有多少事情奇迹般地新生。

10年又是短暂的，短暂到如同前天，如同今天，如同刚刚发生。提及2008年开始的千万吨工程动迁工作，以及如何解决漫长的马拉松式的"次生矛盾"，每一位当事人都历历在目，如在眼前。毕竟，太刻骨铭心了！

我在数个厚厚的大本子采访笔记里，我从浩如烟海的资材里，"随机抽测"几束故事，如同鸟儿在时光天幕上留下几道须臾即灭的划痕，如同电影屏幕上的几个闪回——

### 闪回一："喝不好酒，咱就不签！"

凌晨两点。虫进洞，鸟深眠，蟋蟀和蝈蝈停止了歌唱。倒扣大锅形的天穹缀满了星星，街上一个行人都没有。一排排的窗口黑洞洞的，人们大多进入深眠。

只有北五里村村委会会议室里，烟雾腾腾，酒气弥漫。

"老王，少说没用的！"一位大胡子村民指着时任常务副市长、现任丘市人大常委会主任王吉堂的鼻子，"你要是不见外，就把这杯酒干了！"

王吉堂二话不说，端起酒杯猛地扬脖，一饮而尽。

"好样的！"有人叫好。

"还有你！"大胡子摇摇晃晃地向前走几步，挑衅似的指了指时任任丘市开发区书记兼主任刘荣义，"你……敢不敢喝？"

"怎么不敢？"刘荣义张大嘴巴，直接将一杯酒倒了进去。

徐老洒赶紧过来，劝说大胡子："别来浑的，怎么可以逼领导喝酒？"

"怎么的？"大胡子瞪大布满血丝的眼睛，"兴他们逼我挖祖坟，就不兴我逼他们喝几杯酒？"

王吉堂和刘荣义见事不妙，赶紧凑近了，刘荣义挡住徐老洒，王吉堂亲切地拍了拍大胡子的肩膀，"兄弟，来来来，咱把酒喝透，把话说透，省得憋得慌。"

王吉堂早就摸透了根由。大胡子是村民代表，动迁开始后，他一直站在村支书徐老洒一边，以国家利益为重。直到他老父亲翻脸，说大胡子胳膊肘向外扭。就算咱不计较动迁费给多少，也不计较住楼房方便不方便，可咱的祖坟不能动啊！要是碰坏了祖坟风水，惹怒了祖宗，要影响子孙后代的！

人生实如钟摆，不时在痛苦与倦怠之间摆动。

大胡子倒不太在意这个，坚持自己的道理：公墓里的坟一个挨一个，名人伟人也不少，他们的后代都不错……

现在，火烧火燎的几两白酒下肚，他的思路一下就"反向"了。他也不明说，只是心里憋着一股劲，拿市领导"开涮"。

其实人跟树是一样的，越是向往高处的阳光，它的根就越要伸向黑暗的地底。

一个人知道自己为什么而活，就可以忍受任何一种生活。

在这之前，王吉堂和伙伴们天天入户，天天研究"新冒出来"的问题，情况太复杂了，个个难办。一有挠头事，就召集村委、村班子和党员代表、村民代表开会，大家各抒己见，讨论解决办法。究竟开了几百次会，已经记不清了。不过，办公室人员都有记录，每一次开会、研究办法、跟村民谈话，都全程录像，件件留下痕迹，事事存档。

今天的会很重要，与大家签署征地协议。

参会的村民们虽然都是村里有头有脸的，对协议的每个条款都很熟悉，真要动笔签，还是有些犹豫。

"一旦签了，就改不了了。"

"协议一签，就人家说了算了。"

"来来来，喝酒！"刀条脸把酒杯朝桌子上一蹾，"一提这事我就闹心，先把酒喝好，喝不好酒咱就不签！"

"乡亲们，现在咱先喝酒。"王吉堂高高举起酒杯，20多个酒杯高高举起来，王吉堂率先干杯，乡亲们也一个个干杯。王吉堂又拿起酒瓶，"刘荣义，咱俩给乡亲们斟酒，我负责倒这边，你负责倒那边。"

王吉堂和刘荣义给所有乡亲们斟好酒，王吉堂再次高高举起酒杯："各位大哥各位老弟，酒量不均，大家能喝多少喝多少。我和刘荣义是敬酒的，必须干杯！"话音落下，王吉堂把酒干了，又将酒杯倒过来甩几下，一滴酒都没掉。

刘荣义也把同样的动作做了一遍。

酒会一下进入高潮，所有人都干了杯中酒，个个都甩了甩酒杯。

大胡子喝光一杯酒后，说了声"我刚才说错话了，罚酒！"又给自己斟满，连喝三杯。

"我也该罚！"刀条脸没有倒酒，"我酒量不行，就打一下嘴巴吧！"话音未落，"啪"的一声脆响。王吉堂一把拉住刀条脸的手，"兄弟，不兴这样！"

"我们签了吧！"刀条脸指着王吉堂和刘荣义对大家说，"人家也不是为自己，这么大领导与我们称兄道弟，这么拼酒，图个啥呀？"

"我签！"

"我也签！"

酒不是政策，也不是制约条款，更不是命令。但它激发了情感，触动了内心，烘托了气氛。大家争先恐后地走到旁边的桌子前，庄重地把自己的名字写在协议上。

在北五里铺村，同样的一幕再次上演。

东八村、西八村以及周边散户动迁后，计划在北五里铺村征地400亩。其中230亩用于东八村和西八村的新村住宅建设，从长远看，还要考虑这两个村会有新生人口，要备预留土地100亩。那么，北五里铺村也要预留100亩，用于这个村的新村建设和改造。北五里铺村土地本来就少，村民们坚决不同意。你为别的村建设占我们村的土地，这怎么行？

王吉堂带领人做工作，说这是推动华北石化发展，推动任丘的发展。老百姓说："这关我什么事？"

王吉堂和刘荣义组织召开村干部会、村民代表会、党员代表会，一次一次又一次，还是啃不下这块硬骨头。

每个人在生活中，都会或多或少走一些弯路。但只要我们把脚下的路走得踏实稳健，朝向对，那么即使是弯路，最终也会变成我们走向更好人生的铺垫。

这天晚上，会议开到午夜，还是没有头绪。开饭了，王吉堂、刘荣义和村民们称兄道弟，挨个敬酒，敞开了喝，一位年迈的老人深受感动："人家也不是为自己，为咱任丘的发展往死里喝，还难为人家，你们都是铁石心肠？"

老人第一个签了征地协议，村民们鱼贯而签。


**闪回二：对阵"娘子军团"**

时间：2009年春节，正月初八。

地点：东八村村部。

人物：任丘市委常委、宣传部长郭丽华，东八村妇女百余人。

主题：公布《东、西八村拆迁征求意见稿》，把村民们召集起来，逐条逐款征求他们的意见。

春节刚过，许多人还没从深潜的节日氛围里浮上来，任丘市干部和东八村、西八村的村民已经开始"对攻"。前者为守势，亮出政策和法规"家底"，当靶子。后者攻势凶猛，"群攻"，把所有问题都串成串，子弹般扫射过来。

现在，东八村村部的院里、走廊和西屋挤满了妇女。所有人都在说话，声音和声音碰撞起来，乱成一锅粥。所有的人都在比画，互相比画，单独比画，空中的手比鸟儿飞得都快，向前冲一下，再冲一下。所有的眼神都装满了担心、怀疑、不满和不确定性……

这是一场力量悬殊的对决。西屋，只有一张脸朝南，屋子里五六十张妇女的脸都朝北，面朝这位单枪匹马的"对手"。

有人骂骂咧咧，仿佛是来要账的。

有的妇人进屋就哭，什么话都不说。

一位圆脸妇女，先给郭丽华个下马威："姓郭的，我不管你是什么长，补偿不合理，我们肯定不搬！"

一石激起千层浪，屋里立刻"开了锅"！所有的嘴都在说话，所有的眼睛都瞪到最大，所有的表情都如临大敌，"不管你说得多好听，答应不了我们的条件，都没用！"

"你别叽叽叽跟我们讲，挑干的捞，一人给我们多少钱？"

"地没了，我们后半辈子你养活啊？"

"进城住楼房，你给我们多少钱买菜？"

"我姑娘出嫁了，户口还在东八村，你给不给补偿？"

"我们一家人就给40平米房子，我两个小子以后还要娶媳妇呢，你怎么给解决？"

每个妇女都憋了一肚子话，你说我说她也说，你争我争她也争，许多话在空中撕成一团、互不相让，听不出个数来。

"姐妹们！"郭丽华微笑着向大家招招手，"大家别着急，一个一个说。"

秩序仍然很乱，现场难以控制，仿佛谁抢着说了，她的问题就解决了。

郭丽华索性站在一把椅子上，微笑着请大家"静一静"，趁大家愣神的时候，见缝插针地说："姐妹们，我这次来，就是征求大家意见来的。市委市政府非常重视这次拆迁工作，让我把大家的意见一条一条地集中起来，原封不动地端上去，市委市政府再统一研究、统筹解决。请放心，姐妹们谁都有说话的机会，咱们一个一个说。"

见大家安静下来，郭丽华从椅子上下来，站在妇女们中间，见眼前的胖女人身后还背个小女孩，郭丽华轻轻碰一下胖妇女的手："大姐背着孩子来的，不容易啊。"胖妇女一下愣住，脸通红通红，郭丽华伸手抱过孩子，"宝贝，来，阿姨抱一会儿。"

小女孩儿不认生，笑眯眯地看着郭丽华，伸手摸郭丽华的发卡，胖妇女说声"别乱碰！""啪"地打孩子手一下，女孩儿的小嘴一瘪一瘪，眼见要哭，郭丽华赶紧哄女孩儿，"别哭别哭，给——"郭丽华一把取下发卡，递给女孩儿，女孩儿"嘿嘿"破涕而笑。

"大姐，说吧！想说什么就说什么。"

胖妇女打开话匣子，一连气儿说了三个问题。"线头"扯开了，妇女们一个挨一个说，工作人员一一记下。

一连说了十几位，一位眼影画得很重，吊眼梢子的妇女突然想起了什么来，倒八字眉翅膀一样"飞"几下，打断了说话，"就你……"她一副蔑视不屑的表情，"能代表得了政府？上坟烧报纸，糊弄鬼呢？"

"这位妹妹，实话跟你说，我代表不了政府，"郭丽华一点都不生气，仍然微笑着说，"但我是政府的代言人，今天来这里，就是替政府来搜集大家对拆迁工作的意见。我对我今天的一言一行负责，我向姐妹们保证，我会把大家的每一条意见都原原本本地带回去，对解决好大家的所有困难负责，决不糊弄。"

郭丽华以低姿劳作的姿态，把自己置身于老百姓的位置，不唱高调，不用官话卡人，只兴百姓"训斥"，不许自己"反击"。但她微笑的表情和温和的声音，和风细雨的贴心话，化解了一次次"顶牛"，赢得了村民们的理解……

日头升高了，郭丽华在苦口婆心地说着，中午了，郭丽华仍在说着，下半晌，郭丽华还在说着、说着。有的妇女回家吃完饭又返回来，郭丽华和同事们泡碗方便面，又"说了起来"。日头落山了，星星出来了，一弯细镰月吊在窗口，似要替郭丽华收割一茬又一茬的话……此后有多少人出难题，多少人把矛头指向郭丽华，多少手指指着郭丽华鼻子"质问"，都伴随着时间流水哗啦啦淌过去，往而不返。

郭丽华的嗓子哑了，吞几片"金嗓子喉宝"，又与妇女们"拉起了家常"。有位妇女本来想找郭丽华吵架的，见这位宣传部长办事扎实，说话贴心，把吵架的想法吞进肚，还成为郭丽华做正面工作的好帮手。

拆迁就像打拉锯战，牵涉面广，矛盾类型多，甚至一件事情要反复解决，老问题按下去新问题又上来，每一家的门槛都迈了太多次。郭丽华和同事们一来，狗会摇头摆尾地凑过去，亲热地闻闻鞋，蹭蹭裤脚，歪脖看，哼哼叽叽耍娇，这些工作队员们跟狗都混熟了，与狗主人享受同等待遇。

东八村、西八村及周边散户的拆迁工作千头万绪，仅在做好妇女工作上，任丘市专门成立了工作队，郭丽华任总指挥，带领民政局长田爱国，科协主席张玉荣，农村工作部部长许银增，又抽调了20多名干部。三位局长任组长各带一个小组，三个小组分头行动。

从2009年春节前后开始，挨家挨户上老百姓家串门。尊重家家户户的意见。宣传这样的观念：这是国家项目，不是一个企业的事情。再用以前向开发商多要钱的办法是行不通的。她们经常碰锁头、找不到人，一家去三趟五趟很正常，一直走到晚上12点。个别人故意躲避，有的户去了十几次才找到主人。

腊月十八开始入户，一户一户摸底，过大年前走了一遍。然后，又开始了第二轮，第三轮，第四轮……

### 闪回三：二楼的一扇窗彻夜明亮

我在前边讲述过，常务副市长王吉堂和开发区主任刘荣义跟村民们"拼酒"的故事，为了顺利签上拆迁协议，市领导已经沦落成"陪酒员"。在漫长曲折的拆迁工作中，每位领导既是指挥员，更是办事员。谁也不能光喊不做，更不能光指挥，干"宏观"。而是一头扎下去，既是文章的规划者，也是书写者，甚至干起了"校对"，因为，复杂的拆迁安置补偿要依法依规，"差一个字都不行"。

一份拆迁安置补偿办法，市委副书记及锡路，常务副市长王吉堂和宣传部长郭丽华一道写了改、改了再改，一句话一句话抠，一个词一个词找政策出处和法律出处，修改 40 多稿！

因为每句话，每个词都分量很重，都涉及党和国家的政策和法律公平，更关乎老百姓的切身利益。

在开发区小会议室的二楼，一扇窗子每晚都亮到后半夜。及锡路、王吉堂和郭丽华白天都各有工作，修改材料，只能深耕黑夜。

开发区离拆迁地近，他们便将接访工作设在这里。老百姓随来随接待，开发区有两个会议室，供拆迁办公人员专用。一条条问题一件件事，人们要面对面跟村民对话。来访的村民少用小会议室，人多就在大会议室。

成立了及锡路、王吉堂、郭丽华、王少杰和刘荣义五人小组，每人划分了工作责任范围，各带一伙人，深入到家家户户工作。

晚上，继续制订拆迁安置补偿政策。

郭丽华告诉我，拆迁补偿政策非常复杂，没有一句话是轻易获得的，"一句一卡"，卡了就引起一阵激烈的争论。"集体经济成员"这个词，适用于东八村和西八村吗？三个人各执己见，辩论得面红耳赤。用"原住村民"这个词准不准？查词条，查法规，查百科全书，找律师咨询。因为，一个用词可能将一些村民"划进来"，享受补偿政策，一个用词也可能将一些村民"划出去"，享受少部分补偿，甚至与补偿无关。

一字一词都关情，把老百姓的利益放在心上，不只是物资和货币，制订政策的每一个字都重若泰山。

东八村和西八村一共 987 户，3100 多口人，房屋 1078 处。这片有着 600 多年历史的热土养育了一代代人，乡亲们"故土难离"，感情上难以割舍。在这样的前提下制订拆迁办法更要谨慎，力争让村民舒服些，每一条、每个字都要经得起推敲和检验。

有时要一把尺子量到底，这才公平。有时要制订两把或多把尺子，才公平。怎么解决那些繁复多元的问题？

比如，有的户人口多，多年申请宅基地没有如愿，现在四世同堂挤在一起，房子很紧张。有的人家宅基地多，一户7处宅基地。

老百姓问：你们怎么补偿？

材料诞生在无数个深夜，让每一个文字都经历无数次锻造，再披上坚硬的铠甲。比这更重要的是，还要让这些穿铠甲的文字经受战火洗礼。反过来，错哪儿改哪儿，再次浴火重生、凤凰涅槃。及锡路、王吉堂、郭丽华，以及无数个"材料组"（据拆迁办公室副主任吕松槐告诉我，拆迁的材料归档后，装了十多个文件柜！）的同志，都无数次经历了"重生和涅槃"！

针对纷繁复杂的局面，经过反复推敲和测算出台了政策细则。

为解决人多房少、人少房多问题，出台了不同的政策。按1∶1置换，每人置换40平米。制定了"房多按房选，人多按人选"的"二选一"新村楼房置换政策，增加了应分未得宅基、独生子女等特殊人群按政策增享购房额度政策，赢得了村民的认可。人多房少的，用人口置换，如，10口人达到400平米。河北省的住房政策，人均不低于38平米。人多房少的向上提一提。一户有7处住房，严格审查后，可能只剩下4处。房子多的，要向下压一压。有二层小楼的原来面积大，搬迁后最高人均不超过60平米。总体上，拆迁户的住房面积提高了。少数住二层小楼的说："我家三四口人原来住200平米，我的住房没有提高，而是降低了。"回迁少面积的再补差价，这才平息下来。

土地补偿问题也很复杂，严格按"原住村民"计算，联产承包责任制有地的，才算"原住村民"。搬迁后失去土地的村民每人每月生活补助350元，一直补到去世。死后子女可以继承这补贴。增人不增钱，减人可以减钱。无论再生多少人，严格按原分地人口计算。这笔钱由市政府从财政出，每年列入预算补发。随着物价的变化、生活水平的提高，每5年补贴上浮10%，涨到600元后，根据政府的实际情况再议。

我采访时，补贴款每人已涨到385元。

按承包年限计算，农民的承包田还有19年没种，一亩地补偿8.5万，再补偿19年的青苗钱，两项共计补偿19万。

结婚的姑娘，户口没有外迁。姑娘生了孩子户口又落回本村。还有附近村户口空挂在这个村。为了躲避计划生育而外逃的，情况五花八门。补偿钱怎么分？

给谁不给谁？村委会会议，党员会议，村民代表会议，今天开了明天变，明天定下来后天再调整，干部们天天入户，天天研究，会开了几百次，才制订出大家满意的政策。

为了生活方便和解除后顾之忧，这两个村的村民每人留 3 分地建集体公墓，又建了停车场。第一批供给千万吨项目用地 1400 多亩。征地每亩 12.6 万元，华北石化每亩付 5 万元，差价部分由任丘市政府承担。

"我们祖祖辈辈在这村住，现在要我们搬到别的村，寄人篱下，日子还怎么过？"老头老太太们又哭又闹。干部们什么招都用了，老人有病，主动去陪床。孩子结婚了，主动上礼，放低姿态弯下腰与百姓沟通感情。

整体搬迁有了些眉目，仍有一部分人坚决不同意。为了让老人们和这些"放横"的人放心，及锡路亲自带队，领拆迁户去江南多地看"样板房"。交通工具便是移动办公室，及锡路和郭丽华、刘荣义一路上不停地讲啊讲……

动迁政策制订刚有眉目，安置在哪儿？安置居民新征的土地由谁出？楼房建什么样的？动迁户要求新安置离原村庄要近，家家要有放农具的地方，岁数大了高楼层上不去，岁数小的又不愿意住低层楼，新制订的政策厚厚几大摞，人们不知道还要制订多少？有一点却是知道的，没制订的东西，远远多于制订的东西。

东八村和西八村的拆迁工作有了大幅度提升，周边散户的搬迁工作又摆在面前。市长赵学明任组长，常务副市长王吉堂任副组长，若干干部为成员，又开始新一轮艰苦卓绝的动员……

散户的情况更加复杂，套用东八村和西八村的政策不行，还要重新制订补偿安置政策，于是，及锡路、郭丽华和刘荣义，再次"重操旧业"……

《村民房屋评估操作规程》《村民房屋拆迁补偿实行政府补贴意见》和《搬迁补偿安置奖励办法》出台后，实行阳光操作，统一印成"明白纸"，标明政策咨询电话及负责解答人员姓名，发到家家户户，随时接受群众的政策咨询。

工作很苦，但你很甜。这一切犹如气场，它看不见摸不着，却是一种客观存在的气韵和力量。

又是后半夜，启明星一闪一闪地呼唤黎明。三个人饿了困了，泡几包方便面吃、用冷水洗把脸，又一头扎进材料堆里……

# 31. 万事开头难

公元 2009 年秋天，雁阵行行向南飞，虫蚓打洞避严寒。田野里的老鼠们最忙，两腮鼓得像孕妇，快速把过冬食物吐进洞里的粮仓，再迅速啃咬站秆的黄豆和倒地的苞米，土面子在爪子下飞扬，抠挖花生。

闻名世界的白洋淀沉寂多了，许多鸟类已经迁徙，秋水虽阔大，波纹少荡漾。只有少数野鸭等留鸟还在黄色芦苇荡中孤寂地徜徉，嘴慢爪迟，似乎在沉静地思索，慢慢地写着回忆录……

向来勤劳的东八村农民一反常态。他们没有心思收粮食，没心思干活，也没心思收拾家园。出豁口的院墙也不堵，牛驴圈坏了也不修，甚至，房檐瓦掉了也不管……

整个东八村像张弓拉满月的大箭阵，每一排排房子都是弓箭，只要稍稍触碰一下，就会万箭齐发……

每一支箭都憋满了愤怒！

射向谁？目标在哪儿？

他们不知道。

很快，人们找到了目标——"堡垒最怕从内部攻破。"只要大家都不搬迁，法不责众，政府就没有办法！

闻知工作队要进村，一伙人堵在村口，不让进。

村口堵不住了，就堵在自家门口。

自家门口也堵不住，干脆，鞋底抹油，溜了！

有人出主意：躲了初一躲十五，只要大家都不同意搬迁，谁都没辙！

有人暗中组织和鼓动，这股暗流在村民中间"串根"，根子四通八达，渐渐形成合力。以家族为单位，每个家族都有"挑头的"，串通本家族人团结起来，拧成一股绳，制定了明确目标：要么，不搬迁；要么，给大价钱！

村民大会上，愤怒的海潮波涛汹涌——

"我们祖祖辈辈住这里，住楼不习惯，坚决不搬！"

"住这里吃菜不花钱，吃水不花钱，用电不花钱，磨米不花钱，浇地不花钱，搬城里住还不饿死？"

"硬要搬也行，房子每平米 10 万！土地每亩 80 万！"

"妈的！就是不搬，不签这个字！"

"上楼行，前提是白给我们住，要钱不行！"

"不是钱的事。你给我多少钱，我也不愿意搬！"

村支书徐老洒德高望重，几十年了，大家都听他的。现在，徐老洒的话就像一勺水倒进大海，瞬间被吞没、了无踪迹。

拉锯战打了一次又一次，双方各执其理，对峙起来。

反对搬迁一方突然兴奋起来，东八村有木器厂等好几十家有门市房有厂区的买卖。几乎家家户户都有个小作坊。但，这些门房、厂区和小作坊加起来，也抵不上舒文化一家的资产啊！

舒文化早在80年代就做成品油生意。他的企业占地30多亩，成品油油库、渣油油库，七八十辆运输大货车的车队，一应俱全。企业规模相当壮观，装3000立方米的立式大储油罐4个，1700立方米的储油罐3个，还有十几个卧式大油罐。

舒文化的厂区与华北石化炼厂隔路相望，只有100米。舒文化的厂区在路北，炼厂在路南。

村民们都清楚，舒文化有财有势，又是任丘市政协委员，有他顶着，就是最大的挡箭牌。

有懂油品业务的村民替舒文化算了笔账：这些家当至少值上千万，即使按给他动迁补偿，也要损失七八成。从利益上算，舒文化肯定舍不得。从时间上算，舒文化的厂子要多个部门进行资产评估，光评估一项，就够折腾一气了。

舒文化家的五大间房子非常漂亮，高高的挑梁，屋檐出扇，遮阳挡雨。正房坐北朝南，设东西配房。院落敞亮宽阔，东西20米，南北20米。

有舒文化顶着，我们怕啥？

一时间，东八村搬迁工作暗中滋生了强劲的"倒流"，大家底气很足：工作队扳不倒舒文化，凭什么要我们搬？

人生就像一盘棋，一旦落子就不能反悔。过去也许有过荣耀，或许经历挫折，但都已不再重要。我们唯一能做的，就是走好脚下的每一步，下好眼前的每步棋。把每一个平凡的当下都努力成精彩，才能给未来留下最美的回忆。

应该说，这位村民的账算得很准确。没算准的是，突然有一天，东八村人惊骇地瞪大了眼睛：舒文化亲自指挥大铲车，哗啦啦推倒了自家围墙，铲塌了附属建筑。头一个看到此景的人揉了好几次眼睛，才证实"这是真的"……

生活的色彩不是注定的。你把它抹成灰白，它就反馈给你淡漠；你将它涂成火红，它就赠予你热烈。

2018年10月24日下午5点半，我见到了舒文化。提起当年拆自家工厂的情景，舒文化说："说实话，我当时也舍不得，好几十年积累的家底，一下就化为乌有。但是，我作为一名共产党员，又是市政协委员，必须要带个好头。我们舒家在东八村是第二大户，我不动，我们舒家不动，将影响动迁大局。我从1987年开始就做油品生意，对华北石化很有感情。没有华北石化，就没有我的企业，华北石化对我有恩哪。现在，华北石化有困难，我不能袖手旁观。"

知情者议论："没评估就拆工厂，舒文化真是疯了！"

"舒文化都拆了，咱们还能顶得住吗？"

"反拆迁"的挑头人大惊失色，他们悉心砌起的"反击围墙"中间，出现一道裂隙，这裂隙越裂越大，现出坍塌的迹象……

不能把习惯当标准，而是把标准当成习惯。

舒文化为工厂主、商户们的拆迁带个好头，村支书徐老洒发出党员干部带头拆迁的号召，这些"领头羊"果然第一批拆迁、第一批搬走……

我深深为舒文化未评估先拆迁的行为感动，这样做，在未来拆迁补偿上会很被动，等于把主动权交给人家，自己甘愿"任人宰割"。舒文化告诉我："按说，先评估后拆迁这是惯例。可在东八村'拆迁梗阻'面前，父老乡亲们都在看着我，我决不能起副作用，我必须舍小家顾大家。"

事后舒文化只得到200万元搬迁补偿，他的企业停止运营三年多，经济损失上千万。我问他后悔不后悔，舒文化说："如果我没有这样做，一定会后悔的。"

工厂拆光了，舒文化停止了商业经营，便将全部精力用在做民宅拆迁工作上。

舒家在东八村是"第二大户"，舒家的问题解决了，东八村搬迁的事就好办多了。舒文化专门召集了家族会议，"我们老舒家是大户，祖祖辈辈威望都很高。咱不能在拆迁事上，给老舒家抹黑。"

话音未落，会场乱了——

"你爱出风头你出，少管我们的事！"

"明摆着让大伙吃亏，你怎么胳膊肘向外扭？"

"如果你张罗开会就为这件事，我恕不奉陪！"

在家族中威望很高的舒文化头一次被人"戗面子"，有些意外。也觉得在情理之中。他一点都不气馁。这次不行，还有下次。下次不行，还有下下次。

舒文化很讲策略。会前，他多做功课，多多疏导和理顺，再召集开会。会后，舒文化挑"难剃的亲戚"再做深入工作，各个击破。

舒文化掰着手指给亲戚们算账："平房的价格，一平米也就七八百块。按平米转换楼房，至少每平方米两千块钱。再说卖地，我买地一亩才七八万，现在政府给我们每亩补偿 10 万多，商业地补偿 20 万，够多的了！"

"你这小院值几个钱？换成楼房，价格要翻好几倍。"

"你这小楼顶多卖 20 万。置换成楼房，能卖五六十万。"

舒文化不厌其烦，一家一家算账。

舒文化把亲戚们分成长辈、平辈、晚辈三个层面。根据不同的层面和家庭情况，一对一做工作，对症开方。

"看看人家徐老洒，他儿子徐振海盖的房子多好啊，打水泥桩，打地梁，光装修就花 30 多万，一天没住呢，说拆就拆了，人家就不心疼？我们舒家可是名声在外的大家族，决不能拖东八村后腿啊！"

第三次家族会议，舒家 200 多口人全部签署了搬迁协议。

舒家家族集体签署搬迁协议的"大动作"，致使拆迁工作"大翻盘"，反对派"天缺一角"，阵营坍塌，大势已去。支持搬迁派驱散阴霾，迎来喷薄四射的曙光……


## 32. 骨和肉在一道闪电里剥离


一滴泪，看尽彼岸花开。

2009 年 4 月 3 日，任丘市长丰镇东屯村北。

在一片两米高的松树林里隆起两座新坟。一位中年汉子号啕痛哭着，扑通一声跪在坟前，哐哐哐连磕三个头。他一头扑在坟上，嘶哑的嗓子像连发炮，因为发力过猛，连响几声突然没了，停了半天，又突然响几声……

他的右手狠命拍打着坟茔，拍得坟茔呼呼冒烟。他的左手五指鸡爪一样使劲抠啊抠，似乎要抠出坟里的亲人。

在场的亲戚无不泪如泉涌，他们头一次看到硬汉吕松槐这样伤心、这样悲痛欲绝！往常，风来了，他就是一堵墙；雨来了，他就是一把伞；困难临头，他就是一座昂首站立的靠山！在他们的印象中，吕松槐遇到多大的困难，也从不流眼泪。现在，他的号啕大哭惊天动地，似乎要把身体里的悲伤全都倒空了，再把亲人的深情装进身体……

他悔啊，悔不该告诉母亲大儿媳的死讯！他痛啊，痛不能替母亲去痛！母亲生病期间自己起早贪晚忙在动迁现场，连陪她说话的工夫都没有啊！

今天是头七，吕松槐来祭奠刚刚离开的母亲。

突然，吕松槐的哭声戛然而止！

吕松槐猛地站起，疯魔般跑了起来，半空中的泥土尘烟撒抖一路，吕松槐一头扑在另一座坟茔上……

在母亲坟茔西北下角隆起的那座新土堆，便是爱妻王爱玲的坟茔。

2009 年 3 月 28 日星期六傍晚，一向身体很好的妻子突发脑溢血，在医院抢救半个多小时离世。吕松槐立时傻了，他不相信这是真的！当爱妻再也听不见他的呼唤，说什么她都置之不理，吕松槐止不住号啕起来！

这太突然了！怎么会呢？

吕松槐哪里知道，悲剧还在继续。

亲友们闻知噩耗无不落泪。她才 39 岁，身体好好的，怎么说没就没了！

母亲重病卧床，吕松槐担心她承受不了白发人送黑发人的打击，没有告诉她。知母莫过儿，吕松槐知道母亲和妻子的感情很深很深。母亲卧床后，买药、请医生、去医院、熬药喂药，全靠妻子。母亲亲切地叫儿媳为"亲女儿"。妻子白天上班，负责管上初三紧张备战中考的儿子，负责家务活，负责伺候母亲——只要母亲哼一声，妻子就知道她要什么。哪怕母亲扬扬手，或是眼睛向哪儿瞅一下，妻子就领会了母亲的意思……

这样温暖的"小棉袄"突然没了，母亲怎么受得了？

在办理妻子后事时，母亲听到外边的鞭炮声和唢呐声，警觉地问："外边是怎么回事？"吕松槐鼻子一酸，差点流泪。吕松槐歪过脸，装作找什么东西，告诉母亲，邻村有一家在办白事。

长辈亲戚建议："还是告诉老人吧。活蹦乱跳的人突然没了，你母亲东猜西猜多憋闷啊！"

29 号晚上，吕松槐再三犹豫，又跟儿子商量了，将实情说了。母亲听明白后，猛地瞪了一下眼睛，大张着嘴想说话，嘴唇颤抖半天什么也没说出来，眼角大滴大滴的泪奔涌而出……

这个世界上，没有人知道老人怎样撕心裂肺地痛，也没有人知道她有多少话堵在心头，更没有人知道她感情上有多少不能忍受的"断崖式痛苦"，只知道一个残酷的现实,当夜,她停止了呼吸……

吕松槐一头扑在母亲身上号啕,嗓子突然哑了,声音似乎突然缺氧,出气多、进气少,千言万语拥堵在喉,一句话都说不出。他用拳头狠劲敲打自己的头,每一拳都是话,每一拳都是悔……

第二天(星期日),吕松槐为妻子出殡。全部亲朋好友、同学和同事,在王爱玲的灵前行告别礼,又到母亲的灵床前祭奠。乡亲们个个流泪不止,从没见过这样揪心扯肺的悲伤,一家两口亲人脚跟脚过世,人们一会儿到这边祭奠,一会儿又到那边祭奠,守灵都不知道站哪边了!

下午3点,亲友们将妻子的棺椁送往坟地安葬,满大街都是送葬的乡亲,满大街的人都在流泪。新来的闻知婆媳俩双双离世忍不住哭啼,立刻引起新一轮的流泪……

第三天31日(星期一),吕松槐的母亲出殡。

下午送葬到坟地。昨天送葬的亲友们又来了,又有不少远道赶来的人,又是满大街的人,满大街的悲伤。

4月3日,吕松槐为母亲烧头七。

昨天吕松槐来过这里。同样的祭奠,同样的地方,同样的悲伤,同样的"不相信",不同的是,昨天是为妻子烧头七。

吕松槐看着两个新坟头悲痛欲绝,"扑通"一声跪在苍茫的大地上,久久不能站起,那一刻,硬汉吕松槐精神恍惚了,他一直不相信,转眼就与两位亲人阴阳两隔,这是真的吗?

不!这不是真的!

4月4日,当吕松槐回到搬迁一线上班,同事们见到这位铁打壮汉的脸比过霜的菜叶还白,无不惊讶:"吕哥,你……能行吗?"

"没事,"吕松槐毫不掩饰,"和你们在一起忙碌,我能暂时忘掉痛苦。"


你是一座桥,两头都是路。

东八村和西八村的拆迁工作已到攻坚时刻,吕松槐的工作位置如同一个亚亚葫芦中间的"细腰",承上启下的"细腰"要是营养供应不上,整个"葫芦"生长就会畸形。

这"上半个葫芦":两个村共计3100人,987户,1087处住房。原建制11个生产队,要分成11个工作组深入进行结合评估,每个组都有指挥部、村干部、党员代表、村民代表、市里工作队和评估公司，以及凡是与搬迁政策相关的数十个职能部门"联手工作"，各负其责。

评估公司要把这 11 个组的数据都整理出来，报给吕松槐。

吕松槐要把这些数据汇总了，再根据这些材料各个不同的属性和特点，归纳、梳理出不同的专业分类和政策分类，为领导和职能部门决策提供"新坐标"依据和参照，为落实推动下步工作提供新动力。因为每个数字、每一条政策都涉及老百姓的切身利益，半点都不敢疏忽。

这便是至关重要的"下半个葫芦"。

简单说，吕松槐要有足够的吞食量，"上葫芦"的活，照单全收。吕松槐还要有足够的"加工能力"，决不能在他这一环"梗阻"。否则，"下葫芦"就会"停摆"。

我还要强调的是，吕松槐并非只在亚亚葫芦中间的"细腰"处等活，他还要参加 11 个组的其中一组分担任务，那么，他要完成的"细腰活"，多数都在晚上的"业余"时间。

"细腰"太细了，只他一个人。没了"细腰"或"细腰"卡住，"上葫芦"和"下葫芦"就连接不上。

吕松槐像昼夜控制流量的阀门，开大了不行，开小了也不行，不开更不行。他一直在思考，怎样才能做得更好呢？

我这样说若还没引起读者朋友足够的关注，那么，我再举几个数字：经吕松槐亲手整理的纸质数据资料 1000 多万字，图片资料 21000 多张，录像资料 2100 多分钟，为兑现搬迁安置补偿政策，落实搬迁户待遇提供了强力技术支持。

仅就写材料这千余万字，已经够"吓人"的了。

如果按一天写 3000 字计算，一个月写 9 万字，一年 365 天天天不耽误，要近 10 年时间才能写出来。

如果一天写 2000 字，要写 15 年左右。

朋友们，这可是成稿数字哟！这还不计，构思、调整思路、划表格、复杂的计算和文件装订、排序、分类、上报、下发，以及反反复复的修改。

心是苦的，人生便如苦海无边；心是甜的，人生处处都是曼妙风景。

让人敬佩的是，吕松槐始终冲在拆迁工作的最前线，深入到户，谈话到人，"大场面"召集数百人开会，回答刁钻或偏门视角的提问，"小场面"到一对一谈话化解矛盾，写材料为"业余的"，仅仅是吕松槐千头万绪工作的"一小丫"……

专注力是对抗岁月的唯一力量。人生就像骑自行车，要想不跌倒，就要向前跑！

2018年10月22日上午，我和汪博登门去采访，吕松槐见了我就说："对不起了刘老师，今天我实在太忙，就给您10分钟吧。"

我提出至少要一两个小时，吕松槐似笑非笑地咧咧嘴，递给我一个事先备好的牛皮纸材料袋，上边写着清秀的钢笔字："报告文学素材"。

我刚要交代采访内容，已经插不上话了。我数了数，十来分钟，进进出出7个人咨询政策。另一个屋，还有几个人在等他。

吕松槐现在的职务为任丘市石化基地建设指挥部办公室副主任，10年前他主抓的搬迁工作还在收尾。

收尾预示着工作就要告一段落，可是吕松槐并不轻松。一方面，他肩上又压了新的工作担子，另一方面，能办的事早就办了，拖留在收尾的问题，大多是很棘手的老大难问题。

我吃透了一些资料再去采访，经过他的同事和领导的多次语言塑造，吕松槐模糊的影像便由远而近、渐次清晰起来。

吕松槐的眼睛格外有特色，厚厚的单眼皮或许过于沉重，眨眼速度缓慢，但每眨一下，都稳重沉实，像在协助目光定向。眼皮下边缘有明显的厚度感，棱角分明，刀切一样整齐。一排健壮的睫毛哨兵一样垂卫值守，既在护佑瞳孔，也和眼皮一起担当视线的导向任务。

我之所以关注吕松槐的眼睛，是因为这是他收集原生信号和制定决策指南的重要伙伴。靠这双眼睛，他当了10年的信访办主任，从没出错。靠这双眼睛，他在搬迁工作中百般历练，挺弱扶强，导引心向和行为。

靠这双眼睛，他敢于捍卫正义，高高地挺直脊梁；靠这双眼睛，他善于扶弱助贫，视老百姓为亲人；靠这双眼睛，他能剥去伪饰，识取"真经"……

人生就是一个磨炼的过程，如果没有这些酸甜苦辣，你永远都不会成熟！再难，我也要在阳光下灿烂，风雨中奔跑，泪水中成长，拼搏中展望。

2018年1月13号，冷风的鞭子一下一下抽打，人们穿成"棉花包"，还缩脖佝腰的。吕松槐和同事们紧张地忙碌在指挥部大院办公现场，为东八村和西八村周边的"散户"分配车位和储藏间。

按计划，要在9天内分完1350个家庭，平均每天分100多户。为了公平，元旦大家没有休息，提前用摇号机摇了顺序号。第一天，摇了1至100号，第二天摇出 101 至 200 号，以此类推。

摇号后在网上"主题贴"公布结果，杜绝暗箱操作的联想，让百姓们都知情。

吕松槐安排人提前将车库和储藏间画好的分布图悬挂上墙，让大家清楚原始实情便于选择，也知晓注意事项。

吕松槐搬个凳子坐在群众中间，随时接受每一位老百姓的提问，现场解答每一个政策问题。

又一阵风吹来，刚才的冷鞭子变成刀片，一下一下拉着人们。但是，天寒地冻挡不住分配的诱惑，冷风能吹起灰尘，冷刀能拉疼皮肤，却吹不走、拉不掉人们期盼美好的念头。不少人家来了三四个人，院里站满了人。

担心秩序乱了，现场拉个隔离线，工作人员在线里，群众在线外。吕松槐手持喇叭，坐在现场隔离线内，指挥人们按顺序点名。点到名的进线里，看上哪个选哪个，很人性化，多数老百姓非常支持。摇号近的先挑的车库和储藏间必然离自家的楼近，摇号远的不高兴了。900 号以后的人意见尤其大："好位置前边都挑走了，剩下的都不好，我不要。"

有人仗义执言："按顺序号摇号公平，手气不好咱认了！"最后三天，矛盾冲突此起彼伏："不行！这个办法不公平，这么抓号，我不干！"

"对！这么分我不同意！"

我在前边说过，吕松槐当过 10 年信访办主任，熟悉老百姓的心理。他和同事们已经在大冷天冻了六七天，不能让同志们的努力付诸东流。再说，世界哪有绝对合理的事？就此而言，谁能找出绝对合理的分法呢？

吕松槐已经考虑到"后边的会吃亏"，制定了补救办法。

吕松槐提起大喇叭，对大家说："乡亲们！我们经过再三讨论和研究，又开了村委会，村民代表会，党员代表会后，还在网上的'主题贴'公布，经过绝大多数人赞成，才确定了这种分配办法。现在已经进入尾声，不可能重新分配的。"

现场秩序很乱，反对者大声喊、嗷嗷叫，有人还跳着脚骂骂咧咧的。吕松槐又说："这一，大家是按摇号机摇的，体现了相对公平。第二，后边的人认为自己的顺序号靠后、吃了亏，如果你的号靠前，别人是不是也这样想呢？第三，我们设计细节的时候，充分考虑到后边号的问题，有意识向这一小部分人倾斜，本着楼下就近的原则，预留了车库和储藏间，有调整的机会。第四，现在还富余车位 900 个，多余的储藏间 300 多个，大家别着急，太差的调整后，大家都会满意的。"

吕松槐的宣讲很奏效，院里的嘴都在说话，多数人赞同。夜幕黑色的轻纱排铺过来，涌动的人群像波翻浪卷的大海。

一位同事向吕松槐汇报工作，今天怎么样，明天干什么，闻知外边吵吵嚷嚷，吕松槐走到工作桌前。

只见一位40多岁的女人，破口谩骂工作人员。要求她"随便挑，现在就挑！"撕破脸皮骂，大喊大叫，工作人员怎样劝解都不行。

吕松槐凑近问："妹子，怎么回事？"

"少他妈的挑好听说，"妇女转过头来说，"我的号为什么在后头？这事就你说了算，全是你瞎弄的！"

吕松槐向她一条一条解释政策，妇女听都不听，接连用粗话骂了吕松槐，又说："今天你必须给我分好的，我要哪儿你就得给我哪儿，要不，你就别想分下去！"吕松槐心里的火"呼"地上蹿，哪有这么不讲理的？

"你跟我较劲，找错人了吧？"

熟悉吕松槐的人都知道，这是条吃软不吃硬的汉子。6岁的时候，小松槐贪玩，去河套划冰车回来晚了，让父亲啪啪打了两巴掌。小松槐不服，认为父亲打得不对，回屋取了斧子要砍父亲。

母亲一下抢了斧子，将小松槐抱了起来："孩子，你这样做可不对。那是你爸，你爸是咱家的天哪，你不能打你爸。你爸不对，你可以告诉我，也可以告诉爷爷奶奶，你不能骂，更不能动手打。"

中学时跟别的校同学打架，六七个人打他一个，巴掌拳脚一齐上。只要吕松槐说声"服了"就行。吕松槐宁可挨打也决不服软……

吕松槐对我说，他的火暴脾气，性子刚烈，与他的名字有关。他很喜欢松树的坚忍不拔，也喜欢槐树的宽阔胸怀。好友们在一起，吕松槐便背诵陈毅的诗句："大雪压青松，青松挺且直。要知松高洁，待到雪化时。"

雪压松枝，松枝一低，也没压坏。

槐树宁可折了，也不服输。决不为五斗米折腰。

同事都知道他脾气倔，办事果断、硬朗。若是交代的事没有结果，吕松槐"沾火就着"。但大家还愿意跟他干，一是能学到东西。另外，吕松槐率直，对事不对人，从不玩弯弯绕。

现在，那名妇女又疯魔般耍起泼来，拉开决战的架势，咣咣咣踢桌子，指着吕松槐的鼻子破口大骂，向吕松槐叫板："你欺负别人行，欺负我就不行！"几句粗话后，她又高声大喊：“现在就给我分，我要哪儿你就得给哪儿！”

吕松槐不是没有办法，在此之前早就定了规矩，如有个别胡搅蛮缠扰乱公共秩序的，可随时叫来警察拘留。吕松槐否定了这个行为，这样会激化矛盾，引发严重对立。吕松槐再次苦口婆心做工作，那妇女更加凶悍，大有志在必得之势。工作人员很愤怒，提议用超常规措施。大院里几百人看着这一切，有的幸灾乐祸，有的看热闹不怕乱子大：看你们怎么收场！

吕松槐在迅速思考，决不能让这个人影响了整体工作！第一，我一定要占领道德制高点，第二，我必须控制住场面。当着几百名群众的面，吕松槐突然给那妇女下跪："咣咣咣"磕了三个响头！

在场所有人都惊呆了，也震惊了那妇女！

吕松槐说：“第一，我是党员。第二，我是党支部书记，支部书记给群众下跪不丢人！”

现场鸦雀无声！

这一跪，天平立刻偏向正义，群众们非常震撼！同情、赞扬、感动，“人家又不是为自己，何苦这样出难题呢？”

“这样的干部，多了不起啊！”

“人心都是肉长的，不能这样难为干部啊！”

那位妇女再也无话可说，悄悄地离开了。

“男儿膝下有黄金，”吕松槐说，“上跪天，下跪地，中间跪父母，这么多年，从没给外人跪过。”

同事们非常感动，“哥，没想到你用这种办法。”

“我无所谓，”吕松槐说，“为了工作，宁可委屈自己，也要成全群众。给群众下跪，不算丢人。”

领导闻知震惊又感动，当即征求吕松槐的意见，是否运用政法机关，严厉打击那名妇女？

“算了，”吕松槐说，“事情过去了，问题已经解决，放过她吧。”

这天，50多人气势汹汹地来找拆迁办，怒目圆睁，骂骂咧咧，要“推翻不合理的拆迁办法”。

这些人显然有备而来，组织有序，分工明确，手里拿着摄像机、照相机、录音笔……

这是中国建筑公司七局的搬迁户，他们的原房子在华北石化1公里的安全距离之内，许多人已经十分清楚动迁政策，还要"争取利益最大化"。

吕松槐的同事已经接待四五次，他们又来，吕松槐不仅没有半点不耐烦，而是笑脸相迎。这笑脸的背后，既是个人修养和素质展现，也有良好家教的强力支撑。

"我是农村孩子，老人经常教育我，千万不能让跟自己熟悉的人占便宜，生人就带搭不理。一定要一碗水端平，要发自内心地帮助有困难的人。"

原本这片的拆迁组长是同事韩峰负责，他见来了这么多人，看样子个个都不是善茬，就向吕松槐求援："哥，你给他们做个政策宣讲吧，我讲不出来了。"

"行。"吕松槐答应后，立即走到人群中，礼貌而热情地跟大家打了招呼："欢迎各位的到来，大家好！我姓吕，双口吕，我叫吕松槐。现在是任丘市政府千万吨项目建设拆迁指挥部'拆迁办公室'的副主任。"

摄像机、照相机、录音笔，高高低低的手机录像，一起对准吕松槐。

"我介绍得这样详细，就是告诉大家，我对我所说的每一句话负责。在动迁待遇上，政策上有的，我们一点不差地执行。政策上没有的，我们要看看实际情况，仔细研究，具体情况具体对待。如果政策上有漏洞，我们会咨询法律专家，请示市委市政府的同意，给政策打补丁。总归一条最重要，我们一定考虑大家的利益，尽最大限度地让大家满意。"

吕松槐的话刚落下，如同平湖刮过风暴，一下子狂浪翻卷，这里一个浪头，那里又一个浪头，浪头们相互撞击，哗啦啦扑过来……

"大家别着急，一个一个说。"吕松槐和蔼地组织大家，"或者，选几个代表。"

一个瘦高个儿站起来，接连问了三个问题，吕松槐流利地逐一回答。接连又回答两个人的现场提问，会场一下子安静下来，人们交头接耳地议论，表情上明显少了愤怒，多了和蔼。

这里有很多很多公职人员，有法律方面的行家，也有谙熟拆迁政策和拆迁待遇的行家，还有多次"打拆迁官司"的法官，法官也是拆迁户。他们专门建个群，在那个法官的暗中唆使下，专门跟政府对着干，提刁钻问题，做反面宣传。吕松槐发现后，第一时间向市政府主管领导做了汇报，市领导严肃批评了法官，法官不服，"隐身地下"，暗中挑拨拆迁户和政府对抗。

法官见自己"私利最大化"遇到阻力，便鼓动拆迁户去政府上访。信访局接待局长说："我们信访局也不清楚拆迁的具体政策，你们就去拆迁指挥部问吕松槐，他熟悉拆迁政策，他怎么说就怎么办。"

吕松槐流利地回答每一个人的提问，人们反而安静下来。

一位60多岁的老人，把录像机的镜头对准吕松槐，吕松槐不仅不躲闪，还给老人递一瓶矿泉水。

"这回我听明白了，"老人由衷地说，"我再也不听别的人反面宣传。像吕主任说的这样做，我肯定积极配合。"

刚才提问的人也纷纷表态，表示"积极配合动迁办"。

类似的"情景再现"，已经数不胜数。

让每个今天都优于过去的昨天，改变就会在你意想不到的时候发生。

这天下午特别热，屋外"光锥子"扎人，热气扑面。屋里蒸笼一样，不动一身汗。突然，一大群人吵吵嚷嚷进了指挥部，大声吵闹着要找吕松槐。

工作人员赶紧迎出去，问询情况。

"谁叫吕松槐？他上哪儿去了？我们找他！"

"我们已经弄明白了，什么这个政策那个政策，吕松槐说怎么办就怎么办，说给多少就给多少，我们就找他！"

"这小子权力大了去了！"

这伙人由信访局"转战"拆迁办指挥部，直接找吕松槐"算账"……

吕松槐把会议室的门打开，请他们进屋。

完全是无政府主义状态，所有的人都在说话，所有的手机都在拍，所有的肢体都在比比画画……

吕松槐看出来了，好几人很面熟，他接待过。许多人都怀着侥幸心理，叫唤孩子多吃奶，房子千万不能拆，能多要就多要。其中有几位不是拆迁户，显然是来"搅局的"。

面对乱成一锅粥的局面，吕松槐说："我按照信访的相关管理规定，请你们推选3至5名代表，我们详细谈，一条一条谈。"

同事们摄像机架设好，对准会场。

"大家看着了吧，"吕松槐指了指身边的机器，"我为什么要全程录像，就是想让大家清楚，各位有问，我必答。请放心，只要是我今天答应的条件，就一定要兑现。空口无凭，有录像为证。我这边录像，各位也可以录像。"

会场一下安静下来，大家你看看我，我看看你，一时不知道怎么办好。原本打算人多势众，一齐来闹，没想到会录像。原计划来"搅局"的人，一时没了主意。

吕松槐又扫了一眼会场，直接"对症下药"，挤出"水分"："我今天只对搬迁户。不是搬迁户的，请离开。我们一起对话的，请出示身份证。"

"你凭什么要身份证？你算老几？"

"只有公检法才有资格查身份证，你没资格要我们的身份证！"

吕松槐平和地说："我查验身份证，是要确认搬迁户身份，你不是搬迁户，我不会跟你讲。"

无数个手机纷纷对准吕松槐录像。

一位女出租车司机，没有带身份证，掏出驾驶证给吕松槐看。

"可以。"吕松槐说。

"搅局的"走了，吕松槐以一对多，当场解答了上百个问题。来的人由愤怒而平和，由平和而高兴，夸吕松槐："政策水平很高，好多问题已经向咱老百姓倾斜，咱不能再闹了。"

不知谁最先夸吕松槐"好样的！"好几个人高高地竖起大拇指，夸吕松槐"好样的"。

# 33. 把千万吨建设放"头条"

这天上午，华北石化的建设工地乱糟糟吵成一片。

两群人都在吵，都在喊，似乎在比谁的嗓门大。

锹镐和棍棒、铁管子都成了凶器，有的高高举在天空，像一群掐架的老娃子厮打在一起。两伙人"凶器"在前，身体在后，像两伙长触须的龙虾集体对阵。吵闹声渐渐提高，双方队伍都在扩大，"前锋"越凑越近……

许多电话都在打，许多嗓子都在大喊大叫，许多汽车的油门踏板已经踩到底了，还在使劲踩……

轿车和警车从不同的方向开往华北石化……

这两群人，一伙是 PX 项目的人，一伙是施工队。

施工队有理：这里是华北石化千万吨项目的厂区，他们手里拿着与华北石化千万吨建设的合同，凭什么不让开工？

PX 项目的人有理，他们在拍卖会上"摘牌"拿到这块地，真金白银花出去了，凭什么让你施工？

施工队底气十足，千万吨项目是国家重点项目，也是国务院批准的项目，你们挡得住吗？

PX 项目老板底气十足，我们手里有当年的项目全套批文，有政府开具的买地手续，你们凭什么"侵略"我们的地盘？

说来 PX 项目老板也有委屈，当年任丘要大力发展石化产品，并以此作为繁荣当地经济的"龙头"，雄安新区横空出世，以近乎摧枯拉朽的气势"扭转乾坤"，把环境保护当成头等大事，那些已经批复、已经开工的或搁浅或观望，谁也不敢轻举妄动。曾经"箭拉满月"的 PX 项目，在此买了 130 亩地，因为项目有不同意见，"下马"已成定局。问题是，人家手里攥着合法手续，没人给补偿，怎么会"任人宰割"？

远看，两群人黑云一样向前凑，如果两块云合二而一，就出大麻烦了！

突然，一辆轿车开了过来，刀一样在两群人之间"拉出"一条缝，两三分钟后，警车跟进，将两群人一分为二……

轿车上下来一位方脸、中等个头中年人，他先是向两群人礼貌地挥挥手，告诫大家："冷静行事，谁也不兴动手！"大家正愣着，这位中年人又大声说："先把手里的家伙放下，我来说几句……"

警察和公职人员很快过来，拉成一条长队。

过后人们才知道，这位四方脸中年汉子叫张占山，为任丘市主管工业的副市长。闻听华北石化报告千万吨项目两伙人打起来了，张占山一边用电话指挥相关部门，一边驱车前来"灭火"……

张占山协调时态度明朗，摊牌道：千万吨项目是任丘市的工作重点，是"第一位"的工作，任何人不能耽误了项目进度。明确跟 PX 项目负责人谈：尽快给华北石化腾地方，并现场指挥：一号车间怎么撤，二号车间怎么搬，尽可能减少损失，绝对不能影响千万吨建设。

又协调了 PX 项目，现在政府没有制订具体的补偿问题。但有一条，政府牵头的事政府要负责到底，请给我们点时间。张占山一再强调，决不能因为政府没有给钱就不搬迁，这是两码事，不要混为一谈。

这个问题刚解决，另一个更加棘手的问题冒了出来——

千万吨配套工程火车编组站"又干起来了"！

这次干仗不是两伙，而是三伙。

华北公司要建设新的火车编组站，征地问题"鼓包"了。

我在前边讲过，原火车编组站有极大的安全隐患：因为城区扩大，9条管线上面，已经是繁华的"食品一条街"。每当夜晚来临，那些举杯尽兴的红男绿女们不知道，他们已经坐在休眠的"地雷阵"上……

新编组站地点在议论堡乡孙家坞村。这地方有个热电厂，为了交通方便，给孙家坞村修了座200多米的桥。建设新编组站要拆除一部分引桥。

经过评估，华北石化拆除引桥要付拆迁费千余万元。这笔钱刹那间被被"引爆"，爆点集中在桥上……

这座桥的产权属于河北省建设投资公司旗下的热电厂。华北石化将钱付给产权单位热电厂，议论堡乡孙家坞村不干了："这桥是给我们村修的，补偿钱应该给我们村。"

热电厂代表说："这是我们的桥，补偿钱我们得要。"

双方各执一词，互不让步。

副市长张占山请了法律顾问。这座桥当年确为议论堡乡孙家坞村老百姓所修建。2006年，热电厂曾想把桥移交给地方政府，因为些细节问题，没有移交成。经查找法律依据，这座桥的补偿款，应该给孙家坞村。

热电厂代表说："当年是我们花的钱，到现在还挂着账，这钱不给我们，账消不了，我们没法交代。"

双方"顶牛"，事情不赶快了结，会耽误千万吨工程进度。

张占山做几次工作热电厂仍不让步，干脆来硬的："你建的桥不假，但这是违章建筑。当年并没有征地。按《城市规划法》第63条，我们要依法没收处罚。"

热电厂不服，去北京找了律师。

张占山也请来律师，一场对簿公堂硬仗即将拉开。

开庭的日子越来越近，张占山组织了严密的诉讼准备。

双方的"战争"还在升级，热电厂代表说："不给钱不兴拆桥。"

孙家坞的代表说："不给钱不兴拆桥。"

桥上更加热闹，孙家坞村组织了"阵地战"，几位上年岁的农民在桥上搭个小窝棚，日夜24小时严防死守，"不给钱不许拆桥。"要想拆此桥，先把这几条老命"解决了"……

正式开庭那天，北京的律师并没有来。

张占山来到桥头："你们赶紧走，把窝棚扒了！"

几位老农民跟张占山喊起来，坚决不走。

张占山告诉他们和电厂打官司的事，说："你们在桥上驻守不让拆，这是在帮电厂的忙哩！"

几位农民这才恍然大悟，扒掉了窝棚。

千万吨开工后，还要安装环评设备。

千万吨工程的老装置要与新装置对接，环评验收要求很高。其中要求 CIMS 装置，全部安装到位才合格。从德国进口的几十个 CIMS 没有安装完毕，验收不合格。

环评要求安装在线监控系统，数据实时上传。因安装进程未完成，没有安装这套在线监控系统，做不了实时在线，将会影响千万吨建设进程，也会影响千万吨开工！张占山带人赴沧州找环保局，提出进行人工监测，一切按在线监控的要求指标做，保证不污染空气，把数据传上去。抢出了时间，抢出了建设速度。

现任市长宫建军，素以决策果断、雷厉风行、执行力强著称。在他眼里，"没有干不成的事"。上述电热厂与老百姓以"桥"为焦点争夺拆迁费，宫建军出手向热电厂施压，与乡党委书记一道将工作做到老百姓家里，割划出属于老百姓的拆迁费份额，市政府掏钱新修一条路，解决了老百姓出行困扰。

北环路是任丘市的交通主干道，它与燕山道形成交叉，为人流车流最多的繁忙地段。华北石化生产装置位于北环东路北侧，而新建管控中心位于北环东路南侧，安全问题像悬在工厂头上的一把利剑。此路封了，千万吨炼油项目才能中交生产。"封路"的议题刚一抛出来，如同一块石子抛进"臭水坑"，轰地一下，炸起一球子蚊蝇来！尖锐的问题很多很多。宫建军果决地"拍板"："既然这事必须干，就立刻动手，不要犹豫，不要瞻前顾后。时间紧迫，我们不能被问题吓住，而是马上行动，边干边解决问题。"宫建军一个猛子扎下去，深入工厂，深入乡镇，深入商户，带领职能部门现场办公，和群众面对面对话，多方咨询和征求专家意见后，连续作战，于 2018 年 9 月 11 日完成北环路封闭，解决了多年未决的老大难问题，实现"多方共赢"。

泰山道同样困扰着华北石化的安全与出行。道路本身是简单的，可道两边结满了"麻烦马蜂窝"！宫建军在难而进："为了大石化，为了千万吨，我们勒紧裤腰带，咬牙也要坚持把泰山道北伸修好，兑现我们对石化员工和全市人民的承诺！"

2018 年 11 月 6 日，这条高标准、高效率、高质量的泰山道延伸干道如约建成，雨污分流、照明、景观工程同步亮相，解决了北环路封闭造成的交通梗阻，交通畅达，百姓交口称赞。

我在前文多次说过，任丘市委市政府表态"举全市之力，支持千万吨项目"。其中直接参与协调工作的干部不计其数。由于此文篇幅所限，我所写的人物可谓挂一漏万。在此，我原文实录记者王磊发表在 2014 年 9 月 25 日《沧州日报》上的一篇文章——

## 《穿针引线》的协调高手
### ——记任丘市石化办高亚斌

如果把协调各部门和中石油、华北石化公司比作"千条线"，他就是引线那根"针"。高亚斌喜欢"穿针引线"，并做得一手漂亮的"针线活"。

从 2006 年 9 月 7 日千万吨炼油项目的启动，到 2014 年 9 月 24 日项目全面开工，8 年时间，近 3000 个日日夜夜，对石化办的工作人员高亚斌来说，是一段不同寻常的经历。

### 爱岗敬业　创造奇迹

2009 年 10 月，为在年内完成项目前期工作，任丘市召开了项目环境影响报告书专家评审会。石化办的高亚斌担任资料组组长，两个大容量 U 盘和一个装有几十个基础文件、十多公斤重的大手提袋成了他的随身装备，以便随时查阅。他像不停转的陀螺，穿梭于专家、领导和相关单位，会议连续开了 3 天，他楼上楼下几乎没停过脚。在晚上通常是衣不解带，每天仅睡 3 个小时。一直坚持到会议结束，高亚斌才拖着浑身疲惫赶回家休息。脱袜子时，他觉得很费劲儿，仔细一看才发现上面粘有许多血迹，原来，脚底跑出的血泡已经和袜子粘在一起，此时的他才感觉疼！

在环境中心审议过程中，涉及的 3 个地方支持性文件和 89 个监测样本，5200 个环境监测数据急需补充，接到来自北京的电话时已是深夜 11 点钟，高亚斌二话没说，立即协调华北石化公司组织打井队在厂区内连夜开钻打监测井，经过连续两个昼夜的紧张施工，13 眼监测井全部完成。及时为环评专家团提供了监测样本，为项目环境影响报告书顺利通过评估抢抓了时间。

一位环评专家动情地说："你们任丘在全国创造了环评中心成立以来，当年启动环评，当年一次性通过专家评估，当年取得批复的唯一先例！"

### 勤学专业　提升效率

经过8年的摸爬滚打，勤于学习、喜欢钻研的高亚斌，这个曾经的"外行"修炼成了"专家"。几年来，他在完成会议安排、接待来访、办公室事务等大量繁重事务性工作的同时，还负责文字材料工作，这些年撰写汇报材料、简报信息达800多篇150多万字。

外地取经，借脑"升级"。他先后5次与华北石化公司主管负责人赴宁炼、呼炼、新疆独山子石化基地等企业考察学习，完成了10余篇有分量的调研报告，为项目环评顺利通过提供了具有价值的参考依据。

他还多次随同市政府主要领导到有关省厅、国家部委和规划单位，协调解决困难，缩短一些专业性支撑文件的制作时间。先后6次北上长春、东赴青岛，督促有关编制单位加快地下水评价和环境影响报告书编制进度。环评申报团队仅用4个月的时间就完成了平常3年的工作量，审批时间也由常规的4个月缩短到1个月。这其中，高亚斌功不可没。

### 甘心乐业　勇于担当

高亚斌是不折不扣的"大忙人"。任丘市领导们与省、沧州市政府、各部门协调关系，市政府与华北石化公司、多家报告编制单位之间关系的具体协调也离不开他，有的刻不容缓、有的盘根错节、有的困难重重，事无巨细，他都主动担当，从未耽误过。

他绞尽脑汁，不遗余力，石化办的工作井井有条。自石化办与华北石化公司共同建立联席会议制度之后，他负责对项目进展情况每日一调度，及时发现和解决问题：2009年4月至12月底，他每天定时向沧州市政府汇报项目进展情况；每周召集相关单位召开一次总结例会，通报各方反馈情况。8年来，共参与组织联席会议300余次，帮助协调解决各类问题120余件。

千万吨炼油升级改造工作全面开工，这对于高亚斌来说，无疑是最开心的事。往后，他的工作会越来越多，"活儿"越来越忙。他高兴地说："我有信心把以后的'针线活'干得更漂亮。"

# 34. 不仅仅是乡愁

乡愁是条穿越时空的线，这端是游子，那端是故乡。

2005年，中国自然村落363万个，至2017年年底，只剩下不足270万个。仅仅12年间，超过90万个村落消失在中国版图上。平均每天消失村落超过200个。伴随工业化和城镇化进程的加快，村庄消亡的速度也随之加快。

东八村的消失，只是一个小小的缩影。

2018年10月23号，我去了原东八村村民们居住的楼房小区。

这里是原北五里铺域内的楼房新村。

整齐的居民楼坐北朝南、呈东西走向，村正门在两栋居民楼中间，一人左右高的紫红色大理石墙垛上镶嵌着起鼓的烫金大字：东西八新村。

这是东八村和西八村的"合称"。

放目环视，这里建筑风格和环境很好，跟城市里别的住宅小区没什么两样。

华北石化年青员工舒亚卿带我去了东八村村部。一位年过六旬的守卫正在值班。东墙上有两块监控显示器，大门口进来的车或人的一举一动，都一览无余地出现在屏幕上。很明显，这里克隆了城市的住宅小区管理方式。

当年的村民，已经是市民了。表面看，这片地方已经融入城市，这些人也融入了城市，其实，我们看不见的乡愁始终没有散去。

在走廊和会议室墙上，规整的压膜画框里挂着基层纪检委员会工作制度，农村纪检委员会监督事项，《村规民约》补充规定，东八村群众联络员职责，东八村群众工作室，开发区东八村综治中心，综治中心工作制度，公开代理流程图，便民服务事项，便民服务室主要职责等，表明这里仍然是村子。

可是，真正的村子是这样吗？看不见田园，看不见菜地，看不见农具，看不见牛圈羊圈和栅栏，看不见欢腾飞舞的鸡鸭鹅，看不见院门口堆放的柴垛，看不见大树上的鸟儿们叽叽喳喳"开早会"，也看不见，老人们坐在家门口的老树下给孙辈们"讲古"……

　　我很感慨，村民的心态跟眼前的情形类似，外表是城市小区，内里还是村民。就像这楼房，明明穿上了城市的外衣，居住的人还是农民。尽管变是永恒的，不变是暂时的。村民可以成为市民，市民也很可能成为村民，但这需要时间。我想，没有人会轻视时间。因为，人的生命就是由时间构成的。或者说，生命就是时间的产物。尽管，化蛹成蝶是很多生命颠覆式的期盼和理想。但，在蛹尚未化成蝶的蜕变过程中，却是最痛苦的。外形上"四不像"，分不出是蛹还是蝶，内里，也要经历最痛苦的挣扎。

　　"这里的环境、生活质量、生活条件比原村庄好了，比原来方便了，但还是怀念老家，有的老年人经常去村遗址看看，看一次掉一次泪。"

　　"消费比原来大了，今天这个费，明天那个费，没完没了，生活负担重了，更累了，不随便了，住对门从搬来也不认识。很想念原村庄，但又有什么办法呢？"

　　"新村与原村相比，有好、有坏，有方便、有不方便。生活质量高了，环境改善了，但经济上、精神上压力加大了。"

　　"不如在老家踏实，有 2 亩地，吃饭没问题，无论如何也能过；在这儿不踏实，多数人生活压力大。有的老年人搬到楼房不方便、不习惯，只好去了养老院，回来只能住一两天。"

　　"我们年轻人都觉得好多了，干净了，交通也方便了。如果让我选，我选住这楼房，不选老家平房。"

　　"虽然环境和生活条件好了，但还是怀念老家。在这里，人与人的关系疏远了，乡情、亲情、邻里情淡漠了。如果让我选，我选老家那平房，不选这楼房。"

　　事实上，不管村民们愿意不愿意，已经没有第二个选择。


　　华北石化的人说："没有地方党委和政府的大力支持，就没有今天的华北石化。"

　　地方党委和政府的领导们说："没有华北石化，我们的地方经济就不能大发展，更不能持续发展。"

　　我采访过诸多企业，也调查过诸多中央企业和地方企业"相处"的实情，多数一人一把号，各吹各的调。

　　在任丘，在沧州，在河北，我欣喜地看到，华北石化和地方党委政府组成一个大型交响乐团。他们将各自的"乐手"组织起来，将能量发挥到最大，演奏了一曲雄浑壮阔、气势磅礴、响彻云霄的大型交响乐！

这种合作绝不是走过场或者滥竽充数，而是各自挑选精兵强将，精心布局谋篇，精心设计每个乐理单元，让每种演奏乐器、每个演奏员都发挥所长，既有双声部的轮唱，又有单声部的表达，更有清丽高挑的单件乐器单打独奏……

我为此而感动。在河北任丘，华北石化公司已经走过漫长的32年征程，这么漫长的道路，许多单位作古，许多人作古，公司的名称换了多次，地方党委和政府的牌子换了多次，领导换了一茬茬，不换的，是他们的友谊，他们历久弥新的合作精神。他们经受了这么漫长岁月风吹雨打、雷鸣电闪，能伴共和国的脚步大步前行，提升形象，提升合作水准，提升对国家的贡献，多么令人欣喜？

我也为此而思索：在中国，各类各种研究院所比比皆是，有没有专门的院所研究央企和地方合作的？我们的各种各类奖项比春草都茂盛，有没有机构设立地方和央企"合作奖"的？我们的研究员多如牛毛，有没有人研究这个对国家发展至关重要的课题的？我们的管理部门星罗棋布（这还不计：单位内设置的司、处、部、所、科、股、组），有没有一个部门专门举荐、推广地方和央企"合作经验"的？据悉，中国近年论文发表数量已跃居世界第一位，那么，有没有论文深入探索此选题的？

进一步反思便是：既然这种合作遍布中国大地，我们明明知道他们各有不同的职能，是相依相偎唇亡齿寒的关系，为什么视而不见、置之不理？

什么是地方利益？什么是企业利益？要知道，从深层上说，这都是祖国建设和发展的组成部分，都是国家利益！

既然如此，这里为什么成为自生自灭、甚至"无人理睬"的盲区？为什么"事实上有"，理论上无，政策上少，经验上薄，舆论上瘦，关注上稀，引导上弱？

在我们身边，这样的实例俯拾即是，两个单位或两个人各自为战乃至互为劲敌，没有合作或是明合暗不合、明争暗斗，结果便是，一加一等于零，或者等于负数。

许多道路走了开头，可能有诸多个目的地，有诸多的结尾。这种"背对背工作法"的短视行为却只有一个结局，那便是两个单位各有损失。两个人则因为互相"泼脏水"，各自身上都污迹斑斑，形象和政绩双双打折，双双减分，"�‖嘴骡子卖个驴价钱"算好的，很有可能被双双"清场"……

我欣赏华北石化和当地党委政府的精诚合作，我更欣赏光芒四射的结局：一加一不等于零，不等于负数，也不等于二，而是等于"诸多"！

正是这种发自内驱力的相互支持和友好协作，才发挥各自优长，提升各自魅力，增强各自实力，推进各自发展。

华北石化多年荣膺河北省纳税第一大户，为当地经济发展作出卓越贡献。当地党委和政府以推助华北石化发展为荣，展开多方位多辐射的全角服务，协助企业翻越困难大山、开足马力扬帆远航。

众所周知，许多单位和个人由于"面和心不和"，形成外在紧密内质松散的局面，坚硬的外壳下，仿佛是虫蛀的空心状态。

华北石化和当地党委政府则心往一处想，劲往一处使，你有困难我拉你一把，我有困难你推一下，像兄弟一样团结，若姐妹一样贴心，携手合作发展，获得了政策双赢、经济双赢和发展双赢。这种成功范例，为中国处理好"条条和块块的关系"，提供了丰富经验，做出榜样，成为遍及中国大地的"条条块块"携手前进的风向标。

在中国，类似"条条块块"相互拆台的负面例子比比皆是。"块块"以自己的"棱角"死磕"条条"。在政策上卡，"勒大脖子"，算计到骨头里。面上笑眯眯地假支持，背地里敲骨吸髓。在资源上封锁或"肢解"，怂恿民企或地方企业暗里"切蛋糕"，刀磨快快的，薄片多切。骨子里只打一个算盘，那就是"吃大户"。在服务上，脸难看，话难听，门难进。或者，只"笑脸相迎"做表面工作，明里声称支持扶持，暗里拆台。这种竭泽而渔、杀鸡取卵的本位主义手法，以为先揣鼓了自己的腰包，实则在斩断别人前路的同时，也斩断了自己的后路。

他们没有想到，有一支"国家队"在此工作和生活，不光提升了产业技能和科技水准，也拉动下游许多产业。甚至在引领社会风气，提升文化水准，繁荣城乡市场，直接或间接地增加劳动就业等多方面，都有举足轻重的导向作用和推动作用。

许多"条条们"则以大自居，甚或有君临其上、超凡脱俗的气派，我的组织关系、人事关系、工资关系都在北京，你地方能奈我何？我就是一条绳子，想捆哪儿就捆哪儿，想怎么捆就怎么捆。我就是一条鞭子，想抽哪儿抽哪儿，想怎么抽就怎么抽。其实，他们在呼地方的空气，在喝地方的水，在地方的人际氛围、政策氛围、文化氛围、民俗氛围里生存，即使上述"硬件"不被左右，却被这些"软件"所影响。任何品种想在一个地方生存和繁衍生息，首先要融入这里的环境，适应这里的条件，这也是达尔文适者生存理论的精髓。你纵有千条本事，谁犯了"水土不服"的错误，都要消耗体力甚至消耗元气。

看菜吃饭，量体裁衣，到什么山上唱什么歌，玩不得"个人英雄主义"。美国的实力确实很强大，但其专横跋扈、"退群"成瘾，一意孤行玩单边主义，忽视和忽略所有国家的利益和感受，失道寡助后，必然走向衰落。称霸全球的世界上最大的动物恐龙，现在为什么"只剩下了传说"？我不是生物专家，不敢妄言原委，我却敢说一句话：生存环境变了它仍妄自尊大、我行我素，最终因"水土不服"而大幅实力消减甚至种族灭绝。

第十章

# 为了远方，我一次次重返枝头

工作就像跑马拉松。一时领先，别骄傲；暂时落后，也别着急。此刻的高下，不是最终的输赢。如有掌声，就让它激励你更上层楼；如有挫折，就让它鞭策你勇猛精进。

每个人都有目标，负重前行，会让身心疲惫，却也不能就此打住。生活实苦，不进则退，一路艰辛才有一路芬芳。以出世的思想，做入世的事业，把个人的能力发挥到最大化。

只要你仍然在奔跑，你所经历的一切，幸福也好，痛苦也罢，都将成为你生命的一部分，成为你的力量来源。

世上的很多事都是一样的道理。你若笃定，内心便不会浮躁，沉下心做好眼前事，走好眼前的每一步路，才能为人生之路打下更加坚实的基础，抵达那个你认为遥不可及的远方。

## 35. 空降的"小个子将军"

你也许正面临两难的选择，你也许正经历难言的痛苦，可谁敢说这看似残酷的更迭，不是你变得越来越好的凭证？从懵懂到睿智，从生疏到干练，我们都在属于自己的成长之路上脚步渐稳。

2016 年 12 月 28 号，早晨上班前，妻子跟李力斌商量，马上就要元旦放假，她打算去桂林玩几天。来广西钦州十多年，李力斌节假日总是加班，连近在咫尺的"甲天下"风景区都没去过。

"没问题。"李力斌头一回答应得这么痛快。

上班后，李力斌刚到办公室，广西石化公司总经理雍瑞生进来了："力斌哪，我刚接到中石油人事部的电话，让你过了元旦就到华北石化公司报到。"

李力斌几乎怔住了，半天没说话。

这消息太突然了！没一点精神准备。

李力斌清楚，在中石油行业，解放初期那些建设者们，都是整建制整建制的解放军脱下军装当工人，为祖国探矿、开发石油。现在，这些地地道道的民兵们，向来秉承正规军的作风，军人的风骨，军人的打拼精神，军人的行为准则，军人的"军令如山"。消息无论多么突然，因为什么，上级有令，必须要执行。

面对现实，李力斌忽然想起来，自己对华北石化居然一无所知。

李力斌赶紧上中石油内部网搜索一些关于华北石化公司的资料，研究一下那里的工作有什么特点，到那儿去干什么。

晚上回家，妻子正翻腾大衣柜，找去桂林旅游要穿的衣裳。这件嫌旧，那件又嫌土气，好容易找一件可心的外套，高兴地穿上，对着镜子左照右照，问李力斌好看不好看。李力斌笑眯眯地说："好看。"

妻子突然发现丈夫哪地方不对，嗔怪道："你连看都不看，就说好看？"

"我工作有变动。"李力斌说。

李力斌说了实情，妻子塑像一样愣在那里。

妻子也在广西石化上班，家刚稳定没几年。现在丈夫突然去华北，她有些手足无措、心里不踏实。

"那里人生地不熟的，对企业也不了解，"妻子低声说，"家怎么安置呢？"

"组织信任，交给我一项工作，可能有特别需要的地方，至于困难……"李力斌停顿一下，"再一个个去解决呗。"

李力斌非常清楚，现在不是去想自己明天会怎么样的时候，该想一想凭现有的条件你能做什么。

别和往事过不去，因为它已经过去。别和现在过不去，因为你还要过下去。

2017年1月2日他只身起程坐飞机经北京中转，踏上了去往任丘的旅程，一路向北、向北，跨越3000多公里，李力斌从山青水秀花红草绿的广西钦州，来到满目萧瑟寒风扑面的华北任丘。

3日下午，李力斌来华北石化公司报到。

公司总经理张栋杰开门见山，坦诚地告诉李力斌，中石油总部调你来，重点主抓千万吨炼油的建设工程，"从现在起，就一年半的时间，到2018年6月底建成，年底投产，能完成吗？"

"困难很大，信心很足。"李力斌回答。

他答应得虽然很爽快，但内心压力却非常大。

一到驻地，他征尘未洗，就迫不及待地巡看了华北石化公司的千万吨项目现场，1500亩地很空旷。千万吨项目除了立起几台反应器，什么都没有。摆在他面前的是一片苍白。面对偌大的项目，他眉头紧蹙，千头万绪从哪儿抓起？又从何处入手？

这张空卷纸，等着他来答呢。

夜阑珊，人未眠。李力斌躺在床上，身子是休息了，脑细胞还在飞速地旋转着。一向笃信"世上无难事，只怕有心人"的他头拱地也要闯出一条路来。

李力斌详细研究了这个项目，由于时间跨度太长，中间变化太多，项目死死活活折腾多次，设计院和设计团队干干停停，团队成立了解散，再成立再解散，很多延续性的工作被打破、理不上头绪。再加上任丘的施工环境限制，10月底要控制雾霾，商品混凝土供应全部停产。在广西钦州，他可以一年四季甩开膀子干，"抓急了"关键工序昼夜不停保进度。这里，却要等到来年采暖期结束才能开工，4个月土建施工不能干活，工程进度大受影响。土建干不完，设备就安装不上。会影响到后续一系列工序的施工进度，从现在往后算，也就只有18个月的时间，面对如此艰巨的任务，怎么办？！

"有条件要上，没有条件创造条件也要上！"铁人的精神是我们石油人投身事业的不竭动力。

"大路朝天，各走一边。我们就是要走前人没有走过的路。"李力斌在心里坚定地告诉自己。他暗下决心：一定要打破工程建设至少要24个月，加上前期36个月的常规建设速度，按时完成项目建设任务，绝不辜负领导的重托，向党交付一份完美的答卷。

他按照总的工期目标要求，排了又排，算了又算，最终设计制作了项目统筹规划。李力斌在心里谋划后也暗暗吃惊："这个规模，如此速度，国内外同类项目中还没有！！""可能实现吗？"他在心里反复地问自己。是啊，可能实现吗？

13套主装置，再加上储运、公用工程和辅助配套工程，共129个设计单元，相当大的工程量，而现场除了蔼蔼晨雾下几台孤零零的反应器立在那里，到处是一片荒芜，一切得从零开始呢。

当一个人的思想经历经过巨大的嬗变后，接下来便是最深沉最凝重的思考了。鲲鹏一日九万里，起步尚且在腿边。真正能够登顶远眺的人，永远是那些心无旁骛，坚持着往前走的人。

1月6号，李力斌回到广西石化公司交接工作。

1月11号返回华北石化，如箭在弦上，蓄势发力。

炼油化工项目建设，设计是先行。1月12号，精于项目管理的李力斌首先组织参与华北石化项目的8家设计院召开协调会。建立了设计协调机制，明确了主要工作责任人，确立了设计工作关键节点。

外貌上看，李力斌没有任何优势——1.65米小矮个，小平头、薄身板，戴着大圈套小圈高度近视镜。但，就是这样一个"不起眼"的形象，却是浑身充满了智慧与能量，在以后的项目建设中居然"呼啸而起"！他以"专业上个性十足"，团结同志"毫无个性"、能力水准令人惊叹的全新形象，介入华北石化的千万吨建设……

2月28号，李力斌主持召开项目动员大会，作了声情并茂、热血沸腾的"誓师大会"报告，部署了整个项目的战略计划："依据工程项目建设的科学程序，针对不同建设阶段的重点工作，将建设全过程划分为5个大的阶段，期间部署安排"三大战役"，制定有的放矢的战略计划，紧张而有序地组织项目建设。这5个阶段的时间安排就是2017年春、夏、秋、冬四季和2018年一季度。

第一阶段，3月1日至5月底，展开以土建施工为重点的"春季土建百日会战"，目的在于降雨丰水期之前完成全部主体装置的土建基础及地管等地下施工，完成大部分钢结构安装，完成部分粗地坪，为后续设备和管道安装奠定基础。其他方面，设计工作基本完成所有单元的施工图；采购工作完成所有的设备及材料订单；公用工程、储运系统及辅助设施各单元按照三级计划全面推进。

第二阶段，夏季施工，重点工作为各主体装置静设备安装，要完成大部分静设备安装就位，为后续工艺配管全面铺开创造条件；要保证国产管材及阀门、管件等大部分到货，分区域展开工艺配管；全厂管网工艺管道施工进入高峰阶段。

第三阶段，将组织"秋季安装百日会战"，重点工作为各主体装置工艺管道及动设备安装施工，要基本完成中低压管道及大部分动设备安装工作，为后续电气、仪表施工让出工作面；主体装置的中低压部分管路试压包要在冬季上冻之前完成水压试验。配套的储运系统、公用工程及辅助装置设备及工艺安装和水压试验全部完成。

第四阶段，冬季施工，重点工作为各主体装置的高压管道和阀门安装、电气仪表安装；动设备及中低压部分的工艺管道安装进行收尾。

第五阶段，即 2018 年一季度，要组织最后的"决战决胜百日会战"，全面解决所有尾项、错漏碰缺及遗留问题，全面展开"三查四定"及整改；新建装置边界以内的工艺安装全部完成。在全厂短时间内停工期间，新建装置完成与公用工程的碰头接入；公用工程、储运系统及辅助设施全面达到投用条件。

3 月 1 日，"参战将士们"发起"春季土建百日会战"，吹响了开始项目建设的集结号。按照李力斌公布的奋斗目标：通过三个月的大会战，要在百日时间内，完成所有装置和单元设备的土建工程，完成大部分钢结构安装。号令一出，三军景从，首个大会战顺利打响！"参战将士们"第一次领略到这个"小个子将军"的风采，称他"电太足了！"

一进入角色，李力斌就成了飞速旋转的"陀螺"。他不畏困难，勇于探索与实践，创造性地开展工作，协调组织八大部门、六大项目经理部，白天盯在工地，晚上日结、部署明天任务。每天下午 5 点现场问题"碰头会"，每周二、四、六开例会，每周五上午开质量安全例会，临时发现问题随时开"碰头会"。每天日夜不停地穿梭在工地、会议室和办公室，每周大会小会不停地协调和解决问题。现场每一套装置的施工进度他都了如指掌，每一问题他都了然于心，我惊讶于他的记忆。他的大脑就像一台超高智能的计算机，有着内存无限分区精密的硬盘，高速运转的 CPU，存储着项目上事无巨细的信息，又随时能够随心所欲地调用这些信息为他所用……

其实，所有你认为的随心所欲都是曾经的苦心奔波和无数次极限的考验之后的涅槃，所有坚忍不拔的努力迟早会取得回馈的。

李力斌在自己的工地现场一间房办公室中，顺向东墙最宽阔的地方挂一张"工程指挥图"——全厂建设总平面布置图，上边密密麻麻地标注着图形、字母和数字。他时而像个将军指点江山、挥斥方遒，时而又像个突击队长，率领将士攻城拔寨；时而又是"孤胆英雄"，单兵在一线执行任务……

在施工现场，人们总能看见他那形色匆匆的身影。李力斌养成了习惯，一年 365 天，一天不到工地，他的心里就不踏实。工地上的交响乐成了他不可或缺的食粮。他每天都会早早来到工地，这瞅瞅，那瞧瞧，看看现场安全措施落实得怎样，和工程技术人员一起解决施工中遇到的难题。他常说"干工程，来不得半点马虎，任何的细微差错都可能酿成无法挽回的后果，特别是化工炼油行业，事故的后果不堪设想。"

他深谙一寸光阴一寸金的道理。对于李力斌，一年不等于 365 天。在项目建设的日日夜夜，他为了将时间拽住，没白天，没黑夜，没有睡过一个安稳觉，没休过一个星期天。同事们说："项目建设以来，他累不倒、压不垮，没白天没黑夜地干，没见过这么拼命的人，他就是个铁人！"

是的，"铁人精神"是一面旗帜，"铁人精神"是一种力量，在李力斌的身上，凸显了一种坚忍不拔的勇气！五加二，白加黑，是对李力斌工作狂最恰当的诠释。

他步履铿锵地带领参建的千军万马一路走来，一步一个坚实的脚印，一步一个跃起的台阶：

2017 年 9 月 6 日，李力斌再次发起"秋季安装百日会战"。号召全体参战将士"春夏厉兵又秣马，金风沙场秋点兵"！

2018 年 3 月 1 日，李力斌又一次吹响了"决战决胜百日会战"的号角。

三战定乾坤！

2018 年 6 月 30 日，李力斌主抓的千万吨建设工程如期中交，这个标志性的时间节点大捷，所有人都兴奋不已。

6 月 26 号，在晚上的最后一次协调会上，李力斌有感而发："将士们，我要谢谢你们！"他向大家深鞠一躬，接着说，"我很感慨啊，这是一个不短的时间，一年零四个月。这个过程中，整个现代化千万吨炼厂，已经立在这里，已经灯火辉煌了！回顾这一年零四个月。夜晚的新项目建设工地，从局部亮灯，到各区域星星点点陆续点亮，再到 2017 年 11 月，现场装置的正式生产照明已全部灯火通明。2018 年 4 月 15 号，新建的变电站送电了！把 110 千伏生产运行用电正式引入工厂，正式进入总变电所，照亮了我们的现场装置，实际也照亮了华北石化的辉煌前程，照亮了我们每一个参建将士职业生涯的前程！

"我们晚上在现场开会，有冷风刮面的时候，有暴雨风雷的时候，也有漆黑的夜晚，也有夏季的晚霞……

"这是我们最后一次的晚上协调会，我们克服了许多许多困难。尤其筹建单位的将士，离乡背井，离妻别子，在这里奋斗。矗立在我们眼前的千万吨项目还有 4 天就全面中交了。在这个过程中，大家共同面对困难，共同解决问题。我们有灰心沮丧的时候，也有激情澎湃的时候，我们实现了一个又一个目标。大家为一些问题，有争执，甚至有过争吵，但所有这一切都围绕项目的目标。这些过程不但没有使彼此产生任何个人恩怨，反倒在一起奋战中，更加深了彼此的战斗友谊。协调会，每个周二晚上都如期召开，雷打不动。作为最后一次协调会，现在要忘记之前的一切困难，留下更加美好的记忆和美好的怀念！我想起都德当年讲的《最后一课》，感到法语那么美好。今天晚上，周二这次最后的协调会，也感到今晚会议的美好！"

李力斌的话引起大家的强烈共鸣，有人默默地流泪，有人会后还站在原地久久不愿意离开……

## 36.当年鏖战急

上帝给了人们有限的力量但却给了人们无限的渴望。

1990年，李力斌大学毕业分配到兰州炼油厂，在最基层的起重吊装施工队一口气干了10年。工人师傅见李力斌个头小，身板单薄，重活从来不找他。

李力斌却"阵阵少不下"，主动迎接挑战。

如果注定要承受痛苦，那么就把痛苦当成是一种磨炼。既然一切都不可避免，就让暴风雨来得更猛烈些吧！

枕木太重，小个子李力斌一下搬不动，就先把枕木立起来，将肩膀伸进枕木下部，一点一点试探着起来，拼力前行。距离远，他憋足气力坚持向前走，直到实在坚持不住放下歇口气，再接着扛。

一个不成熟的理想主义者会为理想悲壮地殉葬，而一个优秀的理想主义者则愿意为理想艰难地活着。

"起重骡子铆工驴"，别看小个子李力斌自身条件差，却从来不示弱，事事想在前，样样重活抢在先。从小在城市里长大的李力斌从未干过重体力活，手上的泡破了起，起了再破。手掌的老茧一层层加厚。起先李力斌拿大锤都吃力，后来竟成为抢大锤的能手！

要想能做大事，就必须要能屈能伸。只要能达到最终目的，过程可以有很多选择。

在兰州炼油厂安装公司做起重吊装，与工人师傅们整天摸爬滚打，历经施工队技术员、副队长、队长整整10年，又上任工程监理公司经理、工程处处长，干了多年工程建设，刚参建完兰州石化的千万吨项目的核心装置，2005年，中石油总部一纸调令，将他从祖国的大西北，调到西南边陲的广西石化公司。

从此，广西石化新建千万吨炼化项目建设——国家重点工程拉开帷幕。

这是一项广西开先河的工程，也是广西最大的企业。广西为老少边穷地区，也是有 13 个少数民族的地区，此工程也是广西自治区落实中国西部大开发的"龙头项目"。这个保障西部地区油料供给的中国石油南方战略"开篇之作"，也是加工海外石油最便捷的途径。如果没有广西石化，中国石油在海外油田开发的进口原油要运到中国东北加工。

中石油总部明确提出：必须在 2008 年 12 月 11 日前实现工程主体机械竣工，作为广西自治区成立 50 周年的献礼作品！

实干家们把这个工程列为"1211"目标，所有人都朝着这个目标努力！于是，"决战 100 天冲刺'1211'工程攻坚活动"高调"亮相"……

面对如此艰巨而繁重的任务，李力斌锁上了两道浓重的眉，沉默着。他说："时间紧迫的确是令人头疼的事，但有困难就畏首畏尾，那还算得共产党员吗？"在他看来，什么都不难，他只相信事在人为。是的，在李力斌的人生字典中，从来就查不到"困难"二字。

李力斌来筹建的广西石化报到时，筹建组才十来个人。领导分工很明确，李力斌负责工程现场。主抓"工程组"。

厂址在广西北海和南宁之间的钦州港开发区。

李力斌拿着施工总平面规划图去现场一看，愣了，眼前的山头、深壑和海滩，就是未来的千万吨炼厂！

李力斌带着施工队伍，要在钦州港挖山、填海、平地。

李力斌刚到时，施工队伍太小了，才十几个人。雄伟的工程轰轰烈烈，很快扩大到 700 多人的队伍，推土机、抓钩机、大铲车、翻斗车昼夜不停，工地上彩旗飘飞，机声隆隆，烟尘滚滚，不时响起惊天动地的爆破声……

筹建指挥部掐着"时间表"催促李力斌：快些！快些！再快些！

晨曦微露，空气清新。城市还未从沉睡中完全苏醒过来，他便行色匆匆地奔向工地，检查项目建设中有关措施的落实。

李力斌的腿像扯着一根线，在这个工地和那个工地间"缝来缝去"；李力斌声音像一朵白云，在这里和那里"飘来飘去"；李力斌的技术招法像坚固的钢架，总是在关键的地方"支来撑去"……

"移山平地"的速度如雄性大猎豹前扑，扑掉了 15 座的山头，扑下来 1000 多万土石方，扑平了 200 多万平米的厂区建设用地……

日月运转如常，李力斌感受不到白天和黑天。对他来说，生活只剩下那些"箭头"。白天看箭头，晚上也看箭头。那些"箭头"指着"日进度"。在一张大大的"全景图"上，箭头的位置每天都在艰难挺进……

饭菜伙食不断地换样，李力斌却觉得"没变化"。所有的菜都掺杂了"礁石的味道""海腥的味道"和"泥土的味道"，这些关乎工程进度的味道，就是他生活中所有的"食材"……

太快了！

连广西当地人都"不认识了"，太神奇了！山头平了，沟壑没了，荒滩不见了，新造的广西石化厂区一马平川，辽阔无垠……

太快了！

一座威武的现代化的千万吨石化工厂，几乎一夜之间矗立在钦州！

2008年10月4日，国务院总理温家宝，亲自来广西石化慰问；

2008年12月23日，工地沸腾了！作为祝贺广西建区50周年大庆，张德江副总理代表党中央和国务院，亲自来广西石化剪彩庆贺；

2009年12月，广西石化从海外采购的第一轮原油，停靠在新建成的广西石化10万吨码头。船名非常吉利，这条轮船居然也叫"大庆号"……

2010年2月27日，标志着项目建设整体完工的重油催化裂化等8套主体装置全面工程中交；

2010年6月10日，广西石化的"龙头装置"常减压进料投产；

2010年9月8日，1000万炼厂装置全系统全流程打通，一次开车成功；

在这么快的时间里，能建成一座高质量的现代化炼厂，前不见古人！

2010年五一前夕，李力斌被广西自治区评选为劳动模范。

2010年12月30日，李力斌由广西石化副总工程师晋升为副总经理，主管广西石化二期加工进口高硫原油加工配套工程项目建设……

2013年10月2日，这是一个值得庆贺的日子。在第27届IPMA国际年会上，李力斌站在克罗地亚杜布罗夫尼克的领奖台上，高高举起"IPMA国际特大型项目卓越管理金奖"的奖杯，面朝世界的东方，激动地摇啊摇，向广西石化报喜，向伟大的祖国报喜！

此奖项被誉为项目管理领域的"奥斯卡"。而"项目管理全球大会"是代表国际项目管理界最高学术水平的年度大会。

这是中国第三次获得此奖。2006年第20届奖项由中国神舟六号载人飞船项目摘得，另一次2010年第24届，中海油惠州炼油项目夺得该奖项。

"IPMA 国际项目卓越管理奖"申请程序极为严格,2013 年 6 月 24 日至 28 日,5 位国际评估师到广西石化实地考察,对千万吨炼油项目进行了评估,和多方代表进行深度访谈,给予很高的评价:广西石化把世界级炼厂带给中国,把中国智慧带给世界。

## 37. 建设者们的"度假胜地"

一个人的文化素养铸就了一个人的涵养,一个企业的文化就是一个企业的灵魂,而一个项目的文化则是凝聚参建各方队伍拧成一股绳儿,鼓足一股劲儿全力推进项目按照既定目标发展的根本所在。

李力斌办公桌上堆了很多资料,其中草拟的一份讲话稿居然是功力很深的正楷钢笔字,我惊异字体出手不凡,明显有"临池功夫"。陪同我的宣传干事汪博告诉我,这是李总写的。我差点叫出声来,他可是毕业于成都科技大学工程力学专业的"理工男"啊!原来,他特别喜欢赵孟頫、王羲之和米芾的书法,闲暇读唐诗宋词,尤其喜欢李白和辛弃疾……

为了表达真实的思想和情感、实实在在地部署和安排工作,李力斌所有的讲话从来不麻烦别人,都"自己动手"。

项目管理人员的现场大办公室里,李力斌亲自撰写了豪情万丈、红底白字贯通整个大墙的对联,上联写:"有志者　事竟成　背水一战　统筹推进　共创华北石化辉煌大业";下联写:"苦心人　天酬勤　细抓严管　臻于至善　筑就燕赵大地璀璨明珠"。气势之磅礴,信心之坚定,让人热血沸腾!

2018 年 6 月 30 号,李力斌主抓的千万吨项目建设工程如期中交,这个标志性的时间节点大捷,让所有人都兴奋不已。

真正的高情商,不是精通套路和心机,而是替别人着想的善意。

干部工人们这样评价——

"他来华北石化一年多了,一次家没回过。他爱人来一次公司看他。"

"李力斌一个人住宿舍,忙得顾不上吃饭,过开饭时间他又不想麻烦食堂,就让同事代买泡面。我亲眼所见,他一连吃了七八天泡面。"

"在宿舍或办公室,人们经常见李力斌吃方便面。面已经泡好了,有人来找他,他不会说'等一下,我吃完再去',而是放下面就出去。他不允许别人等自己。"

"太特殊了！李总比一般和蔼可亲的还要和蔼可亲，从没见过他发脾气。"

李力斌为人和善谦逊，几位年轻职工告诉我："他从来不发火，更不拍桌子。"

我猜想，李力斌谦逊而沉默的外表下，一定潜伏着丰盈而独特的内心世界：如果你是对的，你没必要发脾气，如果你是错的，你没资格发脾气。

"他非常熟悉业务，总能拿出人们意想不到的办法来。比如在严格管理上，工人要领电焊条，他让拿旧焊条头来领。"

好几个年轻职工对我说："李总记忆力特别好，只要见上一面，隔几个月再遇见，他能叫出你的名字来。"

"李力斌有内秀，讲话稿从来不用别人写，他讲话引经据典，激情四射，豪迈壮阔，谁都愿意听。"

如果说，大家对李力斌的评价，每句话都是一朵激情的浪花，那么，每朵浪花下都结着澎湃的事业波涛。对于李力斌来说，这波涛里有诗情画意，有李白辛弃疾，也有王羲之和赵孟頫……

我不能肯定所有有事业建树的人脑子里都有诗情画意，我却敢说，有诗情画意的事业才能点燃更多的人……

热爱在先，激情在前，谁能说任何一个理想，任何一个工程和项目乃至装置、机器，没有诗情画意呢？

"小个子"李力斌能调动千军万马的原因很多，其中一条便是，他在用工作写诗，每实现一个目标，就是一首新诗……

而眼前的千万吨项目工地，就是发表作品的阵地，每一条管线，每一个立起来的装置，每一部机器，都是一首诗。合起来，就是豪迈壮阔的组诗。

李力斌激情的"诗"，还一次次发表在"讲话"中——

2017 年 9 月 7 日，李力斌再次发起"春季土建百日会战"总结暨"秋季安装百日会战"动员报告，号召参战将士"春夏厉兵又秣马，金风沙场秋点兵"！

狂风来了细沙要扶摇而起漫天飞舞，倾盆大雨来了河水要乘浪腾空，晨曦来了翅膀要冲天而起！

动员会群情激昂，一建公司等 30 多家参战队伍纷纷要登台"应战"，李力斌只能"割爱"允许几家分包商登台——

尊敬的各位领导、各位同仁：

大家好！

今天，我们怀着喜悦的心情共同参加华北石化公司炼油质量升级与安全环保技术改造工程动员大会。我谨代表中国石油天然气第一建设有限公司，向与会的各位领导、各位同仁问好！

2016年，一建公司在各级单位的关怀与支持下，共同努力安全如期完成了12台反应器和1台热高压分离器的大型吊装，获得了众多认可和赞扬。在合作过程中，我们彼此结下深厚的友谊。在这里，我代表一建公司向长期以来给予我们关心、支持和帮助的各位领导和各位朋友表示真挚的感谢！

290万吨/年蜡油加氢装置是华北石化公司炼油质量升级与安全环保技术改造工程重要单元。承蒙炼化板块、华北石化公司和总承包寰球工程公司信任，将该核心装置交于我们承建，我们深感荣幸，同时深感责任重大。该装置工程主要实物量为：钢结构5500吨；工艺管线52km，初步估计28万吋口（不锈钢2.9km，合金钢的2.1km）；阀门5414台；静设备31台；动设备55台；换热器44台；空冷59台；压缩机4套；动力和控制电缆224km；灯具1950台；仪表控制电缆166km；仪表设备1080个；防火涂层5208 $m^2$。工程任务重工期紧，存在组织难度大、作业风险高等困难。为确保这次检修优质高效完成，我们一建公司采取如下保障措施：

一、将本工程列入我公司年度重点工程，予以重点支持；在全公司范围内抽调有经验的各类管理人员，组成精干高效的管理团队；抽调高素质的各专业施工队伍，配置充足先进的施工装备，组成精兵强将，保证项目优质高效运转。

二、编制详细的总体网络计划和专业控制计划；以计划为龙头，分级管理滚动监控，严肃运行，日保周、周保月、月保季，层层落实，保证项目施工节点计划精准到达。

三、健全项目质量保证体系；项目全方位全过程监控，尤其保证关键部位、隐蔽工程的作业质量，确保施工的工程经得起时间考验。

四、健全项目HSE保证体系；本工程中交叉和有限空间等高风险作业多，HSE监管难度大。我们将健全项目HSE保证体系，严格项目作业各环节的全过程监管，严格执行 HSE 管理的各项法律法规和规章制度。高起点、高要求、高标准，确保项目施工全程受控，万无一失。

在接下来的施工中，我们会遇到种种施工的困难，会有心理上的压力和身体上的疲劳，但是我们坚信，我们会用"炼建铁军"干天斗地的作风，去战胜一个个的困难，实现节点目标，如期完成本次工程。

尊敬的各位领导、同志们，施工的号角已经吹响，一建公司愿与业主、总包、监理及各相关方团结协作、通力配合、相互支持、共同努力，安全优质高效地建成 290 万吨 / 年蜡油加氢装置，不辜负华北石化公司及各单位对我们的信任和期望！我们将以高质量的施工和优质服务，为华北石化公司的蓬勃发展，作出更大的贡献。

最后，祝愿华北石化公司事业蒸蒸日上！

谢谢大家！

中国石油天然气第一建设有限公司　卫建良

尊敬的各位领导、来宾、朋友们：大家好！

在中国石油华北石化千万吨炼油项目百日会战誓师大会如期召开之际，我代表中国石油天然气第六建设有限公司全体员工，表示热烈的祝贺，同时衷心感谢华北石化公司、寰球公司对我公司的信任，把 130 万吨 / 年连续重整装置及 16 万标立方 / 小时制氢装置的土建安装任务交给我们承建！

中国石油天然气第六建设有限公司作为中国石油的大型骨干施工企业，在 49 年的发展历程中，在国内外已完成各类石油、石化、化工、LNG 等工程项目 1000 多项，全部实现一次投产成功并平稳运行。近些年来，在中石油先后完成了广西石化、四川石化、大港石化、呼和浩特石化等多石化公司项目，都得到了高度评价。在重整和制氢装置施工方面也具有丰富的经验，先后承建过近 20 套 60 万吨 / 年至 220 万吨 / 年连续重整装置，4 万标立方 / 小时制氢装置至 16 万标立方 / 小时制氢装置，施工过程中的安全、质量、进度等都能完全受控。

我公司郑重承诺，在 130 万吨 / 年连续重整装置及 16 万标立方 / 小时制氢装置建设过程中，将严格按照华北石化公司的统一部署，组织精干的项目管理团队和经验丰富的作业人员，根据合同工期目标，在进度管控方面,细排施工计划,优化施工方案,提高劳动效率,促进施工进度;在安全管控方面,严格执行健康安全环境管理体系的要求,抓体系运行,不断提高科学管理水平;抓责任落实,切实加强全过程的监管;抓培训演练,提高应对突发事件能力;抓隐患治理,着力提高本质安全水平。在质量管控方面,坚持"质量为本、诚信服务、科技进步、创新发展"的质量方针,强化 ISO9000 质量管理体系的有效运行,重点把好焊接人员持证上岗、样板引路、首件必检、产品保护措施到位等关口,加强工艺纪律的控制和检查,努力建设优质工程。在项目建设过程中,服从华北石化的工作安排和部署,"大干100天,确保5.30节点目标",加强与其他兄弟单位的合作与沟通,把安全、质量、进度等要求,深入细化到项目管理的每一个环节,强化管控措施和保证措施,高标准,严要求,精心组织,精细施工,安全、优质、高效、环保、按期完成项目建设任务,为华北石化的新发展作出我公司应有的贡献。

祝项目顺利完工,祝领导和同志们身体健康,万事如意!

谢谢大家!

中国石油六建副总经理 王海松

2018年3月1日,李力斌又作了"秋季安装百日会战"总结暨"决战决胜百日会战"的动员报告,号召参战华北石化千万吨项目的三军将士们在这次誓师会上,"夺取项目建设的最后胜利!"

又有十几位参战单位代表登台"誓师"——

尊敬的各位领导、同志们:大家下午好!

首先,非常感谢给吉林化建这样一个表态发言的机会,同时感谢各位领导在去年的工作中给予吉林化建的帮助和支持。听了李总的决战决胜百日会战动员报告,倍感压力巨大,今天的决战决胜百日会战动员大会吹响了进军号角,所有参建单位和所有建设者们,即将迎来一场艰巨的战斗洗礼。

华北石化炼油质量升级与安全环保技术改造工程被列为中油2018年重点工程,承担着给北京新机场供油的政治任务。作为工程建设的参与者,我们深感使命光荣、责任重大!

为了保证工程能够顺利实现中交的目标，我公司将采取以下六个方面的措施：第一，切实做到组织保障到位。将华北石化工程列为我公司2018年1号工程，调整能力强人员进入项目领导班子，调整技术过硬的技术员到华北项目，增派有经验的施工队伍充实华北石化项目，从施工组织上给予保证。二是，切实做到资源保障到位。我们优先配置了公司的先进设备（如大型吊车、自动焊机、工艺管道制作生产线等），选择拥有及时供应能力的供应商，采购满足质量要求的材料，从资源上给予保证。三是，切实做到过程控制到位。我们依据规范和标准的要求，做实做细做好每一个细节，确保质量管理全面受控。我们制定了严格的试压管理工作流程，明确责任，落实负责人。每个试压包都严格遵循"三核查"原则，即技术员核查、检查员核查和焊接核查。确保不错用一个垫片，不漏拧一个螺栓，最终保证工艺管线施工质量符合设计及规范要求。试压过程中，要求作业人员和检查员认真检查每一道焊口、每一道法兰口，严把施工质量的最后一道关。四是，切实做好5套装置等8个单元收尾工作，保证5.30高标准按时中交。在春节前，对现场的尾项进行了认真的清查，摸清了剩余尾项，并核查出缺口材料，对核查出的尾项落实责任人，落实完成时间，实行上墙销号管理。同时，重点加强当前工程收尾的组织协调能力，及时调配劳动力和各类资源，确保各个关键控制点的按时完成，满足5.30中交的要求，为实现总体试车方案确定的目标奠定坚实的基础。五是，切实做好安全管理工作，杜绝各类安全事故的发生。目前工程已经进入收尾、试车阶段，随着水、电、气、风等系统的投用，安全管理越来越复杂，我们的安全管理模式将从单一的施工管理模式，向生产运行安全管理模式转变，我们将始终坚持安全第一、环保优先的原则，全力打造安全环保长效机制。目前现场还存在大量的高处作业、交叉作业，人员众多，专业复杂，大施工和试运行齐头并进的局面，存在很多安全风险。为了保证安全目标的最终实现，在工作中，重点加强风险识别和预防，突出重点领域、要害部位、关键环节的安全环保专项整治工作，杜绝各类安全事故的发生。六是，切实做到综合服务到位。我们将站在华北石化公司总体的角度考虑问题，服从工程总承包商的指挥和部署，全面按照项目的建设部署开展工作。把项目建设的要求看作是我们的责任，看成我们的义务，积极主动沟通信息、了解情况、协调配合、解决问题。

时不我待，只争朝夕。我们吉林化建所有参建员工发挥"特别能吃苦、特别能战斗"的工作作风，有华北石化的坚强领导，有东北工程的大力支持，我们一定能克服施工工期紧、施工难度大等各种困难，开拓进取，奋力拼搏，不负重托，不辱使命，全面完成所承担的建设任务。

最后，预祝华北石化工程按期顺利中交并一次开车成功！

谢谢大家！

中油吉林化建工程有限公司副总经理 李留军

2018年6月30日，李力斌在所有参建单位参加的项目建成中交大会上，作了激情而富有文采的讲话，我如实摘录：

尊敬的全体参战将士们，尊敬的各位领导和嘉宾：

今天，我们隆重集会，在立于燕赵大地、毗邻雄安新区的华北石化，共同见证一个历史时刻，举行华北石化千万吨项目工程中交仪式。"工程中交"是指工程项目的中间交接，标志着项目工程建设全面完成，标志着项目由工程建设转入生产开工阶段。我谨代表华北石化公司向全体参战将士，向所有关心支持项目建设的各级政府、各位领导和同仁致以崇高的敬意和衷心的感谢！

…………

有心人，天不负，步步为营，砥砺前行。

2016年8月2日，290万吨/年蜡油加氢裂化装置两台单重量达1350吨的反应器一次吊装成功，标志着项目工程建设现场施工正式拉开战幕。接下来在短短20多天的时间里，一举完成340万吨/年渣油加氢装置10台单重量近千吨的反应器吊装，这12台反应器均由中国一重制造，均由中油一建应用其自主研发的世界级大国重器——"5000吨门式液压起重机"吊装。那一刻，稳稳矗立的12台反应器成为项目的擎天巨柱和镇宇宝塔！再度寒暑，到今天项目工程中交历时23个月。

千万吨项目是庞大而复杂的系统工程……采用国际先进的UOP工艺技术，渣油加氢和蜡油加氢两大装置都属于世界级规模，项目的总设计由8家设计院共同承担，工程建设PC总承包由7家总包商承担……

"春季土建百日会战"首战告捷，6万根混凝土灌注桩深深植入我们脚下这块土地，成为装置拔地而起的立地之根；30 万立方的混凝土筑就了设备、钢架的坚实基础；相当于 7 座埃菲尔铁塔重量的 5 万吨钢结构联成了承载工艺管道和电缆的纵横骨架。

9 月 7 日，再次发起了"秋季安装百日会战"，热火朝天的建设工地日新月异，到 2017 年底，主要的近 1000 台大型动设备和 1500 台静设备安装就位。近 800 公里的工艺管道安装过半，项目主体胜利建成！

你所经历的一切都会造就你。如果你只是被惯性驱使着，一成不变地生活，那样的人生未免苍白。只有对经历过的一切产生反思的人，才会从经历中成长。

2018 年 3 月 1 日，一鼓作气打响了最后的"决战决胜百日会战"，迄今完成了所有的工艺管道安装、试压，完成 5000 多公里电气、仪表电缆敷设，12000 台仪表安装和大部分的回路测试，完成动设备单机试车，全厂 12 座变电所投入正常运行，循环水、生产水、工业风和仪表风全部引入装置，中压蒸汽吹扫打靶基本结束，达到了项目工程中交的条件。

人在哪里看不到意义，人就会否定意义。你是谁，决定了你的起点；你的专业水准，才决定你的终点。

层层把关，实现了安全无事故，项目总累计完成 4600 万安全人工时。

三大会战期间，参建各方合力建设一个团队，同心奋斗一个目标。建设工地就是上万名建设者书就英雄谱的疆场，是大庆精神、铁人精神践行和弘扬的舞台。总包单位寰球公司副总经理黄勇率先垂范，始终亲临现场，坐镇指挥，特别是每逢节假日，这片昼夜不息的建设工地成了他和其他各参建单位主管领导"度假"的胜地。总包单位东北炼化的项目经理赵宇 56 岁了，是所有参建单位现场负责人当中的长兄，工作压力高、身体血压高，但始终坚守一线，携手施工单位吉林化建的项目经理王野，率领部队克服重重困难，在他们承建的主体装置常减压和柴油加氢比其他装置晚开工一个半月的情况下，步步紧逼，终于跟上了项目的总体进度。中油一建项目经理魏玉春带领他的项目团队，打硬仗、带好头，他的项目班子中一名年轻优秀的技术管理人员叫王鹏程，是炼建铁军中油一建的第三代人，他仍健在的 90 多岁的爷爷对他说："咱爷孙三代都是一建人，干活可别给一建丢脸！"不禁让人想起愚公移山，太行、王屋之山有尽，而父传子、子传孙、孙又传孙，其无穷尽也！其实代代相传的就是中华民族"天行健，君子以自强不息"的精神！中油六建项目经理朱笔华，副经理孟宪超等率领年轻的项目团队，率先于 6 月 20 日实现了其所承建的连续重整和制氢装置中交。中油七建项目经理毛卫华远离青岛的家，离妻别子，驻守在华北石化 18 年了，伴随华北石化成长历程近 1/3 的岁月。

工程建设工地是男儿主打的和平年代的战场，但这里依然有巾帼英雄的身影，锦州设计院的侯敏，女高工，主要负责华北石化老厂系统管网的改造和新、老厂管网 118 根管线的连接碰头。老厂管网经历 30 年间无数次改造扩建，工厂从 15 万吨 / 年都扩大到 500 万吨 / 年了，管廊层层相叠，管线纵横交错，就如同僧人的"福田百纳衣"，由百家碎布片纳缀而成。侯敏前后用两年多的时间，抽丝剥茧，一遍遍沿着管廊走，爬高上低终于厘清了每根管线的来龙去脉，成为对华北石化老厂管网最知情的人。

三大会战以来，建设工地昼夜不息。土建会战期间，所有的大型基础混凝土浇筑必须 24 小时连续施工；安装会战开始后，夜幕下满工地数百处闪耀的焊花使星月之光黯然失色；如果你曾在那里亲临此景，一定会感到强烈的震撼，那比诗人李白笔下描写冶炼铜矿的场景诗句："赧郎明月夜，歌曲动寒川"要壮观甚多。到了深夜以至清晨，那是焊接无损探伤的时间，无损探伤工默默无闻，悄无声息，像夜莺一样只在深夜里出行，但不歌唱，他们用射线检查每一道焊缝，用责任守卫着工程的质量。

…………

讲话的结尾，李力斌仍然激情四射——

尊敬的参战将士们，工程虽然中交了，但还有待整改和完善的工程尾项，还有大量需配合生产的保运任务。让我们以高度负责的主人翁精神和如履薄冰的谨慎态度，严守安全四条红线，确保工程收尾和生产开工安全！让我们以一丝不苟的工匠精神和如琢如磨的认真态度，严把质量管控标准，确保工程不给生产遗留隐患，让我们以天下兴亡、匹夫有责的担当精神和将本职工作融入民族复兴大业的责任感，在我们共同奋斗的这项伟大工程中，筑就自己平凡而伟大的人生！

深情的话语娓娓道来，铿锵有力，掷地有声，每一字每一句都是来自灵魂深处的感动，打动着所有人的心。谁说施工现场只有钢筋水泥冰冷无声，现场的哪一根钢筋铁骨不是建设者们用心谱写的音符？哪一套装置不是华美的乐章？

狂风来了细沙要扶摇而起漫天飞舞，倾盆大雨来了河水要乘浪腾空，晨曦来了翅膀要冲天而起！中交会议鼓舞人心，华北石化千万吨项目的快车仍在风驰电掣地前行。

2018年9月24日，华北石化千万吨项目龙头装置常减压投料试车一次成功。

2018年11月30日，华北石化千万吨项目第一阶段绿色安全开车一次成功！

巍巍青山含笑，莽莽塔林含情，巍峨壮观的钢铁林莽矗立在华北大地上，在阳光的照射下熠熠生辉，扩建后的华北石化公司犹如一艘巨轮，显得格外醒目。华北石化，这个曾经只是华北平原上一个年加工能力15万吨的小小的药剂厂，经过一再扩容，已然跃进共和国千万吨炼化项目的行列！

每个人都是一部历史。历史，靠我们不懈的努力去撰写。

世上没有白费的努力，也没有侥幸的成功，所有的无心插柳，其实都是水到渠成。经过28年的历练，李力斌对此有了更深层的体会。平凡中的兢兢业业，默默中的无私奉献。在项目建设中，他的每一招每一式都透着精明、干练。他说："作为领导，要具备一定的潜质：要具备协调能力，善于交流和沟通。要善于谋划，制定出最佳解决方案。要思维敏捷，头脑清晰，审慎果断处理问题。要懂技术，会管理。在其位，谋其职，担其任，负其责。要增强亲和力、凝聚力和向心力。"他的语调自然平和，没有抑扬顿挫，却掷地有声。

"李总，你组织了两个千万吨炼厂建设，挺骄傲的吧！"他面带笑靥点点头，又轻轻地摇摇头。他的眼神里分明是在说，这只是新的起跑线，今后的路还长、还长……

东风无私，吹拂着你吹拂着我也吹拂着他；春雨有情，洒在地上洒在我身上也洒在你身上，时代的机遇并没有偏爱李力斌，关键是我们如何去把握。

人活着，不应该追求生命的长度，而应该追求生命的质量。

在这个小个子身上，我体味到了巨大能量。

# 第十一章

# 坚持不住了也要坚持

我非常欣赏海明威的一句话：一个人可以被毁灭，但不能被打败。

多数时候，人们的行为恰好相反，还没等被别人打败，离毁灭非常遥远，自己就打败了自己。究其失败的原因有千条万条，最根本的一条却是，败给了恒心和毅力。我以为，失败的根由则是不能坚持。人类发展数千年，成功的路也千条万条，我们说不准哪条路对与不对，因为，条条大路通罗马。但我们能说准一条，凡是有恒心有毅力能坚持下去的，在多数人坚持不住了他还在坚持，就能看见成功的曙光，戴上成功的勋章。

在华北石化，"坚持不住也要坚持"已经形成一股风气，一种工作常态，一种顽强的作风，你这样，我这样，他这样；一个团队这样，两个团队这样，所有的团队都这样，敢争敢拼敢打硬仗。

"铁人精神"不是说在嘴上的口号，而是贯穿在岗位上的行动。

有些事情不是看到了希望才坚持，而是坚持了才看到希望。

## 38. 做一颗不会回头的子弹

不是每个人从一开始就能抽到一副好牌，也不是每个人一路上就倒霉。梅须逊雪三分白，雪却输梅一段香。勇敢不是无所畏惧，是明明怕，也能上；坚持不是永不疲倦，是明明累，也能扛。我们不爱困难，但更讨厌认输；我们不爱劳累，却更讨厌放弃。现实总比梦想遥远，计较收成不如付出丰盈。你对待当下的态度，会决定你未来的高度。

物资采购部定员只有13人，除去综合、系统管理、供应商管理等岗位，直接从事采购业务的只有8人，这在国内同等规模的炼化企业差不多属于最少的，尤其是在承担"千万吨项目"这样大的建设工程，人员紧张程度更是可想而知。

人少，工作量超常之大，怎么办？

向公司要人？不可能，公司整体人员就十分精简，偌大的公司只有 2000 人左右。

工作推迟不干？不现实，公司老装置生产和"千万吨项目"建设都迫在眉睫，哪个都不可能推迟。

办法只有一个，干！就像一颗子弹，冲出枪口，快速直奔目标，永不回头！

"子弹"知道自己的特点，必须尽全力勇往直前，每个瞬间都是冲刺！速度慢了就会拐弯，就会掉下来……

因为物资采购部人手少，他们必须把每天都当成"瞬间"，每一分钟都当成"冲刺"。每天的活都挤成堆，还要出差催货，怎么办？公司主管副总经理宋运通给他们定了出差时间：白天干活，夜间赶路。尽量把出差时间安排在周五晚上走周日晚上回来……

"每一次出差都像打仗。"物资采购部最年轻的采购员靳现洋感慨地说。

在千万吨建设阶段，这样的仗"打"了一仗又一仗，在此，我只能从厚厚的"出差厚书"中随手翻一页——

时间：2018 年 5 月 4 日（星期四）晚至 17 日晚（星期日）。

地点：南京、无锡、江阴、宜兴、大连等六个城市。

任务：催督厂家制造千万吨项目设备。

出发前，物资采购部主任侯兴利责成靳现洋多次催促承做部件单位南京某公司，得知现在加工产品"还没有着落"，他万分着急："我们千万吨项目每一步工作都执行严谨的计划，再不加工不出来，就来不及了！"

"我们把加工活外委给江阴扬子管件厂，他们活太紧，没工夫干哪！"

"你们公司跟我们签订的合同，我冲你要产品，交货日期上写得明明白白，你们外委不外委跟我们何干？"

"不是我们不交货，"对方说，"江阴的管件厂活都排满了，我们的活排不上啊！"

打酒的冲提瓶的要钱，说来说去，不还是你南京公司的责任？靳现洋掐指算了算，吓了一大跳，眼见千万吨计划安装的日期迫近，活还没干呢，要来不及啦！

生气归生气，还要把这个"热事情"冷静处理。事已至此，再另换加工单位就更来不及了!

靳现洋比谁都清楚，项目总的时间节点早就计划好，"后墙不倒"，如果设备不到安装不上设备影响总体进度，谁负得起这个责?

副总经理宋运通知道的信息更令人焦虑，另几个工厂的加工进度也不尽如人意，这还了得? 宋运通当即决定立刻出发，火速去厂家"督战"。

5月4日下午5点下班后，副总经理宋运通带队，侯兴利、雷勋茂、靳现洋和魏荆平几位购买设备经手人直奔石家庄正定机场。

到机场安检后，一人吃碗面，8点钟准时登机。

夜间11点到达南京，入住后已经0点。

5月5日（星期五）一大早，他们赶到南京公司。

千万吨硫磺装置三个塔，由南京公司承做。现在，南京已经没有能力协调他们的外协单位，江阴扬子管件厂。

一番激烈而不愉快的洽谈后，南京公司承认都是他们的错，可他们催促太多次江阴厂，现在已经无能为力。

副总宋运通当机立断："我们去江阴扬子管件厂催货。"

尽管华北石化没有跟江阴管件厂签订合同，间接去找也不一定合适，可事已至此，再找别的单位更来不及，况且活干得"里一半外一半"，"直接去找江阴管件厂"，已经是没有办法的办法。

南京德邦公司派车，他们直奔江阴。

时间紧迫，午饭就在车上简单对付的。

下午2点，到达江阴扬子管件厂。

工厂正在生产，华北石化的活仍在后头"排队"。

侯兴利跟车间主任说："能否在两天内把件做出来? 不然，我们千万吨建设安装就来不及了。"

"不行!"车间主任说，"我们的生产已经排完了，时间很紧。"

宋运通要求找厂长洽谈，车间主任回答："厂长出门了。"

得知厂长并没有走远，大家决定在这里等。

期间不断打电话，眼见夕阳西下，都快6点了，厂长这才明确表态："我没有时间见你们。实话告诉你们，见也不行，我们的生产任务已经排满。"

侯兴利再次联络南京公司，"人家活忙，我们催不动啊!"

施工队项目经理埋怨的话又响在耳畔："钢结构已经立起来了，就差立塔了!

设备到不了，配管安不上，我们的队伍又不能撤，会造成严重窝工的……"

几个人晚饭都不敢吃，一直在等待厂长。晚上 6 点半，扬子管件的厂长总算来了，问题仍然没有进展，无论几个人怎样商量，厂长就是不开面："不行。我们生产排不开。"

几个人非常沮丧，谁都没心思吃晚饭。

能想的办法都想了，还是远水不解近渴。

一个人只要有坚强的意志，就能超越他所处的环境。

主管该塔器采购的靳现洋猛然想起，无锡有位做管材生意的老乡，便打电话求助，有没有别的办法。

朋友很爽快："江阴到无锡也不远，你们过来吧！"

就像在沙漠地带绝望地跋涉，明明看见的是海市蜃楼，也要过去看一看！

由于经常给扬子管件厂供材料，无锡老乡跟江阴扬子管件厂厂长很熟悉，听了这个情况，很仗义地给江阴管件厂厂长打电话："华北石化的几位朋友是我的老乡，你必须支持一下。"

江阴厂长的语气缓和多了："明天再看看吧。"

什么叫"再看看"？

几个人心里没底，只好在无锡住下。

一夜未眠。

十多年来，侯兴利有个毛病，换了枕头就睡不着觉。同事们都知道，无论他去哪里出差，包里都背个枕头。后来工作节奏太快太疲乏，折腾得浑身无力，骨头都快散架了，沾枕头就着。今晚，又犯病了！侯兴利用了各种缓解睡眠的办法都不管用，睁眼瞪到大天亮……

侯兴利平常睡眠就差，"只要一醒，脑瓜里全是班上的事。"

他习惯床头放个小本子，突然想起个事，赶紧记上。

"80 后"赵翼宇负责仪表类设备材料采购，由于涉及面太广，仅 2018 年 1 至 8 月，他就签了 132 个合同，不到两天就一份合同。一份合同只是"冰山一角"，接收计划、拟定招标方案、组织招标、制定采购订单、报单报批、催交催运、到货验收等等，前期要有大量的工作要做，合同只是所有工作完成了形成的最后结果。

"我们的人几乎天天加班，常常是晚上八九点了，连晚饭都还没吃，看着都心疼。"侯兴利既心疼又无奈地说。

实在太疲惫了，侯兴利会主动让他们歇两天。

"没事，坚持不住也得坚持，"赵翼宇道，"咱采购部就这么几个人，一个萝卜一个坑，我歇了，谁替我干？"

去年国庆节，人们在兴高采烈地享受十一"小长假"。风景区游人如织，商业街车水马龙，最火的大片电影一票难求。

在河北任丘，华北石化千万吨建设工地热闹非凡，焊花四溅，吊架当空，指挥哨此伏彼起。建设者们都在拼，在各自的岗位上挥汗如雨。

物资部主管王东林，主要负责公司第一、二、三、四项目烟气脱硫装置、国V柴油升级改造、安全隐患治理、新建污水处理场、二催化吸收塔整体更换、重整四合一炉对流段改造以及10月份大检修等工程项目罐、换热器、吸收塔、预加氢反应器、空气预热器、文丘里、进料喷嘴等200多项设备以及几万套螺栓、垫片采购，既要保证依法合规采购，又要保证设备及时到货。为了应对检修期间新增急用材料，自己主动中断石化新村房子的装修，每天放弃午休时间、每晚加班到八九点以后，母亲病重、去世时也只是探望，安排后立即返回单位工作。2014年底，为保证大检修和工程物资在12月23日前办完出入库手续，他每晚加班到深夜0点，妻子送饭到工作岗位。

我们接前讲述未完的故事——

5月6号（星期六）早上，几个人草草吃了早点，无锡的朋友跟他们一道去江阴。

看在与无锡老乡多年交情的分儿上，扬子管件厂厂长终于改变决策："只好加塞儿吧。"当即去工厂车间，把别的活从工位上撤下来，给华北石化排产。

两天后，江阴管件厂把管件生产出来，交给南京公司。

6号午后从江阴出来，他们直奔宜兴。在宜兴加工了2#3#锅炉三台撬装设备。

下午3点到达宜兴，"过山车"又来了，生产厂家以"人手不够"为由，设备要拖期20多天。

侯兴利听了厂家的生产安排后，建议他们加班赶出来。时间实在来不及，就要安排工人们星期六星期日加班。

"周六周日我们都休息啊。"厂长说。

"那不行！"侯兴利急了，"你们每周至少加班一天！"

没有思考，再多的体验也毫无价值。

宋运通等人认真看了车间的工位，发现工位多，目前他们上位的工人却不多。宋运通建议："你们要优化生产工序，多上人。别一个一个做，而是增加工人一齐做。增加了工位，再延长工时，产品就能按期加工出来。"

按照这个思路抢工期，宜兴的厂家按时交货。

侯兴利告诉我，在签订合同前，乙方（加工单位）什么条件都敢答应。一旦签完合同，甲方就立刻被动起来，变成"乙方"了！"但是，不管什么方，我们采购部记住一条，千方百计把货催要回来，既要保证质量，也要准时！"

侯兴利半开玩笑地说："干采购'无事三分罪'，我们都习惯了！"

我不解其意。"采购永远是被告，东西贵了贱了，交货早了晚了，品牌厂家怎么怎么样，"侯兴利笑了起来，"我们左耳听右耳冒，都习惯了。"

6号（星期六）下午，一行人从宜兴返回到南京。想起去年路过此地的情景，侯兴利感叹起来，也是在江浙一带，副总经理宋运通带着他们两天跑了9家工厂！

每个人的生活都不容易，但正是这些不容易铺就了通往成功的路。虽然可能会遭遇挫折，虽然距离成功还很远，但每天为了目标多付出一点，多坚持一下，结果就很可能会给你惊喜。

7号（星期日）买了早班机票，他们从南京直飞辽宁大连。

在大连中国第一重型机械有限公司，华北石化订了大型设备航煤加氢反应器，重量80多吨，该设备是向首都新机场供应航空煤油的核心装置——航煤加氢装置的关键设备，工期也是十分紧张，"后墙不倒"。

下飞机后，赶紧打车前往"中国一重"，要抢在上午下班前到达工厂。11点10分到工厂后，"一重"的副总很重视，顾不上吃午饭，马上进现场看。

问题依然严峻：因为加工材料未到厂，加上正常的生产工序制约，乙方答应在10月底前交货。比原定时间推迟一个多月。

"这不行啊！我们施工进度环环紧扣，反应器拖期，整个施工进度都要拖期。"侯兴利焦虑地说。

宋运通严肃地说了华北石化千万吨项目施工的紧迫程度，这套设备不能按期交货，附属设备也安装不上，性质太严重了！因为这个拖期交货而导致"影响千万吨建设全局"，我们负不了责任，也有失"中国一重"的声誉……

"我理解各位的心情，我们也想加快工作进程，""一重"的副总说，"买谁家的货，我们要挂网招标，总要有个过程。"

"时间太紧，"侯兴利抢了一句，"贵公司可否通过战略采购直接找厂家买料，节约招标时间！"

"企业有明文规定，进货必须招标。"

宋运通和侯兴利细语，交代了半天，这位副总层层请示，作为没有先例的"特事特办"，不再组织招标，直接找厂家进材料。

"中国一重"按期交货。

7号下午1点半，一行人又到大连机车车辆厂，油库编组站预订了两个火车头。

乙方制造工期正常，又衔接、敲定了几个细节问题，下午乘飞机赶往天津。午夜11点半到达任丘，肚子饿瘪了，可饭店都关门了，一行人直奔那家24小时营业的"松花湖饺子馆"，午夜0点多，各自回家。

2018年10月18日，我正采访呢，侯兴利告诉我，明天周五又出发，到保定坐早7点的高铁，奔洛阳设备制造厂处理产品质量问题。侯兴利事先打了电话，人家不太情愿："别赶上星期六星期日来呀，我们休息。"

侯兴利说："千万吨施工事情太多，我们只能周六周日出差。"

一定的忧愁、痛苦或烦恼，也是生命的必需品。一艘船如果没有压舱物，便不会稳定，不能朝着目的地一直前进。

只要不出差，侯兴利每晚必去公园做健身操。活动活动，放松一下紧张的情绪。"我特别在意这一个多小时的锻炼时间，要没这个，第二天会坚持不下来。"

侯兴利说话语速略快，略带沙哑，但叙述准确。不知情的，以为这是一位身体硬朗、精力特别充沛的男子汉。连本部门的同事都很少有人知道，这是一位癌症患者……

术后身体大不如从前，每天下班回家，身体一下就软了。实在打不起精神，一句话都不想说。妻子嗔怪他："回家连句话都没有。"

侯兴利打趣道："等我退休，就干两件事。一是陪你说话，二是做饭洗碗干家务，我全承包了。"

谁能想到，侯兴利1.78米的大个子，体重只有57公斤！

虽然脱下军装多年，军人的热血仍在他身上激昂地流淌，军人的铁骨仍强悍地支撑着这位宁折不弯的汉子！

军人要像子弹一样射向远方，不拐弯，不回头！

做完甲状腺癌手术，妻子就多次劝他别干了，太累了。侯兴利说："这几年工厂日新月异，千万吨起死回生，大伙干劲很足，我不能在这关键的节骨眼撂挑子。"

道德常常能弥补智慧的缺陷，智慧却永远填补不了道德的空白。

妻子不知偷偷流了多少泪，对于世界而言，你是一个人；但是对于妻子，你是她的整个世界。

侯兴利知道自己的病情，术后 10 年的成活率占八成。

为了控制病情扩展，侯兴利每天都要服药。药量大了，影响心脏。明显感觉到心脏跳动加快，心发慌。药量不够，又控制不住癌细胞。每一天，不，每时每刻，都在"两难"中徘徊。

人若计较，处处有怨言。心若放宽，时时是春天。

"别想这些东西，越想越闹心！我一上班从来不想这些东西，为什么？工作一堆一堆的，哪有空想这事？"

如果你承认无常是生命的规律并接受它，你就会放松下来。

我情不自禁地感慨侯兴利太不容易了，侯兴利说："我们部门最坚强的不是我，而是杨斌。"

叉车司机杨斌患了膀胱癌，两个股骨头又双双坏死。每天上午，杨斌负责把当天所需要的化工原料送到现场。因为装置区域不能多放这些原料，必须一天一送。没人知道他的股骨头该有多疼，没人知道他的小腹以下即是生与死较量的战场，他面色如常，双眼紧紧盯住叉件，每个动作都那样有板有眼、干净利落。膀胱癌虽然手术了，但病魔每时每刻都在威胁着他，向他残酷地叫板。每周他要去301 医院做一次灌注，让药物通过生殖器打到膀胱，杀死癌细胞。但他从来不耽误工作，头一天去北京做完灌注，第二天照常上班。

多年了，杨斌一直这样坚持着。

最强大的不是爽快地征服，而是坚韧地承受。

"那是一条真正的钢铁汉子！"侯兴利最佩服杨斌，每当看见杨斌开着叉车轰隆隆离去，侯兴利都会默默地目送他一会儿，内心翻江倒海，眼窝儿温热湿润……

## 39. "要我做" 变 "我要做"

人生常常在痛苦之上起舞。

2014 年 10 月 31 日，物资采购部主办付小红正在仓库里紧张地忙碌，阀门、管件、润滑油、消防器材、管道配件相继被找出来，身后排了好几个人，她的手机急促地响起来，她没有空接。取货的催她接电话，付小红笑了笑，把货清点好了，这才去看电话。

电话是在深圳的二姐打来的。

另一个电话，是在海南的三姐打来的。

付小红一下子紧张起来，她觉得很奇怪，家里什么事都不指望她，怎么两个姐姐都打电话给她？

付小红打通二姐的电话："二姐，你干啥呢？"

"我在深圳机场，就要登机了。"

三姐的电话响了："小红，你在任丘吗？"

"对呀，"付小红又问，"三姐你在哪儿呢？"

"我刚到洛阳。"

付小红顿感浑身"腾"地热起来，脸灼烧，脑袋"嗡嗡嗡"晕眩起来！

付小红兄弟姐妹 6 人，二姐三姐在南方，哥哥弟弟在洛阳，她在任丘。母亲在洛阳哥哥家。付小红是家中老小，哥哥姐姐全都心疼她，无论家里有什么事情，都不用付小红。

眼泪是发自心底说不出口的话。

付小红急忙去找主任侯兴利，话未出口，已经泪雨纷纷："我家任何事都不靠我，二姐三姐都给我打电话，肯定是我妈不行了！"

付小红心急火燎地安排好手头的工作，一头钻进驾驶室，向洛阳奔驰……

汽车刚"轰"地发动起来，哥哥从洛阳打来电话："小红，快点回来吧，妈要不行了！"

付小红当即热泪双流，哽咽着答应。

付小红爱人程振平是华北石化从洛阳石化请来的专家，正在千万吨项目现场争分夺秒，她没有跟丈夫打招呼，独自开车回洛阳。

"这么远的路，两个人开车回去多好啊……"

"不可能的事！"付小红一下打断的我话，"我都忙得不行了，他比我还忙。我告诉他也白告诉，还分他心。"

丈夫程振平老家在河南新乡，是爷爷奶奶一手把他带大。作为特殊人才，他一头扎进千万吨项目里，比付小红更忙！"没办法啊，千万吨项目任务太重啦，"程振平曾对付小红说，"我今生最遗憾的就是对不起爷爷奶奶，他们去世我都没有回去。"

付小红只恨分身无术。

她负责的供应商四五百家。审核每家的资质、组织考评、起草通知、汇总统计、系统录入、审核、保联协议……

她负责油漆涂料、建筑五金、保温材料、氢芳制品、消防器材、管道配件、包装物、工具、杂品等 11 个类别的物资。国内同类厂家，这些活要几十个人干，这里，就她一人负责。每天上班"跟打仗一样"，"让活推着走"，顾不上喝水，顾不上上厕所，顾不上吃午饭。已经习惯了，上厕所要一路小跑。最忙的时候，为了节省时间，早上带点饭过来，"饿得不行了才对付一口"。

早上上班，找付小红办事的供应商已经排了长队，办公室跟市场差不多，整天闹哄哄的。

付小红要面对面审核资质，审核备案，尽量快些。上午办 15 个人，其他人下午再来。

这之前，付小红天天加班加点，按目录及时通知供应商，说明要写详细了，通知供应商什么时间来，带上什么东西，省得白跑一趟。同时做好详细计划，1 至 10 号谁来，11 至 15 号谁来，分类统计采购计划。

这些工作都要在班后的晚上做。

晚上八九点钟，付小红还要一一通知供应商。

听的最多的一句话便是："才通知啊，现在几点了？"

"我也没办法呀，"付小红解释道，"白天没有时间打电话，只好晚上打扰。网上我们实行的是'封闭报价'，我们看不到各家报价什么情况，只坚持一个原则，同等同质低价中标。"

不怕万人嫌弃，就怕自己放弃。

耐得住寂寞才能守得住繁华，该奋斗的年龄不要选择安逸。

2014 年开始"降本增效"，付小红负责压缩库存产品。配件产品太复杂了，我上边提到过付小红负责"11 大类产品"，细分则上千种！

其中"弯头"就几十种，材质不同，厚度不同，型号不同，数量到底有多少，必须去现场落实，去库房盘查清楚。比如一种合金钢材料，一个件1万多元，几十个就几十万元，付小红在库房只落实了38个，这是建厂时的老库存，好多件上边的标志看不清。付小红请人拉来专业设备，在现场检测。

查验时突然停电，付小红就打着手电筒查验。

货架子层数很多，付小红一会儿弯腰在底下找，一会儿又站在高高的凳子上，盘活了存量，达到"零库存"的管理指标，再赶紧找厂家，应需采购新材料，周而复始。

施工单位催得急，付小红还要抽空出去，盯紧加工厂家，质量要好，速度要快，这边刚出来，赶紧在第一时间送到千万吨施工现场……

"太忙了，大家都在坚持，"付小红说，"不是生老病死，不可能请假的。"

女儿程子煊也成全他们，从上小学就开始自立，自己上下学，自己做饭，自己主动做作业，从来不用付小红操心。上初中后，听说爹妈晚上回家吃饭，小子煊早早把饭做了，还炒了香喷喷的菜。

有一次下班回来，付小红看见餐桌上有碗面，拿过来要吃，女儿一把抢了过来，"这是我吃的面条，你们吃不了。"

原来这是女儿的"特殊用餐"，面条煮好后放点凉油——节省时间。

付小红看了眼窝发潮，原来宝贝女儿自己"发明"了这样快捷的"凉油面条"，也不知孩子这样对付了多少年……

程子煊学业和各项活动都样样突出，2018年，被北京对外经贸大学"保送"读研究生。

让付小红想不到的是，女儿拿到录取通知书，全家都为她高兴，女儿却当着父母的面放声大哭，夫妻俩当时蒙了，不知道发生了什么事情！

女儿边哭边说："你们管过我什么了？这么多年，都是我自己管自己。我要学坏早就坏了，我知道指不上你们，只能靠我自己。"

"考上高一，你们给了我钱就不管了。一个人都不认识，我自己去报到。别的孩子，爷爷奶奶爸爸妈妈都去了，唯独我一个人到学校办手续，从头跑到尾……"

付小红没照顾上宝贝女儿，连她自己也没照顾好。

去年夏天，付小红感到头晕，也没多想。一天迷糊两次，有些顶不住了，去医院一查，居然查出严重贫血来！医生告诉她：第一，要输血。第二，你不能再上班了，你必须平躺着，静养。付小红选择了保守疗法，天天吃药。输血怕得传染病，"平躺"就更不可能了。"如果我休息了，别人的工作量就要加倍，怎么开这个口？"

因为低血糖，血红蛋白比正常指标低得太多，担心出现异常，付小红每半个月都要去医院检查一次……

医生知道她还在上班，十分吃惊："你不要命了？"

付小红说："我了解我自己，带病坚持着上班累是累，可我愿意坚持，有奔头。如果我休息待着，那才是不要命呢。"

人的力量不光出自骨骼和肌肉，还出自内心。我真的没看出来，付小红得了这么重的病——

付小红身材高挑儿，臂腿修长。我甚至想，她即便不跳芭蕾，也跳过专业舞蹈。这么窈窕的体形，却跟舞蹈不沾边。舞蹈最重要的条件是臂腿"修长"，付小红却有多个"长"。手长，不计自家单位，她主管 400 多个供应商；腿长，常年往返于仓库、现场以及全国多地的加工厂；声音长，每天要说"一车皮"的话……


汽车在快速奔驰，田野一块儿块儿近了又远去，村落一个个近了又远去，两边的路树纷纷向后退，眼前的路标由远而近，"唰"地甩身后一个，"唰"地又甩身后一个……

母亲慈祥的脸孔不时浮现出来……

付小红真的没有时间啊！十几个项目的设备五花八门，在不同的厂家加工，早早出去，天黑了回来，事情也办不利索。付小红后悔啊，哪怕完整地陪母亲待半天也行啊！

同样该孝敬老人，哥哥姐姐从来不让付小红做什么，活也不让干，钱也不要——付小红反复自责："太对不起母亲了！"

越想越悲伤，付小红忍不住低声啜泣起来……

付小红试图把母亲从脑海里"请走"，但她做不到。泪水模糊了视线，付小红赶紧擦擦，再模糊了再擦……

700 多公里，付小红走了 7 个小时。

夕阳收起最后一丝霞光，洛阳城披上一层薄薄的黑纱，付小红回来了。

早上，母亲已经说不出话了。她吃力地睁开眼睛四下看。三个儿子知道母亲的心思，围在床前，告诉母亲大姑娘在哪儿，二姑娘在哪儿，老姑娘在哪儿。
"很快，她们都会回来。"

母亲眼角流出几滴泪，又昏过去，只剩下一口气。

付小红最后一个回家，刚一进门，母亲停止了呼吸。

"妈妈一直在等我啊！"

付小红一头扑在母亲身上，放声大哭……

# 第十二章

# 在生死考验面前

没有什么岁月静好，只是有人默默为你负重前行。

当我们沉浸在自驾游的兴奋，当我们悠闲地乘飞机出行，当我们习以为常地享受石油产品带给我们的便捷，也许，打拼在生产一线的工人，正因此而陷入生命的绝境……

## 40. 将生命压进枪膛！

害怕失败，就等于拒绝成功。

2018 年 9 月 28 日傍晚，挂在西天的太阳像张烤好的大煎饼，金灿灿亮汪汪的。柔和的光线照射在林立的装置上，像别了一组金发卡。几束淘气的光芒从银色的管线缝隙中穿越过来，抹红了装置的脸蛋儿，给一联合运行部的工友们增添了无穷魅力。

别看刚刚完成大检修即刻投产，大家连续奋战了几个月，却个个精神振奋，脸上荡漾着喜悦。

繁复的大检修后，装置各项指标全部达标，听听机器的浅唱，看看体检、修治后设备们的俏模样，工友们像走进"新房"那样兴奋。当班的"新郎们"欢声笑语，各自在岗位上尽职尽责。

谁也想不到，一个隐蔽的危险正一步步靠近。就像一伙偷袭的敌人悄悄摸上来，端着枪靠近正在营房"熟睡"的战友。

16 点 5 分，一联合运行部正在装置里当班巡检外操工赵春江，忽然警觉起来！咦？怎么有一股臭鸡蛋味道？刹那间，赵春江的心跳怦怦怦加快，仿佛胸膛里有条鱼要跳出来，职业敏感提醒他：情况不妙，"赶快侦察"！

沿着臭味儿的方向，他的脚步停在三催化液化气脱硫塔 T3201 号塔，原本干爽的地上，汪着液体。赵春江立刻警觉起来，哪里来的液体？

赵春江沿着螺旋形铁梯腾腾腾快速跑上去，最不愿意看到的一幕就在眼前，"塔腰"旧封堵发生富氨液泄漏！

情况危急，赵春江立刻用手台对讲机向装置长肖月坤报告："肖装置长，不好了！T3201 号塔发生泄漏，味道难闻，塔底有很多液体！"

"你盯住现场，"肖月坤声音都变了，"我马上安排抢险！"

时间紧迫，分分秒秒都异常珍贵，肖月坤立即使用微信向运行部管理群发出险情信息，随即跑向出事装置。一联合支部书记王伟接到报警，一边用手台向一联合运行部主任孙立峰汇报，一边向出事地点飞奔；孙立峰接到险情立刻向主管领导汇报，火速赶往出事地点。

微信"群发"后，公司领导、一联合所有当班干部和员工，都赶往 T3201 号塔。漏点在激情喷射，液体越流越多，臭鸡蛋味儿越来越浓，每一缕味道、每一汪液体都是射过来的致命暗器，危险一步步向前进攻，同志们快速迎向"暗器"、危险靠近……

在安全状态下，管道里汩汩流淌的催化剂像一队队有秩序按规程运行的液体"正规军"，以 700 多度的高温的"热情"奋勇向前，逢弯转，遇上攀，按计划激情窜行。晚上看，它们是红色的浪漫色彩，但这浪漫中暗含着凛凛杀气。且不说这个装满了一肚子危险品的大装置出问题便是个大杀器，即便每一滴贸然飞溅，都会伤人。催化装置一旦失控出事，往小了说，是环保事件。往大了说，则是中毒事件，以至不可言说的爆炸、着火……

若把石化装置比作钢铁大森林，那么，三催液化气塔则是森林中最粗的一棵大树。表面看，它雄壮威武向天而立，腰间还系着一圈又一圈花带。这么多能上人站立的钢板花带像舞蹈演员旋转起舞的装饰裙裾，风采而漂亮。以往，裙裾搂抱的粗塔里，液体们秩序地翩翩起舞，轻声呢喃着我们听不懂的歌谣。可现在，塔 4 米高的腰部出现泄漏，在塔体内憋了太久太久的液体借助巨大的压力争先恐后，流出去看看外边的世界。天哪！它们是什么？它们是剧毒气体硫化氢啊！

硫化氢是无色、有臭鸡蛋气味的毒性气体。当空气中硫化氢的体积分数过 0.1% 时，就能引起头疼晕眩等中毒症状，故设备使用硫化氢是必须在密闭系统或通风橱中进行。

太可怕了！微不足道的 0.1% 就导致中毒，在不知不觉之中！

1998 年 10 月 1 日下午 1 时 45 分，常熟凯兰集团有限公司污水处理站在对清水池进行清理时发生硫化氢中毒，死亡 3 人；

2012 年 12 月 17 日下午 5 时，宝丰能源发生硫化氢中毒事故，3 人死亡，9 人中毒。

我在网上搜索一下，居然有数十起硫化氢中毒事件！

赵春江勇敢地登上塔架。

这个塔名叫"脱硫塔"，塔高 26.9 米，塔直径 1.8 米，粗粗的塔肚子里有 100 多吨胺液，内含剧毒品硫化氢！更要命的是，上游有源源不断的未脱硫的硫化氢液体进入脱硫塔。也就是说，如果不能果断阻止险情，后果是致命的！

我们常说"一花引来万花开"，可此时，如果泄漏点堵不住，厂区内所有林立的"管线森林"，都可能变节，成为险情的帮凶！换句话说，这个癌变的泄漏点不快速"切除"突然着火、引爆，就如同一枚鞭炮被点燃，会引燃"整串鞭炮"，那么，这一大片钢铁森林的"大部队"都有"哗变"的危险啊！

塔上部为贫胺液，下部为富胺液，循环后，出来脱硫液化气。众所周知，液化气更加易燃。

一联合运行部立即启动应急响应预案，本部工程师邱是第一个冲上塔，迅速检查漏点位置，排查多个险患处，一直找不到漏点。

漏点不那么容易发现。平素的巡检员要像医生那样望、闻、问、切，用鼻子闻，用手摸，用眼睛看，检查了"静设备"，再检查"动设备"，不放过任何蛛丝马迹。

在看不见漏点的情况下，邱是迅速割坏塔体外包铁皮防护皮，撕掉防护棉，这才确认了漏点位置。

病症虽然确诊，怎么治疗仍是难题。

这个塔的上部为贫胺液，下部为富胺液，循环后，出来脱硫液化气。怎样把液化气"顶到上部"，杜绝闻一口就能昏晕的"臭鸡蛋气体"，是个大难题。

眼下最十万火急的是，即刻切断液体源，阻止硫化氢继续入塔。另外，旋即阻止胺液进入污水池，造成次生灾害的环境污染。

平时，这些脱硫后的污水进入污水池后，再经过技术过滤、脱污后，池水清澈见底，鱼儿们在欢快地自由游弋。

现在，要将这些污水流向"改道"，令它们进入一个储罐内，腾出空来，再将它们脱硫过滤，处理成合格水。换言之，一旦污水进了污水池，近看影响达标排放，远看污染环境。现在的工厂环保排放"一票否决"，环保部门24小时实时监控，排放必被捉！

这个思路方向很好，可让正常设计中的污水突然改道，就像用化学公式去解物理题，虽然实现起来难上加难。然而，这却是唯一的出路！

现在面临两个选择，一是带压堵漏，二是切除侧压堵漏。难的是，现在正在连续出料生产，如果切除，十多个阀门都要关掉。阀门分布在塔身上下多处，要按顺序该关的关，该开的开，关的过程又不能变压，顺序不能差，十分复杂。

起风了，臭鸡蛋味四下弥漫。

险情就是命令，刹那间，三催化装置的同志们，一联合运行部，安全总监，支部书记王伟和公司领导迅速赶来，随时准备冲上去抢险。

现场十分危险，助理工程师黄庆明大声喊着："泄漏胺液含有硫化氢气体挥发，有毒有害，大家都注意安全，听从指挥！"

车间主任孙立峰道："所有人都撤离到上风头，施工人员全部撤出，拉上警戒线，装置封闭！道路封闭！"

消防车迅速赶来，冲洗地面上的漏液。

孙立峰的智慧迅速穿透错综复杂果断决策：实施侧压堵漏。

三催化技术员戴正需、工艺技术员王伟韬和操作工赵春江、杜世威，迅速佩戴空气呼吸器防护用具冲了上去。

80后王伟韬小个儿，身材偏小偏瘦。那双比黑炭还黑的浓眉和亮亮的眼睛特别有神。身为工艺技术员，这双眼睛像裁判员一样发现过许多毛病，也像运动员一样亲身"剔除"毛病。他毕业于我家乡的大学，辽宁大连理工大学化学工程与工艺专业。为了射落险情，现在，他把自己"压进枪膛"

另一位"80后"、三催化设备技术员戴正需才29岁，毕业于中国石油大学过程装备与控制工程专业，他以最快速度戴上空气呼吸器，再用最快速度与王伟韬沟通了"配合细节"，二人提了工具，嗵嗵嗵冲上塔身环绕的螺旋铁梯。

我见了空气呼吸器，类似于潜水装置，后边背个氧气瓶。这家伙很沉，穿戴在身不得动弹。防护设施紧紧夹着头部和脸部，在有害气体弥漫的条件下，二人不能说话，也不方便用眼神交流，所有工作都要靠手势"比画"。

在华北石化，工人们每月都要举办应急抢险演练，几秒钟穿戴好空气呼吸器，要即时"听懂"伙伴的手势对话。因为，在时不待人的抢险现场，几秒钟能带人进入天堂，几秒钟亦能送人下地狱。我在前边多次说过，炼化企业的所有设施都仿佛是休眠的"定时炸弹"，必须时刻提防。他们要像军人一样，平时多流汗，战时才能少流血。抢险时刻，冲上一线的工人也效仿军人们，首战用我，用我必胜！抢险的"战士们"必须做到"三快"，手快，10秒左右穿戴好空气呼吸器；眼睛快，迅速精准地发现问题；脑瓜快，根据险情迅速决策、随机应变。不是"将在外君命有所不受"，而是"来不及"啊！厂十佳青年员工韩超雄，曾参加全国消防员抢险大赛与专业军人同场竞技，10秒钟穿戴好空气呼吸器等佳绩，一举摘得金牌！

王伟韬和戴正需驻登塔后，迅速判断是塔漏，还是斜上方的小结漏。当确认是小结漏后，戴正需将事先准备好的木塞对准漏孔处，王伟韬提了榔头便砸，期待木塞钻进漏孔止住流液，为修复赢得时间。越急越出问题，软木塞也怕死，一次次瘫软断折，无法塞入。

那个地方特别又"抠手"，小结距离塔壁只有1厘米左右，木塞子不合适。二人赶紧手语沟通，双双下塔，建议请检维修做卡具。

漏点还在漏，毒气更加疯狂，恐怖的"雾团"在扩大、扩大！

人们将心提吊到嗓子眼，险情还在拉高、拉高——明摆着呢，弥漫在塔外的"雾险情"和揣在塔肚子里的"液体险情"眉来眼去，企图里应外合"大会师"……

在做卡具的时刻，王伟韬、戴正需和赵春江，正背着笨重的空气呼吸器，在塔上塔下来回跑，火速执行确定的抢险预案，把跨线阀门打开，别憋着液化气。火速停泵，将十几个阀门全部关掉！他们上上下下爬来爬去，反复修改流程，将塔底部封死，把液化气全部赶到塔顶，撤掉压力，减弱漏液流量。

时间太慢了，每个小时都比一天还长，人们心急如焚。时间太快了，抢险人手忙脚乱，怎么也跑不过毒雾的蔓延速度。无数双眼睛盯着现场，无数张脸格外严肃，无数颗心就要冲出胸膛！厂领导已经安排更加恐怖的预案，甚至做了最坏的打算。

现场更加紧张！

"宏观抢险"如我上文所述，要将正常含硫污水引进污水池，现在，为了防止环境污染，则要将污水导进一个大储罐；"微观抢险"，则是嫩竹扁担挑千斤的几个"80后"青年工人。

漫长的半个小时比半生都长，卡具总算做了出来。王伟韬和戴正需再次登塔堵漏。怎奈地方太狭窄，安不上卡具。王伟韬又跑下来取撬棍，用撬棍破拆保温铁皮，掏出保温海绵，二人打着手语，默契配合固定卡具。小接管离塔身只有1厘米，卡具被困，二人一直在随时可能发生意外的高危中拼力抢时间，艰难堵漏，又奋战了 20 多分钟，终于固定了卡具，"按倒"了一直跳脚咆哮的妖魔——人们提到嗓眼的心，这才咽了下去。

瞬间，塔内压力低了，泄漏液体减缩，达到"动火堵漏"条件。

公司领导火速签字，特批了"特级火票"，运行部主任孙立峰检查现场防护措施落实，监护电焊工作业。运行部书记王伟组织后勤保障，防腐手套、靴子、空气呼吸器钢瓶等抢险物资全部就位，安排抢险人员就餐、体检……

0 点整，堵漏完毕。29 号两点钟，把所有切除设备重新切进，正式恢复生产。早上 6 点钟，新产液化气正式进入合格储罐。

太阳从东方冉冉升起，将华北石化的钢铁森林抹上半边"红脸蛋儿"，刚刚修复的一联合三催脱硫塔 T3201 塔仿佛刚从睡眠中醒来，也抹了半边"红脸蛋儿"。王伟韬和戴正需等 4 位青年工人，脱去被汗水淋透、散发着臭鸡蛋味儿的衣裳，换上新工服，各自回到自己的工作岗位，掀开新的一页……

## 41. 从钢铁嘶鸣里剥离出微弱的呼救声

生活不是用来妥协的，你退缩得越多，能让你实现自我价值的空间就越有限；日子不是用来将就的，你越得过且过，你想要的幸福就会离你越远。

人生还有比生死考验再大的事吗？

在生死考验面前，退与进已经轻如鸿毛了！

生产运行处高级主管李冀生很精神，平头，圆脸，戴高度近视镜。说话声音沉稳，语速稍慢，吐字准确。仿佛每句话都瞄过，从准星孔里钻出，字字中靶。只是，出自这平和声音的故事，却又那样的惊心动魄！

"人生还有比生死考验再大的事吗？"

当年化学药剂厂最响亮的口号就是"大干快上"，工人们热情高，干劲足。技师、厂劳模闫继文事事想在先，干在前。

1993 年 6 月 30 日，闫继文闻听聚丙烯闪蒸釜罐有毛病，怕影响生产，利用中午休息时间叫上王旋去修理。闫继文进入塔罐便没了声息。塔罐里弥漫着浓度很大的氮气，只要吸上一口就会缺氧窒息。在罐外的王旋见里边没有动静，大喊几声闫继文没有回答，赶紧下去施救，二人双双献出生命……

2018年10月12号，与二位殉职工友在一个车间工作的原聚丙烯车间团支部书记赵新红还原了事实："塔罐出毛病了，当时聚丙烯车间正在开调度会，研究修理措施。闫继文为了抢时间，叫了王旋就走……"

赵新红听说出事赶紧带人过去，先通风吹散氮气，把绳子系在腰上下去救人。塔罐里黑乎乎的，仍然有少量氮气，赵新红几个人轮番下去，发现两个人都不行了。

"出事死亡的，都是能干的。"李冀生的口气没有像事故记载的"违章操作"文字那样板紧面孔，而是由衷地赞叹工友的勇敢，同情年轻生命的意外凋零……

必须杜绝"违章操作"，这是硬性规定，没什么好说。但意外突然发生，几分钟就决定生死的紧要关头，如果层层请示、报批，真的来不及。

2010年4月25日，同样的危险时刻又找上门来，聚丙烯塔罐再次困住了工友虞军。这个干燥器洗涤塔塔高13米，直径1.4米，去掉封头底座高度深度大约7.5米。塔盘16层（也就是16层挡板）。

虞军进行塔内检查作业遇到突发情况困在塔底。

在现场的班长王何明明知道下去抢救非常危险，当年的"6·30"事故听得耳朵都出茧子了，还是奋不顾身冲过去，边散风边把风线往塔里一甩，孤身进塔捞人……

要想施救困难很大，必须从T502顶部逐级拆掉塔盘才能到达底部施救，由于底部当时情况不明，空间又非常狭小，塔内还有隔断，下去的人会非常危险。但，救人又刻不容缓，王何立刻佩戴长管呼吸器，身体拴上麻绳从T502顶部开始拆塔盘，直到拆除最后一块塔盘发现被困的技术人员虞军已经昏厥，班长王何跳到底部将自己身上的麻绳解下系在虞军身上将其救起，又咬紧牙关将绳子捆在自己身上，一根绳捆了两个人，被罐外的工友拉了上来……

王何被拉上来，意识开始有些模糊……

王何住院后，在高压氧舱治疗一个多月，才治愈了大脑损伤，恢复健康。

李冀生心怀敬仰地再三强调，这个案例跟闫继文二人的事故如出一辙，抢救时间当以秒来计算，刹那间就决定一条鲜活生命的存在和离开。王何明明知道以前有过氮气窒息死亡的事故，仍然毫不犹豫地舍命相救，否则，当年的悲剧就会重演……

"作为班长，王何可以把情况层层上报，这样，困在罐内的工友就没有生还希望。他没有耽误时间，没有指挥别人施救，而是自己下去！救人是'下意识的'，也反映一个人的本质。"

对待同一件事情，不同的视角会带来完全不同的感受，不同的感受带来不同的态度，不同的态度带来不同的结果，这些不同的结果一个又一个累积起来，就是每个人不同的命运。

只有不断学习不断改变自己，你才能站上更高的位置看待生活。

李冀生热爱本职工作，对工友们一往情深，我感觉他的名字一定"有来头"。深挖几句，果然有故事。

父亲李振国、母亲孔凡玲当年都是激情四射的"老石油"。

玉门大会战、长庆大会战、四川大会战、大港大会战，都曾留下他们青春的身影和劳动的号子……

他们高声唱着《我为祖国献石油》，"哪里有石油哪里就是我的家"。如同我们当代人联谊用 QQ、用微信，当年他们的工作，他们的爱情，他们的"交友"纽带，"一首歌就够了！"

当年李振国和孔凡玲的爱情，缘于这首风靡所有要为祖国寻找宝藏、贡献青春的《勘探队员之歌》——

> 是那山谷的风 / 吹动了我们的红旗 / 是那狂暴的雨 / 洗刷了我们的帐篷 / 我们有火焰般的热情 / 战胜了一切疲劳和寒冷 / 攀上那层层的山峰 / 背起我们的行装 / 我们满怀无限的希望 / 为祖国寻找出富饶的矿藏！

生命竟如此简单，一首歌就能串起"一辈子"！

哪里是家？有石油的任何地方！

就连李冀生兄弟四人的名字，都成了"石油的衍生品"，像插在石油开采油井边的"四面小红旗"——大哥在郑州出生，叫李郑生；二哥在黑龙江肇县出生，叫李肇生；三哥在河北沧州出生，叫李沧生；李冀生也出生在沧州，为了不与三哥重名，才起了河北省的简称"冀"字。

1997 年，李冀生从汉江石油学院（现长江大学）毕业后，分配到华北石油环境监测站工作。与千方百计"想悠闲"的观念相反，习惯在紧张的艰苦环境奋斗的父亲李振国反对"年轻人工作太轻闲"，希望老儿子能经风雨受锻炼，故意扳个"道岔"，让李冀生加盟当时条件很差却蓬勃向上的"化学药剂厂"。

李冀生一头扎进基层，在聚丙烯车间工作5年，竞聘到管理岗位。

为了将悲剧拒之门外，李冀生严格执行"生产受控"管理。一切操作都在可控制的范围内运行。"操作卡"上细化了每一个操作步骤，决不可以省略步骤，避免任何细节的误操作。每做一步都有销项确认，进容器作业每一步都有化验分析，容器内氧含量必须达到20%，这才是正常的呼吸环境。如果氧含量不足，要先进行空气置换，置换成跟大气环境一样的空气。认卡不认人，谁入岗，都要"持卡操作"，时刻把安全摆在首位。

正是他们，为我们撑起一片现世安稳的蓝天，让我们可以怡然自得地嗑瓜子刷微博，聊着八卦明星。

## 42. 当险情"越狱"而出

人生没有如果，只有后果和结果。

用这句话来形容整天生活在危机四伏环境的炼厂工人，非常恰当。

偌大的工厂，到处都是"高温高压、有毒有害、易燃易爆"的"集合体"。打个比方，整个工厂就像编盘在一起的大爆炸体，油罐油塔为"大炸弹"，数百万数千万的细管线，则是"火药捻子"，而数千万数亿计的阀门和接头，则是"小燃点"，任何一个地方遇上"明火"都会引起连锁大爆炸……

任何作业都可能发生事故！

我这样说很不严密，因为，那些数百万数千万的管线，不仅仅是"火药捻子"，同时也是串连的"大爆炸体"……

而我们看不见的"最长的隐形爆炸引线"，则是泄漏的气体。它们一旦从年久老化的缝隙偷偷钻出来，便无处不在，防不胜防……

"明火"二字可能在不经意间随时出现，比如衣服摩擦的静电，比如鞋钉擦出的火花，比如不小心发生了铁制工具的碰撞……

在石化工厂，那句"做一万的努力，防止万一的发生"绝不是喊在嘴上、挂在高处的口号，而是与生命和国家财产紧紧绑在一起的绳索，一旦哪个环节没有系紧，都要付出不可估量的巨大代价。

华北石化建厂30多年，发生过两起死亡事故。他们没有瞒报，也没有避而不谈，而是写在"厂史"里，记录在不断延续的工作中，为了记住这惨痛的教训，更为了"以史为鉴"，将事故拒之门外。

可是，炼厂真的就这两起事故吗？

不！数千名工人们，每时每刻都在冒着生命危险，押上身家性命，如履薄冰地小心操作，把无数的"隐形事故"按下，再悄悄地排除……

这是他们每天都面临的工作，他们习以为常，他们不能声张。他们不想让家人知道了担惊受怕，也不想让任何人知道了担惊受怕……

在炼厂上班的每一个人都很普通，但，当危险突然降临，他们个个都是挺身而出、舍生忘死的"大英雄"……

因为这类故事俯拾即是，为了节缩篇幅，我只选取几个小片断——

**片断一：于建忠徒手"斗阀门"。**

凌晨 5 点 20 分，在调度室值班的副总经理于建忠接到现场报告："球罐区液化气发生泄漏！"

工人出身、熟悉装置每一个部件的于建忠深知这句话的分量，从报告人紧张而颤抖的声音里已经揣摸出事态的严重程度，他冲出调度室，扯过自行车骑上，飞奔而去……

时逢大雾与泄漏的液化气"会师"，现场浓雾像大团大团蓬松的棉花，遮掩了罐区，什么也看不清楚。刺鼻的液化气味儿"群针"一样甩过来，几乎令人窒息，似乎在向于建忠叫板：请善待生命，赶紧走开……

于建忠快速跑进危险区域，不敢大口呼吸，可又不能永远憋气，万分困难地加快脚步靠近装置，凭经验寻找位置，手"听诊器"一样触摸每一个可能的"患处"，边摸边思索症结根由……

那天凌晨太冷了，滴水成冰。戴手套又影响"诊断"，于建忠只能徒手抚摸巨大的"铁器"零件，判研"病情"。手突然粘住了，他一使劲，一块肉皮扯落。他顾不上剧痛，更顾不上淋淋鲜血，坚持用手"听诊"——终于，他弄清楚了：气压机入口分液罐因为压力超高，导致安全阀起跳。液化气在 80 多公斤压力下喷射而出，易燃气体迅速弥漫、飞窜，哪怕有一星火花，就会造成连锁大爆炸！

于建忠只有一个念头，快快关闭阀门！

阀门在高高的罐顶平台！

这条旋转的铁扶梯长若千里万里！

挂了薄霜"变节"的扶梯像长了牙齿，一口一口咬手！

铁扶栏上留下星星点点的"红印章",一双大脚"鼓槌"一样密集地擂响铁梯,于建忠终于登上罐顶平台……

于建忠带伤的大手,和闻讯赶来的油品车间值班工人快速而默契地配合,倒换了多处阀门的流程,将险情驱逐出境。

### 片断二:雷勋茂用胸膛堵水口。

凌晨1点钟,污水处理专家雷勋茂被一阵急促的电话声惊醒。

高价买来的电机受到威胁——雨下得太大,工厂厕所、厨房等生活污水正汩汩灌向地下池。危在旦夕,如果污水灌满地下池漫过去,淹毁池外的多台电机,损失就大了!

偏巧妻子上夜班,雷勋茂连忙叫来岳母,请她照看3个多月的儿子,自己冒着"天漏"大雨冲出家门,骑上自行车,在轰隆隆的炸雷和恐怖的闪电中,向单位飞驰。

到现场一看,场面太吓人了,污水哗啦啦流向地下水池,水面眼见上涨。最要紧的是关掉阀门,可阀门淹在水底。雷勋茂扑通一声扎进两米多深的冷水里,憋着一口气摸索水下阀门。因为污水太脏,视线模糊,池底杂物纵横,他入水两次都没找到阀门。同志们见他冻得脸色发白,嘴唇发青,劝他别下了。

雷勋茂第三次入水,终于关了阀门。

外边的污水还在流入,必须堵上水池的裂口,才能保住池外的电机不被淹。眼见池边豁口没法办,雷勋茂索性站在一米深的冷水里,用胸脯堵住口子,为工友们赢得时间,堵住水口。

雷勋茂在水里坚持到曙光初现,大家终于堵住豁口,保住了国家财产。

### 片断三:王连忠迎着火光向前冲!

上午11点半,加氢岗位副班长王连忠正准备下班,对讲机突然响了起来:"不好了,二号原料泵着火了!"

王连忠一边用对讲机向上级汇报情况,一边快速跑出去,只见冲天大火疯狂向上蹿,黑烟滚滚!

按惯例,发现类似问题,如果没有着这么大的火,大班长要通知主任或技术员,装置长指令先停泵,停止进料。可现在着这么大的火,按"生命第一"的惯例,只能组织人员撤离。一旦死了人,谁也负不起责。

可是，王连忠清楚，如果烧毁一个机组，至少损失上百万啊！

王连忠破着嗓子喊工友们后退，自己却迎着火光冲了上去！

工友们跟王连忠想一块去了，谁也没撤，紧跟王连忠冲了上去！

有人提起泡沫灭火器。

有人用消防水炮对周围进行降温。

有人主动喊着抢险顺序。

几十双脚从不同的方向同时跑向火光。

几十双手提着灭火工具奔向火光。

这些平素很变通的工友们，现在异常勇敢，每个人都将生死置之度外，身体像上足劲的发条，向最危险的地聚拢、聚拢……

王连忠跑在最前面，抢先关闭电泵，停了进料柴油——火苗矮了、细了、小了、没了。大家长长呼出一口气，将高高提吊的心放下来，又一场即将引爆的危险，被平民英雄们消灭了……

### 片断四：王飞冒死扑险情

2018 年 10 月 10 日上午 10 点，距离上次险情才半个月，也在四联合，渣油加氢装置"又挑事端"！

当时，一套氢气压缩机正在给渣油加氢装置升压，压缩器上的一个仪表接头（如自来水管接头大小）"咣"的一声崩开了！

这声响太大了，如天崩地裂！

我形容不出它到底有多大，我只用压力大小来衬托。我们生活用的自来水压力，一般在 3 公斤左右。这个压力，每秒喷溅十几米。而此处升高的压力却达到150 公斤！

现场的工人耳朵嗡嗡响，面对面说话都听不见。更惊骇的是，氢气借助大压瞬间泄漏，疯狂喷溅！

氢气极其易燃，哪怕衣服静电擦出一点火星，立刻会引爆现场！

在现场给压缩机做气密的四班班长王飞，在设备技术员李锋明的带领下，安排班组成员闫文华，鞠林增查找漏点。现场咣咣咣响，震耳欲聋！

此刻向前冲太危险了，无异于英雄黄继光堵枪眼。

制度规定，遇险首先要保证人的安全，先撤出来，然后再保护设备。

1989 年出生的四班班长王飞却反其道而行之，第一时间迎着危险冲上去！边冲边分析事故的漏点，在一串咣咣咣震痛耳膜的危险境地，在氢气大举泄漏的时刻，王飞检查了一圈，仍无收获。这时，强压比恶魔更凶猛，连续炸出一长串爆响，王飞发现了压力表的插环因压力太大崩开，他赶紧扑过去，立刻查到阀门位置，迅速关掉阀门……

如果王飞先撤出去，再按程序汇报险情，无可厚非。但事态扩大后，再反身回来抢险，现场氢气更加多，风险难以控制，后果不堪设想……

我在华北石化厂区看到一条醒目的标语："用一万的努力，防止万一的发生。"这不是简单的口号，而是必须实现的目标。否则，一切努力都将化为乌有。

我曾经这样想过，整个炼化装置，就是一片"地雷阵"。一旦遇险失控，后果不堪设想。可是，每个装置数百万条管线，就有数百万个"地雷"。占地面积4000多亩的炼厂，近800公里管道，这些装置们手拉手肩并肩，怀揣百万千万个"地雷"哟！

这些可敬可爱的石化工人，就是在"防不胜防"中防守，天天防，月月防，年年防，数十年如一日，安全百分百，"只许成功，不许失败！"因为，失败一次，就毁于一旦，就"一丑遮百俊"，就能改写工厂的历史！

可是，危险还是常常来叩门。

第十三章

# 彩虹总在风雨后

　　我常对朋友们说，世界上最幸福的工作是喜欢。喜欢了就愿意做，就不累，不喜欢，闲着都累。

　　在华北石化，大家以工厂为家，以职业为荣，以拼搏奋斗为自豪。

　　人们自觉地形成了"五加二""白加黑""晴加雨"的工作常态和"说了就办，定了就干"的工作作风，张栋杰首倡的"心气顺，风气正，士气高，正气浓"已经从会场和材料文字中"走下来"，在工厂面貌上呈现，在职工心中扎根，在行动上开花、结果。

　　只要心气顺，情绪顺，感觉顺，人的潜能就无限大。

　　铁人已经离开我们太多年，但铁人精神还在，就在眼前，在我们熟悉的或不熟悉的岗位，在我们的工友中……


## 43. 我当个石油工人多荣耀


　　人间至味是清欢。

　　在华北石化，人们称张栋杰"像个铁人"，仿佛永远不疲倦。实际上，他健康上的难题很多。因为病多，吃药相互影响；因为病情相互制约，许多食物不敢吃。那个狭小的公寓小屋，既是办公室、卧室、策划室、谈心室、洽谈室、写作室，也是"接访室"。身边的工作成堆成摞，干不过来，他一天只睡三四个小时的觉，饭后十几分钟后要急匆匆地走步半小时，"消耗"掉因糖尿病而担心多吸收的养料……

　　孤单是一个人的狂欢，狂欢是一群人的孤单。

　　人们看到的张栋杰却总是那样精神饱满，斗志昂扬，仿佛早就准备就绪随时冲锋陷阵的武士……

这，便是"陇东王"的风采。

我不想讲述张栋杰摘得甘肃省劳动模范、全国五一劳动奖章和全国劳动模范等20多次荣誉的故事，也不想讲述当私营业主和"油耗子"抢夺油井时他怎样一马当先捍卫国家财产的故事，更不想多说他在石油行业工作了一辈子，一直两地生活的故事，却不能不讲一点儿他少年和青年的故事。因为，水有源，树有根，生命有基因……

1959年，全国"大饥饿"的前一年，中国城乡极度贫穷，没人奢求穿新衣、买家具、盖新房这些可望不可即的东西，多数人最大的盼望便是不饿肚子。

5月29日，中国甘肃省武山县鸳鸯镇李家门村"青黄不接"的时候，张栋杰出生了。

如果说幸福就是渴望与现实"对上号"，张栋杰一出生便是"错位的"。时间上错位，这个季节粮食刚出苗，离新粮下来还远呢；排序上错位，张栋杰排行老三，上有两个姐姐（后来，还添了两个妹妹两个弟弟），这个男儿"老大"注定要受苦挨累；地点错位，鸳鸯镇不仅缺粮食，还缺柴火。

大西北高原像一道一道宽带绳，将这里捆得结结实实。岁月的剃刀，几乎剃光了这里所有的树，高原全是"秃头"！偶尔有草也寥若晨星，稀得盖不上地皮，矮得如趴在地皮上。

追梦的路上，没有一帆风顺，更不会一蹴而就，反而会有很多枯燥甚至艰难的时刻。但或许正是那些一步一坎的艰难时光，才铺垫了通向美好未来的路。熬过种种考验，你会发现，曾经梦想的一切，会迎面走来。

现在，张栋杰在华北石化的院内散步，见了树叶就想捡。"这么多树叶白白扔了，多可惜啊！"

恶劣的条件能毁灭一个弱者，也能塑造一个强者。

艰难生存环境的重重"挤压"，挤直了弯儿，挤去了娇气，挤出了智慧和坚强，"塑造"了张栋杰与众不同的性格。

张栋杰出生的地方，曾是羌族等少数民族的故里，后人们承袭了他们粗犷、豪放、正直的习性。

西北农村盛产贫疾和困苦，为少年张栋杰设置了重重人生障碍。张栋杰就在这样的艰难困苦中破棘前行，至今乡亲们提起他都高高地竖起大拇指……

生活向来是你强它就弱，你弱它就强。人生有些选择题，无法回避，只能抉择。

张栋杰从 6 岁起便是劳动好手，给家里捡柴火、打猪草。上小学时，他每天清早起床的第一件事，便是背起粪筐，给生产队背三趟粪，生产队给记 1 分工。然后再去上学。每天放学后的第一件事，便是捡柴火……

父亲心疼小栋杰："娃呀，你才 10 岁，你操啥心，家里有我呢！"

小栋杰腼腆地笑笑，什么也不说，却干得更带劲了。他分明从父亲的疼爱中受到鼓励，感觉出自己对父母的回报、对家庭的贡献。

14 岁，张栋杰已经顶大人用了，他能背起 200 多斤的麦子，最远走 1 公里的路，将麦子运到场院。由于张栋杰太能干，生产队破例每天为他记 10 个工分，跟成年男人一样的待遇。

在抵达目标之前，我们都要走一段蜿蜒漫长的路。走到半途是最困难的，因为已经付出了很多，却还没看到尽头。此时，只有沉得住气，踏实走好当下每一步，才不会迷失。掌声可能来得很晚，但只要你不放弃，它就不会缺席。

一放暑假，十二三岁的张栋杰便去给生产队放羊……

羊群在塬顶飘成一片白云，在坡上站成一只只白鹅，又在沟底散成一粒粒饺子，想象的翅膀带着小栋杰在高原上飞来飞去……

找到能割的烧柴比抓特务都难。哪怕有一两厘米高的草也能点亮小栋杰的兴奋，一棵一棵拔下来。或者，干脆把土皮铲下来，再将上边的草"连根"取下，这，便是相当好的烧柴。

农民割谷子割玉米，尽可能将茬留得矮矮的，甚至贴地皮了。剩下的根须也决不放过，大家抢着刨出来——这也是难得的烧柴。

一部部生猛的"西部片"常常上演：大人孩子们背着口袋从各个方向拼命向铁道线跑，前呼后拥，脚下尘烟滚滚，像冲锋的战士各自抢占地形……

国家运输大动脉陇海铁路途经鸳鸯镇，这成了孩子们争相疯抢的烧柴宝地。"呜呜呜——！"哐嚓哐嚓哐嚓，每当蒸汽火车嗷嗷嚎叫着跑过来，孩子们已经蜂拥而到，抢着扫地上的黑粉面——这是火车烟囱里喷出来的煤面子，米粒大小——所有的手都伸过去，用扫帚在石缝里扫，把石块子掀开，连土一起扫回家。这里一大半是土，没关系，打成煤坯冬天也能烧……

一朵花有一朵花盛开的时间，一棵树有一棵树成材的年限。努力，很多时候是一个人的单打独斗，尽己所能，扬长补短。

家里生活相当困难，一家人扯一条被子盖，屋子连门都没有。晚上睡觉前，把一大捆沙棘刺堵在房门当"警卫"，拦挡野兽。第二天早上，再把沙棘刺挪开。晚上有狼嚎叫，爪子抓在沙棘捆上哗哗响，吓得屋里人大气不敢出……

我说我们东北冬天防冷，外门挂了棉门帘子，张栋杰说："连被子都没有，怎么会有棉门帘子？"

别看张栋杰起早贪晚干活，深夜里还歪着身子在油灯下学习，两个鼻孔全熏黑。从6岁上学起，一直是个尖子生。从小学到初中，学习成绩一直是年级第一名。家里半面墙，贴满了奖状……

不辞沉默铸坚甲，甘献年华逐紫烟。昨天的你曾经历了什么其实并不那么重要，重要的是，今天的你如何生活，以及明天你将成为谁。

到鸳鸯镇上高中，离家三四里路，张栋杰的学习成绩仍然令人羡慕，数理化回回第一名，文科第二。

尽管这样，少年张栋杰仍然没有躲过埋伏在他人生必经路上的暗器。

那个夏天很繁忙，鸟儿像谁抛上天空的沙粒，一扬手一把，一扬手又一把，这是打麦人"轰"起来的。农民们在抢收麦子。

16岁的张栋杰放暑假了，加入到成人运麦的队伍。架子车上装了十几层麦子，重达1吨多，张栋杰独自拉着小山似的麦垛！

麦子太沉，山路太难走，上包下坑左曲右拐，起伏颠簸的架子车，像兔子那样跳来蹦去。必须拼尽全力，确保架子车不翻。张栋杰拼力拉上陡坡，又遇坑包不平的大下坡！重车的惯性推动力太大，车子越来越快，张栋杰只能"顺势"而跑，突然，左车轮垫在包上"一抖"，右轮腾空飞起！

张栋杰赶紧向下压，左车轮突然又遭遇"大土包"，车子突然失重，张栋杰被沉重的架子车高高地"提吊"起来，刹那间方向失灵、车子失控，连人带车从15米高的坡上摔了下去……

张栋杰脖子骨裂，腰脊骨裂，当即昏死过去！

同伴们吓坏了，张栋杰已经双眼紧闭，躺在地上不动了，同伴们使劲摇晃、呼喊，毫无反应。岁数大的社员说："这孩子凶多吉少！"

赶紧安排人跑回去报信。

40多分钟后，张栋杰才醒过来。

从县医院拍片回来，张栋杰拿镜子一照，吓坏了："这辈子完了，毁容了！"

整个脸全是瘀血，肿得溜溜圆，只有眼皮间有道小缝。

爷爷看了，心疼得痛哭不止。

张栋杰回答爷爷："没事，一点都不疼。"

躺在床上整整 6 天一点都动不了。第 7 天，家人给他翻身，要两个人双手伸进身下"平托"起来。稍一动疼得受不了。张栋杰第一个念头便是：完了，以后不能干重活了。

张栋杰暗暗下着决心，一定要挺住，一定要站起来！

第 9 天，坚强的张栋杰又出去挣工分了！

干不了重活，他要求看山上的果园。弟弟妹妹给他送饭，他在山上以"打更人"的身份坚持了 20 多天！

逆坡而上，始终有前行的能力，这样方可抵达未来，看到一树繁花。

几个月后张栋杰高中毕业，居然如愿考上了民办老师。这是农民编制的"高级白领"，竞争者蜂拥。

张栋杰的"跨科"教课没有人能"理解"，因为这个社办学校，23 名老师，居然没人教得了数理化。校长便把初中二年级的数理化都安排给张栋杰。另外，还教初一的语文课。

张栋杰拼了，白天教课，晚上批作业，早上 5 点钟起来备课，每天只睡四五个小时的觉。

与其站在自己的烦恼里去仰望别人的幸福，不如专注于自己，潜心努力。做好你自己，你想要的，时间会慢慢给你。

每一个优秀的人，都不是与生俱来带着光环的，也不一定是比别人幸运。他们只是在任何一件小事上，都对自己有所要求，不因舒适而散漫放纵，不因辛苦而放弃追求。

全县教学竞赛，在十多所初中学校中，张栋杰所教学生数理化成绩平均分名列第一，全县前 10 名的数理化学生，全是张栋杰教的学生。全县前 10 名语文高分者，张栋杰的学生占 6 名！

张栋杰名声大振！教育局长在上千人的教师大会上兴奋地表扬他，各学校全到张栋杰所教的班级来取经。

老师们称赞张栋杰，公社书记走到哪儿都要夸张栋杰，学生把他推崇为"明星"，以当他的学生为荣。

学生们正在淘气，一见张栋杰回来，立刻老实了。有人不好好做作业，老师们会说："再不听话，我找张老师去！"

16 岁的张栋杰，成为全县有名的"少帅"！

青春不是任性和冲动，而是敢于追梦的勇气和对生活的热爱；成熟不代表圆滑和世故，而应是历经岁月、阅遍世事后对人生的洞察和对理想的坚守。

张栋杰也有意"包装"自己，为了显得成熟，他故意把自己打扮成农村老汉的形象，穿灰色的老汉服，说话老声老气，跟成年人一起大碗喝酒。一喝喝个小半天，喝一斤老白干不当回事，喝两斤也不醉。

张栋杰当民办教师3年，学校所有的文字材料，都出自他的手。总结材料、汇报材料、经验交流材料，什么体裁都写。出口成章、出手成文，就是那时候练就的。此后，他再也没有丢下这门"手艺"，在石油企业干这么多年，自己所有的讲话稿都不劳他人。

这样一位文武双全的少年，参加1977年高考，有人说："你就报清华和北大，指定能考上。"张栋杰也非常自负，非这两所学校不考。

结果，他落榜了。

1978年，全县举办民办教师考试，成绩好的转为公办教师。

张栋杰喝完老白干去参加考试，没发挥太好，仍然考取鸳鸯公社第一名。又参加全县数千名民办教师考试，张栋杰摘得探花。

"板上钉钉的事"，张栋杰考取公办教师肯定没问题。

事实再一次跟张栋杰开了玩笑，公办教师录取名单公布下来，并没有"探花"张栋杰的名字。一句"不完全按成绩录取"，搅混了公平这池水，也搅混了张栋杰的人生取向……

少年不识愁滋味。张栋杰还没来得及"灰心"呢，却被一首激昂火热的歌打动了——

锦绣河山美如画
祖国建设跨骏马
我当个石油工人多荣耀
…………
哪里有石油哪里就是我的家

张栋杰心灵受到极大的震撼，正为自己找到了人生理想而激动，《铁人王进喜》《创业》电影"又烧了一把火"，张栋杰一下就看到光芒四射的"人生的太阳"，这辈子，就做一个为祖国找宝藏的石油工人！

命运不会亏待努力的人，你要做的，是用最少的悔恨面对过去，用最少的浪费面对现在，用最多的梦想面对未来。

水流能至大海，是因为水能巧妙地避开所有障碍，不断地找到适合前行的路径，以低姿的方式，抵达崇高的理想。我们在人生路上也难免会遇到困难，拐个弯，绕一绕，也许就会柳暗花明。

2018年10月19日晚上，张栋杰对我说："当年毛主席号召'工业学大庆'，全国轰轰烈烈地学习大庆，报纸登、电台播王进喜的事迹，我真是热血沸腾。石油是中国的血液，石油工人对国家贡献多大啊！离我们家不到1公里的地方，有个地质勘探队，我很羡慕人家。工人们吃白面馒头，真好。那时我就想，当个石油工人多荣耀！"

想要理想的生活，那就放手勇敢去追！

第二次考大学，张栋杰毫不犹豫地在报考志愿上庄重地写：长庆石油学校。

老师们为他惋惜："这个分数能上大学的，怎么报个中专？"张栋杰的成绩，高出长庆石油学校录取分数线70多分！

张栋杰说："我能当个石油工人就很知足，别的我不在意。"

生活的舞台上，不必羡慕他人的位置，只需演好自己的角色。没有蓝天的深邃，可以有白云的飘逸；没有大海的壮阔，可以有小溪的优雅。只要奋起逐梦，你就是人生这场大戏中最耀眼的角色！

由于出色的口才和管理能力，张栋杰高票当选班长。为同学们服务，为即将加盟石油工人队伍的学友们做事，张栋杰心甘情愿。张栋杰像威力强劲的马达，整天在飞快地运转，任《校讯》刊物总编辑，从打字开始"一条龙服务"，排版、设计、修改文章、校对、油印、发放，他全程负责。张栋杰组织了30多个通讯员和文学创作员，用通讯报道校际新闻，用诗歌、散文、小说撑起浪漫的文学天空，有过教师生涯的张栋杰重操旧业，像个辛勤的园丁，精心侍弄每一株文学小苗，让这些小苗们饱吸阳光雨露茁壮成长……

最理想的生活状态，莫不过是尘世里的一抹岁月静好与向善向美。化消极为积极，把复杂简单化，回归初心，驱散阴霾，储存阳光，那么，漫漫人生，就会收获美好，一路芬芳。

张栋杰是个热心肠，学校开运动会，让他组织体育队，行；让他组织5个班在一起比赛乒乓球、篮球，行；老师让他帮忙写材料，行；考试后老师让他判卷子，"千万别告诉同学们"，行；同学们相互间闹别扭，找他"评理"，行……

同学们有困难，张栋杰都会主动帮忙。

张栋杰一连观察了好几天，发现班上的生活委员早上不吃饭。虽然不知道什么原因，张栋杰觉得他哪里"不对劲"。张栋杰问了同学，原来这名班委管学生的饭票，丢了5块钱，他要从自己的嘴里省出来。当时5块钱不是小数，足够一个人一个月的伙食费。

张栋杰做他工作："你该吃饭吃饭，这5块钱我用助学金补上。"当时每月班里有助学金几十块钱，一个学期二三百元。困难的学生一个月发十块八块的，略有盈余。

人的磁场很奇怪，你不承担责任，就不成长，你不感恩，就不顺利，你不付出，就得不到回报，你没有爱心，就没有人爱你。

张栋杰发现一位身高体胖的同学"有点怪"，每天下午4点半同学们都出去玩，只有他趴在课桌上一动不动。张栋杰觉得他哪里不对劲："你怎么不出去玩？""我不敢运动。""为什么？""我腿软。""你腿怎么了？""我没事，就是饿的。"

原来他饭量特别大，定量的伙食根本不够用。张栋杰从家里拿来25斤粮票送他。一天加二两，能买125个馒头，就能坚持一个学期。

毕业后，张栋杰分配到长庆油田第二采油厂，这位同学来看他，一顿吃了8个馒头。

1981年6月，艳阳高照，热浪扑面。采油厂的大客车气势威猛地开到学校大院，车前戴了喜庆火爆的大红绸子，高调迎接同学们去油田工作。

比天气还热闹的120多名同窗三年的学友，像一群欢快小鸟，蹦蹦跳跳地告别母校老师后，兴高采烈地登上大客车。来接同学们的采油厂人事科长有点手足无措，这么多人，一个也不认识。

校长指了指张栋杰说："你什么都不用管。把人交给张栋杰，他会把人给你带回去。"

三辆大客车开出校园，很快上了国道。校园唰唰唰退远，熟悉的城市唰唰唰退远，路两旁的田野唰唰唰退远，风景开阔，前路辽远，张栋杰起了个头，大家一起唱了起来：

锦绣河山美如画

祖国建设跨骏马

我当个石油工人多荣耀

头戴铝盔走天涯

头顶天山鹅毛雪

面对戈壁大风沙

嘉陵江边迎朝阳

昆仑山下送晚霞

天不怕地不怕

风雪雷电任随它

我为祖国献石油

哪里有石油哪里就是我的家

## 44. 身残志坚的齐建勋

许多身体健康的人，其实早已残疾。而一些身体有残疾的人，却是真正的健康人。美国总统富兰克林·德拉诺·罗斯福坐在轮椅上完成国家富强大业，英国科学家斯蒂芬·霍金仅仅用一根能活动的手指就"转动了"宇宙天体，华北石化齐建勋拖着一条残疾的腿，一次又一次创造人生奇迹。

在庆祝华北石化建厂30周年大会上，年轻的高级工程师齐建勋坐在"第一号"座位。

在建厂30周年的荣誉画册上，齐建勋的照片排在第一位。

他荣获河北省五一劳动奖章、河北省劳动模范等荣誉30多项，系2014－2015年度、2017－2019年度中国石油集团公司高级技术专家。

我在前边讲述过齐建勋的故事，他现在为中国石油集团公司高级技术专家。

这位看上去坚毅、和蔼可亲的人，却是一位小儿麻痹患者。

"小拐子，你们看，小拐子拐得多带劲！"

"哈哈哈哈……"

"小拐子你来呀，有能耐你撵上我啊？"

几个孩子欺负齐建勋走路费劲，不断地戏耍他，逗他，气他。

齐建勋气得直跺脚，却一点办法没有。把孩子们训跑了，他们还回来。再训跑，再回来。因为身体疾病，齐建勋经常受孩子们的气。

"我不上学了！"这天，齐建勋回家哭了起来。

母亲只好劝他——

"儿子，只要你读书读得好，以后就没人欺负你了。"

这，便是小齐建勋当年"最大的理想"。

齐建勋只好用行动来验证毛姆的话："读书是为自己的人生，筑起一个避难所。"

上帝关上一扇门，又打开一扇窗。齐建勋学习成绩直线上升，由班第一，到年级第一，又到全乡第一。太争气了，再有人欺负他，连老师都帮忙，训斥那些淘孩子。小学毕业，齐建勋又摘得了全乡第一名。后来老师告诉他，这个成绩，也是河北省昌黎县第一名。

拿到小学毕业证书，家徒四壁、连吃饭都成问题的父亲母亲"狠狠心"，给齐建勋买了身新衣服。准备到昌黎县第一中学读书，穿的要像样，别让人笑话。昌黎县第一中学很有名气，只要上了这所学校的孩子，个个都能上大学。

齐建勋欢天喜地，临近开学，他每天都早早起来，整理好已经整理多遍的生活用品。去一中上学住校，他已经做好了准备。自己腿脚不好，住校便是最大的照顾。

一盆冷水兜头浇了过来：学校没有录取他。

齐建勋去找学校，负责招生的老师告诉他："你身体这样，我们怎么收？实话告诉你，你来了也只能当分母，书读得再好，大学也不会收你。"

齐建勋胸口憋闷，堵得慌。却一点办法没有，也没地方发泄，只能恨自己这不争气的身体。可恨又怎么办呢？

齐建勋受不了这样的打击，火上大了——满脸起疖子、生疮，后背生"搭背疮"——至今，后背留下一片大疤痕……

岁数小，身体又残疾，不上学也做不了什么。父亲东找西找，两山公社中学收留了他。

能把困难的生活活出诗意，把薄情的世界活出深情，这才是本事。

两山中学离他家4华里，天天走读。

齐建勋家住在一个大长坡上。如果骑上自行车，从家到学校不蹬一下，就能"放坡"到地方。回来不行，一步骑不了，只能"推着车"走。这地形不适合骑自行车，只能步行。

齐建勋腿脚不好，最怕下雨。雨后地上汪着水，一步一滑。稍不留神就会"扑腾"一声坐在稀泥里。无论怎么"留神"，还是要滑倒。齐建勋因此练就了滑倒双手泥巴，衣服不湿的本事。还要路过一条河，夏天，要踩着河水里歪歪斜斜的石头，有些石头是动的，如果脚未踩在石头重心上，身子一歪便会掉进河，就要穿一天湿鞋上学。冬天，从镜面一样的冰上走，正常人都难，齐建勋右腿细，一走一歪失重，弯着腰曲着双腿迈着碎步。一次雪后，齐建勋"扑腾"一下屁股着地，半天起不来。这次摔得太重，屁股疼了一个多月。

齐建勋自我安慰的是，初中学生懂事，大家不再嘲笑他。老师经常拿着齐建勋的卷子给同学们看，极尽溢美之词。

初中考高中，齐建勋毫无悬念地考取了果乡工委第一名。

齐建勋望眼欲穿的昌黎县第一中学，以同样的理由再次将他挡在门外。两山公社中学 4 个班，一个班 50 名学生，计 200 人。全果乡工委共有同届学生 1200多人，齐建勋不仅考了两山公社第一名，还考了果乡工委第一名！昌黎县第一中学计划在果乡工委录取高一学生 18 名，再次把齐建勋排除在外，录取了 17 人。

难道，除了"人生就是在痛苦之上起舞（叔本华语）"，没别的路可走？

齐建勋痛不欲生，身体残疾，学又上不了，他活着还有什么意义？

他感觉空气都凝固了、天灰蒙蒙的、令人窒息，无安身之处。看见母亲唉声叹气、以泪洗面，比他还痛苦，齐建勋心软了：自己还没有报答父母的恩情，没有资格自暴自弃……

做一枝倾情绽放的花朵吧，盛开时无须肆意遮掩，凋零时坦然面对苍凉。

走投无路时，昌黎县第二中学发来录取通知书，齐建勋万般兴奋！

昌黎县第二中学，原来只录取县城的孩子，他是唯一被录取的农村学生。校长的话阳光一样照亮了齐建勋上学之路："这么好的尖子生，怎么能没学上？"

1983 年参加全国数学竞赛选拔赛，齐建勋荣获第三名。一共有 7 个学生有资格参加全国数学竞赛。全国数学竞赛 5 道大题，最后一道题 20 分，结果为：1983。齐建勋的答题结果正确，运算步骤最为简便。

昌黎二中当年有 8 个毕业班，每班 50 人，共计 400 人，只给 18 个预选名额参加高考。1983 年高考全校只有齐建勋一人通过高考录取分数线，达到重点大学本科的录取分数线。他的成绩，比第二名高了 120 多分。

一切都是未知的，一片叶子落下谁的一生？一粒尘土飘起谁的一世？

最怕的事再次降临，齐建勋再次被卡在"体检通知单"上：右腿小儿麻痹，不予录取。

齐建勋不服气，盼望来年能有转机。他复习一年再考，还是因为过不了体检关，再次被挡在大学门外。

绝望的齐建勋退学不念了。

齐建勋想不通，中国这么多大学，竟然没有一所大学要他。世界这么多工作，却没有他的立足之地。今后向何处去？难道只有去掌鞋吗？

岁月如梭，转眼间 1985 年到来，新年仍是"旧气象"，齐建勋打消了上大学的念头，没有复习。

临近高考预选不到一个月的时间，在县里工作的大姐一直惦记着弟弟，细心的她不放过每天的报纸。这天，大姐告诉他一个不知道算不算好消息的消息，今年高考录取可能会放宽政策，邓朴方任中国残联主席，"说不定有希望呢！"

难道今年太阳会从西边出来？

大学梦再次点燃。急匆匆赶往昌黎二中复习，课本还未看过一遍即参加了高考预选考试，他又摘得全县复读生第一名的桂冠！

人在前进的路上经常遇到两道题：前进与拐弯。前进需要勇气，拐弯则需要智慧。人生如行路，一路艰辛一路风景。

秦皇岛教委知道齐建勋的求学之路，既同情又惋惜，老师亲自领着齐建勋父亲齐景池，到秦皇岛找教委主任，河北省高考录取工作在邯郸市一座封闭的楼里进行，教委主任负责投考生档案。他爽快地答应：这么好的尖子生竟然没人要。请放心，我一定将齐建勋的档案投出去！

闻知腿脚不好的考生，当医生能行。齐建勋第一志愿报考了北京中医学院。中医大学看着齐建勋的档案说：这孩子语文不太好，看不懂古文，以此为借口不予录取。

恰巧西北大学在河北招生，报的考生少。齐建勋的参考志愿中报了西北大学。秦皇岛教委主任随即把档案提了过去。

西北大学负责招生的一看，非常高兴："这下来个高分的！"档案都没看，直接录取了齐建勋。

西北大学最有名的专业是地质系，齐建勋便被分到此系。

奋斗多年的大学梦终于实现，并且录取到最"火"的专业，齐建勋既高兴又担心，为即将胸前佩戴上大学校徽而高兴，为自己适应不了地质系而担心。好消息总是那样短暂，坏消息说来就来：西北大学得知齐建勋是个小儿麻痹症患者，"这个学生学不了地质系。"决定退回档案。

河北省招生办不让了："你们已经录走了，怎么能退呢？"

西北大学以"不知情"和"毕业了也分配不了工作"为由，坚持要退。

河北省教育厅出面："这样吧，你们负责培养，我们负责分配。"

一个很现实的问题便是，齐建勋读地质系的确不合适。西北大学化工系有个上海考生没来报到，便把齐建勋调剂到化工系。

或许是上天注定，从那一刻起，齐建勋就属于"中石油"了。

中石油与西北大学签订了培养人才计划，西北大学每培养一个大学生，中石油付 2 万元。

1989 年齐建勋大学毕业，又以优异的成绩通过研究生的录取分数线。他仍然报考母校西北大学。

母校负责招生的老师告诉齐建勋："你是委托培养的大学生，你考研究生，要委托单位同意才行。"

齐建勋来到华北油田，组织部的一位领导负责接待他："现在油田正在建设时期，缺人才，呼和浩特正在建设 100 万吨炼油厂，你先到任丘的化学药剂厂，然后到呼和浩特炼油厂工作。"

1989 年 7 月 10 号，迎着炎炎烈日，怀揣对未来的憧憬，齐建勋来到刚刚起步的化学药剂厂报到。

# 45. 吃一车土的"泥大汉"

"有一类卑微的工作是用艰苦卓绝的精神忍受着的，最低陋的事情往往指向最崇高的目标。"莎士比亚在欧洲说了这句话，他不会想到，5 个多世纪后，在地球的东方，在中国华北的原野上，仿佛为一位"巡线工"量身定制……

他把力量掩藏在皮开肉绽的鞋底。

一双被泥土包裹、看不出原色的大肥鞋在河流上左跳右跳，脚脚都踩在距离不等、左歪右斜的石头上，离岸近了，他"腾"地一跃，站在河边。

这双泥鞋在麦地里啪啪啪走，在雨后的荒草里啪啪啪走，在雪后的野滩上啪啪啪走，在大雨哗哗下的荒原啪啪啪走，在尘土飞扬的马路边啪啪啪走……

这双大泥鞋很灵巧，"腾"地一跃跨越壕沟，又穿过过人高的玉米地，在野草丛生、一块儿干一块儿湿的沼泽地东躲西跳……

顺着鞋向上看，裤脚和裤腿上全是尘土，衣襟、肩膀上全是土，就连眼窝、鼻窝和嘴巴、眼角皱纹里也是尘土，眉毛和头发也挂了"泥霜"！

这位"泥大汉"便是华北石化保卫消防部的巡线员，名叫孔文具。

"泥大汉"所走的路，都是华北石化输油管线的途经地，这条管线长 9.8 公里，这也是他每天步行巡线的长度。

只有先改变自己的态度，才能改变人生的高度。

2018 年 9 月 22 日上午，孔文具见到我"咔"地立正、双脚并拢，"唰"地敬个标准的军礼："刘老师好！"

我一下愣住，这是一位少见的壮汉，面若深褐色的瓷质雕像，我突发奇想，如果我弹几下，能发出当当当的脆响吧？方脸，方胸脯，方腹，连那双健壮的大脚也像是"方的"。我连忙上前跟他握手、问好。

那一刻，我下意识地猜想，这尊铁打钢铸的壮汉，颇有装甲车、坦克的气势，若非底子好、从未生过病，决不能这般威武雄壮。

听我夸他身体比牤牛都健壮，孔文具一下撩开浅灰色工服衣襟，肚腹上露出近 2 尺长的刀口大疤！刀疤呈伞状，上刀口为"伞尖"，伞尖向下连接八字形长疤"伞连线"，我一下子惊呆了；居然是个"特大号"剖腹大手术，沿两扇肋骨内边线切开，再将两扇肋骨完全"扒开"，然后掀开大肺叶，切旧肝、换新肝的移植大手术！

孔文具告诉我，2010 年，他在北京武警医院住院 112 天，每天靠输十几袋血浆活命！然而，出院一个月后，他又穿原野、跨沟坎、钻庄稼地，英姿勃发地出现在"巡线"岗位上……

沿途灰尘太大，这么多年，孔文具不知吸食了多少车土面子。我提醒他："你可以戴上防尘口罩嘛！"

"不能戴，"孔文具说，"戴了口罩，跟老百姓就有夹层了。"

我听后很不理解，这都哪儿跟哪儿啊？口罩与老百姓有什么关系？一个工厂的巡线员，又与老百姓有什么关系？

"您不知道啊，"孔文具告诉我，"我们巡线员离了老百姓就寸步难行。"

让别人舒服，是一种顶级的魅力。

孔文具向我讲述，他巡线的路上，做买卖的，庄稼地里运送粪肥的、浇地的、打麦的等等，到处都能碰到老百姓。每次和乡亲们碰面，孔文具都要亲切地唠上几句。老朋友要唠，别断了交情。不认识的也要唠几句，处成朋友。孔文具掏出手机晃了晃："我有不少'卧底'，沿途管线有什么新情况，我很快就会知道。"

我这才恍然大悟，原来孔文具把沿途乡亲发展成"信息员"了。后来我才知道，事实远非我想象的那样简单。

原来真正的接地气不只用脚，还要用心。

2017年1月，腊月二十九，街上车连车人挨人挤成一团，叫卖声、呼唤应答声和汽车喇叭响成一片，明天就是大年三十，喜悦气氛弥漫在大街小巷，荡漾在人们的脸上。许多商号和抢先的人家，门上已经贴了火红的春联。

在三杰村边的田野里，却有一群人围成一团吵吵嚷嚷，大家将孔文具团团围住。几个农民跳着脚吵嚷，指着孔文具的鼻子说："少废话，说别的没用。要么将土填平，要么，拿钱来。"

这里是管线检修工地，13号桩到19号桩在三杰村的属地。管线每3年要打压、检修一次，一次检修要一个月时间。别的地方已经挖完、回填、查修完了，孔文具故意打个时间差，最后查修三杰村。就要过年了，村民们正忙着办年货，这时动手相对要好些。

要来的还是来了，村民们知道有人把麦田地豁开一道深沟，当即奔走相告，呼呼号号围了上来，发生了上述一幕。

"这是我的地，我种的庄稼，你没给钱，就不许挖！"

孔文具并不着急，示意挖地的民工停下，先掏出烟卷（他自己不抽烟，专门送人的）发一圈，掏出打火机一一点上，"没事人"一样，嘻嘻哈哈，说些家长里短。

气氛表面有些缓和，并没解决实际问题。

孔文具自己也点上一支慢悠悠地吸着，这才打开话匣子："这是国家的重要输油大动脉，按照国家的法律法规，征地时我们单位已经给了你们补偿。现在你们又来要钱，是不合适的。再说，输油管线到检修的时候不及时检修，离你们这样近，你们是有危险的。请大家放心，我说话算话，我们挖完，再给你们恢复原貌。"

"那也不行！"一位高挑个儿说，"这里都种上庄稼了，你们翻出生土，这里3年不长庄稼！"

孔文具清楚，老百姓说得有道理。查修时，要挖 2 米深、3 米宽、2 米长的大坑，管线要露出地表层。地下的生土翻上来，头 3 年什么都不长。

只要肩膀上有责任，就别把自己看得太轻；只要把老百姓放在心上，就别把自己看得太重。

每次查修，都是孔文具和同事们最头疼的事。这工作，好比在乱草堆里找两棵相同的草，真的不容易。

每一次，孔文具和同事们都历经千辛万苦，把一个又一个疙瘩解开。无论多难，大家都有一个共识：管线归巡线员管，管线上的麻烦也要由巡线员负责，决不给公司添累。

孔文具很清楚，上交公司，"麻烦就大啦！"孔文具上报保卫消防部，保卫部上报公司领导，公司领导找任丘市政府，市政府找镇里，镇里找村里，村里再找到村民，"绕这么大一圈"，工作还怎么干？别说年前要完成任务，这么绕起来，明年后年也不一定解决！

难吗？真的难！见着困难躲吗？共产党员岂能见硬就回！咱这部队大熔炉里出来的军人，什么苦没吃过？

1981 年 10 月 30 日，刚穿上军装的孔文具来到黑龙江省饶河县，在珍宝岛"中国第一哨"特务连服役。一下汽车吓了一大跳，天"嘎嘎冷"，冷风刀子一样割鼻子割脸，"扎"得睁不开眼睛。

哎？怎么所有的军马都没有耳朵？所有的猪都没有尾巴？

班长告诉他：都冻掉了。

一场又一场雪，就是一场又一场大自然的告白书。

每天早上的树枝上半寸长的白霜，左一条右一条，里边似乎透出字的黑影，则是恐吓弱者的挽联。

夜里在零下 40 多度的严寒下站岗，孔文具脑袋没想明白，脚却"想明白"了，那么厚的大头鞋生生被冷风穿透，脚趾针扎一样疼。不到一个月，就生了冻疮，又痒又疼。此后好好犯犯、犯犯好好，再也没好利落过。

你一旦放松自己，就马上落伍。

尤其在下半夜站岗，迎风的一面似乎被冷风扒光了衣裳，咬牙坚持。冷霜先把睫毛染白，再把眉毛染白，把棉鼻遮挡染白，坚持到接岗，军帽和衣领所有的地方，都结满了长长的白霜。而鼻遮挡的下边，则是一片半指厚的"冰疙瘩"……

好心情是一把钥匙，能打开所有的锁。

大年三十晚上，喜悦以特殊的方式展现：战士们用洗脸盆煮饺子，用冻起泡的白菜当"肥肉"，用高高扬起的雪面子当"礼花"……

冬天吃"雪水"，夏天喝溪水。砍了桦树锯断，就是烧柴。孔文具工作出色，入伍的第三年，就在鲜红的党旗下举起右拳宣誓。

说誓词只用几分钟，兑现誓词却要一生一世。

孔文具被狼群围攻过，跟熊瞎子周旋过，同洪水搏斗过。一次赶马车去军区拉粮食，下大坡时军马受惊，突然炮弹一样射出去，射向石头堆，射向树丛，射向壕沟——突然，马车左轮射上大石头，眨眼间就翻了……

压在车下的孔文具捡条命啊，如果马车再向前一尺远，就是万丈深渊！

战友把孔文具从车底下扯出来，见军服上满是鲜血，战友心疼地哭起来，孔文具哈哈哈一阵爽声大笑："哭什么呀？胳膊腿受伤算捡着，咱们应该庆祝才是，"孔文具往左一指，"再向前一尺，我就粉身碎骨啦！"

幸福并不取决于你是谁，你拥有什么，只取决于你是怎么想的。

而今孔文具早已年过半百，却仍然保持着军人的豪放、英武，走路带风，说话声大，迎着困难上，"吃软不吃硬"……

孔文具对我说："我拿管线沿途的老百姓都当朋友看，咱不能欺负人家。但，国家已经给他们补偿了，咱也不能不坚持原则，更不能将矛盾上交。"

只要忠于职责，办法总比困难多。

"老弟，"孔文具微笑着商量人家，"咱哥们儿处这么多年，感情挺好的，你不能难为我啊。你不让我挖，我不好交代，这不是砸我饭碗子吗？有事说事，别扯淡了，给哥个面子。咱还是要以感情为重，你这么一横，我完不成任务怎么办？"

孔文具叫"老弟"的"高挑个儿"欠孔文具的人情。他的孩子补课找不到城里的好教师，孔文具托朋友帮过他的忙。

"高挑个儿"被捅了软肋，也不好意思再坚持。孔文具笑着推他的后背："走吧走吧，快回家办置年货去吧！"

"高挑个儿"走几步，向身后的农民挥挥手，乡亲都离开了现场。

孔文具长长呼出一口气，马上组织人挖了起来。民工们也非常着急，干完活赶紧回家过年！

一个坑刚挖完，六七个妇女呼啦啦围上来，理由同走的男人们一样，不给钱不让挖。一位胖女人"咣"地躺在土坑里："挖吧，连我一块挖！"

大家只好停工。

孔文具商量半天，胖女人就一句话："要么给钱，要么把我埋了。"

10 分钟过去了，胖女人不起来。

半个小时过去了，胖女人还躺在坑里。

孔文具担心她着凉，大过年的，别添病呀。孔文具想要拉她起来，新的机遇霍然出现，胖女人呜呜呜哭着说，她家不宽裕，就指望麦子出钱呢。她的儿子要上重点校初中上不了，高价又花不起……

孔文具一下就抓到这个机遇，孔文具说："我能帮上忙。"

"真的假的？"胖女人腾地站了起来。

孔文具啪啪啪拍着自己宽厚的大胸脯："包在我身上，我可以让妹妹免费为孩子补习指导功课！"

孔文具手里有张大牌，妹妹孔老师为重点学校高级教师，专业水平业务能力在当地很知名，她肯定能帮上忙。孔文具心里更加有数的是，自从他做了肝移植大手术，家人们对他更加"高看一眼"。只要他张口，谁都会帮他。

原来胖女人来找碴是"一石二鸟"。她闻知孔文具安排重点学校上学有路子，便纠集几个姐妹来"投石问路"。这件事办成了，皆大欢喜。办不成，再假戏真唱，不拿钱不准挖地。

见孔文具果然"中计"，胖女人向同伴们招了招手："姐妹们，走，回家烀肘子烤猪爪去！"

走到孔文具身边，胖女人满脸堆笑："孔大哥，放心地挖吧！"

孔文具赶紧回答："你也请放心，我一定说到做到。"


三杰村的"葫芦"刚按下，19 号桩的"瓢"又起来了。园林管理人员"刀条脸"出来拦挡，阻止挖地作业："你们不能挖绿地。"彼时，这个坑已经挖好。

在这之前，孔文具采取先斩后奏的办法。都是公对公，先挖着，有人拦挡再说。孔文具跟人家理论："你是公事，我也是公事。大过年的，还是请给个方便。"

"那不行，"刀条脸说，"换个地方吧，这里不能挖。"

"管道就在这里，我怎么可能到别处去挖？"

"破坏绿地，你是要负责任的。"

"园林扩大后才是绿地，早先这里没有绿地。"

　　二人争执不休，各说各理。见"刀条脸"打电话，孔文具的思维在高速旋转，就像一连打开多个网站，多个鼠标在同时搜索，战友、同事、同学，甚至连邻居都算了，谁能联系上园林"管事的"？

　　"刀条脸"一个电话，召来园林的一位科长，孔文具正打着"如何应对"的算盘，突然峰回路转，他哈哈大笑着奔过去，二人手都不握，直接来个大拥抱。原来，这位科长是孔文具多年不见的战友。当年，他们同在黑龙江饶河县"中国第一哨"站过岗。

　　把脸迎向阳光，就不会有阴影。

　　腊月二十九傍晚，夜空像一大张巨幅生宣纸，天公巨手一阵激情狂野的"大泼墨"，多个"黑团"迅速洇开，整个世界都被染深。只有贴地的城镇华灯闪耀，"抢脚的"急性子鞭炮噼啪噼啪响，成为回家过年人的导向指南和声音坐标。孔文具和工人们将现场收拾利落，圆满地完成检修任务，相互拜个早年，归心似箭，很快被"墨色"吞没。

　　大年三十早上，孔文具穿上制服，背上背包，拿起对讲机，大步流星地跨出家门，又去巡线。

　　最难的还不是"突发事件"，而是年复一年无休无止的坚持。一年365天每天要徒步9.8公里，风雨无阻，寒暑不辍。不管遇到什么天气，早上8点开始，中午12点巡完全程，雷打不动。

　　三伏天穿越玉米地，从破帘一样的叶片中穿行，脸和胳膊都被划出一道道血口子。衣服湿透了，又成了飞扬的尘土的猎物，浑身淌泥汤。

　　刮大风天气，风卷尘土漫天飞舞，肺叶就倒霉了。孔文具边摇头边豪爽地大笑："这些年啊，我至少吃了一车土！"

　　夏天太热，太阳像个大火炉，孔文具太多次晕厥倒地。那感觉真是难以形容，心里明白，赶忙伸手去抓对讲机，已经抓在手里，却说不出话来……习惯了也就适应了，以后晕厥倒地，孔文具索性不急于起来，而是躺在地上"缓一会儿"……

　　尽管这样，孔文具从未有过退缩的念头。

　　习惯了军人以服从命令为天职，决不讲价钱，更不退缩。习惯了拿工作当成自己的生命，活着，就要完成工作任务。习惯了传承"大庆精神"，铮铮铁骨，宁折不弯，披荆向前。

"死过一次的人，会更加热爱生活，更加懂得感恩，"孔文具啪啪啪拍拍自己宽厚的胸膛，"我干不好啊，对不起太多人！"

提起当年的肝移植大手术，孔文具感慨道："我的胆红素达400多，正常值为8－25.7，排毒排不了！急性肝坏死，肝不工作了！做肝移植手术是唯一活命的希望。和我一起手术的10个人，只活两个人，我是其中之一。"

当年死里逃生的情景，不时在孔文具脑海中闪现——

这天早上，孔文具从昏迷中醒来，他怔怔瞪了天棚好久好久，歪着脑袋看见身边的病友输着红红的血浆，这才彻底明白过来：自己从阎王爷手里挣脱出来，又活过来了！

哪天入的院？在病床上躺多久了？已经记不得了！

孔文具想翻个身，怎奈身体被捆绑得紧紧的，胸部和腰部都缠着绷带，动弹不得。这位钢铁汉子眼窝潮润，大滴大滴的泪顺眼角滴落，润湿了枕头。

这人情欠大啦！我的胸膛里移植了哪位朋友的肝？他（她）的生命熄灭了，却点燃了我的生命！我欠他（她）的人情啊！主刀医生把我从死神怀里抢了回来，我欠他的人情啊！还有红红的血浆，每天都要打十多袋血浆，这要欠多少人的人情啊？他们都是谁？他们都在哪里？

人都是相互的，当善良遇上善良，就会开出世界上最美的花朵。

孔文具暗暗发誓：四面八方的爱都给了我，出院后，我的爱也要回报"四面八方"！

出院一个月，组织上考虑其身体状况多次想安排他到相对清闲的岗位，但孔文具却都婉言谢绝了，多次主动要求承担急难险重任务，就这样他走上了巡线岗位，他主动恢复体能训练，打篮球、打乒乓球、游泳，样样不耽误，从最初部门上下对他的"不放心"甚至开车跟随，到很快适应工作成为业务骨干。身体好了，才有能力报答社会，报答那些我欠情的好心人。孔文具告诉我，他决不好高骛远，而是做好每一天，将"报恩"二字用在巡线上。"我们每个活着的人，谁都离不开燃料油。那些为我输过血浆的人，也在用吧？我把巡线工作做好了，就等于在行善积德，就等于回报所有帮过我的人。"

临别，孔文具从座位上站起来，大步走到我面前，"再见刘老师！"他双脚并拢，"咔"地向我敬个标准的军礼。

我一激动，也"咔"的一声双脚并拢，向孔文具敬个正宗的"民兵礼"。

## 46.“我当不了干部，也要当个最好的工人！”

少走了弯路，也就错过了风景。无论多难，前进是唯一的选择。

他的一双宽眉比焦炭还黑，短胡须像刚刚割过的树茬子，非常坚硬。如果拔一根引上线，能当针使。他说话脆响，似石子当当当砸在地上。蓝色工装衣袖半挽着，露出小臂壮若小腿。黑黑的连片胡子，宛若故意插立的“防盗刺”，放射线状向四外扎，像极了《三国演义》里的“猛张飞”。

初看，这外表有点吓人。细了看，发现这是位帅哥，很精致的大眼睛、直鼻、阔口，像高手画家笔下精描细刻的工笔画。

你看这名字起的，姓翟名羽佳，多有范儿？

这名字果然有不凡的出处，翟羽佳的父亲是位在部队干了20多年的高级军官，把自己的豪气和期望都装进这名字——咱“翟”姓人，就要展开羽翼向上飞，做事就要做到“最佳”！

或许继承军人父亲的豪气、仗义和睿智，或许父亲常年不在家促使这些性格优点过于“野性”并衍生成方向相反的力量，翟羽佳少年时很叛逆，不喜欢受人约束，以“野生”的方式“自由生长”。如果说“重视父亲”的话，那就是，父亲说东他偏说西，父亲说左，他偏向右。肩扛上校军衔的父亲带过威风八面的千军万马，却带不出来自己的儿子。

像个孩子一样永远也长不大，但，他从未停止成长。

多年以后，翟羽佳也反思过自己的人生脚步，那就是，一次次绕过父亲为他设计的线路。

多年以后，父亲以羽佳的人生选择为自豪时，也曾反思过自己的“育儿经”，条条大路通罗马，何以拼死挤“考大学”那独木桥？

但是，从石油技工学校毕业刚一上班，翟羽佳拿着图纸咨询现场工程师技术问题，立刻挨了“当头一棒”：“你从技校毕业还想看图，你懂啥呀？”

翟羽佳的脸“腾”地红了，仿佛浑身各处的关节在身体里咔咔咔响，他没有低三下四再问，一股强大的叛逆力量似乎从骨缝里蹦了出来：“你看吧，几年后我的业务肯定拔尖！”

一切伟大的行动和思想，都有一个微不足道的开始。

当天晚上，他掏出一沓子钱拍在小饭馆的吧台上，叫来一群工友，点了丰盛的酒菜，倒了烈性白酒，红灯笼脸频繁扬起，一口一个，干杯！

呼呼号号喝了一大气，工友们问他何故请客，翟羽佳说："什么事都没有，就是让你们当个见证人。"

"见证什么？"

翟羽佳这才说了被人瞧不起的事，这次喝酒，就是让工友们做个证，几年后，他肯定业务拔尖，看懂输变电方面所有的图纸。

工友们嗷嗷叫，称赞翟羽佳是好样的，有志气。可也有不同意见，连个大学生都不是，恐怕永远当不上干部。

这话针一样"扎"过来，疼得翟羽佳差点跳起来："我当不了干部，也要当个最好的工人！"

不能听命于自己者，就要受命于他人。

翟羽佳没有食言，1995 年技校毕业到此工作，第二年就能看懂工作中应用的所有图纸，4 年后当上班长。而今，他再次挑大梁，荣任 110 千伏变电站站长。

工友们最爱跟翟羽佳工作，只要工作好了，就一俊遮百丑，只认工作不认人。不用搞个人感情投入，也不用捧着唠，没有用。就一条，工作上不去，"怎么都不好"。

一位青年工友向翟羽佳直言："活没干好，见你就跑！不让你看到！"

"躲了初一，躲得了十五？"翟羽佳一扬手，一杯酒干了。

"放心吧！"青年工友一口干掉了杯中酒，杯口朝下控了控一滴没有，"往后，咱工作就像这杯酒，干净利落！"

领操人若做反了动作，整个团体操队形岂不全乱了？

翟羽佳最信"一百个宣言不如一个行动"这句话，要工友们干成什么样，自己先"打个样"。

工作中有难活重活，翟羽佳肯定第一个冲上去。可是，谁要是干活懈怠，使心眼子，翟羽佳可直言不讳："你把活干成这样，我会给你一定的时限。你再完不成，我给你加码。再不行，你回屋里自己反省。我什么活也不用你。还不行，你就走人。我把话说到前头，如果你找领导，领导同意你干，我就不干了。"

善美和真诚像春风一样有感召力，像春芽一样诱人。

别管多累多苦，工友们还是愿意跟翟羽佳干。原因就一条，跟直来直去的好汉在一块干，不累心，进步快。

翟羽佳兴冲冲地当上 110 千伏变电站站长，上任就"一步一棒"。"越打越坚强"，翟羽佳的"犟"劲上来了，20 年班长生涯碰上多少沟沟坎坎，这一次，也一定能攀上峰顶！

我在后文会讲述这个故事，当时翟羽佳的师傅任晓善在此牵头，勇敢地接过张法胜书记交来的"建设 110 千伏变电站的重任"，主力战将只有三人，除了任晓善和大徒弟翟羽佳，还有女将郭静。

张法胜叫不住任晓善的板，很高兴，又叫翟羽佳的板："拿下这个 110 千伏有没有信心？能不能运行好？"

"没问题！"翟羽佳高高挺起胸脯回答。

眼下第一要务，让志向化身智慧，努力将自己躲在败局之外。

变电站是全厂的动力心脏，这里要是出了毛病，全厂就要停工。这里要满足华北石化的主要生产用电。那些大型设备压缩机、主风机、气压机，则用 6 千伏的电压。电站采用世界先进的设备，将 110 千伏变成 6 千伏，再变成 380 伏，将满足工厂所有工业用电。

2018 年 4 月 15 号变电站正式投产，全厂人欢欣鼓舞，年青人蹦啊跳啊，嗷嗷叫，向高空抛帽子庆祝！

难怪人们这样兴奋，这标志着千万吨项目第一个投产的单元，也是华北石化电力能源，进入一个崭新的时代。变电站必然成为千万吨上马项目的"先头部队"，电的问题不解决，其他项目怎么干？

为了确保在规定的时间供电，翟羽佳和团队拼得精疲力竭。

原因很简单，如果"先头部队"遇阻止步不前，后边的所有建设大军都将"憋住"……

谁负得了这个责？

有些事情我们无法控制，只好控制自己。

投产时间狠狠"倒逼"着建设速度，翟羽佳和同志们咬牙拼尽全力，恨不能一日千里，安装速度却慢若蜗牛，甚至停滞不前！

110 千伏间隔单元的技术连锁非常复杂，一共 7000 多间隔连锁点，哪怕有一个间隔点不通，都会前功尽弃。一个间隔连锁点又有很多个辅助连锁，几何倍数增长的技术点密如满天星辰！设备高达 2.4 米，工作时要无数次地爬上爬下。

总算攻克了这个难关，另一个难题又横在眼前：要给 ABB670 综合保护器做线变阻差动保护。这本是翟羽佳熟悉的技术，可运用了所有掌控技术都无法摧毁技术障碍，300 次试验失败，400 次试验又失败，已经过了 500 次试验，还是找不到打开封锁的钥匙，翟羽佳和同事们真的"快疯了"！

太阳升起又落下，黎明刚刚走怎么又来？上顿送来的盒饭还原封未动地放在办公桌上，怎么又送来一盒？

几天没洗脸了？几夜没合眼了？没人知道，也没人理会。困得不行了，随便歪在墙角眯一会儿，纸壳和包装垫子，则是最好的床。

在又一个"斜坡"上"打滑"，上去下来，上去再下来，怎么也无法稳定。说明书写得明明白白，一启动差动保护，启动门槛值就差那么一点点儿。

坚持从坚持不住的时候开始。

"一点点儿也不行！"翟羽佳和同事们都清楚，这一点儿一旦导致装置不稳定，一瞬间就损失几百万啊！

每天无数次重复性地试验，令人绝望的是，每天每次只有一个同样的结果：失败！

时间呼呼迈进，往而不返，"终点"越来越近，大家都快疯了！这本来是他们一天就能完成的事，而今，一周时间匆匆而逝，困难的出口在哪儿？一道亮缝都看不见！

"猛张飞"翟羽佳急得哇啦哇啦叫，毫无办法。翻了很多资料，"不见踪影"；请教了许多同行师傅，谁都不清楚；在万能的网络搜索，没一点蛛丝马迹！豪放的翟羽佳将同事们叫过来："现在看，谁也指不上了。现在，我们要自己开动脑筋，一定要拿下 ABB670 保护技术的这个山头！"

翟羽佳和施工单位试验班的技术人员采取化整为零的办法，仅仅 1 厘米长的线，要分出几百个点，校验差动保护的动作曲线是否在允许的范围内。

以往的技术，像满满一柜"走形"的旧鞋子，穿哪双都不合脚。

领导催促："你们行不行？到底能不能干？"

施工队火了："不能干就赶紧换人，我们一大帮人在这里等着，你们变电站给不给开工资？"

"你们本身就没这个能力，偏偏搞什么 110 千伏！"风凉话四起。

翟羽佳和同事们不怕累，他只怪别人的不理解。憋了许多话，胸脯都快要憋炸了，向谁发泄？翟羽佳想了个发泄办法：将怨言发向群里，写几句删了，再写几句，再删……

翟羽佳把牙齿咬得咯咯响：宁愿跑起来跌倒数次，也不愿意规规矩矩走一辈子。就算跌倒，也要豪迈地笑！

交工的时间日益迫近，"上头"急了："这套装置不要了，换！"

已经买了，就退不了货。要退，必拿违约金！

再不完美的行动，也胜过被动的等待。五步、十步都是进步，顿悟、渐悟都是领悟。只要你开始出发，就会靠近目标。

屡战屡败，屡败屡战，成功往往躲藏在最后一步。

从奶水里找到产它的一只羊，从一根线找到产它的机器，从一片叶子里找到母树，在无从下手里捕捉答案。

登上刀梯向上爬，这却是唯一的路。

翟羽佳配合施工单位试验班的技术人员日夜不歇持续攻坚两个月，才拿下这个山头！

施工单位拿了他们攻克难关的实验报告，被技术难度所震惊，赞扬道："好样的！这技术太复杂，实在是太复杂了！"

翟羽佳和施工单位试验班的技术人员们感到浑身一下子瘫了，这才想起，好几个月了，大家没睡过一个好觉，没吃过一顿好饭！

"猛张飞"举起拳头在空中晃了晃："兄弟们，可算松了口气，走，我请客，好好喝一场！"

第二天上班，大家脸上现出从未有过的轻松。班会上，翟羽佳安排新的工作，也兴奋地"预告"着工期进度，最难的坎已经过去了。现在看，只要大家发挥连续作战的精神，别松劲，按时完成工期是没有问题的。

话音刚落，安装现场又报：监控系统又查出新问题了！

又是一大群麻烦！

对一次挑战做出了成功应战的创造性的少数人，必须经过一种精神上的重生，方能使自己有能力应对下一次、再下一次的挑战！

我不再说麻烦的细节，却不能不罗列一下"麻烦系统"：电气设备状态点，保护状态点，远端控制系统，模拟量，管辖 4 个 110 千伏站，10 个配变电所，计26000 个点数，都要传到电脑上，这还不计 8 台大变压器，300 多面柜子……

如果不尽快翻越"新大山"，上述分项设施都受影响，将如蜂窝炸群一样引起"新轰动"……

只能控制自己忽快忽慢的心率，以严谨捍卫处变不惊的试验数字。

翟羽佳带的队伍已经走到辽阔的深湖冰面，冰厚薄不均，很危险。但，绕行已经来不及，他必须朝前迈。

　　翟羽佳在班会上鼓动战友们：不要怕。我们已经翻越了好几座大山，再多一个也无妨。从现在起，我们什么都不要说，要说，就用行动说话，用成功的结果说话，用贡献说话。

　　又是半个多月没黑没白的战斗，同志们已经习惯了"连轴转"，大家携手交出一张完美的答卷。

　　如果你怀了足够的才，不遇是暂时的。多数时候，不是怀才不遇，而是怀才不足。我们担心的不是没有伯乐，而是没有足够的体力和耐力跑出千里之远。天生我材必有用，除非你怀的才不足以显山露水，否则一片浅滩不足以掩盖一座大山的崛起。

# 第十四章

# 心有栖息不流浪

真正的淡定，不是避开车马喧嚣，而是在心中修篱种菊。

真正的强大，不是人们疯狂掠取的任何物质，而是我们看不见摸不着的内心力量。

须根吸吮营养，水滴集合成流，是物象的心力。经络通达全身，血液营养输运各处，是生命的心力。

不为风动，不为水摇，能将心力集合起来，才是强者。

心力所至，金石为开。


## 47. 分秒必争的生活

心若没有栖息的地方，到哪里都是流浪。

"70后"副总经理宋运通个子不高，睿智，头脑和身手都快。

自驾一辆普通的国产私家车像骑着退役的矮个蒙古马，形不大，皮毛旧，却到处跑到处钻。在坑坑包包的工地"波浪起伏"，在野外蒿草管线土路"犁起一道烟"，在小河里炸起两排"水翅膀"……

智者创造机会，强者把握机会，弱者等待机会。

宋运通的机会，居然与"业余爱好"相辅相成。

宋运通是个读书迷。高兴了看书，忧愁了看书，失眠了看书，所有的零星闲暇时间都用来看书。不管到哪儿出差，只要有空便一头钻进书店，再沉再远，也要背回一摞子书。在他看来，书能解闷，书中有快乐，书是破解难题的钥匙。

办公室一排书柜"挤不下"，窗台、书桌边和空闲的另一张长条桌上，摞了很多书。汽车的后排座和后备箱里，都是"藏书间"。

出差途中，飞机、火车和汽车上，都是他的"阅览室"。从任丘出差去北京，路上能读完半本书。

我要特别强调，宋运通读书"很杂"，除了专业书，他还喜欢各种文学书，就是在装置"大检修"的忙碌时刻，他也揣本书过去。刚来时，有位年岁大的老师傅有点"看不惯"，带的也不是专业书啊？一考问专业知识，宋运通对答如流。几次之后，这位老师傅在会上说："本职活干好了，也可以看点别的书。比如宋运通，人家都把'专业'吃肚里了，愿意看啥书看啥书。"

宋运通心想，这类文史哲经对启发"理科男"智慧非常有作用。中外许多"理科名家"，很多都喜欢文学、绘画、音乐甚至会乐器。"严谨的理论有时要靠形象的翅膀外在拉动"，但他没有说。

听古筝，赏古琴，欣赏出色电影，都是宋运通的最爱。

人应该支配习惯，而决不能让习惯支配人。

宋运通毕业倒班实习半年后，在小催化车间担任设备技术员，因为专业出彩而崭露头角。

1993 年，宋运通怀揣河北工学院的毕业证书来华北石化报到，便爱上了华北石化，所学的化工机械专业正好派上用场。

宋运通相信大科学家爱因斯坦的那句名言："人的差异在于业余时间。"

宋运通非常赞赏被誉为"数字英雄"的搜狐总裁张朝阳博士的话："我就是平凡人，我没有发现自己与别人有什么大的不同。如果说有不同，那就是我每天平均除了 7 个小时睡觉外，其他时间都在工作和思考。"

宋运通读书的身影，在设备边、厂房前、管线旁；在火车站、汽车站、飞机场；在机器边、台阶上……

当年看汪中求的《细节决定成败》上瘾，上洗手间都带上书……

调到机动处后，为了熟悉设备的功能，知晓设备的零部件，宋运通把书带到装置边，一个细节一个细节对照……

熟悉操作规程，跑施工现场和生产现场，掌握各种装置的工艺流程、设备特点和维护常识；与钳工、电工、仪表工解析设备维修的疑难杂症；向老师傅了解不同季节、不同环境条件下的设备性能差异……

500 万吨装置投产运行初期，各种设备问题毛病经常"显现"，各类故障频繁出现，左边刚平静，右边再"鼓包"，每天手忙脚乱，还是应接不暇。宋运通时常在设备前"愣神"，梳理程序，琢磨办法。午夜在月光下"散步"，中午在日头下"暴晒"，晚上一头扎进图纸堆里……

经历失眠和吃不好、脑袋乱的折磨，宋运通终于理出头绪：从隐患消除到规范化管理程序，在机动设备、电气仪表、管道、压力容器、防腐、生产检修等方面，都立出各具特色的"规矩"，大家依规而行……

针对疑难杂症，宋运通集中优势兵力，组织人"集中火力"攻打一个山头，直到夺取胜利，大幅度降低大型机组的误停机事故；集中专项资金，整治电气系统隐患，提升电气系统的抗干扰能力；与公司有关部门合作，把久拖不决的装置关键控制失灵难题解决了；规范腐蚀介质的定期检测和分析，有效控制装置的腐蚀状况；精心组织和准备工作……

下足了这些"笨功夫"，基础打牢了，功力扎实了，宋运通才开始发力——提速前进，质量要好，工作节拍要快……

现在，宋运通的工作节奏再次大幅度"提速"。

宋运通天天在电脑上记工作日记。在浩如烟海的记录中，我随手"捞出"两例，我们一起看看他的"快拍"效率——

**例一：2018 年 9 月 20 日（周四）：**

7：40，联系周世岩副总经理：

①转发昨日管道公司锦郑项目部项目经理廖强发来的"2015 年关于任保支线计量撬、体积管资产转交华北石化公司管理"的函件；请周总安排相关部门进行相关设施、流程检查，组织进行计量撬、体积管等计量设施标定工作。

②管道公司具体联系人：锦郑项目部调度长王本明 1891096×××× 。

7：45，联系王金华（安排联系议论堡李主席）：

①要求落实养殖场附近 21 条管线路由土地流转手续办理进度，申请"十一"前进地施工（目前已经给市政府打报告，待政府审批后园林局组织进行流转地面积测量——安排刘志一）。

②落实铁路出线手续办理情况（政府回购，土地测量及地上附着物评估已经全部完成），申请"十一"前进地（目前待园林局组织进行需要移栽树木清点、评估及补偿——安排刘志一）。

③经落实，今日上午到现场进行测量、清点、勘察。

8：00，联系刘骅了解装置开工主要问题：

① 3# 柴油加氢装置空冷：目前系统泄压置换尚未全部完毕，现场初步检查

发现高压空冷、低压空冷均存在泄漏；通过内窥镜检查已经发现10处泄漏位置（泄漏点为管箱接口处焊缝泄漏）。

②蜡油加氢裂化装置反应器卸料口系统升压至3.3MPa出现泄漏，后经密封面研磨、红白试验检查后已经恢复，目前系统已重新升压至3.5MPa，暂未发现泄漏。

③渣油加氢装置II系列反应器系统升压气密过程中出现较严重泄漏，目前密封面研磨处理、红白试验基本结束，密封面定力矩紧固尚未全部完成（螺栓拉伸器配件故障，正在调用，预计今日到现场）。

9：30，审计监察处组织召开千万吨项目建设期审计准备会（审计监察处会议室）。

10：00~11：00，张占山副市长陪同沧州市重点工作大督察驻任丘工作组组长刘金凯到公司视察公司千万吨项目建设开工情况（安排办公室组织接待事宜，联系黄斌落实具体行程）。

11：30，沧州中兴电力经营部张兴来访，安排田华阁、郭京共同讨论。

14：15，徐辉：

计划明日到沧州电网公司参加明珠110KV线路送电投用工作启动会。

15：00，公司组织专题会，安排部署"十一"放假期间工作。

15：30，去廊坊国土局沟通航煤管道永久征地相关工作（罗宏臣、刘志一）

例二：2018年9月25日（周二）：

上午，巡视航煤管线首站建设情况及编组站建设现场。

10：00，热电厂焦海东电话：联系关于热电厂建设的孙家务农用桥权属确定问题。

10：30，河北省税务总局调研员由沧州市、任丘市税务局陪同到公司调研。

14：00，通知中铁建工曹经理，洗槽线继续按原图施工（CPECC设计赵向苗与北京华西院王洪伟结合，因洗槽线与铁路装车线安全距离为10米，且间距调整涉及北方交大危险化学品运输安全评价问题，故不再进行调整设计）。

14：15，安排刘宗余联系李华茂（沟通北京铁路局总工室李琦关于基础设计审查批复的问题）（14：25，回复，李华茂正在与李琦沟通）。

14：15，电话联系中铁建工冯小波：沟通关于总工室相关工作（袁万军同意先拆除引桥，后办理拆桥手续沟通函），联系找时间见肖主任面谈相关事项。

14：35，联系孙玉虎：上午宫市长、贠市长来电话了解装置开工情况，经落实本月没有合格产品生产及销售，所有产出全部为半成品（半成品不计入产值）。

14：40，管道公司锦郑成品油管道项目经理廖强：

①关于雄安新区路由调整相关事项，集团公司已经出具正式承诺函，廖强9月24日将函件送达省发改委及省政府并向省发改委刘亚洪主任进行汇报。

②秦皇岛抚宁县柳江自然保护区穿越问题，管道公司已经与环保部门研究编制了路由调整方案，目前正在与地方规划部门进行路由方案对接，如果需要向地方政府确定审批时需共同到相关部门跑办手续。

③唐山市博文铁矿矿权补偿问题目前管道公司仍在积极洽谈推进，暂不需要省发改委协调。

15：00，赴沧州，明日参加河北省水利厅组织的公司千万吨建设项目及航煤管道工程水土保持工作检查汇报会。

如此快的工作节奏，不仅仅是量的积累，更是质的升华。这么多年，宋运通经常拼到星夜隐退、草黄草又绿，才积累了处变不惊、驾驭全局的能力。

如果把宋运通的工作比作一片草原，那么，如上"二例"，仅仅是草原上的两棵小草。

## 48. 被"卡住"之后

世界是一本厚书，而不旅行的人只读了其中的一页。

2018年6月30日，这个貌似普通的日子，对于华北石化来说，却有着承上启下、开创未来的重大意义——千万吨项目实现工程中交！

中交，是指项目的中期交工，意味着建设单位完成了工艺运行路线上所有的建设内容，工艺路线全部贯通。

实现中交，是确保千万吨投产的关键节点。

为了这个闪光的时刻，华北石化的建设者们盼了整整10年！

我在前边介绍过，千万吨项目因为中途搁浅，曾进行了两次"奠基剪彩"！

可是，顺利实现这个目标却要迈过太多坎坷。千万吨项目是个繁复浩大的工程，子项目和子子项目数不胜数，任何一个地方"卡住"，都会影响中交。

现在，2018 年 2 月 22 号，离中交只有 4 个月多一点的时间，宋运通被结结实实地"卡住"了！

2017 年 10 月底，南京德邦公司中标硫磺装置 3 台文丘里塔制造项目。一台由华北石化签订，另两台由总包单位中石油总部委托中国石油天然气第七建设有限公司签订。

按照合同规定，2018 年 3 月 15 号南京德邦要向华北石化交货。此前宋运通责成华北石化物资采购部多次催促，南京德邦承诺"请放心，一定按期交货"。

2018 年 2 月 22 日，春节后上班第一天，突然得到一个消息：南京德邦由于资金链断裂，账上没钱，制造塔的材料还没采购呢！

当真理还正在穿鞋的时候，谎言已经走遍半个世界。

华北石化渴盼的 3 台文丘里塔，影都没有！

早在 2017 年 10 月签订合同后，华北石化和"中油七建"就分别给南京德邦付款 30%，其中华北石化付 280 万元，"中油七建"付 470 万元。

道理很浅显，南京德邦严重违约，走法律程序最简单不过。但，问题的严重性在于，不是让南京德邦退回预付款那样简单，国内加工这种超级不锈钢复合板设备文丘里塔的厂家本来就少，仅剩下两个半月时间，再找别的厂家已经来不及了！因此而影响中交，阻碍后续项目，影响千万吨项目投产，谁负得起这个重大责任！

宋运通急得当即牙疼，再三深入琢磨，却也只能面对现实，将工作重点放在"催促南京德邦"上。

早在 2017 年 11 月 20 号合同签订后不久，宋运通责成物资采购部催促南京德邦公司，南京德邦公司销售经理陆跃说："预付款我们已经收到，还有些具体困难，希望华北石化能派人来一趟。"

"这事要重视起来，"宋运通对物资采购部主任侯兴利说，"赶紧派人去一趟南京德邦，有问题妥善解决，千万不能误了中交。"

靳现洋立即和"中油七建"李雪峰赶到南京德邦，全权代表业主方和施工方协调此事，他们与南京德邦召开专题会议，以会议纪要的形式约定南京德邦确保按期交货。

2017 年 12 月 15 号，宋运通责成靳现洋督促南京德邦公司，确保按时间节点交付文丘里塔，南京德邦回复："指定按时交货，没有任何问题"。

12 月 25 号，宋运通再次督促靳现洋给南京德邦打电话，南京德邦销售经理陆跃在电话中说："马上就做好了，大概还有十多天。"

2018 年元旦刚过，靳现洋再次给陆跃打电话，陆跃说："已经爆炸好了，产品差不多了。只是全国大面积降雪，车走不动，货还在路上呢。"

陆跃所说的"爆炸"是加工产品的一种工艺。要将两层铁板通过爆炸复合成为一体。南京德邦的"爆炸厂地"设在安徽黄山。在黄山的深山密林，远离人烟的地方。平时，这里将货运到南京要 3 天时间，现在下雪路不好走，估计要五六天时间。

"也不差这么几天，"宋运通看了天气情况，黄山地区的确在下雪，"再等几天吧。"

十多天过去，又没了消息，宋运通说："我总觉得南京德邦在瞒着我们什么，这点活干得怎么这么多麻烦？"

2018 年 2 月 22 号，靳现洋再次催促，南京德邦销售经理陆跃的口气变了："实在不好意思，我们的资金链断裂，现在没钱买进口原料……"

"这不是胡闹么！你们一次一次违约，已经到这时候了，为什么不早说？"

陆跃说："原材料已经从日本订货。货是通过无锡代理公司从日本进的。现在没钱，代理商不给我们货。"

宋运通一听，肺都气炸了！

事情已到这种程度，指责已经毫无用处，迫在眉睫的问题是：怎样快速生产出 3 台文丘里塔，不影响中交！

宋运通决定，带上侯兴利和技术项目经理雷勋茂一起赶赴南京德邦。

2018 年 2 月 24 号，三个人火速赶往南京。

在南京德邦公司，侯兴利气得直拍桌子："有问题不早说，3 个月白白浪费掉了，什么都没有做！还 3 月中旬交货，现在已经 2 月末了，你们拿什么交货？今天这个理由，明天那个理由，为何要撒谎！"

南京德邦这才交了实底：南京德邦资金出了问题，现在贷款时间晚了，要 3 月初才能贷出来。

时间更加紧迫，再找别的厂家已经不可能。宋运通思考一下，问雷勋茂："如果他们 5 月中旬交货，来得及吗？"

"只有调整施工顺序，先进行其他安装，这样 6 月 30 号中交还来得及。"雷勋茂无奈地说。

宋运通向南京德邦提出要求："在保证质量的前提下，你们重新排一下工期，确保在 5 月中旬前交货。"

华北石化、中油七建与南京德邦三方签署了补充协议。

宋运通不放心，安排侯兴利："你让靳现洋紧紧盯住，要不间断地催促。"

南京德邦林副总说："一直在协调贷款的事，现在还没有结果。"要求华北石化和中油七建再给他们打款 25%。

"已经到这时候了，不给他们耽误进度，"宋运通说，"这钱不能直接转给德邦，采取第三方转移支付的方法向材料厂家直接支付。"

2018 年 3 月 4 号，靳现洋和中油七建的李雪峰各拿银行汇票再次赶往南京德邦。

为了更加准确，靳现洋开了两张银行汇票，一个买 316L 材料，另一个买日本板材。靳现洋直接去无锡大明不锈钢板材厂，付款后第二天发货。

无锡大明公司负责人说："我们进口的日本板材早就到货了，南京德邦没给钱，别人要，我们转给别人了。德邦没钱买货，我们不能砸手里啊！"

宋运通问询了到货时间，让靳现洋预付 35 万，了结了此事。无锡大明公司有现货一卷，不够。差的两卷，正在上海运输，大概一周左右到货。

3 月 15 号，板材已经到货，德邦回应已经拉到黄山分厂的爆炸场地，宋运通不放心，又带人去黄山查看实情。

德邦的黄山分厂地理位置特殊，在深山沟里边的一块平地上，三面环山，溪水潺潺，绿野葱郁，只有一个进出口。进出口处有个牌子："南京德邦钢板爆炸区，请勿靠近。"

宋运通担心制作过程再出问题，与刚刚出国回来的德邦公司董事长邓家爱严肃排订文丘里塔的制作"时间表"，并建立了微信群，每日查询爆炸进度。

事情仍叫人不落底，黄山地区天天下雨，爆炸必须在干燥的条件下，每一天都是折磨。天天问，天天在原地踏步……

时间像锉一样，每分每秒都锉得人心慌意乱。一天不行，两天不行，半个多月时间过去了，每一天都那样漫长。

4 月 6 号，板材终于爆炸完毕！

宋运通的心弦仍然紧紧地绷着。爆炸只是一个环节，理论上时间够用，如果再出麻烦呢？还是令人提心吊胆！分量更重的是质量，在规定的时间完成加工任务，还要确保产品质量！

现在，这两个担子仍死死压在肩头。

这是千万吨项目第一套 5 万吨硫磺装置，并非 3 套装置全部到位。理论上另两套归中油七建监制。但最终使用单位是华北石化，交货时间都不能误了中交啊！

南京德邦将爆炸钢板从黄山运到南京，宋运通又派第三方监造公司，严格控制每一个制造环节。

4 月中旬，宋运通又率人直接去南京德邦工厂，查验产品质量，督促生产进度。发现法兰设计有问题，技术人员各说各的，争论不休。精通技术的宋运通当场表态："设法兰主要是维修方便，没有大的作用。直接把法兰去掉，焊死即可。"

交货日期日益迫近，宋运通仍然不放心。责成靳现洋专人负责紧盯每一个环节。塔上有个大弯头，南京德邦外委加工，监造的第三方发来信息：德邦安排的设备制造人力不足，外购件制造完了提不出货。

德邦周转金再次告急：外委加工的法兰、小接管、焊材，没钱提货了！

宋运通赶紧协调，靳现洋分别与中油七建李雪峰又带汇票过去，解了燃眉之急。宋运通闻知原定的 5 月底又交不上货，立刻第 7 次赶往南京德邦，会同第三方监督进度与质量……

千呼万唤始出来——

6 月 14 号，南京德邦总算交货。太紧张了，离 6 月 30 号中交只有半个月的时间！

宋运通闻听准确的消息，提吊到嗓子眼的心总算放了下来。

好手艺才是"硬道理"，像太阳手持一把光，早上起来用加法算，中午开始用减法算，反反复复。

我在前边讲述过，2017 年 4 月 1 号，国家宣布建立"雄安新区"，华北石化总经理张栋杰第一时间把领导班子和相关技术人员带到刚刚设计完的航煤管道现场，果断作出"必须重新规划管线路由"的决策——这副担子，压在了宋运通肩上。

痛苦是幸福的第一缕曙光。

2017 年 4 月 28 日，河北省发改委召开了协调会，新航煤管线 156 公里，沿路涉及太多部门，任丘、文安、霸州、固安、广阳的国土、规划、林业、部队、文物等多个部门，"差一个部门不同意都不行"。

为了避免结束，你打开了又一个开始。

"选线"要贴着雄安新区边界走，宋运通组织人员挨个县、乡（镇）去商谈，一个单位不知要去多少次，反复谈反复谈，太难了，差200米稻田怎么都穿不过去，村与村的距离那样近，村民们不同意，就是一堵逾越不了的"高墙"。需要解开的结太多太多，一个"结"卡住就要绕行，从前谈好的都作废，再次"从头再来"。每天都有希望，每天又都在失望，4个多月过去，还是确定不下来。

冰是睡着的水，焦急地等待被唤醒。

整整谈了5个月，才把线路确定下来。乡镇逐一都谈妥，再组织好各种不同专业要求的材料，上报市里省里。我不想在此罗列宋运通带领同事们谈了多少人次，碰了多少钉子，开了多少协调会，打了多少次迂回战，写了多少请示，打了多少报告，盖了多少公章，也不想叙述工程中解开了多少难题，现在，请允许我把视点聚焦在一个地方，工程在东淀分洪区"卡住了"……

身体再有力，也挣脱不了皮肤。

硬要求像红灯一样不容违逆，按照防洪评价意见，管线必须埋在地下5.6米深，上面采用水泥块配重压住管线，防止地下水造成管线漂浮。这个地方一共9公里，做不下去了。地理位置特殊，尽是稻田、藕塘和鱼塘。挖半米深就呼呼冒水，边挖边排水，再压配重水泥块，进度太慢。200米远干了整整一个月！按这个速度，半年也干不完，肯定要误工期的！

宋运通反复研究，一次又一次找专家想办法，终于想出"绝招"来，把传统挖沟埋管改成"定向钻"，钻机从地底下打通，一段1.5公里，9公里"7钻连穿"，再把管线通进去，两个月时间，圆满完成了任务。

## 49."第一时间"出击

警报像一滴药水，滴进睡眠。

2018年6月23日晚上22点15分，杨建厂刚刚躺下，手机突然急促地响了起来！

检维修公司动设备工区主任李海亮在电话里急切地说："二催主风机组出现异常，请赶紧进厂！"

"我马上到！"

杨建厂开了私家车立刻向工厂飞驰。

在路上，杨建厂边开车边联系副班长张书方、维修工寥洪岗赶紧去工厂。

20多分钟后，三人齐刷刷赶到工厂。

主风机组紧急报警：烟机振动突然超标，振幅达90多微米，不能开机了！

若把维修工比作高手医生，能随时诊断出机器病情，那么，维修班长则是急诊队"队长"，自己"医术"要高，还要带动和组织这个医疗团队发挥高水准的团队作战能力，及时有效地"救死扶伤"……

人生中最美好的东西应该是希望，而不是现实。尽管希望是那么虚幻，至少它能引导我们从一条愉快的道路走完人生的旅途。

杨建厂的父亲叫杨小扣。退休前为华北石化厂长助理。

当年为庆祝沧州炼油厂建厂，杨小扣满怀喜悦和对新工厂的期待，将工厂的命运和后代的命运紧紧"拧在一起"，给儿子起名叫杨建厂。

杨建厂浓眉大眼，中分头，戴个无边框眼镜，气质儒雅，像个文艺工作者。其实，他是指挥27名维修工的检维修公司"动设备"一班班长。

上天让我们习惯各种事物，就是用它来代替幸福。

如果一个人比你优秀，你尽可以放心交往，因为优秀的人散发正能量！如果一个人有德行，你尽量与他成为一个团队，因为厚德载物！如果一个人有智慧，你尽可安心与他同行，相信智慧能照亮未来！如果一个人活得生命有质量，你可用心与他成为知己，生命才有高度与宽度。成功开始于思想，取决于行动。

我琢磨过杨建厂的形象气质，很有职业特点。或者说，这与他的工作环境紧密相关。如果说每件机器设备都是"大乐器"，研究每件"乐器"的乐理，把音乐"肌理"和"音符"都研究透，让每一件"乐器"都唱出各自的优美曲乐来，他这个"乐师"也就心满意足了。

杨建厂把"维修不过夜，随叫随到"的口号喊得"嗷嗷叫"，在会上喊，在饭桌上喊，在下班的路上喊，在新进厂的工人面前喊……

这口号就像鞭子，像加速器，总是催促着他。因此，我们看见的杨建厂，总是风风火火、急急忙忙的样子……

若嫌我这样形容有些"空洞"，我索性在他"机器交响乐"里，随手摘几朵"高音音符"——3次被评为技术能手，曾获高级工技术比武第一名，多次荣膺岗位明星、优秀党员、公司劳模、技术专家等荣誉。

在"中音区"，杨建厂还是公司有名的"革新能手"，小技改、小发明、小调整"年年有"，人称"节资能手"。

电话铃一响，马上出发，杨建厂已经习惯类似这样的"夜半出击"。

到二催化主风机组，杨建厂和技术人员迅速"望闻问切"，马上给出"诊断"：烟机叶片结垢。

诊断只是贴在商品上的商标。商标内的数字蕴含着复杂的细节和内容。这些东西准确与否？有哪些伪饰和多变的因素，则要"动手术"解决。

舞台再大，你不上台，就永远是个观众；平台再好，你不参与，就永远是局外人；能力再强，你不行动，就只能看别人成功。天上不会掉馅饼，踏实劳动才会有所收获。

杨建厂对现场实施了切换备机、检查主机、生产车间降温措施。一直忙碌到第二天早上6点，杨建厂拆开机器，发现烟机有严重磨损，个别叶片呈现裂纹。

好险啊！

一个烟机内有88个叶片，如果没有及时停机，叶片以每分钟6000转的转速运转，整个机组就报废，损失就大了！

杨建厂坚定一个信念，决不轻易更换新设备。他和搭档们昼夜维修，很快"救活"设备，节省资金数十万元。

要收获某样东西，最可靠的办法是让你自己配得上它。人生就像一盘棋，一旦落子就不能反悔。过去也许有过荣耀，或许经历挫折，但都已不再重要。我们唯一能做的，就是走好脚下的每一步，下好眼前的每步棋。把每一个平凡的当下都努力过得精彩，才能给未来留下最美的回忆。

3月18日清晨，维修一班的员工们开始拆卸进气锥。首先选择专用风动扳手试着拆卸进气锥螺丝，在风动扳手一阵哄哄作响声中，只震起了螺丝接合处一些白灰，而螺丝却纹丝未动。

如果风动扳手不起作用，那这个活可就不好干了，大家皱起了眉头。杨建厂果断地决定："风动扳手不行，咱们自己来！"

大家在螺丝连接处多喷了一些松动剂，用扳手卡住螺栓，又找来了一根1米半长的加力管，5名青工喊着劳动号子，10双大手紧紧钳住管子："一、二……嘿！"

力量很大，人们期待的螺丝毫无松动，加力管却拧弯了。

杨建厂说："加力管太长，管壁太薄，导致硬度不够，我们换根厚壁短管！"

大家又找来了一根近5米长的厚壁坚硬的管件做加力杠，小伙子们再次喊起号子："一、二……嘿！"

只听"吱"的一声，螺丝开始松动了，员工们终于松了一口气。

方法找到了，接下来就是一次一次的重复，拆卸了这近70条大螺栓，终于在夜晚9时，烟机进气锥这个"大块头"成功解体，班组的小伙们顾不上擦擦满身的汗水，挥舞着酸痛的胳膊紧紧地把手握在一起，发出了响亮的欢呼声。

这个场面只是杨建厂日常工作的"常态"。现在，我把2017年类似的场面"折叠"起来，夹在半页纸里——

2017年，班组共完成所辖区域403台次设备的检修，其中包括7台机组的检修；更换了138套机封，170余盘轴承；保养了50台空冷风机，更换了20多条空冷皮带和各种油、空气滤芯200多个。所管辖装置工区多台次A类设备的检维修工作，做到了一次试车成功，并能稳定运行，协助外包队伍进行设备的抢修和装置的保运工作，各项隐患的排查，60项定期维护保养。

2018年上半年，班组共完成一联合运行部检修设备206台次，7台机组检修；更换52套机封，70余盘轴承；50台空冷风机保养，24条空冷皮带更换，6台风机大修；各种油、空气滤芯200多个。所管辖装置工区多台次A类设备的检维修工作及试车保运工作等，基本做到了一次开车成功，并能稳定运行，协助外包队伍进行设备的抢修和装置的保运工作和各项隐患的排查，做了60项定期维护保养……

这些数字虽然很"干枯"，就像枯黄的草秆奋力举起的失去绿色的并不漂亮的麦穗，但，每个麦穗都怀揣茂盛的春天和生命的种芽……

2018年11月6号傍晚，乌云低垂，大雾弥漫。

一联合运行部四班班长程虎刚刚吃完晚饭，一阵急促的电话声报来急促的警报：装置晃电主风机停了！

程虎一把抓起衣服，赶紧通知班组的几名业务骨干启动私家车，奔向工厂。急切的心情被大雾紧紧扯住，眼前一片模糊，能见度只有两米，不敢快开。只能压下火急火燎的心情，瞪大眼睛前进。短短7公里的路程，居然走了1个半小时！

程虎提醒工友们雾大要格外注意安全，大家各就各位准备开工。

遭遇二次偷袭：启备机引主风进再生器开工一步步进行，画面旋分器压降密度开始报警，再生器藏量也在降低，跑剂了！

如果不及时解决跑剂，装置无法工作。预想中顺利的开工工作卡住了，程虎迅速查找原因：可能停工改造后，装置对主风管线进行改造将原本一路进再生器，分成两路并联进入再生器。停主风时倒入管线的催化剂如果吹不干净，两边管线压降不一样会形成偏流，导致再生床层内催化剂硫化失常跑剂。程虎与技术人员分析后，决定把东侧主风电动闸阀关死先吹西侧，西侧吹干净后再关闭西侧，单独吹扫东侧。难点是，如何判断两侧管线是否吹干净呢？问题又来了，看着操作画面大家安静了，程虎分析道：现在管线内的热催化剂温度在 500 多度，主风温度在 250 度左右，通过温度来判断，在主风吹扫过程中管线温度逐渐降低，待温度降到和主风一个温度时，说明管线内部催化剂很少了，基本都是主风，这时再用主风吹扫 20 分钟左右，观察现场电动阀前后压降才能把管线吹扫干净。

大家抓紧时间吹扫西侧，西侧吹扫完毕，对讲机传来现场声音。好，开始吹扫东侧，先打开东侧电动阀，开始关闭西侧电动阀……

对讲机传来外操的声音，班长西侧电动阀故障动不了了，大家互相看了一下，联系供电、钳修班组人员先检查，现场改手摇操作。

程虎赶到现场和当班的同事们轮换着手摇关闭了电动阀，又打开。大雾天气，现场 DN500 的大阀门人工手摇操作非常消耗体力，但是时间就是效益，大家累得张口喘，热汗淋漓，没人喊累，个个咬牙坚持……

力气像耗光能量的电池，已经到"最后的时刻"。但强大的精神力量又快速填充了电能，谁也不知道还要顶多久，能不能顶得住，大家只有一个念头：决不能在我这儿误事！

午夜了，大家在坚持；凌晨 3 点多了，大家还在坚持；凌晨 6 点钟，对讲机传来技术员兴奋的声音："好了！床层流化正常……"

类似的"小插曲"已经是程虎的"工作常态"。

别把工作当负担，与其生气埋怨，不如积极快乐地去面对，当你把工作当作生活和艺术，你就会享受到工作的乐趣。

关键时刻能冲上去，"功夫在诗外"。经受了火的洗礼，泥巴也会有坚强的体魄。每个人都有缺点，如果你害怕它、回避它，它就永远是你的硬伤；只有正视它、克服它，它就会成为你向上攀登的垫脚石。程虎刚告诉我，他刚当班长时，自己撑不起"全班的天"，吃不好睡不香，工作问题常常难得他在床上"惊梦而起"！班后所有时间都用来读书，请教老师傅。每次当班他都要提前四五个小时到上一个班学习，接着上自己的班。下班后他再跟下个班当"义工"，坚持了半年之久，终于成为响当当的"业务通"……

雕塑自己的过程，必定伴随着疼痛与辛苦，可那一锤一凿的自我敲打，终究能让我们收获一个更好的自己。

人生原本并不累，是因为我们不去解决问题，而把问题背起来，所以才导致步履艰难。

现四联合运行部主任刘骅，在千万吨建设中担纲加氢项目经理部经理。

吊装大国重器、国内第一部使用 5000 吨门式启动机，安装 1300 多吨大型设备加氢裂化反应器的重任，毫无悬念地落在刘骅的肩上。

刘骅当即立下军令状，9 月底之前，率领他的团队吊装完 10 台单体 600 吨的大型反应器。后门堵死，9 月 30 号为备受瞩目的中交时间。

由于部分设备要运输到遥远的甘肃省兰州石化检修 20 天，9 月 10 号才具备吊装条件。

刚刚进入吊装阵地，刘骅的心被扯成两瓣。几乎在"打冲锋"的同时，妻子做了大手术。看着从死亡威胁里刚刚逃出来的妻子，疼痛秤砣一样坠扯着刘骅的心。这边，妻子脸色蜡黄，人整个瘦了一圈儿，来股风都能刮跑！那边，准备了好久的吊装工程即将吹响冲锋号！

在家事与公事面前，刘骅选择了后者。"对不起，"刘骅像犯错的孩子面对老师那样卑微地说，"我想了大半宿，你只好回娘家养病了。"

妻子惊愕地看着丈夫，刘骅又说："等吊装完成，千万吨建设顺利中交，我……"刘骅哽咽着说，"我一定加倍补偿你，好好侍候你！"

妻子眼含热泪点了点头。

刘骅清楚，岳父岳母年事已高，身体又不太好，可这是唯一的办法啊！

一进入工地，刘骅换个人一样，赶紧"翻篇"，忘记妻子的病情，忘记一切烦恼，生龙活虎地战斗在吊装现场。

尽管吊装工作准备得十分充分，还有意想不到的麻烦找上来。

由于连日下雨，地基松软。吊车吊着大型装置起来，刚刚转半圈，重物导致地基下沉，车身悄悄向一边歪斜！

"停——！"

刘骅大声喊叫，指挥旁边的辅助吊车协助，将吊装设备卸下。技术人员赶紧检查了所有计划上吊车的地基，采取有效的补救措施，再继续吊装。

1 台、2 台、3 台、7 台，吊装很顺利。依此速度，按计划日程完成吊装没有问题。

突然，"咣"的一声，一个部件从高空掉落下来，地砸个大坑。刘骅上前一看，二三十公斤的大螺母掉了下来！太吓人了，幸亏没砸上人！

刘骅再次指挥停工，组织召开现场会，逐个设备详细检查，一个件一件核验，确认没事了，又重新开工。

刘骅人在地面，心却高高地"挂在高天"，唯恐再出问题。

怕什么来什么，"停——!"刘骅再次叫停了吊装。

吊盖要对准反应器的法兰。对了几下，一直对不正。刘骅警觉起来，如果这样安装上，承受 160 公斤的压力后，一定会发生泄漏。（我在此文多次强调过，一旦泄漏引发氢气爆炸将产生严重后果。）

刘骅仔细检查，发现法兰面研磨不均匀。

当即找厂家修好法兰面，吊装复又开始。

刘骅和工友们吃住在工地，连续半个月提心吊胆地工作，终于在 9 月 24 号顺利完成了 15 台大型反应器吊装。

刘骅带领团队创造了奇迹，赢得领导和同行的高度赞扬。但我知道，奇迹的背后，是数十年如一日的求索和坚持。1995 年，刘骅从江苏化工学院毕业跨进华北石化的门槛，至今已苦苦打拼了 23 个寒暑……

2019 年"五一"前，河北省委省政府召开了隆重的表彰大会，杨建厂、程虎、刘骅和张景涛四人登上万众瞩目的领奖台，摘取河北省劳动模范的殊荣。

第十五章

# 一滴油"领航"人生

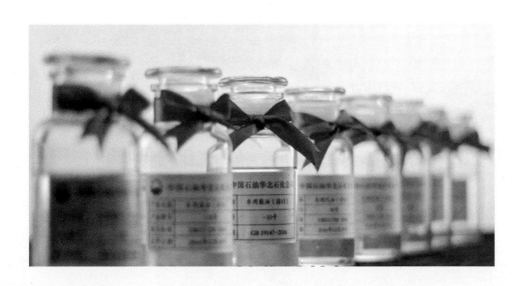

哲人说："一生干好一件事，已经够多。"

从专业上看，这已经是颠扑不破的真理。几乎所有获得"诺奖"的科学家，仅在一个方面有所突破，便在地球上高高树起宗旗。

从规模上看，更加令我们警醒。高科技尖端的 IT 产业，竞争的焦点居然汇集在小小的芯片上。美国人就此打败庞大的"中兴"，却奈何不了民企"华为"。

这件事警示我们：别再"好大喜功"，做事要专一，要肯下笨功夫，要一个山头一个山头攻打。

在华北石化，正因为有太多"一辈子只干一件事"的朋友，才撑起这座工厂，担起国家使命。

## 50."我就是为石油炼化而生的"

叶片只安居在枝头，一旦离开就失去了生命；鱼儿只能单调地生活在水中，上了岸它们就没法活；那些漂亮的热带植物，不能在萧瑟的北方安家。

当今世界，专一和执着，已经是成功的代名词。

三联合运行部加氢装置装置长杨向党所有的浪漫，都"安居在一滴油里"。

听说他现在一个人管理 5 套装置，我不知道到底有多大的工作量，特意咨询了专家，专家的话令我大吃一惊："过去一个装置就是一个车间。"

他一个人的活，顶上"5 个车间主任"！

驾驭能力是一条河，每一滴水都有浪漫气质。

一个车间 4 个班，大的班四五十人，小的班 20 多人，杨向党一个人管理 5 套装置，手下按装置岗位分班，每个班至少 11 人，总计 45 人。

让我们一起看看杨向党面对的"现状"：一套装置就有几百台设备，仅一台大的设备，就有上万个零部件，外加十多公里的管网线，如果一个小的零部件发生故障得不到及时处置，都有可能造成整个装置乃至全厂整个流程停机甚至发生爆炸等重大事故。

"常在河边走，也能不湿鞋。"

长年累月与"危险"周旋，一天可以不出事，一个月可以不出事，一年可以不出事，那么，10年、20年呢？

不同的选择，造就不同的人生。

从1990年在大庆石油学院毕业入厂，29年了，杨向党管理的设备"历险"无数次，每一次都化险为夷，转危为安。

杨向党为什么这样厉害？许多同行和同道及专家研究过他，有的夸他基本功扎实，有的夸他看书多，有的夸他"脑瓜好使"，有的夸他"一辈子只研究装置技术，功夫下得深"，这些都有道理。除此而外，还有一句话令人感动："他太爱炼厂了！"

有爱在，地狱就是天堂。有爱在，痛苦也成欢乐。

装置和设备在杨向党眼里已经不是冰冷的机器，而是他的朋友，他的亲人，他的兄弟姐妹。正如"交人要交心"一样，杨向党既要把自己的心"捧出来"，给人家看，将所有的爱心和精力全用在这些"亲人"们的身上，还要"易位思考"，从亲人的感情、健康和特点特性出发，体贴入微，服务到位。

面对庞大复杂的机器，人们不敢想的事，杨向党做到了。他对手下的装置、设备及其数以百万计的零部件，哪怕小到两寸长、手指粗细的放空管都了如指掌，都能说出它准确位置和运行状况、零件特点……

这哪是"脑瓜好使"所能达到的？

这无疑是令人仰视的高度！

工友们赞扬他："胜过爱护自己的眼睛一样，爱护装置。"一点都不为过。

语言描述再生动，终究不如事实。在此，我用简略的线条，勾勒几幅小速写——

**速写一：深夜冒雨去工厂**

2010年夏天，半夜两点半。大雨如注，雷鸣电闪。一串炸雷惊醒了杨向党，他呼地一下坐了起来……

"怎么了？"妻子赵涛问。

"这么大的雨,我担心……"

妻子拉他一把:"睡觉吧,又没人给你打电话。"

"不行,我得进厂!"杨向党套上裤子,抓了衣服就跑……

有些鸟儿是注定关不住的,因为它们的每一片羽毛,都沾满了爱的光辉。

白天,杨向党处理过装置"波动"。虽然暂时稳定了,还没有去根。就像人病了,吃几片药顶过去了,暂时舒服了,可还要继续吃药才行。杨向党熟悉所有的"装置亲友",谁不舒服,谁闹小性子,谁表面光鲜"内脏"有毛病,他都一清二楚。这种坏天气最可怕,雷声能"掩盖"装置的"哮喘"声,大雨能把过热的装置浇"感冒",当班的人稍不留神,就会引起大患……

简单的生活之所以不容易,是因为要活得简单不能想得太多。

杨向党刚推开屋门,手机急促地响了起来,当班班长打来电话:"杨工,装置又出现波动,比白天还厉害……"

杨向党边向外跑,边用电话指挥,第一步,第二步,第三步……

抓技术必须一丝不苟但一定要有人情味。

"别紧张,按我说的做就行。我马上就到……"

所有的工人们都清楚,"只要有杨工在,什么事都没有。"

在别人的生活里跑龙套,不如精彩做自己。

杨向党对我说:"我对每一个岗位的操作工都非常非常熟悉,他不用说话,只要一个动作,或者一个眼神,我就知道'下一步'怎么回事。"

无论遇见什么隐患,杨工就是定海神针。有他在场,工人们悬着的心就会放下来。那些多如牛毛的小毛病最难办,不找出来总担心隐患"是个事",找又不好找。问题的严重性在于,小毛病积累多了,便成了大毛病。只要杨向党在,三下五除二,一把就"揪"出毛病来。

精尖水准来自长期积累,而不是天生。

多忙多乱也要秩序井然,安全为先,节约为要,哪儿坏修哪儿。能换小件的决不换大件,能换零部件的决不换局部总成,能换局部总成的决不换机器。

压力不是有人比你努力,而是比你牛几倍的人依旧在努力。

2004年10月,杨向党负责的60万吨/年柴油加氢改质装置在中石油率先引进壳牌标准SDD800降凝催化剂,厂家保证使用寿命是6年,在杨向党的呵护下,安安全全运行了整整10年,仅此一项,就为公司创造了一亿元的经济效益。

看取莲花净,应知不染心。

杨向党走到楼洞口，又反身回来，门口汪的水已经没过脚面，他赶紧回家穿上雨靴、雨衣，一头扎进雨幕中……

欲为大树，莫与草争。

"集群"式的装置太多太多，它们都要经受炸雷和暴雨的考验，"老病号"病情加重，新成员突然受到"惊吓"，大毛病小毛病都犯了，杨向党既要统筹全局，指挥更多的技工们"出战"，也要"重点出击"亲自上阵。像所有紧急"抢险"一样，一刻都不敢耽误，昼夜坚守在"诊断、救治"岗位，连续奋战了6天，所有装置都"恢复健康"，再次迎来云开雾散、红霞满天……

爱你的人，会为你不顾一切；不爱的人，会不顾你的一切。

天气一坏，对妻子赵涛是个折磨。因为坏天气就是命令，丈夫杨向党会第一时间赶到工厂，什么时候天晴月朗，什么时候他才回家。

杨向党妻子赵涛说："直到现在，一刮大风、下大雨我就担心，就怕老杨他们装置不平稳。"

**速写二："你是单身生活吗？"**

时间用缺牙的老齿，啃坏了健康。

2008年大年三十。

地球上的中国人大都回家团圆的时候，一位中年妇女独自孤零零地走出家门，去医院做眼睛麦粒病手术。

我们可以想象，不到实在挺不住的时候，谁大年三十去医院？

她一个人办理住院手续，一个人检查，一个人进手术室，一个人去抓药，一个人躺在病床上打点滴……

术后左眼戴着蒙罩，吃饭、打水、用药都不方便，好心的病友主动帮忙。一位病友问："双眼都这么重，怎么不一起做手术？"

赵涛心想：我只能一只一只做啊。留下另一只眼睛，为了方便自己照顾自己。一只眼睛捂着药布仍可以去缴费、办手续。如果两只眼睛一起做，这些活谁来做？

"一起做了什么都看不到，不舒服啊。"赵涛轻描淡写地回答。

梦想天边的玫瑰园，不如欣赏开在窗口的玫瑰。

其实这手术早就该做，杨向党答应"一有空就陪你去医院"，拖了一天又一天，眼见病情越来越重，杨向党装置上的麻烦也跟着"水涨船高"，"实在挤不出时间啊"，赵涛知道又指望不上丈夫了。

我在此文多次提及，炼化企业为有毒有害易燃易爆的高危行业，从时间上，每时每刻都如履薄冰；从数量上，数百万计的零件，太难掌握！哪个微小的零件"发脾气"，都有可能导致弥天大祸。但，这些装置、机器都是杨向党的"知心朋友""小跟班"，乖极了……

装置跟他"这样好"，原因就一个，他对装置"更加好"。

杨向党离开装置1分钟，就会有60秒钟的不放心。搬家后他离厂区20多里，爱人赵涛和他在一起上班，每天他都要起大早往厂里赶，赵涛一次也搭不上他的车，只得自己坐半个多小时的公交车然后再步行十多分钟去上班。

理解你的人不需要，不理解的人没必要。

整天守在工厂，家里的大事小情，杨向党都顾不上。房子装修赵涛得了眼病，仍然带病找人设计，找车买材料，找装修公司装修，这些活零散而琐碎，特别操心特别累。娘家老爸已经八旬高龄，实在心疼女儿，便和女儿一起全程操持……

大年三十，赵涛一个人从手术室出来，她慢腾腾挪腾着碎步，怕摔着，也怕别人碰着，小心翼翼地上楼下楼，取药、办理手续。外边传来放鞭炮的声响，医院里的人越来越少，渐渐清冷。大厅荧光屏正播放人们从四面八方往家奔过团圆年的热闹场面，赵涛却一个人在医院里拿了药，向病床走去……

麻药过劲了，左眼很疼很疼，她的右眼却流出泪水……

宽容是一把伞，伞下有温情。

一位好心的病友大姐主动搀扶她："看样子，你也不是外地人哪？"

"我是本地人。"

"你是单身生活吗？"

赵涛眼窝一热，热泪盈盈。

"怎么了小妹？"那位大姐关切地问。

"哦，没什么，"赵涛说，"刀口有点疼。"

**速写三：打针杜冷丁"逃出医院"**

世界会给那些有目标有远见的人让路。

我在前边多次提起，华北石化的千万吨项目技术改造工程，要科学对接原500万吨项目，新老装置对接，工序和技术水准要求很复杂，"技术大咖"杨向党更加忙了。

2015年3月，迎春花刚打苞，抢先的杏花在冷风中开了星星点点，华北石化千万吨项目工地却热火朝天。

杨向党已经连续 3 个月盯在现场。

除了他自己心中有数的部分要交代、要安排，现场不断有人找他。这个电话刚说完，另一个电话又响起。工地现场太大了，东边的活正紧张地进行，西边的活又催促而来。"急活"如浪涛奔腾，一个接着一个，忙得他中午常常"空一顿"，连口水都顾不上喝。突然，杨向党小腹疼起来，越来越疼。豆大的汗珠接连滚落，他还是坚持着。工友们劝他去医院，杨向党说："没什么大事，顶顶就过去了。"

一个坚持刚刚消失，又一个坚持悄然开始。

几天后，病情越发严重，脸色蜡黄蜡黄，疼得实在扛不住了，人们把他送进了医院。医生立刻给出诊断："这么重的肾结石病，赶紧住院检查。"

肾结石引起的绞痛，刀割样的疼痛向下腹部、腹股沟内侧放射。医生说："肾结石特别遭罪，疼痛程度可以与孕妇分娩相提并论。"

杨向党不知道自己的病情怎么样，但他知道，"住院是不可能的！"

现在启动的航煤加氢装置改造项目，要利用已有重汽油脱硫及小重整装置，改造施工区域位于重整、加氢等多套运行装置的中心地带，施工技术特别复杂，一点都不敢马虎。更难的是，需要在保障其他装置正常运行的情况下，在地上地下错综交织的管网群里"伤筋动骨"，焊接管线，动用明火，风险系数近乎极限……

杨向党果断谢绝了检查，打了针杜冷丁止疼，又火速返回装置施工现场，捂着疼痛的小腹，任汗珠大滴大滴滚落，继续指挥施工……

## 51. 他听得懂这些钢铁器官的话

减法是另一种善良。减去的坏越来越多，剩下的好就越来越多。减去的私欲越来越多，剩下的公心就越来越多。

杨向党一再约分，减得不能再减。

听听这些外号，有人叫他"土专家"，有人说他"攻关能手"，有人称他"炼化大咖"。前不久，因为华北石化公司生产的汽油、柴油产品全部达到国 VI 标准，为中国此类油的"头一份"，中国中央电视台曾专门采访过杨向党。称他是中国国 VI 汽油柴油的"领军人"。由杨向党牵头负责改造的航煤加氢装置为华北石化填补了航煤产品空白。

时间像水，喝一杯少一杯。可杨向党埋下的技术种子，一直在发芽。

2016 年年初，为研制生产京 VI 标准油品，他率领攻关团队昼夜试验和论证，没空洗脸，没空梳头，没空刮胡须。20 多天后，这个"野人"推门进家，妻子赵涛吓了一跳："你找谁？"

杨向党哈哈哈一阵笑，妻子这才"恍然大悟"……

作为成绩卓著的"土专家"，杨向党没少为单位省钱。

2003 年 4 月 20 号，杨向党在设计汽提分馏双塔流程时，巧夺天工地设计了单塔汽提分馏，一个塔解决了两个塔的活，节省资金 2000 多万元。

高压分离器对油气、油和水进行分离，气从上边走，油在中间，水在下边排，油层现场液位计是蒸汽夹套伴热，蒸汽温度高，经常造成仪表失灵看液位不准，杨向党又改造成"导热油"，加个中间介质，导热油再给液位计加热。

"这很简单，"杨向党说，"借鉴农村土暖气的原理，热往上走，冷向下走。"成本仅仅花了 200 元！

2012 年 3 月、5 月、10 月和 12 月中旬，根据气温变化对冷却器循环水量进行微调，在 3 月 10 日及时停用装置伴热，按照要求调整产品出装置温度，调整各装置塔顶回流比，及时清洗加氢部分空冷管束，提高了循环水冷却效率。又对加氢各装置进行节能电机更换，每台电机更换可节电 6.5%。

2014 年 7 月，用以前汽油脱硫装置改造的航煤精制装置出了麻烦，塔顶产品油气，通过冷却器冷凝，到分液罐进行分离，油打到塔顶再回流，随着运行时间的增长，油中硫化氢起来越多，开始产品合格，开工五六天就不合格了。杨向党加了 1 寸粗的外甩线，每个班能排出 1 吨回流油，解决了矛盾，合格产品稳定运行。

理想像长脚的云，跳上高空等你。

这么多年来，杨向党的小革新小发明小改造，不下数百例。

他为什么这样厉害？

杨向党丰富的工作经历，"露"了端倪。

1990 年，杨向党拿着大庆石油学院炼制专业门门优秀的毕业证，来华北石化报到，一年后转正，因表现出色，荣任技术组组长。

在冷冻机、压缩机、锅炉房、水泵房、一操、二操岗位上历练后，1992 年就自己画图、描图、晒图，"把伴热系统整个改一遍。"

只有回不了的过去，没有到不了的明天。

1993年，杨向党又申请去调度室，负责技术生产运行和全厂工艺管理。

"所有这些活，全在晚上干。"

"完成本职工作，是员工最低的职业道德底线"，杨向党平日把隐患排查的重点放在现场，大到一台机组一台设备，小到一根管线一个阀门都要仔细检查，不留死角，杜绝漏项，仅2012年一年，他就排除5套装置各类隐患300多项。

你内心肯定有着某种火焰，能把你和其他的区别开来。

头一次见到杨向党，我觉得他本身就是一部"会移动的装置"。

杨向党的脸呈椭圆形，像塔的缩影。他双眸闪闪亮，似豆荚刚爆开两粒豆就要跳出来，黝黑的肤色像老旧的装置。

见面后我有些奇怪，就我们俩人，他说话的声音何必那样大？

原来他耳朵背。30多年来，他每天穿梭往来于装置森林，在各种声音的包围中工作，习惯了那个环境，能分辨出各种机器不同的声音来。就像鸟专家侧耳倾听一树的群鸟叫，能分辨出哪种声音是哪种鸟儿发出的，指挥家面对多种乐器，一下就能听出哪个乐器"跑调了"。

出了装置森林，耳朵反而"不适应"，觉得"听不清了"。

我非常理解，杨向党的脑袋为装置而生，手为装置而生，眼睛为装置而生，耳朵也是。

同理，杨向党的耳朵的"主业"是为装置服务的，专门为装置声音"纠错"的，平素与人谈话倒成了"副业"。

为了做好"副业"，我也放大了声音，我们俩在房间里几乎喊了起来。服务员几次担心地在门外"听声"，以为我们在吵架。

杨向党对专业太熟悉了，只要提起哪部分专业，他的话便瀑布一样倾泻而下，由于瀑布流量巨大、话的出口"太窄"，大部分拥堵着，前一波术语还没出去，后一波术语又拥堵上来……

杨向党就像一只犁铧，只要插进技术的泥土里，就不会轻易停止。这条垄耕完耕那条，这片田耕完耕那片，思维天天在设计图纸里翻，身体天天在装置里翻……

有一段时间，北京和山东分别有企业来挖杨向党，华北石化的领导挽留他，连操作工也纷纷挽留道："别走了杨工，你熟悉工厂像熟悉自己的身体，你一走，我们安全上心里没底呀！"

是的，杨向党太熟悉操作工了！他们的手势和眼神，杨向党能实时破译，立马给出答案。

奇怪的是，杨向党一进管线林立的现场，在各种机器低吟浅唱抑或大呼小叫声中，耳朵一下就灵起来！在闪亮的装置密林里，在上下左右高低横直交错的地方，哪个操作工、修理工问他问题，他都立刻回复、迅速指导。仿佛这多声部机器的鸣唱，就是一剂"治聋"良药。

后来我才明白，杨向党太熟悉这个环境了，这些装置都是他亲手指挥组装的。每一件"乐器"，每一个音符，都"认识"他似的。仿佛机器们也知恩图报，对他格外亲切。

正如我上边所说，一套装置就是一个车间，杨向党居然管理了5套装置！就像平常一个指挥指挥一个交响乐团，杨向党麾下竟有5个交响乐团！

难怪，所有音符都是他的"小跟班"。

杨向党一进入装置设备里，会"高精度融入"，仿佛他也是一部装置。他与它们深入沟通，与它们"交心"，成为它们中的一员。"装置朋友"们哪里不舒服，缺什么，要怎样调整，他都一清二楚。

把梦交给夜，把理想交给双手，把生命交给装置。

我在前边说过杨向党对装置声音的"敏感"，一点都不夸张。不是通常所说的噪音所伤，而是专业专种属类的定向定种辨识。如同吸铁石专吸铁屑，不吸普通石子，不吸铜不吸铝不吸锡，连昂贵的金子都不理。杨向党的耳力，专辨识炼厂装置的各种机器声音，不同机器的相似声音，同一机器的不同声音，都行。哪怕你多部轮唱，双声唱，假声唱，混声唱，都别想逃出识别范围。脱离炼厂装置，声音再亮，音色再好，杨向党都置之不理。

当华美的叶片落尽，生命的脉络才历历可寻。

2016年9月6日，航煤装置生产的3号喷气燃料顺利通过国产航空油料鉴定委员会专家组认证审核。

2017年6月28日，加注中国石油华北石化公司航空煤油的春秋航空9C8600航班从张家口宁远机场起飞，飞行3个多小时，平稳降落至深圳保安机场，标志着华北石化公司自主生产的3号喷气燃料首次商业载客飞行取得成功，意味着河北省在油品升级迈出关键一步。

2018年11月，杨向党获评"中国石油榜样·好工匠"称号，成为当年百万石油员工中最为耀眼的 10 位"好工匠"之一。

## 52. 把自己拧进一道道螺旋的内部

公用工程运行部生产副主任吴勇，身高一米九，又高又壮，浓眉大眼。别看他个头大，块头大，却面相随和，不笑不说话。内在却特别有韧性，爬坎攀峰，敢打敢拼，奋勇争先。这位当年在篮球场上叱咤风云的大中锋，在 5000 米中长跑、标枪、铅球项目上都有出色成绩。其中铅球比赛，在华北石油管理局运动会上拿过季军。

一进入工作角色，岗位便是吴勇的竞技场，过坎越岭爬峰毫不畏惧，专啃硬骨头，多次问鼎华北石化科技进步一等奖、总经理特别奖等奖项。

出彩不是偶然碰到，而是到哪儿哪儿出彩。

初入催化车间、聚丙烯车间，看到眼前的装置设备简直若打篮球的初进足球场地，阔大得令人无所适从只剩下"茫然"；就像羽毛球运动员登场铅球比赛，满世界只剩下了"沉重"，"大块头"吴勇没有服软，而是一头扎进《有机化学大全》《化工技术精集》专业图书和杂志里"潜泳"，上班时"潜泳"，让书跟装置一一"对号"；班后休息日"潜泳"，一个词一个词地抠；睡前"潜泳"，把新学的要领跟"班上的事"过一遍电影；就连上下班走路和吃饭，脑袋里也装着一个个待解的问题……

知识也是懂感情的，那些原本很牛气、"架子很大"的专业知识，由生而熟，由熟而通，由通而巧，它们渐渐矮下身来，喜欢上这位"大块头"，开始靠近、体贴、"辅佐"这位曾经的"门外汉"……

用最少的悔恨面对过去。用最少的浪费面对现在。用最多的梦面对未来。青春一经典当即永不再赎。

吴勇把自己拧进一道道螺旋的内部，全面掌握了主体装置的操作技术和 DCS 自动操作系统，这位原本连"替补"资格都没有的"看客"，在工厂需要的时候"浮出水面"，当上"第一主力"……

一个人最大的成功，就是不同没用的东西纠缠。

机会总是留给有准备的人。6 万吨/年聚丙烯装置投料试车时出现故障，突然陷于两难境地。由于外方的合作合同马上到期，技术人员要撤离，如果推迟开工时间，将造成巨大损失。关键时刻，吴勇挺身而出，再次发挥他的"潜泳"特长，在浩瀚的外文海洋里深潜，摸清楚"水面下"的一条条暗沟，一座座险崖，一个个暗沟隐壑，一片片神秘莫测的未知领域……

时间非常紧迫，原定一周后开工，决不能拖延。

机组负荷不减载、油压低连锁停机、PID 参数设定错误难题迎面而来，吴勇迎难而上、废寝忘食地钻研，把装置上的数字请到书上，再把书上的要领请进装置，让它们和谐联姻，默契合作，相互支持，确保在计划时间内投料试车。

如果说，试车只是一卷著作的开篇语，那么，浩大的正文内容能不能自始至终呈现高水准表达，因由则是复杂的。

另一个紧迫重要的问题不请自到：试车阶段的磨合期小毛病不断，必须在不停装置的前提下逐一解决。

另一个问题也接踵而至，吴勇爱人怀孕已经"大月份"，需要吴勇照顾。

"兵分两路，都要管。"吴勇把爱人送回娘家，自己搬到工厂吃住，昼夜与装置"在一起过"。

问题在现场，解决问题的办法也在现场。

吴勇把装置当兄弟姐妹，悉心观察它们的"一举一动"，从装置的角度去思考问题，从装置各分部配合中分析难点，寻找解决办法。那些日子，吴勇已经不是在运动场上尽情驰骋的运动健将，而是装置车间中的未穿白大褂的文静"医生"，昼夜不停地给装置们号脉、听诊、治疗……

水流找寻下坡加速，种芽靠昂首前进。

装置庞大，机组组合部分太多，它们带着各自的脾气和个性组成这个"新家庭"，"磨合期"部分部件"水土不服"，吴勇既要关照装置运行整体效能，也要考虑个性。

果实成了，在高高的枝头眺望，等着被人摘取。

吴勇先后"治愈"催化剂流量波动、加氢计量不准确、催化剂活性降低疑难杂症。

如当年征服运动场上的对手一样，吴勇征服了当年的"亚洲第一套"意大利聚丙烯装置。

但是，吴勇并没有满足，而是要攀上更高的技术山峰。

北国，中原，江南，大连、大庆、天津、九江、茂名，哪里有炼化企业的技术培训，哪里就有吴勇的身影。

美国人办的"聚丙烯装置技术学习班"上，吴勇成为少数"最受瞩目"的学员之一。

没有最好，只有更好。"两手抓两手都要硬"，吴勇注重理论与实践"双轮驱动"，积极参加装置吹扫、气密、试压方案的编写，参与完成水电解制氢装置、挤压造粒装置等操作规程的编写，操作和管理水平大幅度提升。

"两手抓"将吴勇视野和能力推向更高的站位，聚丙烯装置运行一段时间，吴勇发现一部分操作规程与实际对接"间隙很大"，完善和提升了排放料安全技术和装置紧急停工安全技术，有效提升了安全生产系数。

吴勇和公司技术同仁研发了几项聚丙烯国家级新产品，拓宽了装置的产品类型，提升了市场竞争力。

2013年7月，由于聚丙烯市场不好，装置停产。

2015年10月，聚丙烯市场"突然兴隆"，工厂决定复产，却遭遇"人才荒"。原装置40多人，分散到公司的其他岗位已经适应本岗位的工人不愿意回来，吴勇和管理人员分别找他们一个一个谈心，老人全部调了回来，装置设备却"毛病"不断……

"市场订单来了，机器却趴窝，"领导眼见装置开动不了，非常着急，"每耽误一天，都损失很大！"

吴勇又开始"潜泳"，和技术人员昼夜守在装置边，一个通宵解决了问题，装置终于恢复常态英气勃发，大家非常高兴。

高兴还挂在脸上，另一个问题不期而至：原料含水量超出设计指标要求的数十倍，无法投料生产！

吴勇和技术同仁立刻拿出对策，改造了固碱办法，脱去丙烯里的水分。碱液是伤人的危险品，也容易堵塞管线。

"你这么干，出了问题谁负责？"

面对质疑，吴勇没有退缩，而是与技术伙伴合力攻坚，采取了多种办法，首先，退液碱管线加"热水伴热线"，防止碱结晶堵塞管线；第二，给操作人员配备防碱劳动保护用品；第三，严格操作规程，先开哪个阀门，后开哪个阀门，都有明确规定。不许有"自选动作"，更不许图省事简化程序，顺利解决了丙烯原料水含量超标的疑难问题。

大家总算轻松地呼出一口气，立刻又"紧张"起来！

生产负荷出现大幅度波动，无法控制。设计每小时生产12吨，装置产量像

"过山车"一样，一会儿 8 吨，一会儿 13 吨，最危险的是，居然达到超负荷的 16 吨！这种现象导致产品质量不过关，多项指标不达标。

在生产的上游，储料多少不准确；下游更没法交代，客户已经订货，次品没法交货。面对的问题非常严峻，要么退款，要么降价。生产次品降价销售损失的不仅仅是金钱，还有企业声誉。

吴勇的生活也开始如同坐"过山车"，吃不好睡不着，脑袋里塞满了问题！调研了再调研，会诊了再会诊，各种设备、仪表、控制阀门全部排查一遍，仍然找不出病根。

谁都不能要求拥有一个没有风暴的人生海洋，因为一个没有风暴的海洋不是海，是泥塘。

又干一个通宵，吴勇把目光聚焦在催化剂上：催化剂加高了，产量就大；催化剂加小了，产量也小。经过计算，便严格按精确计量加入 1000 克催化剂。

刚开始真见效，大家还没来得及高兴，很快又开起了"过山车"。

吴勇和搭档们发现，紧紧扯住"白天反应弱，晚上反应强"的线索不放，反向推测，得出结论：虽然每小时加进 1000 克催化剂非常平均，因为催化剂由油和脂配比而成，二者的均匀程度为液态，输送过程中因为白天和晚上温差变化，造成催化剂沉降。白天温度高就沉下来，晚上温度低催化剂就稠，降的催化剂又被带进反应器中，造成晚上因催化剂量大而反应强。

吴勇果断采用催化剂输送管线，用冷冻水伴冷，保证催化剂形态稳定。记录仪上反应状态曲线，成了标准的直线。产能稳定，产品优质。这个新开发的聚丙烯新产品，让华北石化有了新的效益增长点。

世界还是原来的世界，吴勇已经不是原来的吴勇。因为，公用工程运行部介于一线车间和二线车间之间，技术水准和视野范围对他有更高的要求。他仿佛又恢复以往那个全力"打比赛"的运动员，从这个赛场，英姿勃发地走向另一个赛场……

## 53．"领导们都让着我"

"懊悔"二字力量巨大，能把一个人身上的劲儿都卸掉。

2017 年 11 月 29 日傍晚，王力匆忙进屋，一头扑在母亲床边大喊："妈妈！

你醒醒，你醒醒啊妈妈！"

母亲眼见要不行了，只剩下最后一口气，用尽平生的力气在坚持，坚持着，一直在等他！

昏迷中的母亲听到儿子的呼唤，手指动了动，头稍微扭一下，眼皮颤抖了几下，仍然没有力气睁开。

这情景，竟是母亲留给王力的最后时刻！

母亲的身体早就不行了，用坚强的意志等了二儿子好几天，王力回来还是"晚一步"！王力边哭边跟母亲道歉，赔不是，眼泪像开河那样哗哗流淌，千言万语瞬间涌来，却梗在喉头，一句话都说不出来。说什么呢？他只会重复一个动作，脸贴脸地亲近母亲，紧紧攥住母亲的手不松开，像儿时那样焦急而深情地喊着，声声唤⋯⋯

前天，侄子给王力打电话："二叔啊，赶紧回来吧，我奶奶要不行了！"

王力正在千万吨项目工地指挥高压管道焊接，实在离不开啊！

"炼化管道铺天盖地，全是用各种材质的钢管连接起来的。"王力当时一点都不敢离开，正在焊接最大最危险的大装置。焊接质量如何，是保障质量安全的"第一要素"！

管道里除了油就是气，哪怕有丝毫裂隙，也会引起大爆炸事故！

而这一切，都由工程管理部主任王力"负全责"！

放下侄子电话，王力猛地"一扭头"，强行告诫自己：现在要"忘记母亲"！因为，焊接现场不允许有一点马虎。我在前边叙述过，一道焊口要焊8层，焊枪温度不能超过60度，在这里已经不算什么。最粗的管线焊缝宽度为48至52毫米，一般情况下，每道焊缝17至23层，最多焊130多圈！这些，还没有算上事先"打底"的氩弧焊，每层焊5至6道！

仅在全国竞聘的阵容强大的施工队伍就有7家，工地上到处焊花闪闪，每一闪，对王力来说都那样地惊心动魄——因为，这些无法统计的数百亿计的焊缝，哪怕有一道焊缝出问题，都会导致人亡装置毁！

这是由无数个惊心动魄连接的生活。

王力主抓的高压管道焊接热处理工艺，属于无损检测。单壁厚达50毫米。压力高达180公斤。壁厚不够，不符合强力计算要求。可壁这样厚，必然给焊接技术带来严峻的挑战。这是世界上目前最新的焊接前沿技术，华北石化首次使用。别提焊接管多么巨大，安在其上的仪表阀门就80多斤！从焊接工艺评定、焊接电流大小、对口精度、焊接坡口加工，都要精益求精。最里一层，用"氩弧焊"打底，这个要求也很高，要求焊接一次合格。用氩气当保护层，没有药皮，进不去杂质。坡口大了，用排焊"鱼鳞纹"形，一层一层焊，平焊不行，再用另外的工艺焊接！

每道光都是亮眼的文字，一句一句书写捷报。每道光都是刀斧，一下一下拆毁装置。

苛刻的温度要求是另一道"高压线"，平常600度，高的有800度，保障"层间温度"。电流大，焊得快。但焊条熔化温度高，还要达到中间焊材晶粒变化的严格技术要求。选用什么焊条，层间温度多少，不同材质有不同的技术要求，"技术卡片"上有关键技术指标，必须严格执行"焊接工艺评定"，一点都不能差。焊后要经焊接技师严格"巡检"……

每一道闪光的焊缝都有"双重性格"：一半是天使，一半是魔鬼。

如此庞大众多的焊接项目和高水准的焊接技术要求，王力哪敢离开半步？

头几天，母亲实在想他，晚上睡前他用手机与母亲"视频"一会儿。时间像大人穿小孩衣裳一样"不够用"，连视频的工夫都没了……

我讲述这些，读者朋友别以为王力只负责焊接工艺——这只是他工作的一小部分！

千万吨项目占地面积1497亩，共包含129个设计单元，工程总承包7家，工程分包商30多家，无损检测单位5家，最高峰时工地上参战人数1万多人。

如果我这样说还太笼统，那么我再让一组"潜泳"的数字浮出水面：桩基57874根，钢结构5万吨，静设备1550台/套，加热炉18台，阀门68000台，射线检测拍片32万张，仪表电缆2806km，混凝土浇筑30万立方米，动设备1137台/套，压缩机24台，工艺管道1000km，焊接当量251万吋，电气电缆1680km，自控系统I/O点数3万个……

我在前边讲述过，中石油总部专门从广西石化把李力斌调到华北石化，主要负责千万吨项目的工程建设，工程管理部主任王力，则是配合李力斌的"主力干将"之一……

王力此前一直从事专业技术。

北京燕山石化，呼和浩特石化，都曾留下他的身影。

这又是一个技术通，装置设备就像是自己的身体，哪里"疼"了他都知道。哪个装置属于偶尔"感冒"，哪个装置波动属于"老毛病"，哪个装置要小孩子脾气，他都一清二楚。

千万吨建设项目，自然让他唱重头戏——从统筹谋划，到科学组织，直到工程收尾，王力"阵阵少不下"。

很多条路有很多个起点，那么，如何让这些路通向同一个目标？

投进千万吨项目建设的汪洋里，王力像潜水员那样生活，一头扎进事业深海不出来，直到没氧气了才浮出来"喘口气"，加氧后再沉下去。让理想飞升入云，把智慧植入设备，令汗水滋养未来。把责任心打造成一把"钩子"，多深多隐蔽的"问题"也要捞上来！

路走错了可以退回来重走，工程建设没有返程车。

时间紧，只能在工作上"一条道跑到黑"，别的顾不上。在王力眼里，人情世故多数为"雾霾"，完全在"挥斥"之列。人家跟他谈旅游，他唠专业；人家跟他谈美食，他唠专业；人家跟他谈玩牌，他又"拐"上了专业……

一提技术他立即被点燃：高门大嗓，比比画画，不时配一串爽朗的大笑！仿佛他身上处处都是技术燃点，啪啪啪打火花。仿佛他的工装上结满的蓓蕾，这一刻，处处绽放……

技术面前人人平等，"小字辈"说对了，他兴奋，狠狠夸，竖大拇指；领导"触犯"了技术"禁区"，他剑眉怒扬，眼球瞪得比眼皮都高，跟人家喊，跟人家拍桌子！好心人过后劝他"要改改"，他也后悔，不能"没大没小"。可下一次，下下一次，他还是旧戏重演！

王力自豪的是：华北石化的领导们个个"让着他"。这反倒激起他更大的热情："因为技术和专业，人们才对我高看一眼。如果我因此'见好就收'，学圆滑了，又对得起谁？"

## 54．"每颗星星都要闪亮"

花儿是草原的星星，宝石是大山的星星，灯光是大海的星星，职工则是工厂的星星。在华北石化，每一处都星光闪亮，每个人都在发光。

在同一地，在同一套装置，在同一个时刻，到处都星光灿烂。

**同期声之一：次品油差点出厂！**

2018年4月2号晚上9点，油品运行部的"80后"助理工程师闫宗磊突然接到领导的电话，"今晚你上手调油。"

调油系统出了问题，闫宗磊临危受命。

闫宗磊立刻赶往单位，"调油要点"亮闪一样在脑袋里反复回放，生怕有半点疏忽。午夜11点，闫宗磊完成任务，轻松地仰望天空，仿佛那亮闪闪的满天星斗，都在祝贺他。

兴奋和担心双双而至，闫宗磊睡不着。调油配方一会儿变成一只只蝴蝶在他眼前飞来飞去，一会儿又变成蚊子一团一团扑过来。

这可是大名鼎鼎的京Ⅵ标准汽油啊，千万不能出半点差错！

闫宗磊越想越没底，觉得肩上的担子沉重。天刚亮，他"激灵"一下翻身起来，赶紧去油罐的储运车间，一列火车开至眼前，即将装油。闫宗磊又去采样、检查，"验证"了他的担心，烯烃超标！

"嗡"地一下，闫宗磊顿感脸热头大！

汽油调和由催化汽油控制烯烃，重整汽油控制芳烃。如果催化汽油里的烯烃有波动，会导致烯烃超标。

"什么原因都不是原因，符合国家标准才行！"

国家环保部有明确的各项指标规定，差一点都不行！

当时汽油滞销，油罐非常紧张。一天查不出来多个罐，两天查不出来就多两个罐，空油罐很少，太着急了！如果全库憋罐，会造成全厂停工的！

比这更加重要的是，查不出来原因，日产4000多吨汽油，损失太大了。如果不合格的产品出厂，还有不可估量的声誉损失！

闫宗磊大胆改变了调和工艺，控制住了烯烃！

"调油是一项'出彩'的工作，决不能在我手里黯然失色。"

我非常理解他的话：调油工作犹如接力赛跑，前些棒工友们跑得那样好，他这"最后一棒"一定要"撞线"出彩！

这不是因为他一个人的出彩，而是展现了全厂所有人的出彩！

**同期声之二：用焊花"减肥"**

在四联合运行部，焊花闪闪亮，三班班长严华正带领工友们汗流浃背地战斗在制氢转化炉边。

这是制氢装置最关键的设备，里边有 252 根炉管，进口温度 595 度，经过炉子出口为 850 度。6 根不锈钢粗管进来，分 6 排 252 根炉管列在炉膛里。

这些管焊接难度很大，对每一道焊口的要求特别高。一旦有缝隙，温度高达七八百度氢气喷出缝隙就会着火！

每焊一地，都要检查管子对缝好不好，偏一点斜一点都不行。哪怕焊疤超过一点要求高度，焊道咬口边与母材接触不太好，都要返工。焊接时要测温枪，焊材始终保持在 60 度左右，温度一高立刻停下。如果刮大风则要搭帐篷，以防止焊材出现沙眼或气泡。

管材壁厚 20 多毫米，每个焊口要焊 8 层，8 个闪闪亮的精制"银环"！每焊一层还要用砂轮打磨干净、光滑，然后再焊下一层。每层厚度不得超过 3 毫米。焊层薄焊缝而结实。随时用测温枪测量温度，焊口始终保持在 60 度标准值之内。一个炉子，要焊 6 根集合管，共有 45 道焊口；252 根炉管，每根炉管要焊两道口。炉管共有 504 道焊口。这样的制氢转化炉有两台。

这还不算最难的。重量达 1350 吨的反应器，因为运输中路、桥都受不了，只能化整为零将直径 5000 毫米粗的反应器割断，运输到厂后再将割断的反应器焊接起来，将 302 毫米厚管壁焊上，要有 26 毫米的堆焊层，技术要求很高。

这样的"巨无霸"反应器加氢裂化和渣油加氢装置共有 10 台，焊接就需要一年时间！

中午不休息，查验设备。拿着图纸对照，一个装置一个装置对照。这里是高温装置，一不注意"出来的都是火啊"！晚上回家再看图看书。今年以来，严华每天加班加点，一天没有休息过，体重掉了 15 斤。

生命没那么多来日方长，别在负能量里浪费青春。无论生活多么艰难，请相信没有迈不过去的坎。命运从不会亏待努力的人，而你要做的，想要理想的生活，那就放手勇敢去追！就是用最少的悔恨面对过去，用最少的浪费面对现在，用最多的梦想面对未来。

**同期声之三：常态抢险**

在保卫消防部，负责消防气防管理的巢明宇，正接三联合运行部安全员刘翔的电话："消防水管线的漏点找出来了，漏量比较大，怎么处理？"

"先等我电话，"巢明宇说，"我请示一下公司领导。"

巢明宇马上电话请示公司副总、安全总监周世岩："周总，三联合 2 号重整装置南侧路边消防管线腐蚀穿孔，申请把老厂区消防水停一下，需要关闭新区与老区 3 个联通阀门，进行堵漏，不耽误新区生产。"

"可以，盯住现场。"周总答复。

巢明宇再打电话给部门主管副主任赵磊，赵答："没问题，就这么干。"

巢明宇又把电话打给三联合刘翔："第一件事，马上联系施工人员，到现场查看工作量，留人备料（时间已经是周五下午 3∶10 左右），确定施工方案。同时办理各种作业手续。第二件事，通知施工单位，安排 3 个人，配合去关阀门。关阀门跟朱卫民一块去。"

巢明宇再给朱卫民打电话："你尽快赶到现场，带领 3 名施工人员去关阀门，阀门的具体位置你应该知道。"

放下电话，戴上安全帽，赶到施工现场查看实情。刘翔等人正在忙碌施工前的准备工作。然后把现场拍两张照片，用微信传给赵磊副主任。

紧接着，又给生产调度豆健打电话：三联合消防水管线泄漏，需要区域停水处理，我现在安排关闭这 3 个阀门。又安排现场的刘翔，给施工队准备晚上的临时照明。

此时，已经周五下午 3 点一刻。

安排完这些，巢明宇再同朱卫民等四人一起去关闭 DN600 的阀门。

4 点半关闭完阀门，又电话通知公用工程运行部二循外操，去二循 2 号塔池，打开从东罐区返"二循"的 DN50 管线，打开 DN50 阀门，减少水损失。

再返到施工现场，施工负责人商量具体的堵漏方案，建议不直接在管线上补焊，找个 DN50 或 DN80 带法兰的短截，法兰可以在管线余水排不净的情况下，确保在漏点周围补焊，补焊结束后，用盲板封堵法兰即可；如果管线腐蚀严重，可以从原管线外再"打包"。

17∶20，施工队开始施工。巢明宇紧盯现场……

我们看了觉得他太忙碌。几乎每一天，巢明宇都这样紧张而有序地工作……

想要卓尔不群，就要有技惊四座的资本；想要一呼百应，就要有海纳百川的心胸。忍受不了磨炼与挫折，承受不住忽视和平淡，就难以达到你所期望的境地。人生，原本就应该在阳光下灿烂，在风雨中奔跑。

**同期声四：质检女工风采录**

故事很多，我直接转载质检计量部成品分析班员工姚煜昕的一篇文章——

## 华北石化一道特殊的"风景线"

### ——质检女工工作剪影

（通讯员 姚煜昕）质检部现有员工138名，其中女工83人，占总人数的60%。运行部27名干部中还有11名女干部，是名副其实的"娘子军"。

2018年对我们华北石化公司注定是不平凡的一年，各种挑战接踵而至，质检计量部的全体女员工在千万吨攻坚战中，发扬了女性特有的细心、认真的工作态度，坚守岗位，各尽其责，圆满地完成了各项生产任务。

（一）任重道远的航煤"女兵"

"能够在航煤组工作我们感到有压力，但是也挺光荣的，这真是实话"——质检部航煤组组长马丽说。

的确，千万吨项目的重头戏就是每年为北京新机场输送170万吨的航空煤油。为保证我们公司生产的3号喷汽燃料油达标，质检部航煤组配备了经验丰富的老操作工，都是清一色的女员工。航煤组女工的工作重点包括参加航煤国家评审认证、仪器安装调试、人员培训以及为北京新机场供油的各项前期准备工作。航煤女工们的工作可以说是千万吨化验分析工作的重中之重，非常有意义。

2018年夏天，为保证发往张家口宁远机场的第一车航煤产品顺利出厂，在组长马丽的领导下，业务骨干潘皓洁、杨丽娜、徐洪清经常加班到深夜一两点钟，仅留样就达几百瓶，工作量非常大，异常辛苦。尤其是有一次样品的电导率出现偏高，马丽带领组员反复采样复查，还去北京专业机构进行样品比对，及时找到了偏高的原因，圆满地解决了电导率问题，保证了样品及时出厂。

相比其他岗位，航煤岗位的样品要求更加严格、精细，23个分析项目不能出现一点点小小的失误，尤其是冰点、烟点、电导率、热氧化安定性等主要分析项目。

2019年1月，航煤组圆满完成首供北京大兴新机场第一车航煤的分析任务。为圆满完成这一任务，航煤女工们度过了一个又一个的不眠之夜。当大兴新机场第一架校航飞机穿过跑道，翱翔在北京湛蓝天空之中，航煤组长马丽说当时的心情特别激动，连日来的辛苦和疲劳一下子都烟消云散了。

2019年还有两套航煤装置的开工、评审认证，以及为大兴新机场的供油等有关的各项分析工作，对航煤组来说都是极大的挑战。面对未来的工作任务，航煤组的姐妹们不敢有丝毫的懈怠，她们已经做好了充分的准备迎接挑战！

（二）技术大拿——邹雯

"每次调试好一台新仪器，都有一种成就感，虽然很累……"——质检部技术工程师邹雯说。

在质检计量部化验室，提起邹雯，所有人都会竖起大拇指。称她是技术"大拿。"虽然她不善言谈，话不多，但爱笑的她非常内秀，对很多仪器的操作规程和原理，不论是中文的、英文的，她都如数家珍，烂熟于心。

今年9月份，服役了30年的旧化验楼正式退休，所有的分析仪器都搬进了新楼。众所周知，仪器的搬动迁移特别影响它们的稳定性和使用性。除了旧仪器，千万吨很多新增的分析项目也使邹雯的工作量明显加大了：她每天忙碌穿梭在各个化验室之间，解决旧仪器出现的问题、调试新机子，还要对新增项目分析进行员工培训。邹雯的孩子还小，特别需要母亲的陪伴，她说忙碌了一天下来，特别疲惫，回到家累得连话也说不出来，感觉特别亏欠儿子……

（三）化验姊妹三朵花

中控班组带头人赵伟：作为中控班组负责人，技术员赵伟在2018年感到了前所未有的压力。5月底，40名来自不同岗位和地域的九环员工分到了各个班组，很多员工的安全常识和化验基础都很薄弱，对新员工的培训成为了工作第一大任务。6月底，大检修拉开帷幕，分布在全厂的多个有限空间分析化验点，急需在最短的时间安排仪器和人员配备。几十年不遇的高温更让人难以忍受。赵伟忍着酷暑，一天往返各个化验点多趟。恰恰在这个时候，赵伟的家庭生活还突遭了变故，她的母亲因为一场意外事故离开了她。赵伟忍着心中的悲痛，及时调整自己的心态和情绪，她谢绝了领导让她多休整一段时间的建议，在极短的时间就投入了紧张的工作：几次奔赴外地进行千万吨调研、联系老师培训新员工理论知识、进行实操考试、搬迁新楼的各种准备、仪器调试……面对种种考验和磨难，赵伟挺住了。她的脸上又洋溢了久违的、美丽的笑容，因为她相信真实的人生也许就是这样，酸甜苦辣都要经历，明天才会更加美好。

新化验楼的"功臣"——苏从霞："忙"是苏从霞这一年多来的主旋律。从运行部领导把新化验楼的建设和千万吨项目配套化验仪器购置的两大任务交给她的那一刻。这个"忙"字就始终伴随着她的工作和生活。

对新楼内各种基础设施的选材和选型，她要实地考察、货比三家；对设施的审核和论证，她要多次参与讨论；118台套仪器的购置，更是让她费心思，一场场技术交流会，一次次和商家协商研讨，都能看到她忙碌的身影。可以不夸张地说，新化验楼的每一块瓷砖、每一扇窗户、每一道道门，每一台新型仪器设备都含有苏工的心血和辛劳。她说，有的时候总喜欢在没人的时候，静静在新化验室里坐一会儿，看着这么好的环境和设施，感觉这一年多来的辛苦都没有白费。

独当一面的标准化岗位负责人——齐素娟：为什么说她独当一面？因为随着该岗位两位老师傅的退休，小齐临危受命，在千万吨开工的紧张时刻，她带领相关人员把标准化岗位顶了起来。

和以前老装置运行不同的是，小齐她们的工作量增大了一倍，来自全厂各个不同装置的标准溶液的配置、中控、环保、成品班组的基本溶液的配备，大量器具的仪器检定。尤其是在配置标准溶液时，她们要对一个标准溶液数据进行8组实验，需要持续性的全神贯注达到3小时以上。这8组实验数据达到了零误差，零超差后才会计算出结果下发到相关班组。新化验楼的搬迁，她一个人往返不知道多少趟，把杂乱的各种器具、药品整理得井井有条。12月初，她的家人生病住院，她既要在医院里陪护老人，还要加班加点到厂里把第二天要用的溶液配置出来，等到晚上 21 点多，当她把手里的工作完成，她才意识到自己的晚饭都没有顾上吃。

（四）"蓝天保卫战"的守护女神"——环保女工

众所周知，雄安新区的建立让质检部的环保班组压力骤增。多项新标准、新要求持续发布实施，千万吨项目直接按照最严格的环保标准进行设计变更。2018 年的酷暑更为所有的环保女工带来最严峻的考验。每日两次厂界周边环境监测分析：VOC、二氧化硫、硫化氢、噪声等项目一个都不能少。大检修期间，她们共检测大气样 7000 余次，水样 500 多次。每次采样回来，汗水顺着安全帽直往下淌，蓝色的工服湿了干、干了又湿；有的女工中暑了，就喝一支藿香正气继续做样。为了使我们的大检修真正做到绿色、环保，她们的确付出了很多很多。

这就是我们的质检部部分女工群体的日常工作剪影。她们是公司女工的优秀代表，也是我们华北石化公司一道靓丽、特殊的风景线：在家庭生活中，她们努力撑起半边天，孝敬老人，抚育孩子；在工作中，她们勤勤恳恳，几十年如一日地默默奉献。她们真的就像静夜里绽放的朵朵玫瑰，散发着沁人心脾的芬芳，温暖了时光和一年又一年的日月轮回！

# 第十六章

# 在针尖上蹁跹

盾牌已经很结实，还是担心挡不住利器。这既是物理上的忧虑，更是心理忧虑。世界上所有的防范都是被动的，都在明处。

那么，暗处的袭击在哪里？什么时候，哪里会突然出现危险？

在炼厂，不仅每一寸管线、每个阀门、每个法兰、每一缕气、每一滴油都是危险源，每一个职工、每一个外来施工队、每进来一个外人，也都是危险源。

因此，对于负责安全防范的人来说危险无处不在，每一天、每一刻、每一个地方、每一套装置、每一辆车、每一双鞋……

## 55. 把大惊失色的危险锁进规章制度

"啪"一声，一块石头击碎玻璃窗，砸在屋里！

妻子孩子吓得连声惊叫，赶紧躲开。

不知道什么人打的窗户，也不知道还会不会扔第二块、第三块石头……

恐怖气氛笼罩了全家。

王锁勤"呼"地跑出去，四下环顾，连个人影都没有。

王锁勤反复在脑海里搜索信息，车间和厂内所有他很可能得罪的人都一一"检索"，最后，将目标紧紧锁定在与他很要好的一位工友身上。

王锁勤径直去找他。

这位工友承认玻璃是自己砸的。

"混蛋！"王锁勤非常愤怒，"我们工作上有冲突，你不能砸我家玻璃，拿我家人撒气！"

当时王锁勤任车间主任。这位工友管辖的压缩机漏油，王锁勤要罚他，他要王锁勤"手下留情"。王锁勤强调朋友是朋友，工作是工作，两者不能相提并论。如果真是好朋友，就应该大力支持他工作。"制度面前，人人平等。"王锁勤依规罚了他，他不服气，便出现如上一幕。

面对王锁勤愤怒的表情，工友说："我和你关系那么好，这么大岁数找你，你一点面子都不给。"

见王锁勤唇枪舌剑，义正词严，自知理亏的工友实在抵挡不住，当场道歉。王锁勤决不得理不饶人，表示既往不咎。二人当场冰释前嫌，握手言和。

王锁勤当年任职催化车间主任，得罪人的事毕竟很少。

现在，王锁勤在华北石化安全副总监兼安全环保处处长的位置上已经干了5年。在这之前，王锁勤管理安全工作8年。同一个岗位，他已经干了13年。后一次重操旧业，绝非是量的积累，而是质的提升。因为，现在国家对安全和环境的监督标准更加严格，工厂的安全排放，国家环保部和河北省环保厅24小时实时监控。可想而知，在安全环保"一票否决"的当代，地处京津冀"地眼"的华北石化，这个职位太重要，也太难干。

王锁勤所面临的大环境"形势逼人"，国家大力倡导：安全第一，环保优先，质量至上。

2017年，省市和国家共计来厂环境监督71次，安全监督33次，总计104次，平均每3天多就有一次市级以上的监督检查。上到国家的部长，下至任丘市环保局局长、质量安全局局长，都是王锁勤的主管领导。这还不计厂内自查，以及无以计数的安全和环保培训、安全和环保教育、安全和环保预防措施……

最令人兴奋的是，除了安全无事故外，在全国同类数百家企业中，华北石化成为"全国第一个达到非甲烷总烃回收达标企业"，这个几乎高不可及的目标，赢得普遍赞誉。

总经理张栋杰认识超前，不惜花巨资加大投入："在环境保护上，我们怎么做都不算过分。"

现在，我们把目光从只能被动招架的"外围"收回来，聚焦在内部——

在炼油厂，它的工作范围随处都是危险。"每一个人，每一台设备，都是危险源。每一个外来人员，都是危险源。"

人的不安全行为，物的不安全状态，管理上的欠缺，都在危险范围。

可是，工厂总不能没有人没有设备吧？也不能不进外人吧？这些因素绝非他所能左右。但是，哪里出了问题，谁出了问题，他这个安全处长都脱不了干系。

这就是他每天必须要面对的严峻事实。

"正常流动就是效益，要按照人们的想法去流动，变成目的产品。能量的意外泄漏，就是污染不达标，就是事故。事故和污染相伴相生。"

炼化企业装置设备复杂，必须要多种多学科的施工队伍进厂安装，这是更大的危险源。据统计，炼油厂60%－70%事故，是由承包商引起的。

这便是王锁勤"紧盯"的目标。

王锁勤还是"唱老调"，不管是谁，不管后台有多硬，一律"按步骤办"，杜绝说情。第一步，把不合格的单位、人员挡在门外。包工队是否有资质，技术人员是否有等级证。严格验收大型机具。第二步，严格过程监督。"只要有施工队作业，就要有我们的监督人员盯守在现场。"第三步，严格事后评价。施工结束，严格检查，有没有违章的地方。

王锁勤天生是个直性子，不顺眼的，做得不对的，他见了就直说。真理面前人人平等，哪怕跟领导意见不一致，也要争得面红耳赤，决不让步。干安全环保这活全是"直人家罗锅"，王锁勤很适合。

其实王锁勤也另有苦衷，"我脾气暴也是一种伪装。也可以说是'有意包装'。给别人的印象，他就这样，性格直爽，有什么说什么。但我坚持一条，别藏私心。别整人，不玩人，就事论事，对事不对人。"

看上去王锁勤整天嘻嘻哈哈、大大咧咧的，其实他心中有数。人们对他的看法也不一样。有的人认为他"浑"，多数人认为他直性子。王锁勤很高兴。管人家这么多年，多数人还这样认可，他已经很知足。

特殊的工作环境，整天都要"挑人家毛病"，多线条的外在因素挤压，已经部分地改变了王锁勤的性格。

"不能改变别人，那就改变自己"的格言，已经不适应王锁勤。他的两难境地是，"必须改变别人"。

"我过去就是'二维式'，非黑即白。现在，我重点管理'灰色地带'。盯紧一个目标不放弃，天天做，直到做成。过去，我只知道人家错，硬训。现在我改变了工作方式，抓最好的典型，然后再表扬典型，树立典型，推广典型。比如'集中动火日'，把多个抢险动火的项目，集中到一天，我们监督管理人员全部到场，有利于安全。有人强调生产紧，怕误产，再安排抢修。如果大家都做不到，谁能做到树立谁的典型。都做到了，少数人或少数单位做不到，再进行处罚。如果大家都不认知，说明自己的管理理念有毛病，那就是向自己下刀。年轻的时候，更多的是看到别人的不对，现在先找找自己哪里不对。"

制度不是走过场，而是定了就办。日检查，周讲评，月考核。"一个都不能少"。

管人事工作，一定要懂专业。在人事处长岗位上连任 10 年的王锁勤，果然在人事调配工作上呼风唤雨，让合适的人在合适的岗位上，前提就一个：胜任工作是唯一的条件，认事不认人。

人们认识并钦佩他的正直，称他"铁面无私"。

现在干安全监察，难度更加大，王锁勤面对"随处都是危险"的环境，每天围着厂区转一圈。这 10 公里的路程，要走 1 个半小时。骑自行车，也要 1 个小时左右，因为许多地方都要停下来看看。

我仔细观察过王锁勤，真是个帅哥。浓黑浓黑的卧蚕眉下，那双大眼睛格外醒目，特像广角镜头。伴随身体的移位，闪亮的双眸迅疾扫描，所到之处任何隐患都别想逃过，"专从鸡蛋里挑骨头"。比目光还锋利的是他的语言，突然刮起一阵冷风，谁听了都"哆嗦"。"这小子挑毛病，六亲不认。""王锁勤的话太硬了，像子弹打连发，不拐弯。"

人们钦佩他，每天绕厂区一周，用双脚，用自行车轮子，给厂子画个"安全圈"。

自行车前轮缓缓停下，一双大脚稳稳落地，向一组装置移动。那双卧蚕眉和摄像镜头般的大眼睛定格在管线的拐角处。

阴影里，那个大脚趾肚大小的疤痕吸引了王锁勤。他的心怦怦怦急促地乱跳，热血呼地上蹿……

阴影里，蛇身似的流液蜿蜒拐入管线的暗处……

王锁勤赶快掏出手持对讲机，边向前走边调大对讲机音量，随时准备叫人"扑灭"这个隐患！

十步，五步，三步……

事故点越来越近……

王锁勤 1986 年 8 月 4 日来化学药剂厂报到，当时工厂就十几个人。他迈过倒班工人、车间技术员、车间副主任、安全科长、人事处长多个台阶，对工厂的情况了如指掌——如果这根管线出问题，后果……

当藏在阴影里的隐患渐渐在"广角镜头"里调实焦距，王锁勤高高提吊的心才放下——原来，那是两片叠摞的树叶！

　　我采访那天，企业文化处的汪博陪我开车在厂区转一圈，差点 40 分钟。这便是王锁勤每天都要走的路。不管什么天气，从未耽误过。一年 365 天，王锁勤只允许给自己放两假，大年三十和大年初一。其余法定休息日（每天给工厂画"安全圈"一天都不停），全部奉献。我简单算个账，把我自己吓一跳——

　　一天走 10 公里，一年走 3650 公里，13 年，则走了 47450 公里。相当于绕地球一圈还多。


## 56. 险情一次次被防范榨取一空


　　"越干胆越小。"李庆利对我说。

　　密集的汗毛孔跟炼厂的装置一样，平素很安宁，但，也要时刻严防"外来刺激"。

　　2017 年 5 月 6 日上午，一个火焊工正在整理焊枪，就要进行作业。

　　在离电焊工 40 多米的油罐区，一个 40 岁左右的中年人，拼命向前跑……

　　那个火焊工将焊条夹上，戴上帽子。

　　那个猛跑的中年人加快速度，双脚踏得水泥地嗵嗵响，拐过罐区防火堤，向火焊工的方向跑去……

　　火焊工将点燃后冒火苗的焊枪举起来，正要往地下一个喇叭口里伸，"别——动——！"一声大喝制止了他，"有危险！"

　　火焊工还愣着，那名大汉已经跑到跟前，一把夺过焊枪，拧灭，张大嘴喘粗气，胸口怦怦怦跳个不停……

　　多亏油品运行部的安全工程师李庆利看见，及时制止了一次重大安全事故……

　　5 月 5 号上午，这个施工队来安装油管。把原来埋在地下的旧管换成新管。

　　李庆利到现场确认，同意施工作业方案。

　　5 月 5 号晚上，员工进行油罐脱水作业。

　　5 月 6 号上午，施工队在脱水喇叭口旁边侧面挖个开口，插根管进去，在此进行焊接。

　　喇叭口里有油气，与污油下水相连，电焊工一旦将焊枪伸进喇叭口，只有一个结果——"轰"的一声油气爆炸，将造成重大安全生产事故！

与罐区污水系统相连的有成品油罐、半成品油罐，有渣油、蜡油、污油、重污油、清污油、苯和二钾七，仅 5 万立方米的大油罐就 6 个，老罐区外加两个新罐区……

"有一万个好，出一次事就完蛋！"

油品运行部"大检修""大碰头"，老管线所有动火作业，第一刀，必须使用冷割处理，防止出现安全事故。切开管线封堵后再进行防火和工艺处理。油品运行部施工地点多，施工部位多，施工现场情况复杂。李庆利发明了"红黄蓝"色丝带的办法。动火的拴"红丝带"，抢修、维修的拴"黄丝带"，更换零配件的系"蓝丝带"，确保施工现场安全。

拴"红丝带"的，要管理人员、施工队和监护人员"三方确认"，方可在严格监督下施工。

"付出一万的努力，防止万一的发生"这十几个字，对李庆利来说，就是一下一下敲在胸脯上的大铁锤啊！

大检修后，李庆利的心脏出了毛病，每分钟心跳 124 次，手腕上戴块测心率的手表。"与死神打交道 20 多年，越干胆越小，一有施工人员违章自己都发颤，一着急心跳就加快、出虚汗、浑身没力气，起都起不来！"

人生就像长跑，没有踏上起点的勇气，就永远看不到终点的红线。与其在艰难的日子里一蹶不振，不如直面困难，勇敢前行。感觉忙个没完就对了，说明你正为前程奋斗；感觉总不如人就对了，说明你正试图赶超；感觉走得艰难就对了，说明你正走上坡路。如果你正感到迷茫或是辛苦，告诉自己，再坚持一下。你终会发现，拒绝放弃的那些努力，是多么值得。每一个清晨，给自己一个微笑，告诉自己：人不仅活得要像钻石一样闪亮，还要像钻石一样坚强！不唯唯诺诺、不杞人忧天。人生就是一个磨炼的过程，如果没有这些酸甜苦辣，你永远都不会成熟！所以，我们应该在阳光下灿烂，风雨中奔跑，泪水中成长，拼搏中展望，对自己说一声：昨天挺好，今天很好，明天会更好！

第十七章

# 手拉手

根是植物的上游，河流是大海的上游，文字是文章的上游，思考是发明的上游，先贤是后代的上游，历史是当代的上游，刚才是现在的上游……

世界就是这样续火递薪，代代相传。

前辈手把手教我们，扶上马，再送一程。我们也继承前辈的光荣传统，将升级换代的技艺传递下去，文明才顺利延续。

美德是人类的另一个师傅。

我们什么都可以失去，却不能失去美德。

## 57. 没有不行的徒弟，只有不好的师傅

我采访任晓善那天，离他退休还有 7 天。

按照人事部门的规定，他提前一个月办完了退休手续。出屋后，他怔怔看着退休证眼窝湿润，怕人看见，他连忙把它揣进衣兜，晃了晃头，假装擦灰尘似的擦了擦眼睛，又"没事人"一样向车间走去。

那个小本太沉了，坠得他脚步有些踉跄；那个小本太热了，火一样烧着他，烧得他宽阔的胸膛里燃起熊熊大火。

"真的要离开工厂吗？"任晓善心里空落落的，像一片树叶生生被摘落，可这片叶子不想落下来呀！不，不是叶片，而是树枝。树枝生生被折断，他疼啊！

这些天任晓善没少安慰自己，人总是要退休的，再好的戏，也有落幕的时候。这天吃晚饭时，他甚至对老伴说："我早就盼着退休呢，上班 40 多年了，我没有休息过一天，天天起早贪晚在厂里忙，家里什么都指不上我，现在退休好了，我要好好补偿，我买菜，我做饭，我洗碗，我陪你去旅游，总之，我要好好

补偿你。"

老伴知道他的心思，嘴上这样说，心里却不愿意离开工厂。她故意要转移他的注意力："别光说不做，吃完饭，就陪我出去走走？"

"好哇！"

他们出门时，晚霞已经收起最后一道光芒，穿上一件小号黑袍，"衣不遮体"嫌小，就换件大号的，换了好几件，天才黑了下来。好在路灯已经提前"接班"，美丽的任丘身上挂满了闪亮的珠子……

老两口边说边唠，哦，准确说，是任晓善在唠，老伴在听。他说啊说啊，说他们用一年时间就建成了110千伏变电所，那是华北石化"破先例"的变电所啊！老伴你知道吗，从前我们在外边买电，很贵。老厂区用的是水电厂的电，是按6KV级定价收费的，新厂区是按110KV级定价收费的，两个级差价可不小。我们新建这个变电所运营后，公司一年就少花电费七八千万呢！任晓善说现在的变电所怎么怎么好，说他们现在的设备技术怎么怎么好，说他的徒弟们怎么怎么好，说华北石化的前景怎么怎么好，睁眼一看，任晓善怔住了——他们已经来到华北石化的大门口！

任晓善怔怔看着他天天进进出出30多年的大门，像突然看见久别重逢的亲人，怔了愣了傻了！当他彻底明白过来，几天后，自己就没有资格进这个大门，衣兜里那张纸，刀一样剜疼了他。

为了设定安全距离，石油炼厂四周1公里没有居民。从住的地方到这儿，两位老人已经走了六七里地！

任晓善眼窝潮润，觉得对不起老伴。老伴知道丈夫在想什么，说："老伴，往后啊，咱俩晚饭后天天走这条路锻炼身体。"

任晓善再也抵制不住，眼泪扑簌簌掉落……


任晓善圆脸，微胖。短短的白发粗而硬，齐刷刷直立，似在表达"整体向上"的团队精神。他的脸很结实，似乎把铅球般的"前脸"略微刮平，潦草地安上五官。慈祥的样子仿佛写着"敦厚"两个字，而眼角的鱼尾纹每道皱褶里都藏着信任，他一笑，许多信任的小河在无声地流淌，相信他就是相信自己，有种"值得托付"或者"可以依靠"的感觉。

但愿我这样描述别误导读者，敦厚绝非"心眼慢"、动作迟缓，相反，任晓善向来以"快"为人称道。他的"眼睛快"，多么复杂的事故现场，他一眼就把

"毛病"提拎出来，就像一眼从人群里认出小偷。他的"手快"，在问题成堆的复杂现场，有的电路冒烟，有的电路啪啪啪打火，其他人还皱眉思索呢，甚至已经佝偻腰缩肩膀，身体不自觉地"后仰"，任晓善已经在"第一时间出手"，十个手指仿佛是十万大军，瞬间马踏敌营，擒龙伏虎，在无数张面孔目瞪口呆的惊骇中力挽狂澜、扭转事态格局……

我仔细观察过他那双结满老茧的大手，仿若两本厚书，伤疤为目录，厚茧是章节，近乎被岁月磨平的纹理则是一行行文字，以当了30多年班长为纵向时间线索，捕捉和记录了华北石化的"闪电"变化……

我曾暗暗吃惊，上天怎么这样设计任晓善的额头，有一长一短两道深纹，顾盼亲昵，像极了"师徒二人组合"！

这一生，他究竟带过多少徒弟，已经记不清了。华北石化高压变电的年青人，都是他带出来的。现在挑大梁、任110千伏变电站站长的徒弟翟羽佳告诉我："我师傅最了不起的地方，就是传帮带。就说最近吧，一年多时间，他带出5个好徒弟，个个都当了班长！"

任晓善18岁当学徒，永远记住师傅何成祥的话："带徒弟处处走到前头，自己先做个好人，手把要好，这才能教好徒弟。"

你今天受的苦，吃的亏，担的责，扛的罪，忍的痛，到最后都会变成光，照亮你的路。

在他看来，没有差的徒弟，只有差的师傅。带徒弟，不是发现徒弟有多少毛病，而是找到徒弟有多少优点，再把这些优点发扬光大。看上去，任晓善的面相和五官、身材都很普通，却是一位宽厚、温和、承载量很大的人。这个承载量有技术，有韧性，有道德，还要有合力。任晓善认为：把每一个徒弟都带出来，合起来，就带出一支队伍。徒弟们各自成才，都能带队伍，队伍就扩大了。

整天同"电老虎"打交道，首当其冲的是，要将瞬间发生的悲剧拒之门外，弄好了，电是看不见摸不着的天使。弄不好，则是"谋财害命"的魔鬼！天使与魔鬼仅隔"一念之差"啊！那么，一天有多少个一念之差，一年有多少个一念之差，当了30多年班长，有多少个一念之差？带了无数个徒弟又有多少一念之差？！

任晓善十分清楚，这工作整天与危险打交道，每时每刻都要绷紧"安全弦"，漫长的生命，就是由一个一个"刹那间"的一念之差构成的……

没有丝毫侥幸，只有一个"笨办法"：用一万的努力，防止万一！

他用翅膀护着徒弟，手下徒弟一个一个出飞，任晓善先"用行为说话"，"走到前头"；再"用手把说话"，技术要过硬。

任晓善的故事太多，我随手拾几个小故事吧——

**故事一："停电就是命令！"**

浅水才吵闹喧哗，深水则沉默不语。

当任晓善安好最后一根线，果断地推上电闸，黑暗的厂区立刻灯火辉煌，徒弟一下将师傅抱起来，跳啊蹦啊！一位女徒弟走过来，眼里含着泪花，掏出刷白刷白的手绢，精心地给师傅擦额头、擦眼角、擦鼻窝……

早先设备差，每有刮风下雨，很可能全厂停电。停电停产，生活区一片漆黑！任晓善皱紧眉头，立刻出发！任晓善的下巴都快贴自行车把上了，腰似箭弓，脚蹬猛烈旋转，"骑飞车"。机器停了要损失钱，半成品料还在管线里……停电多糟糕啊，半生不熟的饭还在电饭锅里，正工作的洗衣机突然不转了，潜心阅读或手握铅笔的人眼前突然一片漆黑……

那次停电是晚9点，任晓善刚要睡觉，连忙穿衣冲出屋子，骑上"飞车"就向厂里跑。任晓善很清楚，当晚有一个徒弟值夜班，不能离岗。自己不去救场谁去？

另三位休息的徒弟表现很好，停电后顾不上休息，一个个主动来到工厂。看到师傅任晓善正顶着毛毛雨和呼呼刮的冷风，在高高的变压器上忙碌着。要上手，任晓善严厉地阻止了他们，理由就一个："现在很危险。"

风太大，师傅的雨衣被一次次扯起，软帽吹翻，衣角吹飞，冰冷的雨水野蛮垂灌……

站在下边的徒弟们冷得直打战，高处的变压器架上，风更大啊！

成功抢险后，一位徒弟问："师傅，一停电，领导就找您了吗？"

"没有啊。"

"没找？"

任晓善抢过话头："请记好了，干我们这一行，停电就是命令，不用任何人安排，我们就要以最快速度去抢修，以最快速度找出毛病，以最快速度修理好。"

**故事二："往后靠，谁也不兴上手！"**

直流接地故障不好查找。按照"先室外，后室内"的规定，任晓善必须解决一对矛盾，既要以最快的速度找到毛病，尽快恢复供电，又要"沉下心来"，边寻找边在心里进行各种情况的分析，理清蛛丝马迹，精准地"抓到"病患。

天气太糟糕，冷风吹着尖厉的口哨四处横行，一群一群的雨鞭狂野地胡乱抽打，装置、厂房、地上，这里冒起一股白烟儿，那里又冒起一股白烟儿，这里狠命抓一下，那里又狠命抓一下，像要撕碎这个世界！"白烟儿"像个扎了兴奋剂的疯子，打着滚翻，拧劲儿地跳着没有节奏的"街舞"，扯着嘶哑的破嗓子，一路呼叫着拼命跑着、跳着、飞着……

路上的行人猫着腰艰难向前，趔趔趄趄栽栽歪歪，像在跟谁摔跤。好几个人的彩色塑料雨衣被抓散，浑身飞着"花瓣儿"。打伞的人最狼狈，野风一个"下手勾拳"过去，伞形立刻被摧毁，成了"下三角"。还有更狼狈的，一位姑娘的红雨伞被风拳打散架，伞布瞬间被撕下来，她手里只拿一群亮闪闪的钢条……

所有出门的人都叫苦不迭，任晓善却心中暗喜：大家在严格执行"停电就是命令"，在家休息的六个徒弟，一个不少地来了，一个个精神饱满跃跃欲试，像威武的斗士！

当时叫 35KV 变电所，设备落后，运行不稳定，麻烦像感冒者打喷嚏，说来就来。用"按下葫芦起来瓢"形容也不为过。任晓善对徒弟们说："事情要一分为二来看，设备总出毛病是坏事，可也锻炼了手吧，这是好事。"

六个人来到变压器边，徒弟们个个都要伸手，任晓善却板紧面孔，举起右巴掌向前"推"几下，严厉地说："往后靠，谁也不兴上手！"

任晓善很清楚，接地线故障很不好找。

室外有 15 个高压设备。要控制回路，就要拉闸。那么多开关都要拉下来才能查找哪个回路接地。最重要的是，这么多开关快速拉下，还要马上合拢，时间不能超过 3 至 5 秒！

否则，没有保护状态下的设备，很可能将事故扩大，出现次生灾害！

拉掉某一路开关后，发现"接地消失了"，一下就确定了症结范围。不过，千万别以为万事大吉了，这只是缩小了事故范围"在这个回路上"，具体位置还没有找到。这就像从大迷宫钻进小迷宫，小迷宫里也"五脏俱全"。任晓善拿出万用表，这里量量，那里量量，直至找到故障。

顺利合闸送电，任晓善这才腾出空来，现场教学，讲解排除事故的要点。

**故事三："要手把手教，还要带好队伍。"**

每个人生面前都摆着一苦一甜两碗水，我甘愿先喝那碗苦的。

翟羽佳已经当20多年班长，我采访时，刚刚被委以110千伏站长的重任。这是任晓善非常欣赏的爱徒，也是要求最严苛的爱徒。翟羽佳肯学，爱学，勤快，仗义，人厚道。但，得知在会上翟羽佳以粗暴的方式对待同志，任晓善专门给他"吃小灶"。"羽佳呀，"任晓善亲切地拍了拍翟羽佳的肩膀，"工作要讲究方法，不能动不动就大喊大叫。出了点问题，要问清楚是怎么回事，不能沾火就着。当着全站同志的面大声训斥人家，让人家的脸面往哪儿放？过去我教你手艺，知道你是急性子，恨不能立刻把活干完。结果，因为毛手毛脚的，再返工，反而浪费了时间。我一再提醒你要沉稳，要考虑周全了再下手。你现在当领导了，这么干，也属于毛手毛脚。你的脾气要改一改，别急躁。每次开会前，先想好了开会说什么，怎么说。把新来的同志的脾气摸一摸，跟大伙交心。班组一定要非常和谐，非常团结，别把队伍带散花了。"

他的心思，比爱情还温暖，比重逢还生动。

任晓善如数家珍地向我介绍他的新弟子，现在，翟羽佳把站里的同志调动得生龙活虎，非常抱团。

郭静是位女同志，她头脑清晰，干事干练、果断，分析故障条条是道，能从头至尾说得清清楚楚。现在运行二班当班长。

宿鼎反应快，办事利索，勇于担当，对不好的习气看不习惯，现为维修三班班长。

吴廷宾干事谨慎，爱学习。遇到难题一定要打破砂锅问到底。自己解决不了问同事，同事解决不了问书本，书本解决不了问网络，网络解决不了问专家。现为运行一班班长。

许拥军很稳重，脾气好，人随和，现为低压维修一班班长。

我很纳闷，后四位2017年才调到任晓善手下，转眼就都当了班长。任晓善谦虚地说："他们来前底子都很好，功劳不能记在我头上。"

德是水之源，才是水之波。

2017年11月，车间主任张法胜找到任晓善："老任，现在有个重要任务，公司要上110千伏变电所，你能不能拿下来？"

"能！领导信任我就干！"

任晓善对我说："就冲领导信任这句话，活要干，而且必须要干好！"

　　说干就干，任晓善立马组织调业务骨干，没有休息日，天天加班，天天"打冲锋"，过了"九九八十一难"，终于按时保质地完成110千伏变电站的建设任务，顺利达产。

　　2018年9月11号，任晓善办完退休手续，回到班里，班会刚开完，任晓善说："我就要退休了，刚办完手续。跟大家整天在一块儿，真有点恋恋不舍，我向大家告个别。"

　　见同志们个个板紧面孔，热泪盈盈。任晓善赶紧说："不管我退休不退休，有什么难题，你们随时打电话。如果需要我过来，我随时来。"

　　过完2018年十一小长假，任晓善已经正式退休。每天晚上，老伴都提议"出去走走"。任晓善心里感激老伴，却觉得去工厂六七公里太远，怕老伴累着，便以种种理由推托他"有点别的事"。笑眯眯地告别老伴，骑上自行车便走。女儿回家后悄悄跟着老爸，一连跟了三天，秘密被发现：任晓善每天都去工厂，担心碰上熟人，任晓善离工厂二三十米的地方停下看着工厂，看着一群戴安全帽的工人由远而近，怔怔看每一张面孔，似乎在找谁……

## 58. 美德是黑夜里的一盏灯

　　道德常常能填补智慧的缺陷，而智慧却永远填补不了道德的缺陷。

　　现在，一个特写镜头切到我们眼前：

　　一位体重150多斤的老人瘫痪在床，整个身体只有右小臂和右手能动，其余都是僵硬的"板块"。

　　两只中年女人的手伸进老头的脖颈和后背，另一位老太太双手抓紧老头的腿，两个女人轻声说了"一、二！"共同用力，老头起身坐在床边，双腿耷拉在床沿。老太太将旁边的桌子迅速挪移过来，老头趴伏在桌子上，依靠桌子支撑胸口将自己"固定"了，用唯一能动的右手，开始吃饭……

　　老人坐累了，身体会向下滑，二人再度配合，一人扶住头轻轻慢慢地放倒，一人把双腿提拿上床。

　　每半个小时，就要这样折腾一次。

　　这位中年女人叫胡萍，现在华北石化设备保运部工作。那位上岁数的老人是她的婆婆。

胡萍结婚时，公公就瘫痪在床。肌肉严重萎缩，胡萍和丈夫李雅光每天都要轮换着给老人捶腿，拽、抻、提拉，活动肌肉。胡萍要定期和婆婆一块给公公洗澡。公公常年躺在床上，肺功能很差，胡萍便将公公身体侧过来，无数次做着相同的动作，手成空心状拍敲背部。上边拍四下，下边再拍四下。通过拍敲振动，咳嗽，把肺里的脏东西震出来，吐掉。

瘫痪越来越重，前列腺病又来添乱，便不出尿液。扶着老人站半天，一滴都尿不出。为老人做了膀胱结石手术后，身体又多个"部件"，膀胱造瘘管。每隔20多天，两口子就推上轮椅到医院更换一次引流管。要抬上抬下，很不方便，胡萍和丈夫李雅光一起学习，自己在家更换引流管。李雅光主导，胡萍打下手。给造瘘口消毒，抽出造瘘管腔体里的盐水，取出造瘘管，再给造瘘管消毒，放入新造瘘管、引流袋，腔体里注入8ml盐水。每周坚持做一次护理，冲洗膀胱，造瘘消毒。

胡萍和丈夫轮番照顾老人洗脸、刷牙、喂药、喂水、喂饭，晚上还要按摩不听使唤的手和脚。

白天紧张而忙碌地工作，班后两口子一个辅导孩子学习，一个赶紧忙着做饭。李雅光马上到老父亲家为父亲接尿，处理污物，擦身体。老人口渴要喝水，一喝水就呛，便用吸管喝水。老人吃饭很慢，要耐心等他，要半个小时才能喂饱。

为了不误上班，李雅光每天早上5点半起床，为老父亲倒尿、洗脸、擦身、喂饭。胡萍要配合婆婆及时把衣服、被褥换洗干净，让老人舒适些。

这样的情形，持续了整整19年！

两口子都在华北石化上班，从未因家庭负担请过一天假。

不是所有奋斗都会有一个让你满意的结果，但每一个奋斗的过程都会让你变得与众不同。

胡萍所在班组为优秀"五型"班组，自己多次荣获公司三八红旗手、先进个人，被评为"任丘好人""孝老爱亲模范"。

命运不会亏善良的人，我们要做的，是用最少的遗憾面对过去，用最少的浪费面对现在，用最多的梦想面对未来。

2013年春天，一联合运行部内操工张海明偶然在电视上看到山区还有那么多贫困孩子，住四处漏风的"马架子"房，连学费都交不起，和几位要好的工友一商量，他们决定资助涞水县龙门乡偏道子小学的小学生。张海明和同事一联合大班长孙伟平、常减压班长刘四代和技术员戴正需四人携手资助张蕾。

一联合主任孙立峰、书记王伟闻知特别支持，成立了"彩虹桥志愿者团队"，200多名工人踊跃参加，已资助上百名山区的贫困孩子。

2015年4月4号午夜11点半，被张海明接到家中的张蕾突然上吐下泻，病情严重，吓得丈夫赵颜辉赶紧发动私家车，火速送她去医院。检查、拍片、抓药、打点滴，折腾到后半夜3点半，病情总算缓解，赵颜辉轻轻舒出一口气。

张海明刚下夜班，听到丈夫赵颜辉的电话吓得不轻，连忙赶到医院看望。

张海明接张蕾到家里住几天。白天请小客人洗了澡，在商场买一身新衣新裤，晚上做了丰盛的菜肴：鱼、虾、牛肉、炖排骨等豪华登场……

张蕾家住在遥远偏僻的大山里，平素很少吃到肉，一下享受这么多美味，她承受不了……

张海明和工友们只做了自己力所能及的事，但对那些贫困山区的孩子来说，每一次普通的改变，都可能改变普通。

第十八章

# 风正一帆悬

　　单位就是一个大家庭。这个大家庭的家风怎么样，需要每个家庭成员来维护和建设。那么，打什么样的底？带什么样的头？怎样导向？谁来引领风气？则是核心所在。

## 59. 诗翅膀只为善良而飞翔

　　上天让我们习惯各种事物，就是用它来代替幸福。

　　当你红得令人流口水的时候，关于你的口水就多起来。

　　2017 年 12 月中旬，有人在背后悄悄议论——

　　"张总怎么消失了？"

　　"好几天没露面，肯定是出事了。"

　　"正常正常，这年头，出事也正常！"

　　人们赞扬假牙好，是假东西占了个好位置。人们诋毁美好，因为他心里的美好一直歉收。

　　流言是写在水上的字，注定不持久，但又传得飞快。

　　12 月 11 号上午，在厂内少数人指指点点，神秘而极尽想象虚构新闻的时候，张栋杰刚刚走出北京医院核磁共振检查室。

　　张栋杰对身边的办公室干部宫东亮说："我这几天总觉得有件事要办，怎么也想不起来。刚才做核磁共振躺进机器里，一下就想起来了！"

　　宫东亮疑惑地看着张栋杰。

　　"为给千万吨项目开工抽调人手，公司改革了倒班制度，由过去的五班三倒，改为四班二倒，工人上班时间增加了几个小时，我要请示总部给工人加班费。"

"出院再说吧。"宫东亮知道张栋杰是个急性子，建议道。

"那可不行，"张栋杰说，"这事比什么都急，早批下来工人早受益。"

宫东亮一听急了："医院有明文规定，住院的不能出去，再说，明天上午就要手术……"

"医生找我，你就说我吃饭去了。"张栋杰交代完，匆匆赶往中石油总部。

轻财足以聚人，律己足以服人，量宽足以得人，身先足以率人。

宫东亮敬佩张栋杰，却心疼得脸都"抽抽了"，眼里泪花闪闪……

2013 年 11 月 22 号深夜，从张栋杰来华北石化报到起，林联杰就被深深地感动……

报到的第二天，张栋杰递给司机林联杰一个大信封："小林，这是我个人的 1 万块钱，放你那儿，买些个人日常生活用品，钱就从这里边出，不够了我再接着给。"

林联杰不收，办公室主任姜志国说："领导让你收，你就收吧。"

林联杰买了洗衣粉、牙膏牙刷、肥皂、挂钩一类，以后买药等零星用品，都用这钱。

对多数人来说，金钱是一种抽象的幸福。因此，那些再也没有能力享受具体幸福的人，就只有把整颗心放在金钱上了。

即便我们不能改变环境，至少也不能被环境改变。

办公室同志给张栋杰宿舍送盘水果，张栋杰说："已经买了就放这儿吧，但就这一次，以后别买了。我想吃什么，叫你阿姨买。"

人生的目标，在于向前，也在于拐弯。

宫东亮彻底改变了从前的认知，"领导先给钱，再让我买东西，每一次我都拿着。这样做领导安心，我也安心。"

家人亲戚朋友来看他，哪怕是亲弟弟、亲侄子来，一律出去住旅馆，不准许住公司的公寓。在公寓吃饭，张栋杰认真记账，一季度一结，食堂出具结账单。

"这人可了不得，"林联杰说，"开始以为只是做做样子，哪知道一直这样啊！"

在功利时代，穷则独善其身。

张栋杰把车队给配的奥迪车换成普通国产迈腾工作车，严格按照公务用车标准使用。从不公车私用，有也是仅仅一次，家里有急事，自己又不会开车，买火车票来不及，用了公司的车，回来第二天就让秘书宫东亮联系车队队长马腾到银行缴纳车辆使用费，拿着回执单到财务开具使用发票。

贫困时该有所坚持，富有时懂得取舍。

我在前边记述过类似的故事，早在庆阳石化，张栋杰的爱人每周从西安去看他，都开私家车。

夫人刘晓琴退休后，便成了张栋杰的"专职司机"和"专职厨师"，从来不用公车。

张栋杰把宿舍三四平米的地方改成厨房，平素自己做"臊子面"和简单的饭菜。早晨夫人独自出去，上早市买菜。

好几个人对我说："张总真的不容易，头几年他夫人没有退休，他一个人在这里生活。"

"哪都不去，从公寓到厂子，从厂子到公寓，整天在小屋里窝着。"

"快60岁的人了，腰都弯了，在小厨房里煮面条对付一口，对付了这么多年，看了让人心疼啊。"

死鱼才随波逐流，活鱼会逆流而上。

华北石化公司食堂没有领导包房，没有专门给领导准备的饭菜，张栋杰跟所有职工一样，排队买饭，吃"大排档"。一样的安全帽，一样的蓝色工装，一样的长条小饭桌……

生命不在于活得长短，而在于顿悟的早与晚。

张栋杰来华北石化后，没出过国，也很少出门，几乎天天在工厂"转来转去"，好心人劝他，厂区条件差，到外边找个房子，按照政策和标准，不犯任何毛病。你在厂区住，门也不关，随时来人汇报工作，休息不好，空气质量也不好。

张栋杰说："我在这里住，大家找我方便。我到外边住，人家好意思大半夜地找我汇报工作吗？我这样一辈子习惯了，睡觉休息的地方从来不关门，现在文件、会议、报表又多，很多文件都着急，还是这样方便。"

人生的成败往往在于一念之间，但，大多数都是一念之差。

"这是个奇人，"行政事务部主任魏伟说，"张总在50平米的公寓窝了这么多年，也没有亲人，屋里堆了一摞一摞材料，昼夜不停地忙碌……"

"张总来了，是华北石化职工的福气。"

行动是最好的语言，一句话都没说，却赢得密集的交口称赞。一个人真心还是假意，不在怎么说，而在怎么做。

张栋杰私下对下属说："尊重和地位不是你跟别人要来的，是你自己怎么做赢来的。"

厂里人都知道，张栋杰的宿舍门晚 11 点前都敞开着，随时接待每一个来找他的人，"如果关着门，人家可能就不进来了。"

时间太快了，"潮来潮去，左边的鞋印才上午，右边的鞋印已黄昏了"。

张栋杰每天只睡三四个小时的觉，这么多年"白＋黑""5＋2""雨＋晴"，铁人也顶不住啊！张栋杰患高血压、糖尿病、心脏病、心律不齐、脊椎病、腰病，还有很重的痔疮等，每天吃五六种药。

只有不断地付出，一切美好才能留下。

头些年喝酒盛行，张栋杰的痔疮最怕喝酒。可"陇东王"豪侠仗义，喝起来不管不顾，宁伤身体不伤感情……

患糖尿病 20 多年，张栋杰只习惯吃西北的家乡饭，荞麦面，少吃糖，少吃盐。饭后休息 10 分钟，走路半个小时，风雨不误。哪怕晚上有事 10 点回来，也要走路锻炼。通过运动把糖消耗掉。

工作和身体就像处于战争时期的交战双方，互有进退，疾病就是这场战争的产物。

近年张栋杰又添新病：肾上腺髓脂肪瘤。早就该手术，一直抽不出时间。

这病一犯特别疼痛。像一针接一针扎着，大把大把吃止痛药都不顶用。张栋杰满脸是汗。犯病了太痛苦，张栋杰早就打算去医院，可"急工作"一个接一个，居然推了好几个月！瘤子越长越大，犯病越来越疼，实在挺不住了，这才就医。医生惊讶地说："这么痛苦的病，你能挺到现在？你必须做手术！马上做！瘤子再大，把肾上腺包围了，就要切除整个肾上腺！"

庸人费尽心思消磨时光，能人费尽心思利用时光。

张栋杰检查完身体，回单位把急事、难事安排好了，这才来北京住院手术。

张栋杰只带宫东亮一个人来医院，严肃地要求道："去北京看病，只你我两个人知道，谁都不许告诉。人家知道了来到医院门口，让进来还是不让进来？不让进来，有点不近人情；让进来，人家拿了水果鲜花你要不要？"

张栋杰关掉手机，"只能这样，要不，人家打我手机，又不能说谎。"

但，入院后张栋杰仍然想着工作，总觉得有件挺重要的事要办，一时想不起来。直到躺在核磁共振的机器上，突然想了起来……

不需要刻意想起，因为一直在记挂。

他从医院跑出来，直奔中石油总部。

"这件事一刻也不能耽误，"张栋杰心里清楚，他打破了公司延续十多年的夜班工人轮流睡觉的"规矩"，目的是为员工好，防止发生意外事件，但工人们的怨言很大，原来能睡觉休息，现在不让了，能不抱怨吗？为了公司发展，队伍稳定，他整夜整夜睡不着觉，终于想出通过发放加班费的方式缓解倒班工人上班时间增加，工作强度增大的矛盾。

在中国，许多领导干部们坚持多年的吃苦在前，早已被享受在前取代。尽管单位的职能、行业不同，在"级别越高，待遇越高"上，却惊人地一致。

张栋杰是个例外。

他坚持待遇"向一线倾斜"，比如车补，他把中层以上干部的车补砍了，补给基层员工乘坐的通勤班车。发劳动保护，也向一线倾斜。员工每人每月餐补150元，中层以上干部全部取消。

张栋杰这次去总部申请加班费额度很重要，只要总部在华北石化工资总额中批了2017年11月和12月份的加班费，就意味着明年全年工资总额增长！

世事就是这样"残酷"，在张栋杰从医院偷着跑出去，给职工们"谋福利"时，个别职工却猜测他"出事了"……

诗翅膀只为善良而飞翔。

张栋杰戴着医院的手牌来到中石油总部，人事部领导见是张栋杰，亲切地说："张老汉，你有什么事？"

张栋杰说了事由，总部领导非常支持这位在中国石油内部有着良好声誉、多次临危受命担当"救火队长"的爱将，加班费指标顺利批复，张栋杰高兴地回了医院。

张栋杰在北京住院期间，除了身边的宫东亮，还有两个人来医院看望他，一个是他夫人，一个是他女儿。

人品才是一个人最硬的底牌。

## 60. 向"一根筋精神"致敬

人生的选择很重要，你现在不累，以后会更累；你现在不苦，以后会更苦；你现在投机取巧，以后会露馅。

捷径和侥幸只是另外一种形式的浪费时间。

当代社会，很多人脑瓜太活，什么"有利"做什么，怎么省事怎么干，仿佛都是"复合型人才"。若干年后，浮云飞逝，大浪淘沙，水落石出。那些脑瓜活的人大多"样样通，样样松"，甚至活得很狼狈。那些"板凳要坐十年冷"的人，当年被贬称"一根筋"的人，却成为被人所欣赏的时代主角。

"一根筋"不是死心眼，而是走过千山万水又回归，气定神闲地将人生缩进专注的事业中。

在华北石化，我处处感受到人们的热爱和执着。如同芽儿向往破土，鱼儿向往水，蜂儿向往蕊，花儿向往盛开……

"70后"纪委书记付仲凯像一支精准的标枪，只要给他一个靶点，他即刻发力，在天空划一道优美的弧线，直抵目标。

1989年，这支标枪以优异成绩，投向黑龙江大学化学系，4年后，哈尔滨炼油厂催化车间穿工装的技术员里，便出现他的身影。

原本他想多在车间锻炼锻炼，却被厂干部处"拔"走——他档案里的记录暴露了目标，学生会干部、中共党员字样太抢眼，被厂组织部干部处相中……

2003年"非典"之前的几个月，这支"标枪"又在天空划一道悠长的弧线，落点选择了大西北青海油田和新疆油田。这是中石油思想政治工作部组织的调研活动，付仲凯执笔撰写调研报告。4月底，他交上报告从北京转机回到哈尔滨，打电话请示当时的厂党委副书记李长安："李书记，我回来了，领导有什么工作需要我做？"

"你先不用来厂，在家写个材料吧。"李长安差人将资料送给付仲凯，让他写一篇以"闪爆"为题材的安全生产评论文章。

付仲凯手快，第二天就要交卷，李长安推托"不着急"，再仔细"修改修改"，另外，刚从大西北回来，好好休息几天。付仲凯顿感温暖，领导真是体贴入微。一个星期后，付仲凯才知道实情，因为他是从北京回到哈尔滨的，人家担心他传染"非典"病毒又不好意思说"隔离"，千方百计"稳住"他，隔离一周以上没有发烧发热问题才能上班……

积极的人在每一次忧患中都看到一个机会，而消极的人则在每个机会都看到某种忧患。

付仲凯一头扎进工作忙碌起来，这个"眼里有活"的青年勤奋刻苦，总能找到别人不注意的"亮点"，令人欣喜。

　　我猜想，这与一个人的禀赋和勤勉有关，就像有人把好不容易找到的"火苗"鼓捣灭，有人却能让两块普通的石头撞出火花。

　　付仲凯正躬身在北国黑龙江劳作，在千里之外，他的调研报告"点亮"了中石油思想政治工作部关晓红、安志忠、朱元、贾光生等领导的眼睛，他们传看一圈报告后又坐在一起"议论议论"，一张调令便从北京飞到哈尔滨……

　　2003年7月，付仲凯来中石油集团公司思想政治工作部报到，主要任务是筹备召开集团公司基层党的建设工作会议。2003年10月，中石油党组召开了基层党的建设工作会议，明确提出了抓好以党的建设为核心的基层建设工作的主要目标和任务，树立了基层建设"百面红旗"标杆；2005年付仲凯参加中石油《基层建设纲要》的起草，《基层建设纲要》对进一步规范全系统基层建设发挥了重要作用；他还参加组织协调了中石油集团公司"三个代表"重要思想、科学发展观、先进性教育、党的群众路线教育实践活动等多项党内重大学习教育活动……

　　每一个不曾起舞的日子，都是对生命的辜负。

　　用微笑、率真和爱对待每一个人，用梦想、坚定和自信对待每一件事，努力向前，定能遇见更好的自己。

　　付仲凯接连"擦出"多个"亮点"，依次迈上宣传处副处长、综合处处长、部门副总经济师台阶，在参加集团公司党组的4轮巡视工作之后，2016年7月，又一道"弧线"飞出北京，飞到河北省任丘，中石油党组任命他为华北石化公司纪委书记。

　　付仲凯知晓华北石化的政治生态出现过严重问题，2013年这里突然翻卷起轰轰烈烈的"举报"狂潮，我前边所说的"石化新村"为导火索，揭开遮羞布，"一大片"惊世骇俗的问题被狂猛"引爆"……

　　"华北石化党委和主要领导非常重视党风廉政建设和反腐败工作，"付仲凯平和地说，"在领导班子的带领下，公司形成了风清气正、干事创业的良好政治生态。班子成员穿工作服，跟工人一起排队打饭，食堂不设领导干部包间；班子成员取消专车，禁止公车私用；"石化新村"的突出矛盾，涉及班子成员的，各个做表率带头整改问题；工资总额增量、津贴补贴、加班费等待遇向一线职工大幅倾斜，员工愿意在一线倒班岗位工作，出现了二三线向一线回流的现象；物资采购、工程施工，都要公开招标，公司每进一个人、每花一笔钱，决不允许个人说了算，而是"端上班子会"集体决定……"

　　一尘不染不是不再有尘埃，而是尘埃让它飞扬，我自做我的阳光。

把灯打开，黑暗就不存在。

"石化新村"后续问题矛盾"一大堆"，看上去像个"秀才"，面相文静的付仲凯决不退缩，而是协助张栋杰一头扑进去，迎着"爆炸"硝烟向前冲，专挑"刺头"问题解决，理顺乱线团子，解开一个个系死扣的"硬疙瘩"……

真正点亮生命的不是明天的景色，而是美好的希望。

危急时刻"扑火"需要胆量和智慧，维护清明景和才是"上策"。付仲凯更注重"防火为上"。

纪委副书记、纪委办公室主任李杰说："付仲凯书记虽然来自大机关，但很接地气，平易近人。对廉洁工作的预防教育抓得更紧，无论是大会小会还是平时的言谈中，他总是把相关制度和规定说了又说。正是为了构建'不敢腐、不能腐、不想腐'的有效机制，建设风清气正、干事创业的良好环境。我们公司的'三重一大'决策制度等一直坚持得很好。在千万吨项目实施过程中，无论是施工队伍还是物资采购，都要通过招标好中选优，做到公开公正公平。"

付仲凯常年住单身宿舍，漫长的班后时间成了他耕耘工作良田的沃土，许多纪检监察的"大文章"，就诞生在他居住的"狭小宿舍"。那些漫长的黑夜，一次次闪现智慧的火花。

人生没有白走的路，也没有白吃的苦，跨出去的每一步，都是未来的基石与铺垫。所谓自由，不是随心所欲，而是自我主宰。

付仲凯和许多管理干部们一样，主动加班、乐于加班、享受加班。如果你想拥有从未有过的东西，那你必须去做从未做过的事情。纪委办公室等部门有相关工作请示付仲凯，凡是请示过一次都"暗暗吃惊"，付仲凯平素话少温和，面对材料上的平庸文字，他的智慧光芒会在刹那间"闪现"……

经付仲凯修改的文章，抹去平庸的思想，调准思维航向，削去疤痕，平掉沟壑，挤出"青春痘"——连不准确的标点符号也决不放过……

2017年，反腐题材电视连续剧《人民的名义》火了，付仲凯边看电视边思考，应该利用电影电视直观的表现形式，结合企业经营管理实际，推出具有警示性的现实题材微电影，对加强企业廉政建设具有重要意义。

当时华北石化千万吨升级改造项目建设稳步推进。如何防范重大工程建设中的各种风险？如何把廉洁教育延伸到岗位，深入到家庭，落实党风廉政建设向纵深发展、向基层延伸的要求？何不围绕"招投标"主题创作电影剧本！主意已定，为拍摄定调子，付仲凯提议片名《招标疑云》，书法造诣很深的纪委副书记李杰为影片撰写了片头题字。

有关企业反腐题材的微电影尚处于空白，而反腐题材剧本不好写也不好拍。付仲凯决定以招投标为突破口，揭露经营管理过程中的违规违纪问题。故事围绕一明一暗两条线展开：明线是事业线，围绕化工原材料招标事件逐渐展开；暗线是家庭线，反映一个缺失的父亲、一个焦躁的母亲和一个叛逆的孩子这种中国家庭现状。故事从高明化工有限公司招标结果公布为始，以物资采购主管康建明被举报受贿承接故事发展，以康建明妻子自杀为转折，以行贿的供应商坦白、康建明副手自首为故事结局，不断推进故事发展。其中的片尾结束语是付仲凯亲自写的："手中掌握权力的人们啊，要想清楚权力是谁赋予的，应该为谁行使、怎样行使，管好自己、亲人和下属，是对清正廉明最大的坚守，也是对生命最大的尊重。不要因为一时悔恨让至亲至爱在遗憾中坠落……"

微电影表现细腻，从领导干部隐瞒不报亲属经商办企业情况并为其经营提供帮助、领导干部对下属和家人疏于教育管理，到供应商找人陪标围标、贿赂评委、贿赂领导干部亲属，情节环环相扣，谜团步步解开，最终涉事人员均依据《纪律处分条例》和《企业管理人员违规违纪行为处分规定》等党纪党规和企业规章给予相应处分，充分体现了纪律审查工作和实践运用"四种形态"，起到画龙点睛作用。

激烈的争夺终于尘埃落定，《招标疑云》捧回中石油集团公司新媒体创作大赛一等奖奖杯。评委会认为，20分钟的影片将警示教育用光影艺术加以生动表现，引发观影者思考感悟，开启企业廉洁文化建设新篇章。中石油集团党组纪检组、监察部主办的官方微信公众号"石油清风"转载了《招标疑云》，腾讯视频上点击1.4万余次。

网友"我困"评论："以电影的形式简述了一场发生在员工身边的腐败事例，与最新的电视剧《人民的名义》有异曲同工之处。"

网友"钢钢的"评论："这是一部很有意义的电影，教育我们要坚守底线，耐得住寂寞，控得住欲望，不当之友莫交，不义之财莫取，不法之事莫干，不正之风莫沾。"

网友"看破红尘"评论："一部微电影让反腐倡廉教育活了起来。警示教育片的目的不是展示腐败，而是为了警醒世人。电影作为一种艺术表现手段，来源于生活但高于生活，故事、人物虽然是虚构的，但从生活中可以隐约看到人物原型，给人启迪。"

付仲凯的性格真的有点像标枪，高起点起步，勇猛地拼力向上、向上，在天空划过一道优美的弧线，越接近"落点"越低调……

我采访时变换多个角度问询，他都会巧妙地"躲开"。

"企业的政治生态好不好，关键就在一把手。"

"我们单位变化太大了，具体形容便是：'心气顺，风气正，正气浓，士气高。'"

付仲凯向我讲了许多生动的故事，唯独回避他自己。

企业文化处的同志跟付仲凯一样"一根筋"，每人手头都积攒了"一堆活"，不加班根本没法完成工作。

处长武惠芳写了20多年材料，如今还在写。培养的新手有的累跑，有的调走，关键时刻她还要亲自"披挂"上阵打冲锋。一次重要的领导来检查工作，头天晚上公司党委书记火了："材料怎么写成这样？"武惠芳独自在办公室里"救场"，眼见材料与晨曦一起明亮，心脏急跳，呼吸困难，浑身冒虚汗，觉得自己"不行了"，赶紧躺在沙发上，一动不敢动。半个小时后，突如其来的威胁退去，她坚持着给材料收尾……

第二天早上，领导夸武惠芳写得太好了，武惠芳轻轻丢下"我有点事"几个字，赶紧离开。那一刻，她只想哭一场……

20多年来，这样的情形已经是"常态"。武惠芳习惯了加班，习惯了熬夜，习惯了"救场"……

"辛苦也是享受。眼看着厂子从小到大，满心的喜欢，满心的爱。白天看到塔架装置，夜晚欣赏璀璨的灯光，很自豪，很欣慰，工厂就是我的家。"

武惠芳在散文《炼塔灯光》中写道："远远望去，夜幕缓缓降临。空旷而神秘的厂区内炼塔灯光在闪亮，每一颗都蕴藏着深奥莫测的秘密。夜空中晶莹剔透的星星与炼塔上扑朔迷离的灯光交相辉映，构成一幅完美的画卷，瞬间吸引了我的目光，让我毫无理由地爱上了'她'。我目不转睛地望着她，尽管她是那样的朴实无华，却又是那样的博大无垠，像她宽阔的胸怀一样充满吸引力，让我莫名地产生一种感动，爱屋及乌地默许了她执拗的愿望。于是，这里燃烧的火炬、高高的炼塔、闪烁的灯光便成了我梦中的牵挂，心中的向往。"

武惠芳明写"灯光"，其实她在赞美像炼塔灯光一样发光的"同事们"——

"1998年，在下海经商浪潮的影响下，各单位'辞职'的人员越来越多。然而，在华北石化，更多的人选择了坚守，像挺拔的炼厂一样仍然站在自己的岗位上，没日没夜不知疲倦地奉献着自己的聪明才智，炼塔灯光也毫不保留地为巡检的人们照亮脚下的路，正像无数坚守岗位无私奉献的炼厂人，无怨无悔地把自己朴实无华的光亮融入集体之中，构成一道独特的风景，每一个炼厂人包括那些可爱的同事们，不正是炼塔上一盏普普通通闪亮的灯吗？"

不要说地上尽是阴影，因为你总是低着头。心中有阳光，人生路才明亮。

武惠芳特别在意带队伍，爱护手下的年青人，扶持他们、培养他们，多给他们机会。"每个人都有很多长处，要发挥他们的长处。"

我没来得及采访企业文化处的朋友们，只好在我接触的范围内"描几句"：

新闻办副主任张若禹是个羽毛球爱好者，反应快，做事扎实。他写一手锦绣文章，干起工作来雷厉风行，独当一面。他爱书如命。他家的藏书堪称"小型图书馆"。张若禹买书每次都要买两本，一本打开看，一本收藏。我不想多做夸奖，我却不能不钦佩地说一句：一个钟情读书、藏书的小伙子，必然赢得出彩的人生……

1989年出生的汪博像个不停转动的"陀螺"，每天开着私家车干公事，"随叫随到"，"不叫也到"。汪博负责安排我的采访，感觉他"永远在班上"。星期六星期天在班上，晚上10点、0点，他仍然在班上！他负责夜里把文章发"公众号"上，只要领导没审，他就一直等。策划、写作、综合编辑、解说词、拍片样样做，被评为公司劳动模范。我以为他出自哪个文科高校，后来得知，他居然是华东理工大学的高材生，一直在"反串"……

新来的舒亚卿、张国强等年轻人个个弓拉满月，以加入这个团队为荣，刻苦工作、拼力学习、蓬勃前行……

在太多人逐利成风的时候，华北石化却营造了一个洁净的"小环境"，讲理想、讲道德、讲奉献，许多人爱厂如家，奉行"一根筋精神"……

现纪委副书记、审计监察处处长李杰，大学毕业后在长江大学任教，因为爱情来到华北石化。在工厂基层打拼了十多年，当过支部书记和车间主任，渐渐爱上了华北石化，一次又一次放弃调转机会。我能为工厂干些什么？能为工人们做些什么？一直是李杰专心践行的"义务"。于是，讲台上他激昂地讲课，到哪个岗位哪个岗位出彩，他挤出业余时间专心练字、刻字，成为任丘小有名气的书法家。每年春节，他都自费买来红纸，给工人们送对联上百副。

我前边讲述的杨向党，外边"诱引"当官他不去，私企高薪聘请他不走，心甘情愿沉在华北石化生产一线乐此不疲。

油品运行部安全管理助理工程师王海芸，在"兵头将尾"位置当班长 19 年，外厂挖他他不去……

我采访的人员中，数十人做了安心在工厂干一辈子念头。我不太理解，多数人的原因居然如出一辙："这里有个社会小氛围，有正气，人际关系简单。"

我十分感慨，人类是最有智慧的生物。可囿于私利，一些人总用这些"智慧"绳索来捆缚他人。你捆缚我，我捆缚你，人人都成了"被捆者"……

像华北石化人这样简单些该多好——

我们不必羡慕他人，只需演好自己的角色。没有高山的巍峨，可以有小草的舞姿；没有大江的威武，可以有小溪的优雅。只要怀揣希望，向阳而行，人人都会赢得精彩的人生。

# 第十九章

# 穿透艰辛迎花开

旧枝们集体发芽是新生的标志，冰封的北方大地从沉睡中苏醒、挺起胸膛是春天到来的标志，朝气蓬勃的光芒从东方狂猛喷射是早晨的标志，年青人担纲重任则是国家兴盛的标志——

在华北石化，许多"80后""90后"们，左肩担承继，右肩担发展。虚心地接过前辈的接力棒，稳健发力，加速奔跑……

青年人的另一个动力源，来自张栋杰的精神马达："立身伟大的时代，建设伟大的工程，铸造伟大的人生，成就伟大的事业，谱写伟大的篇章，实现伟大的梦想！"

## 61. 出征在子夜

青春比补丁还旧，事业比青春还新。

吴昊面色略黑，说话声音偏低。这位二联合运行部重整装置工艺助理工程师，入职三年就升职班长带队伍，要单独思考和操作许多事情，操心结伴成长，这位"80后"看上去像资深的"70后"。他说话语速缓慢，似乎"飞行"的字与字之间都在削弯校直，每句话都在寻找自己的航线，直到"精准对位"。

努力的意义，不在于一定会让你取得多大成就，而是让你在平凡的日子里，与生活少一点妥协。多一点努力，也许会让你有更多力气去保护你喜欢的东西，让你与心仪的美好事物更加靠近，更重要的收获在于，让你在时光的流逝中逐渐成为更好的自己。

我为吴昊高兴。这不是初出茅庐的茫然无措，而是三思而行的理性取舍。

浪涛窜跃奔腾，不管跳了多高，别忘了方向。

可以任放飞的风筝尽兴耍欢，却要扯紧风筝线。

吴昊已经跳过"青涩期"，即便遭逢突发事件亦能迅速正确决策、冷静化解，在制度和管理层的多向维度中前行，率领工友们攻坚克难、化险为夷。

2013 年 12 月中旬，任丘寒冷入骨。北风粗暴地踢着装置的屁股，雪花的指甲尖滴着冰。每个装置后头，都大把大把抛出冷针，扎疼了脸，扎疼了脖颈，钻透棉衣，冷得人直打战。

午夜，寒冷大部队一次又一次发起冲锋，气势比白天更加凶猛，以志在必得的气势"独霸天下！"

凌晨 0 点半，吴昊通过 DCS 画面发现：吸附脱硫装置再生下料堵了，接收器接不到吸附剂，导致再生系统停车！

吴昊"一激灵"，赶紧从温暖的被窝里爬出来，通知另三位工友，火速赶往现场。

情况很危急：催化剂失去活性结块，循环时堵住了阀门。

吴昊果断关上下料阀，切断下料阀，打开现场放空阀，接氮气管线反吹管线，如愿吹通。

大家非常高兴，回到值班室，准备喝点热水暖暖冻僵的身体，看看荧屏画面，DCS 再次报警："下料又出事了！"

"可能压差不稳定！"吴昊丢下这句判断，赶紧戴上棉帽子，抓起工具，带工友冲向装置。

冷风更加猛烈，像阻击"来犯"那样扑过来！

塔架螺旋铁梯被四双鞋底快速敲击，炸雷一样当当当响。北风拼命投掷"冷钢针"，一把一把又一把，下巴和脑门割刺得生疼生疼。吴昊和工友们理都不理，像军人打冲锋一样，迅速找准自己的"狙击"位置……

四个人迅速就位，在顶部平台、上层平台、中层平台和下部平台紧急抢攻，用对讲机配合，分别调压差。

时间就是效益，越急越适得其反。调试了半天没有效果，吴昊迅速改变思路："可能吸附，压差表线出了问题，导致测压不准。"

吴昊马上给仪表车间的值班人员打电话，请他们到现场配合。

"能不能明天再处理？"

"真的不行，那样会影响生产的！"

仪表技工来到现场，调整了近 1 个小时不见效果。调度电话催促过来："怎么还没弄好？什么时候恢复正常？"

"尽快！"吴昊回答着，心里更加焦急，判断仪表出了问题，可已经后半夜了，仪表维修工虽然到场，可保运维护人手不够，效率太低。吴昊和工友们主动上手，拆开管线，将污物冲洗干净，安装好并调好压差，终于恢复了生产。

如同在有风的冰柜里坚持工作，热能几乎被吸光，汗凉后的内衣像碎冰片，咯咯咯牙齿打战。

已经两点多钟，吴昊和工友们手麻了，说话嘴都"瓢了"，赶紧进屋，吴昊说："大家冻坏了，休息一会儿吧。"

困乏的吴昊歪坐在椅子上回想刚才的操作，再次发现了问题！

闭锁料斗程控阀开关超时，没在规定的时间开或关，造成闭锁料系统停车，吸附剂没法循环。

时针指向3点，吴昊和工友们再次出战。

吴昊果断判明原因：闭锁料斗程控阀开关失灵，造成管线堵满了吸附剂，后续阀无法打开。因为堆满了吸附剂，开关打不开也关不上。

"都是寒冷惹的祸！"

吴昊和工友们冻得实在扛不住，抢险时踩在蒸汽胶管上暖暖脚，手指也间或摸摸管线。"风刀子"一下一下割疼脸，只能"硬挺"。装置管线外边冷得要命，里边又热得要命，冷热反差太大，导致开关"不玩活"了。

装置一次次被寒冷击败，"援军"接连出手！

快！吴昊和工友们关闭上部下料手阀！

快！再与内操配合，把斗里的物料向后转，请内操开关试检！

快！接通热蒸汽皮带，吹暖阀体！

早晨5点钟，东方露出鱼肚白，天空明丽而辽阔，故障顺利排除，生产正常运行，波动的产品指标终于在下班前调整合格。

人生的答卷没有橡皮擦，写上去就无法再更改。去吃别人所不能吃的苦，去做他人所不能做的事，也就能享受别人无法享受的快乐，看到别人看不到的风景。

我非常欣赏吴昊，那种拼劲让人想起藤蔓向前够，树梢向上升，浪涛向空蹿，翅膀向高飞。

# 62. 发明"肖像图"的"80 后"

学习是一种长跑，它不属于某个时间段，而属于整个人生。

二联合运行部生产副主任张世哲发明的"肖像图"，实用又耳目一新，很受人推崇。他把自己当成装置管线的"保健医"，爱护珍惜它们的健康，把上下曲转、粗细不一、方向的不同的密集管线"当成人"，将它们的"五官位置"、结构肌理和每一条"皱纹"，画成"肖像图"，再根据肖像图来冲洗每一根管线，既不能重复，也不会遗漏，受到大家的称赞。

在"肖像图"中，张世哲一根一根把线捋清楚，一遍一遍捋，绝不许出错，也不许遗漏。白天捋好了，晚上回宿舍一根一根画图上，标记清楚。张世哲提醒自己：一切着眼"实战"，如果漏掉一根管线，生产中就会有危险！

在别人面前，我们很容易做到自律；独处时，我们却习惯性松懈。有没有真的努力，只有自己最清楚。很多时候，我们不过是把忙碌、辛苦作为不努力、不提升的挡箭牌。所有的成功都有迹可循，在别人看不见的地方严于律己，精进自己，时间自然会给你回报。

计较眼前的人，会失去未来。

当时新分配的大学生很多，分了多组吹扫管线。许多大学生插不上手，不知道怎么做。张世哲用他的"肖像图"指导全程，效果好极了。班长向他竖起大拇指："小伙子好样的，活干得不错！"

努力不会白白浪费，现在撒下的种子，会在你想不到的某一天，悄悄生根发芽。

无论是谁，无论做什么事，"上心才是硬道理"。

很快，新人张世哲便独当一面。

只要方向足够明确，信念足够坚定，全世界都会为你让路！

这个"肖像图"起源于一根被冻的管线。竖管线存水，有个换热器上的阀冻了。如果把竖管上的阀打开，就不会冻。这根管线恰恰是张世哲吹线时遗漏的。

"虽然没人批评我，但这件事对我打击很大，还是粗心，没有干好。幸亏这是备用装置，如果这装置投入生产，会造成停产的！"

生命不在于活得长与短，而在于顿悟得早与晚。

张世哲这样出色，来源于"肯下笨功夫"。

谁要学习飞翔，必须先学习站立、奔跑、跳跃和舞蹈，人无法从飞翔中学会飞翔。

2011 年 11 月，严酷的寒冬里，"惊现"张世哲的"夏天"。他通过自身的努力和平时优异的表现，竞聘成为重整岗位技术员。

干起来却觉得很吃力。原来书本上的东西与实际距离太大，许多东西"对不上号"。

"下功夫学！"张世哲鞭策自己。

让人觉得你可有可无，离被踢开的日子就不远了。

刚参加工作不久，班长就安排张世哲把 1# 重整装置收拾了，这套装置管线里有水，停下后冻了。张世哲没有这个装置的工作经验，什么热度也不清楚。车间工程师在阀门口接了管子，让张世哲把管线里的东西吹出来。只知道弯管处存了水，不知道具体哪里存了水。张世哲像碰到不会解的数学题，只好向老师傅请教。四通八达的管线上百条，老师傅也记不住到底在哪儿。多亏另一位老师傅记了笔记，左翻右翻，按笔记一根一根管线仔细挱，张世哲感到真的复杂，入口是一个阀组，出口又是另一个阀组。但，这位老师傅记在本上的笔记，给张世哲留下太深的印象。

不能把习惯当标准，而是把标准当成习惯。

在十几米高的装置森林里，张世哲一个人仰脖倒流程，一组组、一根根找，工艺管线有保温层，好几根管包在一块，找不明白。吹前把临时胶管绑原管上，铁丝绑不紧则要松开重绑。张世哲要求自己，一定要吹扫干净，不落一根管，一个人的战斗既是考验，也是信任，他一连吹了两个礼拜。

今天的忍耐，恰是为了明日的花开。

张世哲一个人又开始新的旅程。毕竟吹完一套装置，再吹新装置顺手多了。虽然天天扬脸，脖子疼，感觉很累，但他十分高兴。他一个人又梳理了 200 多条管线，成为整套装置"最熟悉流程的人"。

每个人都有一个死角，自己走不出来，别人也闯不进去。

从头到尾就一个人干，看似寂寞。但，张世哲的内心"非常热闹"，因为，这片寂寞的土壤培植了他的自信，也考验了他的智力，提升了他的能力。

真正的顺其自然，是竭尽所能之后的不强求，而非两手一摊的不作为。

冬季防冻防凝工作，重点在梳理伴热管线，各条蒸汽、水管线的盲肠死角，一根管一根管做防冻防凝方案，张世哲做得张弛有度，有条不紊。科学设计除盐水、新鲜水，各条蒸汽管线。

把 1# 重整装置的油退出来，用水冲洗管线，清洗塔。太多的拐弯，太多的死角，张世哲便启动泵，用转动机器的方式把死角的油转出来，转进塔里。担心冻了，每根管线都要倒好流程，吹扫干净，300 多根管线"累坏"了张世哲，却让他无比快乐——"每做一次都是一次成长。"

懒惰像生锈一样，比操劳还消耗身体。你对自己越纵容，生活对你越残酷。

在抵达目标之前，我们都要走一段蜿蜒漫长的路。走到半途是最困难的，因为已经付出了很多，却还没看到尽头。此时，只有我们沉得住气，踏实走好当下每一步，才不会迷失。掌声可能来得很晚，但只要你不放弃，它就不会缺席。

张世哲就是这样在一线孤独地摸索、战斗，终于摸索出一套完整的吹扫管线经验，发明了自成一家的"肖像图"。

## 63. 长在时间夹缝里的"90 后"爱情

你不勇敢，没人替你坚强。

不愿迈开前行的脚步，就无法到达更美的远方；不敢放下眼前的安逸，就无法获得更多的体验。

2018 年 9 月 6 号中午，一位身材窈窕、着装时尚的漂亮姑娘，在华北石化公司大门口不断地抬腕看表，焦急地向厂大门里张望。

11 点整，姑娘喜出望外，一群身着蓝色工装、戴红色安全帽的工人们走出来，姑娘抿着嘴微笑，她调皮地躲在一边，等恋人出来突然喊一声，吓他一下。最好找个背人的地方猫起来，让他找不到自己，姑娘要亲眼看一看，他找不到自己"急成猴"的样子。这时候，她再轻手轻脚地跑出来，在他的背后悄悄地、悄悄地蒙上他的眼睛……

姑娘看看周围的环境，取消了这些浪漫的计划。

工厂大门口太敞亮了，不好猫。再说，让他的工友们看见了，该有多难为情啊！姑娘重新调整了情绪，继续等待。

头一伙人走近了，没有他。

第二伙人也走近了，也没有他。

第三伙人又走近了，还是没有他！

姑娘并不着急，晚就晚几分钟吧。她拿出手机，借着机面的反光照照自己，理一理那缕在微风中舞蹈的头发。男朋友一出来，就让他见到最漂亮的自己。

眼见大门里空空的，没人了。姑娘抬腕看看手表，天哪，已经12点半了！

说好的11点整在厂大门口见的，怎么这么不守时？

姑娘赶紧打电话。手机关机。

姑娘当即花容失色，细眉倒立，额间拧成个"川"字，漂亮脸蛋成了毕加索笔下的"抽象画"……

"耍我呢！"

姑娘扭身就走。

这工夫，手机响了。

"宝贝，实在对不起……"

"少叫我宝贝，宝贝不是你叫的，我叫王媛媛！"姑娘觉得不够劲，又加上一句，"要真拿我当宝贝，能这样耍我？"

小伙知道"闯祸"了，三句两句也说不明白，干脆来个"有劲的"："亲爱的王媛媛，我、我受伤了……"

"什么？李凯你受伤了？你、你你伤哪儿了？伤什么样？"

李凯告诉我，如果当时不撒个谎，王媛媛不会理他的。

虽然没有受伤，李凯讲述的工作场面，还是吓得王媛媛不轻。

四联合运行部制氢装置"90后"副班长李凯，盯在现场，处理直径700毫米粗的管线。要将管线的一头堵上，另一头放进气。带压的气猛地冲过来，堵死的这面会突然爆破。就是用这种方式排除管线里的残渣。这工作有一定的危险性，要用小阀门排气，用大阀门控制"火候"。该爆时爆，不该爆不爆。

只有施工队撤离后，才能爆破。

姑娘没有再计较男友失约，反而急得眼窝潮润。李凯这才向她解释了"绝对安全"，又解释了进厂后就关手机的制度规定，"不差一两天"，提议明天再去买首饰，王媛媛依了他。

第二天，李凯十分为难地告诉王媛媛，千万吨工期太紧，明天吧。

第三天，李凯又和她商量："明天一定去，你放心，我再也不说第四个'明天'。"

9月9号，王媛媛又来厂大门口等李凯，利用中午时间去买首饰。原定的11点半在厂门口见面，李凯12点半才急慌慌地跑出来。王媛媛知道他忙，已经不再介意。见李凯穿件油乎乎的衣服，手里拿着对讲机。姑娘又气又心疼，顾不了埋怨，到商场后，赶紧给李凯买个汉堡。李凯狼吞虎咽地吃完汉堡，他们来到首饰柜台前。

王媛媛这次要把戒指、项链和耳环一次买齐了，在金光闪闪的首饰前再三犹豫，看看这个，再看看那个。李凯已经有些焦急，频频看着时间，他必须在下午两点前赶回工厂。

王媛媛指指眼前的几款项链问李凯："哪个好看？"

"你看好就行。"李凯说。

"人家不是拿不定主意，才问你嘛。"

"我两点之前，"李凯抬腕看看手表，"必须赶回工厂。"

王媛媛再也没问李凯，自己在柜台边挑首饰边流泪。

李凯心软了。结婚是大事，买首饰也是女孩子最看重的事，可是自己是副班长，工作上实在离不开啊。趁服务员转身的工夫，李凯走近王媛媛，向姑娘说小话、道歉，王媛媛通情达理地看看表："放心吧，我不会让你迟到的。"

生命没那么多来日方长，请别在负能量里浪费青春。

李凯向我讲述道：恋爱期的男女是很敏感的，对方一句不经意的话，一个眼神，一个微笑，可能都会作为她判断你爱不爱她的一个标准。我和我媳妇刚接触的时候，公司还不太忙。日常休息时间也是喝个咖啡，看一场关于爱情的电影，共进烛光晚餐。微信，电话几乎"秒回"，说不上谁追谁，可能是因为爱情的缘故，彼此吸引吧。随着关系的进一步深入，我们确立了男女朋友关系，我们公司的千万吨也进入了开工准备阶段。开工前的准备工作是很忙碌和繁琐的，作为一名年轻的基层班组长，上班期间我需要心无旁骛地和我的小伙伴们做好每一项工作。这时候问题就来了，一忙起来就是三四个小时不停歇，没时间拿出手机看她给我发的关心、问候的甜蜜信息，以前能做到的"秒回"，逐渐变为"半天回"，最后竟变成"一天回"。

现摘录一段这对恋人的微信聊天记录：

早上 6：40，早上好，亲爱的丫头（我平时喊她丫头，她喊我哥哥），起床啦，起床啦，小懒虫，美好的一天从早起开始哦，记得吃早餐（我们一直有早起问好，睡前说晚安的生活小仪式）。

7：30，早上好，哥哥，我也起床了，准备洗漱刷牙上班呢，你也要吃早餐哦，天热记得多喝水（开工准备期间正值华北最热的天气）。

（我正骑车上班，没回她，寻思一会儿公司吃早饭的时候回，结果吃饭时碰一同事说着工作上的事给忘了）

8：40，哥哥，你看我办公室养的花花又开出一朵来。（随后 N 张美丽的照片发过来）

8：45，哥哥，你看花花好看不？（我感到手机有信息的振动，那时刚分配完工作，准备着手去干）

9：00，哥哥，你忙着啥呢？（那时我正和施工方沟通工作）

9：40，哥哥，你觉得花不好看，我不好看？

（准备回信息的时候，突然接到指令要去现场处理紧急情况，跟加油站一样）

11：30，当我和我的兄弟们衣服脏脏的，脸花花的，忙完回到外操室时，拿起手机一看：30 条信息，4 个电话，两条短信："李大凯，你干啥呢，你回我个信息。李大凯，你最近也不主动找我了（去现场不能接打手机，寻思忙完回来给她回电话的）。

李大凯，上次你就两小时 15 分才回我信息，今天……李凯，是不是我不主动找你，你就不会主动找我啊。李凯，我给你打电话你咋不接呢？李凯，我给你发短信你都不回，过分了啊！李凯，你最近陪我的时间越来越少了，你是不是烦我了。

李凯，咱关系没确定的时候，你很在乎我的，现在我打电话你都不接，你……

李凯，你不理我啊，那以后就都别理了。

完了，我一看最后一条信息，是 11 点发的，在粗糙的男人这儿，手机放在外操室固定地方没第一时间回，在恋爱期心思细腻、敏感的女人这儿已不知演绎了多少情节……

我打过去两个电话没接后，3 分钟后第三个电话终于拨通，那边梨花带雨一阵哭啊，我赶紧解释说我忙，她立马火了：你忙，你忙，我就不忙，你忙那你就别谈恋爱了么，谈什么恋爱。等她把情绪发泄出来后，我给她说：

你知道咱们石化工人去现场是不能带手机的，那时刚好有个紧急情况需要处理，所以没有第一时间回你信息。但是你要确信一点，哥哥是爱丫头的，是很在乎丫头的，一直都是，从未变过。其实丫头的信息，等哥哥有空了，每一条都会用心去看，用心去回复的，哥哥向丫头保证。还有你知道哥哥是特别专一的人，对工作也是，工作起来就必须心无旁骛，这不和爱你一样么，爱你就只爱你一个，其他的没心思也没精力，忙不过来。

哄了半天，她才勉强嘟着嘴说：你就哄我吧，有本事你就哄我一辈子。

晚上下班后一顿大餐，吃货丫头才算开心了，一场风波得以平息。

饭桌上，我又进一步发动了"煽情攻势"，特意把前天的工作日志给她看：

6：40，准时起床，洗漱、刷牙、穿工服乘通勤车去上班。在车上也不能闲着，我得想想今天工作大致有哪些，督促大家做班前检查，安排巡检排班表，几点应该安排谁去采样，今天操作的主要关键点在哪里？今天哪位同志身体不舒服应该怎样去照顾一下，如果有突发状况我应该怎样去处理……像放电影一样，把一天的工作推演一下，我才放心。

7：30，到公司餐厅吃个早饭，如果遇见同事或领导交流一下最近的工作，谈谈心，或许这是一天难得的十几分钟放松吧。

8：00，准时到岗位，进行班前检查和交接班，和上个班的同事交接一下生产情况，我习惯拿个小本记下领导今天关于生产的具体安排，最后根据实际情况安排职责不同的同事去干不同的工作。

8：20，交接班会结束，一天的忙碌正式开始。内操人员进控制中心进行 DCS 生产操作，巡检人员去现场检查动、静设备的运行情况。采样人员去各采样点采生产实际的样本，送到化验人员手里进行化验，真实监控原料、副产品、产品的各项数据。这时我会带着我的外操同事们，拿着对讲机，F 扳手按照操作规程及变动，对一些生产流程进行改动，当然，有熟练的老同志，也有新同志，我们在交流如何干得更省力，更有利于生产的同时教会新同事一些安全生产技能，这也是我们石油人的"传帮带"精神的一种体现。

10：00，有时候改流程，一个人拿一个小 F 扳手就可以搞定，如果遇见 DN600 或者 DN900 的大阀门，就得两三个精壮的小伙使用大 F 扳手才能掰动，今年大开工时期正值北方最热的时候，一个阀门开下来，工服全部湿透，满脸是汗也只是分分钟的事，一般情况下，改一套完整的流程这样的阀门少说也有五六个，于是我们一上午喝三四瓶水，湿一身工服，也就再正常不过了。

11：00，我和大家一起轮换赶紧去食堂扒拉两口饭菜，因为装置开工生产离不开人。大家随身都带着对讲机，如果需要紧急情况随时放下手中的筷子奔向现场也是常有的事。

…………

21：00，总结和交接。

丫头感动得热泪盈盈，浓浓的爱从清澈的泪滴里闪射出来，晶莹而洁净，她一下扑在我怀里……

青春多么美好！可青春又是打开了就合不上的书，踏上就回不了头的路。2018 年 10 月 3 号晚 8 点多，我收到李凯的微信：

　　刘老师，晚上好，说好给您发素材的，一直以来工作的事、结婚前准备的各种事、种种种种，才给您发素材，抱歉。应该再有 40 分钟，我们就可以下天津到任丘的火车了，这次出行不是十一国庆旅行，（我对象她十一正常休假，我明天去上班）也不是去度蜜月之类，这次是请了两天假去天津拍婚纱照。恋爱期间那时我们还没有这么忙，那时答应她拍婚纱照一定十一国庆去三亚，气候刚刚好，也能顺带去旅旅游的，攻略都做好了，去哪儿玩、吃啥、拍什么样风格的婚纱照。毕竟在最美的年纪、最美丽的地方，美美地穿上婚纱是每个女孩子的梦想。可是后来恰逢我们公司千万吨开工，我所在的装置几乎从周一上到周五，从早 8 点经常上到晚 9 点，忙到飞起的那种，我只能给她做各种思想工作，后来她噘起嘴不情愿地说：哥哥，知道你工作忙，既然决定嫁给一个石油工人了，就知道会舍弃一些东西，咱就近上天津拍婚纱照吧。

　　也就在我们所在制氢装置开工平稳一两天后，我请了两天假。10 月 3 日上午（我上完 10 月 2 号晚上 21：00 到第二天早上 8：00 的夜班后），回家简单洗漱来不及休息，9：00 我们就踏上了去天津拍婚纱照的旅程。

　　去的路上以及拍摄前期，一切都还顺利，可是拍到一半，我口袋里的手机响了，一看是公司电话，我们停下拍摄，我回复了一下电话。继续拍摄，过了十几分钟，公司同事又打来电话，拍摄又不得不中断一下，她脸上出现了不悦的表情。回复之后拍摄继续。眼看拍摄即将结束，正当我在庆幸没有电话打进来的时候，手机铃声响起，我一脸无奈地拿起电话，我看到她眼里含着泪花……

　　坚持到拍完婚纱照从影棚出来后，我女朋友彻底爆发，边哭边说："哪有你这样的，拍着婚纱照三番五次接工作上的电话，人家摄影师都不乐意了，你没看到吗？你不是请假了吗？女孩子一辈子就拍一次婚纱，你还各种忙忙忙，平时你忙我能理解，难道结婚典礼那天你也打断主持人去处理你工作上的事？"

哭得那叫一个伤心啊，我们石油工人能有什么办法？我们的工作就要求我们一天 24 小时待机，随时待命。其实，像我们这样守护共和国能源安全的石油工人不止我一个，还有千千万万个，谈不上什么舍小家顾大家，至少万家灯火、举国同庆团聚的日子里，我和我的弟兄、师傅们仍在坚守。如果说牺牲最大的，取舍最大的，那一定是千千万万个站在我们身后一直支持和理解我们的家人、亲戚和朋友。对他们的照顾不周，我们只能把愧疚深深地藏在心里。明天早上 7 点 10 分，我也只能是轻轻走到她的床边，给熟睡的她一个轻轻的吻，然后走上工作岗位，宝贝，对不起，不能陪你过这个十一国庆节了……

人生没有彩排，每一天都是现场直播。

工作忙碌，少有闲暇。但对"90 后"青年工人李凯来说，累并快乐着。喜逢第六届中国石油艺术节，李凯豪迈地创作一首诗：

### 石油情

小时候，我最怕黑了，
每当夜幕降临的时候，
我总是拼命地蜷缩在母亲的身旁。
母亲轻轻地拍着我的头说：
"孩子，你得学会成长！"
于是母亲满脸柔情地点起一盏煤油灯，
瞬间，屋子里暖暖的都是光，
我轻轻地问母亲：
"那是什么？"
母亲告诉我：
"那是老天爷的恩赐，
那是石油！"
从那时起，
你，不仅驱走了我内心的恐惧，
还照亮了我的梦……

长大后，我又陷入了迷茫，
面对城市的灯红酒绿，
我怕它把我拽入灭亡。
多少次噩梦醒来，
我又想起了那如豆的橘光。
于是我跟着你的身影，
追寻你——石油人
走过的每一段历程。
走进你，我才发现，
你的孩子们一个个
都是那么可爱，
都是那么坚强……
山高路滑，大型机械上不去，
你喊着号子，
人拉肩扛，
硬生生把这些老伙计一个个搬上山。
突遇井喷，情况危急，
没有搅拌机，
你敢第一个跳下水，
带着同志们以身去把那泥浆化。
茫茫戈壁，满眼都是黄沙，
可你比那胡杨林还能把根扎，
还说那洗过脸的泥水
能让油城里的沙中开出花。
炼塔高耸，管线纵横，
人们还沉睡在梦乡的时候，
巡检路上的你却迎来了
清晨那第一缕朝霞。
海外基地，异国他乡，
清冷的月光下，
听着家那边女儿的吱吱呀呀，

你也会悄悄地说一句：
其实爸爸也想你啦……

是的，
是你点燃了我内心的希望，
让我不再孤单彷徨。
是的，
是你指引了我奋斗的方向，
让我开始了梦的起航。
回想当年我也曾读书破万卷，
我也曾下笔若有神，
而今岂能夸夸其谈，
纸上谈兵，
浪费了青春，
辜负了大好年华？
于是我在铁人广场上宣誓，
石油在哪儿，
家就在哪儿！
心甘情愿，
扎根一线，
任它再苦再累，
干劲也不会减。
于是我在宝石花下奔忙，
挥洒青春，
忠诚奉献，
埋头苦干，
誓要再创那美好新天。
有人问，
苦吗？累吗？值得吗？
我会笑着告诉他，
其实共和国辉煌的明天，

也有我们一点小小贡献。


或许，有一天，当我老了，
孩子们缠着我
要听你的故事，
我会缓缓摘下老花镜，
整理一下飘飞的思绪，
娓娓道来你的传奇，
从大庆，
到华北，
从玉门，
到克拉玛依，
从伊朗，
到苏丹，
再到委内瑞拉……
大江南北，
塞北江南，
戈壁荒漠，
五洲四海。
无处不是你的壮美，
无处不是你的绚丽！


看着他们一脸的向往，
我会欣慰地望着远方……


## 64. 顾望：中秋团圆时


月亮像一面黄铜大锣，等着谁去敲。
2018 年 9 月 24 日，又是中秋，万家盼团圆。
远在外地的亲人，借中秋小长假急着与亲人相聚，从昨天开始，中国各地的航线、铁路、公路格外繁忙，到处人来人往，已经一票难求。

许多重情的游子，从地球"背面"的美国，从西半球欧洲，从中部澳洲，从新西兰、马尔代夫，从新加坡和菲律宾岛国，飞回大中国，飞向亲人……

数亿人归心似箭，以近乎心率过速的激动，踏上归程；数亿双瞳孔紧盯电脑屏幕，为抢到一张票而兴奋不已；数亿人买不上"第一选择的票"，便改道、绕道返乡，甚至组成了浩浩荡荡的"摩托车队"……

夜幕降临，祖国处处万家团圆，人们以各自不同的方式，尽情地享受美好生活，举杯邀明月，缱绻约恋人。

晚上7点半，在东北沈阳，我和妻子、儿子和儿媳，在自家大厅摆上一桌暗香袭人的精美菜肴，备好精制月饼，打开葡萄酒，准备开席。一切就绪，在选择喝什么葡萄酒时我们出现分歧，好几只手在酒柜里挑来挑去，最终敲定了三个品牌酒：一样喝一点儿。因为，这三瓶酒国别、厂家和味道各有千秋，哪个都想喝。

头几杯酒喝得高潮迭起，庆国家兴盛，庆家庭团圆，庆各自的职业新功，再往下喝，激情、豪迈和酒力持续上扬，我儿子提议换大杯，我妻子提议猜火柴棍喝酒（一种喝酒的游戏方式，一人手握火柴棍让同席的人猜握了几根，猜错了不喝，猜对的喝），我儿媳提议讲笑话，谁笑了谁喝，都不笑讲的人喝。

三个人三个提议，让我拍板，我正犹豫呢，晚8点整，电视屏幕火爆热烈的场面炫目而来——

中央电视台正现场直播中秋晚会，"先看电视吧，"我指着屏幕说，"今年和往年不同，这个中秋晚会有国内国外三个分会场，演员阵容超级强大……"

在大学学习声乐专业的儿媳立刻响应："对对对，一个分场在山东曲阜，一个在马来西亚吉隆坡，另一个在澳大利亚悉尼。"说着，她拿过遥控器调高了音量，大荧屏立刻吸引了我们，在蓝色和绿色灿烂光调为主的炫目舞台背景下，青年歌手喻越越和汤非出场，悠扬地唱起《踏月而来》……

在同一个时刻，中国任丘华北石化公司的当班工人们正在各自的岗位上忙碌，突然，四联合运行部3号柴油加氢装置正进行开工硫化时出现异常，地面一块碗口大小的油，立刻引起正在现场巡检的当班班长高中志的警觉。

高中志停下来，细心在现场观察。几分钟后，从空冷平台又滴下油滴。

高中志紧锁眉宇，心跳扑扑扑加快，眼睛像扫描仪一样四处观察，怀疑高压空冷构架处可能有漏点。事不宜迟，高中志的鞋底敲得铁板旋转楼梯砰砰砰响，火速奔向 15 米高的高压空冷构架。大约走到距离高压空冷 10 米左右的时候，他随身佩戴的硫化氢报警仪就"嘀嘀"响，急促地闪烁红灯报警。

报警闪烁一下绷紧了高中志的神经：由于硫化氢具有高毒性，可瞬间致人死亡。高中志立即用对讲机告知装置内操：高压空冷下方构架发现漏油、现场硫化氢报警，初步判断为空冷泄漏。立即向运行部汇报。

接到高中志的通知，内操齐薇薇立即打电话联系运行部副主任顾望："顾主任，刚才高中志巡检发现高压空冷下方漏油，有硫化氢报警，他判断空冷泄漏。"

顾望："现在系统压力多少？"

齐薇薇回答："7.8MPa。"

顾望："通过排放氢降低系统压力，先向 6.0MPa 撤压，我立即去现场确认。通知外操，2 人佩戴正压式空气呼吸器、戴硫化氢报警仪到装置界区等我。通知高中志，疏散现场其余人员，装置各路口、通道暂时封闭。"

齐薇薇回答："收到！"

顾望预感事态严重，必须以最快的速度迅速把所有可能的安全隐患在脑袋里"过一遍电影"，必须杜绝事态扩大，避免引起爆炸事故……

顾望边冲出屋子边用对讲机指挥，推出自行车猛地翻身跃上，箭一样射了出去！

顾望的反应神速，缘于平素"大运动量"的工作训练。在紧张的千万吨建设工地，顾望奉献了所有的休息日，起早贪黑战斗在工地——

**场景 1：中油一建施工现场。**

2017 年 10 月 21 日 15：00。

中油一建王工：反应器尺寸量好了，请核实。

顾望：好的，用什么量的？

中油一建王工：皮尺。

顾望：皮尺不行，拉得紧或松，会带来测量误差。

中油一建王工：钢尺只有 20 米的，这个 50 米左右，只有皮尺。

顾望：那样不行，测量不准，会导致后面催化剂装填密度计算误差增大。需要更换测量工具。

**场景 2：加氢裂化装置反应器。**

2018 年 10 月 22 日 14：30。

加氢裂化装置长赵恒凤发现问题后汇报：

赵恒凤：顾主任，加氢裂化 R101B 出口卸料口支撑板缺失，挡板无法安装了。

顾望：什么时候发现的？给我发个照片看看。

赵恒凤：好的，马上发。

顾望：从照片看，3 个支撑板脱落 2 个，已经不能满足支撑要求，需要立即修补，要不影响装填催化剂的工作了。

赵恒凤：是的，不过这个反应器可怎么处理呀！

顾望：没问题，你先安排设备技术员查下设计图纸，核实材质，我记得应该是不锈钢的。

赵恒凤：好的，我这就去查，尽快给您答复。

与总承包商采购经理崔华，联系落实处理。

顾望：崔经理，现场发现加氢裂化反应器卸料口支撑板缺失，导致卸料口挡板无法安装。

寰球总包——崔华：能否提供具体情况？

顾望：我给你发图片，是 3 个支撑板中的 2 个脱落，属于设备制造缺陷。

崔华：是制造缺陷，我通知厂家来处理。

顾望：厂家在大连，赶过来最快也要明天了，我这催化剂装填可等不起呀。

崔华：那我也只能催厂家尽快了。

顾望：我正在让装置的技术人员查找图纸，核实材料，请你以最快时间与厂家技术人员取得联系，与他们落实材料与焊接技术要求，我想在现场处理，现场等着装填催化剂，时间等不起。

崔华：好的，等会儿给你消息。

同一时刻——

赵恒凤：顾主任，查了图纸，是不锈钢的，图纸截图发给你。

顾望：好的，考虑现场直接处理，通知一公司施工经理，准备开个现场会，讨论一下处理办法。

30 分钟后——

崔华：顾主任，反应器厂家答复意见，材料是不锈钢的，使用小电流焊接操作，同意现场进行修补处理。

顾望：好的，15 分钟后，请到反应器装置处，现场讨论确定处理方案。

崔华：好的。

5 分钟，中油一建施工经理王鹏程——

王鹏程：顾主任，要现场处理反应器卸料口？

顾望：是的，刚才已经核实了图纸，并与厂家技术人员核实了。由于催化剂装填工作不能拖延，需要你们配合进行现场修补处理。

王鹏程：好的，我们怎么处理？

顾望：10 分钟后，现场开会确定。我建议按照常规不锈钢小电流焊接。请你安排焊接专业工程师和施工队长参加。方案一经确定，立即实施。

王鹏程：好的，我这就带人过去。

10 分钟后，现场开会确定了处理方案。由中油一建负责。

15：30，处理完成。

16：00 开始催化剂装填。从发现问题到确定方案，到处理完成，一共用了一个半小时。没有对催化剂装填造成影响。


**场景 3：渣油加氢焊接施工现场**

2017 年 10 月 25 日，10：10。

总包管道安装工程师——李德华：顾主任，现在有空吗？

顾望：有什么事？

李德华：现场遇到点问题，你有空来看看吧！

顾望：这边手上还有点事，能说说什么问题？

李德华：渣油加氢装置进料温度控制阀是个高压三通阀，设计图纸和制造厂家的示意图不一致，不知道哪个正确。

顾望：这个阀门很关键，且有正反方向，不能装错了。

李德华：是呀！设计图纸上没有明确要求，但制造厂家资料上有要求，我们不太确定。

顾望：好的，你能把设计图纸、厂家资料给我发一下吗？

李德华：好的，我把资料发你微信。

15 分钟后——

顾望：李工，设计图纸和厂家的资料，我粗略看了一下，应该不冲突，是一致的。

李德华：我看了两遍，觉得两个出口的方向不对。

顾望：我看了，水平方向是 1 个进口、1 个出口，底部是出口。

李德华：是呀，但现场我觉得不对。

顾望：你认为现场错了？

李德华：是的。

顾望：你有现场布置的照片吗？

李德华：我现在在现场。我给你发一下现场的照片。

顾望：好的。

顾望：从照片看，应该是水平进、水平出。和设计图纸是一致的。

李德华：我再给你发张照片，这个是阀体上的标识，是厂家提供的。

顾望：看这个标识，感觉是 2 进 1 出了！！！

顾望：看着图纸不能解决问题了，我等会儿去现场找你。

30 分钟后——

顾望到现场，经现场上下游流程确认、阀门内流道的检查，最终确认：发现现场阀门标识错误。将检查情况与制造厂家核实，确认为标识错误。因检查确认及时，避免了厂家确认等待的时间，保证了施工进度。

我之所以列举如上 3 个小场景，是想告诉亲爱的读者朋友，危急时刻，清秀年轻的"80 后顾问"顾望果断决策，果断指挥，果断处置故障，源于他平素扎实的理论学习和实战训练。

2018 年 20 点 05 分，中秋晚会高潮迭起，舞台背景和天棚上灯光不断闪烁，似乎进入魔幻境界，悠扬的音乐此伏彼起——

在同一个时刻，在澳大利亚悉尼现场，主持人王端端、苏毅正激情地播报节目，屏幕上出现似扇贝壳像荷朵的悉尼歌剧院；

在同一个时刻，在中国山东曲阜现场，主持人任鲁豫、孟盛楠、鲁健、陈明刚一出场，台下便尖叫连连，绿色的荧耀棒营造了"倒扣的夜空"……

在同一个时刻，在马来西亚吉隆坡现场，阿牛的一首《用马来西亚的天气说爱你》点燃了整个现场，观众们呼喊、尖叫、用手臂森林起舞……

在同一个时刻，在中国辽宁沈阳，我和家人们的欢乐也进入高潮，我儿子提出玩背古诗游戏，每个人说一句诗，诗中必有"月"字。一人背诵，另三人裁判，瞪着眼睛盼出错，一出错，便能罚酒。每一次背得慢或背错，都会爆发一阵欢快的笑声……

在同一个时刻，在中国河北华北石化公司厂区，顾望骑"飞车"赶到四联合运行部 3 号柴油加氢装置现场，顾望呼呼喘着粗气——

顾望：高师傅，人员疏散了没？

高师傅：已经全部疏散，正压式空气呼吸器到了。

顾望：好的，你和袁秀川佩戴空气呼吸器到空冷平台进行漏点确认。记住，安全第一。确认泄漏设备后立即撤离。

高师傅：好的。

高师傅向身边的年轻人招招手：小袁，咱俩上。

潜下心来，不骄不躁，把每一件手头的事做到完美，你会有不一样的收获。

现在，我们见缝插针，介绍一下顾望。

看上去，顾望像个文人气十足的书生，帅气而清秀。清秀的眼睛，清秀的鼻子，清秀的眉毛，连个头和不胖不瘦的身材也是清秀的。上苍设计他似乎为了从事艺术，可能是画家，可能是音乐家，至少，也是从事演艺的人才。偏偏，他整天跟庞大威猛的装置和粗大曲折的管线打交道。现在，他像一个高手驯兽师，不用大棒威胁，无须怒目嘶吼，只要轻轻地在电脑上调整几个数字，这群庞然大物就低眉顺眼、服服帖帖的。

在繁忙的千万吨建设现场，顾望像一根指北针，又似风向标，人们亲切称这位"80 后"为"顾问"。施工现场有什么解不开的疙瘩，只要找到顾望问一下，疙瘩就解开了。清秀的顾望，仿佛每条笑纹，每个动作，都藏着什么技术密码，都有医服机器毛病的药方。只要顾望在现场，人们就有了主心骨。

一群人围住某装置，板紧面孔，有的歪头沉思，有的把两道眉头揪得很紧。他们被一个貌似简单实则难缠的问题"憋住"，如同误入迷宫东一头西一撞，找不到出口。

有人拨通一串手机号，顾望的声音从遥远的地方传导而来，问话者表情由紧绷而放松、舒展，突然眉开眼笑，面孔如皱抹布瞬间熨平，"啪"地拍一下大腿，用一连串的"好"字结尾，再一上手，如同抓紧了猛兽的穿鼻绳，轻轻一提，"猛兽"便俯首称臣……

多少个醉卧深梦的半夜，顾望突然被一阵急促的电话铃声惊醒，他甚至连灯都不开、眼也不睁，顺手抓过电话，让"解扣"的声音传到现场，嘱咐同事们"依计而行"，咔嚓，打开一把锈锁，咔嚓，又打开一把锈锁……

顾望特别重视抓队伍、培养后备人才：韩博，现为 3# 柴油加氢工艺助理工程师，2014 年从一联合常减压装置室外操作员调入四联合运行部，从未接触过高压加氢装置。2017 年顾望带队去云南实习，要求韩博每天都进装置现场，把实习装置当作自己的装置去学习、熟悉。每周交学习体会，每周现场考评，并组织他给操作员讲体会，通过这种方式督促他养成"总结"习惯。2017 年年底，韩博竞聘上"助理工程师"岗位。

赵恒凤，现为 290 万吨 / 年加氢裂化装置装置长，2011 年开始担任加氢裂化装置技术员，工作中要求他们提高标准，比如装置 DCS 参数变化，对他们提出要首先"从不变中看出变"，这是技术人员的基本功，也就是要及时发现 DCS 参数的异常；技术人员的高标准是要求"从变中看出不变"，如加氢裂化装置反应平均温度是随着装置运行时间的延长不断变化的，但这种变化的趋势或速度应该是不变的，这就要技术人员潜心研究这些数据的变化。通过这些细化的要求，培养技术人员发现问题、分析问题的能力。

顾望素以反应快、精通技术、决策果断著称，只要有他在，施工人员心里就踏实了。

但是，遇到突发事件，心里再有底，脑袋里也会急速刮起智慧风暴，思考周密，确保将每个技术方面和技术指标都牢牢地攥在手心。

在中国山东曲阜分会场，唐嫣正动情地演唱《好久不见》。

在澳大利亚悉尼分会场，一首中国歌曲正以别样的风格激情演绎，一位美国黑人女歌手连蹦带跳、用中文演唱……

在马来西亚吉隆坡分会场，一群姑娘小伙子正跳着狂欢舞蹈，忽而聚拢，若一大群野马狂奔，势不可当；忽而分散开，仿佛一座座燃烧的柴垛……

在中国东北沈阳和平区的某栋楼房里，我们一家四口打开精装月饼，边品饼边讲"带月亮的笑话"，吭吭哧哧不流利的笑话，或是没有"月亮"二字的笑话会突然引爆现场，一只手"闪电"般抓过酒瓶，瓶嘴朝下，咕咚咚咚"罚酒"……

在中国华北石化公司四联合 3# 柴油加氢装置事故现场，一组组巨大的装置向天而立，受光面被月光涂亮，暗部则黑影重重，仿佛每个空隙间都暗藏了杀手。多数人撤离了，时刻准备冲锋陷阵的所有人都表情严肃，若战壕里的战士敛息静气、发条一样拧足了劲，全神贯注地等待冲锋号响起，随时准备一跃而起！

刚刚骑车到来的顾望呼呼喘着粗气，迅速拨通了运行部主任刘骅的电话。

顾望：刘主任，3# 柴油加氢高压空冷下方发现油滴，可能是空冷有漏点，我已到现场，正在组织漏点确认，后续情况再汇报。

刘骅：好的，注意安全，随时通报情况。

5分钟后，一阵急促的脚踏铁板阶梯敲击声像疯狂的架子鼓，像天上轰隆隆的滚雷，由上至下，由远而近，高中志和袁秀川从平台回来。

高中志呼呼喘着粗气：顾主任，油是从高压空冷西侧管线处滴下来的，空冷平台油比较多，在平台上硫化氢报警仪都显示80ppm。

顾望：那就可以确认是高压空冷漏了，需要紧急停工。高师傅，你先安排对装置进行警戒封闭，严禁非生产人员进入装置，避免人员硫化氢中毒。泄漏空冷处接蒸汽皮带掩护，避免着火。

顾望：小齐，汇报调度，3#柴油加氢装置高压空冷泄漏，装置紧急停工。

齐薇薇：收到。

顾望：立即启动0.7MPa/min紧急泄压。汇报运行部刘主任，汇报调度，请消防队现场待命，应急着火事故，泄漏介质氢气＋硫化氢＋油。

齐薇薇：收到，0.7MPa/min紧急泄压已经启动。

消防车开了出来，把一切应急设备装上，消防队员登上消防车各就各位，一阵急促的马达声响起，尖厉的警笛声旋即撕裂宁静的夜空……

在3#柴油加氢装置高高的空冷平台上，一道"伤口"正与月亮对望。月亮把银色的清辉一点不少地分配过来，那道"伤口"却打着自己的坏主意。大家都很清楚，如果这道"伤口"不在十多分钟的短时间内"快速愈合"，储罐和管道里顺畅流通的液体，就会变成巨大的爆炸源……

高师傅和袁秀川回来报告，泄漏为7.8MPa的氢气，极易发生闪爆事故。情况万分紧急，虽然确认了泄漏部位，由于高压空冷系统没有阀门，无法切除，需要整个装置反应系统进行撤压。

顾望立刻通知装置启动应急处理预案！

中央控制室远程打开装置紧急泄压阀，装置人员接到指令立即行动，如分头行动的尖刀班战士，有的横向穿插，有的纵向驰骋，有的竖向切进，迅速停运新氢机、进料泵、注硫泵，关闭设备出口的6个阀。加热炉即刻熄火，关闭全部12台燃烧器瓦斯阀门。

20点30分，系统压力撤至3.0MPa，现场漏点已经被控制，高高塔架上空冷平台上的"伤口"乖乖愈合。一场一触即发的险情被彻底征服。

在中国山东曲阜分会场，主持人在"夸圆月"……

在澳大利亚悉尼分会场，一群多种肤色的人在跳"圆月舞"……

在马来西亚吉隆坡分会场，背景幕打出"圆月图"……

在中国东北沈阳，我和家人一人手举一块"圆月大月饼"，伸长拉杆拍全家福……

在中国华北石化，大煎饼似的圆月高高挂在火炬塔上，油汪汪的，像母亲慈爱的面庞。似乎她也被刚才惊心动魄的抢险情景感动，要给这些来不及享受月饼的"孩子们"吃小灶，给每个金属装置头上都戴一朵小月亮。

若把每道月光都比作琴弦，都在弹奏动听的《圆月歌》，那么，数这里的琴弦多，曲乐最嘹亮，因为——

天上挂个大月亮，装置上挂着无数个小月亮。

## 65. "武士"王金伟

奋斗的青春像一首令人陶醉的长诗。

王金伟像个武士，黑脸膛，黑浓眉，厚嘴唇，壮若铁塔。头一次见他，我曾有过这样的"闪念"，如果碰上歹徒，他能以一当十。或者，歹徒见了他，撒腿就跑。采访后我才如梦初醒，"以貌取人"要不得，这位貌似壮汉的"85后"，是个地地道道的"书生"。这位表面粗壮的"大树干"，内里有很多"孔隙"。高血压、脂肪肝、胃肠疾病长年不好……

到现场一看，我惊骇起来，跟他指挥的汽油吸附脱硫装置比起来，"武士"王金伟的身材规模，充其量算个小号螺丝钉。这套"巨无霸"装置占地南北长85米，东西宽45米，昂首的头颅高达70多米！

这样一比较，我发现，王金伟站在"巨无霸"跟前，或者穿行在巨无霸之间，形容他小若一根毫毛也不为过。

问题的核心在于：这根小小的毫毛却是这套装置的统帅，他要挥斥方遒，指挥这个巨无霸，让它俯首帖耳，让它乖乖听话，让它放下身段，压低音量、勒细嗓子哼唱小曲，练出硬功跳轻柔的舞蹈，"绣花"一样细致，"引针孔"一样精准，将进口原油的硫过滤出来，温柔地"嘟起"嘴唇，吐出优质的高标号汽油来。

理由很简单，王金伟是这套装置的工程师。2013年9月，任丘秋高气爽，红叶飘飞的季节，华北石化把这位专家人才从沧州挖来，扩充技能团队。

11月8号，这套装置开了起来，王金伟的快乐心情始终沉浸在"红叶如火"的灿烂里，技术施展如鱼得水，生产的清洁汽油各项指标如愿以偿，即便在严寒的冬季，他仍收获了春天的温暖与蒸蒸日上的力量。

这套巨无霸装置，如驯服的良驹，只要一声令下，它就扬开四蹄奔向疆场，所向披靡，不胜不归。

突然，这家伙耍起脾气来，怎么调教都不玩活，指东向西，打北跑南。王金伟带领他的团队合力"驯服"仍不见效，巨无霸跟他们"对着干"。

咀嚼的声音像从深井里出来，遥远而阴森。

现在，事情恢复到原本，"小毫毛"（加上全班的"小毫毛"也无妨）王金伟怎么干得过长85米、宽45米、身高70多米的巨无霸？

事出有因。同样的装置，同样的工艺，同样流程，怎么就"乾坤倒转"了？问题出在"伙食"上。

"秦京线"输油管道停用。原来用的国产低硫油没了，只好用进口撒哈拉原油和俄罗斯原油。这些外国油含硫量太高，装置"吃"了很不舒服。打个比方，原来吃细粮吃惯了，现在突然吃粗粮，吃不惯。吃不惯倒在其次，关键是胃肠消化不了，不能很好地吸收——产品品质不合格，汽油含硫量远远超过设计指标。这就意味着，产品油指标达不到国家标准，不能出厂！

我不知道炼化厂到底有多少机器设备，到底有多少道工艺流程，我却知道，所有的投入和流程只为一件事，生产出合格的成品油来。现在，产品质次出不了厂了！

不可更改的已知条件是：今后，就用这套装置（这么大一套新安装的昂贵设备不可能重买另换），原油只能用进口高硫油，却要生产出高品质汽油来！

每件事都是月亮，总有一个阴暗面，从来不让人看见。

王金伟当即调整氢油比，调整吸附剂循环量强力脱硫，产品果然合格了！大家高兴啊，原来调整比例数值也能牵住"巨无霸"的鼻子！

飘荡的笑声尚未在车间回落，刚才还光芒万道的霞光变成黑乎乎的阴云：吸附剂脱硫只是短暂的一瞬，时间稍长吸附失灵，产品又不合格了！

逆水行舟，不进则退。

王金伟和伙伴们万般焦急，只有添加新的吸附剂，才能恢复正常。可1吨吸附剂25.8万元，一年要用150吨，仅此一项费用就要3000多万元！还有另一个非常棘手的要命问题，因为设备脱硫负荷低，实际脱硫负荷高，再生温度和还原器温度超温，造成吸附剂大量失活，不起作用了！救场如救火，王金伟只能再加新的吸附剂，又调整参数。效果不稳定，时好时坏已经够受了，失活又结块，管线发生了堵塞！

拆开了清理，造成操作更加不稳，问题一波又一波，若奔腾的巨浪排山倒海般压来，严重威胁着产品质量！

不要踩着别人的脚印找自己的路。

我在前边介绍过，塔高70多米。大范围检测症结，85米×40米的范围足够大，一个班不知道要跑多少趟。王金伟顾不上累，不仅要跑地面，还要呼呼喘着上上下下，旋转铁梯咚咚咚咚响个不停……

由于脱硫负荷增加，系统内生产水量逐渐增多，再生器至再生器接收器压控阀处结焦严重，影响吸附剂循环，突发"肠梗阻"疾患。

一晚上，要安排专人目不转睛地盯住现场，发现堵塞立刻就近找阀门将堵塞物排出来，这里刚处理完，人还没歇，另一处又堵了！

一个小时一堵，半个小时一堵，十几分钟一堵，五六分钟一堵，最快频率居然两三分钟一堵！

间歇式堵塞愈演愈烈，实在顶不住了，就换一次吸附剂。王金伟暗暗阻止自己不能轻易换，再挺挺，再挺挺吧！每换一次都如同用大号针管子抽王金伟的血，血都要快抽光了，感觉自己都"闪脚"了，站不稳了，还在抽啊抽！每次要换30吨吸附剂，太贵了，王金伟心疼啊！

焦虑加负担再加过于密集频繁的体力消耗，一个班下来，人累成一摊泥，似被掏空，骨头都散架了。心更累，精神几近崩溃，心烦意乱。王金伟感觉每根神经，每条血管，每个细胞，都在失控，都在集体起义，联手进攻！"黑铁塔"快要支撑不住，已经带不动自己沉重的肉体。

但是，王金伟暗暗告诫自己：挺住！王金伟你给我挺住！不能退！你是公司挖来的专家，关键时刻你要拿出好办法来，你要顶上去！

上班，他的双脚仍然把螺旋状铁板梯敲得当当当响，水泥地锉薄了鞋底，手指磨矮了计算器键，嗓子喊哑了，白眼球拉了血丝网，寸步不离地蹲守在现场。

青春不是任性和冲动，而是敢于追梦的勇气和对生活的热爱；成熟不代表圆滑和世故，而应是历经岁月、阅遍世事后对人生的洞察和对理想的坚守。无论什么年纪，都能让心中的梦想永不凋零。你无法决定明天是晴是雨，无法决定此刻的坚持能换来什么。但你能决定今天有没有准备好雨伞，以及是否足够努力。

下班后，他一头扎进黑夜，或在应该休息的白天，将黑夜熬成白天，把白天熬成黑夜。把一摞摞的专业书翻烂了，再换别的书。把数字和公式砌成高墙，再哗啦啦推倒。让计算数字组成澎湃的河流，冲淹来犯！当激流一头扎进壶口地洞，像自己带领的大部队集体消失在百慕大三角，王金伟呼地跳起，一拳砸在桌子上！手砸疼了，哗啦啦，玻璃杯跳起来滚落，啪地摔碎！王金伟的心似乎也碎成一地碎玻璃片……

王金伟在脑海里苦苦搜索线索，能找的单位都找了，能求的专家都求了，还是原地踏步不前。这是全国首例炼制这样的高硫原油，全国任何专家都没有可以借鉴的经验，全国各地炼厂从未碰过这样的难题，最后的答案只有四个字：自己摸索。

与众不同的背后，是无比寂寞和勤奋。

这位"85后""黑铁塔"不知道从哪天起，血压高了，脂肪肝重了，胃肠功能跟眼前的装置类似，功能齿轮咬合不上，螺丝和机件都在闹情绪，硬食物消化不了，辣食物消化不了，就连软食物也消化不了……

满脑子都是装置：装置啊装置，你不能不玩活啊！你这样闹下去，厂子是要停工的！

睡觉常常突然醒过来，有人说装置又堵了、怎么也无法疏通，好几个同事扯着嗓门喊他，王金伟"呼"地坐起来，半天反应不过来。黑黑的屋子什么也看不见，却听到有人还在喊他，喊啊喊，王金伟连忙给单位打电话，装置没停，也没人打电话找他，坐着想了想，才知道自己出现了"幻听"，躺下再睡。"呼"地一下又坐起来，又有人喊他！两个王金伟打了起来，一个王金伟说这是幻听，别理他！另一个王金伟却催促他赶紧给单位打电话……

宁信其有，不信其无。王金伟又给单位打一次电话，夜班的同志刚刚排除堵塞物，王金伟心里莫名地"感动"一下，他已经跟装置"心连心"了，装置是他，他就是装置。王金伟突发奇想：装置"坏肚子"了，我也坏肚子，莫非我们已成了连体兄弟？

"连体兄弟"一点都不认亲，在王金伟和伙伴们精疲力竭的时候，循环氧压缩机突然连锁停机！进料停了，加热炉等一系列设备全部自动停机！

正在家休息的王金伟火速赶来，立刻投入战斗，技术指挥兼力工，展开一场闪电围歼战！像笼中鸟找不到出口，似子弹找不到靶标，若铁风筝飞不起来，难题成群结队劈面围攻，王金伟连续在岗位上拼了4天！超负荷运转强度太大，脉管输入在加快，肌肉群运动强度在加快，细胞们冲锋速度在加快，身体所有机能都达到峰值，"黑铁塔"大幅度透支体力，高烧40度，实在顶不住了，他才去医院输液到凌晨3点，拔了针头，又来上班！

你的注意力在哪里，成长就在哪里。踏实走好每一步，终有一天生活会垂青于你。

没有"外援"，完全靠自己的力量，又苦苦摸索了三四个月，王金伟改变了"一窝窝"密若汗毛的技术参数，降低操作反应温度、再生温度，减小吸附剂循环量，终于翻过那座遮天蔽日的困难高山，排除了结块堵塞的症结。

只要在路上，就没有达不到的地方。

困境往往是经过化妆的幸福，只有那些凭借坚定信念和纯洁心灵战胜它的人，才能得到真正的快乐。

根据王金伟摸索出来的新路，华北石化公司与设计单位沟通，共同制定了S Zorb装置原料适应性改造项目，确保装置在高硫条件下正常生产，降低装置在处理高硫汽油时的辛烷值损失和吸附剂消耗。

霾开雾散，霞晖四射。如同拔出骨头里的刺，揭去毒膏药，系在操作现场半年之久的死扣解开了，"巨无霸"收拢了张牙舞爪的侵略习性和古怪脾气，弯下腰来，乖乖听话，成了王金伟服服帖帖的"小跟班"……

追梦的路上，没有一帆风顺，也没有一蹴而就，反而会有很多枯燥甚至艰难的时刻。但或许正是那些不太舒服的时光，反而促成你想要的美好生活。熬过种种考验，你会发现，曾经梦想的一切，会一件件来到你的面前。

难度决定高度。在一次又一次翻山越岭、攻坚拔寨的战斗中，"黑铁塔"王金伟成为一颗光芒闪耀的"新星"——

节能先进个人、廉洁从业先进个人、总经理特别奖、青年岗位文明号、十佳青年等荣誉照亮了汽油吸附脱硫装置的天空，也照亮了人生航向。

当年与装置工程师王金伟一起皱眉、一起熬夜、一起筋疲力尽、一起衣带渐宽的年轻团队，在攻关克难中得到历练，成为一支特别能战斗的"小虎队"，成为年轻人争相效仿的风向标。原操作工张金亮晋升制氢岗位装置长，十多位操作工"集体晋升"，在专业技术岗位和管理岗位中"群星灿烂"。

# 尾 声

　　一个多世纪以来，在世界的能源竞争中，到处都有石油的身影。我们换个角度说，人类世界各国变化都很大，许多国家被拆散，许多国家诞生，许多国家死亡，许多国家改变了国家属性和追求目标。那些主宰世界的领袖大亨们，死了一茬又一茬，新生了一代又一代，只有石油统治地位没有变，无可替代。人类争夺和竞争能源的重头戏一直是石油，石油，石油，还是石油！

　　在人类的能源世界，只有石油才是"不倒翁"，跨越了两个世纪的高门槛，

仍居"世界老大"位置，稳坐"第一把交椅"，成为名副其实的能源领袖！

我不再讲石油"衍生"出来的故事，那将是另一部巨著。

仅就当代世界而言，石油仍是人类大戏的主角。

美国称霸世界，无耻而自私地公开强调"美国利益"，抢起大棒，以"拉一伙、打一伙"为伎俩，明火执仗与无耻阴谋结伴，"通吃"全世界，时时刻刻都在制造人类悲剧，扰乱秩序，搅得人类世界无法安宁。唯一支撑他们的强大"武器"便是石油。我在前文讲过，这便是"石油与美元绑在一起"。通过石油"拔全世界的羊毛，抽全世界的血"，"负债美国"不是没钱还，而是流氓恶棍们惯用的经济策略，有钱故意不还，"借鸡生蛋"，让世界各国用辛苦劳动赚来的血汗钱"养活美国"。垄断石油资源，左右石油市场，将石油价格忽而拉高，忽而断崖式降价，拉高与降价的唯一理由，便是"对美国有利"。经济基础决定上层建筑，没有"石油撑腰"，便没有美国的强大。毋庸置疑，是"石油大手"举起一个强大的美国。

用石油拆毁其他国家，也是当代美国人惯用的伎俩。把伊拉克和利比亚毁

了，制裁俄罗斯，制裁伊朗阻止其石油出口。我写这篇文章的时候，美国正全力制裁委内瑞拉，用其一贯的损招扶持委内瑞拉反对派，打击反美的领袖查韦斯以及继任者马杜罗。

有人称新能源将代替石油，从长远看，有这个可能。现在看，路途还很遥远。因为，即便石油"退居二线"，石油的"副产品"仍是当代人类社会的"主流资源"。我在上边说了，我们的工业，我们的现代生活，我们的衣着以及大部分生活用品，都有石油的影子。就连我们赖以生存的农业，仍然靠化肥农药等来支撑。多大的力量，什么能源能替代"石油成分"占人类农业总需求的 80% 的现状？

仅从"农业比例"上看，地球上所有活着的人，谁离开得石油？

那么，黑乎乎的石油"丑小鸭"怎样才能变成人们喜闻乐用的"白天鹅"呢？一个人类熟悉的形象便展现在眼前——石油炼制工厂。

目前炼化企业国际大趋势在悄悄地发生变化，发达国家不断地萎缩，欧洲和日本也在减少，亚洲地区整体在增加，非洲比较落后，尚未到工业发展阶段。美国略有增长。印度炼油和化工都在增长，亚太地区有发展潜力。中国炼厂发展过剩，油品需求面临封止，2020 年至 2025 年间，中国油品峰值达到最高点。

尽管目前石油炼化企业成品油产能过剩，可这种现状仍不能说明炼化企业已经走到"末代"，因为，这种过剩指的是成品油。伴随人们对环保需要的增长，未来的机动车会以新能源替代。但，这丝毫难以动摇石油的主导地位，因为，除了成品油，石油还可以生产太多化工产品。另一方面，目前使用电池能源的机动车，并没有解决污染难题。尽管它上路后不用检测尾气超标，但在其生产电池的过程中，仍有严重的污染。

从国际经济大势看，尽管知道石油资源迟早会枯竭，但现在，仍是左右世界经济的杠杆，在相当长的历史时期内，石化炼厂仍是世界的支柱产业。

华北石化这座千万吨炼厂已傲然屹立于燕赵大地，成为历史交汇点上的新地标，即将叩开世界级精品炼厂"国际先进，国内一流"的大门。

已经走过千山万水，但仍需跋山涉水。面对激烈竞争的国内国际市场，华北石化瞄准世界石化的精优产品，再交出更加出色的答卷：油品生产再创新高，化工产品换代再造。

无论世界石油怎样波诡云谲，华北石化人仍胜似闲庭信步，发扬铁人精神，弘扬科技进步，拼搏探索，不忘本来，吸收外来，面向未来。

# 读刘国强老师著《燕赵脊梁》一书的感受

伊锡珠

通读了两遍，如同看了一部华北石化公司由小到大发展的电影纪录片。一幕接一幕地映入眼帘进入脑海。凡内中记述的所有人物、事物都是真姓实名，真事真物，真时间，真地点。可作为华北石化公司的一部"史记"。

读这部书绝无枯燥、厌倦之处，全篇文章中有大量"典故""谚语""金句"，比喻句、对比句、排比句、反串句、倒装句、开示句、警示句，恰如其分地装点在人物、事物之中。另外文章结构是：今事，往事，新事，旧事交叉记述，不会让人长时间看同一件事而引起疲劳。

读这部书如同观赏一场"国际甲级足球赛"：双方球员忽而长传进攻，忽而回传围攻，忽而盘带诱敌，忽而倒勾破网，忽而飞身扑球。你来我往，瞬息万变。给人以生龙活虎，斗志昂扬，争分夺秒，奋力拼搏，攻坚克难，信心百倍，争取胜利的风范。

读这部书又似1800年前，魏、蜀、吴三国争斗的局部再现：有斗智，有斗勇，有密谋，有亮剑的场面。

书中有我的一些足迹，自觉有些夸张，在本厂建设发展的征程中，有许多许多比我贡献大的战友，相比之下，我只在15万吨建厂初期和100万吨扩建期间任副总指挥，在这两期工程向北京石油总公司申报批复过程中，用了点笔墨唇舌，做了一些上下沟通工作。作为主管生产副厂长抓了一些试运投产工作。自觉微不足道。

2019 年 4 月 12 日

作者系原华北石油管理局油田化学药剂厂副厂长

# 无愧为脊梁的脊梁

——读刘国强老师《燕赵脊梁》有感

姜志国

在主编《华北石化三十年》史志过程中，虽基本亲历、见证了华北石化发展历程，但还是因整理、回味华北石化从小到大的规模发展，利税由少到多的社会贡献，特别在此过程中，靠智慧、勇气与执着把一个个不可能变成可能的这个群体，一次又一次地被感动……

报告文学作家刘国强老师的《燕赵脊梁》创作过程中，曾接受过他的采访，聆听他讲述要表达的思想及如何表现的技法。初稿完成后，我岂敢班门弄斧提什么意见，只是对个别术语、提法、人名等细节提了一些小小的建议。在拜读过程中，不只是又一次次感动，而有时是震撼，这并不夸张，而是真切的感受，细细品味，相信你也会有同感。

以《燕赵脊梁》为名，是因为作家明白石油，读懂了华北石化，更清楚石油与经济、与社会发展的关系。脊梁，是指全身骨骼的主干，如屋之有梁。在华北石化的发展过程中，不仅规模不断扩大，经济效益也持续提高，特别是近几年连续河登上北省纳税头榜，为地方经济社会发展注入了新的生机和动力，无愧于燕赵脊梁。

作品来源于生活，高于生活。《燕赵脊梁》用大量笔墨描述了华北石化的领导、技术专家、一线工人的创业故事与场景，没有豪言壮语，也不惊天动地，但有血有肉，感人至深。把领导层的谋篇布局、扫除发展中障碍的曲折；把解决一个个生产技术上的难题的艰辛；把舍小家顾大家的平民故事……描写得淋漓尽致，平中见奇。通过这组雕像以及雕像以外的无名英雄的点点滴滴，表现出的是追求、是奉献、是坚持、是正能量，是为中国石油、地方经济发展多做贡献的大视野、大格局，无愧于燕赵脊梁。

以史为鉴，可以知兴替；以人为鉴，可以明得失。30 年的奋斗和进取，30

年的功勋和业绩，30 年的岁月峥嵘，30 年的辉煌历史都成了永恒的记忆。刘国强老师的大作无疑也为华北石化的历史添上了浓墨重彩的一笔。

2019 年 4 月 18 日

作者系原华北石化公司办公室（党委办公室）主任

# 后 记

　　与中央企业朋友们的相识源于一次采访活动。2016年金秋时节，国务院国资委文学专委会组织几名作家深入罗布泊，采访国投罗钾，三个月的采访写作时间，我撰写了报告文学《罗布泊新歌》并在2018年第4期《中国作家》杂志全文发表，也正是那次采访活动认识了路小路同志。路小路现在真名叫路遥峰，过去叫路遥，因与著名作家路遥同名，贾平凹建议他改笔名为路小路。他1974年在长庆油田参加工作，当过钻工、地质员、宣传干事、秘书，宣传科长、党办主任。现在是中国作家协会全国委员会委员，国资委文学专业委员会执行副主任、中国石油文联专职副主席、中国石油作家协会常务副主席，铁人文学专项基金管理委员会副会长兼秘书长，《石油文学》杂志主编，他是典型的石油人，也是石油文联创立者之一，1978年开始发表和出版多部石油文学作品。

　　在路小路同志的介绍下，我于2018年下半年认识了一群华北石化的朋友们。在与他们的接触中，我为这样一群传承着大庆精神、铁人精神，尊重科学、尊重员工，科学管理、精细管理，攻坚克难、勇往直前的石油石化人所感动！特别让我非常感兴趣的是：华北石化从15万吨的小炼厂发展到河北省第一个千万吨大炼厂，30年间华北石化发生了什么？这群华北石化人是怎么做到的？作为报告文学作家的我不由地萌发出创作一部作品的想法。

　　创作过程是艰辛的。2018年9月初到任丘开始采访工作，共采访100人，2019年春节前后丝毫不敢停歇，连每天坚持的健身运动都搁下了，以每天3000－5000字的进度，撰写了26万字；3月又到任丘、雄安新区等地补充采访20余人，修改数次，对一些重要细节通过电话采访几百次，力争将一个真实的、立体的、鲜活的中央企业和员工群体呈现在读者面前。我要感谢华北石化公司党委、公司，任丘市委、市政府和所有采访对象对我创作工作的支持，还要感谢武惠芳、张若禹、汪博、宫东亮、舒亚卿等同志在我创作过程中提供的帮助，特别感谢退休老领导尤其是伊锡珠、姜志国等同志对书稿提出的宝贵意见!

在创作过程中,华北石化的同志始终强调,华北石化的建设发展是中国石油集团公司、股份公司坚强领导和各部门、各专业分公司、华北石油管理局、华北油田公司关心支持的结果,是河北省、沧州市、任丘市党委、政府及各部门和人民群众关心支持的结果,特别委托我在此挂一漏万地一并致谢!

目前,华北石化千万吨项目正在全面投产!配套工程津华原油管道、华北石化—北京大兴国际机场航煤管道、任保成品油管道将华北石化的清洁航空煤油、汽油、柴油输送到全国各地,编织成一张横跨东西南北的油网;千万吨项目汇聚了设计、施工、监理、开工等方方面面的专家团队,数万名各行各业、各条战线的建设大军奋战在这片热土,撰写了一幕幕可歌可泣的感人故事!

特别感谢著名报告文学评论家、中国报告文学学会常务副会长李炳银兄为本书作序。

希望这部《燕赵脊梁》能够在向社会介绍这群可亲可近、可尊可敬的石油石化人方面作出一些贡献。

刘国强

2019 年 4 月 20 日　于沈阳

## 图书在版编目（CIP）数据

燕赵脊梁 / 刘国强著. -- 北京：作家出版社，2019.4

ISBN 978-7-5212-0490-2

Ⅰ. ①燕… Ⅱ. ①刘… Ⅲ.①纪实文学 – 中国 – 当代

Ⅳ. ①I25

中国版本图书馆CIP数据核字（2019）第068856号

---

**燕赵脊梁**

作　　者：刘国强

责任编辑：李亚梓

装帧设计：百丰艺术

封面题字：沈　鹏

出版发行：作家出版社有限公司

社　　址：北京农展馆南里10号　　　邮　　编：100125

电话传真：86–10–65067186（发行中心及邮购部）

　　　　　86–10–65004079（总编室）

E–mail:zuojia@zuojia.net.cn

http://www.zuojiachubanshe.com

印　　刷：中煤（北京）印务有限公司

成品尺寸：170×240

字　　数：439千

印　　张：25.5

版　　次：2019年6月第1版

印　　次：2019年6月第1次印刷

ISBN 978-7-5212-0490-2

定　　价：80.00元